서울 · 춘천

나가사끼
군함도

군함도

2

군함도 2

초판 1쇄 발행 • 2016년 5월 20일
초판 15쇄 발행 • 2017년 8월 8일

지은이/한수산
펴낸이/강일우
책임편집/김선영·정편집실
조판/신혜원
펴낸곳/(주)창비
등록/1986년 8월 5일 제85호
주소/10881 경기도 파주시 회동길 184
전화/031-955-3333
팩시밀리/영업 031-955-3399 · 편집 031-955-3400
홈페이지/www.changbi.com
전자우편/lit@changbi.com

ⓒ 한수산 2016
ISBN 978-89-364-3422-9 03810
    978-89-364-3587-5 (전2권)

한 수 산 장 편 소 설

군함도

2

창비

24

그날 아침, 에가미 카쯔요오는 바다로 나간 영감의 배가 들어올 때를 기다려 바닷가로 나갔다. 멀리 포구는 아직 어둠에 가려 있었다.

구부정하게 허리를 굽힌 채 어정어정 바닷가를 걸어가던 카쯔요오는 희끄무레하게 밝아오는 새벽빛 속으로 무언가 바위 뒤에서 움직이는 것을 보았다. 늙으면서 어두워지는 건 눈만이 아니니까. 그렇게 생각했지만 그것은 늙어서가 아니었다. 지치고 지쳐서 바다 쪽으로 고꾸라지는 지상을 보았던 것이다.

물가에 엎으러진 사람을 보고 놀란 입을 다물지 못하고 서 있는 카쯔요오에게 지상이 겨우 한 말은 두 마디였다.

"타스께떼꾸레. 오미즈꾸레(도와주세요. 물 좀 주세요)."

지상을 모래 위로 끌어올리며 카쯔요오는 생각했다. 몇번인가

이 옷을 입은 사람을 본 적이 있었다. 그러나 그것은 시체들이었다. 군함처럼 떠 있는 섬에서 탈출하다가 이쪽 해안으로 흘러온 시체들은 언제나 이 옷을 입고 있었다.

집 앞 나무기둥에 어구를 걸쳐놓고 안으로 들어서던 에가미 노인은 허리가 구부러진 아내가 팔을 흔들며 포구 쪽에서 걸어오는 것을 보았다.

"사, 사람이 저기 있어요."

저쪽 바다 후미진 곳에 사람이 있는데, 산 것도 같고 죽은 것도 같은데, 무섭고 무서워서 영감을 부르러 오는 길이라며 카쯔요오가 더듬거리는 말을 듣고 난 에가미가 미간을 찌푸렸다.

"탄광 사람 옷을 입고 있더란 말이지? 그렇다면 도망쳐나온 사람 아니겠어."

바닷가로 나온 에가미는 한눈에 그가 조선사람임을 알아보았다. 물통에 남은 물을 사내의 머리에 부어주고 나서 에가미가 말했다.

"데려가야지. 여기 그냥 두면 죽지 않겠어. 업을 테니까 도와줘."

지상을 집으로 데려온 노인들은 해초와 흙투성이인 그의 옷을 벗겼다. 영감이 물을 끓여 그의 몸을 닦아주고 마른 옷으로 갈아입히는 동안 카쯔요오는 먹을 것을 준비했다. 좁쌀과 콩을 갈아 끓인 죽이었다.

이미 아침 햇살이 바다의 잔물결 위를 비추고 있었다. 죽을 먹은 지상이 잠들었을 때 두 사람은 밖으로 나왔다. 에가미가 말했다.

"젊은 사람이 아주 가볍더군. 업으니까 그렇게 가벼울 수가 없어. 어떻게 살았는지 알 거 같았소."

위험하지야 않겠지요. 저를 살려주는데 우리 늙은이를 해치기야 하겠어요. 어지럽게 생각이 오가는 카쯔요오 옆에서 바다 쪽으로 고개를 돌리면서 한숨처럼 에가미가 말했다.

"업고 오면서… 우리 코오이찌 생각을 했다오."

말없이 카쯔요오가 고개를 숙였다.

"군인은 죽어서 산다고 하지만, 패한 군인은 군인이 아니오. 코오이찌의 부대가 어딘가에서 패한다면… 그애도 이렇게 될 수 있겠구나, 그런 생각이 들더군."

"그건 안 돼요. 그런 생각은 안 돼요. 그애는 해군이잖아요. 비행사예요."

카쯔요오가 울먹이듯 말했다.

"저 사람은 조선인, 우리 아이는 일본인입니다."

"이겼느냐 졌느냐의 차이. 지고 나면 다 같은 패잔병, 그뿐이라오."

흐려오는 눈으로 카쯔요오가 천천히 고개를 들었다. 먼바다에는 자욱한 안개가 수평선을 가리며 하늘과 한빛으로 흐려 있었다. 눈밑을 닦아내면서 그녀가 말했다.

"나는 언제나 당신 생각에 따랐지요. 그러나, 나는 내 아들을 저 사람과 비교하지는 않는답니다."

아내를 그윽이 바라보다가 흰 수염이 비죽비죽 자라난 턱을 매만지면서 에가미 노인이 말했다.

"살아나면 제 갈 데로 갈 텐데, 죽게 내버려둘 수는 없지 않아?"

헉헉거리며 어두운 산기슭을 기어오르던 밤에도, 나무에 가려 보이지 않게 된 바다를 돌아보던 한낮에도, 풀숲에 몸을 웅크리고 주변을 살피며 어두워지기를 기다리던 저녁에도 섬을 빠져나왔다는 사실을 믿지 못하면서, 그들은 이상하다고 생각했다. 가슴이 터져나갈 것같이 가쁜 숨을 내쉬며 나무 밑에 쓰러져 하늘을 쳐다보면서 생각해보아도 아무래도 뭔가 이상했다.

"왜지? 방파제를 도는 경비가 보이질 않았어. 이상하지 않아?"

필수가 한 말이었다.

"우석이가 다치긴 다친 걸까. 아무래도 난 그게 좀 이상해."

하늘을 쳐다보며 누웠다가 다시 산을 기어오르기 위해 몸을 일으키며 지상이 한 말이었다.

나까노시마에서 기둥과 문짝을 뜯어내던 두 사람은 앞쪽에서 무언가 희미하게 빛을 발하는 것을 보며 털썩 주저앉을 듯이 놀랐다. 둘은 숨을 죽이고 엎드려 기다렸다. 푸른빛을 띠면서 희미하게 빛나는 것들, 그것은 여기저기 뿌려댄 사람의 뼛조각이었다.

지상의 발에 쥐가 난 건 밧줄로 엮은 나무에 매달려 바다를 건널 때였다. 지상은 우석이 건네주던 칼을 허리에서 뽑아 넓적다리와 장딴지 두곳을 찔렀다. 나무에 매달려 물결을 저으면서 지상은 몇번인가 서형의 이름을 소리 없는 통곡처럼 불렀었다. 도와줘 서형아. 도와줘.

해변을 빠져나와, 산으로 달렸다. 숲에 몸을 숨기고 하루를 지내고 나서였다.

더 견딜 수가 없어 먹을 것을 구하려고 마을 끝자락의 민가에 들어갔을 때였다. 무엇이 먼저인지 나중인지조차 기억나지 않았다. 요란하게 그릇을 두드리는 소리, 도둑이다 도둑! 소리치며 문을 걷어차는 소리, 두 남자가 튀어나오는 소리가 뒤섞일 때, 지상과 필수는 각자 다른 방향으로 내달리고 있었다. 헛간 옆에 몸을 숨긴 채 눈을 감고 있던 지상은 산 쪽으로 필수를 뒤쫓았던 두 남자가 집으로 돌아오는 것을 보았다. 긴 시간이 지나갔지만 필수는 나타나지 않았다. 산 쪽을 헤매며, 몇걸음 걷다가 멈춰서서 귀를 기울이고 또 몇걸음 걸으며 주변을 두리번거리기를 거듭했지만 끝내 필수는 나타나지 않았다. 헤어진다는 건 생각도 한 적이 없기 때문에 그들은 이럴 경우를 대비해서 만나기로 약속한 장소가 없었다.

노모반도는 나가사끼로부터 남서쪽으로 뻗어나간 장화 모양의 땅이었다. 20여 킬로미터의 길이에 6킬로미터의 좁은 폭을 가진 이 반도는 화산 분출이 만들어낸 산악지대이긴 하지만 높지 않은 언덕이 완만하게 이어지면서 숲을 이루고 있었다. 현무암으로 뒤덮인 반도의 끝부분은 험난하기는 해도 길을 잃고 헤맬 지형이 아니었다. 따뜻한 날씨 때문에 1월이 되면 수선이 만개하여 그 향기를 흩날리고, 바다 쪽으로 동백이 숲을 이루고 있는 곳이었다.

어떻게 이럴 수가 있나 싶었다. 기다리고 기다렸지만 어디에서도 필수를 만날 수는 없었다. 나가사끼 쪽으로 나가야 한다는 것은 알고 있었지만 지상은 방향을 알지 못했다. 더욱이 그는 도망칠 생각을 하던 처음부터 명국을 따라가면 된다는 생각뿐, 혼자일 때를 생각해서 노모반도 쪽 지리를 익힐 여유가 없었다.

낮에는 숲 속 깊이 들어가 잠을 자고 밤이 오면 마을 쪽으로 내려가 밭고랑을 더듬으며 먹을 것을 구했다. 그러곤 다시 길을 되짚어 밤이면 산을 타고 넘었다. 이틀을 그렇게 헤매고 나서 산속에서 잠이 들었다가 눈을 떴을 때, 그는 보았다. 자신이 죽음을 넘듯이 헤엄쳐나왔던 그 섬이, 멀리 떨어져가는 석양을 뒤로하고 말 그대로 군함처럼 바다 위에 떠 있지 않은가. 산속을 돌고 돌아서 지상은 다시 하시마가 마주 보이는 산기슭에 와 있었던 것이다.

북쪽이 나가사끼라는 것뿐 폭이 좁은 반도에 들어섰다는 것을 알 리 없는 지상은 이 평탄한 언덕에 뒤덮인 아열대의 숲을 남서쪽으로 헤매고 다녔던 것이다. 바다로부터 멀리 가야만 한다는 데 집착한 나머지, 어둠 속에서 겨우 도착한 하시마의 반대쪽 바다를 만나면 기절할 듯 놀라며 다시 하시마 쪽으로 돌아가기를 반복하며 굶주림으로 지쳐갔던 것이다.

살아서 어떻게든 버텨야 한다고 자신을 지탱하던 기둥이 흐물흐물 무너져내리던 새벽, 그는 나무에 머리를 처박으며 서형아 서형아, 불렀다. 미친 듯이 풀뿌리를 쥐어뜯으며 짐승처럼 울었다. 굶어 죽으나 잡혀서 맞아 죽으나 마찬가지다. 내가 이렇게 허무해도 좋단 말인가. 언뜻 그런 생각들이 스쳐가기도 했지만 몸을 옥죄어오는 공포에서만은 벗어나고 싶었다.

지쳐 쓰러진 채 가물거리며 밤을 보낸 그날 새벽, 허청거리는 걸음으로 산을 내려온 지상은 바다를 향해 걸었다. 노무계 직원들과 수색대로 차출된 광부들이 떼 지어 걸어온다 해도 그는 안녕하시오, 하고 소리쳤을 것이다.

산이 아니었다. 바다가 아니었다. 파도처럼 밀려왔다 밀려가는 의식 속에서, 몸을 움직여야 한다고 누군가가 속삭이고 있었다. 서형아. 서형아. 그는 아내의 이름을 소리쳐 부르고 또 불렀다. 그러나 그의 입에서는 아무 소리도 새어나오지 않았다.

지상이 오고 사흘이 지난 저녁이었다.

밭에 나갔던 에가미 부부는 돌담을 둘러친 집 안으로 들어서다

12

가 놀라 걸음을 멈추었다. 마당가에 장작이 가지런히 쌓여 있었다. 여름내 무성했던 집 뒤의 나무를 자른 후 손이 나지 않아 마당가에 얼기설기 모아두었던 나무토막들이 가지런하게 잘려서 불 때기 좋은 장작이 되어 쌓여 있지 않은가.

둘러보니 그것만이 아니었다. 마당 여기저기에서 깨끗이 청소를 한 게 눈에 띄었다. 카쯔요오는 그것이 그 조선남자가 한 일이라는 걸 바로 눈치챘다. 밭에 나가 남편과 있으면서도 그녀는 집에 남겨놓고 온 남자가 종일 무엇을 하고 지낼지 궁금했었다.

"이럴 수가 있나. 누가 자기 마음대로 이런 짓을 하라고 했어!"

집 안으로 뛰어든 에가미 노인이 방문을 열어젖히며 소리쳤다.

"어디 있나? 어디 있는 거야?"

에가미는 집 안 여기저기를 들락거렸다.

"아니, 왜 소리를 지르고 이러세요!"

"먹을 걸 훔쳐서 달아난 거 아냐?"

부엌에서 나오며 카쯔요오가 낮게 중얼거렸다.

"부엌 설거지까지 해놓았군요."

카쯔요오는 태연했다.

"기왕에 그럴 거면 저녁밥도 지어놓지 않고서. 하긴 조선남자는 부엌에 들어가지 않는다고 들었지만…"

그때 마당으로 들어서던 지상이 꾸벅 고개를 숙이며 인사를 했다. 그의 양손에는 나무로 만든 물통이 들려 있었다. 목소리는 낮았지만 치밀어오르는 화를 참지 못하며 에가미가 말했다.

"조선사람은 소탐대실이라는 말도 모르나."

지상의 물통에서 물이 출렁거렸다.

"자네 이러다가 누가 보기라도 하면 어쩔 텐가. 저 밖에서 잡아 갈 사람들이 기다려. 그걸 몰라서 장작을 패고 물을 길어! 바보 같 으니."

다음 날 밤이 늦어서였다. 나가사끼의 딸아이가 보내준 차라면 서 에가미 부부는 녹차를 끓여 지상의 앞에 내놓았다. 요즈음에는 흔치 않은 차였다. 따스한 찻잔을 움켜쥐고 지상은 앉아 있었다. 세 사람이 말이 없을 때면 어렴풋이 파도소리가 들려왔다. 지상은 아 무 뜻 없이 다다미 바닥을 손으로 쓸며 앉아 있었다.

"난 어려서 오오사까에서 자랐는데, 주변에는 오끼나와사람도 있었고 중국인이랑 백계 러시아인도 있었다오. 물론 조선사람도 많고. 다들 친구였지."

에가미가 지상을 건너다보며 말했다.

"그래서 조선사람에 대한 차별이니 경멸이라는 걸 나는 모르고 자랐다네. 그러니까 그게 타이쇼오12년이었지. 칸또오 지방에 대 지진이 있었는데, 그때부터 조선사람에 대한 차별이 넓게 퍼지기 시작했다오. 내가 어렸을 때는 결코 그런 일이 없었는데."

카쯔요오가 지상의 잔에 또 차를 따랐다. 에가미가 목소리를 낮 추며 웃는 얼굴로 지상에게 몸을 기울였다.

"난 조선사람 덕분에 처음으로 개고기를 먹어보았다오."

지상이 고개를 끄덕였다.

"옆집에 조선사람이 살아서 그 집 아이와 내가 친구였지. 무언가 아주 맛있는 고기를 그 집에서 먹었는데, 나중에 알고 보니 그게 개고기라는 거였어. 얼마나 놀랐던지. 언젠가는 그 집 부모를 오시 라고 해서 어머니가 고래고기를 대접한 일이 있는데, 이번에는 그 사람들이 고래고기를 먹어보는 게 처음이라면서 놀라더군. 조선에는 고래고기가 없나 보지요?"

"저도 처음 듣는 이야깁니다. 더군다나 저는 산간 지방에 살아서 바닷고기를 거의 먹지 못하고 살았습니다."

대관령을 넘고 한계령을 넘어가면 그곳에 있다던 어린 시절의 바다, 새우젓이 가장 가깝게 접하는 바다의 맛일 수밖에 없었던 고향 춘천을 지상은 떠올렸다. 겨울에야 겨우 맛볼 수 있었던 언 오징어며 동태, 그러나 그의 기억 속에서 바다 생선은 소금에 너무 절어서 입술을 부르트게까지 하던 파삭파삭한 자반들이었다.

셋 다 말이 없었다. 파도소리가 또 어렴풋이 들려왔다. 낯설기만 한 새소리가 거기 섞이고 있었다. 긴 침묵을 깨면서 지상이 물었다.

"나가사끼는 여기서 얼마나 먼가요?"

"왜 묻는 거요?"

"어떻게든 일자리를 찾으려면 거길 나가야 하지 않겠습니까? 저는 일본에 온 후 바로 섬에 갇혀서 이곳 지리도 모르고, 세상 소식도 까맣게 모르고 살았습니다. 고향에서 온 편지도 겨우 세통밖에 받아보지 못했습니다."

"고향으로 돌아가겠다고?"

"그거야 어렵지 않겠습니까."

옆에 앉아 있던 카쯔요오가 말했다.

"이럴 때 하야시상이 있었으면 좋을 텐데요."

"훌륭한 사람이었지. 조선사람들을 그렇게 많이 도와주더니."

카쯔요오가 지상에게 얼굴을 돌렸다.

"하야시라고 마을 신사의 신주를 하던 분이 계셨다오. 탄광에서 도망쳐나온 조선사람들을 많이 도왔지요."

아침 공양을 바치는 신사 마루 밑에서 무슨 소리가 나서 뒤져보면 탄광에서 도망쳐나온 조선사람이 때로는 대여섯명씩 마루 밑에 숨어 있었다. 그럴 때면 하야시는 조용히 마루 밑에다 대고 말했다는 것이다.

"이 사람들아, 어서 나오게. 밥을 줄 테니 걱정하지 말고."

이런 일이 들키면 비(非)국민을 넘어서서 국적(國賊)이 되는 시절이었다. 탄광에서 나온 직원들이 도망친 조선인을 찾아 마을을 돌아다니고, 수상한 조선인이 보이면 신고를 하라는 종이가 집집마다 돌던 때였다.

에가미가 짧은 머리를 쓸어넘기고 나서 미루고 미뤘던 말을 꺼냈다.

"당신 생각이 어떤지 모르겠소만, 나가사끼의 내 딸아이를 찾아가보면 어떻겠소? 사위가 조선소에 있으니까 당신을 도울 수 있을지도 모르겠소. 그래보겠소?"

노인의 눈을 지상은 가만히 바라보았다. 나는 이제 일본사람을 믿지 못하게 되었다. 그런데 이 노인도 일본사람이다. 지상은 무어라 대답을 해야 할지 몰라 다다미 바닥을 내려다보며 마음속으로 결심하고 있었다. 그러나, 믿어보기로 하자. 어떻든 군함도보다 더 하기야 하겠는가.

"나가사끼조선소라고 미쯔비시가 군함을 만드는 곳인데, 거기도 조선사람이 많다고 들었소. 당신이야 일본말을 잘하니까 별걱정은 안 하지만 그래도 조선사람들이 많은 데가 낫지 않겠소?"

카쯔요오가 말했다.

"그러고 보니 참 생각이 나네요. 아끼꼬가 했던 말인데, 공장에서 일본말을 잘하는 조선사람이 필요하대요. 조선에서 처음 오는 사람들은 일본말을 몰라서 훈련을 시켜야 한다네요."

에가미가 지상의 찻잔에 녹차를 더 따르면서 물었다.

"그래보시겠소?"

지상이 놀라며 고개를 들었다.

"제가요? 조선사람에게 일본말을 가르친다고요?"

"왜 그런 얼굴을 하오?"

지상이 두 손으로 얼굴을 비볐다.

"우리 두 늙은이가 생각했던 거요. 지금 당신 형편으로는 그게 제일 좋은 방법이 아닐까, 그래서 하는 말이오. 될지 안 될지도 아직 모르는 일이지만."

확답을 미루면서 지상이 말했다.

"하여튼 고맙습니다. 이렇게까지 생각해주시고."

지상을 건너다보는 카쯔요오의 눈이 잔주름이 잡히며 소리 없이 웃고 있었다. 지상에게 말은 하지 않았지만 이미 에가미는 나가사끼에 사는 딸 아끼꼬를 만나 지상의 일을 상의했었다. 아버지도 참, 이번에는 또 조선사람 일이에요? 그이한테 이야기는 해보겠지만 언제까지 아버지는 남의 부탁이나 가지고 절 찾아오실래요. 딸은 어이없다는 얼굴이었다.

열흘 후였다. 에가미 노인이 태워준 트럭에 앉아 흔들리면서 지상은 무릎을 껴안고 있었다. 우선은 몸이라도 기댈 곳을 찾아야 한다. 미쯔비시중공업 나가사끼조선소. 그리고 나까다 아끼꼬. 주소가 적힌 종이를 주머니 속에서 매만지면서 지상은 마음을 다잡으려고 애썼다.

학이 논 데 비늘 떨어져 있다고 했다. 그러나 어디면 어떠랴. 이제 가는 곳이 어디든 내 할 일을 할 수 있는 곳이면 되는 거 아니겠는가. 하시마도 미쯔비시의 광업소였는데 이번에도 또 미쯔비시의 조선소라는 게 내내 마음에 걸렸지만, 달리 무슨 방법이 있는 것도 아니었다.

미쯔비시의 거대기업들이 자리한 나가사끼는 미쯔비시가 먹여 살리는, 일본말로 조오까마찌(城下町)였다. 지상이 그것을 알 리 없었다.

재벌 미쯔비시와 일본 정부의 유착은 1874년의 '사가(佐賀)의 난'으로 거슬러 올라간다.

조선을 무력침략하자는 안을 내세웠다 권력의 핵심에서 밀려난 무사단(武士團)으로 총칭되는 정치가들이 귀향한 후, 그중 한 사람이 고향인 사가에서 반란군을 이끌고 난을 일으킨다. 이것이 사가의 난이다. 이때 미쯔비시상회는 발 빠르게 2척의 배를 동원하여 반란군을 무찌르기 위한 정부군의 수송 임무를 맡았다. 그 결과 미쯔비시는 막중한 신임을 받으면서 정부와의 결속을 두텁게 한다.

이어지는 일본 안의 크고 작은 내란에서 정부군의 승리를 뒷받침했던 미쯔비시는 1876년 1월 정부로부터 특별한 지령을 받는다. 강화도조약 체결에 대비한 전쟁준비였다. 회사 소속의 토오까이마루를 비롯한 12척의 기선을 이용하여 육군 4,600명, 해군 600명과 함께 군마 209필을 수송하라는 것이었다. 강화도조약 체결을 강요하기 위해 쿠로다 전권대사가 군함 6척을 거느리고 강화도로 들어가면서, 만약 이 조약의 체결을 조선이 거부, 저항할 경우에는 무력으로 제압하겠다는 복안이었다.

정부의 지령에 따라 미쯔비시 측은 병사 3,000명을 태우고 쯔시마에 집결, 사태의 추이를 지켜보았다. 그러나 예상했던 것과는 달리 대기 중이던 군대를 움직일 필요도 없이 강화도조약이 쉽게 체결되면서 미쯔비시의 군수 수송체제는 3월 말로 해제되었다.

조선을 위협하기 위해 쯔시마에 군대를 집결시킨 이 일련의 사태는 미쯔비시와 정부의 밀착은 물론 기업으로서의 성장에 결정적 계기가 되었다. 정부와의 견고한 협조 속에서 미쯔비시는 군수품 수송을 독점하면서 전쟁과 함께 성장한다. 해운업 조선업 중공업은 물론 타까시마와 하시마의 탄광산업까지, 정부의 비호를 받으며 미쯔비시는 단기간에 재벌이란 거대한 성채를 구축해냈던 것이다.

에가미 노인이 건네주는 딸의 집 주소가 적힌 종이를 받아들면서 달리 고마움을 표현할 길이 없던 지상은, 웬 필체가 이렇게 좋으세요? 하며 웃었다. 행서체 글씨가 물 흐르듯 했다. 노인은 이미 나가사끼로 나와 사위와 딸에게 지상의 일을 상의했다는 말을 털어놓았다.

"세상이 하도 흉흉한지라, 나 혼자 가서 미리 말을 해놓았네. 조선소에서 일을 하게 될지도 모르니 그렇게 알고, 낮에는 딸아이도 일을 나가니까 집이 비었을 거야. 그러니 저녁에 들르도록 하게."

에가미가 지상의 손을 잡으며 어루만졌다.

"내가 해줄 수 있는 건 여기까지네."

지상이 깊이 고개를 숙였다.

"뭐라고 말씀드려야 할지. 어른께 갚을 길 없는 은혜를 입었습니다. 고맙습니다."

"좋은 세월이 오면 또 만날 날도 있지 않겠소."

에가미의 옆에 서서 카쯔요오는 말없이 웃고만 있었다.

트럭은 산자락과 바닷가를 오가며 달렸다. 멀리 안개 자욱한 바다 이쪽의 들판에는 가을이 가득했다. 벼를 베어 말리고 있는 논들이 지나갔다. 많은 것들이 가슴에 칼질을 해대고 있었다. 고향으로 돌아갈 날이 있으리라는 희망은 여전한가. 얼굴조차 모르는 아들을, 얼굴도 못 본 그 어린것을 만나기 위해서라도 나는 살아서 돌아가야 한다고 얼마나 다짐했던가.

밖에 비가 내리면 고향땅에도 비가 내리고 있을 거라고 생각하며 살았다. 별이 뜬 밤하늘을 볼 때면 고향에서도 저 별을 보고 있겠지 하면서 마음의 위안을 삼았었다. 조국에 뜬 별도 일본 하늘에 뜬 별도 그것은 하나였다. 그렇건만 여기 와 있는 내 몸은 고향에도 와 있을 가을 햇살과는 무관하지 않은가.

나라 잃고 지나간 세월이 30여년. 나라를 빼앗긴 후에 낳은 아이들이 자라서 어느새 어른이 되고 아이를 낳아 아버지가 되어 있다. 우리가 바로 그들이다. 끌려온 몸들, 내 뜻과는 상관없이 떠돌아야 하는 몸들. 나도 그 가운데 하나다.

그러나 나는 좀 다르지 않은가. 지상은 사람들이 그렇게도 눈을 흘겨대던 그 이름, 친일파라는 말을 곰곰이 되씹었다. 아버지는 자신이 무슨 일을 하는지 알고 계셨을까. 살기 위해서, 더 나은 삶을 위해서였다고 말씀하시리라. 그래서 우리 가족은 안락을 누렸고 집안은 재산을 모았다. 그러나 거기에는 아주 중요한 것이 빠져 있다.

지상은 두 손으로 얼굴을 감쌌다. 정의와 이웃. 아버지의 삶에는 그것이 없다. 정의로움이 없고, 이웃과의 나눔이 없다.

정미소란 읍내에서 하나의 상징이었다. 일본인이라는 지배층과 결탁한 돈의 상징이었다. 그 안락한 소수의 바로 이웃에 헐벗고 억압받는 전체가 있었던 거다. 하나의 민족이 이렇게 뿌리부터 뽑혀나가고 있는데, 아버지는 바로 그 뿌리를 뒤흔드는 사람들을 돕고 있었다. 그것은 결코 자신의 영달이나 집안의 번영이나 가족의 안락과 바꿀 수도, 바꾸어서도 안 되는 것들이었다. 살기 위해서였다고 말해서는 안 된다. 변명이 불의를 감쌀 수는 없다. 순사한테 일러바쳐서 끌고 가게 하면 그만이었을 나를 위해, 몸 둘 곳을 마련해서 이렇게 내보내주는 사람도 있지 않은가. 이제 집으로 돌아간다 해도 나는 결코 아버지 편에는 서지 못하리라.

문득 우석이 했던 말이 떠올랐다.

"정미소집 아들새끼도 징용 나오냐?"

"처음 듣는 소리도 아니다만, 입 참 더럽네."

"내가 심했냐?"

"세치 혀 있다고 그렇게 막 놀리기냐. 정미소집 아들이라도 쌀 찧고 산다. 사람 찧는 건 아니다."

그때 지상은 우석의 말에서 동포로서의 한 맺힌 울분을 보았다. 그 친구는 어떻게 되었을까. 혼란스런 마음으로 지상은 하시마에 두고 온 우석을 떠올려본다.

트럭이 덜컹거리며 흔들리고 흙먼지가 몰려들었다. 지상은 주머니에서 손수건을 꺼내 얼굴을 가렸다. 이제는 낡아버린 손수건, 서형이 건네준 학을 수놓은 푸른 손수건이었다. 하시마에서도 이것만은 늘 빨아서 넣고 다녔고, 어제도 빨아 널었던 손수건을 손바닥으로 두드려 곱게 접어 주머니에 넣어두었었다.

아이를 낳았다는 소식 이후 고향에서는 겨우 한 통의 편지가 더 왔고, 그것이 끝이었다.

25

"절이 망하려니까 새우젓 장수만 모여든다더니, 요새 왜 이래?"

광부들이 수런거렸다.

"아니, 임동운이는 습진 때문에 자살했다던데?"

"너 그걸 말이라고 하냐? 죽은 놈을 갱 안에 갖다놓고 자살이라고 위장을 한 거야."

"불알 습진 때문에 고생하다가 자살했단다. 내가 제대로 다 알아봤어."

가려운 내 다리는 여기 있는데 남의 다리 긁고 있는 사람은 언제나 있다. 그들의 관심은 불알이었다.

"운수 사납게도 임동운이는 왜 하필 불알이 말썽이었대?"

"그러니까, 운 없는 놈은 벼락을 맞아도 엎드려 있다가 맞는다지 않아."

뜨거운 열기 속에서 탄가루를 뒤집어쓰고 일을 해야 하는 그들은 하나같이 눈병과 피부병에 시달리고 있었다. 탄가루가 들어간 눈에서는 다래끼 같은 눈병이 떠나지 않았다. 더위를 견디느라 겨우 아랫도리만을 가리고 일을 해야 하는 징용공들은 피부가 짓물러 고생을 했다. 그렇게 시작된 사건이었다.

광부들을 거칠게 다루기로 악명이 높은 시무라라는 자가 있었다. 그는 중국인 포로들 담당이기 때문에 평소에는 징용광부들과 마주칠 일이 없는 사람이었다. 이자가 낮술에 취해서 일없이 징용광부들 숙사에 들렀던 모양이다. 하필이면 그때 임동운은 사타구니가 헐고 불알이 부어올라 일을 나가지 못하고 있었다.

"어디 보자. 내가 봐야 병원엘 보내주든가 할 것 아닌가. 바지 벗고 어디 내봐봐라."

술 취한 시무라가 무슨 꾀병을 하냐면서 임동운의 바지를 벗게 했다. 일본어로 불알은 킨따마(金玉)라고 한다. 금구슬이라는 뜻이다. 임동운의 불알을 들여다보던 시무라가 눈이 휘둥그레져서 소리를 질렀다.

"우와 이 킨따마! 이렇게 큰 킨따마는 처음이다!"

피부병으로 부어오른 임동운의 불알은 주먹만 했다.

"불알이 이렇게 됐는데 엎드려만 있으면 되겠냐? 보자, 내가 치료를 해줄 테니."

시무라가 가지고 다니던 주머니칼을 꺼내들었다. 손잡이 양쪽으로 날이 펴지게 된 칼이었다.

술김에 시무라가 칼로 임동운의 불알을 건드린 것이 문제였다. 피가 낭자하게 흐르면서 임동운은 의식을 잃었고, 시무라는 방석을 칼로 찢어 솜을 꺼낸 후 피가 흐르는 불알에 솜을 틀어막고 다른 방으로 건너갔다. 황당한 일은 그렇게 일어났다.

문제를 더욱 키운 것도 시무라였다. 의식을 잃은 임동운을 죽었다고 생각한 시무라는 일본 광부를 데리고 와 임동운을 업고 갱 안으로 내려가게 했고, 탄을 뒤집어씌운 후 자살이라고 위장했던 것이다.

"사기장수는 사 곱이고 옹기장수는 오 곱이라더라. 요 일본놈들은 그냥 일곱 곱으로 혼을 내야 해."

"사나운 말도 고삐 하나로 다루는 거여. 좀 차분히들 굴어."

"차분은 무슨 차분. 매를 번다는 말도 몰라? 왜놈들이 제 낯가죽을 제가 벗기고 있어. 밀어붙일 땐 물불 안 가려야 하는 거야!"

"임동운이만이 아니다. 유곽에 있던 조선여자가 죽은 것도 의문투성이다. 얼마나 황당하냐. 바람에 날려가? 거기 여자애들도 다 독한 애들인데 그렇게 쉽게 물에 빠져서 죽을 리가 없다."

"맞아. 뻔하지. 죽여서 바다에 던진 거 아니겠어."

바람이 이상하게 분다. 생각지도 못했던 일이라고 신철은 고개를 갸웃거렸다. 이게 바로 동티가 난다는 거로군. 광업소에서 보자면 그야말로 동티가 나는 거지. 여기 끌려와 이 고생을 하는 우리들이나 왜놈들한테 짓밟히다가 바다에 빠져 죽은 그 여자나 다를 게 무엇이 있느냐는 쪽으로 이야기가 뒤엉키면서, 사람들의 마음에 불을 지르고 있었다.

노임을 한푼도 받지 못하는 이게 말이 되느냐! 그가 아무리 소리쳐도 고개를 돌리며 체념하던 사람들이다. 달걀로 바위 치기지. 지금은 전쟁 때라 저금이랑 채권이랑 다 모아놓고 있다는데 무슨 임금타령이야. 그렇게 비웃던 사람들이다. 조선놈은 낙반사고로 죽어도 병사로 처리한단 말이냐! 들고일어나길 바랐을 때도, 세상이 언제 그렇게 대낮같이 밝았던가, 몰라서 속고 알고도 속고 그런 거지, 그러면서 또 한숨이나 쉬던 사람들이다.

그렇게 엉겨붙어서 굳어버린 줄 알았던 징용공들의 무력감과 절망을 깨뜨리고 있는 것은 생각지도 못했던 동포애였다. 피라는 것이 이런 것이로구나. 신철은 스스로도 놀라고 있었다.

불알이 부어올랐다고 자살하는 놈이 어디 있냐. 우리 동포를 죽여서 갖다가 묻어놓은 거다. 유곽의 조선여자도 죽여서 바다에 던진 거다. 험악하게 죽은 임동운이도 그 여자도, 같은 피를 나눈 우리 동포. 장마철에 군불 넣은 토담집 방바닥을 스멀스멀 기어가는 보릿짚 연기라면 이럴까. 소문은 진원지가 어디인지조차 알 수 없이 흉흉하게 변해가면서 입에서 입으로 전해졌다.

광업소 측의 고문 끝에 유곽에서 일하던 조선여자가 죽었다. 그들은 여자를 바다에 던져버리고 나서 바람에 날려 떨어져 죽었다고 위장을 했다. 투신자살이라고 해도 뭣한데 다 큰 여자가 바람에 날려 죽다니. 이 소문의 뼈대에, 도망친 두 사람이 바다를 건너던 그 시간에 조선여자는 방파제 경비 녀석과 술을 마셨는데, 그것이 탈출자를 숨겨주기 위해 몸으로 경비 녀석을 유혹한 거라더라 하는 말이 꼬리처럼 달라붙어 재미를 더했다. 봐라, 술집 여자도 동포애가 그처럼 지극한 게 조선사람이다. 더러는 여자가 경비에게 술을 먹인 게 아니라 아예 유곽으로 데리고 가 잤다고도 했다.

임동운의 황당한 죽음이 울분에 불을 붙이고, 금화가 경비원을 유혹해서 탈출을 도왔다는 애절함이 거기 기름을 부었다. 이게 있을 수 있는 일이냐. 대낮에 눈 멀쩡히 뜨고 언제까지 우리 조선사람은 이렇게 당하고만 있을 거냐.

쌓이고 쌓였던 탄광 안의 여러 불만들이 터져나왔다. 몇놈 피를 봐야 한다. 징용공들 사이를 넘실거리던 물결은 마침내 그동안 켜를 이루었던 체념을 넘어 절망감과 엮이면서, 한식에 죽으나 청명에 죽으나, 지렁이도 꿈틀할 때가 있다는 절규로 번져갔다.

저녁이 오면서 식당 안이 소란스러워졌다. 한쪽에서는 파업할 때 들고 나갈 곡괭이며 몽둥이를 준비하고 있었다. 이럴 때 중요한 것은 누가 먼저 기선을 잡느냐. 광업소에서는 주동자를 잡기 위해 쳐들어올 텐데 초장에 밀리면 끝이라는 생각이었다.

그런 사이에도 식당 한쪽에서는 의견이 갈리고 있었다.

"아니, 낙반사고로 죽은 놈을 폐결핵이라고 할 때도 꿀 먹은 벙어리였던 사람들이 이제 와서 왜 이런데?"

"맞아. 그땐 조선사람 아니었나? 입은 삐뚤어졌어도 말은 바로 해야지."

그때 뒤쪽에서 문을 나서는 사람이 있었다. 천식이었다. 광업소 측과 연락을 못 하도록 잡아서 묶어놓아야 할 사람으로 점찍힌 몇 가운데 자신이 들어 있는 것을 모른 채 천식은 빨리 노무계에 가서 일러바칠 생각으로 마음이 바빴다.

"내 말은, 먼저 왜놈 몇 붙잡아서 빨가벗기자 이거야. 안 그래가 지고는 될 일도 없다."

"깝데기를 벗겨도 시원치 않은데, 겨우 빨가벗겨?"

이리저리 몰리면서 저마다 한마디씩 하는 사이 일주가 불쑥 내뱉었다.

"장모 없는 집에는 장가도 가지 말라던데, 뭘 하든 말든 대가리
가 있어야지, 저마다 대장일세."

신철은 식당으로 들어서면서 우석을 찾기 위해 이곳저곳을 두리
번거렸다. 일주가 신철의 옆으로 다가서며 말했다.

"이보게, 너무 서두르지 말어. 서두른다고 될 일이 아니야."

"일단 일은 벌어졌어. 내일 아침이야."

그가 못을 박았다.

"그때까지는 쥐도 새도 모르게 해야 해. 아침에 점호 시작하면
그때부터 바로 파업으로 들어간다."

고개를 끄덕이면서 일주가 밖을 내려다본 채 말했다.

"그나저나 우석이 얘는 어디로 간 거야?"

내가 죽였다. 이 여자는, 내가 죽인 여자다. 우석은 항아리가 든
보자기를 가슴에 부여안으며 먼바다를 바라본다. 불빛 하나 없이
캄캄한 바다를 내다보는 우석의 가슴속을 출렁거리며 오가는 말
이 있었다. 뼛조각이 든 흰 항아리를 건네주며 명국이 중얼거리던
말이었다.

"금화야, 살아야 진자리 마른자리도 있는 법인데, 이제 그것마저
도 너한테는 없구나. 불쌍한 것."

화장장에서 나온 금화의 유골을 받을 사람이 유곽의 주인은 물
론 아무도 없다는 말을 명국은 야스꼬에게서 들었다. 명국을 찾아
온 야스꼬는 금화가 남기고 간 돈이 있다면서 천복사에라도 모시
는 게 어떻겠냐고 눈물을 훔쳤다.

내가 받겠소. 내가 받아서 조선으로 가지고 가든 어떻게든 하겠소. 명국이 금화의 유골을 받겠다고 나섰고, 죽은 여자가 유서를 남긴 사람이라는 것 때문에 명국의 부탁은 어렵지 않게 받아들여졌다.

유골을 우석에게 전하면서 명국은 말했다.

"절에 모시든 바다에 뿌리든… 조용히 자네 혼자 치르는 게 좋겠다고 생각했다. 금화 그애를 위해서도 말이야."

항아리가 든 보자기를 움켜쥐는 우석의 손이 떨렸다. 이 여자는 내가 죽인 여자다. 슬픔과 분노가 뒤섞이며 우석은 이를 악물었다. 자신들이 방파제를 넘던 날 금화가 술을 들고 경비놈을 잡고 있었다는 것을 우석은 늦게야 알았다.

조선, 그 고향에 무엇이 있다고 늘 그렇게 그리워했나 모르지. 방파제 끝에 나가 서서 우석은 항아리를 열었다. 그는 손에 잡히는 대로 뼛조각을 집어 파도가 아우성치는 바다를 향해 던졌다. 뼈는 희게 부서지고 있을 방파제의 물보라 사이로 떨어져갔지만 그의 눈에는 아무것도 보이지 않았다. 금화야, 술이라도 한잔 부어놓을까 했다만, 그만두었다. 내가 마시고 취할 것 같아서였다. 술에 취해서 너를 보낼 수는 없어서였다.

다시 뼈마디 하나가 허공으로 날아갔다. 우석의 눈에 눈물이 가득 고여올랐다. 술은, 살아서 그만큼 마셨으면 됐다 생각해라. 저승길이나마 제정신 차려서, 후여후여 가거라. 내 마음 알겠니. 이 길만은 취해서 갈 길이 아니라고 생각한 내 마음을 알겠니.

입술이 떨리면서 우석은 방파제 끝으로 한 걸음 더 나섰다. 하나씩하나씩 그는 항아리의 뼈를 집어 컴컴한 허공을 향해 바다로 던졌다.

"가거라. 가서 땅이라도 조선을 만나거라."

중얼거리는 우석의 볼을 타고 주르르 눈물이 굴러떨어졌다. 저 아래 보이지? 동백꽃. 나 저거 하나만… 내가 동백꽃이라면 동백꽃이지. 내가 그렇다면 그런 거야. 금화가 했던 말이 살아서 그의 가슴을 기어나갔다.

금화의 뼈 하나가 또 어둠 속에서 갈매기 옆을 날아 캄캄한 바다로 뻗어나갔다. 금화가 말한다. 난 사람에게 정 주지 말자 하고 살았어. 도둑놈 재워주면 새벽에 쌀섬 지고 간다잖아. 작은 뼈마디 하나가 또 허공을 날아갔다. 우석의 소리 없는 통곡이 그뒤를 따라갔다. 금화야, 그런 네가 왜 나한테는 그렇게 정을 쏟았니. 네 말이 틀리지 않았어. 내가 바로 네 마음의 쌀섬 지고 나간 도둑놈이었어.

뼈항아리 안에서 금화의 작은 뼈마디들을 움켜쥐면서 우석은 운다. 소리 없이, 소리도 없이 눈물이 흘러내린다. 나는 겨우 무슨 말을 했던가. 나 당신과 같이 간다 생각하며 떠나. 내가 죽으면 당신도 죽는 거다 그렇게 생각하면서. 금화야, 나는 왜 그런 말을 했을까. 그래서 나는 못 떠나고 너는 죽어서 영영 떠난 것만 같구나.

우석의 어깨가 흔들리고, 이제 그의 울음은 꺼억꺼억 소리가 된다. 그 흐느낌 속으로 금화가 했던 마지막 말들이 뒤섞인다.

당신이 나 사랑해준 거 곱게곱게 잊지 않고, 살 거야.

큰 북에서 큰 소리 나고, 큰 나무가 큰 집을 지어. 나야 이렇게 살다 이렇게 가겠지만, 당신만은 다르게 살아야 해.

난 늘 당신이 제 살 아프면 남의 살도 아픈 거 알며 살아가는 그런 남자였다는 거, 그거 하나 잊지 않고 살 거야.

우석이 벌떡 일어서며 움켜쥔 뼈를 캄캄한 허공을 향해 던졌다.

내가, 풀 끝에 앉은 새 같지? 괜찮아. 겪은 게 있는데, 금화야 내가 이제 와서, 빗속에서 베적삼 벗고 은가락지 끼겠다고 나서겠니. 널 생각해서라도 나 그렇게 살지 않을 거다.

뼛가루만 남은 작은 항아리가 우석의 손을 떠나, 구름에 가렸다가 언뜻 몸을 드러내는 달덩이처럼 희미하게 바다 위 허공을 날아 어둠 속으로 사라졌다. 물은 바다로 흐른다지만 너는 바다를 거슬러 땅으로 가거라. 그래, 가거라. 저 어딘가에 조선이 있을 테니, 네 마음껏 가거라. 너 먼저 가 있으면 언젠가 나도 돌아가리라.

우석의 손아귀에 금화의 손가락만 한 뼈 하나가 움켜쥐어져 있었다. 품고 살 거다. 그래서 조선까지 가지고 가마. 돌아가는 날 내 거기 묻어주마. 한스런 몸, 한스런 땅. 거기서 만나자.

우석은 캄캄한 바다를 쏘아보면서 서 있었다. 이제 그는 울고 있지 않았다. 움켜쥔 뼈를 주머니 깊이 찔러넣으며 그가 자신에게 말했다. 내일부터의 일은 내 몸이 하는 게 아니다. 내 뜻이 하는 거다.

"아니, 어데 갔다가 온 기고? 안 비니까 걱정들 했다 아이가."

우석이 보이지 않아 초조해하던 것과는 달리 재덕이 무게를 잡으며 한마디 했다. 고개를 숙일 뿐 그 말에는 대답이 없이 우석이 구석으로 사람들을 불러모았다. 앉고 서며 사람들이 모이자, 그는 주머니에서 종이를 꺼내 다다미 바닥에 펼쳐놓았다. 신철이와 함께 머리를 맞대고 세운 여러 계획들이 적혀 있는 종이였다.

하나씩 이야기를 듣고 있던 사람들의 표정이 변해갔다. 생각지도 못했던 엄청난 일이었다. 재덕이 놀라 입을 벌렸고, 일주는 고개를 숙였다. 만중은 갑자기 말이 없어졌다. 어린 성식이 눈을 깜박이며 다가앉았다. 순간순간 신철과 우석의 눈길이 허공에서 얽혔다. 잠시 후 그들은 누가 먼저랄 것도 없이 한마디씩 해댔다.

"그렇게 많이?"

"그러면 얘기가 달라지지!"

"정 그렇게 한다면, 난 여기 남겠어."

"도망도 도망이지만, 생각을 해봐. 그 많은 사람이 육지로 올라가서 한꺼번에 어디로 숨는다는 거야?"

우석이 손을 들어 허공을 자르듯 내리그었다.

"강요하는 것도 아니고, 누굴 뽑아 내보내는 것도 아냐. 도망칠 사람을 돕자는 거지."

파업과 농성, 그리고 분명하게 예상되는 광업소 측과의 충돌. 그 와중에서 도망칠 사람들을 뒤쪽에서 빼돌린다는 계획이었다. 다섯 명씩 몇덩어리로 나누어 도망을 시킨다는 것이었다.

세 덩어리라 캐도 열다섯이데이. 열다섯이 떼로 몰리가몬 선착장에서 배 하나 덮쳐서 끌고 나가는 거쯤이사 문제도 아이다. 재덕은 그런 생각을 하면서도 그러나 고개를 젓고 있었다. 그런 정도의 숫자를 끌고 나가려면 인솔자가 있어야 하는데 우석의 계획에는 누가 그 일을 맡느냐, 그 사람이 없었다.

입술을 깨물었다 놓으면서 우석은 신철의 얼굴을 바라보았다. 정색을 한 신철이 말했다.

"여기서는 여기대로 철저하게 투쟁을 합니다. 요구조건을 내세우고 끝까지 싸웁니다. 뒤에서 도망치는 사람들은 거기대로, 어느 쪽이든 목숨을 걸기는 마찬가집니다. 선택은 각자가 합시다. 다만 탈출 쪽에 숫자가 많으면 많을수록 그만큼 위험하다는 건 여러분이 더 잘 아실 겁니다."

이어서 우석이 생각했던 것들을 하나하나 설명해나갔다. 호랑이를 잡는다고 나섰다가 토끼 한마리 들고 돌아올 수도 있다. 그러므로 할 수 있는 한 처음부터 세게 밀고 나간다. 요구조건도 우리 쪽이 크게 잡아서, 상대방이 작은 것 몇가지는 들어주겠다고 나오게 해야 한다. 하물며 쥐도 궁하면 고양이를 무는 법이다. 밀어붙이는 게 강하면 강할수록 광업소 측도 빠져나갈 수 있게 퇴로를 열어주어야 한다. 밀어붙이는 건 박일주와 함께 남재덕이가 나서서 나를 도와주기 바란다.

파업이 시작되면서 동시에 결행할 것은 광업소가 심어놓은 첩자들을 잡아서 움직이지 못하게 하는 것이다. 이쪽 정보가 새어나가는 것만 막아도 광업소 측에서 볼 땐 큰 타격이다. 이건 힘 좋은 장학철이와 양필용이가 맡아서 몇사람과 함께 했으면 좋겠다.

폭력은 필요하다. 불을 지르거나 부수거나, 어느정도는 난장판을 만들 필요가 있다. 그렇게 기세를 올려야 인부들을 하나로 묶을 수 있고, 불에 기름을 붓는 상승작용이 일어난다.

우석이 고개를 들어 사람들을 훑어보았다.

"여기서 무엇보다도 중요한 건 노무계 연락사무소 건물입니다. 쥐도 새도 모르게 기습적으로 점령하는 겁니다."

"연락사무소? 해치울 거면 종합사무소지 왜 연락사무소여?"

신철이 말했다.

"네, 맞습니다. 연락사무소를 덮칠 겁니다."

그가 말한 노무계 연락사무소는 섬의 남쪽에 있는 종합사무소 안의 노무계가 아니었다. 그 무렵 사할린에서 끌어온 이중징용자들의 숫자가 늘어나면서 20호동 지하에 또다른 숙사를 마련한 광업소 측은 두곳의 조선 징용공들만을 관리하는 노무계 사무실을 따로 만들어놓고 있었다. 두 징용공 숙사의 중간지점 쯤이 되는 일급광부들의 아파트 17호동 앞이었다. 이 건물에는 노무계 연락사무소라는 나무간판이 걸려 있었다.

증탄을 독려하는 군부의 입김이 점차 거세지면서 섬 안에 들어온 군인들과 경비원들의 휴식처나 연락처로도 사용되는 곳이었다. 우석과 신철이 징용공 숙사와 가까운 그곳을 점령하기로 한 것은 힘을 한곳으로 모아야 한다는 생각에서였다.

종합사무소를 점령한다면 광업소 전체를 마비시키며 기선을 잡는다는 장점이 있기는 했다. 그러나 그곳은 징용공 숙사와는 동서로 너무 멀리 떨어져 있어서 자칫하다간 숫자가 적은 종합사무소 쪽 징용공들이 고립될 수 있었다. 광업소 측에서 양쪽을 끊으며 중간 길목을 막는 날에는 서로 연락조차 할 수 없어진다. 그러나 노무계 연락사무소와 그들의 숙사는 낮은 언덕을 사이에 하고 일본인 광부와 하청업자들의 아파트가 서 있는 가까운 거리였다.

초장에 기를 꺾어버리는 거다. 동트기가 무섭게 가까운 연락사무소를 깔고 앉으며 기세를 올린다는 계획에 그들은 모두 고개를 끄덕였다.

"그건 내가 맡습니다. 아침 일찍, 야간당직자만 어물거릴 때 덮칠 겁니다."

이미 약속했던 대로 신철이 나섰다. 이야기가 끝나갈 무렵 재덕이 머리를 긁으며 말했다.

"니랑 내랑 일주가 나설 때 만중이도 있음 어떻겠노? 힘이 딸린다 아이가. 만중이가 있음 딱 맞지 싶은데, 만중이 이 사람 어데 갔노?"

우석이 손을 저으며 재덕의 말을 막았다.

"만중이는 이 일에서 뺍시다."

사람들의 눈길이 우석에게 쏠렸다.

"재덕이 말이 맞다. 만중이 그만한 사람도 드문데 왜? 듬직하고 믿음성 있고."

우석이 사람들을 둘러보며 말했다.

"지난번에 끌려가 고문을 당해서 몸도 말이 아니려니와, 만중이는 삼대독자요. 만중이만은 이 일에서 뺍시다."

다칠 수도, 더 큰일이 생길 수도 있는 일이다. 삼대독자인 만중이만은 이 일에서 빼자는 말에 모두들 잠시 숙연해졌다. 이제 마지막으로 나누어야 할 이야기가 남았다고 우석은 생각했다. 그는 사람들을 돌아보며 말했다.

"중요한 게 하나 남았는데, 우리끼리야 이런 식으로 모여 앉아 이야기를 나누면 되겠지만, 광업소 측과의 대화에는 대표가 필요합니다. 누가 좋겠습니까. 누군가가 대표를 맡아줘야 하는데."

"자네가 맡지그래."

일주의 말에 우석이 고개를 저었다.

"난 아니고, 힘들겠지만 신철이가 맡았으면 하는데, 어떻겠어요? 그리고 이것저것 심부름을 하거나 연락할 건 성식이가 옆에 붙어 다니면서 돕고."

이야기가 끝난 건 새벽이었다. 밖으로 나갔던 학철이 가슴 안쪽에 숨겨가지고 들어온 것을 방구석으로 내려놓았다.

"다이너마이트다."

놀라면서 신철이 학철을 훑어보았다.

"이걸 어쩌려구?"

"광업소 놈들, 밀고만 들어와봐라. 내가 이걸 물고 그놈으 시키들을 몇놈 죽이고 나도 죽을 거니까."

"아니 장형, 다 살자고 하는 일이야. 지금 누굴 죽이려고 이래?"

이불 뒤편으로 다이너마이트 뭉치를 숨겨놓으며 학철이 중얼거렸다.

"누군 몰라서 하는 소린가. 다 유비무환이다."

조선인들이 난리다, 난리. 징용공들이 일을 쳤단다. 큰일이 났다. 출근을 한 일본인들이 떠들고 있었다. 그들이 이미 노무계 사무실을 접수해버렸다는 것이었다. 감히 그런 생각을 하다니. 놀라면서 명국은 누가 주동이 되어 그런 엄청난 일을 벌였는지 걱정부터 앞섰다. 쟁의가 수습되고 나면 주모자들을 그냥 둘 리 없다. 또 몇사람 상해서 나가겠구나.

병원 앞으로 나온 명국은 징용공 숙사 쪽으로 난 갈림길을 내려다보았다. 지나다니는 사람들도 뜸하고 별다른 움직임은 느껴지지 않았다. 멀리 푸르게 갠 바다는 방파제를 때리며 하얗게 부서질 뿐 잠잠했다. 날씨가 보통 좋은 게 아니군그래. 녀석들, 날은 잘 잡았네.

노무계 사무실만이 아니라 숙사 앞에도 몽둥이와 곡괭이까지 들고 징용공들이 지키고 있다는 말을 떠올리면서 명국은 고개를 끄덕였다. 그래, 사그라진 잿속에서도 불씨는 다시 살아난다. 하물며 사람이다. 부디, 어릿어릿 장님 파밭 들어가듯 하지만 말아다오.

짚고 있는 목발에 몸을 기울이면서 명국은 금화의 사연도 이 일에 발판이 되었다는 게 마음이 아팠다. 그렇게 살다 그렇게 죽은 아이, 죽어서도 또 사람들 입에 오르내리는구나. 하루 사는 게 결국은 하루 더 그 남자를 욕되게 하는 거 아니겠어요. 금화를 떠올리며 명국은 어금니를 힘주어 물었다. 사람들이 들고일어나는 데 네 죽음도 불씨가 되었다니, 세상일이란 건 알다가도 모르겠구나. 넌들 이런 일을 생각이나 했겠니.

파업 첫날은 너무나 조용했다. 신철을 앞세워 일거에 노무계가 들어 있던 연락사무소를 점령해버린 징용공들은 사무실 집기를 끌어내 길을 막고 쌓아놓는 것으로 첫 기세를 올렸다. 그렇게 방어막을 친 뒤 곡괭이와 몽둥이를 든 징용공들은 뒤쪽에 매복을 하고 경비원들이 쳐들어올 것을 대비하고 있었다.

그렇게 오전이 지나갔지만 광업소 측에서는 아무런 대응도 하지 않았다. 노무계와 작업장의 간부 사원들이 나와 짧게 신철과 이야기를 나누고 돌아간 것이 전부였다. 각목을 든 채 쭈그리고 앉은 징용공들의 머리 위로 하늘은 해맑게 개어 있었다. 방파제 쪽에서 몇명의 경비원이 모여 이쪽을 바라보고 있었다. 쌓아놓은 사무실 책상들 뒤를 오가던 징용공들이 멀리서 서성거리는 경비원들을 보면서 조용조용 수군거렸다.

"아니, 왜 이렇게 조용한 거야? 그 지랄 같던 놈들이 아무 소리가 없으니."

"똥 싼 놈이 더 야단이라더니, 별놈의 걸 다 걱정한다."

"소리 없는 고양이가 쥐를 잡는다더라. 낌새가 여엉 좋지가 않아."

"뭔 객쩍은 소리야. 우리가 워낙 소리 소문 없이 일을 벌였으니까, 저놈들이야말로 당했다 싶어서 속이 뜨끔해 있을 거다."

저녁이 왔다. 노무계 사무실 앞과 숙사 마당에 화톳불이 피어올랐다. 불길을 가운데 두고 몽둥이를 든 징용공들이 둘러앉았다. 그들 사이에서 목소리를 모아 노래가 흘러나왔다.

아리랑 고개다 주막집 짓고
정든 임 오기만 고대 고대한다
아리랑 아리랑 아라리로구료
아리랑 고개로 나를 넘겨주소

숙사에서 들려오는 아리랑을 들으며, 연락사무소 앞에 진을 친 징용공들이 한바탕 기세를 올리며 물건들을 두드려대기 시작했다. 양철통에서부터 나무작대기를 두드리는 소리가 자지러지고 나자 그들 사이에서도 아리랑이 흘러나왔다.

아주까리 동백아 열지 마라
누구를 괴자고 머리에 기름
아리아리 쓰리쓰리 아라리요
아리랑 얼씨구 놀다 가세

저녁이 깊고 파도가 어둠에 뒤섞여 철썩이고 있었다. 숙사 뒤쪽 담을 넘은 우석은 어둠 속에 몸을 웅크렸다. 달빛이 있다는 것이 마음에 걸린다. 그러나 이미 내디딘 발이다. 신철이 말이 맞다. 작사도방(作舍道傍)이면 삼년불성(三年不成)이라고 했어. 길가에 집을 지으면 오가는 사람이 다 한마디씩 하기 때문에 집 짓기가 힘들다는 말이었다. 소뿔도 단김에 빼랬다고, 할 거라면 서두르자는 쪽으로 도움을 준 건 재덕이었다.

"사공이 많으모 배가 산으로 올라가삔다. 미라가 될 일이 아이다. 오늘 밤에 해치워뿌자. 갈 사람은 다 모았다."

성동격서(聲東擊西)라는 말도 있다. 소리는 동쪽에서 내면서 치는 건 서쪽이다. 앞에서는 이게 사람 대우냐 들고일어나고 그때 뒤에서 도망을 치게만 할 수 있다면 일은 성공이다. 그랬던 것인데, 탄광사무소 쪽에서 움직임이 없다. 없어도 너무 없다. 아무리 생각해도 고개가 갸웃거려지는 일이었다.

우석은 몸을 돌려 아파트 쪽을 올려다보았다. 아무 일도 없다는 듯이 창마다 불빛이 빛나고 있다. 그래라. 다들 자거라. 잘 수 있을 때가 좋은 때다.

몸을 웅크린 채 우석은 빠르게 방파제 쪽으로 다가갔다. 거치적거리거나 막는 놈이 있으면 해치우면서라도 나가기로 한다. 어둠 속을 바라보는 우석의 눈이 빠르게 움직이며 방파제 끝에 가서 멈춘다. 저기 어딘가에 사람들이 모여 있을 것이다.

방파제에 몸을 붙이고 빠르게 걸어나가는 우석의 발에 서걱거리며 마른 풀이 채였다. 우석은 잠시 주변에 귀를 기울였다. 아무 소리도 들리지 않았다. 그는 몸을 숙이며 돌을 하나 집어들었다. 두번, 그리고 잠시 사이를 두고 또 두번, 돌로 방파제를 두들겼다. 잠시 후 방파제 옆 공터 쪽에서 똑같은 소리가 들려왔다. 두번, 그리고 잠시 사이를 두고 두번.

이미 와 있었구나. 길게 숨을 내쉬는 그를 향해 검은 그림자 둘이 덮치듯 달려들었다. 재덕과 또 한 사내였다. 재덕이 탈주자들 쪽으로 돌아선 건 노무계 사무실을 점령하고 난 후였다. 나도 나간다고 못을 박고 나서 그는 말했다.

"사람이 떼를 지어 움직이는데 인솔자가 있어야 할 거 아이가. 내가 끌고 나갈 테이까네 그렇게들 알아라."

뒤따르던 일주가 방파제에 몸을 붙이며 거친 숨소리를 냈다. 서로를 확인하고 나서 우석이 무겁게 입을 열었다.

"다들 나왔어? 몇명이야?"

재덕이 대답했다.

"내 쪽에 일곱명 아이가."

일주가 속삭이듯 낮은 소리로 달수에게 물었다.

"달수, 너는 몇명이냐?"

"아홉. 열명 채워 짝짓는 게 싫어서 그렇게만 가기로 했다."

많다. 너무 많다. 우석이 말없이 아랫입술을 깨물었다. 재덕이 속삭였다.

"성식이가 가겠다고 안 하나. 나모지는 가가 델꼬 올 끼다."

성식이까지? 신철이 옆에 붙어 있으라고 했는데 어린놈이! 우석이 조금 놀란다. 몰래 규합한 숫자가 이미 열여섯이다. 거기에 성식이가 또 몇명을 데리고 올지 모른다. 이렇게까지 많은 사람들이 저마다 도망칠 생각을 숨기며 여기 엎어져 있었단 말인가. 이렇게 되면 스무명이 넘는 집단탈주다. 육지에 도착해서 이들이 어떻게 흩어져갈지는 아무 대책이 없다. 각자도생이다. 지망자들은 그렇게 말하며 이를 갈았었다. 거기서는 둘씩 셋씩, 그도 아니면 혼자서 살길들을 찾을 수밖에 없다.

"한명씩 줄을 타고 방파제를 넘어야 해. 바다로 뛰어내리면 절대 안 된다. 나까노시마까지만 나가서 뗏목을 만들어라. 다들 알지?"

우석은 성필수와 지상이 세웠던 그 계획대로 말하고 있었다.

"물론이다! 챙길 건 다 챙겼다."

달수가 말했다.

"우린 통나무도 몇개 끌어다 놓았다. 그걸 방파제 너머로 던져놓고 타고 나갈 거다."

"숫자가 많은 만큼 손발들을 잘 맞춰야 해. 명심해들."

어느 방파제를 넘느냐를 결정한 건 재덕이었다. 그가 택한 쪽은 나까노시마와 거리가 가장 짧은 곳이었다. 그러나 그곳은 방파제가 유난히 높고 경비원들의 감시가 제일 심한 곳이기도 했다. 초소도 거기에서 멀지 않았다.

숙사 쪽에서 팽팽한 대결이 계속되면 이쪽에서의 탈출이 한결 손쉬울 것이다. 그러나 광업소 측이 너무 조용하다. 그렇기에 소리는 동쪽에서 내고 일은 서쪽에서 친다던 계획도 절름발이가 되었다. 때맞춰서 오늘은 달빛마저도 밝다. 탈출만으로 보자면 이렇게 날을 못 잡았을 수가 없다.

풀이 자란 공터를 앞에 두고 방파제를 따라 조개처럼 붙어 있던 사람들이 모여들었다. 어둠 속으로 몸을 구부리고 다가오는 사람들이 보였다. 누군가가 돌멩이를 두번 두드려 신호를 보냈다. 그 소

리에 맞춰 저쪽에서도 두번 소리를 내는가 하자, 대여섯명이 방파
제에 몸을 붙였다.

불쑥 얼굴을 드러내는 성식을 우석이 껴안았다.

"너도 간다구?"

성식은 대답이 없이 고개만 크게 끄덕였다.

"몸조심해라. 고생 많았다."

성식을 안았던 팔을 풀며, 자신을 둘러싸듯 몸을 웅크리고 있는
사람들을 향해서 우석이 말했다.

"여럿이 가는 데 섞이면 병든 다리도 끌려간다고 했소. 서로 놓
치지 말고 끌어주면서 뒷일을 도모해주십시오."

우석의 목소리가 더욱 잠겨든다.

"이제부터 하늘에 맡깁시다. 충신도 천명이요, 역적도 천명이라
고 했소. 때 되면 그때 우리 만납시다."

방파제를 치고 가는 파도소리에 섞이는 우석의 목소리를 들으며
재덕은 생각했다. 이 목소리도 이제 오늘로 끝이다. 재덕이 한 걸음
옆으로 나섰다.

"자네들은 쪼매 기다리거라이. 그라고 우석이, 니 나하고 잠깐
이야기 좀 하자."

우석을 어두운 풀밭으로 불러낸 재덕이 몸을 구부리며 우석의
팔을 잡았다.

"우석이, 내 자네한테 하나 물어보자. 여 남아서 우짤라 카노?"

"뒷일을 봐야지."

재덕이 우석을 잡은 팔에 힘을 주며 목이 아프게 침을 삼켰다.

"순리대로 하자몬 자네도 함께 가야 하는 거 아이가?"

"순리로 하는 일이 아니잖아. 살아 있으면 언젠가는 만나겠지."

재덕은 길게 한숨을 내쉬었다.

"그리고, 그냥 가지는 몬한다이. 우짜겠노. 경비 몇놈 해치워뿔 끼다."

"꼭 그래야 해?"

"저 사람들을 우찌 막노? 맺힌 기 너무 많다 아이가. 자넨 눈깜고 있어라 고마."

"그러자는 게 아니었잖니. 사람이 상하는데."

일을 점점 어렵게 만드는구나. 그런 생각을 하는 우석의 어깨를 재덕이 힘주어 짚었다.

"다 눈에 불 킨 사람들이라. 내가 두 팔 벌리고 막는다꼬 될 일이 아이다."

풀소리를 서걱거리며 달수가 다가왔다.

"뭔 얘기가 이렇게 길어."

재덕이 우석에게 말했다.

"한두놈은 해치우고 갈란다. 내 혼자 생각이 아이다. 만약에 잡히몬 우짜노? 그양 가나 직이고 가나 결과는 마찬가지 아이가."

달수가 말했다.

"그 얘기는 다 끝난 거 아니었어? 걸리적거리는 놈은 다 죽인다."

"우짤 수 없다. 그리 안 하몬 통나무를 우찌 방파제 너머로 옮기겠노?"

재덕이 달수의 가슴을 툭툭 쳤다.

"이 친구만 믿으몬 될 끼다. 단칼에 목을 딸 끼니까. 이 친구가 광희문 밖 도살장에서 도끼로 소머리 치던 사람 아이가."

말하고 나서 재덕은 달수를 보며 다독거리듯 말했다.

"미안하요, 이리 말해서."

가만히 고개를 끄덕이고 나서 우석이 말했다.

"달빛 말이다, 너무 밝은 거 아닐까."

"괘안타. 인자 와서, 구데기 무서버 장 못 담그나!"

"알았어. 그럼 서둘러 떠나."

방파제 밑에 몸을 숨기고 있는 일행을 잠시 돌아보고 나서 우석이 길게 숨을 내쉬었다.

"내가, 꼭 길쌈 잘하는 첩 같지 않나?"

"좀 그렇구마. 영판 투기 안 하는 마누라다 아이가."

우석이 돌아오는 것과 때를 같이해서 스무명이 넘는 징용공들이 어둠 속에서 움직였다. 맨 뒤에 서서 우석은 그들을 따라갔다.

두 사람이 그림자처럼 방파제 위로 기어올라갔다. 한 사람이 경비원을 뒤에서 끌어안으며 입을 틀어막는 순간, 거의 동시에 다른 사람이 경비원의 배에 칼을 찔러넣는 모습이 보였다.

배를 바닥에 대고 몸을 꿈틀거리며 사람들이 방파제 위로 기어오르기 시작했다. 그들이 하나씩 바다 쪽으로 사라지는 것을 바라보는 사이, 옆에 와 선 재덕이 덥석 우석을 끌어안았다.

"머시든 자네는 아는 기 없다. 다 내한테 미라뿌라. 자네는 모른다 아이가. 아는 기 하나도 없다. 꼭 그래라."

"알았어. 가라!"

"맘 단디 묵고, 약해지지 말고, 잘 있거라이."

팔을 푼 재덕이 두어 걸음 물러서는가 하자 몸을 돌렸다. 방파제 위로 올라서는 그의 모습을 바라보다가 우석은 달빛을 받고 치솟아 있는 하시마의 등성이를 돌아보았다. 문득 그때가 떠올랐다. 방파제에 몸을 엎드린 채 우석은 바다로 헤엄쳐나간 지상과 필수의 모습이 보이지 않게 될 때까지 바라보았었다. 이제 또 저들도 가는구나.

풀들이 밤바람에 흔들리는 공터를 우석과 일주는 발소리를 숨길 것도 없이 저벅거리면서 걸었다. 경비원들 동태도 살필 겸 어떻게 돌아가고 있는지 감을 잡자는 생각에서 그들은 길을 바꿔 일본인들의 아파트 쪽으로 향했다.

불쑥 어둠 속에서 목소리가 날아들었다.

"토마레(서라)!"

몽둥이를 챙기느라 덜거덕대는 소리가 어둠 속에서 들려왔다. 우석이 걸음을 멈추며 대답했다.

"나요, 나. 최우석입니다."

"어딜 돌아다니는 거요. 묻고 말고도 없이 쌔려버릴 뻔했잖아."

각목을 들고 머리띠를 두른 사람들이 우뚝우뚝 일어서는 것을 보며 우석이 말했다.

"수고가 많으십니다."

있는 대로 불을 밝힌 숙사 안으로 들어선 우석은 신철의 팔을 잡으며 뒤를 돌아보았다.

"김씨랑 조씨도 나 좀 봅시다."

넷은 구석에 모여 앉았다.

"떠난 사람들은 무사히 바다로는 들어갔습니다."

잠깐 고개를 숙였다가 우석이 말했다.

"경비원을 찌르고 갔습니다. 둘 아니면 셋."

"뭐야 이건. 어쩌자구 그런 일을 해!"

웅성거리는 속에서 신철이 벌컥 소리를 질렀다.

"아니, 약속에 없던 일을 저지르면 어쩌자는 거야. 나중에 우리가 다 뒤집어쓸 거 아냐."

"어쨌든 일은 벌어진 거고, 그래서 이야긴데, 여차하면 우리 쪽에서 먼저 풀어버리면 어떨까요?"

"풀다니?"

"간 사람들과 여기 남은 우리는 상관없는 것으로, 모르는 일로 선을 긋고, 몇사람 잡혀가는 선에서 타협을 하는 거지요."

"그런 물러터진 생각은 하지도 말게. 싸울 때까지 싸우고, 잡혀갈 때는 잡혀가는 거지."

일을 그렇게 할 수는 없다면서 조씨가 어두운 마당으로 걸어나갔다. 그가 길게 가래침을 뱉는 소리가 들렸다. 옆에서 신철이 웅얼웅얼 말했다.

"뭐든 함께해야 해. 누구 한두 사람 희생시킨다고 될 일도 아니고."

26

아침이 왔다. 몽둥이와 곡괭이 자루를 둘러멘 징용공들이 둘러 선 마당에서는 여전히 화톳불이 피어오르고 있었다.

희뿌옇게 날이 밝고 있을 때였다. 어지러운 발소리에 섞여 들려 오는 비명을 들으며 우석은 숙사 밖으로 내달렸다. 죽창을 든 일본 인들이 숙사 마당 앞까지 쳐들어와 있었다. 우석도 몽둥이 하나를 집어들고 곡괭이와 대막대기를 든 징용공들 뒤에 가서 섰다.

마구잡이로 부수고 들어올 것 같던 일본인들이 숙사 앞길을 막 으며 늘어섰다. 그들이 겨누고 있던 죽창의 물결이 양쪽으로 갈라 지는가 하자 앞으로 나선 것은 목도를 손에 든 우찌다였다. 그는 노무관리자 가운데서도 징용공들과는 부대낄 일이 없던 사람이었 다. 작업복이나 발가락이 갈라진 작업화 지까따비 배급이 그의 담 당이었다. 여름이면 발가락이 튀어나오는 일본 짚신 와라지를 나누어주기도 하던 우찌다는 장사꾼들이 점포 이름을 새겨서 입는 겉옷에 탄(炭) 자를 새겨서 제복 위에 걸치고 돌아다녀 징용공들을 웃게 만들기도 했다.

우찌다를 내세우다니, 회사 쪽도 수가 보통이 아니구나. 우석이 놀라며 그를 지켜보았다.

"너희들의 요구조건이 뭔가는 어제 대강 들었다. 거기 대해서 구체적으로 이야기를 나누고 싶으니까, 이름을 부르는 사람은 앞으로 나와라."

우찌다가 목소리를 높이며 세 사람의 이름을 불렀다. 신철의 이름이 맨 먼저 불렸다. 그리고 남재덕을 찾았다.

"나무상, 나무 쩨 도기."

나무재도기라는 이름이 들리는 순간, 우석은 빠르게 결심을 했다. 재덕은 여기 없다. 이미 바다를 건너 어느 산비탈을 뛰고 있을지 모른다. 재덕이 사람들을 끌고 탈출했다고 우리 쪽에서 먼저 까발리자. 그 수밖에 없다. 그때 우석이 불렸다.

"그리고 체 우서기. 조선 이름이 체우서기다."

징용공들이 바람에 쏠리듯 술렁거렸다. 어떻게 된 일인가. 저쪽에서는 이미 주모자급을 정확하게 알고 있지 않은가.

일단 시간을 벌자. 죽창을 든 일본인들과 맞선 가운데, 신철과 함께 숙사 안에 들어찬 사람들이 머리를 맞댔다. 협상조건을 어떻게 할 것인지로 이야기가 옮겨가자 뒤에서 누군가가 버럭 소리를 질렀다.

"협상? 협상이 뭐 말라죽은 기고! 지금 저 사람들을 만나서 될 일이 뭐꼬?"

"어쨌든 회사 쪽의 말을 들어보고 나서 다시 결정을 합시다."

"한번 들고일어났으모 대가리가 깨지드라도 붙고 봐야 하는 기다!"

신철이 나섰다.

"일단 제가 혼자 나가겠습니다. 희생을 한 사람이라도 줄여야 하니까. 노임이며 식사 문제며 이놈의 좁아터진 수용소까지 어제 다 제가 말을 했습니다."

입을 힘주어 다물면서 우석이 말했다.

"함께 가지. 나도 찾으니까."

"아니야. 어차피 재덕이가 없는데, 우선 나 혼자 만나볼게. 넌 일단 빠져서 여기를 지켜."

방을 나온 신철이 숙사 마당을 걸어나갔다. 맨 앞에 서서 일본인과 대치하고 있던 징용공들이 뒤를 돌아보며 웅성거렸다. 그들의 어깨를 잡으며 앞으로 나아가던 신철의 눈길이 그들 이마에 질끈 동여맨 때 묻은 수건에 가 멎었다. 신철은 침을 삼키며 목을 치밀어오르는 뜨거운 것을 밀어내렸다.

그때였다. 한 사내가 들고 있던 몽둥이로 신철의 가슴을 막았다. 큰 덩치와는 달리 목소리가 작고 가냘퍼서 사람들이 웃곤 하던 곽씨였다. 머리를 묶었던 수건을 풀면서 곽씨가 말했다.

"당신 배신자야? 당신 혼자 희생하겠다 그거야? 우리는 뭐 홍어좆인 줄 알아!"

"왜 이러시오?"

신철과 그의 눈길이 어지럽게 얽혀들었다.

"당신이 덜컥 저쪽 손으로 넘어가겠다면, 그게 배신자나 다를 게 뭐요? 그렇다면 나도 따라가겠소!"

"아닙니다. 우선 저쪽에서 나를 원하니까, 나 혼자 가겠습니다."

신철이 그들을 둘러보며 소리쳤다.

"여러분, 여러분은 여기서 날 지켜주십시오!"

죽창을 든 일본인들 쪽으로 신철이 다가가는 사이 등 뒤에서 누군가가 목소리를 높였다.

"이보게 신철이, 자네한테 무슨 일이 있다 하면 가만있을 우리가 아녀. 호랑이 굴에 들어가야 호랑이를 잡는다!"

신철이 돌아서서 주먹을 쥔 손을 흔들었다. 와아하는 함성이 일면서 기세를 올리느라 밥그릇이며 철판조각들을 두들겨댔다. 앞을 막아선 일본인들이 신철을 향해 죽창을 겨누었다. 눈을 가늘게 뜨면서 신철은 자신을 겨눈 죽창을 내려다보았다. 이 대나무 끝이 내 피를 부르고 있다. 아니 조선인의 가슴을 겨누고 있다. 맞서 싸워서 개처럼 죽으라고 우리를 부르고 있다. 그는 어금니를 힘주어 물었다. 우리가 노렸던 건 이 저주받은 섬에서 나가고 싶어하는 사람들을 가게 하는 거였어. 이미 우리는 사람들을 빼돌렸어. 난 단칼에 이놈들의 멱통을 딴 거다.

신철이 소리쳐 불렀다.

"우찌다, 어디 있나?"

바람에 불리듯 일본인들의 죽창이 움직였다. 죽창이 길을 터주자 앞으로 나선 우찌다가 신철을 잠시 노려보았다. 자신을 둘러싸며 다가서는 징용공들을 뒤로 물리면서 신철이 말했다.

"이야기할 게 있다고 했나?"

"그렇다."

"좋다. 사무실로 함께 가겠다."

"왜 너 혼자냐? 우린 셋을 원했다."

신철이 한 걸음 앞으로 나섰다.

"우선, 나 혼자 만나겠다."

저쪽 대답을 들을 것도 없이 신철이 성큼 발을 내디뎠다. 그를 겨눈 죽창이 뒷걸음치며 길을 만들었다. 앞으로 다가오는 신철을 향해 우찌다가 말했다.

"따라와라."

그들에게 둘러싸여 앞으로 걸어가면서 신철은 방파제를 때리고 가는 파도소리를 들었다. 달수와 재덕이 무사히 일행을 끌고 나갔을까. 성식이 그 어린놈이 무사해야 할 텐데. 그는 메말라오는 입천장에 혀끝을 굴렸다.

종합사무소 현장계 사무실로 들어선 신철은 마주 서 있는 현장소장 히라노를 보았다. 일장기 앞에 선 그는 오늘따라 군복 같은 제복을 입고 있었다. 부동자세를 하고 섰던 그가 손가락을 들어 신철을 가까이 불렀다.

앞으로 다가서는 순간, 신철은 어깨를 부수는 듯한 통증과 함께 그대로 꼬꾸라졌다. 발길질과 몽둥이가 그의 쓰러진 몸 위로 우박처럼 떨어졌다. 신철의 몸이 마룻바닥에서 벌레처럼 꿈틀거렸다. 바람이 지나가듯 발길질이 멎고 피투성이가 된 신철이 눈을 떴을 때, 그는 코앞에 서 있는 히라노의 장화를 보았다. 히라노가 말했다.

"얼굴을 들어라."

신철이 몸을 꿈틀거렸다.

"눈을 떠. 네 친구를 만나게 해주겠다."

어렴풋이 히라노의 말을 들으면서 신철이 눈을 떴다. 찢어진 이마에서 피가 눈으로 흘러들었다. 코피가 바닥으로 툭툭 소리를 내듯이 떨어져내렸다. 신철은 나무토막처럼 몸을 굴려 마룻바닥에 드러누웠다. 천장을 올려다본 채 눈을 깜박이면서 그는 히라노의 고함소리를 들었다.

"여길 봐라. 네 친구다."

피투성이 얼굴로 신철이 고개를 돌렸다. 그의 옆에는 들것에 담긴 무엇인가가 놓여 있었다. 핏물이 흘러드는 눈을 손등으로 비비며 신철이 들것을 바라보았다. 뿌옇게 보이던 들것 위의 물체가 조금씩 선명해졌다. 사람이었다. 찢기고 으깨어진 채 물에 부어오른 시체였다. 신철의 흐린 눈길이 그의 얼굴에 가서 멎었다.

으아아아. 소리치며 신철이 눈을 감았다.

어젯밤 숙사 뒤편에서 서로 껴안았던 친구. 건강해라. 다시 만나자. 차마 그런 말도 나누지 못하고 헤어졌던 친구. 들것에는 재덕이 시체가 되어 누워 있었다. 히라노의 장화발이 신철의 목덜미를 걷어찼다.

"이것들이 제법 재주를 부렸어. 한쪽에서는 와와 소리를 지르면서 그 틈에 한쪽에서는 사람을 도망시켜? 이 히라노가 그 정도에 속을 인간인 줄 알았나?"

또랑 건널 때는 지팽이가 요긴하제. 그러나 또랑 건너고 나모 지팽이는 버리는 기라. 이 일 끝나모 모든 책임이 니한테 돌아갈 낀데, 여 남아 우짤라꼬. 친구는 그런 말을 했었다. 마지막 준비를 하던 날 새벽 바다를 내다보면서 재덕이 했던 말을… 신철은 쓰러져 눈을 감은 채 떠올리고 있었다. 안다. 그런 약속도 했었다. 죽은 자

52

가 입이 없듯이 여길 떠난 자들도 입이 없다. 모든 건 여길 떠나고 없는 자들에게 돌리기로 한 약속이었다. 그러나, 그러나 나는 입이 있구나.

해가 떠오르고, 소금을 솔솔 뿌린 주먹밥 한 덩어리씩을 돌려 받은 징용공들이 몽둥이를 어깨에 기댄 채 그것을 먹는 사이, 지하실에 갇힌 신철의 입에서 주모자들의 이름이 하나씩 불려나왔다. 이 일은 나랑 최우석이 만들었다. 최우석과 함께 박일주가 사람들을 이끌고 있다. 장학철이 탄광사무소와 내통이 있는 자들을 잡아낼 것이다. 도망자들을 인솔했던 사람이 바로 죽은 그 사람 남재덕이다. 그들은 약속과 다르게 경비를 찌르고 갔다고 들었다.

한낮이 지나고 숙사에 그림자가 지기 시작했다. 바다는 물결도 없이 잔잔했다. 징용공 숙사가 내려다보이는 언덕 위에서는 일본인 광부 가족들이 몰려나와 구경났다는 듯 아래를 내려다보고 있었다. 신철이 돌아오기를 기다리며, 징용공들도 더러는 다리를 뻗고 자리에 앉았거나 주변을 서성거리고 있었다.

"왜 이래 조용해. 방귀 뀌는 소리도 다 들리겠어."

"내 말이 그 말이다. 숫처녀는 오줌도 시원하게 못 누겠어."

녀석, 배짱 한번 좋다. 이 마당에 숫처녀 오줌이라니. 다들 피식 웃는다. 갈매기 몇마리가 끼룩끼룩 소리를 내면서 그들의 머리 위를 날아갔다. 요놈 새끼들 나한테 똥만 갈겨봐라. 저마다 그런 눈으로 갈매기를 쳐다본다.

그때였다. 이마에 수건을 동여맨 우석이 청년들과 함께 숙사 문을 박차고 나서며 소리쳤다. 그는 한 손에 죽창을 들고 있었다.

"다들 모이시오. 더 이상 기다릴 게 없소. 우리가 대표를 만나러 갑시다."

풀이 일어서듯이 징용공들이 일어섰다. 숙사 밑 그늘에 앉아 있다 흙투성이 엉덩이를 털며 일어서는 사람들의 머리 위로 곡괭이와 몽둥이들이 치솟았다. 숙사 마당에 흙먼지가 일었다. 다투어 앞으로 나서려는 사람이 있는가 하면 뒤쪽으로 몸을 돌려 자리를 잡는 사람들을 보면서, 우석이 목소리를 높였다.

"저쪽에서 치고 나오기 전에는 몽둥이질을 해서는 안 됩니다. 절대 혼자 떨어지지 말고 몰려 있어야 합니다."

"몰려 있지 않으면, 손바닥만 한 섬에서 집 못 찾아올까."

와와 기세를 올리던 사람들이 저마다 웃음을 터뜨렸다.

그들은 어느새 하나가 되어 좌우로 몸을 일렁거리고 있었다. 그 일렁임에 맞춰 어젯밤 숙사 마당을 지키면서 그렇게도 많이 불렀던 노래, 아리랑이 흘러나왔다. 아리랑 아리랑 아라리요 청천 하늘에 잔별도 많고 우리네 살림살이 말도 많다. 노래가 끝나기를 기다렸다는 듯이 우석이 소리치며 죽창을 들어올렸다.

"나가자!"

행렬이 숙사 골목으로 밀려나갔다. 언덕에서 구경을 하던 일본 여자 몇이 황급히 뒤쪽으로 몸을 숨겼다. 장씨가 옆에서 걷고 있는 복길을 보고 물었다.

"넌 그 대나무 몽둥이는 어디서 났어?"

"저것들이 죽창을 들고 나오기에 식당 시렁에서 뽑았지요. 기왕이면 이렇게 긴 놈이 낫지 않겠어요?"

"흉년에도 밥은 안 굶겠다."

말을 마치는 바로 그 순간이었다. 장씨가 자루처럼 풀썩 그 자리에 주저앉았다. 영문을 몰라 몸을 숙이던 복길은 바닥에 널브러진 장씨의 이마에서 흘러내리는 피를 보았다. 앞쪽에 선 사람들의 고함소리가 들려왔다.

"피해라! 돌이다! 다들 피해라!"

복길은 두 팔로 머리를 감싸며 몸을 엎드렸다. 여기저기서 돌 떨어지는 소리가 들렸다. 그들이 몰려나올 때를 기다리며 숨어 있던 일본인들이 돌을 던지고 있었다. 새가 날듯이 돌멩이들이 꺼멓게 허공을 날아 징용공들의 머리 위로 떨어졌다. 흙먼지가 일면서 행렬이 흩어지기 시작했다.

"물러서라! 머리 조심해, 머리."

"저놈들이 숨어 있었다. 돌아가자."

얼굴에 피를 흘리는 사람들을 방으로 옮기고 나서 마당에 주저앉은 사람들을 모아놓고 우석이 앞으로 나섰다.

"여기서 물러설 수는 없소! 방 안의 다다미를 벗겨내다가 골목을 막읍시다."

"돌팔매질이라면 우리가 한 수 위다."

피를 본 눈에 불이 붙었다. 저마다 이리 뛰고 저리 뛰면서 돌을 날라왔고, 우지끈거리며 숙사 뒤편의 담을 뜯어 몽둥이들을 만들었다. 일주가 돌과 몽둥이가 쌓이는 마당을 가로질러 우석을 찾았다.

"괜찮겠냐? 일이 커지는데."

"일은 이미 커졌다. 강한 말 매놓으면 기둥이 상한다더라. 밀어붙이자!"

우석이 핏발이 선 눈으로 그를 바라보았다.

"넌 몇사람 끌고 가서 밥부터 지어라. 어차피 한판 붙을 거면 세가 올라 있는 지금 붙어야 사람들이 덜 다친다. 그러자면 먹여야 한다."

들것에 돌을 담아든 사람들이 우르르 몰려나갔다. 그 앞뒤를 곡괭이와 몽둥이를 든 사람들이 에워싸고, 죽창을 치켜올리는 사람들도 보였다. 우석이 그들에게로 뛰어가며 소리쳤다.

"치고 나가서 두어놈 잡아옵시다!"

"그냥 갈 것 없다. 다 부수며 나가자."

골목 끝 길이 꺾이는 곳에 진을 친 일본인들을 향해 몰려나가면서 그들이 돌을 던지기 시작했다. 일본인 아파트의 유리창이 깨져나가는 소리가 살벌하게 퍼졌다. 물결이 출렁거리듯 아파트 유리창을 자근자근 깨며 나아가는 징용공들 사이에서 함성이 일었다. 일본인들이 뒤로 밀리기 시작했다. 언덕 위로 오르는 길목에 일본인들이 집결하는 것을 바라보며 우석이 소리쳤다.

"선두, 거기서 멈춰! 더 밀고 올라가다간 우리가 당한다."

허공을 날던 돌이 멎었다. 양쪽은 돌이 날아오지 못할 정도의 거리를 사이에 두고 헐떡이는 숨을 가누며 서로를 바라보았다. 앞으로 나선 우석이 일본인 쪽을 향해 소리쳤다.

"너희들이 먼저 피를 불렀다. 우리 대표를 돌려보내라. 그때까진 여기서 절대로 물러서지 않는다!"

때를 맞춰 노무계 연락사무소를 점령했던 징용공들이 떼를 지어 이쪽으로 내려오는 것이 보였다. 와하는 함성과 함께 죽여라 죽여, 하는 고함소리가 뒤섞였다. 곡괭이 하나가 원을 그리면서 마치 커다란 독수리가 날개를 휘젓듯이 허공을 날아 일본인들 한가운데 떨어졌다. 다시 와아 함성이 일었다. 그사이, 몰려선 징용공들은 소곤거리며 옆사람에게 말을 전했다.

"반으로 나눠서, 반은 일제히 돌을 던지고 반은 뒤로 빠진다. 앞에서는 던지고 뒤에서는 뛰는 거야."

"돌아가면서, 아파트를 다 부수며 간다!"

숙사 마당까지 뒷걸음을 쳤던 조선인들이 이번에는 걷어온 다다미를 방패처럼 앞세우고 치고 나갔다. 노무계 사무실로 통하는 길을 다다미를 앞세워 뚫어놓자, 물이 쏠리듯 양쪽에서 징용공들이 튀어나와 뒤섞였다.

밀고 밀리는 돌싸움이 두번 이어지고 났을 때 해가 기울기 시작했다. 주먹밥이 징용공들에게 돌았다.

"아니 이거 비 아냐?"

선득선득 빗방울이 얼굴에 와닿았다.

"그러게. 비가 오시네."

빗발은 후득후득 떨어지다 말다 했다. 마당의 화톳불은 바람이 불 때마다 불길을 너울거리고, 어둠 속으로 연기가 꼬리를 흔들며 올라갔다.

세수를 하고 돌아오던 박서방은, 그나저나 어디 다치지나 않은 게 다행이다 생각하면서 마당가에 길게 침을 뱉었다. 죽창을 무릎에 놓고 발을 뻗고 앉아 있는 오씨가 보였다. 박서방이 옆으로 가 주저앉으며 때 묻은 수건으로 얼굴을 닦았다.

"지금 우리가 꽃놀이하는 줄 아나, 얼굴을 다 닦게."

"그 좋던 신수 다 개 물려 보내고, 내 꼴이 이게 뭔가 싶다. 까마귀 신세가 돼서 탄 캐는 것도 모자라서 이제는 돌팔매질이나 하고 있으니…"

중얼거리고 나서 박서방은 오씨에게 다가앉으며 주변을 두리번 거렸다. 그가 고개를 숙이며 낮은 소리로 말했다.

"어느 칼에 맞아 죽을지 모르는 판이니, 차라리 나도 튀는 쪽에 설 걸 잘못했나 봐."

"십년 과부가 고자 영감 만난대. 지나간 일 가지고 뭘 구시렁거리나."

오씨가 입맛을 다셨다.

"우리가 이게 말이다, 잘못하면 진상 송아지 배때기 찬 꼴이 될 수도 있어요. 안 그래? 도망친 애들이야 도망이라도 쳤다지만 우리는 제가 눈 똥에 제가 주저앉은 꼴이라구."

"다 함께 고생하는데, 자네 지금 무슨 말을 그렇게 하는가. 난 그렇게는 생각 안 한다. 조선사람 한 사람이 지면 그게 열 사람 백 사람이 다 지는 거다."

"여우하고는 살아도 곰하고는 못 산다더라. 너도 미련하기로는 조선에 둘째가라면 서러울라."

"생각 같아서는 그냥 저놈들 아파트에 화약을 터뜨려버렸으면 싶다."

"하이고, 냉수 먹고 갈비 트림 하고 자빠졌네."

죽창과 곡괭이를 벽에 기대놓은 채 앉아 있던 최순태가 차남이를 보고 말했다.

"임진년 왜란 때 말이야, 왜놈들이 조선사람 죽인 숫자를 세느라 코도 베어가고 귀도 베어갔다던데, 나도 그거나 한번 해볼까."

"사슴이 사향 때문에 잡혀 죽어. 사람은 입 때문에 망하고."

"살다보면 시어미 죽는 날도 온다지 않아. 왜놈들한테 돌 던져볼 줄이야 내가 알았겠냐."

"죄씨 앉았던 자리에는 삼년 동안 풀도 안 난다더니, 너같이 팔자 사나운 사람 옆에 있다가 나까지 벼락 맞을까 걱정이다."

우석이 일주와 함께 이야기를 나누며 밖으로 나왔다. 그가 손짓을 해 오씨를 불렀다.

"자네랑 조서방은 여기 있지 말고, 나창세를 감시해."

"나씨 성에 창세라면, 요렇게 매부리코 해가지고 하관 빨게 생긴 놈?"

"그놈이 첩자야."

"어디 가나 오사리잡놈 새끼 하나둘은 꼭 있다니까."

우석이 고개를 끄덕이며 잊지 않고 덧붙였다.

"옥종길이는 그냥 둬. 그 자식은 저번에 한번 혼쭐을 냈으니까."

우석과 눈길이 마주친 학철이 벌떡 일어섰다. 성큼성큼 숙사 안으로 걸어들어가는 학철의 뒷모습을 지켜보다가 우석이 마당으로 나섰다.

그러고 얼마 후였다. 화톳불 가에 둘러앉은 사람들 뒤쪽으로 학철이 방에서 나왔다. 그의 옆으로 세명의 사내가 달라붙었다. 두 사람은 손에 밧줄을 들었고 한명은 몽둥이를 다리 옆에 감추고 있었다. 헛기침을 하고 나서 학철이 느릿느릿한 목소리로 주필을 불렀다.

"어이, 박씨. 나 좀 봐."

땅딸이 주필이가 그 짧은 다리로 느릿느릿 앞에 와 서는 것과 때를 같이해 화톳불 옆에 모여 앉았던 사람들 몇이 뒤로 빠졌다. 그 중 하나가 펄쩍 뛰어오르며 주필을 향해 발을 내지르자 뒤에 있던 사내가 달려들어 주필의 목을 끌어안았다. 벼가 쓰러지듯 사람들이 그들을 향해 우르르 달려들었다. 땅바닥에 길게 엎어진 주필을 올라타고 그의 두 손을 등 뒤로 묶은 것은 잠깐 사이였다.

"조선사람 팔아먹는 새끼는 더 두고 볼 것도 없다. 똥물이 올라오게 혼쭐을 내야지."

"그냥 바다에 갖다 처넣자!"

화톳불 앞에 주필을 묶어서 꿇어앉히고 사람들이 둘러섰다. 앞 사람을 밀치며 뛰어나온 사람들이 풀썩풀썩 먼지를 일으키며 주필에게 발길질을 해댔다. 사람들에게 둘러싸인 주필이 비명을 내질렀다. 화톳불이 우수수 무너지면서 불티가 하늘로 날아올랐다.

"여기 한놈 또 있다."

숙사 뒤쪽에서 어지럽게 뛰어나오는 발소리가 들렸다. 밧줄로 묶인 사내가 등짝이 밀려서 주필이 옆에 나뒹굴었다. 나창세였다. 사람들이 둘을 둘러쌌다.

손에 든 몽둥이를 주필의 어깨에 올려놓으며 학철이 앞으로 나섰다.

"부잣집 마님께서 머슴 배고픈 걸 아실 리가 없지. 그래, 왜놈 밑에 붙어사신 재미가 어떠셨나?"

"왜, 왜들 이러는 거야? 왜 날 묶고 도리깨질을 하는 거야? 내가 아냐! 나는 아니라구!"

덩치 큰 사내가 앞으로 나서면서 소리쳤다.

"이놈이 제 죄를 제가 안다."

"생사람 잡지 말아. 부처님보고 생선을 먹었다 그래라. 자네들 날 이렇게 해도 되는 거야? 작당을 해서 사람을 이 지경으로 만들어? 너희들 무슨 권리로 이러는 거냐!"

나창세가 머리를 흔들면서 악을 썼다.

"요기조기 말질하고 다닌 놈들이라, 입 가지고는 안 되겠다. 매로 다스릴 수밖에."

"맞다. 염소가 나이 먹는다고 수염 나겠냐! 더 볼 거 없이 바닷물에 던져버리자!"

작게 찢어진 눈을 치뜨면서 창세가 앞에 서 있는 학철을 보고 소리쳤다.

"야, 내가 너한테 무슨 척질 일을 했다고 이러니? 내 품에 겉보리가 서말인지 이가 서말인지는 네가 더 잘 알 거다. 네가 나한테 이럴 수가 있어? 너 이러다가 날벼락 맞는다!"

"뭐 이런 새끼가 다 있어. 밸이 뒤틀려서 못 보겠네."

소리치면서 앞으로 뛰어나간 학철이 창세의 가슴팍을 걷어찼다. 때를 같이해서 우르르 몰려든 징용공들이 두 사람을 둘러싸고 발길질을 해댔다. 후드득거리며 바람에 쏠린 빗발이 사람들의 얼굴을 때리며 지나갔다. 앞으로 나선 학철이 주변을 둘러보며 말했다.

"형님네들, 이것들을 어쩌면 좋겠소?"

일단은 뭔 일을 어떻게 했는지 제놈들 아가리로 들어나 봅시다. 며칠 굶기면서 말뚝에 매달아둡시다. 저것들은 속도 껍데기도 이미 왜놈이 된 것들이다, 그냥 바닷물에 처넣으면 되는 거다. 저마다 한마디씩 하는 속에서, 미우니 고우니 해도 같이 동포가 아니냐, 혼쭐을 내고 풀어주자는 말을 한 사람은 박서방이었다.

그때 땅바닥에 나자빠져 있던 창세가 소리쳤다.

"난 아니라구. 내가 아니라 저 새끼 주필이라구. 키무라하고 만나는 걸 내가 맨날 봤다구."

주필이 창세를 향해 헛발질을 했다.

"물귀신 같은 놈. 죽으려면 너나 곱게 죽어 이놈아. 나야말로 네가 했다는 소리를 키무라한테 다 듣고 있었다, 요놈아."

학철이 어이가 없다는 듯이 껄껄거리며 웃었다.

"계집은 저기 두고 고쟁이나 찢고 앉아 있을 놈들이네. 에라이…"

그때였다. 숙사 뒤편의 어둠 속에서 거친 발소리를 내면서 마당으로 뛰어드는 사람들이 있었다. 가는 빗발이 뿌리는 어둠 속에서 모습을 드러낸 사람들은 정탐을 하러 갔던 일주 일행이었다.

마당으로 들이닥치면서 일주가 소리쳤다.

"지옥문 쪽에서 조선사람 시체를 끌어올리고 있어!"

빗물이 흐르는 서로의 얼굴을 바라보면서 그들은 잠시 말을 잃었다. 누구도 입을 여는 사람이 없었다. 만중이 일주 앞으로 다가섰다.

"자세히 좀 야그를 혀봐. 긍께 니 눈으로 봤냐?"

"봤다. 불을 대낮같이 밝혀놓고 무슨 자루처럼 사람을 끌어올리고 있어."

"고것이 다 우리 동포란 말이여?"

"누구겠어 그럼! 다 못 잡고, 도망친 놈이 더 있다고 떠들어대더라. 그놈들끼리 하는 소리로는 육지 쪽에 붙잡아놓은 사람들이 더 있나 보더라."

우석의 목소리가 떨려서 나왔다.

"몇명이나 되더냐?"

"우리가 본 것만 둘이다."

어금니를 악무는 소리가 우석의 입에서 우두둑거렸다. 그가 머리에 묶고 있던 수건을 풀어 얼굴을 닦으며 하늘을 쳐다보았다. 이미 하루가 지났다. 그랬기에 이제는 바다를 건너 안전할 거라고 믿었는데. 그 믿음이 있어서 오늘 하루도 버텼던 건데. 우석이 눈을 희번덕이며 일주에게 물었다.

"그렇다면 다 잡혔다는 얘긴가?"

"잡힌 게 아니다. 맞아 죽었다."

겨우 맞아 죽어! 이 못난 새끼들! 누군가가 들고 있던 곡괭이로 땅바닥을 내리치며 울먹이고 있었다. 차라리 자신도 도망치는 사람들 쪽에 서 있을 걸 그랬다고 하루 종일 후회를 했던 박서방이 벌렁벌렁 뛰는 가슴을 쓸어내리면서 스스로에게 중얼거렸다. 오뉴월 쇠불알도 아니겠고, 이거야 목숨이 그냥 덜렁덜렁하네.

일급사원 아파트 맨 아래층에 살고 있는 이승남은 초저녁부터 방의 불을 껐다. 이 아파트 아래층은 햇빛이 들지 않고 늘 습기 차서 벽과 천장이 맞닿은 구석은 곰팡이로 어지러웠다. 그가 식구들을 끌고 이 섬으로 들어온 지가 벌써 5년이었다.

그래도 자신의 아파트 유리창이 징용공들의 돌팔매에 깨져나가지 않은 걸 다행이라고 생각하며 그는 잠근 현관문을 몇번이나 확인했다. 문 옆에는 식칼까지 세워놓았다.

밖을 향해 귀를 기울이고 있는 그에게 방 안에서 마누라가 물었다.

"어쩐대유?"

"어쩌긴. 이불 뒤집어쓰고 엎어져 있어."

"무서워서 살겠냐 말이유. 초저녁부터 불은 다 끄고, 당신은 식 칼까지 들고 그러니."

"누가 알아. 뭐가 쳐들어올지."

"예? 쳐들어오다니유. 누가 쳐들어와유?"

놀란 승남의 처가 이불 속으로 얼굴을 더 들이밀며 물었다.

"아니, 우리랑 무신 웬수를 졌다고 여기를 쳐들어와유?"

"누가 알아. 왜놈들이 올지 조선놈이 올지. 이럴 땐 우리가 개밥 에 도토리여."

"어쩐대유, 어쩐대유."

가만히 좀 있지 못하겠니, 이 빙충아. 이승남이 이를 갈듯이 소리 를 낮추며 욕을 해댔다. 쟤들이 볼 때야 우린 친일파 앞잡이 아니 겠어. 누군 일찍이 돈 벌러 와서 자리 잡고 사는데 자기들은 끌려 와 쫄쫄 굶으며 개같이 더러운 일만 골라서 시키는데. 또 누가 알 아. 너도 한패 조선놈이다 하면서 왜놈들이 쳐들어올지. 잠시 말이 없던 승남의 처가 갑갑해서 견딜 수 없다는 듯 물었다.

"언제까지 저런대유?"

"며칠이나 가겠어. 우리야 그냥 나 죽었네 하고 엎드려 있다가 굿이나 보고 떡이나 먹는 거지 뭐."

"에이그, 다들 무슨 고생인지."

승남의 아내가 한숨을 내쉬었다.

"돌팔매질하며 와와 오르락내리락하는데, 옷 입은 거 하며 불쌍 하기는 하데유. 어쩌자구 여기까지 끌려와서."

"귀신 씻나락 까먹는 소리 좀 그만하고, 자빠져 자. 이거야 원, 저 꼴이 나니까 일본사람들이 우릴 보는 눈이 어떤지나 알아? 조선사람이라는 게 죄여 뭐여. 노무계는 한술 더 떠요. 날 보고 하는 소리가 글쎄, 쟤들을 우리가 가서 좀 달래래요. 쟤들이 우리 말 들을 애들이냐구."

"고래 싸움에 새우 등 터지는 거 아니겠슈."

"거참, 자빠져 자라니까 그러네. 아닌 말루 우리가 새우여? 쟤들이랑 일본놈이 고래구 우리가 새우냐구? 개새끼 친해봤자 똥칠밖에 하는 게 없다지만 이거야 원. 같은 조선사람이라는 게 죄냐구, 죄. 나 참 드러워서 살겠나."

빗발이 조금씩 굵어져갔다. 자정까지 마당을 지키기로 한 사람들이 머리에 묶고 있던 수건을 풀어 얼굴을 닦았다. 그들은 밤을 지킬 사람들과 자리 교대를 하면서 머리에 묶었던 수건을 건넸다. 서로를 알아보는 표시로 그렇게 머리를 묶기로 하고 있었다.

어깨가 빗발에 젖어드는 것을 느끼며 우석이 혼잣말처럼 물었다.

"신철이라면 어떻게 했을까. 판이 이렇게 돌아가는데…"

일주가 길게 한숨을 쉬었다. 우석의 어깨에 손을 얹으며 그가 말했다.

"어차피 이기고 지는 게 없는 싸움이었잖아."

몇명이나 도망을 치느냐가 목적이었다. 그런데 벌써 둘이나 죽어서 돌아왔다면… 우석은 생각을 이어갈 수가 없었다. 그렇다면 우리가 완전히 당하는 거 아닌가.

"이렇게 보여줬다는 거, 아직 이렇게 버티고 있는 거, 그것만 해도 어디냐. 난 봤다, 눈빛들이 빛나는 걸. 그것만 해도 어디냐."

일주가 두 손으로 얼굴에 흘러내리는 빗물을 닦았다. 마당에서 화톳불이 너울거렸다. 빗발이 이렇게 굵어져서는 저 불도 곧 꺼지겠구나. 우석이 화톳불 쪽으로 걸음을 옮겼다. 이렇게 비를 맞고 있을 수는 없다. 몇사람과 함께 들어오는 길목을 지키고 나머지는 안으로 들어가게 하는 게 좋을 것 같았다. 그가 화톳불 가로 다가가면서 말했다.

"여긴 놔두고, 안으로 들어갑시다."

대답은 오히려 다른 쪽에서 왔다. 골목 입구를 지키고 있던 징용공 하나가 마당 안으로 뛰어들며 다급하게 소리쳤다.

"쳐들어온다. 왜놈들이 쳐들어와."

이미 골목 입구에서 징용공 몇이 꼬꾸라지고 있었다. 빗소리 때문에 마당에 서 있던 징용공들은 누구도 그 소리를 듣지 못했던 것이다.

"나와라. 전부 나와라. 왜놈들이 쳐들어온다."

마당 앞쪽에 서 있던 징용공들이 일본인이 휘두르는 죽창에 맞아 픽픽 쓰러지고 있었다. 빗물이 흘러내리는 얼굴을 닦던 우석은 쏟아져들어오는 한 덩어리의 어둠처럼 마당으로 들이닥치는 사람들을 보았다. 군인들이었다. 총소리가 빗발을 뚫고 허공에 울렸다.

일주의 목덜미를 거머쥐면서 우석이 소리쳤다.

"개자식들! 군대까지 동원했다. 튀자!"

둘은 덜컹거리며 어둠 속을 내달렸다. 방파제 앞에서 일주가 헐떡거리며 말했다.

"방파제를 넘을까?"

"그거다. 방파제를 넘자."

그렇다. 저놈들이 쳐들어오느라 경비가 허술할 건 분명하다. 가
쁜 숨을 헐떡이면서 우석이 소리쳤다.

"동쪽 방파제로 가자!"

우석이 빠져나간 마당을 총소리와 함께 고함소리가 뒤덮었다.

"들고 있는 물건은 전부 버려라!"

"모두들 땅에 엎드려라!"

놀란 징용공들은 땅바닥에 엎드리며 몸을 웅크렸다. 그렇게 엎
드린 목덜미를 빗발이 때리고 일본인들의 죽창이 등허리를 갈기며
지나갔다. 군인들 뒤에서 죽창을 든 일본인들이 쏟아져나와 숙사
를 둘러쌌다.

"집 안에 있는 자들은 일렬로 서서 밖으로 나와라. 손을 머리에
얹고 일렬로 나와라."

빗발에 화톳불 한쪽이 뿌지지직 무너져내렸다. 불꽃이 날아올랐
다. 누가 켰는지 숙사에 불이 들어오며 마당이 갑자기 환해졌다. 그
때, 손을 등 뒤로 묶인 채 화톳불 옆에 무릎이 꿇려 있던 주필이 땅
딸한 몸을 버둥거리며 일어섰다.

"오려면 진즉에 올 것이지, 개 패듯 얻어맞은 다음에 올 건 뭐
야!"

순간, 징용공들을 둘러싸고 있던 일본인들이 다짜고짜 그를 향
해 죽창을 휘둘러댔다. 비명을 지르며 주필이 나자빠졌다.

"나라구 나. 박주필이라구."

주필이 숨넘어가는 소리를 지르며 손을 흔들어댔다. 그것이 신
호이기라도 하듯 다시 한번 주필의 몸뚱이 위로 일본인들의 죽창
이 비 오듯 쏟아졌다.

빗발이 방파제 밑에 몸을 엎드린 그들의 얼굴을 때리고 있었다. 지켜보는 내내 경비초소에는 불이 켜 있긴 했지만 사람은 그림자조차 얼씬거리지 않았다.

얼굴의 빗물을 손바닥으로 씻어내며 일주가 같은 말을 되풀이했다.

"가자. 우리도 가는 거다."

우석은 빗속의 하시마를 바라보았다. 생각하지 못했던 일이 벌어졌다. 우리가 무너지더라도 이렇게 무너지리라고는 전연 예상하지 못했다. 이제 할 수 있는 일이라고는 제 발로 걸어서 잡혀 들어가는 것밖에 남지 않았다. 그러나 그건 아니다. 그럴 수는 없는 것 아닌가.

여차하면 튄다는 생각을 우석도 안 했던 것은 아니다. 우리가 먼저 농성을 풀기 전에 광업소가 쳐들어오는 최악의 경우를 왜 고민하지 않았겠는가. 우리가 무너질 때, 순순히 잡혀갈 것이냐 도망을 칠 것이냐는 그때 각자가 판단하기로 하자. 다만 주모자들은 한 사람이라도 더 바다로 뛰어들어 몸을 피하는 게 좋다. 남은 사람들은 도망친 그들에게 모든 걸 뒤집어씌운다. 그래야 조금이라도 덜 다친다.

우석이 말했다.

"가면, 간다고 말은 해야 할 거 아니냐."

일주가 말을 잘랐다.

"누구한테! 누구한테 얘길 해?"

"뒷일이 어떻게 되는지도 봐야 하지 않겠어."

"어디서 뭘 봐! 너 지금 뒷일이라고 그랬어? 그게 누구든, 일 벌인 건 다 없어진 사람한테 미루고 뒤집어씌우기로 하지 않았어. 죽은 자만 말이 없냐, 여기 없는 사람도 말이 없기는 마찬가지다. 학철이한테도 그랬고 신철이하고도 그 말을 했다. 내가 없어지면 모든 책임은 나한테 떠넘기라고 했어. 잘해낼 거다. 우리가 없어지는 게 남은 애들한테도 차라리 유리해."

"이렇게 될 줄은 몰랐잖아. 군인까지 불러들였어."

"바로 그거야. 우리들 꼭지에 앉아서 저쪽은 보통 대비를 한 게 아니다. 그렇다면 우리도 여기서 몸을 빼야 해."

모든 걸 그들에게 맡기고 가야 하나. 우석이 얼굴의 빗물을 닦아냈다.

"여기 더 남아서 할 게 뭐가 있니. 우석아, 이런 일에선 잘못됐다 하면 주모자는 튀는 거야. 내 말대로 해."

일주가 우석의 어깨를 잡아 흔들었다.

"일단 피해서 훗날을 도모해야지. 여기 남아서 뭘 하겠다는 거냐."

훗날? 일이 이 꼴이 났는데 무슨 놈의 훗날이 있는가. 우석이 주먹을 움켜쥐었다.

"우리가 하려고 했던 건 했어. 어찌 됐든 사람들이 도망을 쳤잖아. 섬을 나갔어. 우린 할 수 있는 걸 해낸 거야. 여기 있다가는 두 손 내밀고 묶여서 끌려가는 거밖에 남은 게 없어."

일주가 한 걸음 물러섰다. 빗발이 둘 사이로 쏟아져내렸다. 일주가 목소리를 높이며 참고 있던 말을 했다.

"난 혼자서라도 간다. 빨리 결정해."

우석이 소리치며 몸을 일으켰다.

"가자."

우석은 쏟아지는 빗발 저편 어둠 속에 파묻힌 하시마를 바라보며 잠시 서 있었다. 저 캄캄한 곳에 무엇이 있었으며, 어떻게 살았던가. 순간 우석은 눈가가 뜨거워지면서 쏟아지려는 무언가를 애써 참았다. 이건 눈물인가 분노인가. 많은 사람이 저기 남는구나. 신철이, 만중이, 재덕이, 학철이… 그리고 떠오르는 얼굴에 금화가 있었다. 언제가 되어도 다시 만날 수 없는 얼굴 하나, 금화가 있었다.

쏟아지는 빗발을 맞으며 둘은 방파제 위로 올라갔다. 바닥에 몸을 붙이고 기어나가던 일주가 손짓을 하며 우석을 멈춰 세웠다. 일주가 손으로 한쪽을 가리켰다.

"내가 보아둔 데가 있다."

일주가 우석의 어깨를 한번 짚었다 놓고 다시 방파제 위를 기기 시작하고, 우석이 그뒤를 따랐다. 일주가 보아두었다던 방파제 동쪽 후미진 곳까지 온 두 사람은 옷을 벗기 시작했다. 우석은 지상과 모의할 때 약속했던 것처럼 옷을 접어서 머리에 묶을까 하다가 허리띠로 단단히 몸에 매달았다.

발가벗은 몸에 옷을 묶은 일주가 옆으로 다가왔다.

"내가 잡히더라도 그냥 가. 넌 가라구."

무슨 소리야. 우석이 손바닥으로 알몸을 비비며 그를 돌아보았다.

"도우려다가는 둘 다 죽는다. 살 수만 있으면 하나라도 살기다."

"너도 마찬가지다. 우리, 하나라도 살자."

일주의 팔을 움켜잡으며 우석이 뒤를 돌아보았다. 멀리 어렴풋하게 불빛이 어른거리기는 했지만 빗발 속으로는 드높은 야구라도 섬의 윤곽도 보이지 않았다.

"내 아까부터 생각한 건데…"

추위 때문인가. 떨리는 목소리로 일주가 말했다.

"바다를 건너면 사세보로 간다. 거기 친척이 하나 있는데, 일찍 일본으로 건너와 함바를 하는 사람이야. 그 양반이라도 믿을 수밖에."

둘은 서로의 손을 움켜잡고 방파제 아래 물속으로 뛰어들었다.

27

밖에서 부는 바람에 찬 기운이 느껴지지만 그래도 볕이 따듯하다. 집을 나온 서형은 포대기로 아이를 둘러업고 천천히 걸었다. 시어머니가 집을 비우자, 때 만났다는 듯이 친구들이 놀러 와 집 안에서는 동서의 웃음이 자자했다. 휘적휘적 한 바퀴 돌며 바람을 쏘이자, 생각하며 서형은 걷는다.

늘 보아온 거리의 간판도 한번 올려다보고 지나가는 사람과 인사도 나누다가, 아이의 궁둥이를 토닥거리면서 서형은 혼잣말로 묻는다.

우리 아들, 이제 크면 뭐 될래?

아이가 말뜻을 알아들을 리 없지만 이제는 이렇게 아이와 말을 주고받는 것이 버릇이 되었다. 너 모르지? 흥진비래(興盡悲來)라는 말이 있단다. 무슨 말인가 하면, 좋은 일 지나가면 또 슬픈 일도 오고 그런다는 말이야. 그렇게 돌고 도는 거니까, 우리 명조 헌헌장부 될 적이면 좋은 세상 만나 살겠네요. 그렇지요?

서형은 저잣거리로 들어섰다. 농사꾼이야 하늘만 보고 살지만, 장사꾼은 달라요. 저 사람들은 사람을 보고 살아요. 아이를 한번 추스르면서 서형은 혼잣말을 했다. 그렇지만 엄마는 말이다, 네가 뭐든 다 해도 좋지만 장사꾼만은 싫다. 세상에는 네 외할아버지처럼 평생 글이나 읽는 사람도 있단다.

아이의 궁둥이를 토닥거리면서 서형은 멀리 금강로 쪽을 바라보다가 돌아섰다. 저쪽에 네 아빠가 다니던 학교가 있는데, 거긴 나중에 가보자. 네가 걸으면 그때 데리고 갈게. 가게들이 늘어선 거리를 뒤로하고 서형은 천천히 강 쪽으로 걸었다. 바람이 잦아들면서 햇살이 따스하다. 소양통 1정목 2정목 하며 이름이 변해버린 길로 들어섰을 때였다.

"정미소 새댁 아냐?"

뒤에서 부르는 소리에 서형은 고개를 돌렸다. 고뿔할멈이다. 사철 고뿔을 앓는 것도 아닐 텐데 시도 때도 없이 콧물을 훌쩍거리고 다녀서 동네 아이들까지도 그렇게 부르게 된 이름이다. 이 할멈은 언제까지 나를 새댁이라고 부를 건가. 인사를 나누며 서형은 이마 위로 흘러내린 머리칼을 집어올렸다.

포대기 속 명조의 머리를 쓰다듬으며 고뿔할멈이 호들갑을 떨었다.

"그새 많이두 컸네. 얼굴이 훤하구먼. 벌써 이렇게 신수가 훤하니 이다음에 색시 속깨나 태우겠어."

늙은이, 못 하는 소리가 없어. 좋은 소리도 쌓이고 쌓였는데 어린

걸 가지고 한다는 소리라니. 서형이 마뜩잖은 얼굴로 물었다.

"어디 다녀오시나 봐요?"

"박씨네 집에, 문갑이 에미 좀 보러."

문갑이라면 남편보다 먼저 징용을 나간 사람이다. 문갑의 아버지와 밑의 삼촌까지 일찍이 일본으로 건너갔고 돈도 엄청 벌었다고 소문이 자자하던 집이다. 문갑이마저 데려갈 거였는데, 차일피일하다가 징용으로 멀쩡한 아들을 탄광에 빼앗겼다고 한탄을 하던 박씨 부인을 서형도 만난 적이 있었다.

"그 댁네 뵌 지도 오래됐네요. 별일 없으시던가요?"

"몰랐수?"

서형이 고개를 저었다.

"새댁만 깜깜 그믐이었군그래."

고뿔할멈이 쯧쯧 혀를 찼다. 무슨 비밀이라도 되는 듯이 주위를 둘러보고 나서 할멈이 목소리를 낮췄다.

"죽었대. 죽었다구 전갈이 왔다잖어."

"누가요?"

"누군, 문갑이지. 이게 무슨 날벼락이야. 징용 나갈 때야 남방으로 군대 끌려가지 않은 것만 다행이라구 했다잖어. 안댁은 그냥 기함을 해서 나가자빠지구. 세상에 못 헐 일이 자식 앞세우는 건데, 장개도 못 간 자식을 생죽음시켰으니."

높새바람 치듯 지상에 대한 생각이 서형의 몸을 휩쓸고 지나갔다. 다리에 힘이 빠지면서 풀썩 주저앉을 것만 같아 서형은 아이에게 두른 두 손을 힘주어 깍지를 낀다. 제발 그 소리만은 말았으면 하는 말을 어느새 입빠른 고뿔할멈이 내뱉고 있었다.

"새댁이야 무슨 걱정! 시어른이 든든하신데. 인명은 재천이라구, 남의 일이거니 해."

아이의 등을 두어번 두드려주고 나서 고뿔할멈은 돌아섰다. 남의 일이거니 하라니, 이 할멈이 말을 어떻게 하는 거야. 뒷모습을 바라보며 멍하니 서 있던 서형은 고뿔할멈의 손이 닿았을 쪽 포대기를 탈탈 털어냈다. 마치 무언가 불길한 것이 옮겨 붙기라도 한 듯이.

아니다. 아니야. 고개를 저으며 서형은 할멈이 사라진 골목길을 바라본다. 명조 아빠, 뭐든지 당신을 비켜갈 거예요. 당신이 누구신데요.

휘 바람이나 쏘이겠다던 마음도 시들해져서 서형은 우울하게 발끝을 내려다보며 걸었다. 거리에 문을 연 가게 안이 썰렁하다.

겨울 내내 이렇겠지. 봄이 온들 뭐가 달라지랴. 누렇게 부황 든 아이들이 봄볕을 쪼이며 저 길가에 나와 앉겠지. 하루가 다르게 들려오는 소리는 승승장구, 일본이 어느 섬엘 올라가고 어디를 점령했단다. 그렇게 많이 이기고 있고 그렇게 많이 함락을 시켰으면 이제 그만 끝이오, 하는 소리도 나올 만한데 왜 이 전쟁은 끝이 없나. 조선 백성 다 굶어 죽어도 끝이 안 날 전쟁이었다면, 그건 귀축미영 말살에 대동아공영권 건설이 아니라 조선 백성 씨 말리자는 수작밖에 아무것도 아니지 않은가.

기우는 햇살이 그녀의 어깨에 얹힌다. 동서 친구들은 돌아갔나 모르겠다. 즐거움이 있을 리 없는 집, 그 골목으로 들어서려다가 서형의 눈길이 멀리 소양강을 등지고 선 당간지주에 가 멎었다. 겨울이라 드러누운 마른 풀 위로 서 있는 두개의 돌기둥은 더 높아 보인다.

떼구루루 구르듯이 가슴을 가로질러가는 그날의 기억, 머리를 산발하듯 일어서는 추억이 있다.

나, 당신 가면, 나 어떻게 사나…

어둠 속에서는 개 짖는 소리만 들려왔었다. 그때 지상의 가슴에 쓰러지며 말했었다.

나 아이… 가졌는데.

서 있는 당간지주 돌기둥이 흐려지면서 보이지 않게 되었다. 그 랬다. 저 돌기둥 옆에서 명조를 가졌다는 말을 처음으로 지상에게 했었다. 강바람에 불린 머리칼이 이마 위로 쏟아져내렸다. 그날 그 밤에 거기 부둥켜안고 섰던 두 남녀를 바라보듯 서형은 미동도 없 이 서 있었다.

나도 참 철도 없다. 볼을 흘러내리는 눈물을 손등으로 문질러 닦 아내면서 서형이 서글프게 웃었다. 나 살아서 돌아온다. 마지막으 로 했던 남편의 약속은 약속이 아니라, 울음이었다. 서형이 돌아섰 다. 나 죽지 않고 살아서 온다. 그 말이 가슴에서 치밀어올라 서형 은 가만히 땅바닥을 내려다보며 걸었다. 그렇게 말하고 떠났으면 그 말 하나 바위처럼 믿으며 살면 되는 건데. 여자 속 좁다는 게 이 런 건가.

등에 업힌 아이가 오줌을 싸고 꼼지락거리는 게 느껴진다. 아이 엉덩이를 두드리며 서형이 중얼거렸다. 이 녀석아, 좀 참지 엄마 등 에 오줌을 지려놓으면 어쩌니. 아빠 있었으면 넌 야단맞을 감이다. 네 아버지는 말이다, 중얼거리는데 또 목이 멘다. 더도 덜도 말고 네 아빠처럼만 되거라. 그래서 아빠 돌아오는 날, 여기 있소! 당신

아들 여기 있소! 하고 내놓을 아이로만 커주면 되는데. 그런데 우리 아들은 엄마 등에 오줌이나 지린대요.

저녁 거리를 걸어가며 서형은 비로소 그 말의 뜻을 안다. 자식 때문에 산다던 어른들의 말을. 자식이라도 없었으면 어떻게 살았겠냐 하는 말을.

나가사끼조선소 노무계 사무실로 지상을 데리고 가면서 나까다 토시오가 말했다. 그는 당시로서는 세계 최대의 전함이라고 알려진 무사시호의 설계에 참여한 것을 긍지로 아는, 에가미 노인의 사위였다.

"당신은 앞으로 2개월간 일본말을 모르는 조선사람들에게 국어교련을 하게 됩니다. 국어 불해자(不解者)가 그렇게 많다는군요."

일본어를 가르치는 것조차 강습이 아니라 교련이라고 말하는 요즈음이었다. 에가미 노인이 말했던 대로 일본어를 가르치는 일을 하게 되는구나, 지상은 생각했다.

"당신 어디서 일본어를 배웠어요? 학교에서?"

"네. 학교도 다녔고, 또 집안이 일본분들이랑 일을 하니까요. 형님은 녹기연맹 회원이기도 합니다."

내가 왜 이런 말을 장황하게 하고 있나 싶다. 뭔가 불안해서겠지. 그런데 나까다는 녹기연맹이 무언지 모르는 모양이었다.

"그게 뭡니까? 녹기연맹."

"조선에 대한 융화정책이 시작되면서 만들어진 친일단체입니다."

천황의 친족들이 조선인을 앞세워 만든 단체인데 이제는 조선사람들이 더 극성이지요. 그런 말을 하려다가 지상은 입을 다물었다.

나까다의 안내로 들어간 사무실에서 지상은 몇가지 서류를 작성했다. '기류(寄留) 조사서'를 쓰고 났을 때 직원이 내민 서류는 '제국군인 재향분회 조서'라는 것이었다. 이건 뭔가 싶어 지상이 난감한 얼굴을 했다.

"재향이라니, 이건 군대 갔다 온 사람이 쓰는 거 아닙니까?"

직원은 웬 말이 이렇게 많으냐는 눈빛이었다.

"쓰라는 대로 그냥 쓰세요."

나까다가 지상이 받아든 서류를 들여다보고 나서 말했다.

"호적에 있는 대로 조선의 주소도 쓰고 다 쓰십시오. 군부의 요청입니다. 예비병력으로 언제든 동원할 수 있는 가용인원을 파악하기 위한 거니까."

자세하게 설명해주는 나까다를 마땅찮은 얼굴로 바라보던 직원이 지상에게 딱딱거리며 말했다.

"징용이든 징병이든 나라를 위해서 일하는 건 같지 않나."

나라라니. 무슨 나라인가. 나라가 없다는 걸 여기 와서 얼마나 뼈저리게 알았는데. 이제 겨우 그걸 알았는데, 나라를 위해서라니.

우울하게 지상이 빈칸을 메우고 있는 사이, 군복을 입은 사람이 나까다의 이름을 부르며 다가왔다. 노무계장 하세였다.

"나까다, 여기까지 어쩐 일인가?"

"아, 하세군. 전에 말했던 조선인을 데리고 왔어."

나까다가 지상에게 말했다.

"카네다상, 인사드리십시오. 계장이십니다."

지상이 일어나서 고개를 숙였다. 하세 계장은 찌르는 듯한 눈빛과 달리 울퉁불퉁한 느낌을 주는 넓적한 얼굴을 하고 있었다.

"카네다 지로오입니다."

"이런 경우란 게 사실은 좀 무리야. 여기 나까다군의 얼굴을 봐서 받아들이는 거다."

무리, 저 말이 무슨 뜻인지 탄광에 와서야 알았다. 무리다, 하면 그건 절대 안 된다는 뜻이었다. 지상에게 앉으라고 손짓을 하고 나서 하세가 군은 얼굴로 나까다에게 말했다.

"하시마탄광에서 알았다가는 문제 삼을 일이라는 건 알아둬. 자네 나한테 빚지는 거야."

그가 얼굴을 풀며 웃었다.

"그래, 미인 부인께서는 안녕하신가."

"덕분에. 미인은 아니지만 안녕은 하네."

지상이 쓴 서류들을 뒤적거리던 하세가 종이 하나를 내밀었다.

"자네 이것도 쓰게."

그가 내민 서류는 '근로소득 조서'라는 것이었다. 근로소득이라니. 지상은 무슨 말인가 싶었다.

"왜 그런 얼굴을 하나? 임금을 받아야 할 거 아닌가. 여긴 나가사끼조선소다. 일한 만큼 돈을 주네."

하세가 밑의 직원을 불렀다.

"선서식이 있지만 이 사람은 생략하고, 그냥 반장한테 데리고 가게. 마침 어제 징용사들이 200명 가까이 와서 거기 섞으면 되겠어."

놀라며 지상이 고개를 드는데 나까다가 물었다.

"또 200명이나?"

"얼마가 더 올지 모르지. 그렇지만 숙련공이 아니라 별 도움이 안 돼. 국어 상용이다 뭐다 총독부에서 요란하기만 했지, 그게 별

실효를 거두지 못하는 거 같아. 일본말을 못하는 사람이 태반이라
노무관리만 힘들고."

나까다가 지상의 어깨를 손으로 두드렸다.

"당신 같은 사람이 할 일이 생겨 다행이군요. 어쨌든 일본어를
가르칠 사람은 계속 필요할 테니."

두 사람이 쓰디쓰게 웃었다.

미쯔비시중공업주식회사 나가사끼조선소 조선공작부 제5항창
공장(航廠工場) 보공계(輔工係) 제3수상유격반. 훈육번호 9337. 직
번 352. 지상은 그렇게 조선소에 소속되었다. 유격반원은 다섯명이
한 조였다.

"2반, 3반, 앞으로!"

지상은 줄에 끼어 앞으로 나아갔다.

"일렬종대로 선다. 4반, 5반, 앞으로!"

그렇게 열명씩 서른명이 줄을 맞춰 섰다.

"이제부터 작업장으로 향한다. 열과 대오를 맞춰서, 힘차게 손을
흔들며 걷는다. 알았나?"

일본말을 알아듣는 사람이 적으니 대답이 제대로 나올 리 없다.
훈육계원이 소리쳤다.

"뭐 이런 것들이 다 있어. 알았나?"

"하이(네)."

목소리가 조금 커진다.

"다시 한번. 알았나?"

"하이!"

훈육주임이 다가와 들고 있던 나무칼로 맨 앞사람의 배를 쿡 찔렀다.

"너, 3보 앞으로 나와."

"하이!"

겁에 질려 소리는 크게 질렀지만 그는 일본말을 알아듣지 못했다. 훈육주임이 차렷 자세를 하고 있는 그의 정강이를 걷어찼다.

"이 자식아, 너 왜 안 나와? 앞으로 나오란 말이다."

"하이!"

대답은 더 크게 했지만 말을 알아듣지 못하는 그는 여전히 그 자리에 서 있었다. 지상이 빠르게 속삭였다.

"앞으로 세발짝 나오랍니다. 빨리 앞으로 나가요."

훈육주임이 소리쳤다.

"이런 바보들을 데려다가 황군의 배를 만들 수는 없다. 전원 구보다. 뛰어갓!"

이날 아침 훈련이 끝나자 지상이 속한 제3반은 제6선대에서 물탱크를 쌓는 곳에 배치되어 벽돌 나르는 작업을 했다. 조금씩 알 수 있었다. 징용공들에게는 어떤 기술이나 숙련된 기능이 요구되는 일은 결코 시키지 않았고 가르치려고도 하지 않았다. 허드레 잡일이나 등짐을 지고 나르는 식의 단순한 일들이 대부분이었다. 작업장이 한곳에 고정되어 있지도 않았다. 어떤 의미에서든 징용공들은 다른 공원들과 철저하게 차별화되어 있었다.

다음 날이었다. 아침부터 노무계가 찾아서 사무실로 올라가니, 사또오라는 직원이 말했다.

"너 왜 불렀는지 아나?"

"모르겠습니다."

"일본말을 잘한다고 해서 불렀다."

"그렇습니까. 감사합니다."

"어쭈, 인사도 할 줄 알아? 좋다. 그럼 네가 이제부터 해야 할 일이 뭔지 알겠나?"

"모르겠습니다."

"이런 바보자식! 이제부터 내가 너한테 시키면 너는 그걸 응징사(膺懲士)들에게 시킨다, 그 말이다. 무슨 소린지 알겠나?"

하마터면 지상은 또 모르겠습니다 하고 소리칠 뻔했다. 서라면 서고 먹으라면 먹어. 나가사끼로 들어올 때 우석이 했던 말이 번뜩 머릿속을 스쳐갔다. 죽으라면 죽고? 내가 물었을 때 그는 말했었다. 그땐 죽는 척하고. 내가 말했었다. 난 그렇게는 못 산다.

머뭇거리고 서 있는 지상에게 사또오가 소리쳤다.

"왜 대답이 없나? 알겠나 모르겠나?"

"알겠습니다."

천천히 대답하며 지상이 이를 악물었다. 구차한 삶아. 어디까지 언제까지 너는 이렇게 뒹굴어야 하느냐. 일그러지는 지상의 얼굴을 흘낏 쳐다보고 나서 사또오가 말했다.

"식량영단(食糧營團)에 나가야 할 사람이 열명쯤 필요하다. 너는 유격3반이니까 4반 응징사까지 열명을 인솔하고 오도록. 알겠나?"

"식량영단이 뭡니까?"

"식량영단을 몰라? 너희들 조센진은 매일 밥 먹으면서 식량영단도 모르나!"

식품을 관리하는 식량영단으로 가서 공습에 대비해 물건을 옮긴다는 것이었다. 아침을 끝낸 지상은 서둘러 4반의 다섯명과 함께 식량영단을 찾아갔다. 지하방공호로 식품을 옮기라는 작업지시가 떨어졌다. 나무상자에 든 것은 국수였다.

국수를 지하방공호로 옮기는 일로 오전 작업을 끝내고 교련지도를 받기 위해 숙사로 돌아오던 길이었다. 건물 뒤편에서 종이쪽지들이 날아와 발 앞에 멎었다.

지상은 무심히 그것을 집어들었다. 돈이었다. 돈은 돈인데 그림이 어딘가 이상했다. 이리저리 살펴보던 지상이 돈을 뒤집자, 거기에는 길게 뭔가가 적혀 있었다. 한쪽은 돈 모양을 했지만 뒤에는 글이 적힌 삐라, 미군이 뿌린 전단지였다.

일본 국민 제군

군벌은 그들의 잘 건설된 방공호라는 안전지대에서 당신들에게 항전을 독려하고 있다. 그러므로 여러분의 방공호는 죽음의 현관에 지나지 않는다. 제군들은 도망갈 길이 없다. 저항은 죽음을 의미할 뿐이다. 절망적인 저항을 종식하라. 그것이 조국을 구하는 유일한 길이다.

몇줄을 읽어내려가던 지상은 놀라서 주변을 둘러보았다. 종이를 줍는 것을 본 사람은 아무도 없는 것 같았다. 놀라서 종이를 주머니에 집어넣고 다른 걸 펼쳐보았다. 2034호라고 쓴 그 전단지는 일본의 치솟는 물가를 구체적으로 나열하며 일본의 궁핍을 알리고 있었다.

군벌이 지나전쟁(중일전쟁)을 아직 시작하기 전인 쇼오와5년에는 10엔으로 다음과 같은 물자를 샀다.

1. 상등미 2말 5홉
1. 혹은 여름옷 8벌
1. 혹은 목탄 4봉지

지나전쟁을 유발한 후인 쇼오와12년에는 10엔으로 다음과 같은 물자를 샀다.

1. 하등미 2말 5홉
1. 혹은 여름옷 5벌
1. 혹은 목탄 2봉지 반

세계 최대강국을 상대로 3년간 절망적인 전쟁을 계속하는 지금, 10엔으로 다음과 같은 물자를 살 수 있다.

1. 암시장에서 상등미 1홉 2합
1. 목탄 소량(그것도 살 수 있다면)
1. 목면 제품 없음.

미국이 이렇게 가까이 와 있었던가. 전단지를 접어 다시 주머니에 넣으면서 지상은 조회 때마다 듣던 말을 떠올렸다. 미군의 전단지는 줍자마자 경찰에 제출하도록 하라. 소지 은닉한 자는 5열로 처벌한다. 모든 줄은 네 줄로 서게 되는데 또 한 줄이 있는 것이니, 5열이란 스파이를 의미했다.

조선소에는 징용공들만 수용하는 키바찌료(寮)와 후꾸다료라는 두개의 기숙사가 있었다. 저녁시간이 되어 식당으로 향하는데, 호루라기소리가 요란하게 울렸다.

"모두들 식당으로 가라. 빨리빨리 간다."

"반도 응징사들은 모두 식당으로 모여라."

반도 응징사, 반도에서 징용의 부름을 받고 온 산업전사라는 이 말을 지상은 기숙사에 입실하던 날 처음 들었다. 징용공이 징용사로, 그리고 응징사로 변한 것도 하시마와 다른 변화였다.

지상은 징용공 전용식당의 뒤편에 가서 긴 의자에 걸터앉았다. 식당 안이 가득 차자 기숙사 사감이 연단 위로 올라갔다.

"반도 응징사 여러분."

그동안 잘 훈련된 대로 모두들 목소리를 다해 소리쳤다.

"하이!"

"저녁식사에 앞서 최근의 시국상황에 대해서 당부의 말씀을 드리겠습니다. 큐우슈우 근해에 적의 기동대가 침입한 데 많이 놀랐을 것으로 압니다. 그러나 우리의 황군이 철통 같은 방비로 격퇴하였음은 주지하는 바와 같습니다. 여기서 특히 주의할 점은 다음 세 가지입니다. 첫째, 몇시간 간격으로 공습이 발령된다 하더라도 동요하지 말고, 일단 각자의 소지품을 지참한 후 지도원의 안내에 따르기 바랍니다. 각자가 제멋대로 방공호나 대피소로 뛰는 것은 용납되지 않습니다."

소지품을 가지고 나오라는 말에 공습의 경험이 없는 징용공들이 웅성거렸다.

"잘난 거지 보따리, 들고 나오고 할 것도 없구먼."

"자시오 할 때는 안 먹다가 처먹어라 하면 먹는다더니, 자네가 그짝일세. 그놈의 보따리는 신주단지처럼 위하더구먼."

연단 위의 목소리가 조금 높아졌다. 등화관제에 철저하게 따르기 바란다. 다 같이 물을 아껴주기 바란다. 그런 연설을 마치고 기숙사 사감이 내려가자, 노무담당관이 다시 연단으로 올라갔다.

"오늘은 특별히 반도위문단의 위문공연이 있을 것이다. 다 함께 즐기면서 하루의 피로를 풀기 바란다."

반도위문단이면 조선사람들이 온다는 말인가. 식당 안이 웅성거렸다.

"친일파 년놈들이 떼를 지어 오는군그래."

"하여튼 동포들이 온다니 반갑네, 반가워."

"강연회다 뭐다 그만치 지랄해서 끌고 왔으면 됐지, 뭘 또 여기까지 와서 난리야. 제 구실 못 하는 좆이 뒷동산에 가니까 일어선다더라."

"이 사람아, 이 서방 저 서방 해도 내 서방이 제일이고 이 집 저 집 해도 제 계집이 제일이라는데, 동포들 찾아서 위문공연하겠다는데 그럴 거 뭐 있나."

주먹밥 하나로 저녁을 먹고 기숙사로 돌아왔을 때였다. 갑자기 호루라기소리가 복도를 울리면서 직원들이 뛰어들어왔다.

"소지품 조사다. 전원 복도로 나와라!"

"일렬로 벽에 기대 선다. 빨리빨리!"

우르르 공원들이 밖으로 나갔다. 뒤를 따라가던 지상은 주머니에 집어넣었던 미군의 전단지가 떠올랐다. 큰일이다 싶었다. 어쩔 것인가. 방을 뒤지고 나면 가지고 있는 소지품을 전부 바닥에 꺼내놓으라고 할 것이다. 신발을 고쳐 신는 듯 허리를 굽히며 지상은 다다미를 들어올렸다. 주머니의 전단지를 꺼내 다다미 밑에 집어넣고 발로 꾸욱꾸욱 밟고 나서 그는 복도로 나왔다.

방으로 들어간 노무계원들은 닥치는 대로 공원들의 짐을 들어내 풀어헤쳤다. 그들이 찾고 있는 것이 바로 미군이 뿌려댄 전단지, 일본으로 볼 때는 불온하기 짝이 없는 선동문건이었다.

등에 식은땀이 흐르는 시간이 지나가고 있었다. 만약 다다미 밑에서 전단지가 발견된다면 누가 한 짓인지 그 사람이 나올 때까지 단체로 기합을 받을지도 모른다. 눈을 감으며 지상은 고개를 숙였다. 내가 이런 사람이었나. 이다지도 지리멸렬했나. 무엇에도 당당히 맞서지 못하는 자신이, 전단지 따위를 감춰놓고 떨고 있는 자신이 지상은 이마빡을 갈기고 싶도록 싫고 또 싫었다.

다행히 다다미는 들춰보지 않은 채 밖으로 나온 직원들은 징용공들의 소지품 검사를 시작했다. 각자는 주머니에 가지고 있는 것을 발밑에 꺼내놓았다. 직원들이 나무칼로 그것들을 하나하나 뒤적거리고 나서야 모든 검사는 끝이 났다. 지상의 방에서는 걸린 물건이 없었다.

밤이 늦어서였다. 잠에 곯아떨어진 줄 알았던 징용공 하나가 부스럭거리며 일어나 앉았다.

"빈대도 낯짝이 있다는 소리는 어느 시러베놈이 한 소리여. 낯짝은커녕 어디 있는지 보여야 잡지."

"웬수가 따로 읎응께. 오늘도 잠자긴 다 글러부렀어."

옆에서 또 한 사람이 부스럭거리며 일어나 긁적거리기 시작했다. 요즘 들어 벼룩이 극성을 부리고 있었다.

"땀냄새가 찝찔하니까 더 그러는 거 아니겠어."

문가에 누웠던 사람도 끄응 소리를 내며 일어나 앉았다. 이쪽저쪽에서 저마다 긁적거리며 한숨을 내쉰다.

"벼룩이새끼까지 조선놈을 뭘로 알고 이러는 거 아녀?"

벼룩이까지 조선사람을 뭘로 안다는 데는 아무도 말이 없다. 몸은 천근 같은데 잠을 잘 수가 없으니, 다들 한숨밖에 나오는 것이 없다.

옆에서 허벅지를 긁적거리던 광재가 지상을 불렀다.

"이봐라, 카네다."

지상이 누운 채 물었다.

"왜 그래?"

같은 김씨면서 카네야마라고 성씨를 바꾼 광재였다.

"삐라 같은 거 주머이에 넣고 다니고, 그라지 마라."

"무슨 소리야?"

"아까 다 봤다. 다다미 밑에 숨쿠는 거. 다음부터는 보고 찢어뿌라. 운 나쁘게 걸렸으모 우짤 뿐했노."

지상이 바닥에 몸을 엎드렸다. 턱을 괸 채 그가 물었다.

"난 오늘 처음 봤거든. 자네는 그럼 많이 봤단 말야?"

"전에 보이까 짜다락 있더마는. 배 우에도 있더마."

작업하던 배에까지 널려 있었다는 말에 지상은 조금 놀란다. 짜다락 있었다면 여기저기 널려 있었다는 말이다. 하시마에서는 본 적이 없던 전단지였다.

종류도 가지가지였다. 공습이 있을 것을 알리는 예고성 전단에서부터 일본 군벌에 대한 비난이나 실정을 폭로하는 것까지. 모든 전단지가 글자로만 되어 있는 것도 아니었다. 다리와 철탑이 무너지는 속에서 불타오르는 화염을 맞으며 한 남자가 비명을 질러대는 '폭탄 후의 생지옥'이라는 그림이 있는가 하면, 뉴스를 전하는 신문처럼 만들어진 것도 있었다. 그 가운데 하나가 지상이 주운 것처럼 위조지폐를 만들어 거기 일본의 현실을 폭로하는 것이었다.

벅벅 소리 내어 배를 긁으면서 문가에 누웠던 사내가 중얼거렸다.

"미국놈인지 양놈인지, 오려거든 빨리 와서 이 벼룩이 빈대나 좀 잡든가. 사람이 살 수가 있나."

벼룩 빈대나 잡으러 미국이 오겠나. 조선사람 하는 소리라고는. 말이 쉬워 나라 잃은 백성이다. 문풍지 울면 바람 부나 싶고 닭이 울어야 새벽인 줄 알고 살던 우리 조선사람 모두는 무엇인가. 벼룩이 빈대에 피나 빨리고 있는 우리는 뭐란 말인가.

몸을 기울이며 지상이 물었다.

"본토항전이니 그런 말을 하던데, 광재 네 생각에는 어떠니? 결국 미국이 일본땅까지 밀고 올라올까?"

"내가 그리 생각하는 기 아이라, 일본사램덜이 그렇게 믿고 있는 갑더라."

두주일이 지나고 나서였다. 하루 일이 끝나고 나면 지상은 매일 일본어를 가르치게 되었다. 지상으로서는 매일이었지만 징용공들, 그들이 말하는 반도 응징사들은 반에 따라 며칠에 한번씩 식당 옆 방으로 모여들었다. 스스로를 재수 없이 '찍혔다'거나 '걸렸다'고 말하는 국어 불해자들이었다.

내가 동포들에게 일본말을 가르치게 되다니. 지상은 혼란스러웠다. 고양이 쥐 생각이다. 부려먹기 좋게 일본어를 배우라는 거겠지. 일을 가르치기보다는 우선 때리고 보는 저들이다. 말을 모르다보니 안 맞을 매까지 맞아야 한다. 위험하니까 피하라는데 그걸 알아듣지 못해서 다치고 죽는 사람까지 있다. 그런 사정을 생각하자면, 일본어를 가르친다는 건 말까지 못 알아들어 고생하는 동포들을 돕는 일일 수도 있었다.

그러나 다른 생각이 머리를 든다. 제 나라 사람이 제 나라 말, 제 나라 글을 쓰지 못하는 캄캄한 시절이 가고 있는데, 네가 나서서 그들에게 일본말을 가르치겠다는 거냐. 그렇게 하지 않고는 목숨을 부지할 수 없다는 거냐.

지상은 하시마에서 보낸 나날이 무언가 자신을 변하게 했다고 느끼고 있었다. 일본어로 말하고 글을 쓰는 것을 당연한 것으로 알던 나였다. 그러나 지금은 다르다. 일본어 강요는 조선사람의 가슴에서 조선을 후벼내는 것이었다. 어찌 한 겨레의 말을 없애려 든단 말인가. 내가 걸어온 눈먼 세월도 모자라서 내 한 몸 살아남기 위해 동포들에게 일본말을 가르치다니. 참 잘났구나. 조선어 말살에 나도 한몫을 하게 되다니.

그러나 지상은 또 고개를 저었다. 배부른 소리. 어디든 몸을 붙이고 목숨을 부지해야 하는 판인데, 지금이 더운밥 찬밥을 가릴 때인가.

회사에서는 지상이 하는 일을 교련지도의 하나라고 했다. 군사 훈련과 마찬가지로 징용공들에게 시키는 교육이었던 것이다. 그랬기 때문에 국어 불해자로 분류되어 일본어 공부를 하게 된 징용공들은 아침식사 전에 있곤 하는 교련지도에는 빠져도 되었다.

지상에게는 공책 하나와 연필 두개 그리고 몇장의 종이가 주어졌다. 징용공들에게 일본어를 가르치라면서 하세 계장이 건네준 것이다. 그러나 그것은 무슨 교습안을 만들라고 준 것이 아니었다. 무엇을 가르칠지를 써서 내라는 것이었다.

친구의 부탁으로 서류를 변조해서 집어넣은 이 귀찮은 반도 응징사가 어떤 녀석인지, 하세는 그것이 궁금했다. 술자리에서 나까다와 나눌 이야깃거리도 생길 테고. 공책과 연필을 전하며 하세가 말했다.

"카네다군, 이 교련시간은 내 소관이 아니다. 그러나 자네는 내 책임이다. 그래서 하는 것이니, 무엇을 가르칠지를 써가지고 올 것. 알겠나?"

"네, 알겠습니다. 우선순위를 정해서 시간에 맞게 몇마디씩만 가르치도록 하겠습니다."

우선순위라는 말을 들으며 하세는 조금 의아해졌다. 그건 응징사들에게서 들을 수 있는 말이 아니었다.

"자네, 학교를 다녔나?"

"고등보통학교를 중퇴했습니다."

"그래? 앞으로 기대하겠네. 잘해보도록."

지상은 첫날 징용공들에게 가르칠 말로 네가지를 정했다. 앉아라, 서라, 앞으로, 뒤로가 그것이었다. 징용공들이 무슨 말 때문에 가장 많이 얻어맞던가를 생각한 끝에 지상이 골라낸 말들이었다. 그다음에 가르칠 말이 코소아도(こそあど)였다. 여기, 거기, 저기, 어디. 멀고 가까운 데 따라 변하는 지시대명사였다.

지상이 징용공들에게 가르칠 말을 하세에게 전한 그날 저녁이었다. 퇴근시간에 조선설계부로 나까다를 찾아간 하세는 애써 엄숙하게 얼굴을 굳히면서 물었다.

"자네가 데려온 조선인 있지, 어디서 데려온 거야?"

"왜, 무슨 사고라도 쳤나?"

"사고? 이것도 사고라면 사고지."

엉뚱한 일이나 부탁하곤 하는 장인의 얼굴을 떠올리며 영문을 몰라 하는 나까다에게 하세가 킬킬거리며 말했다.

"조선인치고는 좀 웃기는 인간이야. 처음 보는 조선인이다. 별종."

"별종? 무슨 일인데 그래?"

"카네다라는 그 녀석이 가르치겠다고 하는 단어가 뭔지 알아? 여기, 저기, 앞으로, 뒤로, 그런 거야."

"앞으로, 뒤로? 그게 무슨 소리야."

"그 이유가 걸작이다. 응징사들이 무슨 말을 몰라서 제일 많이 얻어맞는가, 그걸 조사했더니 그렇다는 거야. 여기, 저기, 앞으로, 뒤로."

그제야 마음을 놓으며 나까다도 웃음을 터뜨렸다.

"학교도 다녔다고 하던데, 그 녀석 머리 돌아가는 게 재미있는 녀석 아냐? 어딘가에 쓸 일이 많겠어."

첫날, 지상은 그가 가르칠 말이 지시대명사라거나 근칭 중칭 원칭 부정칭이라거나 하는 말은 꺼내지도 않았다. 무조건 코소아도를 외우라고 한 후 예를 들어가며 설명했다.

"코레(これ) 하면 이것입니다. 소레(それ) 하면 그것, 아레(あれ) 하면 저것, 도레(どれ) 하면 어느 것인지 모를 때입니다. 자, 우리 열번씩 따라 하십시다."

따라 하자는데 따라 하는 사람이 없다. 지상이 웃으며 말했다.

"여러분들 마음 다 알아요. 고향 산천이 오락가락하시겠지만, 그 옆에다 코소아도 네 자만 살짝 넣어두자는 겁니다. 회사에서는 인사말부터 가르치라고 하지만 우리가 여기서 일본말로 인사할 일이 뭐 있어요. 오늘 참 거시기하네요, 하면 다 통하는 조선사람끼린데."

"맞수다. 거참 거시기하네요."

"낫 놓고 기역 자도 모르던 내가 징용 와서 뭔 학동처럼 공부를 다 하고. 거시기하다마다."

징용공들이 킬킬거리고, 벽에 기대서 잠이 들었던 사람이 뭔 소리들이여, 침을 흘리며 깨어나 주변을 두리번거렸다.

"똑같습니다. 무조건 코소아도예요. 점점 멀어지다가 모르게 되는 순서대로 코소아도다 그 말입니다. 여기는 코꼬(ここ), 거기는 소꼬(そこ), 더 먼 저기는 아소꼬(あそこ), 어딘가 모를 때는 도꼬(どこ). 어때요, 쉽지요?"

"쉬운 것도 같고 아닌 것도 같고, 참 거시기하네요."

첫날 공부 아닌 공부를 끝내고 밖으로 나왔을 때 기숙사 마당을 걸으며 지상은 혼자 그렇구나, 그렇구나 중얼거리며 놀라고 있었다. 그것은 그만 모르고 있던, 군함도에서는 듣지도 못한 변화이기도 했다. 하시마탄광과는 달리 조선소의 새로 들어오는 징용공들은 일본은 곧 망한다고들 믿고 있었다. 똘똘 뭉쳐서 일을 나가지 말아야 한다는 사람들까지 있었다.

며칠 후였다. 다음에 가르칠 일본어 목록을 건네받으며 하세는 지상에게 의자를 내어주며 앉도록 했다. 지상이 건네준 종이를 보고 난 하세가 소리 내어 웃었다.

"이거 생각보다 재미있군. 서라, 앉아라. 앞으로, 뒤로. 뛰어라, 걸어라. 맞다. 이렇게 아주 실질적이고 구체적인 게 필요하지. 기왕이면 좌향좌, 우향우도 좀 가르치게."

"알겠습니다."

"그런데 이건 뭔가. 니게루(逃げる, 도망쳐라)?"

"피하라는 말을 좀 강하게 해서 아예 도망치라고 한 겁니다. 위험할 때를 대비해서 알아두면 좋지 않을까 생각했습니다. 하시마 탄광에서의 일인데, 피하라는 말을 몰라서 가스사고가 나면 희생자가 생기곤 했습니다."

"조선소에서 도망치자는 걸 가르치려는 건 아니겠지?"

"그럴 때 왜 굳이 일본말이 필요하겠습니까. 그냥 조선말로 하면 되겠지요. 도망치자고."

지상의 얼굴을 마주 보면서 하세 계장이 천천히 고개를 저었다.

"그런데 하나 묻고 싶군. 이게 전부 명령어 아닌가. 자넨 저들에게 명령어만 가르칠 건가?"

"반도 응징사가 들을 수 있는 일본말은 전부가 명령어입니다. 가라. 와라. 서라. 앉아라."

"그런가…"

이자는 어딘가 예의 주시할 필요가 있는 요주의 인물이다. 하세가 얼굴을 굳히며 물었다.

"자네 조선에선 뭘 했나?"

"정미소와 점포 일을 했습니다."

"종업원이었나?"

"종업원이라고 해도 좋겠지만, 아버지가 주인이시고 저는 아들로 일을 도왔습니다."

하세가 몸을 일으켰다. 지상도 따라 일어섰다.

"알겠네. 오늘은 그만 가보게."

돌아서는 지상에게 하세가 말했다.

"자네가 하는 일이 응징사들의 작업에 조금이라도 도움이 되면 좋겠군. 어쨌든 하는 데까지 하도록 하게. 내가 그렇게 보고를 할 걸세."

하세의 말투가 처음보다 많이 정중해져 있었다.

28

징용도 아니고 근로정신대로 공장엘 갔던 것도 아니라고 했다. 헛걸음을 했구나 생각하며 서형은 어깨에 힘이 빠진다.

징용을 갔다가 돌아온 처녀가 있다는 소문에, 아니 언제 또 여자들까지 징용으로 끌고 갔었나 놀라며 찾아온 발걸음이었다. 먼 길이라 명조를 집에 맡겨놓고 봉의산을 돌아 멀리 구봉산이 바라보이는 샘골 턱밑까지 왔지만, 순덕은 징용이 아니라 일본의 제사공장에 취직을 해서 갔다 온 처녀였다.

지상에게서 소식이 끊긴 지 벌써 언제인가. 괜한 걸음을 했구나 싶으면서도, 일본에 간 사람들이 어떻게 지내는지 지푸라기라도 잡고 싶은 마음으로 서형은 이것저것 묻고 앉아 있었다.

말도 말라면서 순덕은 넉살 좋게 손을 내저었다.

"하여튼유, 오디 따먹다가 얻어맞은 건 지금 생각해도 분하지유.

아니 그까짓 오디가 뭔데, 고까짓걸 따먹었다구 혓바닥을 빼물게 하고선 볼때기를 꼬집구 때리는데, 요 도둑년! 그러면서 때리잖어유. 하여튼 아주 드러운 것들이에유."

지상의 걱정에 어느 대목에서 무슨 얘기라도 건질 수 있을까 싶어 서형은 고개를 끄덕이며 앉아 있었다.

"있잖아유, 우리 있는 덴 징용이나 그런 건 없었구유, 맨 여자들이지유."

"그래도, 어떻게들 지내는지 워낙 소식을 모르니. 일이 힘들던가요?"

"기가 맥힌 건 일이 힘든 게 아녜유. 전부가 거짓부렁인 거쥬. 여기서 갈 때 뭐라고 허면서 데려간 줄이나 아세유? 하루 3엔을 준다 그랬어유. 제사공장인데 하루 3엔이라문, 한두해 벌면 큰돈 모으겠구나 싶었지유."

서형이 생각해도 큰돈이었다. 한달에 25일만 일을 한대도 75엔이다. 어제 거래에서 이등미 쌀 10킬로그램에 3엔 57전이었다. 한 가마니가 80킬로그램이니까 한달에 쌀 두 가마니가 넘는다. 서형이 물었다.

"그럼 그게 다 거짓말이었어요?"

"그럼유. 쇡여서 데려간 거지유. 하루에 3엔이나 받는 여공은 천명에 하나둘 있을까 말까에유. 우리한텐 하루 30전도 안 줘유."

서형의 마음이 조금씩 어두워진다.

"고거야 또 고렇다고 쳐유. 가자마자 빚을 얹어놓지 뭐예유. 회사에 도착하니까, 모집해간 하또오라는 사람한테 소개비가 30엔이 나갔대유. 그러구설랑 그걸 우리가 다 갚아야 한다는 거예유. 말두 말아유. 차비 숙박비 밥값, 어디 그것뿐인 줄 아세유? 여기서 갈 때 미리 받은 전차금이 100엔 있었잖아유. 그게 전부 빚이에유. 가자마자 넋이 빠져설랑. 내 팔자에 무슨 돈."

갑자기 눈물을 글썽거리던 순덕이 입술을 몇번 꾸욱꾸욱 다물었다.

갈 때까지는, 일본에 내려서까지는 좋았다고 했다. 희망에 얼마나 부풀었겠느냐고. 한달에 쌀 두 가마니, 그걸 장리쌀로 놓으며 몇 년 일하면 논만 살까, 집안 살림을 내 손으로 펴겠구나 싶었다고 했다. 부산에서 하룻밤을 자고 연락선을 타고 시모노세끼에 내렸는데, 그때까지도 즐겁기만 하더란다.

"공장이라문서 처음엔 뽕잎 따는 거만 시켜유. 우리한테는 다른 일은 갈쳐주지두 않아유. 그런데 주먹밥 하나 먹고 그 일을 헐라니깐 을마나 배가 고파유. 오디가 익기 시작하는데, 그걸 따먹지 않구 어떻게 배긴대유."

서형이 고개를 끄덕인다.

"주의사항이래나 뭐래나. 그게 바로 뽕은 따더라두 오디는 먹으문 안 된다 그거예유."

뽕나무 씨를 받으려고 그랬나요. 오디를 으깨어 씨만 물에 헹궈내서 말린 뽕나무 씨까지, 한 집에 얼마씩 할당을 해 공출로 걷어가던 일을 서형은 떠올린다.

"먹지 말란다구 그게 돼유? 오디 따먹은 거 들킬까봐 전부 입을 꽉 다물고 있지유. 감독새끼가 그냥 있나유? 줄 세워놓고설랑 전부 혀 빼물라구 그래유. 혓바닥 시퍼런 거 다 보이지 그게 안 보이겠어유? 그러문 요렇게 볼때기를 꼬집어 쥐고는, 요 도둑년! 그러문

서 때려유."

순덕이 기어이 눈물을 떨어뜨렸다. 오디를 따먹었다고 때리고 처녀애들까지 때린다면 다 큰 남정네들 석탄 캐는 데서야 오죽하랴. 서형의 마음이 어둡게 조여든다. 차라리 만나러 오지 않는 게 나았을 뻔 싶다.

돌을 얹은 것 같은 마음으로 서형은 순덕이네 집을 나왔다. 빈손으로 갈 수는 없어서 서형이 가게에서 들고 간 비누 몇장을 받아놓으며 순덕은 말했다.

"새댁이야 무슨 걱정이세유? 부잣집에서."

눈에 깊이 파묻힌 길이 겨우 뚫려서 산모롱이로 뻗어 있었다. 뽀득뽀득 눈이 밟히는 길을 서형은 걸었다. 지난여름에는 넘실거리며 보리가 물결치는 길이었으리라. 바람이 얼어붙은 눈가루를 날리며 밭둑 옆으로 줄지어 선 뽕나무를 때리며 지나갔다. 오디 따먹다 맞았다니. 일본은 뽕 딸 사람까지 조선에서 끌고 가나. 무심히 바라보던 뽕나무까지 예사롭지 않다.

박씨 묘 주변으로 늙은 소나무가 가득한 언덕이 허옇게 눈을 뒤집어쓴 채 바라보였다. 그래도 이 동네는 밭보다는 논이 많다.

마을을 지나치자 논둑길 사이로 구불거리며 뻗은 길을 걸어오는 여자가 있었다. 어디를 가는 것인지 작은 보퉁이 하나를 머리에 얹었는데, 두어 걸음 앞서 남정네가 걷고 있었다. 지나다닌 발걸음이 만든 좁은 눈길이라 서형이 걸음을 멈추고 서 있는데, 다가오던 사람이 먼저 깜짝 놀라듯 말했다.

"이게 누구야?"

뒷두루 사는 준태 엄마였다. 남편과 함께 쌀겨를 사러 정미소를 드나들어 낯이 익은 여자였는데, 징용을 나간 남편이 얼마 전 뼛가루가 되어서 돌아왔다는 소문이어서 서형도 넋을 놓았었다.

"어딜 다녀오시나 봐요?"

말은 그렇게 하면서도 준태네를 바라보는 마음이 벌렁벌렁 뛴다. 죽은 남편 뼈항아리를 받아야 하는 여자나 소식을 몰라 시커멓게 타들어가는 내 가슴이나 기가 막히기는 마찬가지 아닌가. 부모가 죽으면 산에 묻고 자식이 죽으면 가슴에 묻는다고 했다. 남편이 죽으면 어디에 묻나. 준태네 소식을 들으며 그런 생각도 했었다. 징용을 나간 건 지상보다 준태 아버지가 조금 먼저였다. 처음에는 무슨 군수공장에 있다고 했는데, 죽은 다음에 소식이 온 것으로는 북해도의 탄광이었다고 했다.

서글프게, 준태네가 언 얼굴을 찡그리며 애써 웃었다.

"일이 좀 있어 가는 길이야. 자네야말로 여긴 어쩐 일?"

"누굴 좀 만나러 왔다가…"

준태네가 서형의 안색을 살피면서 물었다.

"그래, 신랑한테서 무슨 소식 없어? 마음에 빗장 꼭 걸어닫고 살아요. 때 되면 올 텐데 뭘."

"네, 그렇게 살아요."

"잊고 지내요. 잊고 있는 게 제일 마음 편하다우. 그것밖에 무슨 약이 있겠어."

고개를 끄덕이면서 서형은 준태네의 초췌한 얼굴을 바라보았다. 자신에게 잊고 살라고 말하는 이 여자는 남편의 일이 잊어지더란 말인가. 시퍼렇게 살았던 남편이 한 줌 뼈가 되어 돌아왔는데, 그것이 잊힐 일이더란 말인가. 먼저 가라는 준태네의 말에 앞서 지나쳐

갔던 남자가 저만치에서 그녀를 기다리며 서 있다. 들판을 내다보는 남자의 모습에 잠깐 눈을 주었다가 서형이 물었다.

"어딜 가시나 보죠?"

준태네가 멀리 서 있는 남자를 눈으로 가리켰다.

"우리 오라버니라우."

"그러세요? 몰라뵈었네요."

"오라버니 집엘 가는 길이야."

"하필, 이 추운 때 다녀오시려구요?"

어디에 붙들어 맨다고 다잡아지는 마음도 아닐 것이리라. 이럴 때 피붙이밖에 누가 있으랴. 오빠 집에라도 훌쩍 가서 지내다보면 앞일도 눈에 보이고 그럴 수도 있겠지. 그런 생각을 하는 서형에게 준태네가 말했다.

"다녀오긴. 입 하나 줄이는 게 어디냐고들 하니 가는 거지."

서형이 놀란다. 입 하나를 줄인다면, 친정으로 쫓겨간다는 얘기다. 그녀를 차마 마주 보지 못하고 서형이 고개를 숙였다.

"남편 없는 시집에서 지청구꾸러기가 되느니 그게 낫겠다 싶지만, 애가 무슨 죄가 있어서 애비 없는 자식으로 커야 하는지. 그 생각을 하면 억장이 무너지는 게…"

띄엄띄엄 말을 이어가는 준태네의 눈가에 이슬이 맺혔다. 서형이 겨우 한마디 했다.

"그러지 않아도 마음을 잡기가 힘드실 텐데…"

이번에는 서형이 목이 메었다. 말문이 막힌 채 두 여자는 허옇게 눈가루가 날아오르곤 하는 앞산을 바라보며 서 있었다. 남자들은 떠나가고 죽어가는데, 그래도 남겨놓고 간 그들의 자식을 지키고 길러내야 하는 여자의 처지가 서럽고도 절절하게 가슴을 적셔왔다. 그러리라. 살아서 견디고 이겨내야 하리라. 그래서 어느날 시퍼렇게 자라날 그 아이들에게 억장이 무너지던 이 한스런 세월을 말해야 하리라. 잊지 않고 전해서 알게 하리라. 못난 조상은 이렇게 살았다만 너희들만은 달라야 한다고, 저마다 시퍼렇게 제 뜻 펴고 살아가는 그런 세상을 만들어 이 한을 풀어줘야 한다고, 그렇게 말이다.

준태네가 웅얼웅얼 말했다.

"오라버니가 그러는데, 충청도 어디서는 일본 순사를 죽이는 일이 있었대요. 송출 독려라나 뭐라나, 사람 끌고 가려고 나온 순사를 죽였다는군요."

서형이 놀란다. 준태네가 무슨 큰 비밀이라도 되는 듯 목소리를 낮추었다.

"별 소문이 다 돈대요. 경상도 어디서는 왜놈들이 처녀들을 데려다가 쥐여서 비행기 기름을 짠다는 소문이 돌아서, 그런 소리를 하고 다니던 사람들을 다 잡아갔대요."

"끔찍하기도 해라."

말을 잃고 두 여인은 서 있었다.

"오라버니가 기다리시는데 어여 가보세요."

준태네가 고개를 끄덕였다.

"그럼, 또 봐요."

멀어져가는 준태네를 지켜보며 서형은 여전히 서 있었다. 무슨 흉한 소리람. 처녀들을 죽여서 비행기 기름을 짠다니. 가슴을 벌렁거리며, 서형은 돌아섰다. 뽀득뽀득 눈이 밟히는 소리가 그녀의 걸음을 재촉하듯 뒤따랐다.

사람들이 밟고 간 발자국이 만든 길이 눈 쌓인 들판 사이로 멀리 멀리 뻗어 있었다. 걸음을 멈추는 서형의 가슴속으로 쿵 소리를 내 듯 떨어지는 결심이 있었다. 소식이 끊긴 게 언제인데, 나는 여기서 무얼 하고 있는가. 길 저편으로 지상의 얼굴이 떠올랐다.

가자. 이럴 때가 아니다. 가서, 보고라도 오자. 하시마라고 했다. 주먹을 움켜쥐며, 서형은 지상을 만나러 갈 결심을 한다. 바람에 날린 눈가루가 허옇게 일어나 뽕나무 사이로 휩쓸려간다.

노무계 사무실을 점령하며 징용공들이 불태웠던 석탄 증산을 독려하는 현수막이 새로 걸리면서, 하시마는 다시 예전으로 돌아갔다. 새벽어둠과 함께 갱 안으로 내려갔다 또 어두워지면 올라오는 노동의 가혹함도, 짠 무조림과 비지에 콩이 섞인 음식도 달라진 것은 없었다. 월경덜경 씹히지도 않는 잡곡투성이 도시락도 마찬가지였다.

외딴 섬 하시마. 토오꾜오를 비롯한 대도시가 불바다가 되어가는 대공습의 전황도 하시마와는 절연되어 있었다. B29 폭격기가 점점 더 빈번하게 나가사끼 쪽 하늘을 날았지만 하시마에는 공습이 없었다. 어두컴컴한 숙사에서 더 캄캄한 지하로 무거운 발을 끌고 갱으로 내려가는 징용공들의 침묵 속에, 소리도 없고 빛도 없는 나날이 흘러갔다.

폭동을 주도한 혐의로 신철이 나가사끼로 압송되는 것을 끝으로 징용공들의 저항도 끝이 났다. 여러 사람의 처벌이 예상되던 것과는 달리, 어느날 사건은 그렇게 마무리되었다. 긴 후유증으로 징용공들의 채탄량에 차질이 생기는 것을 탄광 측이 원치 않았기 때문이었다.

신철이 아직 지하실에 갇혀 혹독한 고문을 견디고 있을 때, 선창으로 끌어올려진 두 징용공의 시체는 거적때기에 되는대로 둘둘 말린 채 이틀을 지냈다. 그곳은 징용공들의 숙사와 대각선 방향에 위치해 있었다. 배가 와닿는 부고 옆 공터에 치워지지 않고 널브러져 있다는 조선인들의 시체를 생각하며 징용공들은 힘없이 중얼거렸다.

"저러다가 푹석 썩어버리기라도 하면… 왜놈들도 차암 모질다, 모질어."

"이것저것 생각하면 뭐하나. 피가 거꾸로 솟는다. 그때 그렇게 끝내는 게 아니었어."

"아니면? 아니면 뒤집어서 걸 할래? 이건 뭔가 큰 게 잘못돼 있는 거다. 큰 데서 잘못돼 있으니까 우리 같은 지푸라기들은 이리 당하고 저리 쏠리고, 내내 이렇게 살다 마는 거지."

"큰 게 뭔데?"

"몰라서 물어? 나라겠지. 나라가 없으니까 이런 꼴이 난 거 아니겠어. 왜 그 생각들을 못 하냐."

"그걸 아는 너는 왜 여기 와 엎어져 있냐, 시벌. 이거야 원, 답답하기가 접시 물에 코를 박고 죽는 꼴 아녀."

두 구의 시체는 거적때기마저 제대로 덮이지 않아 알몸이 거의 드러난 채 엎어져 있었다. 아무리 광부들에게 공포심을 불어넣기 위해 방치해놓고 있다 해도, 차마 드러낼 수가 없었던지 얻어맞아 뭉개지고 물에 불어터진 그들의 얼굴만은 덮여 있었다. 총을 든 경비원의 감시 속에.

겨울 내내 하시마는 색깔이 변하지 않았다. 날리는 석탄가루에
뒤덮여서 섬 전체가 검다. 치솟은 철근콘크리트 아파트와 그 밑에
서 햇빛을 보지 못하고 겨울을 나는 골목길만이 검고 을씨년스러
운 것은 아니다. 마른 풀들도 꺼멓게 탄가루를 뒤집어쓴 채 땅바닥
에 넘어져 겨울을 나고 있었다.

"지들은 저어 위에서 마누라 끼고 새끼 기르며 살면서, 징용이라
고 붙잡아다놓은 우리는 이 밑에서 누에처럼 꾸물거리고. 만중아
안 그러냐?"

"씨끄럽다."

만중이 고개도 돌리지 않고 말했다. 하루 일을 끝내고 갱을 나오
는 길이었다.

"너는 생각도 없냐?"

"읆웅께, 날 좀 내비두랑께."

"사람이 그러는 게 아니다."

"조선이 어짜고 일본이 어짜고, 나 그런 거 다 잊어불고 살기로
혔다. 있으면 묵고 읆으면 굶고, 나 그라고 살란다. 난 그런 놈잉께,
잘난 소리 헐라면 느그들끼리나 혀라."

캡라이트를 맡기고 번호표를 내던지듯 건네주고 나서 만중은 횡
하니 앞서갔다. 학철이 이맛살을 찌푸리며 물었다.

"쟤가 요새 왜 저런다니? 본 건 눈으로 흘리고 들은 건 귀로 흘리
라지만 그렇게 살기도 쉬운 건 아닌데."

시커멓게 탄가루를 뒤집어쓴 채 밖으로 나서던 사내가 떠들어

댔다.

"달걀로 바위 치기라는 걸 뻔히 알면서, 와와 소리만 지르다가 저쪽에서 쳐들어오니까 푹석 주저앉았으니. 떡이 되게 얻어맞은 거밖에 뭘 얻었냐 말이다."

충식이었다. 말로는 앞장서서 싸우자고 핏대를 올리다가도 돌이라도 날아오면 어느새 숙사 안으로 엉덩이를 감추던 충식이는 그래서인가, 그때의 일을 뒤집기라도 하려는 듯 요즘 들어 부쩍 왜놈 왜놈 해대면서 말이 많아졌다. 앞서 걷던 만중이 걸음을 멈추더니, 돌아서서 충식의 가슴을 손바닥으로 탁 쳤다.

"니가 시방 그걸 말이라고 허냐?"

"왜 사람을 치고 이래."

"참자 참자 허고 살라 했등마 천불이 나서 못 참겠네."

만중이 탄가루를 뒤집어쓴 시커먼 얼굴로 충식을 막아섰다.

"같은 말이라도 어 다르고 아 다른디, 너 시방 먼 소리를 씨부리는 거여? 절로 터진 아가리라고 헐 소리 안 헐 소리 지껄이지 말고, 가만 자빠져 있어. 알겄어?"

기세에 놀란 충식이 가느다랗게 찢어진 눈을 더 가늘게 떴다.

"아따, 왜 돼지 멱따는 소리를 지르고 그런대?"

"뭣이 으째야? 달걀로 바위 치기? 푹석 주저앉아? 입은 삐뚤어졌어도 말은 바로 하라고 혔어, 이눔아."

"이 사람 보게. 말에 뼈가 있네."

"뼈만 있냐? 까시도 있고 털도 있어야."

"자네 나한테 뭐 심정 상한 일이라도 있어?"

"있제. 그 빗속에서 우리가 개 패듯 얻어터질 때, 니가 어디 있었는지 모른 줄 아냐?"

"그래, 나 뒷간에 있었다. 그게 뭐 어떻다고 시비야."

"똥이 나오디야? 니 동포들은 피를 철철 흘림시로 나자빠지고 있는디, 니는 뒷구녕으로 똥이 나오드냔 말이여?"

"나 이거야 원. 도통 말하는 수작이 돼먹지 않았네."

작은 눈을 부라리면서 충식이 만중을 훑어보았다. 만중이 손을 툭툭 털며 충식에게 한발 더 다가섰다.

요즈음 심사가 편치 않던 만중이었다. 가깝게 지냈던 우석이 왜 농성 사건이 있을 무렵부터 자신에게 거리를 두었는지 만중은 그 까닭을 알 수가 없었다. 우석이 그렇게 자기를 멀리하지만 않았다면 자신은 분명히 도망치는 사람들 사이에 끼었을 것이다. 한편으로 그때 맞아 죽었을 수도 있었겠다 생각하면 이제 와서 여간 다행이 아닐 수 없었다. 그런 생각을 하면서도, 삼대독자라는 것 때문에 자신을 절대 앞세우지 못하도록 한 그때 우석의 결정을 모르는 만중으로서는 섭섭함이 가시지 않았다.

"뭐, 수작? 이 피골상접에다 얼까지 쑥 빠져분 새끼, 한판 붙을라냐?"

만중이 버럭 소리를 지르면서 충식의 가슴팍을 움켜쥐었다. 충식이 비실비실 웃으며 그 손목을 잡았다.

"왜가리가 들었다가는 형님 하자고 하겠네. 나 귀 안 먹었으니까 조곤조곤 말해라, 인마. 너야말로 소나기 맞은 중 상판대기 해가지고."

"오메, 인자 막 나가네. 오냐, 이 새끼야."

옷이랄 것도 없는 누더기, 꺼멓게 탄가루가 엉겨붙은 윗옷을 벗어던지면서 만중이 소리쳤다.

"너 나가 누군지 모르는 모양인디, 오장이 뒤집어진께 나가 도저히 못 참겄다."

웃통을 벗어부친 만중이 충식을 끌고 저탄장 뒤쪽으로 나갔다. 작은 키에 걸음도 날쌔게 그들을 따라간 임씨가 두 사람 사이를 막아서면서 충식에게 말했다.

"자네 이 사람 이름도 못 들어봤어? 강만중이라면 인동이 다 알던 씨름꾼이여. 별일도 아닌 걸 가지고들 왜 이래."

충식이 만중을 훑어보았다. 쌍판이라고는 더럽게 넓적한 게, 이놈아, 세상 넓은 것만 알지 말고 높은 것도 알고 살아라. 네놈이 씨름꾼이면 나는 호랑이를 잡았겠다.

"세상에 좆 무서워서 시집 못 가는 년 있다더냐? 오늘이 누구 제삿날인지는 두고 보면 알 거다."

"참으라니까 그러네."

임씨가 충식의 앞가슴을 막아섰다.

"내비두쇼, 임씨. 누가 손을 봐도 한번 봐야 될 새끼께. 떡 본 김에 제사 지낸다고 시방 혼구녕을 내야 쓰겄소."

만중이 중얼거릴 때였다. 자신을 막아선 임씨의 작은 몸을 옆으로 밀치는가 하자 충식이 만중을 향해 몸을 날렸다. 퍽 소리와 함께 만중이 얼굴을 감싸며 몸을 꺾었다. 충식이 만중의 얼굴을 머리로 받아버렸던 것이다. 뒷걸음질을 치며 얼굴을 드는 만중의 손에 코피가 묻어났다. 코피가 입술을 적시며 흘러내리는 만중을 향해 충식이 다시 한번 몸을 날렸다. 만중이 한 걸음 뒤로 물러서면서 충식의 몸통을 감아쥐는가 하자, 어느새 충식의 몸은 만중의 어깨 위에 올라가 있었다. 번쩍 들린 충식의 몸이 땅바닥에 내동댕이쳐졌다. 나뒹구는 충식의 어깻죽지를 잡아 일으킨 만중이 다시 한번 들어 땅바닥에 메쳤다. 피가 흐르는 코밑을 훔치며 껑충 뛰어오른 만중이 충식의 몸을 몇번 밟아댔다. 엉겁결에 뒤에 나자빠져 있던 임씨가 얼굴을 찡그리며 고개를 돌렸다.

"그러니 내가 뭐랬어. 남의 말은 육실 허게 안 듣더니만."

정신없이 나자빠진 충식의 머리를 썩은 애호박 차듯 내지르고나서 만중이 돌아섰다. 빨랫감처럼 쑤셔박힌 충식에게 다가간 임씨가 어깨를 흔들며 말했다.

"이 사람아 정신 채려! 왜 이도 안 난 것이 뼈다구 추렴을 하겠다고 대들어."

만중이 코피를 막느라 몇번 고개를 뒤로 젖히면서 중얼거렸다.

"뒈져도 싼 놈잉께. 몰매 맞을 놈이 나헌티 걸렸응께 그만헌 줄은 지 새끼가 더 잘 알겄제."

둘러섰던 사람들이 만중을 바라보며 수군거렸다.

"몰매 맞을 놈이라는 게 무슨 소리야. 충식이도 첩자질 한 애들과 한통속인가?"

"그게 아니지. 모여 있을 때는 죽여 살려 하며 앞장을 서다가 막상 왜놈들과 붙을 때는 뒷간에 가 숨어서 쌍판도 안 내밀었던 걸두고 하는 말이지."

저벅저벅 걸어가면서 만중이 중얼거렸다.

"내 꼬라지가 이게 뭐시여. 숲 밖에 난 도깨비 꼴 아니여."

시어머니 박씨가 어이없다는 얼굴로 웃었다. 목욕물을 데워 명조를 씻기는데 아이가 쿨쿨 잠을 잔다.

"아이구, 이 녀석이 배짱이 얼마나 두둑하려고 벌써부터 이렇게 천하가 태평한가."

무슨 애가 머리를 감기는데 잠이 드나 싶은데, 이번에는 요란하게 재채기를 해댄다. 박씨가 또 한마디 한다.

"얼씨구. 재채기 요란한 거까지 쏙 빼닮았네. 피는 못 속인다니까."

대청을 건너와 안방 문살까지 흔들어놓는 남편 두영의 요란한 재채기를 두고 하는 말이었다. 몸의 물기를 닦아주고 옷을 입히는 서형에게 박씨가 말했다.

"얘가 뭐 되려고 벌써부터 이렇게 거칠 게 없냐. 태평성대는 혼자 만났어요."

"어머님두 참, 갓난애가 뭘 안다고 태평성대예요."

박씨가 손을 내저었다.

"아니다. 이 누워 있는 거 좀 봐. 어디 하나 거칠 게 없어요."

박씨의 말이 아니더라도, 배불리 젖을 빨고 나서 누워 있는 걸 보자면 서형의 눈에도 아이가 그렇게 편안한 얼굴일 수가 없다. 도통 보채는 게 없는 아이다.

"이게 다 네 복이다. 아이가 이렇게 순하니, 네가 벌써부터 효도를 받는구나."

그 말끝에 소식이 없는 아들에 대한 근심이 엉겨든다.

"제 애비가 보면 얼마나 좋아하겠어. 이걸 못 보고 사니."

"그래서 이제 가잖아요, 어머니."

잠시 두 여인의 눈길이 저녁빛이 비쳐드는 창에 가 멎었다. 모레면 떠나야 할 먼 길, 서형은 지상을 만나러 하시마로 간다.

"그래, 잘했다."

박씨의 목소리가 잦아들었다.

"이 엄동설한에 무슨 먼 길이냐 싶었다만, 이런 일은 그저 생각 날 때 저질러야지. 잘했다. 가서 보기라도 해야지. 만나고 나면 차라리 안 본 것만 못할지도 모르겠다만, 그래도 이렇게 하늘만 쳐다보고 있는 것보다야 낫지 않겠니."

"고맙습니다, 어머님. 조심해서 다녀올 테니 너무 염려하지 마세요."

"그럼그럼. 좋은 소식 만나러 가는데 염려는 무슨."

얼마나 많이, 얼마나 오래 서형은 밤하늘을 쳐다보며 서 있었던가. 그때마다 서형은 입 안에 맴도는 말을 참아야 했다. 어머님, 제가 일본엘 한번 갔다 오면 안 될까요.

이러고 있을 게 아니라 찾아나서야 한다. 일본이 멀다 해도 땅위에 있지 어디 있겠나. 이렇게 손 놓고 기다릴 일이 아니다. 먼저 시어머니께 의논을 드려볼까. 그런 생각을 하며 바라보던 겨울 하늘에서는 별똥 하나가 긴 꼬리를 남기며 떨어졌다.

마음은 거기에서 멈추지 않았다. 여기 이렇게 엎드려 있는 게 능사만은 아니다. 일본에 가서 남편이 어떻게 사는지도 보고, 할 수 있다면 그 부근 어디에 나도 자리를 잡아볼 수도 있는 일이다. 그렇게 해서 안 될 것도 없는 일이다. 애아버지를 찾아간다는데 누가 뭐라 하겠는가.

그렇게 마음을 뒤적이던 끝에 힘들게 말을 꺼냈을 때, 시어머니의 반응이 오히려 놀라웠다.

"네가 일본엘 가보겠단 말이지?"

"네 어머님. 허락해주시면…"

"그래. 힘들게 어려운 결심을 했구나. 내 며느리다."

시어머니의 얼굴을 마주 보는 서형의 손끝이 떨리고 있었다.

"이제 와서 말이다만, 나는 네 입에서 왜 그애한테 가보겠다는 말이 안 나오나 궁금했다."

"아니, 어머니."

박씨의 손이 나와 서형의 손을 움켜잡았다.

"나라면 벌써 갔다. 소식이 끊긴 게 언제냐. 죽었는지 살았는지 모르는데 여기 엎드려서 밥이 넘어가니, 잠이 오니. 뭐가 거칠 게 있어. 훌쩍 애 둘러업고 찾아나서는 거, 그게 조선여자야. 옷고름으로 눈물 찍어내며 쪼그리고 앉아 있는 거, 그거 조선여자 아니다."

"어머님."

서형이 시어머니 무릎에 얼굴을 박고 울던 그날 박씨는 말했었다.

"아무려면 핏덩이 제 새끼가 저렇게 크는데 안 돌아오기야 하겠냐. 아이가 불러서라도 오고말고. 절대 그애한테는 무슨 일 없을 테니 맘 단단히 먹고. 네 맘이야 하늘도 알고 땅도 안다."

중얼거리다가 시어머니는 한숨을 내쉬었다.

"어디 그뿐이겠니. 네 맘은 나도 안다."

서형이 떠나기로 하면서, 박씨는 발 빠르게 바느질집에 부탁을 해서 서형이 입고 갈 덧옷과 속바지까지를 준비했다. 시어머니가 마련해준 명조의 옷은 솜을 누빈 공단 아기옷이었다. 어렵게 구한 소창으로 아이의 기저귀까지 새로 마련해오는 박씨를 보면서 서형은 가슴이 먹먹해지곤 했다. 성품이 강한 분이라 내색은 안 했지만 아들을 보내놓고 난 마음이 이러셨구나 싶었다. 지상을 위해서 서형이 마련한 건 버선 두켤레와 솜을 넣은 누비옷이었다. 그걸 보며 펄쩍 뛴 건 동서 명숙이었다.

"아이구, 명조 엄마. 거긴 남쪽이라 솜옷 안 입어도 덥대요. 이걸 언제 입으라고 짐 되게 싸들고 가. 그리고 생각을 해봐. 남자들이 이걸 어떻게 손질을 해 입겠어. 안 그래?"

"그냥 제 마음이지요."

생각 같아서는 나불대는 고놈의 주걱턱을 쥐어박고 싶은 걸 서형은 웃으며 참았다. 그 생각을 안 했던 것도 아니다. 맡겨서 손질할 데도 없을 텐데 솜옷을 어찌 남자가 손질해 입으랴 싶었지만, 그래도 새물일 때 딱 한번이어도 좋으니 내 손으로 바느질한 옷을 지상에게 입히고 싶었다.

버선은 누비버선으로 두켤레를 준비하면서 버선코만 살짝 올리고 회목에는 여유를 주어 신기 편하게 만들었다. 남자가 뭐 그런 걸 신었냐고 놀림받는 일이나 없게 하려고 마음을 쓰면서, 버선목 옆에 남색 수실로 목숨 수 자를 손톱만 하게 살짝 수를 놓았다.

마음 같아서야 무엇인들 떠메고라도 가지고 가고 싶지 않으랴만, 아이와 함께 가는 길이기에 짐은 될수록 줄이기로 했다. 인절미라도 해서 끌고 가고 싶지만, 아서라 먼 길이다 생각하며 먹을 것을 준비하고 싶은 마음도 일찍 접었다.

떠날 준비를 하는 서형과 시어머니 박씨 사이를 오가며 동서 명숙은 무슨 잔치라도 만난 듯 수선을 피웠다.

"사치는 적이다, 그런 시국이야. 그러니 뭘 어떻게 입어야 할지. 명조 엄마 생각은 어때? 내 마음 같아서는 딱 그 머리부터 자르게 하고 싶지만. 옷도 그래. 아이 데리고 가는데 칠떡거리는 치마저고리 안 입으면 편할 텐데. 그런데 신랑 만나러 가는 건데 몸뻬 입고 갈 수는 없잖아. 명조 엄마, 안 그래? 기차 타고 배 타고 일본으로 들어가는 건데, 그러자면 일본여자처럼 입는 게 제일 좋긴 한데, 그럴래?"

"저 그냥, 집에서 입던 대로 입고 가요."

그런 두 며느리를 지켜보던 박씨가 명숙에게 한마디 했다.

"너는 명조 엄마야가 뭐니. 아무리 말을 막 해도 그렇지."

"왜요, 어머님? 부르기 좋고 편하기만 한데."

"형님 동서 하거라. 남이 들으면 욕한다."

"동서, 내가 명조 엄마라고 부르는 게 싫어?"

"좋은 대로 하세요. 편하게 부르시면 되지요."

"말도 하기 나름이다. 그럴래라니 그게 뭐냐. 하시겠나, 그러시겠나, 듣기 좋고 하기 좋은 말을 두고."

혀를 차던 박씨였지만 명숙에게 그거 하나는 잘했다고 한 게 있었다. 수선 끝에 명숙이 구해온 일본제 포대기였다. 업은 아이를 머리부터 내리덮을 수도 있고 얼굴을 내밀게 둘러쌀 수도 있는 넨네꼬반뗀이라는 포대기였다.

남편의 소식이 끊긴 지가 언제인데… 집안의 누구도 말이 없었다. 며느리를 앉혀놓고 시시콜콜 할 말이 무엇이 있으랴. 시아버지는 그럴 수도 있으리라 생각했다. 그러나 시아주버니 하상까지 아무 말이 없는 것이 서형은 내내 섭섭했다. 동생이 끌려가 있는 데가 남방도 아니고 카라후또(사할린)도 아닌 내지인데 아주버니께서 한번 찾아가 보셔야 하는 거 아닌가요. 그런 서형의 마음을 다 읽

114

고 있었다는 듯, 도항증이며 여러 서류들을 챙겨준 건 하상이었다.

"알아보니 지상이 가 있는 데가 미쯔비시 계열이라 다른 군소 탄광보다는 처우가 낫다고들 합니다."

매듭처럼 꼬여 있던 섭섭함이 눈 녹듯 녹아내리며 서형은 다 고마웠다.

"하여튼 내일이라도 제수씨께서 경찰서에 가셔서 오까다 경시를 만나도록 하세요. 그 친구한테 제가 부탁을 해놓았습니다. 담당자인 타구찌라는 순사 녀석 얘기로는 꼭 본인이 나와서 서류를 받아야 한다는군요. 시국이 시국인지라 도항증을 받기 전에 교양인가 뭔가 일본 건너가는 교육도 받아야 한다는데, 오까다 경시한테 얘기해놓았으니까 별거 없을 겁니다. 서류만 받으시면 될 겁니다."

그러나 그것만이 아니었다. 일본에 건너가는 것이니 협화회 회원증을 만들어준 것까지는 이해가 되었지만, 이런 거까지 챙겨야 하나 싶은 게 또 있었다. 하상이 건네준 '국민총력조선연맹'이 발급한 좀 희한한 신분증명서였다.

국민총력조선연맹은 조선총독부 차원에서 조직된 대표적인 친일단체였다. 1940년 8월 제2차 코노에 내각이 동아신질서 건설을 국책으로 내세우며 조직된 것이 대정익찬회(大政翼贊會)였다. 이 조직은 일본의 군부가 총력전을 펼치기 위해 기존 정당을 모두 해산시키면서 정·재계를 망라해 산업보국회, 대일본부인회 같은 사회단체까지를 산하에 두고 출범시킨 거대조직이었다.

대정익찬회의 출범을 바라보며 조선의 친일파들은 가슴을 칠 수밖에 없었다. 조선은 정치적 권리가 없다는 이유로 대정익찬회 조선지부를 허락하지 않았기 때문이다. 일본에 있어 조선은 경멸과

굴종을 감수해야 하는 협력의 대상일 뿐이었다. 그렇게 해서 유사한 기구로 만들어진 것이 국민총력조선연맹이었다. 총재는 당연히 조선총독이었다. 하상이 그 조직의 강원도지부에 깊이 관여하고 있는 걸 서형은 알지 못했다.

"배표 끊을 때도 그렇겠지만 승선할 때 특히 필요할 겁니다. 뭐라고 하기 전에 먼저 이걸 내밀면 됩니다."

"고맙습니다. 하지만 그렇게까지 해야 할까요?"

"제수씨, 사서 고생할 필요는 없지 않아요. 국민총력조선연맹이라면 아무 소리 없이 잘해줄 겁니다."

그 증명서마다 쓰여 있는 서형의 이름은 카네다 호따루(金田螢)였다. 호따루는 반딧불의 일본말이었다. 집안이 성을 카네다라고 창씨개명을 했고 서형의 형 자가 반딧불이니 그럴 수 있겠다 싶으면서도, 그 긴 이름의 연맹에는 마음이 어수선해질 수밖에 없었다. 서류를 살펴보는 서형에게 하상이 웃으며 덧붙였다.

"이제부터 제수씨 카네다 호따루상입니다. 이름부터 외우세요."

창씨개명이란 조선민족 고유의 성명제를 폐지하고 일본식으로 조선인의 이름을 바꾼 대표적인 조선말살정책이었다. 협박과 강요로 진행된 이 창씨개명에서 일본식으로 성을 바꾸지 않는 사람은 비국민이나 불령선인(不逞鮮人), 몹쓸 조선놈이라는 낙인이 찍혔다. 이 조치가 얼마나 악랄하고 집요했던가는 숫자가 보여준다. 1940년 2월부터 8월 10일까지 조선총독부가 정한 이 기간에 전 호구의 79.3퍼센트의 조선인이 일본식으로 이름을 바꿨다. 친일파들은 이를 두고 조선사람이 이토록 일본인이 되고 싶어했던 증좌라고 환호했다.

남색 치마에 연노랑 저고리를 입고, 아이를 업은 위에 한뗀을 둘러 바람을 막고서 서형은 역으로 걸었다. 남편이 떠나고 얼마 만인가. 깊이 숨을 들이마시며 서형은 남편이 떠나던 날 빗속에 서 있던 당간지주를 눈을 깜박이며 바라보았다. 우린 참 친하기도 했나 봐. 별것에 다 추억이 엉겨 있으니.

갯대라고도 하는 저 당간지주는 절에 기쁜 소식이 있을 때나 큰 일을 치를 때 깃발을 올리던 데야. 지상이 들려주던 말이 발소리를 저벅거리며 다가왔다. 그 이야기를 들은 후로는 바라볼 때마다 기쁘고 큰 그 무엇으로 성큼 마음에 다가서던 당간지주가 아니던가.

역으로 들어서며 서형은 등에 업힌 명조를 두른 팔에 힘을 준다. 자 가자. 이제 아빠를 만나러 가는 거란다, 아빠를.

기차에 올라, 소양강을 끼고 달리는 차창 밖으로 멀어져가는 춘천을 바라보며 서형이 떠올린 지상의 얼굴에서, 그동안 잊고 지낸 말이 어른거렸다.

"어디 가서 애들이나 가르치며 살면 좋겠다만."

왜요? 가게일이 힘들어서 그래요? 마음속에서 그렇게 묻고 있었지만 그때 서형은 마음과는 다른 말을 했다.

"애들을 가르치면… 훈장이오? 이젠 또 훈장 딸이 훈장 서방 얻었다고들 하겠네. 엄마가 뭐라는 줄 알아요? 훈장 똥은 개도 안 먹는대요. 애들 가르치느라 얼마나 속을 끓이면 그런 말들을 하겠어요."

"그런가."

그뿐 지상은 더 말이 없었다. 그러나 그때 지상의 얼굴을 스치고 지나가던 그늘을 서형은 기억했다. 회한이었을까. 정미소를 들락거리고 주판알을 튕기는 가게 뒷방에서 걸어나가 그 남자가 떠나고 싶던 길은 어디였을까.

기차는 삼악산을 멀리 뒤로하며 강변을 달리고 있었다. 애들을 가르치면 좋겠다고 했지만 꼭 그건 아니었을 거야. 남편은 어떻게든 학교를 다니며 공부를 더 하고 싶었던 건 아니었을까.

오빠도 그런 말을 했었다.

"지상이는 먹냄새 맡으며 붓 잡고 앉아 있어야 할 애다. 책 좋아하는 사람이라는 거 잊지 말아."

덜그럭거리며 가는 기차의 흔들림 때문인지 명조가 몸을 뒤치며 칭얼거렸다. 아이를 토닥이며 서형의 눈길이 강물을 따라갔다. 남편도 알고 있지 않았을까. 그 무렵 학교를 간다는 것이 아무 의미가 없다는 것을 지상도 알고 있지 않았을까.

'전시(戰時)'라고 이름 붙었던 조항들이 곧이어 '결전'이라는 말로 바뀌면서 학교도 예외가 아니었다. '학도동원비상조치'도 '결전비상시조치요강'으로 바뀌었다. 학교별로 학도 동원기준이 발표되었다. 학생들이 전선으로 끌려가고 사립전문학교 재산은 몰수되거나 압류당했다. 총독부는 보성전문은 경성척식경제전문으로, 연희전문은 경성공업경영전문으로 이름조차 바꿔치웠다. 이화여전과 숙명여전은 농업지도원 양성소가 되었다.

토닥거리는 손길에 잠이 든 명조를 서형은 내려다보았다.

책은 지나간 사람들의 세상이다. 먼저 산 사람들이 살다간 눈에 보이지 않는 이야기다. 그게 좋아 읽는 사람들은 공부를 해야겠지. 그렇지만 세상에는 눈에 보이는 물건을 앞에 놓고 조였다 풀었다

하면서 요것저것 그 이치를 따져보는 걸로 사는 사람도 있지. 어디 그뿐이랴. 사람들을 줄 세우며 대장 노릇 하는 걸 좋아하는 사람도 있고, 뭔가 봤다 하면 돈벌이부터 눈에 보이는 사람도 있단다. 명조 야 넌 뭘 하며 살래.

언제 때가 와서 하고 싶은 일이니 꿈이니 그런 걸 바라보며 살아 보나. 아빠 엄마는 아니었다만, 너만은, 네 세상은 그래야 할 텐데.

29

입술이 떨리며 서형의 얼굴이 파랗게 질려갔다. 타까시마탄광 하시마종합사무소, 그 간판 옆을 갈매기가 날고 있었다.

서형이 앞에 놓인 종이에 실종(失踪)이라고 써서 타니무라에게 내밀었다.

"다시 한번 말씀해주시겠습니까. 지금 실종이라고 하셨습니까?"

"네, 실종. 맞습니다. 행방불명입니다."

"다시 한번 묻겠습니다. 제 남편입니다. 이곳으로 징용을 온 카네다 지로오상이 현재 여기 없다, 그 말씀은 알겠습니다. 그런데 어디로 간 것도 아니고 여기 있는 것도 아니다. 실종이다. 행방불명이다. 지금 그렇게 말씀하시는 겁니까?"

"그렇다고 몇번이나 말하지 않았습니까."

타니무라가 눈을 희번덕거리며 책상을 손바닥으로 내리쳤다.

"여기 없습니다. 없으니까 실종이다 그겁니다. 그럼 어디로 갔느냐? 어디로 갔는지 모르니까 행방불명이라 그겁니다. 옥상(부인), 내 말을 못 알아들어요? 왜 같은 말을 자꾸 하게 합니까?"

눈에 불이 흐르며 서형이 벌떡 일어섰다.

"카네다 지로오, 그 사람이 이곳으로 왔지요? 여기 있었지요? 그런데 지금 없다. 이게 무슨 말입니까?"

"없으니까 없다, 그 말을 못 알아들어!"

이놈 봐라. 네놈이 반말을 하는 것쯤은 나도 알아듣는다. 등에 업고 있던 아이를 돌려 가슴팍에 안으며 서형이 소리쳤다.

"찾아내야지. 이 아이의 아버지야. 찾아내야지!"

"이거 뭐 이런 게 다 있어. 조센진!"

"뭐야!"

순간 앞에 있는 책상이 기우뚱거리고 벽에 걸린 일장기 붉은 동그라미가 일렁거렸다고 서형은 기억했다. 서형이 바닥에 널브러지며 쓰러졌고, 포대기 밖으로 비어져나온 명조가 소리 내어 울음을 터뜨렸다.

그뿐, 아무것도 기억에 없었다. 서형이 정신을 차렸을 때 처음 눈에 들어온 것은 낯선 벽이었고 손바닥에 와닿는 것은 까끌까끌한 다다미방의 감촉이었다. 그리고 어렴풋이 여자들의 웃음소리가 들려왔다. 천천히 고개를 돌려보다가, 자신이 낯선 다다미방에 누워 있는 것을 알고 서형이 소스라쳐 몸을 일으켰다. 피잉 하고 현기증이 왔다. 두 팔로 바닥을 짚은 채 눈을 감고 얼마를 앉아 있었다. 자신이 정신을 잃고 쓰러졌다는 걸 알 수 있었다. 방 안을 둘러보았다. 없다. 아이가 없다. 둘러업었던 포대기는 옆에 개켜져 있는데 아이가 보이지 않았다.

아이가 어디로 갔지. 눈에 불이 일며 서형이 앞니를 악물었다. 내가 정신을 놓아선 안 된다, 내가.

머리를 매만지며 서형이 몸을 일으켰다. 벽을 짚고 서서 열린 문틈으로 밖을 내다보던 서형은 벌어진 입을 다물지 못했다. 문틈으로 바라보이는 것은 명조였다. 명조가, 누군가를 향해 팔을 벌리고 앞으로 걷고 있지 않는가. 벽에 붙여 세워놓아도 한 걸음 떼어놓는가 하면 풀썩 주저앉곤 하던 명조였다. 그 아이가 앞에 있는 누군가를 향해 팔을 벌리고 그것도 벌쭉벌쭉 웃으면서 걷고 있었다. 세 걸음을 걷다가 주저앉고 다시 다섯 걸음을 걸으면서.

놀란 얼굴로 서형이 문밖으로 나서며 아이를 불렀다.

"명조야."

그 소리에 아이가 털썩 주저앉으며 서형을 바라보았다. 엄마를 알아본 아이가 벙긋거리며 웃더니 빠르게 기어왔다. 아이를 으스러져라 품어 안는 서형에게 일본여자가 말했다.

"아, 깨어나셨군요."

간호부 이시다였다. 아이를 안은 서형의 눈가를 타고 눈물이 흘러내렸다.

"연락을 받고 병원에서 왔습니다. 진정제를 놓고 지켜보던 길인데… 걱정하지 않아도 좋습니다."

"죄송합니다. 폐를 끼쳤군요."

"아이가 아주 귀엽네요. 명랑 쾌활, 저랑 놀고 있었습니다."

아이를 도닥거리면서 서형은 어이가 없었다. 이 녀석아. 그렇게 걸어보라고 해도 도리도리 고개를 젓던 녀석이, 어쩌자고 여기 와서 발걸음을 떼니. 네가 이렇게 왔는데도, 없단다. 아버지가 여기 없단다.

아이의 손을 잡아 볼에 흘러내린 눈물을 닦아내면서 서형이 말했다.

"여기가 어딘가요?"

"아, 네. 사무실 옆방입니다. 밤에 근무하는 분들이 자기도 하는…"

아이를 업기 위해 포대기를 찾아 들며 서형이 이시다에게 고개를 숙였다.

"고맙습니다."

"조선에서 오셨다고 들었습니다. 고생하셨지요?"

"여기 들어오면서 아이가 어찌나 뱃멀미를 심하게 하던지 걱정을 했는데, 괜찮아져서 다행이에요. 부끄럽습니다. 제가 쓰러지다니."

"조금 더 누워서 쉬시지요. 저는 여기서 퇴근하면 되니까 아직 시간이 많습니다."

"아닙니다. 이러고 있을 때가 아니지요."

"노무계 분들을 만나시게요? 그럼 아이는 잠시 저한테 맡기시지요."

이시다가 서형에게 팔을 내밀었다. 아이를 그녀에게 건네면서 서형은 생각했다. 싸운다고 생각하진 말자. 다만 냉정하고 침착하자. 말은 경어체로 정확하게 하자.

이시까와는 식어버린 찻잔을 옆으로 밀어놓으며 서형에게 말했다.

"행방불명. 그렇게 제가 이 보고서를 썼습니다. 경찰에서도 여기 따라 사건을 처리한 것으로 압니다."

들고 있던 서류를 내려놓은 이시까와는 책상을 마주한 서형을 건너다볼 뿐 더 말이 없었다.

"행방불명이라면…"

목이 메면서 서형이 입술을 깨물었다. 서형이 그의 책상 앞으로 몸을 구부렸다.

"사람이 없어졌는데, 회사에서는 아무것도 모르겠다, 그러면 끝나는 일입니까?"

"다시 설명을 드리자면, 동시에 두 사람이 없어졌습니다. 당일 작업을 끝내고 돌아와서 저녁도 먹고 잠이 들었다는 보고이기 때문에 일단 갱 안에서의 사고는 아닙니다. 그런데 다음 날 두 사람이 없어진 겁니다. 당연히 우리는 다각도로 조사를 했습니다. 부인, 잘 들으세요. 우리는 일차적으로 그들이 도망쳤을 경우를 조사했습니다. 과거의 예로 볼 때 당연한 것 아니겠습니까. 조사 결과, 섬을 빠져나간 흔적도 육지에서 그들을 본 사람도 찾지 못했습니다. 두번째 경우가 사고입니다. 보시다시피 여긴 섬입니다. 실족사일 경우까지 배제하지 않고 수색을 했지만 어디에서도 그들을 발견할 수 없었습니다. 그게 제가 말하는 행방불명입니다."

두 사람 사이로 무거운 침묵이 흘러갔다. 누구도 먼저 입을 열지 않았다. 이시까와가 몸을 일으켜 서형의 찻잔에 엽차를 따르고 나서 자신의 찻잔에도 김이 오르는 뜨거운 물을 부었다. 자리에 앉은 그가 두 손으로 찻잔을 감싸쥐면서 말했다.

"두 사람을 실종으로 처리할 수밖에 없었던 건 회사로서도 힘든 일이었습니다. 멀리에서 오셨는데 이렇게밖에 설명을 드릴 수가 없다는 점을 이해해주십시오. 다만 반증은 되는군요. 그들이 도망을 쳐서 조선으로 돌아간 것이 아니라는 건 확실하니까요."

"무책임."

서형이 눈길을 내리깔며 들릴 듯 말 듯 혼잣말처럼 말했다.

"무책임의 극치군요."

"부인, 그렇게 단정적으로 말하면 우리도 곤란합니다."

이시까와가 하는 그 말, 곤란합니다 하는 코마리마스요(困りますよ)를 듣는 순간 서형이 번쩍 고개를 들었다.

"지금 곤란하다고 하셨는데, 곤란한 건 저희 쪽입니다. 하나만 묻겠습니다."

그녀가 또박또박 말했다.

"징용 온 분들, 누구의 명을 받고 왔습니까?"

이시까와로서는 생각지도 못했던 말이었다. 서형이 내처 말했다.

"조선에서 여기까지 누가 보내서 왔습니까? 이분들은, 제 남편도 그렇습니다, 여기까지 일자리를 찾아서 온 사람들이 아닙니다. 가라고 하니까 왔습니다. 누가 여기까지 오게 했습니까?"

"그, 그거야 국가 정책으로…"

"말씀 잘 하셨습니다. 그렇습니다. 국가가 이 회사로 사람을 보냈습니다. 그렇다면 회사로서의 의무도 있고 책임도 있지 않습니까. 사람을 여기까지 데려왔습니다. 그런데 행방불명이라니요? 우리는 모른다, 그 말씀 아닙니까? 이게 무책임이 아니고 무엇입니까."

도대체 이게 어떻게 돼가는 거야. 일이 왜 이렇게 꼬이지. 도망친

놈의 가족이 왔다. 그러면 회사에서 오히려 그놈을 내놓으라고 큰 소리를 칠 일인데, 뭐가 잘못돼가고 있는 거 아냐. 적반하장, 저쪽에서 사람을 찾아내라니.

"내선일체, 총독부에서 내세워온 것이 내선일체 아닙니까. 조선인에게 의무가 있다면 일본에는 책임이 있는 것 아닙니까. 국민을 징용했으면 당연히 보호해야 하고, 그래서 징용기간 끝나면 집에서 기다리는 부모와 처자식 앞으로 보내줄 의무가 있는 것 아닙니까."

이시까와는 멍한 얼굴로 서형을 바라보았다. 그때 그의 마음속을 오간 건 서형이 말하는 의무나 책임이라는 말이 아니었다. 조선에서 온 부인이 머리를 아프게 하니 자네가 나서라는 말을 들으면서 노무계에서 오갔던 이야기들이었다.

"이런 일은 처음이다."

"이상한 건 그게 아니다. 도망친 그놈은 왜 징용을 나온 거야? 저런 집안의 남자가 징용을 왔다는 게 뭔가 의심스럽지 않아? 그놈 일본말도 잘했잖아."

"하여튼, 조선인은 왜 할 수 없는 일을 해내라는지 모르겠어. 늘 그렇잖아. 장례 치르라고 연락해서 왔으면 장례나 치를 일이지, 조선인들은 꼭 내 자식 살려내라 하고 고함치면서 발랑 자빠지거든. 죽은 사람을 어떻게 살리라는 거야. 그건 부처님도 못 하는 일이다."

서형이 다시 물었다.

"그리고, 왜 연락을 안 해주셨습니까. 행방불명이라면, 실종이 됐다면, 본가에 연락을 했어야 하는 게 아닙니까. 고향에는 그이가 돌아올 날을 기다리는 부모와 자식이 있습니다."

말을 하면서 서형은 울컥 가슴을 치밀어오르는 것을 목이 아프게 참았다.

"제 아이는 아직 아버지의 얼굴을 보지 못했습니다. 제 남편도 아이의 얼굴을 보지 못했습니다. 이게 제 가족입니다."

아이는 왜 여기 와서야 걸었을까. 아버지를 보기 위해 명조가 걸었던 건 아닐까. 덧없는 생각이 가슴을 쓸고 갔다. 결심을 굳히며 서형이 말했다.

"연락을 안 해주신 이유를 모르겠습니다. 나라에서 하는 일인데요. 더군다나, 먼 어디도 아닌 내지로 온 사람을. 그 사람을 찾아온 가족에게 행방불명이라니, 이건 누구의 책임입니까. 기다리겠습니다. 책임 있는 분을 만나게 해주십시오. 그러지 않고는 저 못 돌아갑니다."

서형이 일어섰다.

"저, 여기서, 한 걸음도 못 움직입니다."

"알겠습니다."

이시까와도 의자를 뒤로 밀며 일어섰다. 그의 머리에 퍼뜩 떠오르는 얼굴이 있었다. 병원에 있는 그 절뚝발이, 명국이었다. 그가 도망친 놈과 가장 친했다고 하지 않던가. 이이제이(以夷制夷)가 아니라 이선제선(以鮮制鮮)이다. 조선사람을 통해 조선사람을 덮자. 그 사람을 시켜서 이 여인을 어떻게든 달래보는 게 제일 좋겠어.

이시까와가 앞으로 나서며 말했다.

"다들 퇴근을 한 시간이니 오늘은 일단 쉬십시오. 숙소를 잡아드리겠습니다. 그리고… 기다리시면 말씀하신 문제는 제가 윗분에게 이야기해서 선처를 해보도록 하겠습니다."

여관을 찾아가며 오르막길을 걷다 돌아보니, 섬 저편으로 진홍
빛 황혼이 바다와 하늘을 뒤덮고 있었다. 바다 위로 솟은 야구라가
하늘을 찌르듯 까맣게 바라보였다. 눈을 들면 기이한 모습의 섬 가
장 높은 곳에 마치 무슨 표지처럼 신사와 그 앞의 토리이가 보였
고, 그뒤로 펼쳐진 하늘에는 새털구름이 칼로 그어댄 듯 펼쳐져 있
었다. 이 낯선 곳에 서서, 어느날 느닷없이 여기 와 서서 남편은 무
슨 생각을 했을까. 지상에게서 받을 수 있었던 두통의 편지, 이제는
글자 한 자까지 다 외우게 된 편지를 생각하는 서형의 볼을 타고
소리 없이 눈물이 흘러내렸다.

그날 밤을 여관 미도리장에서 묵으며 서형은 부산에서도 그랬고
하까다 항구의 여관에서도 그랬듯이 아이의 기저귀를 빨았다. 아
이를 위해서는 미리 돈을 건네고 죽을 부탁했다.

아이만 뱃멀미를 한 게 아니었다. 나가사끼에서 하룻밤을 묵고
난 아침 유우가오마루를 타고 섬으로 들어오면서 서형도 토할 수
밖에 없었다. 놀라고 지친 몸으로 서형은 쓰러지듯 잠이 들었다.

명국이 서형이 묵고 있는 미도리장으로 찾아온 건 다음 날이었
다. 이시까와의 부탁을 받고 서형을 만나러 오며 놀라기는 명국도
마찬가지였다.

인사를 나누고 나서 명국은 다리 이야기부터 꺼냈다. 놀라지 마
십시오. 막장에서 다쳤습니다. 그런 말을 하고 나서 명국은 아이를
불렀다.

"너로구나. 도련님께서 아버지를 보러 오셨구먼. 어디 아저씨가

한번 안아보자."

어제 처음 걸은 아이는 언제 내가 기어다녔더냐 싶게 일어설 때마다 걸음 숫자가 늘어나고 있었다. 아침에도 다섯 걸음을 걸었다. 시름없는 얼굴로나마 뒤뚱거리며 걸어오는 아이를 보며 웃었던 서형이다.

"지상이 그 친구가 득남했다는 소식을 듣고 우리가 얼마나 좋아했던지요. 모두가 한마음이었지요. 오징어도 사고 술도 사고, 잔치를 했으니까요. 참 그때 누가 그랬었지요. 이런 게 희망이라고."

그런 이야기로 웃고 난 명국은 밖에서 누가 엿듣기라도 하는 듯 목소리를 낮추며 벽 쪽으로 서형을 붙어 앉게 했다.

"부인, 제 말대로 하셔야 합니다. 회사에 더 무슨 말을 할 것도 없어요. 어서 빨리 떠나세요. 그러셔야 합니다."

명국은 자신의 입술에 손가락을 대며 서형의 말을 막았다. 더욱 목소리를 낮추면서 명국이 속삭였다. 김지상 씨는, 남편께서는 도망을 쳤습니다. 잘한 일이지요. 장한 일이지요. 제가 바로 남편분이랑 같이 도망을 치려고 계획을 세웠던 사람인데, 일을 코앞에 두고 사고가 나서 이 꼴이 됐습니다. 명국은 손으로 다리를 가리켰다. 춘천에서 남편분이랑 같이 온 사람이 있는데, 그 사람이랑 셋이 도망을 치다가 그 사람은 중간에 발을 다쳐 되돌아왔습니다. 저놈들이 어떤 놈들인데 못 찾은 걸 보면 도망에 성공을 한 거지요. 그러니 부인은 빨리 여기서 나가셔야 합니다. 조사를 다시 한다고 하던데, 저들이 가만히 있겠습니까. 그렇게 되면 우리들이 또 끌려가서 당해야 합니다. 게다가, 함께 도망치기로 했다가 돌아온 그 사람마저 징용공들이 들고일어났을 때 사라졌어요. 여기 없습니다. 저들이

이 일을 다시 건드리는 날에는 여간 복잡해지는 게 아닙니다. 이제
또 애먼 사람들을 잡아들여서 패기라도 하는 날에는 무슨 일이 날
지 모릅니다. 왜 빨리 돌아가라는지 아시겠지요? 저녁 배편으로라
도 어서 여길 나가시는 게 제일 좋습니다. 아이가 아프다거나 뭐라
고 구실을 대면 저놈들도 차라리 좋아하지 않겠습니까.

이야기를 마치며 명국은 밖에서 들으라는 듯 목소리를 높였다.

"저는 지금 병원에 있는데, 오늘내일합니다. 곧 고향으로 돌아갑
니다. 절름발이를 탄광에서 뭐에 쓰겠습니까."

서형의 눈에 눈물이 맺혔다. 그녀가 두 손을 포개 가슴을 감싸안
았다.

"고맙습니다."

똑같은 말을 되풀이하는 그녀의 목소리가 떨리며 잦아들어갔다.

"고맙습니다. 고맙습니다."

명국이 돌아간 후 서형은 아이를 업고 서둘러 선착장으로 나가
배편을 구했다. 돌아가기 전에 명국이 한 말이 오래 마음에 남았다.
김지상 씨는 도망쳐 살아 있습니다. 쉽게 고향까지 돌아갈 수야 없
을 겁니다. 그러나 집에 돌아가 기다리시면 곧 무슨 연락이 가지
않겠습니까.

명국을 병원으로 찾아간 건 오후였다. 이시다가 빼앗듯 아이를
받아 안으며 말했다.

"만나고 오세요. 아이가 어제 봤다고 날 보고 웃네요. 여긴 다친
사람들이 전부라 나쁜 병이 없어요. 병원이라도 아이한테 괜찮습
니다."

고맙다는 인사를 하며 명조를 맡긴 서형은 명국의 병실로 찾아

가 말했다.

"좀 있다가 광업소 소장을 만나러 가요. 그러고는 말씀하신 대로 바로 떠나요. 고맙다는 인사도 제대로 못 드리고 황망해서 죄송합니다."

그런 인사를 하는 서형을 건너다보며 명국은 고개를 끄덕였다. 발 빠르게 움직여주는 서형이 고마웠다. 지상이 그 사람도 심성이 곱더니 부인도 참 음전하구나.

서형이 가지고 온 보따리를 명국의 앞으로 밀어놓으며 말했다.

"뭐라고 고맙다는 말씀을 드려야 할지. 함께 그 어려운 계획을 세우고 약속했던 분인데 애아버지와 오죽 가까웠으랴 싶고, 참 많이 도움이 되었겠구나 그런 생각도 들고. 남편을 만난 듯 뵙고 갑니다. 그래서…"

보퉁이에 손을 얹으며 서형이 말했다.

"버선 두켤레와 토끼털 귀마갭니다. 섬이라니 바람이 많이 불겠구나 싶어서, 물건 같지도 않지만 가지고 왔어요. 귀마개는 남편이 손수 토끼를 잡아 가죽을 말려서 만든 거니, 쓰셨으면 좋겠습니다. 그리고 버선이 맞을라나 모르겠네요. 애아버지 치수에 맞춘 거라."

"그, 그건 제가 받을 물건이 아닙니다."

서형이 입가에 웃음을 담으며 말했다.

"또 하나가 있습니다. 누비옷예요. 손질하기 어려울 걸 알면서도 가지고 왔는데, 제가 뵈니까 남편이랑 체구가 비슷해서 입어도 흉하지는 않겠네요. 받아주시면 좋겠습니다."

"아닙니다. 김지상 씨가 받아야 할 걸 제가, 안 되지요. 귀마개만 받겠습니다. 저도 집에서 토끼를 잡으면 만들곤 했거든요."

"제가 이걸 어떻게 도로 가지고 가겠습니까, 서러워서."

고개를 숙이고 잠시 말이 없던 서형이 품 안에서 봉투 하나를 꺼내놓았다.

"그리고 이것도 좀 부탁을 드리려고요. 여편네라는 게 남편을 찾아오면서도, 하도 먼 길이라 아무것도 준비를 못했습니다. 봉투에 조금 넣었습니다. 애아버지랑 친했던 분들이 모여 뭐라도 사서 드시도록… 수고스럽지만 그렇게 좀 해주시겠어요? 부탁드립니다."

병원을 나서는 서형의 남색 치마가 바람에 날리고 있었다. 한뗸으로 아이의 얼굴까지 덮어씌우고 계단을 걸어내려가던 서형이 걸음을 멈추었다. 바다를 내려다보았다. 치솟은 야구라와 석탄을 나르는 컨베이어벨트로 천천히 옮겨가던 서형의 눈길이 다시 바다로 나가 화장터가 있는 섬 나까노시마에 가 멎었다. 당신 어디 있나요. 명조 아빠, 어디 계신 건가요. 통곡처럼 새어나오려는 그 말을 떨리는 입술로 막으며 서형은 뜻없이 고개를 젓고 또 저었다. 가서 기다립니다 저는. 언제일까요, 당신이 돌아오실 그때는.

섬을 떠나기 전, 이시까와와 함께 찾아간 종합사무소에서 자신을 타까시마탄광 하시마분원 소장이라고 소개한 후나꼬시 야스오는 짧은 콧수염을 기르고 있었다. 아이를 안고 서형이 후나꼬시와 마주 앉았다.

"이 아이가 아버지를 만나러 왔군요."

후나꼬시가 굳은 얼굴로 서형을 보며 말했다.

"보고는 받았습니다. 부인이 말씀하셨다는 의무와 책임에 관한 이야기도 들었습니다. 직원의 안위로 가족들이 걱정을 하게 된 점, 저도 유감으로 생각합니다. 생존 가능성에서부터 사망 가능성까지 다시 조사하고 탐문해서 그 결과를 조선의 주소지로 보내드리도록 하겠습니다. 저희들도 찾기를 바라고 또한 무사하기를 진심으로 바라고 있습니다."

그리고 그는 이 말을 하기 위해 당신을 만나고 있다는 걸 잊지 말라는 듯 덧붙였다.

"본인을 찾을 경우, 회사로서는 본인에 대해 처벌의 권한이 있음을 알려드립니다. 주거지를 무단이탈한 것은 분명하지 않습니까."

보낼 곳이 없으니 편지일 수도 없다. 그렇다고 하루의 일을 꼬박 꼬박 적는 일기도 아니었다. 지상에게 하고 싶은 말들을 적어두기라도 하자고 서형이 공책을 준비한 건 하시마에서 돌아온 후였다.

보낼 길 없는 편지를 쓴 적도 있었지만, 이번에는 달랐다. 하시마를 나와 나가사끼역 앞에 섰을 때였다. 마치 지금 처음 들은 것처럼, 남편의 행방을 모른다는 생각이 무릎이 꺾이게 앞을 막았다. 혹 이렇게 해서 남편을 영 잃어버리는 건 아닌가. 도망을 쳐서, 그래서 그 이상한 섬보다는 그래도 좀 나은 곳으로 몸을 피하지 않았겠나 싶었던 마음은 온데간데없이 사라지고 그 자리에 들어선 캄캄한 절망이 그녀를 휩쌌던 것이다.

춘천으로 돌아오는 기차 안에서 생각했다. 언젠가는 지상이 돌아오리라. 나는 그걸 믿어야 한다. 그 믿음으로 돌아올 날을 기다리며, 당신이 떠난 집에서 나는 어떻게 살았고 아이는 어떻게 컸으며 집안에는 무슨 일이 있었다는 걸 적어두기로 하자. 적어두었다가 그에게 전하자. 난 이렇게 마음으로나마 당신과 함께 살았다오, 말하기로 하자.

지상이 없는 동안의 집안일이며 마음에 오가는 생각들을 적기로 한 공책을 반닫이 안에서 꺼내놓으며 서형이 눈을 깜박였다. 공책에는 수실로 엮은 끈에 연필이 매달려 있었다.

올해는 일찍부터 눈이 내리더니 추위도 유난스럽습니다. 눈이 많으면 보리농사에도 좋고 추울 때는 이렇게 얼어붙도록 추워야 한다고들 합니다만, 춥다는 게 헐벗은 사람들에게는 또 얼마나 견디기 힘든 짐인지요.

당신의 아들 명조는 넓게 밝게 비추라고 지어받은 이름답게, 잘 자랍니다. 크는 것이 하루가 다릅니다. 아침나절에 한번 그리고 저녁에 한번 아이를 안고 사랑으로 나가 아버님께 인사를 시킵니다. 아이를 보여드리자고 한 일이었는데, 요즘은 오히려 아버님께서 아이를 불러내 안아보곤 하십니다. 그 얼굴에 그렇게 정이 흐를 수가 없습니다.

이만하면 제가 누릴 수 있는 안락함은 다 갖춘 게 아닌가, 자족합니다. 위로 어른들 강건하시고 저 또한 튼실하게 자라는 아이를 두었으니 더 바랄 게 뭐가 있겠습니까. 겨우 생각하는 것이, 당신께서 부디 자중자애하셔서 예전 그 모습으로 돌아오실 수 있도록 세상이 편안해지기만을 바랄 뿐입니다.

조선은 나날이 흉흉합니다. 흉흉하다고밖에 달리 생각해낼 말이 없는 게 요즈음 조선사람들 사는 마음 아닌가 생각합니다. 농사를 지어보아야 손에 잡히는 것은 제 손금뿐이니, 너나없이 마음 붙일 그루터기가 없습니다.

이번 겨울을 앞두고 소양통에서도 두 집이 이웃해서 연해주로 떠났습니다. 장씨네가 먼저 떠났고, 이어서 남서방네가 이삿짐을 쌌습니다. 당신도 잘 아시지요. 작은아들이 당신 밑에서 정미소 기술을 배우던 그 집입니다.

대를 이어 살아온 곳이고, 모랭이 하나 지나고 고개 하나 넘으면 바로 거기 선영이 있는데, 마을을 떠나는 마음에 왜 피눈물이 없겠나 생각했습니다. 그러나 그분들을 보내는 마을 사람들의 눈길에는 남다른 것이 있었습니다. 여기서 이렇게 사나 타관에 나가 떠돌이를 하나 무엇이 다를 게 있겠나 하는 체념 같은 것이 모두의 얼굴에 깔려 있었으니 말입니다.

죽기 아니면 살기 아니겠어유. 떠나면서 인사를 왔던 남서방네가 그런 말을 했을 때, 오죽 답답한 마음이면 말을 저렇게 하나 싶었습니다. 제 나라 제 땅에서도 못 살면서 어디 가서 또 뿌리를 내리겠다는 것인지. 노자에 보태라고 건네는 돈을 한사코 밀어내는 남서방네 손을 잡으며 저도 눈물이 맺힐 수밖에 없었답니다.

이제 저는 당신이 멀리 떠나 있다는 생각을 접고 지냅니다. 하시마에서 돌아오며 생각한 것이 있습니다. 당신은 거기 계시는 게 아니라 지금 집으로 돌아오는 중이라고 말입니다.

당신이 늘 그러셨지요. 너 철나지 마라. 여자는 그냥 가만히 있어도 철드는 거다. 그렇지만 아이엄마가 되면서 저도 이제 철이 나는가 봅니다. 그렇습니다. 이제 아이엄마가 되어 그걸 하나씩 느낍니다. 여자는 가만히 있어도 철이 드는구나 하고 말입니다. 자식 두니 겨우 알게 된 소견입니다.

겨울이 왔으나 왔던 겨울이야 언젠가는 가게 마련이고, 봄이 되면 또 장독 옆에 송편에 박을 맨드라미를 심으면서, 그렇게 먼 추석을 기다리렵니다. 기다리면 먼 것도 가깝기만 합니다.

어제는 무슨 소식처럼 함박눈이 내려서 아이를 데리고 당간지주 옆으로 나가 눈을 뭉치며 돌기둥 옆에서 놀아주었습니다. 좀더 커서 이 아이가 말을 알아듣게 되면 당신이 제게 해주신 당간지주 이야기도 들려주리라, 그런 생각도 했습니다.

시집을 와서 얼마 지나지 않아서였다. 지상과 함께 소양강 옆 갯대배기 들판을 거닐다가 낯설기만 한 돌기둥 두개를 바라보며 서형이 물었다.

"이쪽 들판을 갯대배기라고 하잖아요. 그럼 저기 서 있는 갯대라는 돌은 뭐예요? 애들은 막 무섭다고들 하던데요."

"무서워? 당간지주가 왜 무서워?"

"그게 사람 목 치던 데라면서요? 애들만 그러는 게 아니에요. 아줌마들도 다 그러세요. 저 돌기둥 사이에 불그죽죽한 돌이 끼어 있잖아요. 그 뻘건 게 핏자국이래요."

그때 지상이 어이없다는 듯 허허거리며 웃었다.

"여보세요, 훈장님 따님께서 사서는 읽으셨는지 몰라도 사찰에 대해서는 맹문이시군요."

갯대라고 하는 저 당간지주는 사찰 입구에 세워두는 거야. 절에서 무슨 큰일을 하거나 소식이 있을 때는 당(幢)이라고 하는 깃발을 내걸거든. 당이란 불화를 그린 깃발이야. 그 깃발을 걸어두는 길쭉한 장대를 당간이라고 하는데, 그걸 쇠로 만들어요. 당간을 쇠로 만드니 얼마나 무겁겠어. 이게 넘어가지 않게 하려고 단단히 돌기둥 사이에 끼워서 세우니까, 말 그대로 당간을 꽂는 지주다 그겁니다요. 지상의 말을 들으며 내내 웃음을 참고 있던 서형이 물었다.

"당신 누구한테나 이러세요?"

"뭐가?"

"지금처럼 늘 이렇게 자상해요? 그건 좀 싫네요. 나한테만 자상해야지, 모든 사람한테 자상한 건."

"아니 뭐야? 그건 내가 할 소리다. 나야말로 이 일을 어쩌냐. 훈장님 딸이라 뭘 좀 아나 했더니 바보한테 장가를 들었잖아. 저 좋은 걸 가지고 사람 목 치던 데라니. 애들이야 무슨 소린 못 하겠어. 너까지 돌무늬를 가지고 핏자국이라니."

그렇게 웃던 그날이 눈물겹게 다가와 강물 속으로 떨어지는 눈발을 서형은 꿈결처럼 바라보았다. 처가에서 절엘 안 다니니까 모르는 건데, 여기부터는 신성한 사찰입니다 하는 표시로 불화를 그린 깃발이 펄럭대는 게 당간이야. 얼마나 아름답니. 지상의 말을 떠올릴 때마다 혼자 생각했다. 소양통 저잣거리 쪽에는 돌탑이 하나 있었다. 탑은 절에나 있는 건데, 그렇다면 여기 당간지주와 거기 탑까지 그 넓은 데가 다 절터였을 리는 없는데 세월에 묻혀간 무슨 사연이 있는 걸까, 그런 생각을.

친정 부모님들도 다 강녕하십니다. 이렇게 쓰기는 하지만 아무래도 마음이 무겁습니다. 엄마는 이 겨울을 나며 기력이 쇠해지는 게 역력합니다.

엄마 걸음이 달라 보여요. 여전하신 줄 알았는데, 올해 보니 또 다르네요. 나도 모르게 그런 말을 해버린 저에게 아버지가 말씀

하시더군요. 세월이 하는 일인데 어쩌겠냐. 오는 늙음을 막대로 막겠냐, 가래로 막겠냐.

연필을 놓으며 서형은 햇살이 환한 창문을 바라보았다. 날씨가 풀리면서 지붕 위의 눈이 녹으며 댓돌 위에 떨어지는 소리가 창밖에서 들려왔다. 겨울이 가고 있나 보았다.

"아니, 우리 애가 살아 있다구요?"

아침에 얼어붙은 마당을 쇳소리처럼 울리며 까치가 울더니. 홍씨의 목소리가 떨렸다. 아들의 소식을 묻는 홍씨의 마음이 말보다도 앞서간다.

"어디 자초지종 좀 들어봅시다. 그동안은 어디 있었대요? 그래, 만주서 왔다는 그 양반이 우리 태형이를 만나기는 했다는 거지요? 어디서 뭘 하고 있었답디까?"

"어허 이거야. 무슨 자초지종이 이렇게 중구난방인고."

치규의 얼굴에 웃음이 번진다. 홍씨는 남편의 이런 얼굴을 언제 보았던가 싶다.

"세상이 넓다 해도 초록은 동색이라고 조선사람은 또 조선사람 대로 모여 살게 마련이라더군. 알음알음으로 서로 이웃해서 의지도 하고 그러나 본데, 그 사람이 태형이를 처음 만난 건 용정에 있는 어떤 학교에서랍디다."

"학교라니요? 그 나이에 뭘 또 배우고 있더래요? 그애가 돌상에서 지필묵을 잡았던 애라 그럴 만도 하지만요."

"이런 사람 봤나. 훈도를 했대요. 거기서 아이들을 가르치는 교원을 하고 있었다 그 말이야."

엊그제였다. 길을 묻는 나그네처럼 치규의 집에 들어선 사내는 젊은이였다. 만주에서 온 분이 읍내에 머물고 있는데, 치규를 만나고 싶어한다는 전갈이었다.

언뜻 태형의 생각이 머리를 스쳤지만 치규는 그럴 리가 없다고 고개를 저었다. 필시 군자금 같은 걸 이야기하려는 거겠지. 젊은이를 데리고 집 밖으로 나와서였다. 우두벌이라면 강을 따라가지 말고 저쪽으로 등성이를 넘어가면 바로라고, 누구 눈에 띄어도 이상스럽지 않게 손짓을 해주면서 치규는 말했다.

"이렇게 전해주시겠소. 십시일반이라는 말을 모르는 게 아니나 살림이 피폐하기가 부끄러운 지경이라. 마음이야 하해 같소만 내가 무슨 돈이 있겠소."

그렇게 만나볼 생각이 없다는 뜻을 전했는데 다시 연락이 왔던 것이다. 뵙고 나누고 싶은 건 아드님 이야기라는 것이었다. 걱정부터 앞세울 것 같아 아내에게는 읍내에 좀 휘 다녀오리다, 한마디를 남기고 치규는 혼자 집을 나섰다.

바람이라도 들어오는가. 골방에 켜진 등잔불의 불꽃이 이따금 흔들렸다. 앞에 앉은 사내는 깎지 않은 수염이 거무스름한데다 옷차림 또한 영락없는 촌무지렁이 그것이었다. 그러나 사내의 눈빛은 형형하게 빛나고 있었다.

"제가 최동지를 만난 건 간도의 허룽현 카이산툰이라는 곳이었습니다. 최동지는 거기서 공립 국민우급학교의 교원을 하고 있었습니다."

아들은 학교 선배 백홍기가 있던 자취를 더듬어 그곳부터 들어갔구나. 치규는 그렇게 아들의 마음을 헤아렸다. 잘한 일이구나, 조용조용 그렇게 시작을 하다니.

"아주 추운 뎁니다. 예로부터 얼어붙은 두만강을 걸어서 건널 수 있는 데가 카이산툰이라고 합니다. 강 건너가 온성인데, 이 지역이 조선에서는 개마고원 다음으로 가장 춥고 겨울이 깁니다."

카이산툰에는 두만강을 사이에 두고 한반도 최북단인 조선의 삼봉과 연결되는 삼봉철교가 놓여 있었다. 도로와 철로가 나란히 뻗은 양용철교였다. 일본은 일찍이 이곳에 제지공장을 건립하여 이 일대의 풍부한 목재를 약탈하고 있었다.

"강가에 일본 업자들이 쌓아놓은 목재를 보며 저랑 참 많은 이야기를 했습니다. 지금도 생각나는 건, 최동지가 그런 말을 하더군요, 만주는 오족협화(五族協和)를 내세운다, 그러므로 자신에게 지금 가장 필요한 건 은인자중이라고 생각한다고 말입니다."

치규는 고개를 끄덕이며 묵묵히 들었다.

아이들을 가르치며 학교에서 기숙을 하고 지낼 때였다고 했다. 그때부터 태형은 상하이로 가 군관학교를 가야겠다는 결심을 숨기지 않았다. 그러다가 서너달 전에 모습을 감추면서 마지막으로 자신을 찾아왔고, 긴 얘기는 없이 상하이로 간다고만 했다는 것이다.

"혹 조선엘 나가게 되면, 어렵겠지만 춘천의 본가에 들러줄 수 있겠냐는 이야기도 했습니다. 사사로운 부탁을 해서 미안하다는 말도 하고 말입니다. 조선에서 갓 나온 젊은 사람들 중에는 너무 내색을 하고 다니는 청년들이 많은데, 그런 것 없이 은인자중, 뜻을 숨기거나 굽히지는 않는 신실한 청년이었습니다."

"저는, 아들아이가 마음을 못 잡아할 때면 농사를 지으라고 했던 아비입니다. 땅은 사람을 속이지 않으니 그렇게 한평생을 건너도 되지 않겠냐고 말입니다. 고맙습니다. 미천한 아들이니 부족함이 많더라도, 앞으로도 많은 지도편달을 부탁드립니다."

두 사람은 잠시 묵묵히 삿자리 바닥을 내려다보았다. 흙벽에는 사내의 옷이 걸려 있었고, 방 한구석에 개어놓은 이부자리는 초라하고 얇았다. 밤이 깊어가면서 이야기가 사내의 속마음으로 옮겨갔다.

"핫꼬오이찌우(八紘一宇), 팔굉일우라고 저들이 만들어낸 것도 그렇지 않습니까. 여덟이 넓어져서 하나가 된다, 그러므로 일본으로 세계를 하나로 만든다, 그런 뜻이 아니겠습니까? 바로 이 팔굉일우의 정신을 구현한다면서 만주사변에서 태평양전쟁까지 전쟁 지도이념으로 삼았던 일본입니다. 일본의 전쟁은 침략전쟁이 아니라는 것이지요. 그러나 '핫꼬오이찌우'란 확대해석해서 왜곡 선전한 전쟁 슬로건, 그 이상 아무것도 아닙니다."

고개를 끄덕이면서 치규는 그의 이야기를 들었다.

"이 말을 일본인들이 해석하는 것을 보면, 천황의 사명은 세계적 평화통일에 있다는 겁니다. 말이나 되는 소린가요. 일본의 정복과 지배를 세계로 뻗어나가겠다는 팔굉일우, 그 착취의 첫번째 희생이 조선이고, 말살해서 일본화한다, 이것이 바로 일본의 야만성입니다."

아들은 이 사람과 이런 이야기를 나누었겠구나. 그런 생각을 하며 아들의 얼굴을 떠올리는 치규에게 사내는 조용조용 말을 이어나갔다.

영국도 일본도 섬나라지만, 영국은 바다로 나아가서 해양국가가 되었는데 일본은 바다를 건너 먼 곳으로 갈 생각은 안 하고 꼭 가까운 육지로 기어올라옵니다. 그게 임진·정유년의 왜란이었고 오늘의 수난 아니겠습니까.

일본은 섬나라이면서도 해군이 아닌 육군이 일으킨 나라입니다. 육군이라는 게 너 죽고 나 살기로 대거리를 해야 하는 군대입니다. 바다에서 싸우는 해군과는 적과의 거리가 다릅니다. 해군은 배가 깨지면 지는 거지만 육군은 손으로 찌르고 칼로 베어서 상대를 죽여야 합니다. 일본제국주의를 이끈 주도세력이 육군이었기에 또 바다가 아니라 육지로 기어올라올 수밖에 없었던 겁니다. 조선의 고통이 거기 있다고 저는 생각합니다.

그런 이야기 끝에 사내가 말했다.

"아드님께 노래를 하나 배웠습니다. 같이 부르기도 했습니다. 두만강을 바라보면서 그 강가에서."

사내의 얼굴에 잔잔한 물결이 퍼져나가는 듯했다. 그가 가락은 없이 노랫말만을 가만가만 읊조렸다.

구약통 납날개 양총을 메고
벌업산 접전에 승전을 했네
우리네 부모가 날 기를 제
성대장 주자고 날 길렀나
춘천아 봉의산아 너 잘 있거라
신연강 뱃머리가 하직일세

치규의 얼굴에 웃음이 번져나갔다. 춘천 의병장 성익현을 두고 불렸다는 아리랑이었다.

1896년, 춘천에서 일어선 의병은 50리 길에 장사진을 이루며 성익현 대장을 따라 서울을 향해 진격하여 가평까지 나아갔다.

"내려오는 얘기로는, 그때 의병군이 나아가는데 대장이란 사람은 일산(日傘)을 받친 사인교 가마에 타고 삼현육각까지 불며 갔다니, 그거야 싸우러 나가는 사람들이 아니었지요."

사내가 벌쭉 웃는 얼굴이 되었다.

"기세가 대단했군요."

두 사람의 눈길이 웃으며 얽혔다.

"의병군이 치켜든 깃발에는 국적토벌(國賊討伐) 국모보수(國母報酬) 배양배왜(排洋排倭) 단발불복(斷髮不服), 그런 글이 휘날렸다고 합니다. 저간의 나라 사정이 어떠했는지, 백성들이 품어야 했던 서러움이 무엇이었는지 짐작되는 말들이지요."

의병 장교들이 탄 당나귀들은 여기저기서 끙까끙까 울어댔다. 나팔소리, 북소리가 하늘에 울리고, 그뒤를 따르는 의병들이 치켜든 깃발은 가지가지 형형색색이었다. 나라 잃은 울분과 외세에 대한 항거, 상투를 자르게 하는 데 대한 저항에 명성황후에 대한 추모까지 뒤섞였다.

의병군은 가평을 앞에 두고 벌업산 기슭에 진을 친 후 서울에서 내려온 경군(京軍) 토벌대와 맞섰다. 그러나 기세는 거기까지였다. 싸움이 시작되고 하루가 지나자 비가 내리기 시작했다. 의병들이 가진 화승총은 손이 여러번 가야 총알이 나가는데다 비에 젖으면 화약에 불이 붙지 않았다. 신식 총을 가진 토벌대에 밀리며 패퇴할 수밖에 없었다.

"결국 패전을 할 수밖에 없었는데, 그때 의병들은 망풍도주(望風逃走)였다고 합니다."

사내가 소리 없이 웃었다. 눈가에 깊이 주름이 잡히는 웃음이었다. 아들 녀석이 이 사람과 참 많이 가까웠던가보구나. 그런 생각을 하며 치규가 고개를 숙였다.

"그런 이야기를 다 하며 노래까지 불렀다니, 제 자식놈이 선생께 참으로 많은 도움을 받았겠구나 짐작이 됩니다. 아비로서 그저 고마울 뿐입니다."

새벽이 가까워 사내와 헤어진 치규는 달빛이 허옇게 깔린 들판을 걸었다. 구름에 가렸던 달이 다시 모습을 드러냈다. 보름이 가까워진 달이 한쪽이 약간 기운 채 둥그렇게 떠 있었다.

엄동이 길어야 얼마나 길겠는가. 쌓인 눈이 녹을 새도 없이 설이 다가올 테고, 헐벗은 대로 명절이라고 지내고 나면 그래도 입춘이 멀지 않았으리라는 생각을 치규는 한다.

마을길로 들어서자 개들이 와글와글 짖어대기 시작했다. 한마리가 짖자 다른 개들도 잠에서 깬 듯 온 마을의 개들이 짖어댔다. 어떻게 된 노릇이 사람 기척은 없고 개만 짖어대는구나. 혼잣말을 중얼거리며 치규는 흙담 사이로 난 길을 걸어서 집으로 향했다. 사랑채에는 불이 켜진 채였다. 아내가 자신을 기다리며 불을 켜놓았나보다.

그는 불 켜진 방문을 바라보며 걸음을 멈추었다. 풀은 죽지 않고 겨울을 난다. 없어진 것 같지만 다음 해 봄날이 오면 어김없이 거기 그 자리에서 새잎을 숏구치며 당당하게 일어선다. 그래. 조선의 아들들아, 너희 모두가 풀이어야 하지 않겠느냐.

짐작하기로는 필시 아이가 독립군이 된 게 아닌가 싶구려. 그런 말을 하다가 치규는 아차 싶었다. 아니나 다를까, 아내가 나가자 빠질 듯이 놀란다.

"아니, 독립군이라니요."

낙담을 하며 두 다리를 뻗듯이 퍼질러 앉은 홍씨의 얼굴이 변한다.

"애는 죽었구려. 왜놈이랑 싸우다니, 이제 죽는 길로 나섰구려."

아무리 속없는 아낙이라고 해도 어찌 말을 이렇게 하나. 치규의 얼굴도 변한다. 넋이 빠진 사람처럼 홍씨가 중얼거렸다.

"무슨 하늘을 떠받칠 일이 있다고. 제 산목숨 걱정이나 할 일이지, 나라는 무슨 놈의 나라. 독립군이라니."

수염이 드뭇하던 얼굴. 빛나던 눈. 만주에서 온 사내의 얼굴을 치규는 떠올린다. 아들이 어디로 갔는지는 몰라도 좋았다. 그렇게라도 살아만 있다면! 밤길을 걸어 돌아오면서 그러면 된다고 생각했었다.

"원 에미라는 사람이 이래서야. 그 사람 말이, 이번에 떠나면 상하이까지 가게 되니까 거기서 태형이 일을 수소문해볼 거라고 합디다. 조선사람끼리는 서로 움직이는 걸 알고들 있다니까 어렵지 않게 만나게 될 거라는군."

홍씨는 여전히 마음이 편치 않다.

"모르면 차라리 그런가보다 하고나 살았지. 이제부터 이 일을 어쩌면 좋우."

별을 덮고 자고 이슬 맞으며 깨어난다지 않던가. 제 일신 안 돌보고 큰일 하는 게 아무나 하는 일은 아니다. 그게 치규의 생각인데 홍씨의 마음은 또 다르다. 그래도 그렇지요. 이건 자식의 일이 아닌가 말이오. 아들이 둘도 아니고, 남의 일이 아니라 내 자식 일이오. 새벽같이 그놈의 까치새끼가 울어쌓더라니.

"소갈머리라고는!"

버럭 소리를 지르며 일어선 치규가 박차듯 문을 열고 밖으로 나갔다. 그의 등 뒤에서 들릴 듯 말 듯 홍씨가 중얼거렸다.

"세상에 잘난 아들 백이면 뭘 하겠수. 시래기죽이라도 마주 앉아 먹고 내 눈앞에서 마당 쓰는 아들 하나만 있어도 난 원이 없겠수."

치규는 어지러운 마음으로 마당을 가로질렀다. 마누라의 저 마음을 이해 못 하는 건 아니다. 그러나 장부로 태어났으면 장부가 가야 할 길이 있는 법. 내 식솔 내 피붙이도 중요하다만, 이런 난세를 건너며 가사에 발목이 잡혀서야 그게 어디 대장부라더냐. 나는 아무 염려 안 한다. 품에 있어야만 자식이라더냐.

그러고 며칠 후였다. 분을 참지 못해하며 치규는 눈을 부릅뜨고 서안을 내려다보았다. 가을 되어 오동잎 떨어지는 것은 정한 이치라 하더라도, 어찌 세상이 변해도 이렇게까지 되었더란 말인가.

놋쇠 재떨이에 장죽을 땅땅 두드리고 나서 치규는 담배를 재워 물었다. 경호 그놈을 순순히 돌려보냈다는 게 내내 마음에 못이 되어 박히고 있었다.

바람처럼 스쳐가는 소식이나마 아들이 만주를 거쳐 상하이로 들어갔다는 이야기를 들은 지 며칠이 지나지 않아서였다. 양복 차림에 머리에는 기름이 자르르한 젊은이가 치규를 찾아왔다. 누구시던가. 그렇게 물을 수밖에 없이 낯이 선 얼굴이었다.

"아이구 어르신, 접니다. 태형이 친구 장경홉니다."

장경호라면 어려서 태형이와 천전리 학교를 같이 다녔던 아이, 소장수 하던 장갑수 아들이란 말이냐. 고슴도치 등짝처럼 소름이 돋았다. 아닌 밤중에 홍두깨라더니 이놈이 어인 일로 나를 찾아왔단 말인가. 세상 무서워서 어디 살겠는가. 겨우 며칠 되었다고… 필시 태형이 소식이 왔었다는 걸 어느새 이것들이 눈치를 챘단 소리가 아니겠는가.

"그동안 강녕하셨지요?"

넙죽 절을 하고 나서 자신을 쳐다보는 얼굴을 바라보면서 치규는 할 말을 잃었다. 빠르게 많은 생각들이 지나갔다.

그의 아버지 장갑수가 이곳을 떠나 대처로 나간 후 무엇을 하며 사는지는 모르는 사람이 없었다. 왜놈 세상이 되며 팔자 고친 사람이 어디 한둘이던가. 그 가운데서도 이곳 사람치고 장갑수만큼 팔자가 함지박처럼 벌어진 사람도 없을 거라고들 했다. 소장수 하던 자가 이제는 일본 요정으로 인력거 타고 다니며 왜년 끼고 술을 마신다고들 했다.

돈 번 애비가 있으니 그 아들놈은 일본 유학을 하고 돌아와 총독부의 촉탁 자리에 앉아 무슨 감찰인가 하는 일을 한다는 소문이었다. 아예 왜놈들 밀정이 돼서 돌아다닌다는 소문까지 돌았다. 그의 말은 들으면 들을수록 기가 찼다. 이런 능지처참할 놈이 있나. 이런 놈들이 눈깔이 시퍼렇게 살아서 득세하는 세상이 됐으니, 나라가 망해도 온전히 망했다 그 소리 아니겠나.

"어르신, 태형이 소식은 잘 듣고 계시나요?"

이야기는 그렇게 시작되었다. 이놈이 뭘 넘겨짚으려고 나한테 수작을 부리나. 치규의 얼굴이 굳어질 수밖에 없었다.

"소식이라니? 집 나간 건달놈이 전할 소식이 무엇이겠나. 나는 그놈은 내 자식이 아니다, 접어두고 산 지가 벌써 오래다."

그 말에 경호가 빙긋거리며 웃었다. 기름을 발라 반들거리는 머리에 양복 차림의 그를 바라보면서 치규는 마음속으로 소리치고 있었다. 길이 아니면 가지를 말라고 했다.

"태형이 뭘 하고 있는지는 저도 다 알고 있습니다. 훌륭한 일이지요. 그루터기도 남지 않은 조선을 붙잡고 아직도 독립이니 뭐니 하고 있으니, 그게 어디 아무나 할 일입니까?"

"태형이 개가 간도땅에서 축지법 써가면서 독립군 한다는 소문까지 돈다더라. 허허, 건달놈이 무슨."

치규는 애써 아들을 비웃었다.

"어르신, 제 생각은 좀 다릅니다. 설사 조선이 독립을 한다고 할 때, 그때 일본사람들이 공장을 떠메고 가겠습니까, 철로를 걷어가겠습니까. 다 이 땅에 남는 거 아닙니까?"

"자네, 그건 무슨 궤변인가?"

치규가 미간을 찌푸리며 물었다.

"합방 때와 비교를 해보십시오. 기찻길 닦고 다리 놓고, 광산을 일으켰어도 얼마입니까. 도대체 대한제국 말년에 우리에게 번듯한 공장이나 하나 있었습니까. 그 모든 게 다 일본사람 손으로 만들어진 게 아닌가 말씀입니다, 어르신."

"그래서? 자네 지금 무슨 속셈으로 나한테 와서 이런 해괴한 소리를 늘어놓는 건가."

"그렇지 않습니까. 일본과의 합방 외에 조선이 왕조를 부지할 무슨 방법이 있었습니까. 러시아도 청국도 일본에 무너진 판인데 대동아공영권을 짜서 서양의 열강에 맞서자는 게 어디가 잘못되었습니까?"

"그게 네 생각이란 말이냐?"

"네. 조선만 생각해도 그렇습니다. 합방으로부터 그후를 비교해보십시오. 석탄의 생산량이 얼마며 기타 철광석의 채광이 얼마입니까. 신발공장 하나 제대로 없던 조선입니다. 철로 하나 깐 것도 다 일본이 한 일입니다."

"내 하나만 묻겠다. 그래서? 그 석탄이 조선사람 따뜻하게 불 때게 하려고 캐낸 석탄이던가? 그 철길 깐 게 조선사람 편하게 다니라고 깐 길이더란 말인가?"

"기간산업이란 나라의 동맥입니다. 그나마 일본과 합방을 하면서 그렇게라도 나라의 틀을 잡지 않았느냐는 거지요."

이런 밸도 쓸개도 없는 놈. 부글부글 끓어오르는 화를 참으면서 치규가 빈 장죽을 들었다. 아들의 동무놈과 무슨 말씨름을 하겠는가. 스스로를 달래며 치규가 느릿느릿 말했다.

"자네 생각해보게나. 이 땅에서 일본이 석탄을 캐고 방직공장에서 옷감을 짤 때, 그게 이 조선땅의 백성과 무슨 상관이 있었단 말인가. 가렴주구라는 말도 여기에는 당치 않네. 그래서? 일본이 철길을 깔지 않았다면 지금도 조선 백성은 걸어다닐 거라 그 말 아닌가. 걸어다녀도 내 백성이 내 나라 땅에서 걸어다니는 거네. 지금 자네가 내 면전에서 무슨 말을 하는 건가?"

오호라, 이제 알겠다. 친일파놈들이 요즘 하는 선전이 그거라더구나. 나도 들은 바가 있느니라. 치규가 천천히 장죽에 담배를 쟀다.

경성제국대학에서 교편을 잡고 있다는 자가 일본의 지배를 찬양 감읍하면서 구체적인 통계수치를 내놓았는데, 그것이 총독부 치하 조선에서 예전보다 아이들이 더 많이 태어나고 있다는 수치였다고 했다. 호적상 수치로 구한말보다 조선에서 아이들이 더 많이 태어나고 있다, 출생신고가 늘고 있다, 이렇게 아이들이 많이 태어난다는 건 그만큼 일본이 조선사람을 살기 좋게 만들어주었기 때문이라는 논지였다.

맷돌에 이마를 짓찧어야 하나. 내가 내 이마를 찍어야 하나. 참으로 분이 안 풀릴 일이었다. 이놈아, 구한말에 무슨 호적제도가 정비되어 있었으며 누가 출생신고를 또박또박 했겠느냐. 나도 곧 죽을 아이려니 싶어서 미루다가 다섯살이 넘어서야 아들 녀석 이름을 새로 짓고 출생신고를 낸 사람이다. 수치 늘어난 건 총독부가 공출이다 배급이다, 가렴주구에 써먹자고 사람 수를 샅샅이 까뒤집으며 다니니 그런 거지! 뭐야? 일본이 살기 좋게 해줘서 애를 많이 낳아?

"그만하게. 자네가 무슨 말을 하고 싶은지는 나도 짐작되는 바가 있네."

치규가 천천히 담배를 빨아들였다.

"그래서 제가 말씀드리는 겁니다. 그 공장을 일본이 떼메고 갈 리도 없고 깔아놓은 철길을 파들고 가겠느냐 그겁니다. 일본이 만들었다 해도 그건 조선 겁니다. 조선사람들은 모르는 게 도를 지나쳐서 고마운 것도 모릅니다. 일본이 베푼 건 베푼 겁니다."

"그래서? 우리가 무슨 시혜라도 받았다 그건가, 자네 말은."

"시혜라면 시혜 아니겠습니까."

"시혜라니! 그게 조선의 젊은이 입에서 나올 소린가. 왜가 이 땅에 와서 한 건 착취요 말살이네. 더 말할 것도 없이 인간이 다른 인간에게, 민족이 다른 민족에게 할 수 있는 일이 아니네."

"어르신, 일본사람은 말입니다, 죽이겠다 생각하면 꼭 죽이는 사람들입니다. 조선사람은 맨날 죽일 놈 죽일 놈 말은 입에 달고 살지만 죽이질 못하지요. 조선사람하고는 다릅니다. 일본은 한다면 결국은 해내는 사람들입니다. 몸을 던져 나라를 지켜가는 사람들이 있는 나라가 일본입니다."

"칼잡이들! 칼잡이 건달들! 남의 나라 황후의 옥체에 칼질을 하고 불 질러 죽이는 그 만행을 말하는 건가! 자네 눈에는 그것이 몸을 던져 나라를 지키는 건가!"

경호가 입술을 비틀며 웃었다. 기름 바른 머리를 한번 쓸어넘기고 나서 그가 말했다.

"일본으로 볼 때 그 사람들은 몸을 던져 나라를 위해 일한, 충절의 사람들입니다."

치규가 소리쳤다.

"너도 조선놈이냐!"

"조선이라는 나라는 없습니다."

"뭐 어쩌고 어째? 네 이놈! 내 집이 어딘 줄 알고 와서 미친 개소리를 짖고 있느냐."

웃음을 잃지 않은 채 경호는 집을 나서며 말했다. 태형이가 오거든 제가 좀 보자고 한다고만 전해주십시오. 독립운동도 잘하구요. 우리 소학교 동창에 그런 친구가 있다니 자랑스런 일입니다.

치규는 달랠 길 없는 마음을 추스르며 두루마기를 걸쳤다. 그놈이 무슨 생각에 천둥 번개에 개 뛰어들듯 느닷없이 나를 찾아왔던 걸까.

경호가 했던 말을 떠올리며 치규는 수염을 쓸어내렸다. 그놈 상판을 그냥 놋쇠 재떨이로라도 내리쳤어야 하는 건데. 늙어서 별 해괴한 욕을 보는구나. 왜가 망하리라고는 털끝만큼도 믿지 않는 저들에게 자리 잡고 있는 것은 왜에 대한 열등의식, 이제 조선은 완벽하게 일본이 지배하는 나라가 되었다고 믿는 것이다. 우매한 것들!

치규는 마당을 가로질러 밖으로 나왔다. 마을 안길을 지나는데, 늘 그래왔던 걸 아는 두살이가 어느새 앞장을 서서 강가로 나간다.

겨울을 어떻게 나느냐. 그 이치는 사람 사는 것과 다를 게 없다. 방이 추우면 나무를 하러 엄동설한에도 나서는 자가 있을 테고, 집 안에 남은 궤짝이며 농짝이라도 부수어서 방을 덥히는 방법도 있겠지. 남의 집 구석방이라도 찾아가 끼어 자자고 수작을 부릴 수도 있겠지.

저물어가는 강가에 서서 치규는 아들을 떠올렸다. 목숨은 부지하고 있는가 모르겠다. 언제는 품에 있기를 바란 아들이었나.

앞산 그림자가 어린 강물은 묵묵하게 어두웠고 잔물결 위로 물새가 날며 지나갔다. 강둑에 우뚝우뚝 서 있는 나무들 사이로 깃을 찾아드는 새들이 시끄러웠다. 어린 녀석이 무얼 안다고 그렇게 고기 낚는 것을 좋아했던가. 어쭙잖은 낚싯대를 들고 저녁이면 저 강둑을 걸어서 돌아오던 아들의 모습이 눈앞에 어른거렸다.

치규는 바람에 날리는 수염을 천천히 쓰다듬었다.

추운 세월을 춥게 살겠노라 떠났으니 되었다, 아들아. 왜놈 세상이 되어 몇십년, 이제는 그냥 그렇게 굳어지나 보다, 피 흐르는 생채기에 소금이 뿌려지는 것 같은 쓰라린 생각에 잠을 깬다만, 그러나 아들아, 예나 이제나 소리치며 흘러가는 저 강물소리를 들어보아라. 굶어서 뼈와 가죽만 남은 동포가 칡뿌리를 캐며 연명을 한다만, 저 울울한 소나무를 바라보아라. 저것이 조선의 것이다. 이 땅이 어디로 가겠느냐. 저 산에 조선의 혼이 있고 저 강에 조선의 기백이 묻혀 있다. 어찌 우리가 그렇게 녹록한 민족이었더냐.

애비는 봄이 올 것을 믿으니, 너도 추운 날을 견디며 이 세월을 넘겨야 한다. 어느날 봄이 오고, 마당가에서 오동잎이 여린 새순을 피워올릴 때면 뒷산에서 뻐꾸기는 울게 되어 있느니라. 그날이 오거든 선산자락에 묻혀 썩어가고 있을 이 애비의 뼈 위에, 그 황토 봉분 위에 네가 술 한잔 부어놓을 날이 있으리라는 걸 나는 믿느니라. 거기 무릎 꿇고 앉아 네가 머리를 조아릴 때, 애비가 네 불효를 말하겠느냐. 아니다. 그때 네 어깨에 얹히는 햇빛이 있거든 그게 네 애비의 가슴인 줄 알거라. 그때 네 머리카락을 날리며 지나가는 바람이 있거든, 살아서 너를 장하게 안 네 애비의 손길인 줄 알거라. 그러면 된다. 아침저녁 문안인사 받으며 자라는 손자들 재롱에 싸여 늙어가지 못함을 내가 어찌 너의 불효라 하겠느냐.

30

어둠 속으로 부슬부슬 비가 뿌려대기 시작했다. 허기진 몸에 추위를 느끼면서 우석이 일주를 돌아보았다. 그가 속삭였다.

"너는 그냥 아무 말 없이 따라만 와."

내가 이 아저씨를 찾아 여기로 기어들어올 줄이야 꿈엔들 알았나. 우석은 육손이네 집을 찾아가며 기가 막힌다. 사람이 참 한치 앞을 내다보지 못한다는 게 맞긴 맞구나.

우중충하게 엎드린 밥집 옆을 지나 우석은 육손이를 만나기 위해 뒷길로 들어섰다. 길 위쪽에서 누군가가 비를 피하느라 몸을 웅크린 채 빠른 걸음으로 내려왔다. 우석이 옆을 지나쳐가는 그에게 물었다.

"저, 뭐 좀 여쭤봅시다."

그가 걸음을 멈추었다.

"어르신네, 아직 안 주무시고 계십니까?"

몸을 수그리고 걷던 사내가 고개를 들었다.

"누구슈?"

"친척입니다. 만나뵐 일이 있어 왔는데…"

조심스레 말을 꺼내는 우석을, 젊은 사내는 못마땅하다는 듯 아래위를 훑어보았다.

"어떻게 된 게 찾아오는 사람마다 친척이래."

그 말투에 놀라며 우석의 눈썹이 꿈틀한다. 뭐 이런 놈이 다 있나 싶다. 울컥 올라오는 게 있었지만 우석은 애써 참았다.

"계시긴 계십니까?"

"계시지요 그럼. 그런데 누굴 찾는다고요?"

되는 일이 없군. 우석이 그의 젖은 어깨를 툭 쳤다.

"이 아픈 날 콩밥 한다더니 오늘은 참 되는 일이 없네. 아저씨 계시냐고 묻지 않았소."

우석의 기세에 놀랐는가, 사내가 주먹 쥔 손에서 새끼손가락 하나를 들어올렸다.

"아저씨라면, 이분이오?"

"예, 맞습니다. 육손이 아저씰 찾아왔습니다."

사내가 히죽이 웃었다. 그는 새끼손가락 하나를 까딱까딱하면서 말했다.

"있긴 있는데… 지금 요거랑 있수."

이어서 사내가 던지듯 말했다.

"올라가보슈."

빗속으로 사라져가는 사내의 뒷모습을 바라보며 우석이 고개를 끄덕였다. 육손이 아저씨가 여자랑 있다는 뜻이렷다. 뒤에 어정쩡하게 서 있던 일주가 속으로 혀를 찼다. 뭐 저런 녀석이 다 있어. 돼지꼬랑지네. 꼬부라져도 보통 꼬부라진 게 아닐세. 우석이 저벅저벅 위쪽으로 걸어올라가고 있었다.

육손이가 사는 집 앞에서 우석이 걸음을 멈추었다. 그는 일주를 벽에 붙어서게 하며 말했다.

"너는 여기서 기다리는 게 좋겠다. 우선 나 혼자 들어가보고 나서 데리러 나올게."

일주를 밖에 남겨놓고, 우석은 밥집에서 인부들한테 들은 대로 숙소 벽을 돌아 육손이의 방 앞에 가 섰다. 방 안에는 불빛이 환했다. 문을 두드리면서 조심스레 우석이 물었다.

"안에 계십니까?"

"누구야?"

우석이 주변을 한번 둘러보았다. 추적거리는 빗소리뿐, 사람의 기척은 어디에도 없다.

"접니다, 아저씨."

"밑도 끝도 없이 저라니. 누군데?"

"좀 들어가서 말씀드려도 괜찮겠습니까."

"들어와봐."

우석이 조심스레 문을 열고 안으로 들어섰다. 여자와 함께 있다던 말과는 달리, 이부자리를 깐 채 신문을 보고 있던 육손이가 몸을 일으키며 우석을 보았다. 비에 젖은 머리를 뒤로 쓸어내리면서 우석이 등 뒤로 문을 닫았다. 그러고 나서 우석이 육손이 앞에 엎드리며 큰절을 했다.

굵고 검은 테의 돋보기안경을 신문과 함께 옆으로 밀어놓으면서
육손이 일어나 앉았다. 몸을 바로 한 우석이 무릎을 꿇고 앉았다.
눈을 찌푸려 노려보는 육손이의 눈길을 피하지 않으면서 우석이
말했다.

"접니다, 아저씨. 우석입니다. 지지난해 가을, 시제 때 조선에 나
오셨을 적에 한번 뵀었지요. 춘천 큰댁에서요."

육손이는 아무 대답도 없이 그를 바라보기만 했다.

"좀 도와주셨으면 해서, 이렇게 찾아왔습니다."

"가만, 너 누구라구?"

"우석입니다. 곰짓내 쪽에 살던."

"곰짓내라…"

대룡산에서 흘러내려 신연강 나루를 거쳐 소양강으로 파고드는
곰짓내는 퇴계 선생의 전설이 어려 있는 냇물이었다. 퇴계 선생의
어머님이 춘천 박씨여서 생겨난 이야기인지도 몰랐다. 어느날 선
생이 머슴아이에게 소여물을 썰어 냇물에 버리라고 했는데, 기이
하게도 머슴이 버린 여물이 물고기로 변하는 게 아닌가. 놀란 사람
들이 이 고기를 공자의 맥을 잇는 큰 유학자 퇴계 선생이 만든 고
기라고 해서 공지어(孔之魚)라고 불렀다는 이야기였다. 그렇게 해
서 냇물 이름이 곰짓내, 공지천이었다.

"네. 제가 어려서 곰짓내 집에 들르신 어른을 뵌 적도 있습니다.
제 아버님 함자가…"

육손이가 손을 들었다.

"가만있어봐라, 네 이름이?"

"우석입니다. 최우석."

"우석이라…"

그뿐 육손이는 더 말이 없이 그를 바라보기만 했다. 황급히 방바닥에 손을 짚고 머리를 숙이며 우석이 말했다. 아저씨를 믿고 왔습니다. 제 사정만 말씀드려서 죄송합니다만, 지금 갈 곳이 없습니다. 도와주시면 그 은혜는 잊지 않겠습니다.

고개를 끄덕이는 일도 없이, 그렇다고 손을 저어 우석의 말을 막지도 않으면서 육손이는 우석의 이야기를 들었다. 그의 이야기가 끝나고 긴 침묵이 흐르고 나서, 육손이가 대뜸 물었다.

"네가 지금 날 죽일 작정이냐?"

"네? 무슨 말씀이신지…"

"널 끼고 있다가 나까지 죽으라는 말이냐구?"

고개를 숙인 채 우석은 묵묵히 다다미 바닥을 내려다보았다. 어이없다는 얼굴을 하며 육손이가 고개를 끄덕였다.

"여기까지 벌써 사람이 다녀갔다. 네놈이 오면 잡아서 넘기라구."

우석이 놀라며 고개를 쳐들었다.

"그리고, 너 말고 같이 도망쳐나온 놈이 또 있다면서?"

혼자 남은 일주가 추위로 몸을 부르르 떨었다. 제대로 먹는 것도 없이 헤맨 나날이 이 정도의 을씨년스러움도 참기 힘들게 만들고 있었다. 사세보 꼴이나 나는 거 아닌지 모르겠다. 어둠 속에서 몸을 웅크리며 일주는 육촌 친척을 찾아갔던 사세보에서의 일을 떠올렸다.

조선인 노무자들을 위한 밥집과 숙사를 운영하던 친척은 그것을 다른 사람에게 넘기고 어디론가 떠나고 없었다. 그게 달포 전이라는 이야기였다. 복 없는 년은 봉놋방에 가 누워도 고자 옆이라던가. 내 꼴이 딱 그렇게 되었구나 싶었지. 들은 이야기로는 거기서 같은 조선사람끼리 밥집 이권을 놓고 싸움이 붙었는데, 결국 그 친척이 밀려나 짐을 쌀 수밖에 없었다는 것이었다.

광부가 어찌나 많은지 숙사가 서로 마주 보며 닥지닥지 늘어서 있어서 그걸 두고 하모니카 주택이라는 말까지 있다고 했다. 규모들이 큰 그곳 탄광의 형편으로 보아 친척을 만날 수만 있었다면 그보다 더 좋을 수가 없었는데, 어쩔 수 없는 일이었다. 게다가 그 바닥에서 밀려난 사람을 찾아왔다는 것 때문에 일주를 대하는 눈길조차 곱지 않았다. 도움이 될지 모르겠다만, 나가사끼에 친척이랍시고 더러운 인간이 하나 있는데, 그 사람이라도 찾아가볼 수밖에 없겠다. 한번도 한 적이 없는 친척 이야기를 꺼내면서 우석이 내뱉던 말이 떠올랐다.

"아랫돌 빼서 윗돌 괴고… 그러다보면 무슨 수가 나도 나겠지. 죽기가 서럽지 아픈 게 서러우랴 젠장할. 세상만사, 꼭 일진회 맥고모자 같구나."

"그건 또 무슨 소리냐. 일진회라니?"

친일파 일진회 사람들이 맥고모자를 쓰고 거들먹거리며 다니는 걸 두고 나온 말이었다.

"더럽고 지저분하다는 소리지. 평양 병정 발싸개 같다는 말도 있지 않아."

그러면서 우리가 그때 웃었던가. 젊으나 젊은 나이에 이게 지금 웃을 일이냐, 그러면서 또 웃었던가. 비바람에 바랜 목조건물이 까맣다. 그런데, 우석이를 따라는 왔지만 육손인지 칠손인지를 정말 믿어도 되는 건가 모르겠다. 이 바닥에서 몸 붙이고 살자면 일본사람이 다 되었을 텐데. 아무리 먼 피붙이라고는 해도 도망쳐나온 우리를 호락호락 받아줄까 모르겠다.

찌푸린 얼굴을 하고 일주는 어두컴컴한 하늘을 쳐다보았다. 무슨 놈의 비가 매일 지랄같이도 온다.

방 안에서는, 거지꼴이 된 우석의 행색을 훑어보며 육손이가 말하고 있었다.

"배짱 한번 좋구나. 군함도가 어떤 데라구 거기서 도망을 나와! 이놈이 간이 뒤집혀도 크게 뒤집힌 놈이 아닌가. 게다가 혼자도 아니고 혹까지 한놈을 데리고 오다니!"

"거기서 죽으나 도망치다가 죽으나 마찬가지라고 생각했습니다."

"그래서? 여길 오면 내가 널 숨겨줄 줄 알았다는 그런 말이겠다."

"네."

짧게 대답하고 우석이 고개를 숙였다.

공습을 피해 군수공장이 들어갈 지하공장의 터널 공사를 맡고 있는 육손이는 여전히 두 집 살림을 하고 있었다. 나가사끼 시내에서 살림을 하는 일본여자는 아이를 낳아 곧 백일을 앞두고 있었지만 그는 한번도 그 여자를 이곳에 나타나게 한 적이 없었다. 이 집에는 조선여자를 하나 두고 시중을 들게 하고 있었다.

육손이가 혼잣말하듯이 말했다.

"애당초 내가 인부들 구하러 조선으로 건너가서 인동의 사람들을 데리고 올 때, 그때는 네 아버지라는 사람이 날 개 닭 쳐다보듯 했다. 그때 오면 좋았을 걸 징용이 다 뭐냐. 그게 잘못이라는 건 이제 너도 알겠구나. 군함섬이 어디라구 하필이면 거길 끌려가. 봤지? 지옥문이라구, 한번 들어가면 나오지 못하는 데라고 그렇게 부르는 거 말이다. 보기만 했을까, 매일 드나들었겠지. 그런데 그 섬을 빠져나왔다!"

잠시 후 육손이가 물었다.

"그래, 어쨌으면 좋겠냐?"

"아저씨가 말씀하시면 그대로 따르겠습니다. 안 받아주신다면 어디든 떠나겠습니다. 아저씨한테 누를 끼칠 생각은 추호도 없습니다."

이놈이 지금 때가 어느 땐데, 무슨 소리를 하고 있는 거야. 다 같이 죽자고 일억옥쇄란다. 미국놈들이 오늘 올라오나 내일 올라오나 하는 판이고, 공습을 피해 아이들을 모두 시골로 소개를 시킨 지가 언젠지나 아냐? B29가 매일 일본 전체를 불바다로 만들고 있질 않나. 천지간에 먹을 게 없어 난린데, 이놈이 뭘 모르네. 그 섬이 무섭기는 무서운 데로구나. 사람을 이렇게 캄캄하게 묻어놓았으니… 그야말로 세상 물정 모르고 탄이나 캐게 하는군. 육손이가 추위에 얼어서 시퍼런 우석의 얼굴을 보며 입맛을 다셨다.

"네놈 하나 넘기는 거야 문제가 아니다만, 살려달라고 기어들어온 놈을 그럴 수도 없는 일이고. 난감한 일일세. 그래, 여기까지 오는 동안 한번도 들키지 않았단 말이지?"

"네. 계속 산을 타고 다녔습니다."

"더러 민가에 들어가 도둑질도 했겠지?"

우석이 더욱 깊이 고개를 숙이며 말했다.

"네. 그렇지만 불쌍하다면서 호박찜 같은 걸 먹으라고 주는 집도 있었고, 더러 찬밥도 얻어먹고."

육손이의 태도가 조금 누그러지는 것을 보며 우석은, 나야를 한다는 일주의 친척을 찾아 사세보까지 갔었다는 말만은 절대 하지 않으리라 다짐한다.

고개를 숙인 채 그런 생각을 하는 우석의 얼굴을 내려다보며 육손이가 혼자 고개를 끄덕였다. 이놈아, 내가 네 꼭지에 올라앉았다. 소식이야 들었지. 군함섬에서 조선놈들이 집단탈주를 했으니 찾아오는 자가 있으면 신고를 하라고 연락도 왔었고. 그렇지만 네깟 놈을 잡으러 누가 여기까지 찾아와. 탁 보고 넘겨짚으니까 술술 불어대는 걸 보니 네가 다급하기는 다급한가보다.

육손이가 작은 눈을 깜박이며 우석을 바라본다. 닭 잡아 겪을 나 그네 소 잡아 겪는 셈 치고 내가 거둘 수밖에 없지 않은가. 길게 한숨을 쉬듯이 육손이가 말했다.

"알았다. 너는 내 집에 가서 며칠 숨어 지내라. 그리고 또 한 녀석, 같이 왔다는 그 아이는 들어오라고 해라. 바로 내일부터 일을 시킬 테니까."

우석이 이마가 다다미 바닥에 닿게 고개를 숙이며 말했다.

"고맙습니다. 정말 고맙습니다."

서둘러 일주를 데려오려고 일어서던 우석이 문 앞에서 물었다.

"집에 가 숨어 지내라는 건 무슨 말씀입니까?"

"이놈이 이럴 땐 또 청맹과닐세. 하나는 조선서 바로 데리고 나온 걸로 할 거고, 너는 내가 집안일 시키려고 데려온 놈을 공사장에 넣는 걸로 할 거야. 알겠니?"

얼마 만인가. 이제 겨우 하시마를 떠나 자리를 잡게 되는가보다. 강을 건너서 숲으로 왔다 생각하자. 얼마 동안이라도 몸을 숨길 수 있겠지. 우석은 문을 닫으려다가 또 불쑥 물었다.

"그런데 아저씨, 조금 전에 여기서 내려가던 사람은 뭐 하는 양반입니까?"

"누굴 만났냐?"

"예. 젊은 사람이던데요."

방 안에서 육손이가 말했다.

"길남이를 만났나 보구나. 요시오라고 부르는 애다. 내 심부름을 맡아 하는데, 잘 친해둬라. 그런데, 걔가 뭐라든?"

"아닙니다. 그럼, 친구 데리고 오겠습니다."

요시오라, 조심해야 할 놈이로구나. 상견례를 그렇게 해서 차라리 다행이다. 우석이 빗속으로 나서며 말했다.

"저 그런데, 아저씨가 공사하는 게 스미요시 터널, 맞습니까?"

"동삼을 삶아 먹었는가. 무슨 사람들이 잠은 안 자고 나와서들 이래."

덕수네 사랑방 문을 열고 들어서며 길평이 구시렁거렸다. 학규가 고개를 끄덕이고 남주 아범은 히죽이 웃었다. 종남이 구석으로 옮겨앉으며 길평을 위해 자리를 내주었다.

"두엄 내랴 똥짐 지랴, 난 겨우내 안 써서 그런지 어깨가 다 욱신거리는데, 고단하지덜도 않어? 무슨 기운에 마실을 나오고들 이런대?"

"내가 헐 말 사돈이 허네. 그러는 자네는?"

"아 나야, 오줌 누러 나왔다가 허기지고 배고프니 잠은 안 오고, 불 훤한 집이 보여설라무네 어슬렁어슬렁 나와본 거지 뭐."

봄이 와 있었다. 어느새 봄이 와 있었다. 헐벗은 산하에도 봄은 찾아와 때가 되었음을 알리고 있었다. 어디서 왔는지 모르게 겨울을 난 무당벌레가 흙벽에 달라붙고, 겨우내 처마 끝이며 봉당에서 쪽쪽거리던 참새는 어디론가 모습을 감췄다.

보리밭 이랑이 푸르게 몸을 드러내며 농부들은 겨우내 녹슬었던 연장을 벼리러 대장간엘 드나들었다. 농사꾼의 일은 저 하기 나름이다. 흙 속에 쟁기를 꽂으며 텃밭에 두엄을 내고 뒷간의 인분에 재를 섞어서 지고 나르노라면 하루해가 짧다. 덕석을 벗은 소도 끌려나와 봄볕을 쬐고 있다. 그 엉덩이에 겨우내 뭉갠 똥이 덕지덕지 들러붙어 있다.

길평이 덕수를 돌아보며 넌지시 말했다.

"거 삶은 감자라도 좀 내와."

"자다가 남의 다리 긁는다더니, 뜬금없이 무슨 감자타령이세유."

"다 알구 왔어. 자네 오늘 감자구덩이 헌 거 내가 모를 줄 알어?"

"씨감자를 먹을까유."

"아따, 감자 몇알에 칼부림 날라."

오늘은 덕수가 묻었던 씨감자를 파낸 날이었다. 어슬렁거리며 덕수가 문을 열고 밖으로 나갔다가 싹이 난 것을 고르고 쪄낸 감자를 들고 들어왔다. 바람에 등잔불이 가물거렸다.

실없는 소리들을 지껄여가면서 그들은 삶은 감자를 하나씩 들고 껍질을 까기 시작했다. 땅이 녹으며 하루하루 흙냄새가 다른 봄날이 이어지고 있었다. 일본사람이 하는 양조장에서 술 배달 자전거를 끄는 종남이 말고는 다들 농사꾼이었다.

우물우물 감자를 씹으며 길평이 물었다.

"이씨, 볍씨 좀 남겨둔 거 있지 않어?"

학규가 설레설레 고개를 흔든다.

"무신 소리여. 남을 볍씨가 어디 있다구."

"자네 처갓집 쌀 좋던데. 좀 남으문 바꿀라구 했더니 그것두 글렀구먼."

"쌀이 어디 씨로 간다던가. 땅으로 가지."

수북하던 감자구럭이 어느새 비었다. 입술을 손등으로 닦아내며 길평이 담배쌈지를 꺼내들었다.

"그러고 보니 춘식이하구 미순이가 바람나서 도망간 게 요새네 그려. 작년 감자씨 낼 때였잖어."

"똥은 근디릴수록 쿠리단다. 다 아는 얘기를 뭐 좋다구 또 꺼내구 그러는 거여."

"좋아서 하는 얘긴가. 봄 돼서 그 생각이 난다 그런 거지."

무슨 일에나 서로 뜻이 맞지 않는 학규와 남주 아범이 또 말꼬리를 잡기 시작한다. 그런 둘을 보며 덕수가 허허거리며 웃었다. 뒤쪽에서 잠잠하게 앉아 있던 종남이 혼자 중얼거리듯 불쑥 말했다.

"봄이 돼서 생각난다니 말인데유… 그나저나 찬우씨 그 양반은 어떻게 되셨대유? 그해 이맘때 아닌가유. 동네서 재판 구경두 가구 그랬잖아유."

"바깥소식이야 재장구 타는 자네가 사발통문인데 자네가 모르면 우리야 귀머거리지. 가막소에서 나온 뒤론 도통 소식이 읎잖어?"

가만히 한숨들을 내쉴 뿐 아무도 말이 없다. 문득 그때를 떠올려

보는 마음에 어둡게 성에가 낀다. 마을 청년 이찬우, 춘고보 상록회원이었던 그가 형님형님 하면서 윗사람들을 불러모아 일으켰던 오정촌의 오정경로회며 아래샘밭의 천전친목회, 그때 그 일들을 생각하고 있었다. 어른을 공경합시다. 근검저축만이 살길입니다. 금주 금연으로 마을을 새롭게 합시다. 오정촌을 갱생시키지 않으면 안 됩니다.

"찬우야 훌륭한 청년이었지. 아암, 아까운 사람이라."

"찬우 그 학생이 재장구를 타구 핵교를 다녔잖어. 그러다가 어느 해 여름인가 방학을 하니깐 경성엘 갔다가 개성으루 해서 평양까지 올라갔다 온 적이 있어. 그때 돌아와설랑 얘기를 하는데, 개성엘 갔더니 이십리나 포목점이랑 뭐랑 점방들이 늘어섰는데, 모조리 조선사람 점방이고 왜눔덜은 얼씬두 못 허더라는 거여. 조선사람덜이 그렇게 똘똘 뭉쳐서 왜눔 들어오는 걸 막구설라무네 장사를 잘하구 있더라는 말을 듣는데, 눈물이 다 나더라니깐."

"말하문 입 아프지. 경로회 만들구 대번에 읎애버린 게 화투 치던 버릇이잖어. 화투짝 모아서 다 불태우구. 그게 시작이었지."

학규가 느릿느릿 말했다.

"아닌 말루, 담배 끊구 술 먹지 말구 노인 공경하라는 것두 조선 독립이라구 잡아가면! 그럼 조선눔은 밥 먹는 것두 똥 싸는 것두 다 독립운동이라는 거여 뭐여."

남주 아범이 날름 말을 받았다.

"몰랐어? 밤농사 지어서 애 낳는 것두 다 독립운동이여. 조선사람 씨를 퍼뜨리는 거잖어."

"이불 속에서 활갯짓은. 장거리 나가서 그런 소리 좀 해봐라."

"그러니까 인제 감자도 먹었겠다, 자넨 얼릉 가서 마누라하고 독립운동이나 해."

뭐가 좀 되나 보다 싶었던 그 시절이 아니었나. 다들 허허거리며 쓸쓸한 마음을 달랜다.

"그게 사실은 말여, 복숭아 하나로 시작된 일이잖어. 서씨네 아들 순복이 그눔이 낙종씨네 복숭아를 따먹다가 들킨 거여. 낙종이 그 양반 승질이 좀 팍팍한가. 야단을 쳤더니 순복이 그눔이 다짜고짜 노인네 뺨을 올려붙였다는 거 아녀. 그 얘기를 듣고 찬우 학생이 마을의 젊은 사람들을 모아놓고 이래서 되겠습니까? 해서 시작된 일이거든."

"아, 그뿐이던가. 오정마을에 최춘봉이 그눔, 술 처먹고 지 애비에미 두들겨팬 건 어쩌구."

첫 모임에 너도나도 모여든 청년이 23명이나 된 데 힘을 얻은 이찬우는 이것이 기회다 싶었다. 그 여세를 몰아 이찬우가 이끌어낸 것이 경로회의 판매조합이었다. 회원 이덕우의 명의로 천전리 금융조합으로부터 30원의 자금을 차용해서 판매조합을 설립한 것이다. 식품, 일용잡화 등을 사들여 여성회원이 순번을 정해서 돌아가며 보관, 판매를 하고 그 이익금을 경로회 경비로 충당하도록 했다.

옛일을 생각하며 길평이 말했다.

"덕두원으로 시집간 순옥이라고 있잖어, 서순옥이. 걔까지 다 신북주재소로 가서 증인이라나 뭐라나 조사도 받고 그랬잖어. 점방에 줄 이익금 아껴서 마을 부녀자가 힘을 모아 살겠다는데, 그것두 다 독립운동이라는 거여. 그때 보니깐 순옥이 걔가 보통 대찬 애가 아니더라구. 따박따박 말대답을 하는데, 순사인지 뭔지 조사 나온 게 혀를 내두르더라니까."

"순사가 아니라 사법경찰관이여. 정종헌이라구. 그자가 원래 좀 그래. 뜨물에 뭐 담근 놈 같은 게."

졸업 후의 계획을 일찍 실천에 옮긴 고향의 이 조직들을 이찬우는 아꼈고 자랑스러워했다. 그는 만주로 간 후에도 일곱번이나 경로회와 수양단 앞으로 편지를 보냈다. '조직 당시의 결심을 무너트리지 말고 회를 유지하며 오정촌을 위하여 일치협력 활동하라'는 독려의 편지였다.

삿자리 방바닥을 손바닥으로 쓸며 앉아 있던 학규가 덕수를 바라보며 말했다.

"자네두 알지? 찬우 그 청년이 각방 쓰고 산 거. 그게 아무나 할 수 있는 일이 아니지."

"각방을 썼는지 한 이불에서 잤는지야 모르지유. 그렇지만서두 그 얘기 듣고는 혀를 찼지유."

"젊은 사람이 장가를 들었으면서 어떻게 부부관계를 안 해! 그 사람이 그렇게 심지가 굳던 사람이라."

종남이 궁금해하며 물었다.

"그게 뭔 소리래유?"

이찬우가 얼마나 민족운동에 대해 결연한 의지를 가지고 있었는가를 보여주는 일화였다. 부모의 뜻에 따라 결혼을 했지만 그는 부부생활을 하지 않았다.

상록회 사건 신문조서에도 이 부분이 거론되어 있다. '피의자의 여성관은 어떤가'라는 사법경찰관의 물음에 이찬우는 대답한다.

나는 이미 공술한 바로, 민족의식을 갖고부터 여자들과 결코 관계하지 않았고, 일신을 민족주의 실현에 진력하겠다는 결심을 하였다. 예로부터 영웅 위인들이 위업에 실패하거나 몸을 망치는 데는 그뒤에 여성이 존재한다는 것을 알았기 때문이다. 나는 17세 때 이씨(당 18세)를 맞이하여 정식 결혼식을 올리고 만주로 갈 때까지 살았지만 한번도 부부관계를 한 일이 없다. 그것은 내가 앞서 말한 결심 때문이다. 나는 지금까지도 이성과 접한 일이 없다.

종남을 지그시 바라보며 덕수가 말했다.

"내놓고 말은 안 했지만 아는 사람은 다 아는 얘기여. 어때? 한집에 같이 사는 마누라랑 부부관계를 안 한다. 자네같이 헐렁한 사람은 될성부른 일도 아녀. 우리네도 다 그렇지. 생각도 못 할 일이여."

"그건 그렇다 하구, 그 색시는 어떻게 됐대유?"

"어떻게 되긴. 찬우가 만주로 간 후에 친정으로 돌아갔다가 바루 연지 곤지 새루 찍구 시집갔어. 왜 안 그래? 숫처년데. 얼굴도 동글납작한 게 복스럽게 생겼었지."

나이가 어려서 그때의 일을 잘 모르는 종남이 눈을 껌벅이며 물었다.

"찬우 그 양반이 수양단이라는 걸 만들어가지구, 좋은 일두 많이 하구 그랬다면서유?"

학규가 종남을 돌아보았다.

"찬우 말로는 그게 이상농촌운동이었다네. 천전리 수양단에는 이인교 씨랑 이종엽이가 열심이었지. 그때 회원이 남자 여자 털어서 백명이 훨씬 넘었으니까."

수양단 모임을 만들어 여러 책을 읽게 했고 겨울이면 농한기를 이용해 야학회를 실시, 특히 부녀자들에게 한글을 가르쳤다. 그가 펼친 활동은 피폐할 대로 피폐해 있던 당시 조선으로서는 실로 선진적인 것이었다. 이찬우는 이런 모임과 활동을 '민족 개조에 중점을 둔 의식 주입의 준비공작'이었다고 신문조서에서 밝히고 있다.

문맹을 없애고 농한기를 이용해 자립의 기초를 마련하자는 이 활동까지 사상운동으로 본 일제 경찰은 거의 모든 마을 사람을 차례로 잡아가 고문했고, 더구나 재판도 없이 오래 유치하면서 죄수처럼 다뤘다.

부스럭거리며 곰방대를 꺼내 담배를 재며 학규가 말했다.

"그때 많이들 붙잡혀가구 그랬잖어."

"그런데유, 그때 그 양반들이 골병이 들었나 봐유. 그래서 허리 아픈 사람에 늑막염 앓는 사람이 그렇게 많나 봐유."

다들 말이 없다. 몇사람이 혀를 찼다. 덕수가 말했다.

"살아 있으니 사나 보다 싶네유."

학규가 사람들을 둘러보았다.

"그런데 이놈의 전쟁이 심상치 않은가봐. 결사항전이네 본토결전이네 하는 말이 나오잖어. 그게 뭔가? 미군이 일본땅에 올라오면 죽기 살기루 싸우자는 얘긴데, 일본이 미국한테 지고 있다는 거 아니겠어."

"어느 장단에 춤을 춰야 할지. 화적떼 봇짐을 털어먹는 건지, 벼룩의 간을 내먹는 건지, 내 일본이 하는 짓은 몇십년을 살아도 모르겠더라."

"누가 그러더군. 왜놈덜 밑에 사느니, 씨아에 불알을 넣고 견디는 게 낫겠다구."

"아따, 크게 노네. 세상 걱정일랑은 접어두구 담배쌈지나 이쪽으로 넘겨."

"입만 가지구 다니면서, 누가 한대 끄슬렀다 허면 서캐 끼듯이 들러붙기는."

학규의 말에 남주 아범이 얼굴을 붉혔다.

"사람을 두고 서캐라니."

길평이 엉덩이를 털며 일어섰다.

"그나저나 봄일세. 감자두 얻어먹었겠다, 이 집 감자농사나 잘돼야 헐 것인데."

밀 익어서 가루가 나오기 전까지의 보릿고개를 넘기는 데는 감자밖에 없다. 쪄서 먹고 갈아서 먹고, 그러다가 썩혀서 가루로 내서 먹고. 옥수수 두어대에 찐 감자로 한 끼를 때우며 넘겨야 할 여름이 어느새 저만큼 와 있는 듯싶다. 가난 구제는 나라도 못 한다지만 봄부터 여기저기서 굶는 집이 늘어나는 요즈음이었다.

길평이 덕수를 돌아보며 말했다.

"혼자 세 빠지지 말구, 감자 거름 낼 때 나 불러."

조선소에 월급이 나온 날의 기숙사 풍경은 서글펐다. 돈이 있다고 해서 물건을 살 수 있는 것이 아니었다. 모든 물자는 배급제였다. 그리고 그 배급이라는 것도 살 수 있는 분량이 한 사람에 얼마로 정해져 있었다.

지상이 받은 임료(賃料)라고 쓴 첫 월급봉투에는 총액 57엔 86전이 적혀 있었다. 명세서에는 차인금(差引金)이라면서 회사에서 공제하는 돈이 있었다. 건강보험금 1엔 5전, 퇴직적립금과 또 무슨 보험료 명목으로 3엔 85전, 그리고 국민저금이 22엔 96전이었다. 이것을 합하면 28엔 31전이 되었다. 주어진 현금이 29엔 55전이었다.

월급으로 받은 돈을 가지고 지상은 같은 반원들을 따라 식량영단에서 운영하는 매점으로 갔다. 봉지에 담은 볶은 콩이 2엔이고 주먹밥 한개 3엔, 센베이라고 하는 과자가 1엔에 한 묶음이었다. 킨시, 미노리, 그런 이름의 담배가 한 갑에 3엔 10전. 우표도 있었다. 7전 우표, 3전 우표.

마음속에 품은 생각이 있어 지상의 눈길이 말린 오징어에 가 멎었다. 세마리씩 한 묶음에 4엔 50전이었다.

월급봉투에서 만지작거리던 돈을 꺼내 우유를 마시는 사람들이 있었다. 두 잔이나 우유를 마시는 건 광재였다.

"이기 그래도 몸에는 젤 좋다 아이가."

반가운 마음에 우표를 살까 하다가 지상은 돌아섰다. 춘천에서 오는 소식이 끊긴 건 군함도에 있을 때부터였다. 나가사끼로 도망을 나왔다는 편지를 쓸 수는 없었다. 무엇보다도 먼저 검열에 걸릴 것이다. 이곳 주소를 서형에게 알리는 건 좀 더 두고 보기로 하면서 지상은 쓸쓸함으로 길게 한숨을 내쉬었다.

콩이 한홉에 5엔이었다. 지상의 반에서는 조금씩 돈을 모아 그걸 사기로 했다. 배가 고프니 콩이라도 삶아서 먹어보자는 생각에서였다. 회사에서는 메주콩을 주면서 그걸 특식이라지 않던가.

다시마와 밀감은 한 사람이 네개씩 살 수 있다고 했다. 그 값이 20전이었다. 한달 일해서 겨우 밀감 대여섯개를 사는 사람도 있었다. 청주는 한홉에 2엔이었다. 그토록 배가 고프면서도 주먹밥 하나 사먹기도 아까운 판인데 술을 마시다니. 다들 혀를 내둘렀지만 양씨는 태연했다.

"술은 청탁불문이요, 계집은 미추불문이라. 술이라면 내 덫에라도 기어들어가겠다."

"벌써 취해뺐나. 하기사, 술이란 게 술술 잘 넘어간다고 술이라 안 카나."

"이 사람아, 술 먹은 놈은 개천도 좁다면서 건너뛴대. 오늘 하루 기분 좋으면 내일 저승엘 간다 한들 어떻겠나."

지상은 주먹밥 한개와 센베이 한 묶음을 사가지고 매점을 나왔다. 저녁을 먹었지만 여전히 배가 고팠다. 군함도에서의 날들이 떠올랐다. 고향을 떠날 때 가지고 왔던 돈을 쪼개고 쪼개면서 살았고, 급료를 가지고는 같은 조원들끼리 밀감이나 구운 밀가루빵을 사 함께 둘러앉아 먹었던 기억이 그의 눈시울을 아프게 했다.

밖으로 나왔지만 이걸 어디서 먹을지 난감했다. 주먹밥을 들고 두리번거리던 지상은 기숙사 뒤편의 공터로 가 쭈그리고 앉아, 주먹밥을 베어 물었다. 마실 물도 없이 씹는 밥에 목이 메었다. 어둠 속을 내다보며 오래오래 입 안에 밥맛이 남아 있기를 바라면서 그는 주먹밥을 가루가 되도록 씹었다. 그걸 한모금 넘기고 났을 때였다.

울컥하고 가슴에서 치미는 것이 있다. 입술을 깨무는데 어느새 눈물이 핑 돈다. 무슨 꼴이 이렇게 되었나. 자기도 모르게 눈물이 주르륵 볼을 타고 흘러내렸다. 주먹밥과 센베이를 두 손에 든 채 지상은 손등으로 볼의 눈물을 닦아냈다. 그는 다시 한 입 주먹밥을 베어 물었다. 흐르는 눈물을 닦을 생각도 없이 고개를 쳐들고 지상은 주먹밥을 씹었다.

별이 보이지 않는 하늘은 다만 캄캄했다. 울어? 그는 스스로에게 물었다. 지금 눈물이 나니? 아직도 너는 눈물이 남아 있었니? 그는 자신이 어떻게 해도 용서가 되지 않았다. 원통한 것, 그것은 목숨을 뿌리째 저들에게 맡기고 살아야 한다는 무력감이었다. 그 비통함이었다. 겨우 눈물이 난단 말인가. 꿀꺽꿀꺽 입 안에 든 것을 목구멍으로 밀어넣으며 지상은 벌떡 일어섰다. 나라는 놈은 왜 이렇게 못났는가. 그는 주먹을 움켜쥐고 오래오래 서 있었다. 마냥 이렇게 여기 엎어져서 살 수는 없다면, 무언가 길을 찾아야 하지 않겠는가.

사흘 후, 외출 허가를 받은 지상은 식량영단 지하매점으로 갔다. 무엇을 살까 망설일 것도 없이 지상은 전에 보아두었던 말린 오징어 열마리를 15엔을 주고 샀다. 종이봉지에 싸주는 오징어를 들고 밖으로 나온 지상은 누가 볼까 두리번거리며 윗옷 단추를 풀고 황급히 오징어를 옷 속에 집어넣었다. 꼬릿꼬릿한 오징어냄새가 가슴에서 올라온다.

저녁을 먹고 나서 지상은 오징어를 가슴에 품은 채 회사를 나왔다. 8시까지 돌아온다는 허가를 받은 외출이었다. 지상은 빠르게 걸었다. 8시까지 돌아오려면 서둘러야 할 것 같았다.

나까다의 집은 창 하나에만 불이 환했다.

대문을 두드리면서 지상은 가슴에 품고 온 오징어를 꺼내들었다. 몇번 두드리고 났을 때 현관문이 열리면서 빛이 쏟아져나왔다. 밖으로 나온 건 아끼꼬였다.

"누구세요?"

"네, 저 조선에서 온 카네다입니다."

"아, 카네다상. 어쩐 일이세요?"

"나까다 선생을 뵈려고 왔습니다."

"어쩌지요? 주인은 아직 퇴근하지 않았는데요. 무슨 일이신가요?"

아끼꼬가 향나무가 잘 손질된 좁은 마당을 걸어나와 대문을 열었다. 지상이 고개를 숙여 인사를 했다.

"덕분에 잘 지내고 있습니다. 나오기가 쉽지 않아 감사의 인사도 드리지 못했습니다."

"아, 그러세요."

아끼꼬는 지상에게 집 안으로 들어오라는 말을 하지 않았다. 지상이 잠시 망설였다.

"다른 일은 아니고…"

지상이 들고 있던 오징어를 내밀었다.

"이거 좀 받아주시겠습니까."

"뭔가요?"

아끼꼬가 한 걸음 물러서며 두 손을 쥐어 가슴 앞에 모았다.

"변변치 않습니다만, 받아주십시오. 마른오징어입니다."

아끼꼬가 놀라듯 말했다.

"웬 쯔루메를…"

"임금을 받았습니다. 일본에 와서 처음 사보는 물건입니다. 나까다상 가족을 뵐 수 있어서 여간 다행인 게 아니라서… 마음으로야 에가미 선생에게도 선물을 보내고 싶지만, 그렇게 되지가 않네요."

지상이 서글프게 웃었다. 천천히 아끼꼬의 손이 나와 지상이 내밀고 있는 오징어를 받았다.

"고맙습니다. 이 귀한 것을… 받긴 잘 받겠습니다. 그런데 카네다상, 무슨 일을 이렇게 하세요?"

"네?"

"참 나쁘네요."

"제 마음이라고 생각해주십시오. 고맙다는 제 뜻만이라도."

"제 회사에도 응징사들이 있어서 저도 알고 있습니다. 그분들이 힘든 생활을 참고 있는 걸 저도 아는데, 카네다상, 이건 참 나쁜 일입니다."

"그냥, 제 마음입니다."

아끼꼬가 고개를 숙였다.

"저희들보다 더 어려우실 텐데. 고맙습니다."

지상이 한 걸음 물러섰다.

"그럼 돌아가보겠습니다. 여덟시까지 가야 해서."

몸을 돌린 지상의 뒷모습이 골목 밖으로 사라질 때까지 아끼꼬는 그 자리에 서서 바라보고 있었다. 흐렸는가. 집 안으로 들어서며 아끼꼬가 바라본 하늘에는 별이 없었다.

31

나가사끼역으로 천천히 들어선 열차가 멈춰섰다. 비가 부슬거리는 차창 밖을 내다보면서 이팔은 일어섰다. 짐이랄 것도 없는 보따리 하나씩을 들거나 혹은 둘러메면서 징용공들이 웅성거렸다. 입구에 있던 사람들이 내리기 시작하고, 징용공들도 밖으로 나가기 위해 통로에 늘어섰다. 다른 칸에 있었는지 한동안 보이지 않던 아사다가 웅성거리는 사람들을 헤치며 안쪽으로 들어섰다.

아사다가 모자를 벗어 흔들면서 술렁거리고 있는 그들에게 소리쳤다.

"너희들, 옆사람을 서로 확인해라!"

작은 키에 목소리는 쉬어터져 쇳소리가 나는 아사다가 인솔자였다.

"확인했나? 없어진 사람 없나?"

놀고 있네. 없어진 사람이 있나 없나는 아사다 네가 확인할 일이야. 누구보고 확인하라는 거야. 그런 생각을 하며 길남은 아사다의 뒤쪽에 서 있었다.

"일단 내린다. 그러나 흩어지지 말고, 역 밖으로 나가서도 안 된다. 나가기 전에 인원점검이 있다. 이제부터 나를 따라서 기차를 내린다."

돌아서 앞으로 나가는 아사다를 보며 옆에서 조선인 하나가 불쑥 소리쳤다.

"내리지 말라 캐도 내릴 끼고, 따라오지 말라 캐도 따라갈 끼다."

길남의 눈길이 빠르게 떠드는 자에게 가서 꽂혔다. 여기까지 데리고 오는 동안 혼을 쏙 빼놓을 일이지, 어떻게 했기에 주절대는 놈이 있는 거야. 길남은 일행의 먼발치에서 뒤처지는 자가 없나 살피며 기차를 내렸다.

배정받은 징용자들을 인솔하러 역으로 나오며 길남은 육손이에게 징용자 25명의 명단을 내보이며 말했었다.

"다른 쿠미(組)한테 우리가 요꼬도리를 당한 건 아닙니까?"

요꼬도리란 새치기란 말이다. 인부들을 다른 공사장에서 빼간 건 아니냐는 소리였다.

"조선에서도 이제 끌어올 사람이 바닥이 났나 보더라."

"공기 단축하라고 악을 써대면서 사람을 줄 생각은 안 하니."

50명은 될 줄 알았던 인원이 반토막이 났다. 그나마 네명이 하까다 항구에서 도망을 쳤다는 것이었다. 명단을 들고 역으로 나오면서 길남은 육손이에게, 해군 쪽에 기름을 덜 치신 거 아니냐고 이죽거렸다. 공사장까지도 군의 관리에 들어가 있었다. 일본 육군과 해군이 자신들에게 필요한 군수품을 생산하는 공장에 더 많은 징용공을 배정하기 위해 각을 세우던 때였다.

명단을 들썩거려가면서 21명의 징용자들을 확인하고 난 아사다가 모자를 눌러쓰며 말했다.

"응징사 여러분은 이제부터 나를 따라온다."

"또 따라가? 이거야 원."

투덜거리는 사람이 누구인가를 찾기 위해 길남의 눈길이 바쁘게 움직였다. 저 키 큰 자를 눈여겨봐둬야겠다고 생각하며 그는 담배에 불을 붙였다. 징용자들은 어수선하게 아사다의 뒤를 따라가며 비 내리는 밖을 두리번거렸다.

"비 오는데, 그냥 밖으로 나간단 말입니까?"

여기저기서 볼멘소리들이 나왔다.

"비? 아, 그건 염려 마라. 쯔유(梅雨)라고 요샌 매일 비가 온다. 밖에 나가면 너희들을 데리고 갈 사람들이 벌써 기다리고 있다."

입 닥쳐라, 한마디로 소리를 질러버리면 되는 거지, 별 씨알머리 없는 소리도 다 하고 있네. 일본도 글러먹었어. 저런 답답한 놈은 아예 남방에나 데려다가 총알받이로 써먹어야 하는데. 길남이 혼자 웃었다. 그나저나 저 키 큰 놈은 내 속 좀 썩이겠구나. 길남이 발걸음을 빨리해 징용자들을 지나쳐 앞으로 나갔다.

징용자들이 우르르 몰려서 대합실 건물로 들어서자, 아사다가 그들을 둘러보면서 말했다.

"저쪽에 가서들 기다려라. 보이지? 저기 줄 쳐놓은 곳."

가슴 높이로 새끼줄이 쳐진 한쪽 구석을 아사다가 가리켰다. 버릴 물건을 한곳에 모아놓은 꼴이군. 새끼줄을 치고 그 안에 몰아넣

다니. 부슬거리며 비 내리는 나가사끼 시가지를 내다보는 징용자들의 가슴에 다들 고드름 같은 것이 부러져 툭툭 떨어지고 있었다.

새끼줄이 둘러쳐진 구석으로 걸어가는 징용자들을 일본인들이 흘끔거렸다. 끌려온 곳이 서로 다른지라 징용자들은 옷차림부터가 제각각이었다. 제대로 국민복을 갖춰입은 자가 있는가 하면 집에서 입던 그대로 잠방이 차림도 있었다.

"자아, 이쪽으로 가까이 와주시겠습니까?"

갑작스러운 조선말에 징용자들이 뒤쪽으로 고개를 돌렸다. 옷을 말끔하게 빼입은 청년이 아사다 옆에 서 있었다. 길남이었다. 그가 한 걸음 앞으로 나섰다.

"여기까지 오시느라 고생이 많으셨습니다. 저는 이제부터 여러분을 모시고 갈 사람입니다. 후꾸다 요시오라고 합니다. 저도 조선사람입니다. 그냥 후꾸다라고 불러주시면 되겠습니다."

후꾸다 요시오. 자신의 이름을 생각할 때면 길남은 늘 기분이 좋았다. 복 많다(福田)는 성도 그랬고, 길남(吉男)이라는 한자를 일본식으로 읽으면 그대로 요시오라는 일본 이름이 되어, 우리 부모가 선견지명이 있나 봐 하며 웃는 길남이었다.

고개를 끄덕이기도 하고 조금 의아해하면서, 자신들을 데리러 나온 사람이 조선사람이라는 데 다들 놀라는 얼굴이었다. 앞에 섰던 사람이 불쑥 말했다.

"그라이까, 형씨가 우리 감독이라 그 말씸인가베?"

길남이 얼굴을 굳혔다. 그가 바로 내내 투덜거리던 키 큰 사내였다.

"당신 이름이 뭡니까?"

"벼니팔이라 카요."

이 자식이 나한테 장난을 쳐! 길남의 눈꼬리가 치올라갔다.

"똑똑히 말하십시오. 이름이 뭡니까?"

"말 안 했능교, 벼니팔이라꼬."

얼굴이 벌겋게 달아오르며 길남이 키 큰 사내를 노려보았다. 사내가 느릿느릿 목소리를 높였다.

"벼니팔이라이까. 변가에 이팔이. 우리 세이(형님)는 일팔이고, 내는 둘째라 이팔이제. 형제뿐이라서 삼팔이는 없구마."

징용자들이 와아 웃음을 터뜨렸다.

"앞으로 나하고 만날 때는 말 짧게 하십시오, 변이팔 씨."

말하면서 어느새 길남은 웃고 있었다. 봐라, 네놈이 내일부터 어디에 배치되는지. 혀 빼물고 생똥을 싸봐야 정신을 차리지. 생겨먹기도 꼴값하게 삐딱하구나. 흘끗 아사다를 돌아보며 귓속말을 하고 난 길남이 일행에게 말했다.

"비도 오고 기차도 예정보다 늦어졌으니 서두르겠습니다. 저와 함께 밖으로 나가셔서 바로 숙사로 들어가도록 하겠습니다. 따라들 오십시오."

아사다와 길남의 뒤를 따라 그들은 역사를 나섰다. 나가사끼역 앞 거리는 빗발에 젖어 있었다. 흩뿌리는 비를 맞으며 이팔은 공사장에서 나온 트럭에 올랐다. 포장을 씌웠다지만 빗물이 새는 트럭은 바닥이 질퍽거렸다. 다들 타고 나자 뒤쪽으로 포장이 덮였다. 트럭 안이 갑자기 어두컴컴해졌다. 이팔이 물었다.

"머 하는 데라 카더노?"

"낸들 아나."

포장 속의 컴컴한 어둠이 한순간 그들을 불안하게 했다. 목소리들이 낮아졌다.

"땅굴을 판대요."

"땅굴? 누가 글카더노?"

"톤네루 코오지바(터널 공사장)래요. 땅굴 공사를 하는 데로 간다고 그 땅딸이 일본사람 인솔자가 그럽디다."

"땅굴을 판다모 두더지 신세 아이가. 이자 세상 구경 하기는 다 틀렸다, 그 소리 아이가?"

"소금섬을 물로 끌어라 하면 끄는 거지 어쩌겠소, 우리가."

"하늘이 무너져도 솟아날 구멍은 있다잖어."

약속 없는 내일에 대한 두려움 때문에 마음 졸이는 것이 싫어서였던가. 누군가가 목소리를 높였다.

"미리 겁들 먹고 그러지 맙시다. 하는 데까지 하는 거지, 설마 애 낳고 있는데 속옷 벗어달라고야 하겠나."

기우뚱거리며 차가 달리기 시작했다. 밖이 보이지 않는 컴컴한 어둠 속에서 이팔은 후꾸다라는 사내를 생각하고 있었다. 새파란 아이가 눈알이 번득번득하는 게, 일본으로 오며 이제까지 만났던 조선사람하고는 어딘가 다른 데가 있었어. 그래도 조선사람은 어쩔 수 없이 조선사람. 까마귀가 검다고 속살까지 검을까.

부슬거리는 빗속에 산으로 올라간 트럭이 공사장과는 조금 떨어져 있는 숙사와 식당 앞에 그들을 내려놓았을 때는 저녁 안개가 산 허리를 에워싸고 있었다. 어딘가 시내를 빠져나와 산으로 올라왔다는 느낌은 들었지만 주변을 뒤덮은 안개 때문에 그곳이 어디인지 가늠이 되지 않았다.

"여어가 어데고. 영 모르겄네?"

"처갓집에 신행 온 거 아닌데, 꿩이든 닭이든 우리가 알아서 무슨 상관이여."

"나 팔십 묵어갖고 이빨 아푼 소리 하고 자빠졌네. 죽을 고비로 들이가도 정신은 차리라 마!"

"처삼촌 묘 벌초하듯 시적시적 하면 되지, 어디는 알아서 뭘 해? 여기가 헌데 골이면 어디 가서 고약이라도 지고 오겠다는 건가 뭔가."

목조건물 숙사는 단층 두 동과 2층 한 동이었다. 이팔은 정씨와 함께 2층 숙사에 배정되었다. 숙사 배치가 끝났을 때는 어둠이 내리고 있었다. 저녁밥이 나오기를 기다리며 이팔은 창밖을 내려다보았다. 물설고 낯설다 카더마는 이기 그 꼬라지네. 여어서 뭐 할라 카는지 몰라도, 질러가는 길이 먼 길이라 카더라. 휘라 카모 휘고 꾸부리라 카모 꾸부리고… 우짜노? 그래야제. 이 나이에 이기 또 무신 팔자 망신이고. 이자부터 변이팔이 신세, 진흙밭 개싸움 아이가! 지랄 같네.

아침부터 공사장에 투입된 다른 일꾼들과 달리 그날 우석은 한낮이 되어 공사장으로 향했다. 새로 온 징용공들과 함께 줄을 서서 그는 터널 공사장 안팎을 돌며 설명을 들었고, 오후에야 공사장인 땅굴 안에서 흙과 돌덩어리들을 밖으로 옮기는 일이 시작되었다. 첫날이기에 새로 온 사람들끼리 서로 손발이나 맞추어보라는 뜻에서 시키는 것 같았다.

일을 끝내고 우석이 숙사로 돌아왔을 때였다. 옷을 갈아입으러

2층으로 올라가려는 우석을 기다리고나 있었다는 듯이 길남이 불러세웠다.

"잠깐 나 좀 보겠소?"

우석이 손가락으로 자신을 가리켰다.

"나 말이오?"

길남이 고개를 끄덕이곤 밖으로 나갔다. 우석은 그를 따라 목조 건물 앞뜰로 나왔다. 그자로군. 육손이를 찾아오던 비 내리던 저녁에 고까운 얼굴로 말장난을 하던 길남을 우석은 기억했다. 조심해야 할 놈이네. 그때의 기억이 퍼뜩 스치고 지나갔다.

우석이 다가오기를 기다렸다가 길남이 담배를 꺼내 우석에게 내밀었다. 흔한 게 아닌 못 보던 모양의 담배였다. 우석이 고개를 저으며 말했다.

"난 담배 안 피웁니다."

그 잘난 담배 때문에 배급날 눈에 핏발 세우는 게 싫어서 우석은 담배를 멀리하고 있었다. 하시마에서도 어쩌다 피워보던 담배였다.

"나도 그렇소. 남 주자고 가지고 다니는 담배요."

주머니에 담배를 집어넣고 난 길남이 숙사로 올라오는 비탈길을 내려다보며, 조금 거칠게 물었다.

"함께 온 사람은 어떤 사람이오?"

일주에 대해 묻고 있었다. 길남의 뒷머리를 바라보며 우석이 소리 없이 웃었다.

"날 보고 그 사람 신상 조사라도 해서 써서 올리라는 얘깁니까?"

"그러면 더 좋고. 어쨌든 이제부터는 내 책임이니까."

길남이 불쑥 물었다.

"전에는 군함도에 있었다구요?"

왜 여기서 군함도가 튀어나오는가. 육손이의 옆방을 나와 숙사로 들어오던 날, 우석은 같은 방을 쓰는 인부들에게는 하시마가 아니라 사세보 쪽 탄광에 있었다고 말해두었다. 일주와도 그렇게 입을 맞췄다. 아니라고 할까 하다가 우석이 긴장하면서 대답했다.

"잠깐이었습니다."

"거기가 아주 개 같다면서요?"

"생각하기 나름이겠지요. 바다도 보이고 파도도 철썩대고. 무덤하고 공원만 없지 있을 건 다 있다고 자랑하는 섬입니다."

길남이 말을 바꿨다.

"징용 나온 사람들이 있는 데가 대개 이런 식이오. 도망을 못 치게 하려고 그러는 건데, 뒤는 가파른 산이고 앞은 외길, 마을 쪽으로 얼씬거렸다가는 조센진 조센진 하면서 애들이 돌을 던지지요. 왜 우리가 고향에서 까마귀를 보면 너도나도 침을 뱉지요? 그거나 똑같아요. 그런 뎁니다, 여기."

우석은 길남의 뒤통수를 바라보며 아무 말도 없이 서 있었다. 먼 산자락이 한눈에 내려다보였다, 숙사로 오르는 비탈길이며 그 밑에 드문드문 엎드린 집들의 지붕까지. 길남의 말처럼 나가는 길은 외길 하나, 그것뿐이었다.

"어디서 오셨소, 고향?"

길남이 또 불쑥 물었다. 여전히 우석을 등지고 서서 비탈길을 내려다본 채였다. 어제 이것저것 고향 주소며 부모 이름이며 써내기까지 했는데 무슨 뜻에서 또 묻는가 싶어 우석이 천천히 말했다.

"나서 크기는 강원도 춘천입니다. 그러다가 여기저기 돌아다니며 밥벌이도 하고 그랬습니다.”

“일본말을 아주 잘하시던데, 오기 전에 뭘 했소?”

“이것저것. 내놓을 만한 직업이 없습니다. 여기서 큰일을 맡고 계시나 보던데, 잘 부탁드립니다.”

길남이 몸을 돌렸다.

“여기 일이라는 게 파라는 땅이나 파는 건데, 남들 일어날 때 일어나고 잘 때 자고 그러면 되는 겁니다. 발파작업이 많으니까 화약이나 조심하면 될까.”

중얼거리듯 말하면서 길남은 유심히 우석의 얼굴을 바라보았다. 이 친구는 어딘가 다른 데가 있어. 첫눈에 그걸 느낄 정도였거든. 몸놀림도 흐트러지는 게 없고, 힘쓰는 일을 한 거 같지는 않은데 눈매가 만만치가 않아.

“아직 밥때는 멀었으니, 좀 걷겠소?”

이 사람이 나한테 무슨 용건이 있기는 있나 보다 생각하며 우석은 그의 뒤를 따라갔다. 비탈길을 내려오니 왼쪽으로 도랑이라기에는 제법 큰 시냇물이 흐르고 있었다.

시냇물 건너편에는 이제까지 본 적이 없는 커다란 동백나무가 숲을 이루며 푸르렀다. 앞서 걸어내려가던 길남이 냇물을 등지고 서면서 걸음을 멈추었다.

“나이도 엇비슷한 거 같은데, 이제부터 말을 놓는 게 어떻겠소?”

“편한 대로 하십시오. 나는 지금이 편합니다.”

“편한 대로 하십시오라… 먹물냄새 피우지 마시오. 난 일본사람 밑에서 점방이나 보던 쌍놈이야.”

길남이 빠르게 말했다.

"여기 공사는, 어제도 말했지만 미쯔비시에서 하는 공사인데, 조선사람이 하청을 맡아서 하고 있는 것뿐이야. 나가사끼라는 도시는 미쯔비시가 먹여 살린다 할 정도로 배 만드는 조선소며 병기창이며, 아주 큰 공장들이 많아."

한순간에 두 사람 사이의 판을 뒤집는 길남에게 우석은 놀라고 있었다.

"이건 다른 말로 하자면 여기가 바로 일본의 전쟁 거점, 군수공장이 집결해 있다는 뜻이지."

"그렇습니까. 난 몰랐습니다."

"우리가 허드레 땅굴이나 파고 있는 게 아니야. 군수도시 나가사끼, 나가사끼의 미쯔비시, 미쯔비시 병기창의 스미요시 터널, 이게 우리 공사장이야."

"우리 신세에 뭐 그렇게까지 어렵게 생각할 거 있겠습니까. 우리야 그냥 여기서,"

길남이 우석의 말을 끊었다.

"땅이나 파면서, 죽이 끓든 밥이 되든 상관할 게 없다는 거냐? 그건 맞는 말이지. 상관하고 싶어도 할 수가 없으니까. 뭘, 어디를, 어떻게 상관할 수가 있겠어. 뭐랄까, 조선사람은 여기서 그냥 노예야. 잡혀서 끌려온 노예라구."

"그러나, 그보다 먼저 우리는 사람입니다."

우석을 노려보는 길남의 두 눈썹 사이에 주름이 잡혔다.

"넌 여전히, 아직도 사람이냐?"

"그것까지 포기하지는 못하고 살았습니다."

"좋은 세월 살았군. 어디서 팔자 늘어져서 살았어, 그동안."

우석은 아무 대답도 하지 않았다. 그랬는지도 모르지. 징용 나온 놈이 지하탄광에서 맞아 죽기는커녕 광업소 사무실을 부수며 덤비는 짓거리도 했고, 거기서 한 여자를 사랑하기도 했으니… 우석은 마음속으로 허허거리며 웃는다. 그 웃음 사이에 눈물이 배어 있다.

아침이었다. 일찍 잠이 깬 우석은 어제 길남과 걸었던 그 비탈길을 내려와 작은 냇가를 따라 걸었다. 이른 아침이라 사람들의 모습은 보이지 않았다. 냇가에는 빨래터 같은 곳도 있었고 물을 길어가는 곳인지 돌을 가지런하게 모아 자리를 만들어놓은 곳도 눈에 띄었다.

걸음을 멈추고 그는 이슬이 맺힌 풀들을 아무 생각 없이 내려다보았다. 금화. 외마디소리처럼 그녀의 얼굴이 가슴을 가로질렀다. 어디서부터 무엇이 잘못되었던 걸까. 가슴 시린 사랑아. 그렇게 끝나지 않을 수도 있었을 텐데. 왜 그렇게밖에 우리는 살지 못했던 걸까.

덧없구나. 너를 생각할 때마다 무슨 낯으로 살아가랴. 하시마에서 금화의 뼈를 바다에 뿌리고 돌아온 그 밤에, 우석은 금화의 뼈마디 하나를, 손가락만 한 그것을 아예 바지춤에 넣고 꿰매버렸다. 그리고 옷을 갈아입을 때마다 그 뼈를 다른 옷에 꿰매 넣는 것을 잊지 않았다. 전쟁이나 끝나면 돌아갈 수 있을까. 금화의 뼈를 품고 그녀가 살았던 그 강물이 내려다보인다던 집을 찾아가보면 좋으련만, 금화도 그곳이 어딘지 잘 모른다고 했었다. 약해지는 마음을 추스르듯 우석은 눈을 깜박이며 계곡 밑으로 눈길을 돌렸다.

냇가 건너편 집에 일본사람들이 사는가보았다. 여자들이 양동이를 들고 시냇가로 나와 몸을 숙이고 물을 푸기 시작했다. 오랜만에 사람 사는 걸 보는 것 같다는 생각을 하며 양동이를 든 여자들이 돌아가는 모습을 우석은 바라보고 있었다. 늘 그런 생각이 들지. 이렇게 사람 사는 건 다 마찬가지인데, 어째서 서로 등을 지고 편을 가르고, 누구는 엎드려서 기어야 하고 누구는 채찍을 들고 서 있어야 하는지.

그때였다. 시냇물 건너편에서 아이들 몇이 우르르 몰려왔다. 그가 비탈을 몇걸음 내려가 아이들을 보고 있을 때였다. 모여 섰던 아이들이 우석을 건너다보며 갑자기 무언가를 던지기 시작했다. 돌이었다. 돌 하나가 날아와 툭 하고 우석의 발 바로 앞에 떨어지고, 몇개의 돌이 획획 바람소리를 내며 우석의 어깨 너머로 날아갔다. 아이들이 소리치고 있었다.

"없어져, 조선놈아. 없어져버려."

"더러운 조센진. 조센진. 조센진."

우석은 빠르게 뒤돌아 언덕을 올라갔다. 아이들의 돌팔매질과 함께 조선놈을 부르는 소리가 그의 뒤통수를 때렸다. 깔깔거리며 돌아가는 아이들을 돌아보며 우석은 망연히 서 있었다. 아이들이 사라져간 일본인 마을을 내려다보고 있을 때였다. 뒤쪽에서 누군가가 소리쳤다.

"넌 뭐야?"

새로 온 사람들을 인솔해 터널 공사장으로 데리고 가는 일본인이었다. 각반을 찬 그가 가죽채찍을 든 채 걸어내려왔다.

"함부로 다니지 말라고 했다. 여기가 놀러 온 덴 줄 아나?"

구레나룻이 거뭇거뭇한 그가 채찍을 내흔들며 눈을 부라렸다.

우석은 고개를 숙이고 그의 발밑을 묵묵히 내려다보았다.

"처음이라 잘 몰랐습니다."

"조선놈과 북어는 두들겨야 한다더니, 그런 것도 하나하나 말을 해야 하나! 바보새끼."

과부네 집에서는 머슴이 왕방울이라더니. 너 참 잘났다. 허리를 굽실거리며 우석은 그의 옆을 지나 숙사로 향하는 비탈길을 걸었다. 이건 마치 땅끝에 서 있는 느낌이로군. 사람이 사는 곳이 아닌 마지막 동네. 하시마도 여기도 다 땅끝이다, 땅끝.

그날, 터널 공사장 안은 싸늘하게 기온이 내려가 있었다. 땅속이라 들어서자마자 오히려 섬뜩하게 추위를 느낄 정도였다. 그러나 일이 시작되면서 그 써늘함은 어디로 갔는지 모르게 몸에서는 땀이 흘렀다. 탄광과는 또다른 공포가 거기에 있었다.

캄캄한 터널 공사장 안에서 우석은 비 오듯 흐르는 땀을 닦아내면서 다짐했다. 금화를 잊어야 한다. 그래야 한다. 그러지 않고 나는 여기서 살아낼 수가 없다. 나는 하시마탄광에서 그녀를 만났기에 일본의 얼굴을 제대로 볼 수가 없었는지도 모른다. 그녀가 있었기에 내가 밟고 선 일본땅에는 한 가닥 위안이 있었던 것 아닐까.

가난한 식민지 백성으로 태어나 밟히고 찢기고 발가벗겨진 여자를 통해 나는 오히려 사람냄새를 맡았던 거야. 그 향기에 취했던 시간, 그게 사랑이었던 거다. 그러나 나는 잊고 있었다. 팔 없는 사람끼리 모여 앉아 팔 없이도 잘만 사네 하듯이 팔이 없다는 진실을 잊었던 거다. 그리고 저 위에는 우리들의 헐벗은 삶을 그렇게 만들어가는 더 큰 것이, 이렇게 살 수밖에 없게 하는 그 무엇이 우리를 내리누르고 있었어. 피폐해질 대로 피폐해진 나라와 그 속의 백성이라는 우리를, 그 관계를 나는 모르고, 아니 잊고 살았던 거다.

　땅굴 속에서 돌덩어리를 져나르면서, 땀이 흘러들어 아려오는 눈을 흙투성이 손등으로 닦아내면서 우석은 아침에 돌팔매질을 하며 조선놈을 욕하던 일본 아이들을 떠올렸고, 각반을 차고 채찍을 든 일본 경비원을 생각했다. 그때마다 그는 그들과는 건너편에 서서 자신을 향해 웃고 있는 금화를 겹쳐보려고 애썼다. 그러나 그 둘은 어느 것도 우석의 안에서 하나가 되지 못했다.

　수저를 든 채 지상이 잠시 밥상 옆으로 고개를 숙였다.
　"왜 그러십니까?"
　나까다가 물었다.
　지상이 고개를 들었다.
　"죄송합니다. 이렇게 밥상을 마주하는 게 하도 오랜만이라."
　"고향 생각이 나나 보군요."
　"부끄럽습니다, 이런 제가."
　아끼꼬가 조심스레 말했다.
　"천천히 드세요. 어려운 시절이라 아무것도 준비를 못 했습니다."
　고마움은 고마움으로 알고 받아들이자. 세월이 있으니 갚을 날도 오겠지. 그런 생각을 하는 지상의 마음에 엷게 물결이 일고 있었다.
　보리가 섞이기는 했지만 팥밥에 생선까지 한마리 구워져 있었다. 단출했지만 정성을 들인 밥상이었다. 이런 게 일본식 된장국인가보다 생각하며 지상은 하시마에서 먹던 된장국을 떠올렸다. 얼마나 짰던가. 그래도 갱 안에서 땀을 많이 흘리므로 그렇게 먹이는 거라고 했었고, 모두들 몸 생각을 한다면서 그 짠 것이나마 더 못 먹어서 얼마나 안달들을 했던가. 게다가 짜게 먹고 나니 물을 켜게 되어 차라리 배가 부르다면서 웃던 건 만중이었다.

지상에게 저녁 한 끼를 대접하기로 말을 꺼낸 건 나까다였다. 그는 지상의 오징어 이야기를 들었을 때 마음이 편하지 않았다. 징용공이, 그것도 탄광에서 도망쳐나온 조선인이 임금이라고 받았다면서 오징어를 사가지고 인사를 오다니.

나까다는 특별히 조선인에게 악의를 가지고 있지도 않았지만 그렇다고 호감을 느끼지도 않았다. 그는 처음부터 조선을 다루는 일본의 정책이 싫었다. 지배는 지배 아닌가. 지배하려면 그만한 출혈도 있게 마련인 것이다. 동조동근론(同祖同根論) 같은 얄팍한 술수가 다 뭐란 말인가.

조선인은 거칠다. 조선인은 더럽다. 그런 말은 징용공을 다루는 친구들을 만날 때마다 듣고 있었다. 오늘만 해도 그랬다. 퇴근 무렵 마주친 노무계장 하세는 땀을 흘리고 있었다. 그는 학교 동기생이었다.

"조선인들 때문에 내가 늙는다 늙어. 한놈이 배에서 떨어져가지고 피를 철철 흘리며 나가질 않나. 조금만 감시를 소홀히 하면 장난들이나 치려 들고. 그런 녀석들이 거칠기는 또 얼마나 거친지."

"그들이 어떻게 고분고분하길 바라겠나. 그건 무리야. 안 그래?"

"그건 자네가 몰라서 하는 소리다. 더럽기는 또 어떤데."

"어쩔 수 없잖아. 씻을 수가 없는데."

그 형편에 어떻게 깨끗할 수가 있겠냐고 친구를 달래려고 한 말이었는데, 하세는 다른 소리를 했다.

"몸이 아니라 일을 두고 하는 말이야, 일. 뭘 하나 시켜도 제대로 딱 마무리하는 맛이 없어. 일을 끝내면서도 여기저기 늘어놓은 채 말끔하게 치우는 법도 없고."

"그런가. 마침 내가 자네에게 부탁했던 그 조선사람을 집으로 불렀거든. 그 사람이 신입들에게 일본말을 가르친다던데, 그런 얘기를 좀 해야겠군."

하세가 놀라는 얼굴을 했다.

"집으로 불러?"

고개를 끄덕이면서, 그러나 나까다는 그 조선인이 급료를 받자마자 오징어를 사가지고 왔더라는 말은 하지 않았다.

"자네가 노무 일을 보니까 하는 얘긴데, 그 사람들 다루는 걸 획기적으로 바꿔보면 어떻겠나."

"어떻게, 구체적으로 어떻게?"

"내가 볼 때는 너무 세분해서 차별을 하는 거 같네. 조선인이면서도 공원들 다르고, 응징사 다르고, 거기다가 옛 함바 출신들이 또 다르고. 징용공 가운데서도 기간 연장받은 사람들이 또 다르지 않은가."

"그거야 일에 대한 숙련도에 따라서 그렇게 나누는 거지."

"내 얘기는, 그 사람들한테 맡겨보라는 거지. 가령 영국이 인도를 지배하는 방식같이 반장, 조장 전부 그 사람들한테 맡기고 그 사람들이 스스로 굴러가게 말일세. 자율이라는 말이 있지 않나."

"젊었을 때나 이제나 이상주의는 여전하군. 그러니 배나 설계하고 있지."

"그렇지도 않아. 요즘은 배가 아니라 로켓을 설계해. 군부의 요청을 거절할 수가 없다네."

나까다는 그런 말을 하며 씁쓸히 웃었다.

내선일체다 융화정책이다 해왔지만 어차피 민족이 다르다. 말이 다르고 옷이 다르고 풍습이 다르다. 역사가 다른 것이다. 그들은 그들의 길을 간다. 일본은 조선을 홋까이도오나 오끼나와처럼 생각해서는 안 된다. 조선은 4천년이 넘는 역사를 가졌다고 한다. 우리에게 문물을 전해준 것도 그들이었다. 그걸 인정할 때 남는 건 지배와 피지배의 논리뿐이다. 거기에 무슨 일체나 융화가 끼어들 틈이 있는가.

잘 먹었다면서 젓가락을 놓는 지상에게 아끼꼬가 말했다.

"좀 더 드시지요?"

"아닙니다. 잘 먹었습니다. 저도, 세번째 밥공기를 내밀면 부끄럽다는 일본말은 압니다."

밥사발 위로 올라오게 고봉으로 밥을 담는 고향에서와는 달리 일본은 밥을 조그만 공기에 떠서 먹었다. 더 먹고 싶을 때는 다시 공기에 밥을 뜨면 된다. 이때 밥공기를 세번이나 내미는 사람이 곱게 보일 리 없다는 속담이 일본에는 있었다.

그러고 보면 참 많은 곳에서 서로의 풍속이 다르다는 생각을 지상은 한다. 조선에서는 어떤가. 고봉으로 밥을 푸지만, 손님은 밥을 다 먹지 않고 밥사발에 조금 남기는 것이 예의였다. 그뿐인가. 손님이 밥을 남기면 사양하지 말고 다 먹으라는 뜻에서 손님의 밥사발에 물을 부어주었다. 물 말아서 천천히 다 드십시오. 그게 인사였다.

그렇지만 어디 세월이 그렇기만 했던가. 공출로 다 빼앗겨버린 농촌에 먹을 것이 있을 리 없었다. 밥을 먹고 나서 아이들이 들뛰어놀면 어머니들은 소리쳐 나무랐다.

이눔아야, 아까운 밥 다 내려간다.

뛰는 아이들의 수선스러움을 탓하는 것이 아니었다. 그것은 서글프게도 기껏 먹은 밥이 다 내려간다고, 오래오래 배부른 채 있으라고 하는 소리였다. 그런 세월이 가고 있었다.

주먹밥을 사먹으며 눈물을 참을 수 없던 때를 떠올리며 지상이 말했다.

"나까다상, 이렇게 불러주시니 고맙습니다."

"맛있게 드시니 고맙군요. 우리도 여유 있는 생활이 아니라서."

아끼꼬가 밥상을 치우는 사이 나까다는 책상이 있는 자신의 방으로 지상을 데리고 들어갔다. 방에는 설계도면들이 둥글게 말려서 벽을 따라 줄지어 서 있었다. 나까다가 앉기를 권했다.

"당신은 잘하고 있다고 들었습니다. 노무계장이랑은 동창인데, 칭찬을 하더군요. 당신 같은 사람들만 있으면 일하기가 쉽겠다고."

찻상을 들고 아끼꼬가 들어왔다. 두 사람 앞에 차를 놓고 나서 아끼꼬가 창문 밖으로 하늘을 쳐다보았다.

"오늘 밤에는 공습이 없으려나."

창문으로 흘러나간 불빛이 정원의 나무들을 비추고 있었다. 공습에 대비한다면서 시골로 간 사람들이 비워놓은 집을 헐고 있는 요즈음이었다. 목조주택이 대부분이라 화재를 줄이기 위해서였다. 나까다의 옆집도 그렇게 헐려나갔다. 그 빈터 옆으로 나까다가 정성 들여 가꾼 나무들이 깨끗이 다듬어져 있었다.

차를 마시며 나까다가 물었다.

"고향에서는 뭘 했습니까?"

"아버지 일을 도왔습니다."

결혼을 했다는 이야기, 아들이 태어났는데 아직 얼굴도 모른다는 이야기… 정미소와 가게를 하고 있어서 조선에서의 생활은 유복한 편이었고, 형은 일본 유학을 했다는 이야기도 나왔다. 오랜만에 입에 올려보는 고향이었다.

아끼꼬가 한숨처럼 말했다.

"부인이랑 아이랑, 많이 보고 싶으시겠어요. 조선여자들은 참이가 잘생겼어요. 근로정신대로 온 조선 소녀들을 봐도 다들 그래요."

"아끼꼬상 일하시는 회사에도 조선여자가 있습니까?"

"그럼요. 전부 소녀들이에요."

나까다가 물었다.

"군함도에서는 어땠습니까. 조선소가 군함도보다는 지내기가 좀 나은 편인가요?"

"전시라는 말, 그건 같았습니다. 조선소에 오니까 그 말이 조금 더 실감이 납니다. 하시마탄광에서도 전시다 전시다 하는 말은 많이 했지만 그걸 느끼지 못하고 살았습니다. 일하고 자고 일하고 자고, 벌레처럼 살았지요."

"최근엔 좀 다를 겁니다. 순시선을 타고 나갔던 직원의 이야긴데, 군함도 앞에서 상선이 어뢰를 맞아 침몰해서 며칠 동안 시체가 바다에 둥둥 떠올랐답니다."

하시마에도 폭격이 있었나. 지상은 마음속으로 놀랐다.

"저는 일본에 와서 비로소 자유의 가치를 깨달았습니다. 조선소와 하시마탄광이 똑같은 게 있기는 있습니다. 조선사람은 어디서도 자유롭지 못하다는 겁니다."

"카네다상,"

아끼꼬가 나서서 말했다.

"자유롭지 못한 건, 우리 일본인도 마찬가지랍니다."

32

이 무렵 나가사끼병기제작소는 시설을 오히려 확충하면서 순조롭게 생산목표를 달성해나가고 있었다. 나가사끼역 북쪽의 논을 매입한 6만여평의 대지에 새롭게 세워진 오오하시공장과 함께 구 공장은 공습의 피해를 막기 위해 서둘러 지하로 이전하는 작업에 들어갔다. 스미요시 지하공장에 780대, 시립상업학교에 240대, 또다른 지하공장에 150대의 작업대를 분산시키는 대규모 이전이었다. 이렇게 해서 옮겨진 공장시설은 공작기계의 반에 가까웠다.

우석이 돌을 나르던 스미요시 터널 공사장은 오오하시공장에서 서북쪽으로 약 1킬로미터 떨어진 야트막한 산을 뚫고 들어가는 중이었다. 폭 4.5미터, 전체 길이가 300미터에 달하는 지하공장이 완공을 앞두고 있었다. 다른 터널에는 이미 공작기계가 반입되어 가동 중이었다.

주먹밥 한 덩어리로 먹는 듯 마는 듯 점심을 마치고 우석과 일주는 터널 안에서 파낸 돌더미 위에 앉아 잠시 햇볕을 쬐고 있었다. 일주가 말했다.

"걸려도 이거 아주 더럽게 잘못 걸린 거야. 하시마보다 낫다고 할 게 하나도 없어."

어디 가나 똑같은데 무얼 찾아서 그렇게 하시마를 뛰쳐나오려고 했던가. 둘은 할 말을 잃고 앉아 있었다. 구부정하게 허리를 굽히고 이팔이 다가왔다. 너나없이 발가벗고 서 있는 것 같은 생활이라 바로 가까워진 사이였다. 옆으로 다가온 이팔이 말했다.

"지랄, 이거는 땅굴도 아이다. 바우를 뚫는 기지. 곡괭이 끝에서 불만 팍팍 일나지 파이지가 않는다 아이가."

"다른 생각 하지 말고 파라면 그냥 파."

"왜놈 감독이 따로 없다카이."

그런 말을 하는 우석을 어이없다는 듯 바라보며 이팔이 웃었다.

"내가 기가 막히는 기 뭔지 아나? 일마들이 사람을 잡아다 일을 부려묵으면서도 고마운 줄 모른다 아이가. 이것들이 인간이가, 뭐꼬?"

터널 공사는 네 단계로 이루어졌다. 화약을 터뜨려 굴을 뚫는 일이 먼저였고, 두번째 작업이 거기서 나온 돌을 밖으로 내보내는 것이었다. 돌덩이가 어지럽게 쌓이며 굴이 뚫리면 레일을 깔고 그 위를 철제 운반함이 오가며 파낸 돌들을 밖으로 실어날랐다. 작은 바퀴가 달린 짐차에 네 사람이 달라붙어서 둘은 앞에서 끌고 둘은 뒤에서 미는 것이다. 그리고 레일의 다른 한쪽으로는 두 줄을 이루며 등짐으로 돌을 져 날랐다.

땅굴이라고는 하지만 그들이 실어내야 하는 것은 흙이 아니라 거의 돌이었다. 그것도 날카롭기가 손을 벨 정도로 단단한 검은 돌이었다. 돌을 지고 나오는 징용공들의 행렬과 돌을 져 내간 사람들이 들어가는 행렬이 하루 종일 이어졌다.

세번째로 버팀목을 설치하는 공사가 끝나면 마지막 작업이 철근과 시멘트로 벽과 천장을 싸바르는 마감공사였다. 마치 긴 통을 잘라내 엎어놓은 것 같은 이 땅굴 속으로 공습을 피해 군수공장 시설들이 들어서고 있었다.

길남이 했던 말이 떠올랐다.

"공습? 일본 땅덩어리 전체가 불바다? 어림도 없다. 철근을 넣어서 시멘트로 싸바르니까 그 정도면 미국놈들이 아무리 폭격을 해도 꿈쩍 않는다는 거지. 그게 다 실험을 해보고 나서 하는 공사라니까. 일본은, 끝까지 붙어보겠다 이거야."

오후 작업이 시작되었다. 짐차에 매달려 터널을 두번 드나들며 돌을 실어날랐을 때였다. 이마의 땀을 닦는 우석의 목덜미로 천장에서 물이 뚝뚝 떨어졌다. 걸음을 멈추고 우석은 천장을 올려다보았다. 버팀목으로 받쳐나가면서 일을 한다고는 해도, 여기서 무너지기라도 한다면 꼼짝없이 깔려 죽는구나 싶은 땅굴이었다.

그때였다. 물이 흐르게 땀이 밴 우석의 등짝을 내려치는 채찍이 있었다. 감독 아오끼였다. 어깨를 감싸며 돌아보는 우석을 향해 아오끼가 소리쳤다.

"빨리빨리 움직이지 않고 뭐 하는 거냐!"

채찍이 다시 허공으로 올라가는 것을 보며 우석은 몸을 피했다. 등에 메고 있던 통이 덜렁거리며 그의 뒤통수를 두들겼다.

"할 때는 제대로 하란 말이다. 조선놈 새끼들, 일을 하는 건지 마는 건지, 흐느적흐느적."

땀 닦으며 천장 한번 쳐다본 것밖에 없는데 흐느적거린다니. 우석이 이를 악물며 아오끼를 노려보았다.

뒤따라오던 이팔이 우석의 등을 앞으로 밀었다.

"이 사람아! 자네 그 사람이 눈데 도끼눈을 하고 치다보노?"

뒤따라오며 이팔이 헐떡거리는 목소리로 말했다.

"기신도 우찌 사기는지에 달린 기라. 고마 내는 죽었다 카고 엎디리 있거라 마."

"누가 할 소릴 하고 있네."

"자네한테 배웠다 아이가. 열흘 길이 먼데 하루도 안 가 짚신 탓하지 말라 캤제?"

뒤쪽에서 또 채찍 휘두르는 소리가 들렸다. 이팔이 흘끗 뒤를 돌아보며 씨부렁거렸다.

"저런, 옘병에 땀도 못 낼 놈이! 조자룡이가 헌 창 쓰듯기 닥치는 대로 두딜기쌓네."

옆에서 걷고 있던 사람들이 큰 소리로 말했다.

"저 아새끼는 제 에미가 탯줄 끊을 때 회초리 들고 있던 놈이여."

"들릴 끼다."

"들으라고 하는 소리지."

"니는 그라모 뱃속에서부터 매 맞을 끼다 함시로 나왔나? 맞을 놈이 있으이까 때리는 놈도 있을 거 아이가."

조장이랍시고 건너편의 태봉이가 한마디 했다.

"그쪽에서들 좀 조용히 하시지."

이팔이 중얼거렸다.

"잘난 놈 억수로 많은 세상이라 카이."

그랬던 이팔인데, 저녁에 일을 끝내고 났을 때는 오가는 모습이 영 풀이 죽어 있었다. 뒷마무리를 하며 우석이 말했다.

"힘들어서 그래? 앉아 있어. 마무린 내가 할 게."

마치 남의 말을 하듯 이팔이 불쑥 중얼거렸다.

"내가 딸만 서이다."

"느닷없이 딸타령은 왜 나와. 보고 싶어서 그래?"

"우짜든지 돌아가서 아들을 봐야 할 거 아이가."

갑작스런 말에 우석은 어이가 없어서 웃었다. 그런데 얼굴을 보자니 그냥 하는 소리가 아니다. 이팔의 눈에 눈물이 글썽하다.

"아들을 봐야 부모 기제사라도 올릴 거 아이가. 그래야 내가 눈을 감아도 감을 거 아이가 말이다."

"너 지금 더위 먹었냐? 무슨 헛소리야."

웃고 넘기려던 우석은 이팔의 표정이 너무 처량해서 다독거리듯 물었다.

"도대체 장가를 몇살에 든 거야?"

"열다섯. 우리 마누라가 내보다 두살 더 묵었다."

"잘났다. 벌써 딸이 셋이면, 네 마누라는 길쌈도 안 하구 죽기 살기로 밤농사만 지었냐."

"옛말에도 있다 아이가. 영감 밥은 누버서 묵고 아들 밥은 앉아서 묵지만, 딸 밥은 서서 묵는다꼬. 딸이라는 기 다 그런 기지. 서이가 아이라 서말이 있어도 머하겠노?"

그때 톡 튀어나오며 끼어든 게 일주였다.

"아 뭔 걱정. 하나는 나한테 주면 되겠구먼."

"자넨 그라모 아즉 장개도 몬 갔나?"

"여기 몽달귀신 많어. 이 사람도 아직 상투 못 틀었어."

일주가 우석을 가리켰다. 이팔이 혀를 찼다.

"사람 될라 카모 멀었구마. 내가 이런 것들하고 동무가 돼갖고…"

드문드문 전등불이 걸린 터널 안을 빈 짐통을 메고 걸어가면서 이팔이 말했다.

"영계 울고 장다리꽃 피모 밤도 길어진다 카더라. 세월이나 가거로 기다릴밖에. 그래도 내는 아들 놓으로 무신 수를 써더라도 돌아가야 안 하나."

돌덩어리를 짊어지고 나오던 우석은 지하공사장 안으로 들어오는 수레를 피해 옆으로 비켜섰다. 한 사람이 끌고 두 사람이 뒤에서 미는 수레였다. 옷소매로 이마의 땀을 닦자니 소매에 돌가루가 묻어서 땀투성이 이마가 쓰라렸다. 저녁이면 돌가루에 긁힌 얼굴이 벌겋게 부어 있곤 했다. 덜컹거리며 수레가 지나가자 뒤쪽에서 고함소리가 들렸다.

"뭐 하는 거여? 빨리빨리 움직여!"

시라야마(白山)라고 창씨개명을 한 백도현이었다. 현장감독 가운데서도 성질 더럽기로 이름난 자였다. 내 조선에 돌아가면 저놈 새끼 부모 멧부리를 파버릴 거다. 그런 소리까지 듣고 있었다.

앞사람을 따라서 우석은 묵묵히 걸음을 옮겼다. 알전구가 비추는 전등들이 터널 벽을 따라 걸려 있기는 했지만 발밑은 많이 어두웠다. 허리를 굽히고 걸으면서 우석은 또 눈알이 아리게 흘러내리는 땀을 닦아냈다.

그때였다. 앞사람이 걸음을 멈추었다. 우석도 그를 따라 걸음을 멈추며 고개를 들었다. 앞사람이 중얼거렸다.

"공습경보 아냐?"

줄지어 따라오던 사람들도 하나하나 걸음을 멈추며 터널 안이 순간 조용해졌다. 밖에서 공습경보 싸이렌이 울리고 있었다.

"맞네. 공습이구먼."

잠시 후 터널 안쪽에서 자지러질 듯 요란하게 종이 울려댔다. 이제는 많이 익숙해진 공습경보였다. 경보가 울린다고 해서 그때마다 비행기가 나타나거나 폭격이 이어지지는 않았다. 그러나 일단 경보가 울리고 나면 작업은 그때부터 중지되었다.

"떡 본 김에 제사 지낸다지 않소. 좀 쉽시다."

"시라야마가 저쪽에 있을 텐데."

"있으면 있는 거지, 제놈이 뭘 어쩌겠어. 어차피 밖으로는 못 나가는데."

앞사람이 등에 진 돌짐을 내려놓으며 바닥에 다리를 뻗고 앉았다. 여전히 귀가 따갑게 울려대는 경보 싸이렌을 들으면서 우석도 짐을 내려놓았다. 우석은 아직 벽면공사를 하지 않아 울퉁불퉁한 터널 벽에 뒷머리를 기대면서 눈을 감았다.

여기 온 지가 벌써 얼마인가. 어느새 절기가 바뀌었다는 걸, 날씨보다 먼저 흘러내리는 땀이 말해주고 있었다. 어두컴컴한 발밑을 내려다보면서 우석은 소리 없이 중얼거렸다. 꿈틀, 꿈틀, 그래… 그렇게 가는구나. 나는 벌레인가. 아침에 눈을 뜨며, 천근같이 무거운 몸을 일으킬 생각을 못 하고 천장을 쳐다보면서 그때마다 자신에게 말하곤 했다. 짐승이라고 부를 것도 없다. 이건 벌레가 사는 것과도 다르다. 짐승도 먹이를 찾아 제 갈 곳을 가고 지렁이도 저 좋은 곳을 찾아 시궁창 밑으로 기어들어간다. 벌레만도 못한, 짐승만도 못한, 이게 인간의 삶인가.

왜 이렇게 되었나. 자유다. 자유를 잃어버려서다. 이런저런 자유는 많고도 많다. 나라를 잃어버리면서 우리가 잃어버린 자유 가운데 가장 큰 것이 무엇인가. 선택의 자유다. 우리는 모든 선택권을 잃었다. 그것보다 더 큰 자유가 어디 있을 것인가. 선택을 할 수 없다는 것. 벌레도 못 되는, 짐승만도 못한, 그게 우리들이다.

얼마나 지났을까. 멎었던 싸이렌이 다시 울려댔다. 공습이 아닌 경계경보였던가보았다.

"젠장맞을, 공습을 하려면 그냥 콩 볶듯이 두들겨대든가. 벌써 끝이야? 미국놈들도 영 변죽만 울려대지 믿을 게 못 되는구면."

안으로 들어가는 수레가 움직이기 시작하고, 시라야마의 목소리가 다시 땅굴 안에 울려퍼졌다.

"빨리빨리 움직여. 거기 앉아 있는 놈들은 뭐야!"

인부들이 부스럭거리며 일어섰다. 공습경보라도 내리면 그 평계로나마 잠시 쉴 수 있다는 게 우석은 어이가 없다. 죽이자고 폭탄을 떨어뜨리는 게 공습인데 그 공습 덕분에 쉴 수 있다니. 우석은 마음속으로 중얼거렸다. 하나가 죽어서 셋이 산다면, 하나가 죽어야 한다. 일본이 미국에 항복을 하면 조선은 해방을 맞을지도 모른다. 그런데 일본은 지금 군수공장들을 땅속으로 옮기면서까지 전쟁을 계속하겠다는 것 아닌가. 그리고 나는 지금 일본을 위해 그 땅굴을 파고 있다. 살기 어린 무언가가 가슴속을 지나갔다. 우석이 이를 악물었다. 그렇다, 여기서 내가 할 일이 있었구나.

고개를 숙이고 걷던 우석의 발밑이 조금씩 환해졌다. 땅굴이 끝나면서 밖의 빛이 들어오고 있었다. 우석은 앞사람을 따라 묵묵히 밖으로 나섰다. 산기슭에 돌덩이를 쏟아붓고 나서, 우석은 공사장 뒤 가파른 산에서 불어내려오는 바람을 맞으며 의미 깊은 눈으로 땅굴을 바라보고 서 있었다.

종일 땀을 흘렸으면서도 몸에서는 오슬오슬 한기가 느껴진다. 탈이 나도 크게 나려나 보다. 으스스한 몸을 비벼가며 일을 마친 우석은 그날 남보다 늦게 공사장을 나왔다. 오뉴월 감기는 개도 안 걸린다는데, 내가 요즈음 몸이 말이 아니구나. 그런 생각에 우울하게 젖어서, 폭파조 인부들이 화약을 점검하는 옆을 우석은 천천히 걸었다.

"우석이, 왜 그렇게 힘이 없어! 질동이 깨뜨리고 놋동이 얻는다네. 힘내."

조승도였다. 우석이 애써 씨익 웃으며 말을 받았다.

"몸살인가봐. 정신없는 늙은이가 죽은 딸네 집에 간다더니 내 꼴이 그렇다네."

"에헤, 속 끓이지 말고 그냥 살어. 목수가 저 살자고 집 짓는가. 오늘 하루도 이렇게 사나 보다 하며 살어."

좁쌀에 콩비지를 넣어 죽처럼 끓여 내온 저녁을 옆자리에 앉아 같이 먹다가 친해진 사이였다. 어이, 자네 생각엔 이게 좁쌀죽이야 콩죽이야. 그때 조승도는 그걸 좁쌀죽이라고, 우석은 콩죽이라고 우겼었다.

옆으로 다가서며 우석이 그가 일하는 모습을 기웃거렸다. 우석이 물었다.

"어째 오늘은 이렇게 늦게까지 안 끝나?"

"내일은 일이 많아서 그래. 여러 군데 현장에서 동시에 발파를 한다니, 일손이 달려서 난리야."

"우리 등짐 신세들은 발파하는 사람들을 신선놀음이라고 하던데."

"누가 그런 침 뱉고 밑 씻는 소리를 해. 기름 엎지르고 깨 주우러 다닐 사람이네. 그게 어느 양반인지 나랑 바꾸자고 방 붙여야겠네. 편한 일이 어디로 못 굴러가고 내 차지에 오겠어."

저런 사람이 귀한 거지. 말을 어찌나 재미있게 하는지 만나면 웃게 되니까. 저것도 보시다. 그런 생각을 하며 우석이 말했다.

"그럼 먼저 가네."

"그래. 우리는 야간작업을 해야 할 거 같네."

인부들이 오르내리는 넓은 길이 있었지만, 조금이라도 서두르겠다는 생각에서 우석은 오솔길로 들어섰다. 공사장이 안 보이게 되었을 때였다. 마치 자신을 덮치기라도 하듯 불쑥 앞을 막아서는 사람이 있었다. 엉겁결에 나무 뒤로 몸을 숨기려는 우석에게 사내가 한 발 다가서면서 말했다.

"나다, 우석아."

우석이 눈을 부릅뜨며 사내를 바라보았다.

"나다. 모르겠나? 군함도에 같이 있던."

앞으로 나서면서 우석이 그의 남루한 옷자락을 잡았다. 머리에 수건을 동인 그는 바로 하시마에서 함께 뒹굴던 달수였다. 광희문 밖 도살장에서 도끼로 소머리 치던 사람. 주위를 두리번거리면서 우석이 달수를 숲 속으로 잡아끌었다. 나무 뒤에 몸을 가리고 서서 달수를 마주 볼 뿐 우석은 말이 없었다. 이게 누군가. 빗발 쏟아지던 밤. 아파트 유리창을 부수며 돌이 까맣게 날아다니던 숙사 앞 골목. 도망치는 사람들을 끌고 나가는 재덕과 부둥켜안으며 나눴던 마지막 인사. 맘 단디 묵고, 약해지지 말고, 잘 있거라이. 총소리. 번들거리는 비옷을 입고 쳐들어오던 군인들. 그때 경비원을 찌르며 방파제를 넘었던 사람 가운데 처음으로 산 자를 만나는 거였다.

"반갑다. 말 그대로 사니까 이렇게 다시 보는구나."

둘은 와락 서로를 끌어안았다. 우석이 무겁게 입을 열었다.

"어떻게 된 거니?"

"어떻게 되긴. 널 만나러 왔지."

몸을 풀며 달수가 말했다.

"얘기가 복잡해. 그건 천천히 하기로 하고, 우선 나 좀 숨겨다오. 있을 곳이 없어."

애원하듯 말하고 나서 달수가 풀썩 자리에 주저앉았다. 우석이 물었다.

"누가 또 있냐?"

달수가 고개를 저었다.

"나 혼자다."

빠르게 말하고 나서 달수가 고개를 돌렸다. 그 눈에 핏발이 서 있었다.

"왜? 내가 널 찾아오는 게 아니었나 보구나. 곤란해서 그러냐?"

"그런 건 아니고, 너무 갑작스러워서… 어떻게 알았어? 내가 여기 있는 줄은."

"조선사람 있는 곳은 샅샅이 뒤졌다. 어제야 여기 있다는 걸 알 았는데, 좀처럼 만날 수가 없더구나. 계속 네 뒤만 쫓아다녔다."

후줄근한 옷에 손바닥을 문지르면서 달수는 땅바닥을 내려다보 고 있었다. 어린 성식이는 어떻게 되었나. 맞아 죽어 선착장으로 끌 려온 사람이 둘이라는 소리를 그때 들었었다.

"나랑은 아홉명이 함께 거길 빠져나왔는데, 바로 바다에서 뒤쫓 더구나. 우리가 도망치는 걸 다 알고 기다렸던 거 같아. 육지까지 나와서도 많이들 잡혀간 거 같다. 다른 사람들이 어떻게 됐는지는 나도 몰라. 우리 패에서는 일곱이 산으로 뛰었으니까."

"일곱이나!"

"더 있다. 그 쪼그만 애, 성식이가 데리고 온 사람들까지 합쳐서 산으로 뛴 게 열이 넘었어. 그래도 그게 어디냐. 우린 해냈어."

"더 좀 준비를 잘할 수도 있었을 텐데."

우석이 달수의 어깨를 안아 올리며 말했다.

"하여튼 잘 왔다. 마침 여기는 내가 아는 사람이 있으니까 얘기 를 해볼게. 우선 기숙할 곳이라도 있어야 할 거 아니냐."

숲길을 걸어올라가며 우석이 조심스레 물었다.

"참, 성식이 그 녀석은 어떻게 됐니?"

"육지를 밟을 때까지는 있었어. 그다음은 서로 모르지."

길남의 표정이 몹시 어두웠다. 안에서 새어나온 불빛이 마당을 비추고는 있었지만 밖은 달도 없이 캄캄했다. 그는 우석을 기다리 며 마당가를 서성거렸다. 뒤쪽에서 문이 열리며 쏟아져나온 불빛이 마당가를 비췄다가 다시 어두워졌다. 저벅거리며 발소리가 다가와 길남의 옆에 멈췄다.

"무슨 일인데 그래?"

우석이 옆에 와 서며 물었다.

"별일 아니다. 그냥 답답해서, 얘기나 좀 할까 하고."

하시마를 나와 사세보까지 찾아가며 이곳저곳을 전전하는 동안 우석의 몸은 많이 허약해져 있었다. 제대로 먹지도 못한 채 노숙을 해야 했던 날들이, 공사장에서 등짐을 지기에는 무리였던 것이다. 얼마 전이었다. 우석은 열이 들끓으며 몹시 앓았다. 그때 헛소리까지 해대면서 앓아누운 우석을 보살핀 게 길남이었다. 그는 우석을 자신이 혼자 쓰는 방으로 데려가 이틀을 쉬도록 했고, 공사판 밥이 아닌 별식을 식당에서 마련해다 주었다. 그 며칠을 겪으며 둘은 말을 놓는 사이가 되어 있었다.

불이 켜진 2층 창문을 한번 쳐다보고 나서 우석이 말했다.

"할 말 있으면 해."

"좀 걷자. 바쁠 것 없잖니."

"후꾸다씨도 한가할 때가 다 있으신가."

그 말을 못 들은 척 길남이 앞서 걷기 시작했다. 숙사 앞을 벗어난 그들은 도랑물소리가 들리는 비탈길을 내려갔다. 내리막길이 이어지면서 길은 점점 더 좁아졌다. 계곡 쪽에서 물소리가 가깝게 들려왔다. 천천히 걸음을 옮기면서 길남이 말했다.

"너 혹시, 나한테 뭐 속이는 거 없어?"

길남이 하는 게 오늘은 뭔가 다르다. 나한테 해야 할 이야기가 있든가 아니면 길남이 자신에게 무슨 일이 있다. 그런 생각을 하며 뒤따라 걷는 우석이었다. 그는 잠시 사이를 두었다가 말했다.

"속이는 거 많지. 네가 모르는 것도 많고."

"그래, 그럼 됐다. 나하고 술이나 한잔하자. 다른 소리 하지 말고 따라와."

저벅저벅 앞서 걸어가는 그의 뒷모습을 바라보다가, 어쨌든 오늘 길남이 심상치 않다는 생각을 하며 우석은 그의 뒤를 따라 걸었다. 술집이 있는 동네로 내려가기 위해 그들은 숲길로 들어섰다. 어두운 계곡으로 들어서자 물소리가 들렸다. 돌아가. 꺼져버리라구 조센진아! 아이들이 소리치며 돌을 던지던 그곳이었다.

냇물을 건너 길남이 찾아들어간 술집은 허름한 주택이었다. 아는 사람이나 찾아와 마실 수 있는, 암거래되는 술을 파는 집이었다. 주인이 권하는 가운뎃자리를 마다하고 길남은 구석자리를 찾아 앉았다. 초절임을 한 채소를 안주로 됫병들이 술을 놓고 앉아, 세 잔을 마실 때까지 길남은 별말이 없었다.

묵묵히 앉아 있던 길남이 마치 우석이 그 앞에 앉아 있지 않기라도 한 듯 말했다.

"난 너 똑똑한 놈이라고 알고 있어. 그래서 좋아하고. 너를 처음 보았을 때, 아 참 사귀고 싶은 놈이다 생각했었어."

"무슨 이야기를 하려는지 그냥 해라. 말 가지고 됫박질하지 말고."

우석이 앞에 놓인 술잔을 비웠다. 길남이 고개를 들었다.

"있는 대로 다 말해줄 수 있니? 하시마탄광, 그 군함도 얘기."

우석은 갑자기 머리카락이 쭈뼛거리며 서는 것 같았다.

"뭘 알고 싶은데… 알고 싶은 게 뭐냐?"

"군함섬이라고 하는 거기, 그 탄광에 장태복이라는 사람이 있다는 소리 들어본 적 없니?"

"장, 태, 복."

당연히 폭동 이야기가 나올 줄 알았던 우석은 맥이 풀려서, 술집 안을 한번 휘 돌아보았다.

"다시. 너 지금 누구라고 했니?"

"장, 태 자 복 자 쓴다. 장태복 씨."

장태복. 우석의 가슴에서 두웅 하고 북소리가 울린다. 섬 전체를 뒤집어놓았다던 사건. 명국의 이야기로는 그때 조선사람이면 다 가슴을 쥐어뜯으며 눈을 감았다고 했다. 그 사람 이야기는 금화도 했었다. 노무계 일본인의 목을 찔렀다고 했다.

칼로 무를 토막 내듯 우석이 말했다.

"그 사람 군함도에 없다."

"없어?"

"그래. 없어."

"어떻게 아니?"

"유명한 사람이다. 섬 안에 그 양반 이름 모르는 조선사람 없었다. 그렇지만 지금이야 없지."

길남의 얼굴이 질리듯 변하는 것을 우석은 보았다.

그 사람이 내 아버지다. 길남이 그때 그렇게 말했다면 어쩌면 우석은 장태복이란 사람에 대한 이야기를 그렇게는 하지 않았을 거라고 훗날 생각했다. 그러나 길남은 그가 누구라는 말을 하지 않았고, 그때 우석은 우석대로 두 사람의 성이 같은 장씨라는 것을 생각하지 못했다.

"그런데, 왜 묻니?"

길남이 마치 벌레가 기는 듯한 목소리로 물었다.

"유명하다니, 그 사람 뭐가 유명한데?"

우석은 빠르게 이야기했다. 그 섬은 말이 탄광이지 감옥이라는
게 옳다. 죄수들을 데려다 노역을 했던 데라 그렇다고들 하는데, 아
직도 그때의 포악함이 남아 있다. 우리야 징용이라지만, 제 발로 돈
벌이를 온 광부들도 거칠게 다루기는 마찬가지다. 그러다보니 도
망치는 사람이 많을 수밖에 없다. 많은 만큼, 잡혔다 하면 반은 죽
여놓는다. 거기서 조선사람 셋의 탈주사건이 있었다고 들었다. 그
들은 특히 속아서 그 섬에 팔려왔기 때문에 알선한 자를 잡아 죽이
겠다고 이를 갈았다는 거다. 결국 둘이 잡혀서 한명은 죽어서 시체
로 돌아오고 한명은 잡혀왔다. 그 잡혀온 사람이, 고문을 하던 노무
계 직원의 목을 젓가락으로 찌르는 사고를 냈다. 유명하다는 건 바
로 그 얘기다.

천장에 매달린 알전구 불빛이 길남의 얼굴에 그늘을 만들고 있
었다. 한되들이 커다란 술병을 움켜쥐고 고개를 숙인 길남의 얼굴
을 우석은 찬찬히 바라보았다. 이 친구가 지금 울고 있잖아.

우석이 몸을 바로 하고 앉았다. 그는 자신의 앞에 있는 술잔을
들어 바닥에 남은 술을 홀짝 마셨다. 우석이 목소리를 낮췄다.

"무슨 일인데 그래? 그 양반은 나이도 있고, 징용 나온 사람이 아
니었다고 들었어."

"나도 알아, 인마!"

길남이 버럭 소리를 질렀다. 목소리는 낮았지만 우석도 지지 않
고 말했다.

"이것만 얘기하지. 우리 거기서 섬바닥을 발칵 뒤집어놓으며 싸 웠다. 사무실 점령해서 다 때려부수고, 회사 뒤집어엎는다고 다들 몽둥이에 곡괭이 들고 나섰다. 우리가 거기서 그렇게 힘들게 회사 와 싸울 수 있었던 힘이 뭔지 아니. 그 양반 같은 사람이 있어서였 어. 그냥 주저앉지 않고 싸운 사람도 있다는 거였어."

길남이 우는 건지 웃는 건지 모르게 킬킬거렸다.

"달걀 들고 바위 치는 병신 짓, 잘난 척 그만해. 회사란 게 그렇게 만만한 줄 아니. 바위 칠 달걀이 있으면 처먹기라도 하라지."

아니꼬운 소리 좀 그만하라는 듯 비웃고 난 길남이 다시 얼굴을 굳혔다.

"그래서, 결국 그 사람 어떻게 됐냐?"

"포승줄에 묶여서 섬을 나갔다니까, 그다음이야 모르지."

어떻게 이 일을 믿을 수가 있단 말인가. 주저앉지 않고 싸운 사 람? 아니다. 아버지는 그런 사람이 못 되었다. 길남이 탁자를 내려 다보며 말이 없다. 계곡 쪽에서 이름 모를 새 울음소리가 길게 들 려왔다. 그 울음소리가 한 줄기 빛처럼 어둠 속에 울려퍼졌다가 사 라지자 손님이 없는 술집 안은 더욱 조용해졌다. 숲이 가까워서인 가, 그사이로 풀벌레가 우는 소리가 끊일 듯 끊일 듯 들려왔다.

길남이 벌컥벌컥 술을 들이켰다. 술잔을 비운 길남이 다시 술을 붓는가 하는 순간, 잡고 있던 술병으로 탁자를 내리쳤다. 술병이 산 산조각이 나면서 유리가 튀고, 탁자 위를 흘러내린 술이 방바닥으 로 떨어졌다. 몸을 일으킨 길남이 문에 쳐놓았던 발을 걷어차며 밖 으로 뛰쳐나갔다. 캄캄한 마당으로 달려나간 길남이 마당가의 소 나무를 한 손으로 부여잡으며 몸을 기댔다.

"아버지!"

짐승처럼 소리치면서 그의 몸이 천천히 꺾였다. 푸드덕거리며 새가 날아올랐다.

다음 날 늦은 아침이었다. 길남이 잠들어 있는 방으로 들어서며 육손이가 중얼거렸다.

"아따, 이 냄새."

뒤따라 들어오던 여자아이에게 그가 소리쳤다.

"문이라도 좀 열어라. 세상에 냄새치고 젤로 더러운 게 사람냄새라더니, 이 녀석을 두고 한 소리네."

옷도 벗지 않은 채 널브러져 있는 길남의 몸을 흔들면서 육손이가 말했다.

"야 이놈아야, 정신 채려라."

몸을 한번 뒤치기는 했지만 길남은 다시 엎드리면서 손으로 얼굴을 가렸다.

"이놈이 이거 헛똑똑일세. 술은 아무나 먹는 줄 아나."

뒤에 서 있는 여자아이를 돌아보면서 육손이가 물었다.

"어찌 된 일이냐?"

"지야 모르지유. 암튼 엉망으로 취해가지고설랑 인부한테 소리를 질러대질 않나, 다 죽인다고 난리굿을 치는데, 사람들이 끌어다 눕히느라고 여간 애먹은 게 아니에유."

"이런 덜떨어진 녀석 봤나."

혀를 차면서 육손이가 엎어져 있는 길남이 옆에 쭈그리고 앉았다. 그의 어깨를 잡아 흔들면서 육손이는 뒤에 선 여자아이에게 말했다.

"넌 가서 냉수나 한 사발 가져와."

길남이 이맛살을 찌푸리면서 눈을 떴다.

"야 이 녀석아, 해가 중천이다. 자더라도 일어나서 해장을 해야할 거 아냐."

부숭부숭한 얼굴을 쓸어내리면서 길남이 자리에서 일어나 앉았다.

"무슨 놈의 술을 이렇게 되도록 마시나. 술도 음식이라는 말 몰라?"

여자아이가 가져온 물을 벌컥벌컥 소리를 내며 마신 길남을 일으켜 세워서 육손이는 밖으로 나왔다. 인부들 식당에 술국을 끓여놓으라고 했으니 가서 우선 뭘 좀 먹으라는 말에 길남이 고개를 저었다.

"너 술을 이런 식으로 몸에 익혀서는 못쓴다. 어른 앞에서 술 배우라는 말이 그래서 있는 거야."

햇빛에 눈이 부신 듯 눈을 가늘게 뜨고 서 있던 길남이 하늘을 쳐다보면서 말했다.

"전 이제 어떻게 해야 할지 모르겠네요. 그냥 앞이 캄캄한 게…"

"무슨 일인데 그래?"

"이런 꼴을 보여서 죄송합니다만, 오야지께서 절 좀 도와주셔야겠습니다."

마당가 둔덕에 쭈그리고 앉으면서 길남은 고개를 숙였다. 육손이도 따라서 그의 옆에 앉았다.

"생각나시죠? 제가 처음 여기 와서 뵐 때, 아버지를 찾으러 왔다고 한 거요. 그 아버지가 형무소에 있는 것 같습니다."

"형무소! 형무소는 왜?"

길남이 대충 어제 우석에게서 확인한 이야기를 들려주었다. 육손이는 아무 말이 없이 듣기만 했다. 말을 끝내며 길남이 중얼거리듯 덧붙였다.

"지금 때가 어느 땐데, 그 이름 듣고서 여기저기 경찰서로 형무소로 다닐 수는 없잖아요."

더군다나 그 사건이라는 게 일본사람을 죽이려고 했던 거라니 말입니다. 차마 길남은 그 말은 하지 못했다. 고개를 끄덕이며 길남을 바라보다가 육손이가 몸을 일으켰다. 숲을 내려다보며 서서 그가 천천히 말했다.

"내가 나서보마. 너는 며칠 가만히 있어라. 혈족이 필요하다고 할 때 널 부를 테니까. 그래도 아니할 말로, 살아 있다니 다행 아니냐. 이 녀석아, 그렇게 생각해."

육손이가 길남의 어깨에 손을 얹었다. 다독거리듯, 새끼손가락 옆에 손가락 하나가 더 붙어 있는 그 손으로 길남의 어깨를 어루만지면서 육손이가 말했다.

"네 속을 네가 볶지 마라. 그런 사건이라면 알아내는 데 오래 걸리지도 않을 거다."

온몸에 번들거리는 땀, 웃통을 벗어부치고 겨우 훈도시 하나를 찬 벌거숭이 몸뚱이, 수염이 더부룩한 얼굴. 내사 마 이런 꼬라지를 에펀네가 봤다 카모 뱃속에 들앉아 있는 아도 다 떠라지뿌겠다. 이팔은 곡괭이를 내리꽂으며 혼잣말을 한다. 그래도 서방이라꼬 내를 알기를 신새벽에 내린 눈발같이 아는 마누란데.

"그러니까 여기 이 땅굴에다가 공장을 통째로 집어넣겠다, 그거
아녀?"

"하모. 비행기가 하늘에서 때려대이까 말이다."

흙더미와 돌을 퍼담고 있던 허씨가 혀를 찼다. 땟국에 절어 땀이
흐르는 얼굴에서 눈만 반짝거리는 이팔이 곡괭이를 옆으로 던져놓
으며 주저앉았다. 이팔이 수건으로 땀을 닦았다. 허씨가 닳고 닳은
삽을 든 채 다가섰다.

"그나저나 이팔이 자네, 여기서 이렇게 골병들어가지고 고향엘
간대도 어디 아들 낳겠어?"

허씨가 허허거리며 웃었다.

"누가 허가 아이라까봐 허허대기는. 그라는 자네야말로 배배 말
라갖고 사내구실은 물 건너간 지 오래된 거 아이가?"

허씨가 침을 뱉으며 씨부렁거렸다.

"젠장할. 서서 탈이다. 아직도 주전자 하나는 거뜬히 걸겠더라.
아침마다 그 양반이 불끈불끈 서는 게 참 희한하다 싶다."

허씨가 털썩 땅바닥에 퍼질러 앉았다.

"갈빗대가 다 휘는 거 같네. 좀 쉬었다 허세. 백산인지 시라야만
지 그놈 오나 망이나 잘 봐."

지친 몸을 울퉁불퉁한 암벽에 기대면서 다들 자리에 주저앉았다.

"하고 있는 꼬락서니라니 참, 볼만하구먼."

자기 자신도 그 꼴이면서 겨우 사타구니를 가린 훈도시 하나씩
을 찬 다른 사람들을 보고 있자니 다들 어이가 없다. 지친 몸을 늘
어뜨리며 말이 없는데, 갑자기 허씨가 중얼거렸다.

"남의 더운밥이 내 식은 밥만 못하지. 그래서 하는 얘긴데, 광에서 인심 난다고 했어. 일본이 이 꼴인데 우리가 언제 이놈의 땅굴 빠져나가 햇빛 볼 날이 있겠어. 일본이 잘돼야 우리도 살지 않겠냐 이거야, 내 말은."

이팔이 벌컥 화를 냈다.

"이기 순 빙충이 아이가? 뭐 우째, 일본이 잘돼야 우리가 산다꼬? 삼신할망구가 곡할 노릇이네. 인왕산 호랭이는 뭐 하고 자빠졌노, 이걸 안 물어가고."

저만큼 혼자 떨어져 앉아서 우석은 어제의 일을 생각하고 있었다. 술이나 한잔하자. 그런 말을 하며 길남이 찾아왔을 때 우석은 말했었다. 또? 이번엔 뭐 어머니라도 찾을 일 있냐?

말해놓고 나니 아차 싶었다. 길남은 아직 아버지의 행방을 모르고 있었다. 서둘러 미안하다는 말을 하는 우석에게, 네 입에서 그런 소리 나올 줄 알았다면서 길남은 대수롭지 않다는 얼굴이었다.

그날의 그 집에 다시 앉아서 둘은 제법 취해갔다. 길남이 해롱거렸다.

"너 어떻게 생각하냐. 조선사람, 이래서 되겠냐?"

"됐잖아, 너. 조선사람 후꾸다 요시오, 나가사끼에서 하이까로 우뚝 서시다."

"그런 얘기가 아냐. 동포란 사람들, 조선놈이 뭐 좀 잘돼봐라. 밑에서 사루마다(속옷) 잡아 벗기는 건 누구도 아닌 조선놈이다. 아니냐? 달리기를 해봐라. 애들도 그런다. 제가 져서 뒤쫓아가면서도 뭐라고 그러니? 앞에 가는 도둑놈, 뒤에 가는 순사, 그런다. 아니,

제가 졌으면 따라잡을 생각을 해야지, 왜 앞에 가는 놈은 도둑놈이
고 뒤에 가는 저는 순사냐 이거야."

"허이구, 오늘은 후꾸다 요시오상 입이 제법 맵네요 매워."

"안 그래? 사촌이 논을 사면 왜 지가 배가 아파. 저도 사면 될 거
아냐. 너나 나나 조선놈 이래가지고는 안 된다."

술 취한 눈으로 길남이 물었다.

"너 날 처음 봤을 때 친일파로구나, 생각했지?"

"생각하고 말고가 어디 있어. 얼굴에 그렇게 써붙였던데."

우석의 말에 길남이 껄껄거리고 웃었다. 우석이 정색을 했다.

"친일파라면 내가 원조다. 우리 아버지라는 사람이 세상에 자기
한 몸 편한 거 외에는 평생 한 게 없는 사람인데, 그게 뭐 좋은 거
라도 되는 줄 알고 춘천에서 제일 먼저 창씨개명을 했다 이거 아니
냐."

"뭐라고 지었는데?"

"강원일남(江原一男). 에하라 카즈오다. 강원도에서 제일가는 남
자다 이거지."

우석이 앞가슴을 치며 말했다.

"여기 친일파 원조가 계신다. 너 인마 알아서 기어."

"예, 알아 모시겠습니다 에하라상. 너도 참 환갑 전에 철들기는
다 글렀다."

"널 보면 나 별로 철들고 싶지 않다."

"너 벌써 취했냐?"

"후꾸다 요시오, 너 비국민이다. 요즘이 어떤 땐데 술을 처먹냐.
이건 비국민에 이적행위야."

비국민. 전쟁은 날로 격화되어가는데 국민으로서의 의무를 소홀히 하는 자를 그렇게 불렀다. 천황궁에 절하러 가지 않는 사람도 비국민, 머리에 파마를 해도 비국민, 길게 늘어선 배급행렬에서 새치기를 해도 비국민이었다.

"그래서 너 같은 애 눈 좀 뜨라고 데리고 온 거야. 봐라. 전시니 공습이니 하지만 있을 건 그래도 다 있다. 계집이라고 없을까. 사내들이 다 전쟁에 나갔으니 남아 있는 계집이 여기저기 깔렸지."

처음 이 집에 들어서면서부터 그런 생각을 했었다. 일억옥쇄에 본토결전이다. 마지막까지 싸우며 다 함께 죽어가자는 때가 아닌가. 그런데 한쪽에는 버젓이 이런 술장사를 하는 곳이 있다. 돈. 장사. 생존. 취기 속에서 우석은 그런 말들을 떠올리고 있었다.

술집을 나왔을 땐 둘 다 걸음이 휘청거리게 취해 있었다. 두 사람은 조금씩 헛놓이는 걸음걸이로 골목을 빠져나왔다.

밤이다. 안개처럼 눅눅한 것이 얼굴을 덮는 것 같다. 이것이 나가사끼의 밤인가. 술에 취한 채 우석은 그런 생각을 한다. 검게 색이 바랜 목조주택들이 불이 꺼진 채 마치 숨기라도 한 듯 늘어서 있었다. 골목을 돌아 나오자 다가서듯이 물소리가 들려왔다. 발밑이 기우뚱거리는 것 같았다.

다리 위에 와 선 우석은 난간을 잡고 밑을 내려다보았다. 물소리뿐, 다리 밑은 캄캄한 어둠이었다. 비틀거리며 다가온 길남이 내뱉듯이 말했다.

"너 인마, 내가 왜 오늘 술을 샀는지 알아?"

우석이 고개를 돌렸다. 길남이 두 손을 허리에 얹고 우뚝 서서 자신을 바라보고 있었다.

"모르지? 아버지가 살아 계신다. 우리 아버지, 멀지도 않은 나가사끼형무소에 계신다. 코앞에 아버지를 두고 그걸 모르고 찾았다니, 아들이라는 놈이 뭘 했냐 이거야. 걸어서 가도 돼. 면회 신청을 하고 기다리란다. 나 거기까지 걸어갈 거야."

길남이 성큼성큼 다리를 건너가면서 혀 꼬부라진 소리로 말했다.

"일본놈들 하는 짓, 다 지렁이 갈비에 처녀 불알이다. 말도 안 되는 미친 짓이지. 끝났어. 다 끝났다구."

우석이 뒤따라갔다.

"너 인마, 조선말이라구 그렇게 함부로 떠드는 거 아냐."

"나 세상 무서울 게 없는 놈이다 이거야."

취해서 떠들어대는 길남의 뒤에서 우석은 천천히 걸었다. 세상 무서울 게 없는 놈. 길남의 말이 머릿속에서 웅웅거렸다.

그는 어둠 속으로 떠오르는 얼굴을 본다. 금화인가. 아니다. 며칠 동안 마음을 졸이며 살피고, 돌을 씹듯이 계획했던 것. 가슴속에 마치 벌레라도 우글우글 살고 있는 것 같던 지난 며칠 동안의 혼란스러움이 언뜻 그를 스치고 지나갔다. 다가오는 게 있으면 맞서야겠지. 그게 무엇이든 나는 피하지 않을 거다.

눈앞에 어른거리는 금화의 얼굴을 밟듯이 우석이 걸음을 내디뎠다. 이제는 땅 밑으로까지 공장을 옮기겠다니. 그건 안 된다. 내가 거기 있으마. 내 몸이 부서져서라도 거기 서 있으마. 그렇게 죽이고 싶으면 네 백성이나 다 죽여라. 저 강산의 두루미야, 너는 날개 있고 다리 있다고 날 보고 웃느냐. 아서라. 별만 반짝인다더냐. 반딧불이도 반짝이기는 다 한마음이란다. 조선이 그루터기도 남지 않았다고 네가 비웃는다만, 저 강산의 두루미야, 어찌 사람 마음이 너

보다 가볍기야 하겠느냐. 때로는 태산보다 무거운 것이 사람이란 다. 죽지 않고 조선의 그루터기가 간다. 조선의 아들들이 간다.

길남이 다가와 우석과 어깨동무를 하고 걷기 시작했다. 그는 취한 목소리로 앞뒤 없이 떠들어댔다.

"나 배운 것도 없는 놈이다. 무서울 거 없는 놈이야. 빌어먹는 놈 주제에 콩밥 마다할까. 내 꼴이 그 꼴이지. 아니지, 콩밥이라니! 내 가 이런 말 하면 안 되지. 콩밥은 우리 아버지가 먹는 밥인데. 너 모 르지. 저쪽에 오오무라라는 데가 있다. 거기가 불바다가 됐던 게 작 년 가을이야. 불바다가 된 게 어디 거기뿐이더냐. 토오꾜오는 그냥 콩가루가 됐다더라. 일본이 다 불바다야."

우석은 흐느적거리며 땅바닥을 보며 걸었다. 일본이 불바다가 된다? 되라지. 새카맣게 하늘을 덮으면서 폭격기가 날아온다? 오 라지. 조선도 살고 일본도 사는 길은 없다. 일본이 망해야 조선이 산다. 될 것은 되고, 올 것은 오라지. 그런데도 일본은 일억옥쇄란 다. 죽어서 나라를 지키면 뭘 해. 죽은 다음에 무슨 놈의 나라가 있 으며, 그 나라에 누가 살아. 산 놈이 있어야 살지.

우석은 터덜터덜 언덕길을 올라갔다. 뭐 어째? 죽어서 야스꾸니 신사에 사꾸라가 되어 피어나? 허이구 그래라. 사꾸라 많이 피어 라, 젠장. 조선사람은 죽으면 다 귀신 되지 꽃 같은 건 안 된다.

멀리 숙사 앞의 불빛이 바라보일 때 우석이 걸음을 멈추었다. 그 는 어느새 술이 깬 듯 목소리가 맑았다.

"너 나랑 약속 하나 하자."

"뭔데? 지킬 거면 지키고, 못 지킬 거면 못 지킨다."

"너는 네 길을 가. 나는 내 길을 간다."

우석의 말에 길남이 우뚝 걸음을 멈추었다. 그는 두 손을 우석의 어깨에 놓더니 그의 얼굴을 들여다보듯이 하면서 물었다.

"그러니까 우리는 가는 길이 다르다, 그거냐?"

알았다. 던지듯 말하고 나서 이번에는 길남이 먼저 걷기 시작했다. 앞서 걸으면서 그가 말했다.

"내 눈이 척하면 삼천리다. 너 나는 못 속이니까 미리 이실직고를 하는 게 좋을 거다. 너 돌부처가 살찌고 마르고 하는 게 다 누구에게 달렸는지 알아?"

"돌부처가 인마 무슨 살이 올랐다 내렸다 해."

"모르지? 모를 거다. 그게 다 석수 손에 달린 거야. 석수장이가 살 두둑하게 깎아놓으면 부처님도 살찐 부처님이 되는 거야. 너 인마 바른대로 말해. 나랑 함께 일하자고 해도 싫다고만 하는데, 그 땅굴 속에 엎어져 있어야 할 무슨 속셈이라도 있는 거야?"

"넌 네 길을 가. 난 내 길을 간다. 그게 우리다."

어둠 속을 더듬거리며 계곡을 내려오는 사람을 우석은 몸을 웅크린 채 지켜보았다. 개울가로 내려서는 그가 조승도임을 확인하고 나서 우석은 몸을 일으켰다.

"조형, 여기야. 오는 데 별일은 없었지?"

"그럼. 내 발로 오는데 누가 뭐래."

둘은 개울가에 쭈그리고 앉았다. 승도가 주변을 두리번거렸다. 낮에 했던 약속과 다르지 않냐면서 승도가 물었다.

"우리 단둘이야?"

"한 사람은 저 위에서 망을 보고 있어. 믿어도 되는 사람이야."

마음이 놓인다는 듯 승도가 힘이 들어가 있던 어깨를 풀었다. 우석에게 가까이 다가앉으며 승도가 먼저 말을 꺼냈다.

"우석이 자네, 정말 각오는 돼 있는 거지?"

"내가 먼저 꺼낸 말이잖아. 서로 믿으니까 손을 잡자는 건데."

"하여튼 반가운 얘기다. 누구 좋으라고 여기서 이렇게 군수공장 땅굴이나 파고 있다가는, 한이 남아서도 못 산다."

공사장을 폭파하자. 어떻게든 군수공장이 들어설 땅굴이 완공되는 것은 막아야 한다. 그러자면 폭약을 다룰 줄 아는 사람이 있어야 했다. 내내 그 일을 생각하며 찾고 있던 가운데 승도가 눈에 띄어 마음을 건넨 것이 며칠 전이었다.

"서로 힘을 모아보자. 못할 게 없다."

승도가 억센 손으로 우석의 팔을 움켜잡았다.

"뜻이 있으면 길이 열린다더니, 말 그대로야. 나도 폭약 다루느라 고생한 보람이 있잖아."

"고마워. 사실 이번 일에는 조형이 제일 중요해."

"서로 속을 모르니 세월만 가거라 하면서 살았던 거 아니겠어. 마음속에 품은 생각이 나라고 왜 없었겠냐. 우리가 만났으니 천군만마 아니냐."

일주가 어둠 속으로 다가왔다. 손을 끌어당겨 옆으로 앉히며 우석이 두 사람을 소개했다.

"이쪽은 조승도 씨고 여기는 내 친구 박일주라고, 군함도 탄광에서부터 오래 같이 있던 사이야."

일주가 손을 내밀었다.

"폭약 다룬다는 이야기는 들었습니다. 나 박일줍니다."

두 사람이 인사를 나누고 났을 때 우석이 말했다.

"내 생각은 이런데, 한번 들어봐."

계획은 이미 우석의 머릿속에 가지런하게 줄이 서 있었다. 먼저 치밀하게 현장을 조사해야 한다. 폭파지점을 어디로 할 것이냐. 설치는 쉽고 결과는 크고 탈출이 용이해야 한다. 그런 델 찾아야겠지. 다음이 언제로 하느냐인데, 폭약을 훔쳐내는 일에도 때가 중요하다. 너무 일찍 서둘렀다가는 폭약 분실이 발각될 수도 있다. 그렇게 진행해가면서 한편으로는 경비 상태를 정확하게 따져가며 계속 살펴야 한다. 언제 일을 내느냐 구체적인 건 공사 일정을 보아가면서 결정한다.

그들은 어둠 속에서, 화약이 터지며 폭파되어나갈 터널을 떠올려보았다. 목에서 무엇인가 화끈거리는 것만 같다. 터널을 메우며 굴러떨어질 암벽덩어리, 땅굴은 한밤의 공사장을 뒤흔들며 무너져내릴 것이다.

우석이 승도에게 물었다.

"사람은 어떻겠어? 몇명이면 충분할까. 기술자가 더 필요하진 않아?"

"사람은 적을수록 좋아. 움직이기도 쉽고."

일주가 말했다.

"내 생각에는, 그래도 열명 안팎은 돼야 하지 않겠어? 경비 서는 애들부터 처치를 해야 할 테고, 밖에서 지킬 사람도 있어야 하고."

승도가 말을 받았다.

"마음이 통하는 사람이 또 있는데, 우선 변이팔이라고, 속이 꽉 찬 사람이더라."

이팔이라는 말에 약속이라도 한 듯 우석과 일주의 눈길이 얽혔다. 승도가 이팔이와 가까운 사이라는 걸 두 사람은 까맣게 모르고 있었다. 이팔이는 나도 안다. 그러나 그는 너무 눈에 드러나는 사람이다. 우석은 육손이에게 부탁해서 인부로 들여앉힌 달수를 떠올렸다. 아직 아무 말도 하지 않았지만, 약삭빠른 친구니까 달수는 무슨 일을 해도 제 몫을 해낼 거다.

우석이 일주에게 말했다.

"다들 이렇게는 못 살겠다는 판이니 세를 불리는 건 크게 어려울 것 없어. 그렇지만 이 일은 그야말로 일당백, 단출하게 하자는 건 나랑 승도랑 생각이 같아."

우석의 생각을 뒤척이게 하는 건 이곳 여건이었다. 일이 거칠고 힘들기는 군함도나 다를 것이 없었지만 우선 땅굴 공사를 하고 있는 말단 주체가 조선사람이었다. 또한 노동자들이 편을 갈라 으르렁거리고 있지도 않았다. 인부들의 구성도 단순했다. 폭파나 콘크리트 타설을 하는 기술자와 인부들을 감독하는 일본인을 빼고 나면 전부가 조선사람이었다. 눈에 확연하게 드러나는 적, 일본이 보이지 않는다. 인부들을 일으켜 세우자면 피부에 와닿는 무엇이 필요하다.

어두운 산허리를 바라보던 승도가 마음을 굳히며 말했다.

"가장 큰 문제야 화약을 어떻게 손에 넣느냐, 그거겠지. 그렇지만 삶아놓은 개를 멍멍 짖게 하는 것도 아니고, 그 정도는 내가 맡아서 해낼게."

"훔친 후에 보관 문제도 있으니까 폭약은 일단 기술자인 조형이 맡고, 사람 모으는 건 우리가 맡자."

오늘 이야기는 이쯤까지만 하기로 하고 일어서려 할 때였다. 일주가 두 사람을 다시 자리에 앉혔다.

"뭐, 할 얘기가 남았어?"

"중요한 얘기다. 잘 들어. 여긴 바로 우석이 네 친척이 하는 공사장이다. 네 육촌뻘 육손이, 그 양반 밥줄이 달린 데야."

승도가 놀란다.

"그래? 난 몰랐네. 그렇다면 얘기가 달라지지. 일주 이 사람 말이 맞다. 간단히 생각할 일이 아니네."

"그래서 하는 얘기야. 꼭 우리가 파고 있는 육손이 땅굴이 아니어도 되잖아. 옆에 들어서는 공장을 덮칠 수도 있는 거야."

"공장 쪽은 불가능해. 거기서는 거의 야간작업을 하더라."

우석이 빠르게 말했다.

"목표는 우리가 일하는 땅굴이야."

"우석아, 잊어선 안 될 게 있다. 육손이 저 양반이 아니었으면 우리가 어디다 몸을 붙였겠어. 은혜는 은혜야."

우석이 어둠 속에서 웃고 있었다.

"일주야, 내가 그런 것도 생각하지 않고 너한테 이 일을 하자고 했겠니? 공사장 무너진다고 육손이 그 양반 밥 안 굶는다."

"어쨌든 그 양반은 오갈 데 없는 우리를 거둬줬어. 안 그래?"

"그런 염려는 말자. 물론 여기저기 불려도 가고 좀 시끄럽겠지."

우석이 천천히 말을 이어갔다.

"일주야, 너랑 군함도를 나올 때 우린 같이 목숨을 걸었던 사이다. 큐우슈우 바닥을 헤매면서 어떻게 밤을 보냈니? 하늘을 지붕 삼아 함께 고생했어. 부둥켜안고 우리 둘이 노숙하던 생각 안 나?

그런 내가 이 일을 너랑 하자고 한 건, 해도 될 일이라고 판단했기 때문이야. 혹시 네가 말하듯 은혜를 생각해서 육손이 어른에게 못 할 짓이라는 생각이 든다면, 넌 빠지고 없던 일로 해도 좋아. 우리 그 정도는 되는 사이다."

승도는 듣고만 있었다. 말이 끊긴 사이로 개울물소리가 갑자기 쏟아져들어왔다. 일주가 우석의 팔을 움켜쥐었다.

"좋아, 네 생각이 그렇다면. 공장이 들어서는 것만은 어떻게든 막자."

33

후유꼬는 내내 고개를 숙이고 있었다. 아끼꼬는 눈물을 참으며 그녀를 내려다보았다.

"미안해. 너한테 알리는 게 아니었나 봐. 내가 잘못한 건지도 모르겠다."

흐느끼는가. 후유꼬의 어깨가 조금씩 흔들리고 있었다. 뒤로 넘겨 묶은 그녀의 머리는 칠흑처럼 검었다.

입술을 깨물며 아끼꼬가 말했다.

"그렇지만 후유짱, 너한테 처음으로 알리고 싶었어."

그랬다. 이 소식을 듣고 제일 슬퍼할 사람은 바로 후유꼬일지도 모르는데, 그걸 알면서도 나는 왜 그녀를 불렀을까. 아끼꼬는 그제야 후회를 한다.

유언장, 해군 특공대원으로 비행기를 몰고 출격하기 전 마지막으로 쓴 동생 코오이찌의 편지였다. 그 편지를 받아들고 겨우 눈물을 그쳤을 때, 아끼꼬는 성요셉병원으로 사람을 보내 간호부 후유꼬를 집으로 들르게 했다.

제일 먼저 알아야 할 사람도 후유꼬이며 어쩌면 제일 크게 슬퍼할 사람도 후유꼬라고 생각했던 마음이 차츰 괴로움이 되어 차올랐다. 후유꼬가 고개를 들었다.

"고마워요, 언니."

이번에는 아끼꼬가 할 말을 잃었다.

"저한테 먼저 알려주시다니요. 그게 기쁘네요. 이렇게라도 코오이찌와 마지막까지 가깝게 있다니."

아끼꼬의 손이 떨리며 나아가 후유꼬를 끌어안았다. 와락 그녀의 품에 안기며 후유꼬가 울음을 터뜨렸다. 그녀의 등을 쓸어내리며 아끼꼬는 눈을 감았다.

동생이 사랑한 여자였다. 아끼꼬는 그렇게 믿었다. 그러나 동생은 한번도 그런 말을 자신의 입으로 하지 않았다. 그는 늘 말했었다.

"같이 큰 사이예요. 동네 친구. 이웃에서 같이 크다가 같은 학교 다니고, 그러니 동창회에서도 만나고, 그런 거뿐이에요."

"그러니까 사랑하게도 되고?"

아끼꼬가 진지하게 말하는데도 동생 코오이찌는 언제나 고개를 저었다.

"누나, 멀리 있던 사람, 모르는 사람 사이에 생기는 거, 그래서 신비한 거, 그게 사랑이지. 옆집 여자애랑 무슨 사랑을 해요."

"가까운 만큼 가까워지고 멀면 그만큼 멀어지는 거, 그게 사랑이란다."

저녁이 오고 있을 때 후유꼬는 돌아갔다. 병원에 돌아가봐야 한다고, 공습 때문에 다친 환자가 많아 일손이 달린다면서 그녀는 슬프게 웃었다.

골목 끝으로 사라져가는 그녀의 뒷모습을 지켜보다가 아끼꼬는 돌아섰다. 방으로 들어온 아끼꼬는 입술을 깨물며 고개를 꺾었다. 결국, 너는 그렇게 스러져갔구나. 울지 않으려고, 결코 울어서는 안 된다고 다짐했지만 그녀의 눈에 차오른 눈물은 볼을 타고 흘러 옷깃을 적시며 덜렁덜렁 떨어졌다.

늘 밝고 총명했던 동생이라고 아끼꼬는 남동생 코오이찌를 생각했다. 일본예술사를 공부하겠다고 토오꾜오로 떠날 때까지, 그녀가 기억하는 동생은 사람들과 어울릴 때는 늘 밝았고, 혼자 무엇을 생각하기를 즐기면서 음악을 들었고, 대학생이 되어서도 안데르센의 동화를 좋아했었다.

아끼꼬는 무릎을 꿇고 앉아 손에 들었던 동생의 편지를 불단 위에 올려놓았다. 그리고 조용히 한번 작은 동종을 두드렸다. 가슴 앞에 두 손을 모았다.

동생의 유언장이 도착한 건 지하공장으로 이전을 한 회사가 아직 설비가 끝나지 않아 마침 집에서 쉬고 있던 때였다. 해군 특공대원으로 출격하면서 마지막으로 쓴 동생의 유언장은 무언가 이야기하고 싶어하면서도 할 듯하다가 덮어놓은 채, 다만 감사의 말을 전하고 있었다. 거기에는 어딘가 흐트러지려는 마음을 다잡고 또 다잡는 동생의 모습이 느껴졌다.

누님

드디어 이 소식을 전하지 않으면 안 될 때가 왔습니다. 난필난문, 언제나 그랬듯이 용서를 빕니다. 저는 지금, 보다 강해져라, 보다 강해지고 싶다, 오직 그것뿐입니다.

이제부터 저녁을 마치면 비행장으로 갑니다. 황국 3천년의 역사를 생각할 때, 작은 개인 혹은 일가의 일 따위는 문제가 되지 않습니다. 할 수 있는 한 훌륭하게 싸워 후회 없는 죽음을 맞이하기를 바랄 뿐입니다.

제가 해군 항공병의 길을 택한 것은, 확실히 어머님과 누님의 가슴을 아프게 했으리라고 생각합니다. 길은 달리 얼마든지 있을 수 있었습니다. 그러나 이 한 몸을 바쳐 나라에 공헌하기 위해서는 이 길밖에 없다고 믿었던 것입니다. 일본은 수많은 우리들 젊은이의 슬픔과 탄식이 쌓이고 겹치면서 지금까지 빛나는 영광을 지켜왔습니다.

참으로 저는 행복했습니다. 제가 마음 깊이 만족하면서 훌륭하게 죽었다는 걸 알고 누님이 기뻐하신다면 저도 기쁘겠습니다. 부디 몸조심하시고 오래오래 사십시오. 대동아전쟁의 필승을 믿으며 우리 가족의 행복을 빌면서, 이제까지의 불효에 다시 한번 용서를 빕니다.

이제 몇시간 후에 저는 특공대로서 이곳을 출격, 애기(愛機)와 함께 미군 항공모함에 온몸을 던져 부딪치게 됩니다. 이제 제 차례입니다. 대일본제국이여, 영원히 영광 있으라. 저는 환하게 웃으며 오끼나와로 날아가, 산화합니다. 용감하기보다는 신중하게 죽으렵니다.

오늘은 종일 봄비가 내렸습니다. 별빛 하나 없는 하늘은 끝도 없이 검고 깊습니다. 그러나 오끼나와는 만월이었으면 좋겠습니다. 저는 달빛 속에 날개를 번득이며 적을 향해 날아갈 것입니다. 저는 그렇게 떠날 것이며, 제가 그토록 좋아했던 안데르센의 나라로 가 거기에서 왕자님이 되려 합니다.

이제 죽어서 저는 야스꾸니신사에서 다시 피어납니다. 이 세상에 태어나서 23년, 설마 부모님보다 먼저 세상을 떠나리라고는 생각도 해보지 못했습니다.

누님, 울지 마세요라고 말씀드립니다. 내 동생은 훌륭하게 살았다고 기억해주십시오. 우리들은 조국을 지키기 위해 죽으러 가는 것입니다.

마지막으로,

해군 소위. 에가미 코오이찌.

신장 6척 6촌. 체중 17관 700. 건강 양호.

1. 금전 대차관계 없음.

1. 깊은 여자관계 없음.

1. 토오꾜오의 하숙집에 통지 못 하고 갑니다.

아버님.

어머님.

그리고 아끼꼬 누님.

안녕히. 안녕히. 안녕히.

이제 이별입니다. 너는 삶으로, 나는 죽음으로 간다. 어느 길이 옳은가는 신만이 안다. 철학자 플라톤의 말입니다. 누님, 건강하십시오.

아끼꼬는 토오꾜오에서 마지막으로 본 동생의 모습을 떠올렸다.

1943년 10월 18일, 토오꾜오의 하늘은 짙게 흐려 있었다. 아침부터 낮게 비구름이 뒤덮인 그날의 날씨를 두고 코오이찌는 말했었다.

"다가오는 고난의 나날을 상징하는 것 같다면 내가 너무 쎈티멘털한 걸까."

그날은 출진학도들의 장행회(壯行會)가 열리는 날이었다. 이제까지 병역에서 제외되었던 대학생들을 전선으로 끌어내는 조치가 내려졌다. 이공 계열과 사범 계열을 제외한 모든 대학생의 징집유예를 정지한다는 조치였다. 장차 교사와 과학자가 될 학생들을 뺀 모든 대학생을 군대로 끌어가겠다는 결의에 따라 이날 학도장행회가 열렸던 것이다. 이즈음의 전황을 볼 때 이것은 젊은 학도들이 예정된 죽음의 길로 들어서는 것밖에 아무것도 아니었다. 아들과 오빠, 동생을 전선으로 보내는 가족들에게는 살아서 돌아오라는 이별의 말을 하는 것조차 금지되었다. 그것은 비국민이며 국가에 대한 배반이었다.

토오꾜오 메이지신궁 경기장에는 오후가 되면서 비가 뿌리기 시작했다. 징집유예 정지 결정을 받은 제1진 7만여명을 대표하여 장행회의 분열행진을 하기 위해, 그 싸늘한 가을빗발을 맞아가며 학생들은 행진을 준비했다.

분열행진에 참가해야 했던 동생이 고난이라는 말을 했을 때, 아무것도 위안이 되지 못한다는 것을 알면서도 아끼꼬는 대답했었다.

"고난 같은 건 이미 일본인의 일상이 되어 있는 게 아닐까."

분열행진의 맨 앞에 선 것은 토오꾜오제국대학의 교기였다. 아무 색깔도 없었다. 흰 천에 다만 '대학'이라는 한자를 도안한 깃발이었다. 깃발을 든 학생의 옆구리에서는 일본도가 철럭거렸다. 행렬에 나선 모든 학생들은 제모에 제복을 입고 다리에는 각반을 찬 차림이었다. 사열대 앞을 지나는 학생들의 어깨 위에서 총이 빗발에 젖고 있었다.

이제 간단한 전술훈련을 마치면 전선으로 떠날 그들의 모습은 숙연했다. 거기 동생이 있었다, 코오이찌가. 그들의 발걸음에는 결연한 분위기가 흘렀지만 빗속의 행렬을 바라보는 사람들의 마음은 처연했다. 학부형석 한 자리에 앉아서 아끼꼬는 내내 아랫입술을 물고 있었다.

떠나는 학생들만이 아니었다. 무기 개발에 참여할 과학자와 기술자는 마지막까지 전선으로 보내지 않는다는 국가 시책에 따라 징집에서 유예된 이과생들도 스탠드를 지키면서, 불리하기만 한 전황과 조국의 앞날을 생각하며 비장한 마음들이었으리라. 차가운 빗속에 교기를 앞세우고 행진해간 그들 문과생들도, 스탠드에서 그 모습을 바라보며 친구들을 떠나보내야 했던 이과생들도… 이 아름다운 청춘의 정령들은 저 먼 어느 산하에 잠들어 다시는 교정의 나무 그늘 아래로 돌아오지 못하리라는 것을 느끼고 있지 않았을까. 그렇게 해서 동생이, 운동과 음악과 안데르센의 동화를 좋아했던 쾌활한 청년이, 한 민족의 내일의 몫인 젊은이들과 함께 전선의 죽음으로 내몰렸다.

두 손을 모은 아끼꼬는 눈을 감았다. 그들과 함께 내 동생 또한 역사의 톱니에 묻혀 부서져나갔다. 그들이 꿈꾸어왔던 세상, 그들이 간절해했던 사랑, 그들이 가슴에 키워온 가족과 국가에 대한 순

결함도 무참하게 짓밟혔다.

밖에서 누군가가 문을 두드리고 있었다. 눈물을 훔치며 아끼꼬는 대문 쪽에 귀를 기울였다. 다시 문 두드리는 소리가 들렸다.

마른세수를 하고 옷매무시를 고치고 나서, 아끼꼬는 누구냐고 묻지도 않은 채 현관문을 열었다. 밖에는 지상이 서 있었다.

"죄송합니다. 나까다상 심부름을 왔습니다."

말없이 아끼꼬는 지상을 바라보았다. 그 눈이 충혈되어 있는 것을 지상은 보았다.

"이걸 갖다드리고, 뭔가 물건을 주시면 받아가지고 오라고 했습니다. 콘도오군 대신에 왔다고 하면 아실 거라고 하셨습니다."

지상이 나까다가 준 쪽지를 내밀었다. 종이는 네모반듯하게 접혀 있었다. 쪽지를 받아든 아끼꼬가 그것을 펼쳐 읽었다.

"잠시만 기다리세요."

아끼꼬가 안으로 들어갔다.

좁은 정원은 밤에 왔을 때와는 또다른 모습이었다. 나무들 사이로 보랏빛 수국이 허리까지 오게 큰 키로 자라고 있었다.

아끼꼬가 밖으로 나왔다. 그녀는 보퉁이 하나를 들고 있었다. 아끼꼬가 물었다.

"왜 카네다상이 여길 오게 됐나요?"

"모르겠습니다. 콘도오군 대신 왔다고 하면 아실 거라고만 했습니다. 콘도오군이 아프답니다."

아끼꼬가 보퉁이를 내밀었다.

"남편이 정신이 없나 봅니다. 이런 중요한 걸 잊다니."

지상이 보퉁이를 받았다.

"중요한 거니까 각별히 조심해주세요."

"알겠습니다. 뛰어서 가겠습니다."

웃으라고 한 소리였는데, 아끼꼬의 파리한 얼굴은 돌처럼 굳어 있었다.

"그럼."

인사를 하고 지상이 돌아섰다. 마악 대문을 닫으려는 지상을 아끼꼬가 불렀다. 그를 잠시 밖에서 기다리게 한 아끼꼬가 집 안으로 들어갔다가 나왔다.

"잡곡으로 만든 과자입니다. 맛이 있을까 모르겠네요."

시골에 있는 아이들에게 갈 때 가지고 가려고 만든 과자였다. 같이들 나눠 먹겠습니다. 고맙다는 말을 하며 지상이 그녀가 내미는 조그만 봉지를 받아들었다. 이런 귀한 걸 주시다니요. 인사를 하려는 그 순간 아끼꼬가 흐윽 하고 흐느끼는가 하더니, 얼굴을 감싸며 돌아섰다.

어떻게 해야 할지 몰라서 지상은 잠시 서 있었다.

"왜 그러세요? 무슨 일이 있으신가요?"

얼마를 그렇게 얼굴을 감싼 채 고개를 숙이고 있던 아끼꼬가 돌아섰다.

"미안합니다. 제가 그만…"

눈물을 닦으며 아끼꼬가 말했다.

"제 동생이 카미까제 특공대로 전사했다고, 오늘 유서를 받았다고, 남편에게 전해주시겠어요?"

"그럼, 에가미상의 아드님이…"

아끼꼬가 가만히 고개를 끄덕였다.

"죄송합니다. 마침 이런 때에 와서… 뭐라고 위로를 드려야 할지 모르겠습니다."

"그럼."

짧게 말하고 아끼꼬가 황망히 몸을 돌려 안으로 들어갔다. 현관 문이 걸리는 소리가 들렸다.

지상은 잠시 그 자리에 서 있었다. 보퉁이를 힘주어 잡으면서 지상은 천천히 대문을 나섰다. 고향집에는 지상이 심은 불두화가 있었다. 봄이면 작은 꽃송이가 무리 지어 덩어리를 이루면서 피어나는 보라색 꽃이었다. 저 집 마당의 수국과 불두화가 참 많이 닮아 있다는 생각을 하면서 지상은 걸었다.

에가미 노인의 아드님이 죽다니. 그토록 좋은 분에게 왜 이런 슬픔이 닥치나. 전사. 은인의 아들이 군인으로 죽었다. 지상은 하늘을 쳐다보며 깊이 숨을 들이마셨다. 그 아들은 일본군 병사로서 국가를 위해 죽어갔을 것이다. 군인으로 죽는다는 것, 그것은 명예롭고 정의로운 죽음이어야 한다. 그리고 정당해야 한다.

에가미의 아들은 지금 이 국가가 하고 있는 행위를 생각했을까. 이것은 무엇인가. 침략전쟁이며 살육이다. 침략과 살육 이외의 그 무엇도 아니다. 하물며 인간의 목숨이 인간의 살육을 위해 쓰여도 좋단 말인가. 거기에 무슨 정의로움이 있으며, 그것이 어떻게 정당화될 수 있다는 것인가.

카미까제라는 그 이해할 수 없이 이상한 전투에 대해서는 기숙사에도 소문이 자자했다. 떠도는 이야기를 들으며 지상은 미친놈들! 하고 중얼거린 적도 있었다. 에가미 노인의 아들은 그것을 어떻게 받아들였을까. 그는 목숨을 버리는 것을 자랑스러워했을까.

명예롭게 생각했을까. 그렇다면 그것은 얼마나 구차한 자존심이며 왜곡된 명예인가.

전찻길로 나섰을 때 지상은 걸음을 멈추고 생각했다. 나까다에게 부인의 말을 전해야 할까. 동생의 유서를 받고 울고 있었다는 말을 해야 할까. 아니다. 지상은 걸음을 빨리했다. 아니다. 내가 아닌, 그건 부인의 몫이다.

지상이 뛰기 시작했다.

나는 돌아오리라(I shall return). 더글러스 매카서는 일본군에 쫓겨 필리핀의 마닐라를 떠나며 그렇게 말했다. 그는 그때 62세였다.

오스트레일리아에서 반격준비에 부심하며 2년을 보낸 그는 1944년 10월 20일, 레이테섬에 4개 사단병력을 이끌고 상륙했다. 레이테섬은 필리핀의 수많은 섬 가운데 여덟번째로 큰 섬이다.

태평양전쟁의 승패를 가름하게 되는 이 레이테 앞바다의 전투에서 일본은 전함 무사시를 비롯한 주력함대와 항공기 500여대를 잃는다. 함대의 중심에서 위용을 떨치던 전함 무사시는 출격 직전 선체에 페인트를 새로 칠했다. 보다 선명하게 그 위용을 드러내 보임으로써, 집중공격의 핵심이 되기 위해서였다.

양측의 대접전이 오후로 접어들었다. 80여대의 미군 공격기가 마지막으로 무사시에 쇄도했다. 어뢰와 폭탄이 쏟아져 무사시의 주포가 발포 불능이 되면서 네개의 기관실 가운데 세곳에 물이 차올랐다. 평형을 유지하기 어려운 상태에 빠져 가라앉는 속도가 점점 빨라지자 비로소 병사들에게 전함에서 탈출하라는 명령이 내려졌다. 구축함 두척이 다가와 1,300명의 생존 승무원을 구조했다. 함장만이 유서를 쓰고 홀로 배 위에 남았다. 함체는 빠르게 기울면서 오후 7시 35분, 옆으로 쓰러져 침몰했다. 미쯔비시조선소에서 나까다가 설계에 참여했던 전함 무사시는 그렇게 최후를 맞았다.

일본군 수뇌부는 레이테섬의 지상작전을 포기하면서 섬에 남아있던 일본군에게 영구항전, 자전자활(自戰自活)하라는 명령을 내린다. 국가로서의 의무나 군인으로서의 명예는 찾을 길 없는, 무책임하게 자국의 병사들을 방기하는 명령이었다.

1945년 3월 17일 이오열도 가운데 하나인 화산섬 이오지마에서 일본군은 전멸했다. 미국은 이 전투에서의 승리에 감격했다. 훗날 워싱턴 D.C.에 이 섬을 탈환하고 성조기를 꽂는 미 해병의 모습을 조각해 세울 정도였다.

패퇴를 거듭하던 일본군은 예상되는 미군의 오끼나와 상륙작전을 기다리며 할 수 있는 모든 준비를 마치고 있었다. 1945년 4월 1일, 드디어 미군 6만여명이 오끼나와 해안에 상륙을 감행했다.

두 나라의 사활을 건 전투가 벌어지면서 3개월 가까이 국지전이 끊이지 않고 계속되었다. 일본의 저항은 극렬했다. 일진일퇴를 거듭하는 사투 속에서, 미군은 오끼나와 지상전에서 4킬로미터를 전진하는 데 한달 반이 걸릴 정도의 맹렬한 저항을 받아야 했다.

무사시와 함께 일본이 자랑하던 전함 야마또 역시 격전 끝에 4월 7일 침몰했다. 3천명의 시체와 함께 전함 야마또는 그 거대한 몸이 넷으로 쪼개지며 바닷속으로 가라앉았다. 이를 두고 한 일본인은 "미군기가 전함 야마또를 향해 구름처럼, 비처럼 모여들었다"고 기록했다.

오끼나와 해역에 포진한 1천여척의 미군 함정에 대항하여 일본군은 100여대씩 편대를 이룬 비행특공대를 투입, 숨 쉴 사이 없이 자살폭탄이 되어 날아들었다. 자살특공대를 편제한 것은 해군이 먼저였다. 일본 육군이 '반다(萬朶)'라는 이름의 자살특공대를 편제했을 때 일본 해군은 이미 자살특공으로 전과를 올리고 있었다. 전투기에 의한 자살공격만이 아니었다. 일본 해군은 함정으로 함정에 부딪치는 자살특공정 '카이뗀(回天)'까지 투입했다.

일본의 공격은 계속되어 6월 4일 하루에만도 196대의 특공기가 미군 함정에 몸을 부딪쳐 부서져갔다. 카미까제 특공대 가운데는 비행 미숙으로 미군 함정에 떨어지지 못하고 바닷물에 쑤셔박히는 것도 많았다.

격침된 함정은 적었지만 미군의 손상도 컸다. 미군 병사들은 피로의 극한으로 내몰렸다. 일본군의 끈질긴 저항에 지친 미 해군 가운데는 일본군 자살특공대의 비행기가 자신의 함정에 제대로 떨어져주기를 바라는 병사들마저 나왔다. 배가 손상을 입으면 일단 하와이든 어디든 이 지겨운 전장을 피해 돌아갈 수 있었기 때문이다.

오끼나와의 하늘과 바다에서 일본이 최후를 건 사투를 계속하는 동안 뭍에서는 섬 주민이 뒤섞인 항전이 처절했다.

많은 마을 사람들이 일본군 병사 속에 섞여 싸웠다. 여자들도 머리를 자르고 전투모를 썼는가 하면, 폭탄을 안고 자폭하기 위해 미군 진지로 뛰어드는 남장을 한 여성들도 있었다. 죽창을 들고 전투에 가담한 주민들 속에는 아직 젖도 안 뗀 아이를 업은 부인도 섞여 있었다. 어린 학생들까지 전투에 참여했다. 오끼나와의 민간인 사망자는 단순한 희생자가 아니었다. 그들 또한 미군의 상륙에 저항한 평상복의 전투요원이었다.

마지막으로 집단자살이 이어졌다.

오끼나와에 상륙한 미군이 맨 처음 점령한 곳이 요미딴 마을이었다. 주민 139명은 치비찌리라는 종유굴로 피신했다. 미군이 이들을 포위하자, 18살의 소녀는 엄마 날 죽여주세요, 하며 애원했고 종군간호사였던 어머니는 주방의 식칼로 딸의 목을 쳤다. 딸을 죽인후 어머니는 독극물이 든 주사기를 들어 남은 가족을 하나하나 살해한 뒤 자신도 그 주사기로 자살했다. 낫으로 가족을 죽인 아버지가 불붙은 이불을 뒤집어쓰는가 하면, 자식들을 먼저 죽인 부모들의 동반자살이 잇따랐다. 82명이 목숨을 끊는 데는 몇시간이 걸리지 않았다.

오끼나와를 지키려는 일본인의 사활을 건 저항은 어린 여자 중고교생들까지 동원한 처절한 것이었다. 밀고 밀리는 오끼나와의 전투가 두달에 접어들었을 때, 동굴 안에 자리 잡은 야전병원에서 부상병을 돕던 여학생들은 해산명령을 받고 학생복으로 갈아입었다. 그들은 모여 앉아 부둥켜안고 다 함께 목을 놓아「바다에 가면」을 불렀다. 바다에 가면 물에 젖은 시체가 되고, 산에 가면 풀에 덮인 시체가 되리. 천황의 곁에서 죽으니 무슨 아쉬움이 있으랴. 여학생들이 탈출하려 했을 때였다. 미군이 자동소총을 난사했다. 37명가운데 부상을 입고도 살아남은 여학생은 겨우 5명이었다.

히메유리(姬百合)학도대가 있었다. 오끼나와사범학교 여자부와 제1고등여학교의 교사, 학생 240명으로 구성되어 간호 업무를 맡은 조직이었다. 히메유리, 백합소녀들이란 이 이름은 두 학교의 교지 오또히메(乙姬)와 시라유리(白百合)에서 따온 것이었다. 간호 업무에 투입되었던 히메유리학도대가 진격해 들어오는 미군에 포위

당하자 군부는 아무런 대책도 없이 다만 해산을 명령했다. 이들도 「바다에 가면」을 부르며 죽어갔다. 오끼나와의 함락과 운명을 함께한다는 각오로 섬의 남쪽 절벽 아라사끼 해안에서 바다로 몸을 던진 소녀들도 있었다. 마지막까지 동굴에 숨어 있던 3명의 소녀는 미군에 의해 사살되었다.

흔적도 없이 사라진 학교의 비극도 있었다. 어린 남학생들을 모아놓은 철혈근황대라는 학도병조직은 1,780명 가운데 890명이 전사했다. 오끼나와사범학교는 224명의 학생을 잃었다. 세달 동안 이어진 이 전투로 학생, 교사, 시설을 모두 잃은 사범학교와 제1고등여학교는 폐교 절차도 없이 사라져버렸다.

약 50만명의 병력을 투입한 미군은 일본군의 처절한 저항을 걷어내며 결국 18만 3천명의 병력을 오끼나와에 상륙시키는 데 성공했다. 30만명에 가까운 희생자를 내며 오끼나와를 지키려 했던 일본군의 사투가 끝나고, 마지막까지 남아 있던 여학생들이 바다를 향해 뛰어내린 그 해안의 깎아지른 절벽에는 ‘자살절벽’이라는 이름이 남았다.

에가미 노인의 아들 코오이찌가 전사한 것도 이 오끼나와 작전에서였다.

오끼나와의 비극은 전쟁과 그에 따른 살상의 비극을 넘어선다. 편견과 차별로 오끼나와 주민을 대해왔던 일본은 미군에 잡히면 모두가 사살되거나 강간당한다는 공포심으로 그들을 절망에 빠뜨려 집단자살을 하도록 세뇌했기 때문이다. 포로가 된 주민들을 통해 정보가 새어나가는 것을 차단하려는 군부의 음모였다. 그러나 세뇌만으로 이 광기를 설명할 수는 없다.

오끼나와 주민들이 세뇌받은 그대로, 천황의 나라를 몸으로 지킨다는 국체호지의 정신에 따라 집단자살을 한 것만은 아니었다. 일본군은 주민들에게 자살을 명령했다. 군의 작전에 방해가 되는 주민들이 식량을 조금이라도 덜 축내게 하기 위해 군부는 주민들에게 수류탄과 칼을 주며 자결을 명령했던 것이다. 자국민에게까지 가해진 일본군의 가공할 만행이었다.

오끼나와의 참화 속에도 조선인은 있었다. 오끼나와에 끌려와 비행장을 닦거나 여러 공사에 투입되었던 1만명의 조선인 군부(軍夫)와 일본군 위안부 소녀들도 미군의 포탄에 맞아 희생되었다. 겨우 살아남은 조선인들에게조차, 자신들의 동태나 정보를 미군 측에 알릴지도 모른다고 판단한 일본군에 의한 학살이 이어졌다. 오끼나와에 끌려와 있던 조선인들의 죽음은 이토록 무고했다. 왜 그들이 죽어가야 했는가는 그 어떤 논리나 인과성으로도 설명할 수 없다. 두 나라의 전쟁 사이에 낀 압살, 오끼나와의 조선인은 그렇게 미군과 일본군 사이에서 죽어갔다.

와전(瓦全)이라는 말이 있다. 헛되이 아무 보람도 없는 삶을 이어갈 때 쓰는 말이다. 이 와전의 반대가 되는 말이 옥쇄다. 부서져 옥이 된다는 뜻이다. 와전과 달리, 명예나 충절을 더럽힘 없이 지키면서 기꺼이 목숨을 바칠 때 쓰이는 말이다.

미군에 의해 일본의 기지들이 하나씩 점령되면서 일본인들은 수없이 많은 '옥쇄'를 감행한다. 그러나 태평양전쟁을 도발한 이후 이어진 일본군의 패퇴를 두고 옥쇄라는 표현을 쓸 때, 그것은 참패 혹은 전멸과 어떻게 다른가.

꽃이 아름다운 고산식물과 관목림이 우거진 태평양 알류샨열도의 섬 애투는 1942년 일본군에 의해 점령된다. 그러나 다음 해 5월 이 섬을 탈환하려는 미군과의 전투에서 일본군 수비대 2,500명은 전멸한다. 이 참패를 두고 일본은 옥쇄라고 했다. 죽었지만 항복하지는 않았다는 의미의 미화였다.

타라와섬 공방전에서 섬 전체를 요새화했던 일본군 수비대는 4일간에 걸쳐 격렬하게 저항했다. 결과는 4,600명 전멸, 포로가 된 일본군은 146명뿐이었다. 이들에 대해서도 일본은 옥쇄라고 표현한다.

일본이 말하는 황군, 천황의 군대라고 신성시했던 이 군대의 실상은 이미 1937년 중국의 난징대학살에서 낱낱이 드러났다.

난징에서 30만명에 이르는 중국인을 학살하는 잔학한 범죄를 저지른 일본군은 자포자기에 빠진 패잔병도 비적(匪賊)도 아니었다. 당시 일본 육군 최정예를 자랑하던 10만의 정규군, 이름하여 황군이었고, 그 지휘관은 제10군사령관 야나가와 헤이스께 중장과 천황의 숙부가 되는 상하이파견군 사령관 아사까노미야 야스히꼬였다.

일본군이 이루 말할 수 없이 수많은 부녀자를 강간하고 난징 성내를 피바다로 만들어가던 한달 사이에, 여기저기 나붙은 대자보에서는 일본을 가리켜 동양귀(鬼) 혹은 삼광(三光)이라고 불렀다. 삼광작전이라는 작전이랄 수도 없는 비인도적 행위를 일본군은 그들이 가는 곳곳에서 저질렀다. 죽여버린다는 살광(殺光), 태워버린다는 소광(燒光), 닥치는 대로 약탈하고 여자를 더럽힌다는 약광

(掠光)으로, 중국인들에게 행한 일종의 몰살작전이었다.

천황의 군대가 저지르고 있던 이 만행을 난징 함락이라는 승전으로 받아들여 기뻐하면서, 일본인들은 곳곳에서 온통 하나가 되어 등불을 들고 거리로 나왔다. 「애국행진곡」을 합창하고 깃발을 펄럭이며 그들은 거리를 돌아 신사 경내까지 행진했다. 황군의 난징 입성을 맞아 일본 천황은 이례적으로 기쁨의 칙어를 내렸다.

34

명국이 노무계 사무실 문을 열고 안으로 들어섰다. 바퀴를 단 문이 드르륵거리는 소리가 요란하다. 이놈의 문은 여전하군. 기름칠이라도 하든가. 사무실을 흔들어놓는 문소리가 잊었다고 생각했던 지난 일들을 벌떡벌떡 일어서게 한다. 삼식이. 태복이. 그들 때문에 여기 와 겪었던 일들이 어제처럼 떠오른다.

퇴근시간이 넘은 사무실은 텅 비어 있었다. 뒷자리에서 이시까와가 의자를 당겨놓으면서 손짓을 했다. 떠벅떠벅. 명국의 목발소리가 빈 사무실을 울렸다. 앞에 가 앉는 명국에게 이시까와가 엽차를 내놓았다.

"자네한테 특별히 상의할 일이 있어 불렀네."

상의라는 말에 명국이 몸을 바로 했다. 노무계가 상의라는 말을 쓰는 걸 그는 처음 들었다.

"또 조선사람들이 오네. 징용이지. 그 사람들 관리할 생각을 하면 솔직히 말해서 걱정이 앞선다."

걱정? 그 사람들은 피눈물을 짜면서 끌려오는데 당신들은 겨우 걱정이나 하나. 명국이 미간을 찌푸렸다.

나무칼로 등짝을 맞아가며 발길에 무릎이 깨지면서 처음 일을 배우던 때를 명국은 떠올렸다. 갱 안에서 쓰는 용어부터 알아들을 수가 없었다. 파라는 건지 메우라는 건지, 말의 뜻을 모르니 시키는 일도 해낼 수가 없었다. 그것조차 가르치지 않으면서도 잘못하면 먼저 때렸다. 차별은 거기서 그치지 않았다. 갱도 안에서 힘들고 위험한 일은 전부 조선인들 차지였다. 그러므로 갱도 절개 부분의 맨 앞에 서는 것도 언제나 조선인 광부들이었다.

갑자기 입 안이 말라와서 명국은 찻잔을 들어 한모금 마셨다. 이시까와가 몸을 일으키면서 말했다.

"병원에 알아보니까 현재로선 자네 의족을 만드는 게 어렵다더군. 전시라 부족하지 않은 게 없으니 그럴 수밖에. 의족 때문에 그동안 병원에 대기하고 있었으니 이젠 고향으로 돌아가야 할 텐데, 무슨 계획이라도 있나?"

내가 여기서 고향으로 돌아간들 무슨 작정이 있겠는가. 조선을 떠나온 지 어느새 몇년, 그리고 나는 절뚝발이가 아닌가. 말없이 명국이 이시까와를 바라보았다.

"돌아가봐야 자네는 또 백성 아닌가."

백성. 그게 농투성이를 이르는 말이라고 알려준 것도 이시까와였다.

"미안한 얘기지만, 다리 하나가 없는데 농사를 어떻게 짓겠나.

살아갈 일부터 막막하지 않겠어."

이 사람이 지금 무슨 말을 하자는 건가. 말 그대로 밸이 꼴리는 것을 참으며 명국은 묵묵히 그를 바라보았다.

"그래서 하는 말인데, 내 말대로 하게. 자네 여기 남게!"

"무슨 말씀이신지요?"

"여기 남아서 그냥 일을 하게."

웃어야 하나, 화를 내야 하나. 명국이 어이없어하며 이시까와를 바라보았다.

"무슨 말을 그렇게 하십니까. 다리병신이 무슨 탄을 캡니까?"

"광부가 아니네. 회사원이야."

두 사람의 눈길이 엉켜들었다.

"응징사라는 말 알지? 새로 오는 징용공들을 그렇게 부르기로 했네. 자네는 하시마탄광 노무계 응징사 담당 지도원이 되는 거네. 회사에도 선처를 부탁해서 내락을 받은 상태야. 징용으로 오는 조선사람을 다루는 일에 자네만 한 적임자가 어디 있겠나. 이건 목발을 짚고도 얼마든지 할 수 있는 일이잖나. 그리고, 목발 드르륵거리며 떠억 서면… "

이시까와가 명국을 보며 혼자 웃었다.

"그림도 그럴듯하고 좋지 않나!"

이런 싸가지 없는 놈. 병신이 서 있는 게 모양새도 좋다구? 명국의 얼굴이 굳어졌다. 노무계에 조선인 직원이 없다는 생각을 하며 명국이 되물었다.

"날 보고 노무지도원으로 일을 하라는 겁니까, 지금?"

"노무지도원이 아니네."

"사람 잘못 보셨습니다."

고층아파트에는 조선에서 가족을 데려와 살고 있는 노무지도원이라는 사람들이 있었다. 이들은 조선의 도지사가 임명하고 관할 경찰서장으로부터 신원보증을 받은 공출 알선 협력자였다. 관알선 형식으로 조선에 가 광부들을 뽑아오는 사람들이었다.

야스다라는 노무지도원이 있었다. 성이 안씨였다. 그는 어떻게 구했는지 헌병들이 입는 제복을 고쳐서 입고 돌아다녔는데, 앞가슴에는 언제나 야스다(安田)라고 쓴 이름표를 붙였다. 한 조선 광부가 이 한자를 읽지 못해 야스다라고 부르지 않고 안씨, 어디 가슈? 하고 말을 건 적이 있었다. 이 말을 듣고 야스다는 불같이 화를 내면서 장홧발로 그의 사타구니를 걷어찼다. 그 당시 노무지도원들이 누리던 위세로 볼 때 그럴 수도 있는 일이었다. 그렇게 넘겨버릴 일이었는데, 문제는 그 광부의 아내에게서 일어났다.

광부의 아내는 매일 야스다의 집으로 찾아가 내 남편 부어오른 불알을 고쳐내라면서 말했다는 것이다.

"남편이 잘했다는 게 아네유. 그렇지만유, 잘못한 걸로 치자면 우리 남편 입이 방정이지, 죄 없는 불알이 그랬겠어유? 때릴라면 입을 때려야지 왜 죄 없는 불알을 때려유. 그게 어떤 건데, 거길 그렇게 맹글어놓으믄 우리는 어떡해유."

매일 이렇게 해대고는 들러붙어서 나가지를 않는 바람에 결국 야스다는 얼마의 돈을 주고 빌기까지 했다는, 노무지도원들이 누리던 어이없는 세도에 얽힌 웃지 못할 일화였다.

이시까와가 화를 내듯 말했다.

"일단 섬 안으로 들어온 응징사들의 여러가지 고충을 처리하는

일을 하라는 거네. 생각해보게. 이건 자네가 조선사람을 돕는 것 아
닌가.”

명국이 밖으로 나왔을 때, 건물 벽에는 총후는 내가 지킨다, 색
바랜 글자가 쓰인 벽보가 찢어진 채 바람에 펄럭이고 있었다. 장하
다, 이 못난 명국아. 아주 총후의 최전방에 서시겠군그래. 이시까와
에게 했던 말을 그는 몇번이나 되씹었다. 하여튼 생각해보겠습니
다. 할 수 있을라나도 모르겠구요.

천천히 걸었다. 병원으로 돌아오는 오르막길을 걷자니, 어쩌면
이 섬에 오래 붙박여 살지도 모르겠다는 생각이 들었다. 징용공들
은 계속 올 테고, 나는 그들과 부대끼며 세월을 보낸다. 고향엔 영
영 못 가고 마는가. 문득 아내의 얼굴이 떠올랐다.

조선여자. 고향에 두고 온 처자. 똬리에 동이를 이고 우물길을 오
가고 있을 것 같은 내 여자. 조선여자가 누구인가. 안 봐도 본 것 같
은 여자, 미우나 고우나 정들여서 살았던 아내를 명국은 가슴바닥
에서 떠올렸다. 가슴 저 밑이 수런수런 시끄러워지면서 아려온다.

사람 사는 게 이렇더란 말인가. 몸이 내 몸이 아니게 고달프다보
니 잠시나마 그걸 다 잊고 살았구나 하는 한스러움이 거기에 얹힌
다. 굵어진 마누라 허리통도 그게 다 서로가 서로를 믿고 산 세월
의 나이테가 아니었던가. 아내와 딸을 떠올리는 명국의 얼굴이 조
금씩 어두워진다.

없는 살림에 줄줄이 애는 생겨서, 그것들 기르느라 해가 다르게
늘어지던 아내의 젖가슴을 생각했다. 사는 게 그런 거 아니었던가.
풋고추 고추장에 찍어가며 식은 보리밥 물 말아 먹고 나면 어쩌자
고 방귀는 그렇게 붕붕 나오던지. 그게 또 어디 한여름만의 일인가.

252

시도 때도 없이 나오는 방귀는 이불 속이라고 염치를 볼 리 없었다. 그럴 때면 이불을 들썩거리면서 철썩 등을 때리던 아내의 손.

"이 양반이, 뭐가 나오면 나가서라도 뀌든가. 엄동에 이불 속에서 방귀를 그렇게 벙벙 뀌어대면 같이 사는 사람은 죽으라는 거유?"

그렇게 이불 밖으로 내쫓으면서도 잠에 취한 목소리로 아내는 물었다.

"어디 속이라도 나쁘시우? 맨날 먹는 보리밥인데 웬 방귀가 갑자기 심해지나 모르겠네."

부모상 모신 여자는 칠거지악을 범해도 내치질 못한다고 했다. 노망든 노인 뒷수발까지 다 하고… 다리 뻗고 살 만하다 싶으니 그 여자는 갔다. 잔정이 뭔 줄 모르는 항아리 같은 여자였지만 제 할일 다 하고 갔다. 언제나 거기 그렇게 황소처럼 우두커니 서 있을 줄 알았는데, 갔다.

겨우 그걸 살고 갈 여자한테 못된 일도 많이 했다. 장가들고 몇년, 내가 이렇게 한평생 살고 말아야 하나 싶어서 집을 나간 건 또 몇번이었나. 머리 깎고 중 되겠다고 절에도 갔었다. 될성부른 나무는 떡잎부터 알아본다던가. 몇달을 견디지 못하고 다시 집으로 돌아갔을 때 아내는 혼잣말인 듯 물었었다.

"어디 갔다 오셨소, 이 바람 같은 양반아."

중이나 될까 해서 절엘 갔다 오네. 그런 말을 주절거리는 날 보고 아내는 말했었다.

"누가 할 말을 당신이 하고 있구려. 나야말로 하루에 열두번도 더 머릴 깎고 싶은 사람인데. 절이 싫으면 중이 떠나겠지만, 이 집에서는 당신이 절이우. 내가 중이고 당신이 부처님 모신 절간인 걸 왜 모르시우."

그렇게 중얼거리고 돌아앉으면 그만이던 여자. 그래도 어디서 황기를 구해다가 닭을 삶아서 타관객지 떠도느라 몸 상했을 거라 면서 방으로 들이밀던 여자. 그걸 살고 갔다. 텃밭 옆에 황토 봉분 하나 남기고 그렇게 갔다.

병원으로 돌아온 명국은 불도 켜지 않은 채 앉아 있었다. 옆 병 상이 빈 병실은 을씨년스럽게 썰렁했다. 아내는 그렇게 갔고, 언젠 가는 나도 가겠지만… 이렇게 살다 한세상 끝내도 되는 건가 모르 겠다. 세상에서 잘난 사람들이 누군지 안다. 일본말 잘도 조잘거리 며 앞가르마 탄 머리에 기름 바르고 네꾸따이에 양복 입고 기생집 드나드는 이들, 그래도 눈 흘겨 바라본 적 없이 살았다. 고생이야 무지렁이 우리나 그 사람들이나 오십보백보. 내 맘 편하면 그게 극 락이다. 그렇게 살았는데도 왜 오늘은 이렇게 마음을 못 다스리겠 는지 나도 모를 일이로구나. 외다리로 떨거덕거리며 목발을 짚고 이제 이 섬에서 살아야 한다니.

가슴속이 캄캄하게 어두워오며 치밀어오르는 것이 있었다. 흑 하고 명국이 흐느꼈다.

밤당번으로 약을 가지고 온 이시다가 불도 켜지 않은 방에서 몸 을 구부린 채 울고 있는 명국을 보았다.

"왜 그러세요?"

이시다가 놀라서 물었다. 불을 켜지 못하게 손을 내저으면서, 가 라고, 날 좀 혼자 내버려두라고 손을 내저으면서, 명국은 침대에 앉 아 오래오래 울었다. 손수건을 건네주며 서성거리던 이시다가 잠시 돌아갔다가 다시 왔을 때도 명국은 소리를 낮추어가면서 흐느끼고 있었다. 어깨가 흔들리기도 했다. 그녀가 따스한 엽차를 가져와 명국에게 내밀었을 때도 그는 말없이 손을 내저으며, 그녀와 눈을 마주치려 하지 않았다.

오랜 노동으로 손마디가 굵어진 거친 손이었지만 약을 받아들 때면 언제나 두 손을 모으며 정중했고 고마워하던 명국이었다. 병원에서 늘 보아온 거칠고 예의 없고 병원이 무슨 큰 잘못이라도 있는 듯 눈을 부라리며 소리를 질러대는 광부들과 명국은 많이 달랐었다.

이제 그때가 왔다고 이시다는 생각했다. 명국이 비로소 다리가 잘린 자신과 맞서야 할 현실을 보게 된 시간이 온 거라고. 늘 그러지 않았던가. 퇴원을 할 무렵이면 그때야 비로소 절단환자들이 소리 내어 통곡을 하는 모습들을 보아오지 않았던가.

"잘된 일이잖아요, 사무소에서 일자리도 주고. 길게 생각하셔야 합니다. 이제부터 시작인데요."

침대 옆에 의자를 당겨놓고 앉아서 이시다가 그런 말을 했을 때도 명국은 넋이 나간 사람처럼 멍하니 앉아 있었다.

"하필이면, 퇴원하는 날 비가 오네요."

간호부 이시다의 낮은 목소리가 빗소리에 묻혔다. 밖을 내다보던 이시다가 돌아서며 가방을 어깨에 걸치려는 명국에게 다가섰다. 그녀가 가방끈을 잡았다.

"주세요. 제가 들어드릴게요."

명국이 목발을 짚고 일어섰다. 입술을 꾹 다물었다 놓으며 명국은 같은 방에서 지내던 환자들을 둘러보았다.

"그럼… 잘들 있으시오. 정양 잘하시깁니다."

복도를 걸어나가던 명국이 병실을 회진 중이던 의사 이또오와 마주쳤다. 명국이 깊이 고개를 숙여 인사했다.

"고맙습니다. 이것저것 돌봐주신 거, 잊지 않겠습니다."

이또오는 퇴원을 하는 명국과 함께 복도를 걸었다. 전쟁 중이라 제대로 된 부품을 구하기가 어려워 의족을 못 해준다면서, 무릎이 남아 있으니까 나중에 의족을 하게 되면 목발은 버려도 될 거라면서, 이또오는 어제 했던 말을 또 했다.

현관에서는 명국이 쓸 우산을 들고 이시다가 기다리고 있었다. 이또오가 흔드는 손을 뒤로하고 명국은 병원 계단을 내려갔다.

"독신자들 숙사로 가신다고 했죠? 거기까지 가드릴게요."

이시다가 우산을 든 채 나란히 걸었다.

이제부터 해야 할 일도 가늠해볼 겸 명국은 어제 징용공 숙사로 내려가보았다. 학철은 갱에 내려가 있었고, 잠을 자다 일어난 만중이 부숭부숭한 얼굴로 외면을 하며 말했다.

"이런 말 허는 게 아닌 줄 암스롱도, 죽어 자빠진 놈이 어디 한둘입디여. 살았으니 됐다 생각허시고, 맘 크게 잡수쇼."

"고맙네. 다 고맙네."

명국은 자신이 징용공들의 지도원으로 여기 남아 일하게 되었다는 말을 하지 않았다. 밤일을 하고 올라온 사람들이 여기저기 널브러져 있는 자신이 머물던 방을 잠깐 들여다보고 나서 명국은 다시 밖으로 나왔다. 함께 도망을 쳤다는 어린 성식이가 죽지도 잡혀오지도 않았다는 생각을 하며 명국은 깊이 숨을 들이마셨다. 그것만은 기뻤다. 지상이나 우석이도 어딘가에서 숨 쉬며 살아 있으리라.

만중이 했던 말을 생각하며 명국은 쓰디쓰게 웃었다. 뭐 이놈아, 해 뜨면 아침인가보다? 그래 잘났다. 사는 게 다 그런 건지, 나도 모르는데 너는 알겠냐.

옆에서 걷던 이시다가 말했다.

"여러가지로 많이 불편하셨지요?"

"무슨 말씀을. 그저 고맙지요."

"더 좀 잘해드릴 수도 있었는데… 후회가 되네요."

명국이 걸음을 멈추며 이시다를 향해 고개를 돌렸다.

"병원에 있는 동안 바다를 내다보면서 생각했지요. 일본은 뭔가 하지 말아야 할 일을 하고 있다. 해서는 안 되는 일을 하고 있는데도 일본인은 그걸 모른다. 조선인에 대한 핍박을 말하는 게 아닙니다. 그런 당신들의 나라가 차라리, 가엾습니다."

이시다가 고개를 숙이며 말했다.

"사람마다 생각이 다르겠지요. 전쟁을 하는 사람도 전쟁에 나가는 사람도 또 우리도, 서로 생각이 다를 수는 있겠지요. 조선에서 오신 분들을 보고 있자면 저도 많이 괴롭답니다. 이렇게 가지 않아도 되는 다른 길이 있었을 텐데."

부슬부슬 내리는 비가 안개처럼 바다 저편을 뿌옇게 만들고 있었다. 이시다가 비 내리는 바다를 내다보며 혼잣말처럼 말했다.

"언젠가는 끝나겠지요, 이 전쟁."

독신자 숙사에서의 첫날 밤이었다. 복도 끝에 있는 공동변소엘 다녀오던 명국은 위층으로 올라가는 계단 앞에서 한 사내와 어깨가 부딪쳤다. 고개를 푹 숙이고 빠르게 계단을 올라가던 그와 눈이 마주쳤다. 한눈에 조선사람인 걸 알아보고 명국이 말했다.

"좀 보고 다닙시다."

"내가 할 소리요."

"나야 변소에 갔다 오는 길인데 들뛰던 건 형씨 아니쇼?"

그가 퉁명스레 내뱉었다.

"자다가 뭐 오줌까지 누고 사슈. 그냥 참지."

"뭐요? 이 사람이 점점."

"잠이 덜 깨셨소? 사람 놀래놓고 시비를 하는 거요 뭐요?"

"사설 늘어놓기는 형씨가 한술 더 뜨는 거 같구먼."

명국이 가래를 돋워 길게 뱉어냈다. 숙사 쪽으로 몸을 돌리는데 사내가 명국의 팔을 잡았다.

"뭐요? 내가 무슨 할 지랄이 없어서 새벽부터 당신한테 사설을 늘어놓는다는 거요?"

사내가 잡고 있는 팔에 힘을 준다. 명국이 사내의 얼굴을 마주 보았다.

"일 보쇼. 피차 바쁘니깐."

돌아서는 명국의 팔을 으스러지게 잡았다가 밀치며 사내가 거칠게 말했다.

"너 낮에 좀 보자. 어디서 요렇게 아래위 몰라보는 새끼가 굴러다녀."

계단을 뛰어올라가며 사내가 들으라는 듯 중얼거렸다. 재수가 없을라니, 다리빼기도 없는 게 돌아다니질 않나.

여기도 사람 살 데는 아니로구나. 명국은 사내의 발소리가 사라질 때까지 복도에 서서 캄캄하게 어두운 섬을 내려다보고 있었다.

새로 오는 징용공들을 위해 탄광 설비를 안내하는 것부터가 명국이 할 일이었다. 그러나 특히 중요하다면서 맡겨진 건 징용공들의 관리, 특히 누구와 누구를 한 조로 짜는가 하는 일이었다. 이시까와가 예상했던 것이 조금씩 맞아떨어지고 있었다. 명국은 그런 일들을 어렵지 않게 해나갔고, 이따금 징용공 숙사에 들러 어떤 어려움이 있는지를 살피기도 게을리하지 않았다. 키무라 같은 노무계 직원이 부질없이 숙사를 드나들며 징용공들을 괴롭히는 일도 눈에 띄게 줄어들었다.

　거친 사람들이 득시글거리는 독신자 숙사에 가봐야 편한 일도 없어서 이따금 명국은 징용공 숙사에서 저녁을 보내곤 했다.

　"저기 고서방처럼 똥을 싸도 지관 불러다 방위 봐가면서 쌀 위인, 그것도 사람의 할 짓은 아니지. 내 말은, 사람이 좀 크게 봐서 넘길 건 넘기고 그래야 한다는 거지."

　"아따, 그러는 자네는 어떤데."

　"나? 나야 뭐 십일지국이다. 크게 보고 말고 할 것도 없다."

　국화가 아름답기는 9월 9일이 한창인데 10일날 국화라는 소리, 좋은 시절 한창때가 다 지났다는 말이었다. 무슨 이야기를 하던 길이었는지 만중이 투박하게 내뱉었다.

　"허는 짓거리 좀 보소. 기를 구워도 발을 떼부러야 묵을 거 아녀. 사람덜이 뭔 일을 시작했으면 끝을 봐부렀어야지. 속곳에 고쟁이까정 다 까내리고 나서 바지춤 올렸다는 거시여 머여!"

　그때나 이제나 여전하구나. 지상이랑 같이 지내던 때가 겹쳐졌다. 너스레나 떨어가면서 시름들을 잊는구나.

이즈음 어쩐 일인지 징용공들의 사고가 연이어 일어나고 있었다. 탈선한 탄차에 깔리는 사고가 있더니, 발파사고가 터졌다. 원인이 무엇인지 모르지 않았다. 증탄 독려가 극심해지면서 갓 끌려와 일에 서툰 징용공들을 막장에 바로 투입하기 때문이었다. 더군다나 힘든 자리일수록 징용공들을 집어넣다보니 사고가 끊이지 않을 수밖에 없었다.

그나마 요즘은 사고를 당해도 조선의 부모가 달려오는 일도 없었다. 회사에서 아예 연락도 하지 않는다는 소문이었다. 73. 이름도 없이 숫자 하나만 쓴 조그만 골항아리에 담긴 뼈가 천복사에 안치되면 끝이었다. 천복사 스님 좋은 일만 생기는군. 섬 가운데 있는 절을 오가면서 명국은 어두운 마음으로 중얼거렸다.

맑은 날씨가 계속되면서 갈매기들은 떼 지어 날았다. 푸르게 개어서 아침 햇빛을 받으며 펼쳐졌다가 저녁이면 핏빛 황혼 속에서 저물어가는 바다도 달라진 것이 없었다.

며칠 전에는 등화관제가 실시되는데도 전등을 끄지 않은 기숙사방이 있어 노무계가 돌아다니면서 소리소리 지르며 야단이 난 일도 있었다. 그 와중에 조선인 징용공들끼리 싸움이 붙어서 섬에 파견 나와 있는 경찰까지 오고 나서야 끝난 일도 있었다.

징용 조선인들에 대한 대우는 더욱 참담하게 악화돼갔다. 이러다가 목숨 부지할 날이 며칠이나 될까 무섭다는 말이 숨길 것 없이 새어나왔다. 나갈 수만 있다면, 몰래 자신의 몸 어딘가를 다치게 해서라도 여길 나갈 수만 있다면 나가야 한다. 그렇게 자해를 생각하는 사람들이 하나둘 늘어갔다.

며칠 후 6월 11일이었다. 미국 잠수함이 석탄운반선을 격침시키는 일이 벌어졌다.

　미국의 잠수함 티란테호는 진수한 지 일년이 되어가고 있었다. 티란테(tirante)란 은색의 두꺼운 피부를 가진 갈치를 뜻하는 스페인어였다. 제주도에서부터 양쯔강 하구까지 순항하면서 임무를 수행하던 티란테호가 하시마 해역에 도착한 것은 6월 초였다. 하시마와 노모반도 사이의 해역으로 침입한 티란테호는 하시마 남동쪽 암벽에서 석탄을 싣고 있던 2,220톤의 하꾸주마루를 발견했다. 가깝게 접근한 티란테호는 3발의 어뢰를 발사, 그 가운데 2발을 명중시키면서 하꾸주마루를 침몰시켰다.

　하시마의 광부와 가족들은 그 거대한 폭발음과 치솟는 물기둥에 놀라 공포와 불안에 떨 수밖에 없었다. 징용공들 사이에는 미군이 군함도를 진짜 군함으로 알고 어뢰를 쏜 거라는 소문이 파다하게 나돌았다.

　그러나 이것조차 일본 군부가 여론조작용으로 퍼뜨린 거짓선전이었다. 미군의 공격은 이렇게 황당하고 어설프다고 주민들에게 왜곡 선전하기 위해 군함도를 진짜 군함으로 알고 발사한 어뢰가 석탄운반선에 맞았다고 소문을 퍼뜨렸던 것이다. 이 루머는 조선 징용공들에 이어 하시마국민학교의 학생들에게 전해졌다. 1941년의 초등학교령에 의해 타까하마 촌립(村立) 하시마국민학교로 이름이 변한 학교의 아동들은 안심하라는 교사들의 당부까지 잊지 않고 이 헛소문을 입에서 입으로 전했고, 루머는 섬 전체로 퍼져나갔다.

　티란테호가 외항인 서쪽에서 공격했다면 군함으로 오인했다는 얘기가 맞을 수도 있었다. 그러나 티란테호는 암벽이 있는 남동쪽

노모반도 쪽에서 진입했기 때문에 군함도를 진짜 군함으로 잘못 안다는 것은 있을 수 없는 일이었다.

"이름도 하필이면 군함도가 뭐냐. 팔자에 없는 섬에 와서 진짜 군함 깨져서 가라앉듯 우리는 이제 다 죽게 생겼다."

"고향은 다 갔구먼. 우린 이제 물귀신 다 된 거여. 숨다보니 포도청이라구 어쩌다 이런 델 끌려와서."

그런 얘기들을 하며 징용공들은 넋을 잃었다.

고향은 생각만 해도 억장이 무너지는 소리가 들리게 멀리 있었다. 그곳엘 간다고 생각하며 일어서려고만 해도 무릎이 후들후들 떨리는 그런 이름이 조선이었다.

봄 되어 나무에 물오르기 시작하면 보리밭에 거름 내고, 한여름 무성한 칡잎에 독이 오를 때면 논에 들어가 피사리하며 가을을 기다렸다. 거기 어디에 잘못이 있었던가.

허리가 쑤셔서 방바닥에 널브러져 있을 때면 어땠던가. 내일은 갤 거여, 날씨가 궂어서 그래, 하며 살았다. 날씨 궂은 데 허리 쑤시는 거야 정한 이치지 뭘, 그러면서 살았다. 자식새끼 몸살 나서 신열이 들끓으면 그 이마에 손 올리고 새벽닭 우는 소리를 들으며 살았다. 나라가 없다고 내 속에 그을음 낄까. 나라가 없다고 밥솥에 불 때는데 생쌀 먹고 살까. 그렇게 살지 않았던가. 하루 고단하게 살았으면 됐지 내일이라고 산 입에 거미줄 치랴. 그렇게 믿고 살았다. 거기 어디에 잘못이 있어서 여기까지 끌려와 고기밥이 되어야 한단 말인가.

다들 그런 생각으로 무겁게 가라앉은 숙사를 파도소리가 휩싸며 밤은 깊어갔다.

그러고 며칠 후, 타까시마를 공격하며 미군기가 떨어뜨린 폭탄으로 하시마 주변의 바다에서는 물기둥이 솟아올랐다. 새로 온 징용공들을 살피러 갱 안에 내려가 있던 명국은 갑자기 전깃불이 나가자 목발을 벽에 기대놓고 바닥에 퍼질러 앉았다.

"울고 싶은데 뺨 때린다더니, 잘됐다. 다들 좀 쉬어라."

옆에서도 하나둘 징용공들이 캡라이트를 번쩍거리면서 바닥에 앉았다. 그는 발을 뻗으며 생각했다. 이제 어떻게 살아가야 할지, 우리 앞길이 이놈의 갱 속과 다를 게 없구나. 그나저나 불은 왜 나가고 지랄이야. 명국이 중얼거렸다.

"이러다가 이거 우리가 탄광 말 신세가 되는 거 아닌가 모르겠다."

탄광 일이 기계화되기 오래 전에 탄광에서 부리던 말을 두고 하는 소리였다. 광부들이 캐낸 탄을 말이 끄는 수레를 이용해서 운반하던 시절이었다. 이때 한번 갱 안으로 내려간 말은 평생을 밖에 나가지 못하고 지하에서 탄을 싣고 마차를 끌다가, 늙고 병들면 갱 안에서 죽었다. 그리고 폐쇄되는 갱도 어딘가에 파묻혔다. 갱 안에서 살다가 거기 묻힌 말들을 위해 그래서 어떤 갱에는 말의 명복을 비는 작은 불상을 놓아두기도 했다.

새로 온 젊은 징용공이 명국에게 다가와 말을 붙였다.

"아저씨, 정말 여기 이렇게 엎어져 있어도 되는 건가요? 폭탄은 풍풍 떨어지고… 살아 있다고 사는 게 아니네요."

"어쩌겠나. 왜놈 망하는 날이나 기다려야지. 그놈들 물러가면 고향에 돌아가서 그때 땜장이는 땜질하고, 목수장이는 나무 깎고 그러면 되는 거지. 사람이 제 할 걸 못 하고 사는 거, 그게 바로 나라 잃은 백성 아니겠나. 내가 아는 거라고는 겨우 그거 하나네."

35

"우세스럽고 한심스러워서. 내 여길 앙이 오는 긴데."

"아 간나새끼! 아가리질하는 거 보니, 일이 되기는 아지네 글렀
다."

"무스그 말이야?"

"저 머저리새끼들!"

무슨 소리를 하는지, 함경도 사람과 평안도 사람이 티격태격하
고 있었다. 또 패싸움 나게 생겼구나. 세수를 하고 방으로 들어서
던 지상은 복도에 서 있는 그들을 흘끔거렸다. 팔도에서 모여든 사
람들이 뒤섞여 있으니 그럴 만도 했다. 싸움은 꼭 패거리를 지어서
일어났다. 크지도 않은 나라, 어쩌자고 여기까지 끌려와서 저렇게
고향을 따지는가 싶다.

기숙사 밖에서 싸이렌이 요란하게 울려댔다. 경계경보에 이은

공습경보였다.

"공습경보다! 전원 제7방공호로 대피하라! 공습경보다!"

아직 일을 나가기에도 이른 아침이었다. 싸이렌이 울려대고 방호단원들이 복도를 뛰어가며 소리치고 있었다.

"전원 대피하라! 밖으로 나가라!"

사람들에 휩쓸려 지상은 허겁지겁 밖으로 뛰어나갔다. 아직 조선소에 포탄이 떨어지는 일은 없었지만 시도 때도 없이 공습경보가 울리는 요즈음이었다. 공장 안에 있는 대피소에 웅크리고 앉아, 아침을 먹지 않은 징용공들은 저마다 한가지 생각을 하고 있었다. 밥. 너무나 배가 고팠다.

아침을 굶은 채 겨우 점심으로 주먹밥을 먹은 지상이 철판을 나르는 오후 작업을 시작했을 때였다. 또 공습경보가 울렸다. 방공호로 대피한 반원들이 떠들어댔다.

"오늘은 하루 종일 들락날락하다가 끝나겠어. 잘됐지 뭐."

"잘되긴 이 양반아. 공습경보가 뭐여? 비행기가 날아와서 폭격을 한다는 건데, 자네 무슨 용빼는 재주 있어? 폭탄 떨어지면 죽는 거라구."

진수선이 있는 부두에서 배에 올라가 일을 하던 김씨가 바다에 떨어지는 사고를 당해 죽었다는 것을 그들은 기숙사로 돌아와서야 알았다. 저녁이 오자마자 기숙사에는 소등 명령이 내려졌다. 일찍 불을 끄고 자리에 누웠다.

구석에서 누군가가 버럭 소리를 질렀다.

"뭐야, 양복? 어느 시러베아들놈이 그런 소리를 하고 다닌대?"

"9반에 있는 사람 말이, 조선서 양복 만들다가 온 사람이 있는데 그 사람이 몰래 양복을 만들어서 판다던데."

흰소리 치기를 잘하는 강씨의 말이었다.

"양복이라니, 그걸 어디서 입어?"

"세비론지 가다만지 없어서 못 입지, 줘만 보라지 젠장할 거. 입구라도 자겠다."

어디서 가죽을 구했는지 몰래 구두를 만들어서 파는 징용공이 있다더니 이번엔 양복까지 만드나 보았다. 별로 말이 없는 한복진이 넌지시 한마디 던졌다.

"니기미. 불 끄고 하는 건 하나밖에 없는데."

"그게 뭔데?"

"자는 거지 뭐."

"사람 싱겁긴. 난 또 무슨 밤농사 짓는 얘기라도 하는 줄 알았지."

"그래. 업어치나 메치나. 자는 게 밤농사고 밤농사가 바로 자는 거잖어."

처음으로 나가사끼에 폭탄이 떨어진 것은 다음 날 오후였다.

공습경보가 울렸을 때 징용공들에게는 방공호가 아닌 공장 뒤편 이나사산으로 피신하라는 명령이 떨어졌다. 징용공들은 저마다 흩어져 산으로 올라가 이곳저곳에 웅크리고 앉아 있었다. 시내 여기저기에서 연기와 불길이 치솟는 것이 내려다보였다.

"아니 부두가 맞았잖아!"

조선소와 멀지 않은 부두에서 불길이 치솟고 있었다. 가슴이 후득후득 뛰는, 지상으로서는 처음 보는 광경이었다. 수없이 많은 공습경보가 울려댔지만 미군 폭격기가 폭탄을 떨어뜨린 것은 그날이 처음이었다.

"나가사끼는 절대 안전합니다. 저쪽 콘피라산에 흰 뱀이 사는데, 그게 바로 산신령님이라. 나가사끼는 그 백사 신령님이 도와주셔서 아직까지 폭탄이 한발도 떨어지지 않았다 그 말입니다."

일본인들은 그런 말을 했었다. 자신들이 웅크리고 있는 이나사산의 반대편에 솟아 있는 산이 콘피라산이었다. 나가사끼 시가지와 조선소는 이 두 산 사이에 자리하고 있었다.

"아니, 저기는 역이다! 나가사끼역도 맞았다!"

그날 나가사끼는 처음으로 부두와 역에서 불길이 솟아올랐다. 그리고 며칠 후, 징용공들은 자신들이 피신했던 바로 그 이나사산에 방공호를 파는 작업에 동원되었다. 지상의 수상유격반도 매일 산으로 올라가 방공호를 파는 작업에 들어갔다. 이어지는 공습으로 하루의 일과는 뒤죽박죽이 되어갔다. 지상의 일본어 교련강습도 흐지부지, 언제 그런 일이 있었냐는 듯 없어져버렸다.

방공호가 완성되고 며칠 후였다. 밤 12시가 넘어 공습경보가 울렸다. 허겁지겁 산으로 대피해 방공호 안에서 바라본 나가사끼 시내는 등화관제로 불빛이 보이지 않았다. 캄캄한 시내를 바라보며 지상은 쭈그리고 앉아 있었다. 옆사람의 숨소리뿐, 어둠 속에 눈을 뜨고 앉아서 지상은 살아 있는 모든 것이 낯설게 느껴졌다. 달그락거리는 그릇소리, 식구끼리 모여 앉은 저녁밥, 고단한 몸을 누이는 이부자리, 옆에서 잠든 아내의 고른 숨소리가 들려오는 저녁은 저 옛날에도 없었고 앞으로도 오지 않을 것처럼 생각되었다.

공습해제 싸이렌을 듣고 무언가 자포자기의 심정으로 방공호를 나와 산을 내려오며, 지상은 광재가 했던 말을 생각하고 있었다. 그나저나 미국놈들은 뭐 하는 기고. 때릴라 카몬 때리뿌든가. 맨날 풍악만 울리자는 기가.

지상은 고개를 저었다. 아니다. 이건 풍악이 아니다. 이러다간 사람이 다 죽어나가게 생겼다.

특별방공단이라는 것이 만들어지고, 지상은 구호반에 소속되었다. 구호3반 열명은 조선소 작업장으로 나가지 않고 비상시에 대비한 훈련을 했지만 장비라고는 들것이 전부였다. 때로는 기숙사 뒷산으로 몰려갔다가 어느날은 공장 안의 방공호로 기어들어가며, 공습경보가 낯설지 않은 나날이 이어졌다. 오히려 하루 종일 경보가 없는 날은 오늘은 왜 없나 하고 궁금해할 정도였다.

조선소 부근을 비롯한 시내에 폭탄이 떨어지기 시작하면서, 이제는 폭격이 없다 하더라도 공습경보가 나면 모두 방공호로 뛰어가 몸을 숨겼다. 그때마다 드넓은 조선소는 물이 빠지듯 텅 비면서 고요하고 적막한 낯선 풍경을 만들어냈다.

그날 오전에 지상은 제2선대에 배치되었다. 배의 이끼를 닦아내는 일을 하고 있을 때 공습경보가 울렸다. 지상은 같은 반의 한복진과 함께 뒷산의 방공호로 뛰었다. 다른 곳으로 몸을 피했는지 광재는 모습이 보이지 않았다. 그들이 뛰어든 곳은 네개의 출입구가 있는 방공호였다. 얼마 후였다. 폭탄이 떨어지는 굉음이 이제까지 들어본 적이 없이 큰 소리로 울려왔다. 이렇게 가깝게 폭탄이 떨어져서는 여기도 위험한 게 아닌가. 캄캄한 마음으로 지상은 눈을 감고 있었다. 밖의 동정을 살피러 갔던 경무과 직원의 목소리가 들렸다.

"적기는 사라졌다! 적기는 사라졌지만 조선소가 폭격을 맞았다! 사무소가 타고 있다!"

방공호를 뛰쳐나온 사람들이 조선소로 달려내려갔다. 사무실 건물이 화염에 휩싸여 있었다. 1층부터 3층까지 건물 한쪽이 무너진 상태였다. 겨우 남은 건물 콘크리트 외벽이 시커멓게 그슬려서 넘어질 듯 서 있었다.

공원들은 방공단별로 이리저리 뛰었다. 훈련이라는 것을 했다지만, 다른 곳도 아닌 사무소 건물이 폭격을 당하리라고 예상한 훈련은 한번도 없었기에 공원들의 혼란은 극심했다. 병원 차가 부상자를 실어나르는 속에서 회사 안의 방공호에 있던 사람들이 폭사했다는 소리가 나돌았다.

"경무과 사무실 지하방공호가 당했다!"

옆건물이 무너지며 떨어져나온 벽이 방공호를 덮치면서 안에 있던 사람들이 모두 깔려 죽었다는 것이었다.

저녁에 기숙사로 돌아와보니 공습 이후 어디로 갔는지 보이지 않던 광재가 방 한쪽 구석에 드러누워 있었다.

"너 어디 있었어? 보이지 않아서 걱정했는데."

"쭈욱 여 있었다 아이가."

기가 막혀서 지상이 광재의 얼굴을 내려다보았다.

"죽을라고 작심했니? 그 폭격에 여기 있었다니."

"아파서 꼼짝도 몬 하고 누 있었다. 영 안 좋구마는. 탈이 나도 크게 난 거 아인지 모르겠다."

눈을 감으며 광재는 더 말이 없었다. 옆에 앉으며 지상이 이마를 짚어보았다. 열이 들끓는데다 안색이 말이 아니었다.

"죽은 사람이 한둘이라야지. 지금은 어렵겠고, 내일 반장한테 얘기를 해볼 테니까 병원엘 가자."

"병원은 무신 병원."

피 흘리는 사람이 넘쳐나는데 몸져누운 사람을 받아주기나 할까 싶으면서도 지상이 말했다.

"큰일이네, 이 판에 몸까지 아프니. 그래도 너무 걱정 마라, 내가 업고 갈 테니."

다음 날, 회사 뒤편 공터에서 어제 죽은 사원들의 화장이 있었다. 가족이 나타나지 않아 제1사무소 2층에 안치했던 시체들이었다. 시립화장장이 만원이어서 어쩔 수 없다고 했다. 방공호에서 깔려 죽은 사람들의 시체를 태우는 연기가 피어올랐다. 유골은 골항아리에 넣어 이름을 쓰고 미쯔비시회관에 안치한 뒤 유족이 나타날 때를 기다린다고 했다.

조선인 징용공들만을 수용하는 기숙사의 분위기가 물이 빠지듯 변하는 것을 지상은 몸으로 느끼고 있었다. 조선소가 목표인데 여기 있다가는 다 죽는다. 징용공 전원이 출근 거부를 해야 한다. 우리도 어떻게든 이 도시를 빠져나가야 한다. 일본사람들도 무단결근을 하는 사람이 늘고 있는데 왜 우리가 여기서 폭탄을 맞아야 하는가.

입에서 입으로 전해지는 말로 그들은 전쟁이 막바지에 이르렀음을 알고 있었다. 일본군의 패배를 알리는 전단지도 수없이 뿌려지고 있었다. 말이 좋아 옥쇄지, 이렇게 가면 일본은 항복하는 일만 남았다. 그런 이야기들을 징용공들은 기숙사에서 조용조용 나누었다. 그렇다면 조선은 어떻게 될 것인가. 그들은 누구도 그 이후를 알지 못했다.

그 와중에서 후생성 후생회로부터 반도 응징사들의 징용기한 연장에 관한 설명회가 있었다. 약속된 징용기한이 다 된 사람들은 그 기간을 연장한다는 것이었다. 그리고 며칠 후, 본공장 2층 강당에서는 고향으로 돌아갈 줄 알았던 조선인들을 모아놓고 징용연기 선서식이 거행되었다.

병원에 가면 아픈 사람만 있고 공사판에 가면 세상 사람이 전부 훈도시 하나 차고 땅굴만 파고 있는 거 같더니, 이거야 원. 길남이 면회소 안을 두리번거렸다. 세상에 죄 지은 놈이 이렇게 많나. 모조리 형무소에만 들어와 있는 거 같네.

길남이 옆에 앉아 있는 조선여자에게 물었다.

"아주머니는 어떻게 왔어요?"

"그게 글쎄, 좋은 일 하기도 힘들다우. 뭐 내 먹자고 했던 일도 아닌데. 우리가 치꾸호오탄광에서 조선사람들 데리고 함바를 하고 있지 않우."

"그래요? 광부들이 뭔 일을 쳤나 보군요."

"광부는요. 쥔양반 때문이지."

"아저씨가요?"

"다 좋은 일 하다가 그랬지요"

길남이 여자의 아래위를 훑어보며 웃었다.

"아니, 좋은 일을 하다가 왜 형무소엘 들어와요?"

"그 양반이, 인부들이 하도 배가 고파하니까 까짓거 쌀밥은 못 먹여도 배라도 부르게 많이나 주자면서, 150명인데 200명씩으로 늘려서 배급을 받았잖아요. 이걸 누가 고자질을 해서 잡혀들어갔지 뭐요."

길남이 비실비실 웃었다.

"장부 속여서 어디 내다 팔려고 했던 거지 뭘 그래요. 설마 인부들 더 먹이려다가 형무소에 올까."

"젊은 양반이 어디서 속아만 살았나. 허튼소릴랑 말아요. 그러지 않아도 억울한 판에."

"독립운동이라도 한 거 같네, 젠장."

잘났다. 그 말을 이 시국에 누가 믿나. 지금이 어느 땐데 배급받으면서 사람 수를 속이냐. 길남이 입맛을 다시며 대기실 밖 복도 저편을 내다보았다.

주위에서는 자신을 보고 너 요즘 돈독이 올랐다고 했다. 그러나 길남의 생각은 달랐다. 전쟁이라는 게 어찌 보면 다른 때보다도 돈벌기가 쉬운 때라는 걸 그는 알았다. 육손이를 돕는 일 외에 시간을 내어 길남은 몇가지 물건의 암거래에도 손을 대고 있었다. 그런 길남을 보고 육손이까지 혀를 찼다.

"저 녀석이 저거, 젊은 애가 웬 돈을 저렇게 밝히나."

그때 안쪽에서 마룻바닥에 부딪치는 구둣발소리도 요란하게 다가온 간수가 길남에게 손짓하며 말했다.

"어이 자네, 이쪽으로 날 따라와."

육손이가 손을 써놓았다는 게 이런 건가보다 생각하며 길남은 간수를 따라 안으로 들어갔다. 육손이가 말하지 않던가. 뭉텅 집어줬다. 네가 아버질 만난다는데 안 그럴 수 있냐.

"여기서 좀 기다려라."

272

사무실도 아니고 그렇다고 면회실 같아 보이지도 않는 방이었다. 한쪽에서 책상을 사이에 두고 죄수복을 입은 남자와 면회를 하는 사람들이 보였다. 길남이 의자에 앉았다.

"여긴 특별 면회실이다. 정숙한 분위기를 깨는 일이 없도록. 알겠나?"

"네."

길남이 고개를 숙였다.

"좀 기다려라."

말해놓고 나서, 간수는 또 구둣발소리도 요란하게 출입문 옆에 있는 자기 자리로 가 앉았다.

철문이 삐걱거리고, 두 손을 앞으로 묶인 태복이 들어선 건 잠시 후였다. 그는 이 방이 낯선 듯 두리번거렸다. 그때까지도 그는 길남을 알아보지 못하고 있었다. 태복의 포승줄을 풀면서 구둣발이 말했다.

"3710번, 저쪽으로 가라."

그가 길남이 앉아 있는 자리를 가리켰다. 길남은 벌써 일어서 있었다. 길남이 서 있는 쪽으로 태복이 한 걸음 움직였다. 길남이 목이 메어 조그맣게 불렀다.

"아버지."

태복은 얼빠진 사람처럼 서 있었다. 길남이 여전히 작은 소리로 말했다.

"아버지! 저 길남입니다."

구둣발이 시커먼 눈썹 밑의 눈알을 뒤룩거리며 이쪽을 지켜보았다. 태복은 마치 널린 빨래처럼 서 있었다. 얼마를 말이 없던 태복이 그 자리에 선 채 말했다.

"니가, 길남이냐! 니가 길남이여?"

"네, 아버지. 접니다, 길남이."

길남이 울음을 터뜨렸다. 구둣발이 벌떡 일어서더니, 기세와는 달리 조그맣게 말했다.

"정숙, 정숙."

태복이 털썩 의자에 주저앉았다.

"아버지, 아버지…"

턱을 떨면서 길남은 울었다. 얼굴에 가득한 눈물을 옷소매로 훔치면서 길남이 흐느끼는 목소리로 말했다.

"아버지, 절 받으세요."

어쩔 줄 몰라하며 태복이 엉거주춤 의자에서 몸을 들었다 놓았다 했다. 길남이 마룻바닥에 몸을 굽히며 엎드려 큰절을 올렸다. 태복이 아들의 어깨를 부여안았다.

간수가 들고 있던 곤봉으로 책상을 또닥또닥 두드렸다.

"뭐 하는 거냐. 일어나라. 일어나서 의자에 앉아라."

두 사람에게 다가온 간수가 길남의 어깨를 잡았다. 그가 면회소 안을 둘러보면서 속삭이듯 말했다.

"일어나라. 얼른 일어나."

얼마를 더 그렇게 서로 부둥켜안고 울던 아버지와 아들은 간수가 어깨를 잡아 일으켜서야 책상을 가운데로 하고 의자에 앉았다. 눈물을 닦아내고 난 길남이 말했다.

"몸은 어떠세요? 건강하세요?"

태복은 말이 없다.

"고생 많으셨죠?"

태복이 아들을 건너다보며 중얼거렸다.

"이게 뭐시 꿈이 잘못돼도 많이 잘못되았구먼!"

"네?"

"내가 미쳤는가부다. 내가 내 정신이 아녀. 어제는 친구가 왔다 가드만 오늘은 아들이 오고. 이거시 꿈인가 생신가 모르겠네."

"친구라니요? 면회 올 분들도 있습니까?"

"하시마에 같이 들어갔던 사람인디, 그저께는 그 사람이 느닷없이 나타나지 않았겄냐. 귀신도 아니겄고. 그것도 다리 하나가 덜렁 짤려갖고 절뚝발이가 되어서 말이다."

우라까미형무소에 태복이 수감 중이라는 것을 안 명국은 노무계의 허락을 받아 나가사끼로 나왔었다. 목숨을 걸고라도 그토록 탈출하려고 했던 바다였다. 배를 타고 하시마를 나오며 바라본 바다는 그날따라 물결이 잔잔했다. 제 발로 저 섬을 나왔다가 다시 저녁이면 제 발로 저 섬으로 들어가겠구나. 수많은 생각들로 뒤엉키는 가슴으로 명국은 하시마를 바라보았다. 그랬구나. 그거였구나. 나도 지상이도 우석이도, 그렇게 목말라한 것은 제 발로 마음 가는 대로 나다닐 수 있는 이 자유였구나.

길남이 말했다.

"하시마라면, 그 군함도라는 데요? 거기 얘기는 하지 마세요. 이제 군함도는 잊으세요."

"잊으라 허면 잊어지겠냐."

길남이 다시 물었다.

"고생 많으셨죠?"

"고생은… 다 이 애비가 못난 탓이제. 니 얼굴 볼 낯이 읎다."

"별말씀을 다 하세요. 이제 됐습니다. 아버지 찾았으니까, 이제 됐어요."

"그란디, 너는 어띠케 여길 왔다냐?"

태복은 그제야 아들의 행색을 살핀다. 양복을 입고, 모자를 책상 위에 올려놓았다. 넥타이까지 맨 모습이 어떻게 된 건지 믿기지가 않는다. 이건 완전히 군수 영감 따라다니는 사람 행색이 아닌가. 일본사람 점방에서 일을 했었는데… 어떻게 된 일인지 태복은 짐작이 되지 않는다.

"뭐시냐 그랑께, 내가 가막소에 들어가 있다고 무신 기별이라도 집으로 갔다냐?"

"아니요, 아버지. 저 일본 온 지 꽤 됐어요."

"그으래?"

"아버지, 저 여기 나가사끼에 있어요."

"나가사끼에?"

말끝마다 태복이 놀란다.

"아, 아버지, 제가 육손이 오야지 밑에서 하이까를 합니다."

하이까라면 밑에서 일하는 부하라는 소린데 이건 코붕하고는 급수가 다르다. 태복이 다시 놀란다.

"육손이? 함바 하는 오야붕 육손이 말이냐?"

"네."

"시상 무신 조환지 모르겄구먼. 니가 육손이 밑에 들어갔다니. 거그다가 하이까가 되야부렀다고!"

이야기가 집안일로 바뀌었다.

"어머니는 괜찮으십니다. 제가 돈도 꼬박꼬박 보내드립니다."

"니가 돈을? 애비가 못 한 몫을 니가 다 하는구나."

이 아이가 뭔가 잘됐나 보다. 육손이가 함바를 많이 키운 거 같고, 거기서 부하 노릇을 한다면 그럴 수도 있겠지. 조선에 가서 인부 몇십명만 데려와도 그게 얼만데. 태복은 아들의 성공이 믿어지지가 않는다.

길남이 목소리에 꾸욱꾸욱 힘을 주어서 말했다.

"아버지, 이제부터 우리 헤지지 말고 함께 잘 살아요."

"아암, 그래야제."

"식구래야 엄마하고 나, 우리 세 식구잖아요."

"아암, 그라제 그라제."

길남이 옆에 놓은 모자를 만지작거렸다.

"저 일 많이 배웠습니다. 이제 어디 가서 오야를 하래도 할 수 있어요."

마음이 풀어진 길남이 조금 큰소리를 쳤다.

"오냐, 오지구나. 내 새끼가 오져. 니 혼자 고생 정말 많았지야?"

"젊어서 고생은 사서도 한다는데요 뭐."

"그려. 니 생각이 옳다."

"거긴 어쩌다 가셨어요, 군함섬이오. 사람 못 살 데라는 소문이 파다하던데요."

잊으라고 했던 길남이 지나가는 것처럼 하시마 이야기를 꺼냈다.

"당했다. 돈 많이 준당께 갔제. 앗센야(斡旋屋)에 속은 거랑께. 내가 미쳤제. 화약을 짊어지고 불구덕으로 들어간 거제. 거길 가다니."

길남이 잠시 말이 없다. 잠시 후 그가 태복이 쪽으로 몸을 기울이며 속삭였다.

"간수를 구워삶아놓았으니까 지내시기 좀 편해질 거예요. 그리고 사식이랑 뭐 그런 것도 넣어드리고 돈도 차입해둘 테니까 찾아서 쓰고 그러세요."

빠르게 중얼거리고 나서 길남이 몸을 바로 했다.

"바깥세상 돌아가는 게 심상치 않아요."

"공습 말이여? 야, 공습은 나도 조선소에 사역 나갔다가 한번 걸렸는디, 식겁하는 줄 알았다. 미국놈들이 단단히 맘을 먹은 거 같드라."

"아버지."

길남의 목소리가 차갑게 변했다.

"아버지는 그냥 몸 건강하게 계세요. 그렇게만 알고 계십시오."

"나도 세상 돌아가는 건 대충 들어서 안다."

"모른 척하세요. 아버지는 여기서 그냥 바보인 척하고 계세요."

이놈 봐라. 애비보고 바보인 척하고 있으라니. 태복이 조금 놀란다. 길남이 다짐을 하듯 말했다.

"아버지, 전 여기서, 이 일본에서 뭔가 할 겁니다. 여기가 조선보다는 큰물이에요. 아버지도 늘 그러셨잖아요. 사람이 놀려면 큰물에서 놀아야 한다고. 그리고 전 말입니다. 봉황 꼬리를 할 바에야 닭 대가리로 살 겁니다. 아시겠어요?"

광재는 병원에서 급성폐렴일 수도 있으니 며칠 경과를 봐야 한다는 진단을 받았다. 공습으로 밀려드는 환자에 지친 얼굴로 의사는 마치 책을 읽듯이 말했다.

"급성폐렴이면 공상해제증명을 받고 집으로 갑니다."

지상은 하세 계장으로부터 들었던 말을 떠올렸다. 건강 이상으로 징용에서 제외시키며 발급하는 증명서가 공상해제증명인데, 그럴 경우 집으로 돌아간다는 것이었다. 광재를 입원시키고 조선소로 돌아오며 지상은 어이가 없었다. 급성폐렴이라면 집으로 돌려보낸다고 했다. 그러나 광재에게 말은 안 했지만, 지상이 알기로 급성폐렴이란 죽을병이었다. 산 넘어 산이고 개울 건너니 강이구나. 도대체 우리는 어디까지 내몰려야 하는가 싶었다. 우울한 마음으로 병원에서 돌아오는 발걸음이 터덜거릴 수밖에 없었다.

신사가 있는 언덕길을 내려가고 있을 때였다. 느닷없이 공습경보가 울려댔다. 낯선 거리를 두리번거리다가, 지상은 사람들이 달려가는 쪽으로 뛰었다. 그들을 따라 들어간 곳은 민가의 방공호였다.

강제집단소개 명령을 받고 시골로 떠난 사람들의 집은 공습에 의한 화재를 조금이라도 줄이기 위해 하나씩 부수고 있었다. 그리고 그 자리에 방공호를 팠다. 전시주택협력대라는 흰 현수막을 걸어놓고 하는 작업이었다. 지상이 들어간 방공호가 바로 그것이었다.

어느새 거기에는 예닐곱명의 사람들이 들어와 있었다. 어두컴컴한 방공호 속이 눈에 익어갈 때쯤, 지상의 옷차림을 찬찬히 훑어보던 옆의 일본인이 물었다.

"조선소 사람이쇼?"

"네."

그가 잠시 후 씨불였다.

"조센진이구먼."

지상은 아무 말도 하지 않았다. 사내가 다시 중얼거렸다.

"남의 방공호에 조센진이라니! 당신, 더럽기는 왜 이렇게 더러워."

방공호 속에서는 말없이 고개를 숙이고 앉아 있었지만, 돌아오는 지상의 가슴속에는 방공호에서 들은 그 말이 떠나지 않았다.

당신 참 더럽다던 그 말, 키따나이. 지상은 키따나이 하고 입 속으로 되씹었다. 나는 더러운가. 남루한가. 헐벗었는가. 그렇다. 내 꼴이 남루하니 보기에 흉했을지 모르겠다. 미안하구나, 내 옷과 몸이 때 묻고 깨끗지 못해 불쾌감을 줬다면. 더럽다는 네 말이 맞다. 그러나 나를 그렇게 만든 건 너희들이 아니냐.

너희들이 더럽다고 하는 그 키따나이에는 소랴꾸(疏略)라는 뜻도 담겨 있다. 사람이나 물건을 다루는 게 거칠고 정성이 없을 때 쓰는 말이다. 그러나 내가 너희들에게 거칠고 정성이 없었는가. 조선은 결코 소랴꾸한 민족이 아니다.

저질이며 야비한 것도 너희들은 더럽다고 말한다. 조선이 너희들에게 야비하고 저질이었나. 그런 건 오히려 조선을 강점한 너희들이었다.

집착이 강하고 욕심이 많을 때도 너희들은 더럽다고 말한다. 공명정대하지 못하고 비겁하고 추악한 것도 너희들은 더럽다고 말한다. 멀리 갈 것도 없다. 조선총독부가 하는 짓을 봐라. 어디에 공명정대함이 있는가. 하는 짓 모두가 비겁하고 속임수로 가득 차 있으며 추악하기 그지없고 폭력을 서슴지 않는다. 더러운 것, 그 말은 너희에게 되돌려주마. 이 더러운 야마또 민족아. 참을 수 없이 키따나이한 건 바로 너희들이다.

조선소로 향하는 갈림길에 서서 지상은 어두운 밤하늘을 바라보왔다. 분하고 억울하고 안타까웠다. 분하고 억울한 이것을 우리는 원통하다고 말한다. 왜 우리는 원통한가. 하나하나가 깨어 있지 못했기에 이런 압제의 수모를 겪고 있는 것이 아닌가. 그래서 원통하지 않은가.

조선소로 돌아오니 기숙사는 캄캄하게 어두웠다. 일찍 소등조치가 내려진 모양이었다.

며칠 후 급여일이 다가왔다. 국채회비가 34엔, 국민저금이 48엔 32전이나 되었다. 명목상으로는 월급이 82엔 12전이었지만, 옷값 신발값 방값까지 다 제하고 나니 받을 수 있는 돈이 한푼도 없음은 물론 오히려 반환해야 할 돈이 20전이나 되었다. 이 금액은 다음 달 급여에서 제한다고 했다. 더욱 어이없는 것은 다음 달 급여는 전시 상황과 회사 사정으로 지급하지 못한다는 통지였다. 일본아, 이런 걸 더럽다고 하는 거야. 방공호에서의 모욕이 가시지 않은 지상이 입 속으로 내뱉은 말이었다.

반도 응징사들의 외출을 전면 금지하고 작업장과 기숙사로 행동을 제한하는 조치가 내려졌다. 심상치 않은 조짐들도 나타났다. 반장 보조를 맡고 있던 카또오라는 이름의 최병연에게 입영영장이 나왔다. 며칠 후 그는 입대하기 위해 조선소를 떠났다. 그리고 얼마 지나지 않아, 폐렴은 아니라는 진단을 받고 겨우 조선소로 돌아온 광재에게도 소집영장이 나왔다.

"이제 끌쿠 가서 뭣에 쓸라나 내도 모르겠다. 다 진 즌쟁이라 하던데."

"이래저래 넌 집에 돌아갈 팔자인가보다."

지상이 그런 말을 하며 웃었지만, 이게 웃을 일인가. 말을 하면서도 기가 막혔다. 급성폐렴은 면하고 퇴원을 하나 보다 했는데 이젠 또 징집이라니. 이틀이 멀다 하고 폭탄이 떨어지며 방공호로 기어 들어가기 바쁜 여기도 모자라서 이젠 또 어느 전선으로든 끌려간다는 것 아니겠는가. 7반에서도 12반에서도 모두 다섯명이 입영통지를 받고 고향으로 간다고 했다.

한복진은 광재에게 빌린 돈 10엔과 볶은 콩값 7엔을 갚으면서 말끝을 흐렸다.

"고마웠어. 그래도 많이 의지가 됐었는데…"

방에서는 한 사람에 1엔씩 광재의 입영 전별금을 거뒀다. 여기나 전쟁터나 끌려나가는 신세에 뭐가 다를 게 있겠냐면서, 구겨진 종이에 싼 전별금을 받으며 광재가 말했다.

"무신 돈들이 있다고 이러노. 내도 사람인데 이 돈을 우째 받노."

그가 고향으로 떠나던 날은 공습도 없이 하루 종일 조용했다. 시모노세끼 쪽 배편이 여의치 않아 북쪽의 하까다 항구로 가 거기서 배를 탄다고 했다. 노무계의 허락을 받고 기숙사 반원들은 광재를 전송하러 역까지 나갔다. 소집영장을 받은 다섯명에 인솔자가 따라붙었다.

공습이 이어져서일까. 거리는 적막했다. 억수로 쏟아지는 빗발 속에서 여기 처음 내렸을 때를 지상은 떠올렸다. 가슴이 싸아하며 쓰려왔다. 언제나 돌아갈 수 있을지. 내일 무엇이 올지. 전쟁의 향방도 내 발걸음도… 내가 나 자신의 일을 모른다. 우석이는 어디 있을까. 하시마 해안에까지 폭탄이 떨어진다던데, 무사하기나 한지 모르겠다.

지상은 고개를 숙이며 옷소매를 내려다보았다. 소매가 때에 절어 있었다. 때 묻은 소매 보면 고향 그립고, 길어진 손톱을 보면 집 떠난 지 오래인 걸 알지. 지상은 그런 생각을 하며 걸었다.

나가사끼역은 한쪽이 무너진 채 어두컴컴한 불빛 속에서 을씨년스러웠다. 역사로 들어서며 광재가 쑥스러운 듯이 말했다.

"고맙기야 하지만도, 이래들 나와가지고, 이기 뭐꼬. 군대에 끌려가는데 이기 무신 베슬이나 하는 기라고."

광재를 둘러싸고 저마다 한마디씩 했다.

"건강하게 무운장구하소."

"그래도 마누라가 좋아하겠네. 얼굴이라도 보니. 여기서 바로 가는 사람도 있다던데."

지상이 광재의 손을 잡으며 말했다.

"회자정리, 만나니 이별이구나. 몸조심해라. 할 말은 그거 하나네."

"내보다도 남아 있는 느그들이 걱정이다."

"좋은 시절 오거든, 다시 보자."

"니도 몸조심하그래이."

어두운 역사 건너편, 스물여섯명의 천주교 신자가 순교했다는 언덕을 바라보며 광재가 말했다.

"아따, 눈물 나네."

볼에 눈물을 번쩍이며, 그는 울고 있었다.

돌아오며 생각했다. 그 눈물은 무엇이었을까. 낯설고 물설던 곳, 원수같이 지긋지긋하던 일본땅. 여길 떠나며 왜 눈물이 고였을까. 느그들이 걱정이라는 그의 말처럼 두고 가는 우리들의 안위가 걱정이었을까. 이제는 군인으로 또 어디론가 끌려가야 할 제 신세가 서러웠을까. 사지 멀쩡한 자들이 눈 벌겋게 뜨고 쪽지 하나에 이리 끌려가고 저리 끌려가는 우리 모두가 선 자리, 나라 잃은 청춘을 생각했던 것일까.

우리들 하나하나가 아니다. 이 모래알 같은 우리들 한 사람 한 사람으로는 항거할 수 없이 크고 엄청난 어떤 집단이나 제도가 거대한 악이 되어 우리를 내리누르며 지배하고 있는 거다. 집단의 탐욕과 편견이 거대하게 뒤엉키고 제도와 제도 간의 경멸과 증오와 부패가 거기 뿌리 깊게 자리 잡아 그들만의 거대한 악을 구축하고 결속시킨다. 우리들 하나하나의 저편에 그 거대한 악이 있는 거다. 전쟁이라는 거대한 죄악, 국가라는 이름으로 저질러지는 거대한 죄악, 그것은 자멸하는 것밖에 제어할 길이 없는 불가항력의 악일 것이다. 내 조국 조선의 무능 또한 거대한 악이었다면, 아버지를 앞세운 우리 집안도 그 거대한 악에 닥지닥지 매달린 작은 악의 진딧물 하나하나는 아니었던가.

겨우 눈물지으며 한숨 속에 서러워하며 살아갈 수밖에 없는 우리들 하나하나… 힘없이 기숙사로 돌아가는 자신의 위에 견고하고 거대한 악의 독수리가 날개를 펴고 있는 것 같았다. 거악(巨惡)으로 변한 집단과 제도라는 날개를 펴고.

처음으로 지상은 생각했다. 굴종의 치욕을 겪고 있는 조선도 전쟁에 광분하는 일본도. 그것 또한 국가라는 거악은 아니겠는가. 저만큼 기숙사 건물이 바라보였다.

병든 몸으로 징용공도 모자라서 징용병이 되어 또 어느 전선으로 끌려갈 광재나 징용광부로 조선소 일꾼으로 부서져내린 내 삶만이 아니다. 가족을 와해시키고 우리들의 평안한 잠자리조차 빼앗아가면서 삶이라는 그 덩어리를 형체도 남김없이 짓이겨가는 거대한 악의 수레바퀴여. 얼굴을 드러내라. 눈물이 번들거리는 얼굴로 지상은 어둠게 서 있는 기숙사 건물을 올려다보았다. 으아아 하고 지상이 소리쳤다. 우리는, 우리 모두는 인간이다. 한없는 무력감이 소리 없는 통곡이 되면서 지상은 땅바닥에 털썩 주저앉았다.

36

B29가 은색 기체를 번득이면서 유유히 날아오는 모습을 나까다는 창문 밖으로 바라보았다. 그는 방공호로 대피할 생각도 없이 팔짱을 긴 채 우울하게 서 있었다. 비행기는 나가사끼 상공을 지나 후꾸오까 방면으로 사라져갔다.

공습경보가 조선소 안을 두들기듯 울려대고, 흩어져 있던 공원들은 썰물이 빠지듯 방공호로 숨어들었다. 고요하게 가라앉은, 사람의 그림자도 보이지 않는 드넓은 조선소를 바라보면서 나까다는 생각했다. 이제 나는 이 적막에도 익숙해지는가.

파상공격이 있던 며칠 전 나까다가 5호 방공호로 뛰어들었을 때였다. 안은 이미 몸을 엎드릴 틈조차 없이 사람들로 가득 차 있었다. 안쪽 깊은 곳은 어두워서 보이지도 않았다. 입구 부근에서 엉거주춤 몸을 숙이고 있자니, 바로 앞에는 여자가 땅바닥에 머리를 처박고 엉덩이를 추켜올린 채 엎드려 있었다. 폭탄이 떨어질 때마다 쿠웅쿠웅 땅을 뒤흔드는 소리와 함께 거센 바람이 방공호 안으로 밀려들어왔다. 엉덩이를 걷어차인 듯 바람에 밀린 나까다는 웅크린 여자의 몸 위로 엎어졌다. 여자 엉덩이를 덮쳐누른 꼴이 된 채 긴 시간이 지나갔다.

폭격이 멎고 밖이 조용해지자, 방공호 입구에서부터 사람들이 하나둘 일어나 밖으로 나가기 시작했다. 덮쳐누르고 있던 여자는 위층 사무실의 하네다 부인이었다. 미안해서 얼굴을 붉히며 나까다가 머리카락을 쓸어넘겼다.

"죄송합니다. 어쩔 수가 없어서."

하네다 부인이 말했다.

"아니에요. 덕분에 무섭지 않아서 얼마나 다행이었는지요."

여름이 오고, 어느새 매미가 울고 있었다. 새벽어둠이 걷히며 울기 시작한 매미소리가 무슨 신호이기라도 하듯 나가사끼 하늘로 폭격기가 날아들었다. 계속되는 공습경보에 짜증이 난 사람들은 작업장 밖으로 나와 방공호로 가지 않고 적당한 곳에 몸을 숨기고 있다가 해제경보가 울리면 다시 어슬렁거리며 작업장으로 돌아가는 일이 잦아졌다.

노무계장 하세는 그날 아침 수염을 깎다가 턱을 조금 베었다. 단추 하나만 떨어져도 불길한 조짐 같아서 종일 조심을 하는 요즈음이었다. 액땜을 했다고 생각하자. 일찍 피를 보았으니 오늘은 별일 없을 거야. 그는 애써 그렇게 마음을 달래면서 출근을 했다.

그는 요즘 회사에 나오는 게 싫을 정도로 업무에 짜증이 나 있었다. 반도 응징사들의 기간 만료를 맞아 후생성에서는 매일 이들에게서 기간연장 서류를 받으라고 독촉을 해댔다. 해당자가 2,500명이었다. 이 일에 매달리느라 거의 다른 업무를 보지 못할 지경이었다.

암울한 전황과 매일 계속되는 폭격에 징용공들은 눈에 보이게 흔들리고 있었다. 강압적인 방법으로 재계약 도장을 눌러 억류하는 일이 통할 리가 없었다. 천황에 대한 충성심이나 반도 응징사로서의 명예 따위를 아무리 강조해도 먹혀들 때가 아니었다. 차라리 읍소작전이 어떨까 싶어서 어제는 그들을 모아놓고 말하지 않았던가.

"응징사 여러분이 무엇을 원하는지, 급식을 비롯한 후생복지 등 근본적인 문제점이 무엇인지 모르지 않는다. 그 점을 조선소에서도 잘 알고 있다. 그러나 우리는 지금 일억옥쇄를 부르짖는 국가총동원의 비상 전시체제 아래 있지 않은가. 이 엄숙한 결전의 마당에 선인(鮮人) 여러분의 도움이 필요하다는 것을 왜 모르는가."

드디어 며칠 전에는 후꾸다료의 징용공들이 작업을 거부하는 사태까지 일어났다. 아침을 먹지 않은 채 후꾸다료의 전원이 기숙사에서 나오지 않고 침묵시위를 벌였던 것이다. 올 것이 왔구나. 자포자기의 심정으로 하세 계장은 기숙사로 달려갔고, 오후가 되어서야 그들을 달래서 금물공장으로 투입할 수 있었다. 더 큰 시위로 이어지지 않은 것을 다행으로 알며 그는 가슴을 쓸어내려야 했다.

연장서류의 제출시한도 며칠 안 남았다. 오늘까지만 인간적으로 설득을 해보자 결심하면서 그는 서류뭉치를 끼고 두명의 부하와 함께 노무계 사무실을 나왔다. 하세가 기숙사로 가고 있을 때, 경계경보도 없이 공습경보가 조선소 안을 뒤흔들어놓았다.

하세가 처음으로 본 것은 조선소의 핵심인 본부공장 제2선대에 솟아오르는 불길이었다. 너무 놀란 그는 몸을 돌려 오던 길을 뛰어 노무계로 돌아갔다. 자이언트 크레인이 폭격을 맞았고, 수리 중이던 군함에도 불이 붙었다는 연락이 들어오고 있었다. 사무실 앞 드넓은 구내를 오가며 자재와 인부들을 실어나르던 운반차 선로 종점에도 폭탄이 떨어졌다고 했다.

그는 사무실에서 멀지 않은 현장으로 달려갔다. 도착해보니 엉망으로 뭉개진 도로며 쓰러진 건물이 가득한 연기 속에서 불타고 있었다.

어떻게 손을 써야 할지 몰라 다만 이리 뛰고 저리 뛰던 하세는 발밑의 움푹움푹 파인 곳을 내려다보다가, 입이 다물어지지 않게 놀랐다. 폭격으로 파여나간 발밑 구덩이에 쑤셔박혀 있는 것은 몸통에서 떨어져나온 사람의 팔과 얼굴이 아닌가. 그뿐이 아니었다. 떨어져나온 다리와 찢긴 몸통들이 피투성이로 여기저기 쑤셔박혀 있는 것이 자욱한 연기 속에서 어른거렸다.

너무 놀란 하세가 주춤거리는 사이, 앞쪽에서 60톤 크레인이 지주탑과 함께 굉음을 내면서 쓰러졌다. 그 순간 하세의 몸이 허공으로 날아올랐다. 다리가 떨어져나간 그의 몸통이 쓰러진 크레인 속에 쑤셔박혔다.

계속되는 폭격에 조선소 제1사무소와 금물공장을 시작으로 여러 공장이 폭파되면서 화염에 휩싸였다. 파상공격이었다.

밖에서 소리치는 사람이 있었다.

"근로과 사무소가 불탄다!"

"다 당했다!"

나까다는 밖으로 뛰어나갔다. 사무소 건물은 왼쪽 근로과 창에서 불길을 내뿜으면서 3층까지 불타고 있었다. 나까다는 아연해져서 서 있었다. 제1주조, 제1기계공장이 흔적도 없이 부서져내리고 서 있는 것은 철골 기둥뿐이다. 얼마나 많은 폭탄이 떨어졌는지 지면은 움푹움푹 파인 웅덩이가 되었다. 그 위로 철제 지붕이 우글쭈글 찢겨서 여기저기 널려 있었다.

이때 발악을 하듯 싸이렌이 울려댔다. 숨을 곳도 없었다. 겨우 무너져내린 계단 옆으로 기어들어가 옆으로 눕듯이 몸을 숨겼다. 또다시 편대공격인가보았다. 짜르륵짜르륵 기총소사 소리가 귓가를 울려댔다. 그때 나까다는 쓰고 있는 방호철모를 때리는 이상한 소리를 들었다.

그렇게 엎어져서 얼마의 시간이 지나갔다. 사람들이 하나둘 밖으로 나왔다. 나까다가 몸을 털며 일어나 옆을 보니 영선과가 있던 건물은 형체도 알아볼 수 없이 날아가버리고 거기에 커다란 웅덩이가 파여 있지 않은가. 감독관 사무소 앞에는 철골 기둥 하나가 1톤도 넘는 시멘트 대좌와 함께 뽑혀서 나가떨어져 있다.

설계부 사무실로 달려올라갔다. 창문 유리가 다 깨지고 집기들은 여기저기 나자빠진 채였다. 3층 왼편에 있는 도면창고에서는 불길이 치솟고 있었다.

사람들을 모아 불을 끄려고 해도 물이 없다. 불타는 도면창고를 보며 나까다가 소리쳤다.

"물, 물!"

연기 속으로 뛰어올라온 군함과의 무라까미가 방호철모를 벗어들었다.

"사무실 왼쪽에 우물이 있다. 일렬로 서자."

3층에서 뻗어나간 줄이 우물로 이어졌다. 저마다 철모를 벗어들고 일렬로 늘어서서 손에서 손으로 물을 나르기 시작했다. 자신의 철모를 벗어들고 줄에 끼어들던 나까다는 철모를 내려다보았다. 벽을 맞은 총알이 튀어나오며 철모를 때렸던가보다. 철모에는 손톱만 한 크기로 움푹 들어간 자국이 있었다. 아, 이 모자가 날 살렸구나. 멍하니 서서 나까다는 연기로 매워오는 눈을 비볐다.

철모를 손에 든 채 그는 지척지척 사무실 직원들이 들어 있을 5호 방공호로 향했다. 그 방공호는 길이 15미터에 깊이 2미터의 원형 철근콘크리트로 만들어졌고, 사무실 방호단원으로 나까다가 공사를 감독했던 곳이었다. 위에는 감시탑이 세워져 있는 방공호였다. 그런데 감시탑은 옆으로 자빠져 있는데 방공호가 보이지 않았다. 다가가서 살펴보니 방공호 콘크리트 지붕이 날아가버리고, 방공호 자리에는 부서진 건물의 잔해와 어디서 날아왔는지 흙과 모래가 수북이 쌓여 있었다. 콘크리트 벽만이 흙 속에 남아 있는 것이 보였다.

나까다는 그 자리에 풀썩 주저앉았다. 그렇다면, 여기에 가득가득 들어찼을 직원들은 어디로 갔는가. 싸이렌소리와 함께 나도 사무실을 나와 재빨리 이 방공호로 뛰어들었다면! 가슴에 감싸안고 있던 철모가 툭 떨어져서 땅바닥을 굴러갔다.

그가 입 속으로 중얼거렸다.

"닛뽄(日本), 아 닛뽄."

그는 휘몰리는 연기와 여기저기서 치솟는 불길을, 그사이로 뛰어가는 사람들을 바라보았다. 아, 나의 조국 일본이여. 너는 어디로 가는가.

주저앉은 그의 바로 앞에는 폭격에 날아올랐던 시체 하나가 마치 부서진 인형처럼 팔다리가 이상스레 꺾인 채 쓰러져 있었다.

시체 두구를 치우고 나가다가 다시 사무실로 돌아왔을 때였다. 불을 끄면서 부어댄 물로 흥건한 사무실에 서 있는데 천장에서 작은 목소리가 들렸다.

"거기 누구 없어요? 도와주세요!"

놀라 천장을 쳐다보았다. 부서진 천장 위 틈새에서 기어들어가는 듯한 목소리로 사람을 부르고 있는 것은 자신이 데리고 있던 보조원 콘도오였다. 책상 위로 올라가며 나가다가 소리쳤다.

"내려오지 않고 뭐 해. 빨리 내려와!"

기어들어가는 듯한 목소리가 이어졌다.

"다리를 다쳤습니다. 전연 움직일 수가 없습니다."

나가다는 주위에서 사람을 불러와 콘도오의 몸을 안아 내렸다. 너덜너덜 뼈가 드러난 그의 다리를 잡아매고 바닥에 나자빠진 궤도대를 부숴 들것을 만든 나가다는 콘도오의 몸을 들어 그 위에 눕혔다. 밖에는 병원에서 나온 구호대가 이리저리 뛰어다니고 있었다.

"정신 차려라! 병원으로 간다. 조금만 기다려."

"괜찮아요. 이 정도는 얼마든지 괜찮아요."

말은 그렇게 했지만 콘도오는 얼굴이 가짓빛으로 변해가고 있었다.

콘도오를 병원으로 실어보내고, 어디를 어떻게 손대야 할지 모르는 사무실 안팎을 뛰어다니다가 나가다는 늦게 회사를 나왔다.

나까다가 병원으로 찾아갔을 때 콘도오는 거기 없었다. 이미 죽어서 시신을 밖으로 치웠다는 것이었다.

집으로 돌아가며 나까다는 참으로 긴 하루였다고 생각했다. 발길이 헛놓였다. 그는 친구 하세의 죽음을 그때까지 알지 못했다.

이날의 피해를 조사한 나가사끼조선소 총무과 직원은 며칠 후 일지에 짧게 적었다. '재해 면적 10만 994평방미터. 순직자 합계 124명.'

공장 안에 만들어놓은 방공호가 아무 도움이 되지 않는다는 판단에 따라 조선소에서는 다음 날부터 공습경보가 발령되면 긴급요원만 남고 모든 공원들을 멀리 산으로 피난시키는 조치를 내렸다.

이날은 조선소만이 아니라 나가사끼 항구 밖에서도 대규모 공습이 펼쳐졌다. 타까시마탄광을 노린 폭격기가 떨어뜨린 폭탄이 섬이 아닌 바다에 떨어지면서 물기둥이 치솟았다. 잠시 후 화장터가 있는 무인도 나까노시마에 두개의 폭탄을 떨어뜨린 폭격기는 낮게 나가사끼 남쪽으로 날아갔다.

다음 날부터 사무실을 이전했다. 공무과, 군함과와 함께 나까다의 설계부는 조립공장 2층의 해안 쪽 사무실로 옮겨갔다. 공습경보가 발령되면 전기로(電氣爐)를 정지시킬 수밖에 없으므로, 이제부터 낮 공습이 있는 날은 작업을 야간으로 대체하는 조치도 내려졌다.

이 무렵 해군 관리하에 들어간 조선소의 여러 공장에는 해군이 상주하고 있었다. 또한 노역에 투입한 포로들을 감시하기 위해 육군 초병이 보초를 서면서, 두 군 사이에는 조선소 안에서조차 여러

가지 갈등이 생겨나고 있었다. 전투의 승패는 물론 무기 개발에서 특공대 편성까지 전쟁기간 내내 경쟁과 대립을 계속해온 일본 육군과 해군이었다.

그뿐만이 아니었다. 제복도 지급받지 못한 채 여전히 조선옷 차림으로 공장을 오가는 반도 징용공들은 물론 학도동원대, 부인봉사대, 포로, 마지막에는 나가사끼형무소 우라까미지소의 죄수까지 투입되면서 조선소는 마치 외인부대에 점령당한 것 같은 모습으로 변해갔다.

왜 그랬는지, 누가 먼저였는지 모르게 아이들 방으로 들어온 나까다 토시오와 아끼꼬는 양쪽 벽에 등을 기대고 캄캄한 어둠 속에 앉아 있었다. 등화관제로 불을 켤 수도 없었다.

"아이들이 어떻게 지내는지 모르겠군."

나까다가 천장을 올려다보면서 혼잣말을 했다. 시골로 보낸 아이들이 걱정이었다.

"당신도 봤지? 아이들이 어쩌면 그렇게 말랐나. 먹을 게 그렇게도 없단 말인가."

남편의 말을 들으며 아끼꼬는 시골에 가 있는 아이들을 찾아갔을 때를 떠올렸다. 아이들은 볼이 옴폭 들어갈 정도로 말라 있었다. 까맣게 탄 얼굴에 갈라 터진 입술. 봄을 타서 그럴 거야, 애써 마음을 다잡으면서도 아이들의 수척한 모습에 목이 메었다.

공습을 피해 어린아이들을 시골로 이주시키는 소개는 몇가지로 구분되어 실시되었다. 친척집으로 보내는 연고소개와 아이들만 시골로 보내는 학동소개가 그것이었다. 그리고 어디로도 갈 곳이 없어 학교에 남아야 하는 학생들에게는 잔류조라는 명찰을 가슴팍에 붙이도록 했다.

시골로 떠나기 전 학동소개 아이들이 특별배급쌀을 받아들고 의기양양한 것과 달리, 잔류조라고 쓴 손바닥만 한 천을 가슴에 붙이고 송별식에 나온 아이들은 기가 죽을 수밖에 없었다. 허약체질 아이들이 우선 잔류조로 분류되었고, 달리기에서 꼴찌를 도맡으며 늘 어릿어릿 뒤처지기나 해 꼬맹이 취급을 받던 아이들이 대부분이었기 때문이다. 그러나 시골로 간 아이들의 상황은 급변했다. 그곳에는 무엇보다 먹을 것이 없었다.

"이 전쟁, 어떻게 되려는지. 이러다간 남아나는 사람이 없겠으니."

무릎을 꿇고 앉은 아끼꼬가 가만히 나가다를 불렀다.

"여보, 키꾸짱이 지난번에 동그라미를 두개나 그려 보냈으니 무사할 거예요."

"그거야 어린게 우리를 걱정시키지 않으려고 동그라미를 그려 보낸 거 아니겠어."

동그라미. 아이한테서 오는 소식이었다. 집단소개에 따라 아이들을 시골로 보내면서 아끼꼬는 딸 키꾸에게 줄 스무장의 편지봉투를 준비했었다. 겉봉에 집 주소를 쓴 편지봉투였다. 아직 글을 쓸 줄 모르는 키꾸와 한 약속이 동그라미와 곱하기(○×) 표였다. 편지지에 ○를 두개 그려서 보내면 동생 호따루와 둘 다 잘 지내고 있으니 걱정 말라는 뜻이다. 자신에게 무슨 일이 있거나 동생이 아프기라도 하면 ×를 하나 해서 보내고, 둘 다 무슨 일이 있으면 ×를 두개 그려서 보내기로 하자.

"엄마가 보고 싶으면?"

딸아이는 그렇게 물었다.

"엄마가 보고 싶으면 어떻게 해?"

차마 말이 나오지 않아서 딸아이를 끌어안으며 아끼꼬는 울먹이며 되물었다.

"그땐 어떻게 할까?"

키꾸가 말했다.

"아, 그렇다. 별을 그려야지. 아빠가 보고 싶으면 별 하나, 엄마가 보고 싶으면 별 둘을 그릴게. 호따루가 보고 싶다고 하면 별에 동그라미를 쳐서 보낼게."

딸아이가 편지에 그려 보낸 두개의 동그라미를 본 것도 어느새 두주일이 넘었다. 지난번에 온 편지에서 키꾸는 정성을 들인 듯 꾸욱꾸욱 눌러 동그라미 두개를 그려 보냈었다.

"차라리 아이들을 데려올까 싶어. 애들이 영양실조로 배배 꼬이고 있으니 말이야."

"곧 모든 아이들을 강제소개시킨다던데. 약한 생각 하지 말고 힘내요."

아끼꼬가 애써 남편을 위로하며 말을 돌렸다.

"터널 공사가 다 됐나 보던데, 당신 사무실은 안 옮겨가요?"

미군의 공습을 피해 뚫기 시작한 지하터널이 완공되면서 공장 설비들이 하나하나 옮겨지고 있었다.

"옮겨가야겠지. 새 설계도 시작됐고."

"공장 이름도 다 바꿨다면서요."

"기밀 때문에 그런다더군."

1945년에 들어서면서 폭격을 피해 어린 학생들을 시골로 보내는

집단이주가 본격화되자 나가사끼 곳곳에는 빈 학교 건물들이 늘어났다. 조선소를 비롯한 군수공장들은 빈 학교 건물을 이용해서 공장 이전을 서두르게 된다. 그렇게 해서 조선설비들은 '하(ハ)공장' '모(モ)공장' '토(ト)공장' 등으로 분산된다. 이들 암호와 같은 공장 이름은 이전해간 건물이나 학교의 앞글자를 딴 것이었다. '하공장'은 하마구찌의 공업청년학교로 옮긴 공장, '모공장'은 맹아학교로 옮긴 공장이었다. '맹아'의 일본 발음이 '모오아'이기 때문이다. '토공장'은 토오마찌의 지하터널에 자리 잡았다.

그와 때를 같이해서 조선소 주변에는 공습을 피해 자리를 옮긴 관련 회사들이 하나하나 집결했다. 아끼꼬가 일하는 미쯔비시의 나가사끼병기제작소는 이미 이전을 마쳤다. 군함이나 함정이 사용할 어뢰를 제작하는 곳이 이 병기제작소였다. 여기서 만들어진 어뢰가 바로 진주만공격에 사용되었고, 태평양전쟁에서 사용된 어뢰의 80퍼센트가 이 병기제작소 제품이었다.

"군부는 도대체 무슨 생각을 하고 있는 건지. 국민의 3분의 2가 죽어도 좋다는 건가. 정말 모르겠어."

나까다의 목소리가 더 낮게 가라앉았다.

"요즈음 내가 뭘 하고 있는지 알아?"

아끼꼬는 어둠 속에서 남편의 얼굴을 건너다보았다.

"바다에 떴다가 땅으로도 올라가는 아주 이상한 배를 하나 설계 중이야. 지선(G船)이라는 건데, 생각하면… 기가 막혀."

일본 국내의 물자 수송이 완전히 막히기 일보직전의 상태였다. 철도는 미군의 기총소사와 바다에서 쏘아대는 함포사격을 받았고, 선박은 곳곳에서 잠수함의 어뢰에 맞아 가라앉고 있었다. 해상에서 도망쳐온 배들의 항구 출입조차 미군의 야간공격을 받아 봉쇄되었다.

일본의 양 끝 큐우슈우와 홋까이도오의 석탄을 중심부 혼슈우의 공업지대로 운반하는 것이 불가능했다. 그뿐만이 아니었다. 미곡 생산지인 서북 방면 니이가따에서 일본 중부 칸또오 지방으로 쌀을 수송하는 길도 막혀 있었다.

"그래서 설계하고 있는 게 G형 선박이야. 이 배는 고속상륙선이야. 쌀을 싣고 육지 연안으로 가까이 붙어서 항해하다가 적에게 발각되면 바로 모래해안을 타고 상륙하는 거야. 그렇게 쌀을 실어나르겠다는 거지."

"그럼 군에서 사용할 게 아닌가요?"

"하겠지. 지금은 쌀을 싣지만 전황이 유리해지면 전투의 상륙용으로 바꿔 사용한다는 계획이야."

아끼꼬가 쓸쓸하게 말했다.

"군민 공용 선박이네요."

"다른 선박은 일절 건조를 중지하고 이것부터 만든다는 계획이야."

극비로 진행되는 계획이었다. 기밀이 샐 것에 대비해서 모든 숫자에 암호가 정해졌다. 1은 복숭아, 2는 밤, 3은 감, 4는 밀감, 5는 사과, 6은 포도, 7은 배, 8은 바나나, 9는 수박, 0은 비파였다. 모든 설계 선박의 수치는 이 암호에 따라 전달되었다. 속력이 38.53노트일 경우, 이 수치는 '감, 바나나, 사과, 감' 식으로 전달되었다.

아끼꼬가 무릎걸음으로 기어와 나까다의 가슴에 얼굴을 묻었다. 나까다의 손이 그녀의 머리칼을 쓸어내렸다.

"괜찮아. 이런 때일수록 희망을 생각하자. 무언가 희망을."

"당신은 무슨 희망을 생각하나요?"

"많지. 전쟁이 끝나면, 네대의 자전거를 사자."

"갑자기 자전거는 왜요?"

"난 아이들이 크면 그게 꿈이었어. 우리 가족이 자전거 여행을 하는 거. 자전거 네대가 줄을 지어 나가는 거야. 그래서 큐우슈우 여행을 하는 거지. 연기를 뿜어내는 화산 아소산, 그 웅대한 자연을 아이들에게 보여주고 싶어. 아마꾸사의 섬들은 꿈처럼 떠 있지. 조그만 마을에 찾아가면 이끼 낀 천주당이 있고. 쿠마모또 성을 돌고 카고시마로 내려가는 거야. 거기서는 화산재를 종일 뿜어내는 사꾸라지마가 마주 보이는 여관에 묵을 거야."

"믿고 기다릴 수 있다면 좋겠지만, 어쩐지 나는 그런 날이 올 것 같지가 않아서, 그래서 무서워요."

일본 전역에 미군의 공습이 시작된 것은 1942년 4월 18일, 당시의 주력기였던 B25 폭격기가 태평양 해상의 항공모함에서 발진하면서부터였다. 최초의 공습은 토오꾜오를 비롯한 5개 도시를 기습했다. 불꽃을 쏟아붓듯이, 때로는 기름을 뿌리듯 흩어져내리는 소이탄은 목조가옥이 많은 일본에는 특히 치명적인 위력이 있었다.

1944년 11월 1일부터 이듬해 8월까지 폭탄을 탑재하고 일본을 공습한 B29는 모두 1만 7,500대였다. 일본 전역으로 새카맣게 날아든 폭격기가 투하한 폭탄은 16만 톤에 이르렀다.

항복을 거부하는 일본에 대한 미국의 공격은 집요했다. 적국의 수도에 대한 대공습을 앞두고 미군은 한달 동안 정찰비행을 했다.

그때마다 토오꾜오 전역에는 공습경보가 발령되었다. B29에 의한 대공습은 토오꾜오 시민을 경악과 말 그대로의 아비규환에 몰아넣었다. 전 시가지의 50.8퍼센트가 불탔고, 시골로 도망치는 사람이 급증하면서 687만명이던 토오꾜오의 인구는 253만명으로 줄어들었다.

1945년 1월 27일의 토오꾜오 공습은 긴자를 비롯한 한낮의 토오꾜오 번화가를 직격했다. 은화를 만드는 주조소가 있던 긴자는 일찍이 백화점과 고급상품을 파는 상점들이 들어서며 일본의 유행 중심지가 되어 있었다. 이웃한 뒷골목은 바와 카바레가 들어선 환락가였다. 이 긴자가 화염에 휩싸였다. 미쯔꼬시백화점은 연기와 불길로 검게 그을었고, 건물 바로 앞길에 떨어진 폭탄은 지하철의 통행을 불가능하게 만들며 치솟는 연기로 하늘을 뒤덮었다. 은방울꽃 모양의 아름답던 가로등도 길바닥에 나뒹굴었다.

긴자의 거리는 어제까지의 은성했던 모습을 찾아볼 수 없었다. 야스다은행은 직격탄을 맞아 날아가버리고 그 자리에는 커다란 웅덩이가 파였다. 바로 앞에 보이는 아사히신문사 건물은 남아 있는 유리창이 하나도 없이 박살이 난 상태였다. 유리조각이 떨어져내린 거리를 흙탕물이 소리를 내며 흘러갔다.

스끼야바시 교차점 건널목도 불바다를 이루었다. 폐허로 변한 마쯔다빌딩 주변에서 불타는 건물에 소방대원들이 호스를 들이대고 물을 뿌려댔다. 도로가 파이고 건물의 잔해가 나뒹구는 거리에서 펼쳐진 구호활동이라고는 마차 바퀴를 달아 만든 리어카를 앞뒤에서 끌며 부상자를 실어나르는 것밖에 없었다.

이날, 낮게 구름 낀 겨울 하늘은 눈이 내릴 듯 어둡게 흐려 있었다. 오후 2시 반 유우라꾸쪼오역 하늘에서 탕탕 팡팡 하는 폭음이 울렸지만, 어쩐 일인지 그때 공습경보는 더 낮은 위험수위를 알리는 경계경보로 바뀌었다. 그걸 듣고 조금 전까지 건물 처마 밑에 엎드리거나 길 옆 지붕 없는 방공호에 웅크리고 대피해 있던 사람들이 거리로 쏟아져나올 때였다. 사람들 위로 폭탄이 비 오듯 쏟아졌다. 한순간에 거리는 처절한 모습으로 변했다.

신바시역 부근에 떨어진 폭탄으로 전주가 모두 쓰러졌고, 상점들이 무너져내리며 간판이 나뒹굴었다.

이제까지 있었던 어떤 공습보다도 격렬하고 피해가 참혹했던 1945년 3월 10일의 토오꾜오공습에서는 하룻밤에 11만 5천명이 죽었고 100만명 이상이 집을 잃었다. 이날 밤 12시 8분부터 2시간 40분 동안 계속된 공습에서 19만발의 소이탄이 토오꾜오 전역에 융단을 깔듯 떨어졌다. 검게 타 형체를 알아볼 수조차 없이 쪼그라든 사람들의 시체가 무너진 건물더미와 부서진 거리에 뒤엉킨 채 토오꾜오를 뒤덮은 재와 연기 속에 흩어져 있었다. 토오꾜오경시청은 13일 정오, 절 마당이나 빈터에 임시로 옮겨놓은 시체의 숫자가 7만구가 넘는다고 발표했다.

사상자를 실은 트럭이 뒤엉킨 거리에는 화상을 입은 가족을 업어 나르는 사람, 왜 그렇게 됐는지 알 수 없이 머리카락이 하늘로 치솟은 채 주저앉아 꺼이꺼이 울고 있는 사람, 혼자 염불을 중얼거리는 사람도 있었다. 마쓰다빌딩만이 폭격을 피해 홀로 우뚝 서 있었다. 그 옆에서는 한 소녀의 불탄 시신에 엎드려 어머니와 언니가 얼굴을 씻기며 화장을 해주고 있었다.

저녁이 오고, 도깨비불처럼 여기저기서 꺼지지 않고 타오르는 불길 속에서 연기와 시체의 냄새가 토오꾜오를 뒤덮었다. 토오꾜오를 빠져나가려는 사람들로 시나가와역 주변은 사람의 바다를 이루었다.

미군기가 떨어뜨린 폭탄에는 시한폭탄도 있었다. 떨어진 채 얼마 동안 폭발하지 않던 이 폭탄은 불발탄으로 알고 사람들이 모여들면 그때 터져버렸다. 마치 개구리를 마주 보며 잡아먹지 않고 혀만 날름거리는 뱀처럼, 시한폭탄은 일본인들에게 자신들이 얼마나 미국에게 번통당하고 있는지 처절한 모욕감을 심어주기에 충분했다.

그동안 훈련과 연습은 끊임없이 이어졌다. 신호와 함께 방공호로 뛰어든 사람들은 일렬로 줄을 서야 했다. 지도원들은 출석한 사람들을 앞에서부터 번호를 부르게 한 후 누가 늦었는지, 누구네 집 여자나 어느 할아버지가 안 나왔는지를 점검해 종이에 적었다. 건물 벽 높이 일그러진 미국 대통령의 얼굴을 붙여놓고 물을 날라다 끼얹는 연습도 이어졌다. 편을 갈라 줄지어 서서 물통 이어받기를 해서 날라온 물을 마지막 사람이 사다리를 타고 올라가 미국 대통령의 얼굴에 끼얹는 훈련이었다. 열차 안까지 대피훈련이 실시되어, 기차를 타고 가다가도 의자 밑으로 기어들어가는 훈련을 했다.

먹을 것도 없어 허덕이는 판에 이런 훈련을 해야 하는 건가 싶은 나날이었다. 그리고 대공습이 융단을 깔듯이 자근자근 도시를 뒤덮고 갔을 때, 그들은 결국 그 따위 훈련이 아무 도움도 되지 않았다는 것을 서글프게 확인해야 했다. 일본인들이 비로소, 겨우 알게 된 서글픔이었다.

그날 병기공장에서 야근을 마치고 집으로 돌아가던 아끼꼬는 결국 집에 돌아가지 못했다. 간헐적으로 이어지던 공습이 밤까지 계속되었기 때문이다.

공습경보가 발령되자 경방단원들이 뛰어다니며, 더 이상 몸을 숨길 곳이 없으니 학교 교실로 들어가라고 소리쳤다. 사람들은 집으로 돌아가는 것을 포기하고 촛불 하나 없이 캄캄한 교실로 들어가 여기저기 쓰러져 잠을 청했다.

아끼꼬는 교실 창가에 서서 등화관제로 캄캄하기만 한 거리를 바라보았다. 코오베에 살고 있는 동생 레이꼬의 편지가 떠올랐다. 부친 지 오래된 편지가 현장에 나가 작업지도를 마치고 돌아온 오늘 오후에야 책상 위에 놓여 있었다. 동생 레이꼬는 코오베가 대공습으로 잿더미로 변했다고 전하고 있었다.

동생의 남편 아끼라는 나까다의 친구였다. 결혼을 하면서 아끼라를 따라 코오베에서 살아온 레이꼬였다.

코오베는 안전해, 언니. 뒷산에 있는 고사포 기지 때문에 적기가 나타날 수가 없대. 그런 말을 했던 레이꼬였다. 그렇다던 도시가 고사포 기지도 무색하게 도시 전체가 폐허가 되었다고 했다. 동생이 살던 집까지 부서져버렸다면서, 아이와 남편이 무사하다는 것을 위안으로 삼는다고 레이꼬는 전했다. 그러나 동생이 전하는 키모노 이야기에서 아끼꼬는 끝내 눈물을 흘리고 말았다. 사랑하는 손녀에게 주라면서 돌아가신 할머니가 물려주신 붓꽃 문양의 키모노가 있었다. 당연히 언니인 아끼꼬가 받아야 했지만 동생이 너무나 탐나했기 때문에 아끼꼬는 그 키모노를 동생의 장신구함과 바꾸었다. 동생은 편지에 적고 있었다. 불탄 집을 뒤지다가 타다 남은 키모노를 찾았어. 잿더미 속에 남아 있는 손바닥만 한 붓꽃 무늬 한 조각을 보는데 왜 그렇게 슬프던지. 우리들의 할머니가 그렇게 타 버린 것만 같았어. 붓꽃 한 송이로 남아서.

코오베의 동생만이 아니다. 그런 일이 우리에게도 벌어졌다. 이 나가사끼에도 일어났다.

다음 날 날이 밝아서 교실을 나오니, 복도는 밤새 어둠 속을 더 듬거리며 나온 사람들이 싸놓은 오물로 발 디딜 틈도 없었다. 들것 으로 시체를 옮기고 있는 거리를 걸어 아끼꼬는 집으로 돌아왔다. 집 근처에서는 들것도 없이 널판자 위에 시체를 담아 옮기고 있었 다. 골목 입구에서 채소장사를 하던 아주머니였다. 밖으로 비어져 나온 발이 검붉게 타들어가 있었다.

아 우리 집도 당했나 보구나. 뛰어서 집으로 돌아오니, 길 건너 앞 집은 부서져내렸는데 그래도 아끼꼬의 집만은 온전했다. 집 안으 로 들어갈 생각도 못한 채 아끼꼬는 문에 어깨를 기대고 서 있었다.

나가사끼에 여름이 오면, 매일같이 남서풍 바닷바람이 불어와 책상 위의 서류를 날리고 간다. 이 바람이 방향을 바꾸는 저녁 무 렵이 되면 어느 사이에 바람이 멎고 나뭇잎 하나도 움직이지 않는 다. 저녁 한때 바람이 멎으면서 바다가 잔잔해지는 시간, 이것을 유 우나기(夕なぎ)라고 한다.

보랏빛으로 찬란하던 나가사끼의 수국도 유우나기 때가 되면 빛 이 바랬다. 수국을 좋아했기에 딸아이가 태어났을 때 국(菊) 자를 꼭 아이 이름에 넣자고 했던 아끼꼬였다. 그러나 이 여름은 어디서 수국이 피는지도 모른 채 하루가 가고 또 하루가 간다.

닭고기를 먹는 건 여름이 제격이지. 이제 얼마 있으면 거리에서 그런 말들이 새어나올 때였다. 여름을 나는 영양식으로 닭고기를 먹는 것이 나가사끼의 풍습이었다. 팔딱팔딱 튀는 잔 오징어도 일품이지. 크기가 여자 손가락만 한 게. 그러나 그 모든 것은 전쟁이 앗아가버리고 없었다.

오늘도 덥겠구나, 언제 더위가 가시려나 하고 있는 사이에 어느 날 가을은 와 있었다. 늘 그랬다. 그것이 나가사끼의 여름이었다. 어느새! 하고 놀라노라면 코스모스가 피어 어지러워지는 그런 여름. 그러나 이제는 나가사끼의 여름도 전쟁에 휩쓸려가버리고 없었다.

덧니가 있어 입을 오므리곤 하는 아끼꼬의 얼굴 위로 천천히 눈물이 흘러내렸다.

37

잠든 명조를 뉘어놓고 서형은 뒤꼍으로 나왔다. 노랗게 피어 흐
드러졌던 꽃이 지고 어느새 장다리가 여물고 있다. 그 위에 쏟아지
는 햇살이 한가롭다.

어디 나비라도 있나 싶어 눈을 두리번거리지만 그런 것은 보이
지 않는다. 이른 봄, 여기쯤에서 처음으로 노랑나비를 보았다는 걸
서형은 문득 떠올린다. 그래서 무슨 좋은 일이 있으려나 설레었다.
남편에게서 편지라도 오려나 싶었는데, 노랑나비는 그냥 나비였
다. 나비 같은 미물이 별거겠어. 그저 사람들이 하기 좋은 소리로
만들어낸 말이지.

이렇게 서 있는 것도 요즈음은 조심스러운 서형이었다. 소양강
방죽에 나가 흘러가는 강물이라도 바라보자면, 저 며느리가 점점
넋 나간 사람이 되어간다고들 등 뒤에서 혀를 찼기 때문이었다.

소양강물이 쩌렁쩌렁 얼어 터지던 한겨울에는 강이라도 풀리면 무슨 소식이 있겠지 했다. 그 강물이 풀리기 시작했을 때는 봄이 와서 풀이라도 돋으면, 하면서 기다렸다. 그러나 지상으로부터는 아무 소식도 없이 봄이 갔다. 서형은 아이가 알아들을 리 없는 말을 하는 게 버릇이 되었다.

"풀 돋아봐라. 아버지가 오실 거다. 편지 한장이라도 날아들지 않겠니."

그랬던 그 봄풀이 자라 어느새 민들레 홀씨가 바람에 날린 게 언제인데 남편에게서는 아무 연락이 없다. 소식. 그랬다. 떠나간 사람에게서 소식이 없으면 어디에 가서 알아볼 수라도 있어야 하련만, 그나마도 기댈 언덕이 없다.

"몸은 성하다고 하더라. 북쪽에서 귀인을 만나 평안하니 그리 알라더라."

며느리 꼴이 딱해서만은 아니었다. 스스로도 이러다가 다 키운 아들 앞세우는 게 아닌가 싶어서 점쟁이에게 다녀온 시어머니가 그런 말을 했을 때, 서형은 다만 고개를 숙이고 있었다. 이제 와서는 점쟁이 말보다는 차라리 명국의 말이 의지가 되었다. 그냥 좋은 말을 하자는 게 아닙니다. 지상이 그 사람, 애기아버지는 섬을 빠져나갔습니다. 그것만은 제가 분명히 말씀드립니다. 그럼 어딘가에 살아 있지 않겠습니까. 그렇게 말하던 명국의 입술이 떨리고 있었다.

하늘거리며 서 있는 노란 장다리꽃 옆에서 얼마나 많이 편치 않은 마음을 달래며 서 있었던가. 봄을 넘기며 그 꽃도 지고 열매가 여물고 있다.

요즘 들어 시아버지가 알 수 없이 바쁜데다가 시어머니 얼굴도 말이 아니다. 무언가가 내리누르는 것처럼 집안이 무겁다. 시아주버니 하상이 새로 손댄 광산이 말썽이기는 했다. 다 늙은 광산을 속아서 산 게 분명하다지만 땅 밑에 묻힌 일 누가 알겠습니까. 그런 말들이 돌았고, 그렇게 물려서 질질 끌려갈 게 아니라 하루라도 빨리 손 떼고 폐광시켜버리는 게 낫지 않겠습니까. 그런 말도 사랑채에서 흘러나오는 요즈음이었다.

여름이 오고 있었다.

부엌일하기도 이맘때가 제일 나쁘다니까. 마땅히 솥에 넣을 게 있어야지. 그런 생각을 하며 서형은 그날 저녁 일을 끝냈다. 푸성귀가 지천으로 널려 있는 때라지만 힘들기는 여전한 보릿고개의 중턱, 옥수수도 감자도 아직은 때가 이르다. 아무리 넉넉한 집안이라 해도 궁핍한 절기가 스며들 수밖에 없었다.

저녁 설거지를 끝내고 나서며 바라본 하늘에는 별이 총총했다. 대추나무 위로 걸린 은하수가 소리치듯 흘러가고 있었다. 해거리를 하는 대추도 금년에는 아주 화사하게 꽃을 열었고 실하게 살이 오르고 있었다. 풋대추를 그렇게도 좋아하던 남자였는데. 문득 지상을 떠올리며 서형은 썰렁하게 비어오는 가슴이 춥다. 이상스레 과일이든 반찬이든 퍼런 것을 좋아했지. 사과도 퍼런 풋사과를 깎지도 않고 어적어적 베어 먹는 걸 즐겼고, 풋고추에 오이만 놓여도 밥 한 그릇 비우던 사람. 먹고 지내는 거나 고생이 없었음 좋으련만.

고개를 숙이며 서형은 돌아섰다. 이런 생각을 가슴에 진이 흐르게 하면 무엇하랴 싶다. 찾아가 더운밥 한 끼를 챙겨줄 수가 있나, 옷가지 하나 빨아서 다려줄 수가 있나. 내 남자는 어디에 있는가.

집 안으로 들어서려다 서형은 개 밥통을 내려다본다.

"어이구, 잘도 드셨네."

누렁이가 그녀 옆을 맴돌며 꼬리를 친다.

"들어가서 자, 이 녀석아. 달보고 또 멍청하게 짖어대지나 말고."

중얼거리며 돌아서는 서형의 마음에 설익은 대추 같은 서글픔이 하나 툭 소리를 내며 떨어진다. 그이는 어디쯤 있는 건지.

강을 바라보아도 거기 그가 있다. 산을 보아도 거기 그가 있다. 저 별을 같이 보자고 했던 남자. 그이도 어딘가에서 저 별이라도 보고 있을까. 민들레 홀씨는 날아가서 저 혼자 잎을 틔우고 뿌리를 내린다고 하지요. 그러나 사람은 씨가 아니랍니다. 나와 당신이 만나 짝을 이뤄야 하는 것, 그렇게 뿌리를 내리는 게 부부 아니던가요. 문고리를 잡는 서형의 손이 가늘게 떨렸다.

뒷방으로 들어가는 서형을 댓돌까지 따라온 누렁이가 멍하니 쳐다보며 꼬리를 흔들고 있었다.

사람 할 짓이 아니네. 한동이 중얼거리면서 담장 안을 기웃거렸다.

무식한 눔이 천둥에 개 뛰어들듯이 천방지축이다 생각허세유. 다 지 탓이니깐유. 훈장어른께는 제가 몇번이나 말씀을 드렸지유. 할머니가 편찮으신데 누님이라도 좀 왔다 가게 하면 좋지 않겠냐구. 그랬다가 놋쇠 재떨이에 제 이마빼기만 날아가는 줄 알았잖아유. 주제넘은 짓인 줄이야 알지만서두, 마님께서 어떻게 마음을 좀 써주실 수는 없으실라나 해서유.

무슨 소리를 했던가. 박씨 부인 앞에서 했던 말을 되뇌면서 한동이 돌아섰다. 자신으로서야 죽기 살기로 저지른 일이었다. 할머니가 몸져누우신 지가 언젠데 좀처럼 기침을 못 하시니, 출가외인이 친정 출입이 잦아서는 안 된다 그런 어른들 말씀을 모르는 건 아니지만서두, 명조 어무니라도 친정에 좀 다녀가게 해주실 수는 없으실까 해서유. 그 부탁을 해보자고 강을 건너온 한동이었다.

사람이 나오는 기척은 있었는데, 마당가에 서서 집 안을 기웃거려도 아직 서형이 모습을 보이지 않고 있었다. 한동은 벅벅 뒷머리를 긁어댔다. 일이 잘못돼도 훈장어른 장죽에 얻어맞고 이마빡에 혹이나 두어개 생기기밖에 더하겠냐. 한동은 가슴을 펴며 배짱을 부려본다. 검붉은 볏을 단 장닭이 건들거리며 옆을 지나갔다. 그래도 부잣집이라 다르네. 닭이 살이 올라 있잖어. 어슬렁거리는 수탉을 바라보던 한동이 화들짝 놀라듯 몸을 바로 했다. 서형이 걸어나왔다.

차마 인사도 못 하며 허리를 굽히고 선 한동을 서형은 말없이 지켜보았다.

"어디서 배워먹어, 이런 거. 나설 일에 나서야지!"

"뭐라 하셔도 좋아유. 지가 죽을 죄를 졌어유."

"입은 살어서! 이게 네가 나설 일이니? 아버지라고 생각이 없어서 가만 계셨겠어?"

그때 안에서 박씨가 걸어나왔다.

"아니다, 애야. 그 총각 나무랄 일이 뭐 있니. 아암, 잘했고말고. 총각은 요기를 좀 해야 하니까 얼른 저쪽 방으로 들어가게. 밥상 차리라고 했으니 어서 들어가시게."

박씨 부인이 안으로 들어간 뒤에도 한동은 여전히 허리를 굽힌 채 서형의 눈치를 살폈다. 서형이 속삭이듯 말했다.

"저질러놓은 일 어쩌겠어. 가서 밥 먹고 기다려, 이 잘난 녀석아."

한동이 마음속으로 손뼉을 쳤다.

사랑방에 들어간 한동은 차려 내온 밥상을 얼추 비우고 나서 잠시 거리로 나왔다. 문을 열지 않은 점방에는 문짝의 순서가 갑 을 병 정이라고 쓰여 있다. 그 옆으로 목이 휘게 물건을 이고 가는 방물장수 아낙네가 보인다. 저런 사람들을 보고 있자면 내가 호강이 넘친다 싶다니깐. 그래도 나는 배는 안 굶고 살지 않는가. 그래서 읍내에라도 나오면 차라리 위안이 된다.

다시 집으로 들어갔던 한동은 박씨에게 인사를 하고 먼저 소양통 큰길로 빠져나왔다. 갈림목에서 기다리던 한동이 아이를 업고 다가오는 서형을 보자 조심스레 물었다.

"누님, 괜찮으세유?"

괜찮지 않으면? 일은 네가 저질러놓고 이제 와서 날 보고 어쩌라는 거니. 그런 눈으로 서형이 한동을 쏘아보았다. 한동의 목소리가 기어들어간다.

"죄송해유. 제가 하루 이틀 모셔서 모르겠어유? 누님 보면 마님께서도 벌떡 일어나실 걸유. 제가 다 알지유."

우거지상을 해가지고 서형의 눈치를 보며, 아이를 제가 업고 갈까요? 하려다가 한동은 참았다. 서형이 갑자기 얼굴을 펴며 웃었다.

"그래, 너 마음 쓰는 게 제법이구나 얘."

"지가 잘했지유?"

한동의 얼굴이 활짝 펴진다.

"어르신네가 아셨다간 뼈도 못 추릴 테지만, 벼르던 제사에 물도 못 떠놓는다구 벼르기만 허다가 어쩔거나. 그래서 저지른 건데, 이렇게라도 친정엘 가시게 되니 좋기만 허네유 뭐."

"차암 잘났네요, 한동이 총각."

한동이 앞서 걷기 시작했다. 그런데 누님 얼굴이 많이 상했다. 애 키우느라 부대껴서 그런가. 그래도 고운 자태는 여전하네. 이런 저런 생각을 하며 한동은 서형을 앞서거니 뒤서거니 느릿느릿 걸었다.

서형의 목소리가 밝아진다.

"그러고 보니 널 대추나무에 올려놓고 놀려먹던 게 엊그제 같은데, 많이 컸구나."

"누님두 싱겁기는. 아까 저 야단치신 거, 사실은 마님 들으시라구 헌 소리였지유? 지도 다 알지유."

한동이 껄껄 웃었다.

언제 저렇게 푸르렀지 싶게 소양강으로 흘러내린 봉의산 자락의 녹음이 한결 더 짙다. 아우성치는 듯싶다. 콩밭 사이로 심어놓은 옥수수가 너울거리고 어느새 깜부기를 달고 선 것까지 있다. 서형은 서둘러 들길을 걷는다. 봄누에 치기가 끝난 뽕나무에도 어느새 잎이 자라 너울거리고 있다. 훑듯이 따버렸던 잎인데도 벌써 그렇게 자랐다. 아직은 알이 작지만 파랗게 오디가 자라는 것이 보인다.

상수리나무가 우거진 야산 밑을 그녀는 돌아간다. 묵묵히 그러나 넘실거리듯 산들이 이어져 있다. 여름을 지나며 저 산들은 더욱 짙어져서 검푸르게 변해가리라.

"아버지는 어떠시니 요즘?"

"똑같으시지유. 시상 돌아가는 꼴에 그냥, 어허 이거야, 어허 이거야 허시는 것만 더 늘어나셨지유."

빠른 물살로 흘러가는 소양강 건너편 산으로 서형은 눈길을 옮겨간다. 더덕냄새 사이로 칡넝쿨이 엉키고 있을 숲이 검도록 푸르렀다. 잣나무가 들어선 산허리를 바라보며 서형은 아버지를 떠올린다.

아버지는 늘 말하곤 했다. 상록수처럼 되라고. 그런 말을 하는 아버지를 오빠의 등 뒤에서 바라보면서, 왜 꼭 사람이 늘푸른나무여야 하나요 묻고 싶었다. 철 따라 잎을 피웠다가 단풍으로 물들며 떨어져가는 나무들도 아름답기는 마찬가지 아닌가요.

잎은 변하지만 그 속은 한결같은 그런 나무들이 나는 좋다. 가을이 오면 단풍 들고, 첫서리 내릴 때면 그 잎마저 다 떨어뜨리고 마는 그런 나무들. 겨울이 오면 알몸으로 서서 묵묵히 눈발을 맞는 나무들. 그렇다고 결코 그 나무가 죽은 게 아니다. 봄이 오면 또 푸르게 잎을 틔우지 않던가.

먼저 강가에 다다른 한동이 서형을 기다리고 있었다. 아이가 그새 잠이 들었나 보았다. 업고 있던 명조를 한동은 제 벗은 옷을 깔개 삼아 눕혀놓았다. 속옷이라고 걸친 한동의 옷에는 기운 자국이 듬성듬성했다. 다가서는 서형을 보고 그가 말했다.

"좀 쉬었다 가세유. 요기도 좀 하시구유."

서형이 피식 웃었다.

"엎어지면 코 닿을 데서 요기는 무슨 요기. 강에 들어가 물고기라도 잡을래?"

한동이 부스럭거리며 주먹밥을 꺼내놓았다. 서형이 눈을 둥그렇게 떴다.

"저야 밥 한 상 비우구 나왔지만서두 누님이야 빈속으로 나오실

게 뻔하길래, 잠깐 국밥집에 가서 부탁을 했어유."

덜렁거리는 덴 둘째가라면 서러워할 한동이가 어떻게 이런 마음을 다 썼을까. 남이라도 너 같기만 하다면야. 그런 생각을 하면서 서형은 주먹밥 보퉁이를 받았다. 강물에 손을 씻고 먼 산을 바라보며 앉아 서형은 주먹밥을 베어물었다. 바라보이는 산이 두개다. 하나는 늠름하게 넘실거리고 하나는 소양강물에 거꾸로 비쳐서 너울거린다.

한동이 불쑥 말했다.

"아무것두 모르는 무지랭이지만, 한동이 지는 그래두 태형이 형이 자랑스러워유."

"그건 또 무슨 소리니."

"형님이 중국으로 만주로 독립군 허구 다닌다는 소리야 귀 있는 사람은 다 아는 건데 뭘유."

"축지법 쓰면서 펄펄 나는 독립군 되었다는 소리? 아서라, 일없는 사람들 말장난이니. 넌 그냥 오빠가 간도땅에서 아편장사나 한다더라, 그렇게나 알아둬. 말도 그렇게 하고 다니고."

"지가 훈장님댁에서 한솥밥을 먹은 게 몇핸데, 그만한 눈치두 없을라구유."

서형이 웃었다.

"너도 큰일이다. 훈장집 강아지가 지게 작대기 건너뛰면서 한 일두 이 한다더니, 말만 늘었구나."

갈 곳 없는 아이를 집에 들여와 키우며 한 식구로 자란 한동이었다. 그 한동이 이젠 어디 내놓으면 새경이라도 제대로 받겠다 싶게 컸을 때였다. 우물 안 개구리를 뭐에 쓰겠니. 바깥 너른 세상도 좀 보고 너 하고 싶은 일이 있거든 하며 살거라. 그렇게 아버지는 한동이를 밖으로 내보냈다.

절 쫓아내는 게 아닌데, 어르신네가 허시는 일에 따라야지유. 그 말 한마디를 남기고 나갔던 한동은 그러나 반년을 채우지 못하고 집으로 돌아왔다. 전 이제 여기서 등 떼밀어두 안 나갈 거구만유. 어디 가서 뭘 했는지, 마을을 돌아다니며 아이들 머리를 깎아주는 돌팔이 이발사가 들었음 직한 삼각형으로 생긴 돼지가죽가방 하나를 내려놓으며 한동은 그렇게 말했고, 다음 날부터 지게를 지고 나섰다. 언제 집을 나갔었냐는 듯.

얼추 주먹밥 하나를 해치운 서형이 손을 씻고 나서 아이를 업으려고 했다.

"명조는 제가 업고 갈 테니깐 누님이 앞장서세유. 애들은 자면 더 무거워유."

배를 건넌 한동이 길벗 삼아 말을 시작했다. 뒷산에 그늘이 지기 시작하는 길을 그들은 걸었다.

"지난봄에는 그 순사놈이나 반쯤 죽였다 놓고 가막소에나 다녀오는 건데 잘못했지유."

"그건 또 무슨 소리니!"

"한동이는 이제 죽었다구 세상이 다 그랬을 땐데, 누님만 몰랐어유?"

"너 같은 순둥이가 무슨 일을 쳤는데?"

"논물 대다가 그랬지유. 왜놈 순사한테 술깨나 사주구 다닌다구 소문난 박서방이라구 있잖아유. 아 그눔이 같은 봇물을 쓰는데, 허지 마라 허지 마라 허는데두 계속 제 논으루만 물을 돌리지 않어유. 이른 봄 그 가물 땐데 속에 열불이 안 나겠어유. 그래서 요눔 새끼 부닥치기만 허문 삽자루루 어디 한군데 작살을 낼려구 밤을 새워 기다렸지유. 요게 가만히 보니깐 새벽이문 꼭 그짓을 허더라니깐유."

"그래서, 사람을 다치게 했다는 거니?"

"눈에 보이는 게 없었지유. 만나자마자 논두렁에 메다꽂구 작신작신 밟아댔는데, 제놈이 잘못이 있으문 가만히나 있어야지유. 타구찌라나 뭐라나 이름도 이상한 왜놈 순사를 갖다붙여설랑은 나를 주재소루 끌고 가잖아유. 뭐 샐인죄를 씌우겠다나 뭐라나."

서형이 말없이 걸음을 멈추었다. 타구찌라면 그녀도 아는 순사였다. 일본으로 가며 도항증을 받으러 경찰서에 갔을 때, 미꾸라지처럼 요리 빼고 조리 빼더니 교양강습인가도 받아야 한다면서 세 번이나 발걸음을 하게 했던 그가 타구찌였다. 교양강습 때는 또 어쨌던가. 옥상, 요쪽입니다. 옥상, 제가 위층으로 모시지요. 촐싹대면서 찰거머리처럼 들어붙어서 서형이 민망해했던 자였다.

"그래서 무슨 일이 있었니?"

"아 안 그래유? 농사꾼이 논물 가지고 싸우는데 순사가 왜 끼어들어유."

"그래서 어떻게 됐냐니까?"

"네눔은 또 어디서 굴러먹던 개뼉다구냐 싶데유. 그래서 그 순사 눔을 코빼기가 터지게 냅다 받아버렸지유."

웃을 수도 없어서 서형의 얼굴이 일그러진다. 일본 순사를 받았는데 온전했을 리가 없다. 게다가 한동의 박치기 솜씨는 어렸을 때부터 마을에 자자하지 않았던가.

"잘했다. 나무 잘 타는 사람 떨어져서 죽는다더니, 네가 그 꼴이구나. 박치기 잘한다 잘한다 하더니, 받을 게 따로 있지 어쩌자고 순사를 받아!"

서형이 먼 산을 바라보았다.

"그래저래 고생이야 좀 했지유. 겨우겨우 나와보니깐 모가 한뼘은 자랐데유. 어르신네한테 야단 한번 호되게 맞았지유."

서형이 혀를 찼다.

"사람이 무섭데유. 지가유, 독이 올라설라무네 눈을 부릅뜨고 앉았으니깐, 주재소에서두 흘끔흘끔 곁눈질만 허더라니깐유."

"얘가 이제 보니 허풍까지 늘었네. 남자가 진득해야지, 그러면 못쓴다."

잠들었던 명조가 깨어나자, 아이를 번쩍 들어 목말을 태우고 한동이 성큼성큼 걷기 시작했다.

마을길로 들어서자 찌그러들듯이 쭈그리고 있는 초가집들이 꺼멓게 이엉이 썩어가는 것이 그녀의 눈에 마치 사람이 살지 않는 집들 같다.

서형의 눈길은 자신의 집 지붕에 가 멎었다. 엄마, 나 왔으니까 조금만 기다려요. 그런 말들이 가슴속에서 사시나무 떨듯 바람에 날리고 있었다. 묵묵히 걸었다. 집까지는 한달음이었다. 명조를 내려 가슴에 안고 토닥이면서 한동은 중얼거렸다.

"다 왔습니다요, 되련님. 할아버지헌테 인사해야지. 절헐 줄 알어?"

친정 마당에 들어서자 두살이가 뛰어나오며 짖어댔다. 먼저 마당으로 들어서며 한동이 고함치듯 말했다.

"훈장님, 한동입니다. 누님 모시구 같이 왔습니다."

천천히 사랑문이 열리면서 치규가 밖을 내다보았다. 마루에 명조를 내려놓고 한동은 댓돌 위에 서 있었다. 서형이 마루로 올라서며 울먹였다.

"아버지…"

그림자가 움직이듯 치규가 일어섰다. 서형이 방 안으로 들어섰다. 마주 선 딸과 아버지의 눈길이 아무것도 말하지 마라, 말하지 않아도 다 안다, 그렇게 아우성치듯 엉켜들었다. 고개를 끄덕이면서 치규가 자리에 앉았다. 서형이 몸을 숙이며 큰절을 올렸다. 그러나 삿자리 바닥에 이마를 박듯이 한 채 서형은 몸을 일으키지 못하고 엎드려 있었다. 치규가 말했다.

"그래, 잘 왔다. 들어가보거라. 에미가 널 많이 찾았다."

대청을 건너가 안방 문을 열고 들어서는 서형의 뒷모습을 치규는 무릎에 앉힌 어린 손자의 머리를 쓰다듬으며 바라보고 있었다. 방 안으로 들어선 서형은 방문을 닫을 생각도 하지 못하고 풀썩 홍씨의 옆에 주저앉았다. 잠이 들려다 딸의 문소리에 깨어난 홍씨가 가늘게 눈을 뜨며 서형을 올려다보았다.

"엄마, 나야."

서형의 손이 나아가 이불 밖으로 비어져나온 홍씨의 손을 덥석 움켜쥐었다.

"엄마, 저 왔어요."

"어떻게, 네가…"

서형은 아무 말도 하지 말라고 고개를 저었다.

"이제 됐어요. 나 왔으니까 이제 맘 푹 놓으세요."

서형은 집에 와서야 알았다. 어머니 홍씨가 아프기 시작한 게 오빠 태형의 소식을 듣고 나서였다는 것을.

　"엄마두 참. 좋은 소식이잖아요. 기쁜 소식을 들었는데 왜 속을 끓여요."

　"너도 네 아버지랑 똑같은 소릴 하는구나. 다 필요 없다. 난 내 눈앞에서 마당 쓰는 아들이면 원이 없겠다."

　한동이 얘기로는 그랬다. 오빠의 소식을 들은 지 며칠 지나서 이른 아침부터 까치가 울어댔다. 버럭 울화가 치민 홍씨가 마당으로 나가 호두나무 아래서 울고 있는 까치를 향해 돌팔매질을 하다가 뒷머리가 당긴다면서 주저앉았고, 그날로 시름시름 몸져누웠다는 것이다. 그 말을 들으면서 서형은 눈 코 입을 얼굴 한가운데로 모으듯 찡그리며 웃을 수밖에 없었다.

　"엄마, 아버지가 그러시잖아요. 품에 있어야만 자식이냐구. 엄마도 그렇게 생각해요."

　"난 독립군 아들 둘 생각 없다. 내 앞에서 마당 쓰는 아들이면 돼."

　아래샘밭의 침쟁이 영감도 다녀갔고 탕약도 지어와 달이느라 했지만 홍씨는 일어나지를 못했다는 이야기였다. 급한 대로 마침 혼자되어 친정에 와 있는 아낙네가 마을에 있어 집안일을 맡기며 홍씨의 수발까지 들게 하고 있었다.

　읍내의 의사가 왕진을 다녀간 건 이틀 후였다. 아주버니에게 차를 부탁해서 병원으로 모시고 갈까 하는 생각이 언뜻 머리를 스쳤지만, 서형은 이내 그 생각을 버렸다.

　"지가 한번 알아볼까유?"

눈치를 챈 한동이 장터 쪽으로 나가 트럭을 빌릴 수 있는지 알아보겠다는 말을 조심스레 꺼냈다. 서형이 눈을 흘겼다.

"벼룩이 잡자고 식칼 빼들래? 무슨 큰 병도 아닌데 소문이나 이상하게 날라."

한동이를 앉혀놓고 서형이 조곤조곤 말했다.

"한동이 네가 전평리를 한번 더 다녀와야겠다. 정미소엘 가면 손씨라고 있어. 그 양반을 만나서 내가 보내서 왔다고 해라."

"말씀만 하세유."

"덜렁대지 말고 잘 들어."

지상과 함께 일했던 정미소의 기사 손씨는 서형의 부탁이라면 다른 일은 뒤로 밀어놓는 사람이었다. 지난번 서형이 하시마에 다녀온 후에도, 애아버지는 잘 지내고 있어요 하는 말에 눈물을 글썽였다.

"누님 말씀만 전하문 그 양반이 의사를 데리구 올 거라 그 말씀이지유? 알겠어유. 그게 뭐 어려운 일이겠어유."

"조신하게 잘 얘기해야 한다. 성질은 급해서 돼지꼬리 잡고 순대 먹자고 할 너 아니니."

"정말 허시는 말씀이라군."

다음 날 저녁 무렵, 손씨는 발 빠르게 의사와 함께 서형을 찾아왔다. 청진기를 목에 걸고 나서 꽤 오랫동안 홍씨의 몸을 살피고 난 의사는 급한 처방은 해놓을 테니 사람을 보내 약을 받아가라면서 말했다.

"연세가 있으시니 안 좋으신 데도 있고 그런 거지, 어디가 딱히 나쁘다고 할 데는 없습니다. 기력이 많이 쇠하셨으니까 보양이나 잘하며 보살피면 차차 좋아지실 겁니다. 일어나시면 한번 병원으로 모시고 오십시오."

큰 병은 없으시대지유? 하여튼 그늠의 까치새끼가 사달이지유. 까치소리만 들으면 할머니가 깜짝깜짝 놀라신다니까유. 내 그늠을 잡아서 그냥 굵은소금 술술 뿌려서 구워먹든가 해야지. 남세스럽다고 흉본다고 아무리 못 하게 해도 한동은 명조를 둘러업고 싱글벙글이었다.

며칠이 지나 홍씨는 일어나 앉았다. 뒷골이 당긴다면서 여전히 이마를 끈으로 묶기는 했지만, 내가 이러다가 영 일어나지 못할 거 같다는 말을 누우면서 하고 일어나면서 하기는 했지만, 그래도 딸 옆에서 하루가 다르게 기력을 회복하는 모습이었다.

저녁 햇살이 환하게 비껴드는 무렵, 이마를 끈으로 묶은 홍씨와 이야기를 나누다가 서형은 뒤뜰로 나왔다. 오빠 때문이다. 오빠가 눈에 밟혀서, 그래서 엄마는 몸보다 더 먼저 마음이 까부라지고 있는 거다. 장독대가 있는 집 뒤뜰에 나와 서서 서형은 옷고름으로 눈물을 찍어냈다. 담 밑으로 솟은 무성한 풀이 눈물 때문에 흐려 보였다. 사람 없는 집에 풀부터 자란다더니 우리 집이 그 꼴이 되었어. 맨드라미가 핀 장독대 옆을 어슬렁거리던 닭들이 홰에 오르려는 듯 뒤꼍을 돌아나가고 있었다. 한동이 시켜 내일은 빈 벌통 옆의 풀부터 좀 베자고 해야겠구나.

서형은 문득 생각했다. 어디 참한 색시 하나 골라서 한동이를 장가부터 들여야 하지 않을까. 그래서 함께 살게 하면 내가 조금이라도 마음이 놓이련만. 그러나 서형은 이내 고개를 저었다. 그거야 다 나 좋자는 생각이지. 장가를 들면 한 살림 마련해서 따로 나가 살게 해야지, 피붙이도 아닌 노인네를 모시고 시집살이를 하겠다는 처녀가 어디 있겠나. 서형은 그게 다 욕심임을 안다.

명조 돌잔치는 안 하는 게 좋겠지요? 내일이면 시댁으로 돌아간다면서 딸은 그런 말을 했다. 백번 옳지. 남편이 행방불명인데 새끼 돌잔치를 하겠냐.

치규는 명조의 손을 잡고 강둑으로 나갔다. 멀리 흘러드는 소양강 줄기가 바라보였다. 집 앞으로 내려오면서 백사장이 펼쳐지며 폭이 좁아진 소양강물은 여름이면 아이들 멱 감기 좋고 어른들 천렵하기 안성맞춤인 그런 너비였다. 나루터에 서면 건너편에 선 사람에게 목소리 높여서 농담을 해도 들리게 물살도 없었다.

치규는 문득 서당 학동들과 강가에 나와 책거리를 하던 때를 생각한다. 녀석들, 가르쳐만 놓으면 어느새 시 한수씩은 잘도 짓더니. 물은 흘러 천년을 가지만, 땅은 여기에 있네. 그런 걸 쓴 녀석도 있었다. 사람 가르치는 기쁨이 그런 거였다.

요즘은 이상하게 강에 마음이 끌린다고 치규는 마음을 쓸어내렸다. 흘러가는 물살에 마음이 끌리니 그것도 모를 일이지. 이 나이가 되면 다 그런 건가.

몸은 쇠하고 지혜는 가물거리는데, 생각하면 할수록 무슨 세월이 이런가 싶다. 뤼순감옥에서 의사 안중근이 사형선고를 받은 것은 1910년 2월이었다. 나라가 형해조차 남지 않고 사라지던 바로 그해에 의사는 이국땅에서 일생을 마감했던 것이다. 그리고 30년 넘는 세월이 무참하게 흘러갔다. 민족정기는 해를 거듭하며 유린되고, 질곡의 어둠이 이 땅을 내리덮었다. 강물은 여전히 소리쳐 흐르고 산허리를 감도는 안개 속으로 그 빛도 찬연하게 아침 햇살은 강토를 비췄지만, 친일분자들이 배를 두드리는 속에서 굶주린 백성과 나날이 헐벗어가는 산하만이 눈 감고 숨죽여 묵묵했을 뿐이었다.

끌려가고 잡혀가고 뜻도 꿈도 빼앗기고 짓밟힌 채 헤아릴 수 없이 많은 조선의 아들딸들이 죽어가고 썩어갔다. 징병으로 총알받이가 되고, 징용으로 가축처럼 끌려가고, 황군이라고 자랑하던 일본군의 성노예가 되어.

더러 뜻있는 자들이 하나둘 통한을 짓씹으며 먼 훗날을 기약한 채 바다를 넘고 강을 건너 제 땅 조국을 뒤로하고 떠나갔다. 헐벗어가는 땅에도 때가 되면 해오라기가 찾아와 그 긴 다리로 물가를 거닐었다. 이 땅을 찾아온 새 한마리라 한들, 몸과 마음의 끼니를 잇지 못하는 백성의 허기진 심사를 몰랐으랴.

강둑을 내려섰다. 강물소리가 무서워서일까. 명조가 치규를 잡은 손에 힘을 준다. 그 보드랍고 작은 손에서 전해져오는 온기에 갑자기 치규의 가슴이 뭉클해진다. 늙어 이 나이가 되어서도 아직 눈물이 남아 있었던가. 강물을 바라보는 치규의 눈가가 붉어진다.

이건 서글픔 때문이 아니라고, 치규는 고개를 저으면서 스스로에게 말했다. 그 험한 세월을, 그야말로 바다가 변해서 뽕나무밭이 되는 세월을 살지 않았던가. 어디 그뿐인가. 상여꾼이 소리 잡듯이, 솥에 넣은 닭이 홰를 치며 울어대던 세월이 그렇게 지나가지 않았던가. 앞세운 자식이 둘이었다. 낳으면 죽고 다 길렀나 싶으면 죽고. 그래서 태형이는 세살이 넘도록 이름을 짓지 않았었다. 그때 부르던 이름이 우뚝이였다. 그래서 우스갯소리도 많이 들었다. 훈장

네 아들 이름은 강아지 이름 같다고까지 했다. 출생신고를 하며 호적에 올린 게 다섯살이 되어서였다. 그렇게 늦게 태형이를 얻고, 내리 서형이가 태어났다. 무슨 조화인지. 팔자에 자식이 없나 보다 했는데 늦게 둔 두 아이는 잔병치레조차 한번 없이 잘도 자라주었으니. 그것들이 커서 이제 자신들의 세상을 살고 있다.

나라 잃은 땅에 남아 무슨 뜻을 펴며 살겠냐고, 잡놈이 다 되는가 싶게 밖으로 나돌던 아들이었는데, 이제는 소문이나마 중국땅에 가서 사람 시늉이라도 하며 살고 있다고 들리니, 그러면 된 거 아닌가. 며느리가 달여주는 약사발 받으며 누웠다가 죽어야 그게 꼭 사람 사는 노릇은 아니지 않은가. 그런 호사야 이미 버린 지 오래다. 아암, 그렇지.

나도 많이 살았다. 언뜻 한잠 자고 깨어난 듯이 어느새 나도 가야 할 때가 되었다. 그래도, 떨어진 풀씨처럼 아이들이 이렇게 크고 있지 않나. 치규는 외손자를 처연하게 내려다보았다. 손바닥에 아이의 체온이 따스하게 전해져왔다.

아이를 번쩍 들어 안고 치규는 강둑을 올라섰다.

"명조야, 봐라. 너도 보이지?"

어린 손주가 알아들을 리 없는 말을 치규는 한다.

저기 봉의산을 보려무나. 언제나 거기 있지. 무엇이 있어서 저토록 의연하겠느냐. 가뭄이 든다고 비루먹은 강아지처럼 초라해지길 하더냐, 장맛비가 휘감고 간다고 어디 몸 한번 움츠리기를 하더냐. 저기 저렇게 서서, 언제나 베풀고 무엇이든 끌어안아주었다.

소양강은 또 어떻더냐. 물은 낮은 데로만 흐른다. 물에 있어 낮은 데란 뭐겠느냐. 그게 바로 순리라는 거고 도리라는 거다. 많을 때는 넘쳤다가 가뭄이 들면 바닥의 모래가 손에 잡힐 듯이 졸아들기도 하지만, 그러나 강물은 변함이 없다. 흘러가는 것을 마다하지 않고 높은 곳을 탐하지도 않는다. 가뭄과 홍수를 그렇게 견디다가, 겨울이 오면 또 그 추위를 피하지 않고 꽁꽁 얼어붙는다. 그래도 강물은 그 얼음 밑을 흐르고 있지 않느냐. 흐르고 흘러서 마침내 바다로, 제 갈 길을 간다.

저 소양강처럼, 저 울울하게 넘실거리는 가리산 연봉들처럼 묵묵히 제 목숨의 본분을 다하는 거, 그게 사는 일이라는 걸 이제 할아버지는 안다. 역사는 만신창이가 되어 30여년을 무심하다만 그 민족을 길러낸 이 땅만은 저토록 의연하구나.

"거참, 왜놈들 허는 짓이 점점 가관이라니까. 이전엔 그렇게까진 안 하더니만서두 요샌 눈 뜨고 못 보겠다니깐."

"뭔 일이 있었어?"

먼저 와 배를 기다리던 두 사람이 마음이 불편한 듯 이야기를 나누고 있었다. 서형도 낯이 익지 않은데다 한동이도 인사를 건네지 않는 걸 보니 어딜 다녀가는 사람들인가보았다.

"거 지난번 장에서 보니깐 이거야 원. 순사놈이 장꾼들한테 철썩철썩 손찌검하는 건 예삿일이지 않나, 남의 안사람 붙잡고 장바닥에서 시시덕대질 않나. 나 참 남세스러워서."

"말세라. 그냥 땅하고 하늘하고 냅다 맷돌질을 하든가 해야지."

"누가 그럽디다. 그것들도 군대 끌려가랴 뭐하랴 이것저것 솎아내다보니 쭉정이 깜부기 같은 것들만 조선에 와설랑 거들먹거린다구."

안 들어 좋을 이야기를 듣는구나 싶어 서형은 먼 산으로 외면을
했다. 어느새 산이 한결 푸르러 있었다.

강을 건너갔던 배가 들어왔다. 한동이 사공과 떠들어댔다.

"요즘 재미 좋겄어."

"뭔 재미?"

"요전에 보니깐 제수씨 배가 이렇게 불렀던데. 아들이여 딸이여."

"낳아봐야 알지, 그 조화야 삼신할멈이나 알까. 그나저나 넌 뭔
놈이 아래위가 없냐. 형수님이지 제수씨가 뭐여."

아이를 업고 배에 오른 서형은 뱃전을 잡고 쪼그리고 앉았다. 제
딴에 뭘 보겠다는 것인지 명조가 이리저리 몸을 돌리며 발을 버둥
거렸다. 한동이 다가와 서형의 등에서 아이를 뽑아 올려 안았다. 배
가 강 한가운데로 나아갔다. 서형의 그늘진 마음이 흘러가는 강물
에 떠 일렁거렸다.

아버지, 이번에 와서 어머닐 보니까 마음의 병이 저런 건가 싶어
요. 많이 좋아지시기는 했지만 이참에 제가 와서 어머닐 돌보도록
할까 합니다. 어른들께 말씀 올려서 얼마 동안이라도 친정에 와 있
게 허락을 받을게요. 그런 말을 남기고 아버지께 절을 올리고 돌아
서던 마음이 왜 그렇게 무거웠던가. 애써 마음을 밝게 가지려고 가
슴을 펴면서 서형은 강물을 내려다보았다. 뱃전을 치고 가는 물결
은 맑디맑았다.

강을 건넌 서형이 먼저 배를 내렸다. 함께 강을 건넌 한동이 안
고 있던 명조를 번쩍 들어올리며 말했다.

"명조 도련님, 대한남아 되소서. 훨훨 커서 아부지처럼만 되소.
아니지. 엄마처럼은 되셔야 합니다."

"못 하는 소리가 없다. 애 떨어뜨릴라. 어서 이리 줘."

뱃전으로 넘겨주는 아이를 받아 업은 서형이 한동을 바라보았다.

"네가 애 많이 썼다. 고마워."

"어여 가세유."

"너만 믿고 가. 엄마랑 잘 부탁한다."

"그럼 누님, 다음에 약 받으러 병원에 갈 때나 들를게유."

보통이 하나를 든 서형이 돌아섰다. 자갈밭을 지나며 바라보니 사공은 배를 돌리고 있고 허리에 손을 얹고 섰던 한동이 번쩍 손을 흔들었다.

방죽으로 올라서려는데 저만큼 보리밭 사이로 난 길을 빈 지게를 진 남자가 걸어가고 있었다. 서형은 눈을 가늘게 뜨면서 보리밭 고랑을 내려다보았다. 보리밭이 바람에 넘실거렸다. 땅이 녹으며 푸르게 돋아난 저 밭의 보리들, 겨울을 이기고 솟아난 그 푸른 대궁들은 여름을 맞으며 누구보다도 먼저 누렇게 익어서 가난에 찌든 백성들의 양식이 되리라. 곡식 하나가 그러한데 하물며 우리네 사람들 목숨이 아닌가. 힘들게 춘궁기를 넘겼으니 얼음 녹은 강물이 아우성치며 흘러가듯 부황 든 조선 백성의 얼굴에도 보리밭처럼 그 끈기가 되살아나겠지.

그때였다. 지게를 진 농부가 사라진 길로 불쑥 자전거 한대가 나타났다.

"하이, 반갑스무니다."

따르릉거리며 자전거를 내린 사람이 강둑을 넘어 자전거를 끌고 왔다. 타구찌, 도항증명 때문에 만났던 순사였다. 한동이 이마빡으로 받아버렸다던. 서형이 걸음을 멈췄다.

정복 차림의 타구찌가 자전거를 세워놓고 나서 말했다.

"안녕하시므니까."

서형이 한 걸음 물러서며 고개를 숙였다. 타구찌가 실없이 웃어가며 일본말을 했다.

"옥상을 찾아가던 길입니다. 에에또, 다름이 아니라 옥상이 나가사끼현의 하시마를 다녀오지 않았습니까. 바로 나가사끼현 경찰에서 연락이 왔습니다. 김지상이 본 주소지에 있는지 행적 파악 및 동향 조사를 해서 보내라는 공문이 왔습니다."

그렇구나. 이것들이 군함도를 빠져나온 남편이 도망을 쳐서 집으로 돌아오지 않았나 그걸 조사하는 거로구나. 깊이 숨을 들이마신 서형이 몸을 바로 했다.

"그래서, 현지에 갔다 온 게 옥상이라 사정 청취를 해야 합니다."

"그래서요?"

"경찰서에 나오셔야 하는데 번거로우시니까 제가 나왔습니다."

서형이 강 건너를 가리켰다.

"저기로 날 만나러 가던 길이다, 그겁니까?"

"하이하이, 그렇습니다. 하시마를 다녀오신 분은 옥상이라. 에에 그리고, 또 하나가 있습니다. 최태형. 옥상의 오빠 되시지요?"

이건 또 무슨 소린가. 서형이 말없이 타구찌 순사를 바라보았다.

"최태형상은 잘 계시나요? 소식은 자주 옵니까?"

"그건, 저희들도 모르는 일입니다."

"아 모르셨습니까. 유감입니다. 우리가 다 아는 일을 가족이 모르시다니. 그 일도 만만치 않습니다. 최태형상이 만주로 갔다는 건 우리가 다 파악하고 동향을 예의 주시하고 있다는 것쯤은 아시겠지요? 최근 현지에서는 소재 파악이 안 되는데 상하이로 들어갔다는 동향 보고가 저희한테 도착했습니다. 이것 때문에라도 경찰서로 한번 나오셔야 합니다. 그건 그때 제가 잘 설명을 해드리겠습니다."

이것들이 도대체 뭘 어쩌겠다는 건가. 집에 없는 사람까지 뒷조사를 하고 다니다니. 치미는 화를 참지 못하며 서형이 잘라 말했다.

"내일 집으로 들르십시오."

대답은 없이 싱글거리던 타구찌가 말했다.

"옥상, 언제 봐도 고우십니다."

"네?"

자전거 손잡이를 잡으며 타구찌가 헤헤거렸다.

"타십시오. 아이도 업었는데 강바람이 안 좋습니다. 자 타십시오."

"먼저 가세요. 전 걸어가면 됩니다."

"옥상이 타시면 제가 자전거를 끌고 가지요. 타세요."

이놈 봐라. 이게 지금 무슨 짓을 하겠다는 거야. 서형이 외면을 하며 돌아섰다. 그때 타구찌가 보따리를 든 서형의 손을 잡았다. 이놈이 감히 어디다가. 서형의 눈에 불이 일었다. 타구찌의 손을 뿌리치느라 떨어진 보따리가 떼굴떼굴 강변 자갈밭으로 굴러갔다.

서형이 발을 구르며 소리쳤다.

"네 이놈!"

"제 맘을 모르시겠습니까. 아름다운 부인을 댁까지 모셔다 드리고 싶습니다."

그때였다.

"너 이 시벌눔!"

벼락같은 목소리가 울리는가 하자 서형의 등 뒤에서 무언가 옷자락 같은 것이 펄럭이면서 앞으로 날아올랐고, 그 발에 차인 타구찌의 몸이 발랑 뒤로 넘어가며 강변으로 굴러떨어졌다. 그와 함께 꼬꾸라진 타구찌의 몸통을 올라타는 사람이 있었다. 허리춤까지 물에 젖은 한동이었다.

가슴 위에 올라탄 한동이 타구찌의 얼굴에 두어번 주먹을 날렸다. 이어서 그의 멱살을 잡아올린 한동이 타구찌의 얼굴을 향해 자신의 이마를 내리꽂았다.

"한동아, 너 왜 이러니!"

소리치는 서형에게 눈길 한번 주지 않은 채 한동이 방죽 아래 서 있는 타구찌의 자전거를 들어올려 어깨에 메더니 자갈밭을 걸어내려가 강물에 쑤셔박았다.

코피로 엉망이 된 얼굴로 몸을 일으킨 타구찌가 소리쳤다.

"자전거. 우와아 내 자전거!"

몸을 돌린 한동이 타구찌에게 다가갔다. 피로 얼룩진 얼굴을 손바닥으로 문지르며 자전거로 뛰어가려던 타구찌가 멈칫 얼어붙었다.

"너 이누무 새끼!"

한동의 얼굴을 알아본 타구찌가 팔을 내저었다.

"너! 아니, 또 너야? 또!"

비틀비틀 뒷걸음을 치던 타구찌가 엉덩이를 실룩거리며 방죽 위로 기어올라갔다. 몸을 돌린 그가 피투성이 얼굴로 강물을 내려다보며 앞뒤 없이 소리쳤다.

"너! 내 자전거! 우와아 내 자전거. 너, 바까야로오!"

몸을 돌려 강물에 반쯤 잠긴 채 나자빠진 자전거를 돌아본 한동이 베게만 한 돌을 번쩍 들어올렸다. 그가 타구찌를 향해 뛰어가며 소리쳤다.

"너 뒤질래애애!"

때려죽이기라도 할 것처럼 돌을 들고 자갈밭을 뛰어오는 한동의 기세에 놀란 타구찌가 뒤돌아서서 뛰기 시작했다.

"바까야로오, 너 이 자식, 거기 있어! 너 어디 갔다가만 봐라. 넌 죽었다 이제!"

뛰어가다가 돌아서서 한마디 하고 또 뛰어가다 한마디 하는 타구찌의 모습이 상수리나무 뒤쪽 길로 사라져 보이지 않게 되었다.

38

아끼꼬는 가계부를 적던 손을 놓고 고개를 들었다.

"우리가 이 전쟁에서 지는구나. 미군이 뿌린 삐라를 보면 그런 생각을 안 할 수가 없어요."

"삐라 따위를 믿어? 뭘 읽었는데?"

"내용이 아니에요. 종이를 보면 알아요. 종이가 우리가 쓰는 종이하고는 아예 질이 다른 걸요."

"여자들이란 참. 그건 또 무슨 동물적인 감각이람."

아끼꼬가 말했다.

"동물적 감각이 아니에요. 총후의 여자도 그런 것쯤은 안답니다."

전쟁은 이제까지 일본이 여성의 미덕으로 알아온 현모양처에서 벗어나 '나라를 위하여'라는 의무를 앞세우고 있었다. 그렇게 해서

많은 부인회가 탄생했다. 그 가운데서도 맹위를 떨친 것은 '대일본 국방부인회'였다.

장병들이 성병 때문에 전투능력이 저하되는 것을 우려해 실시되었다는 것이 종군위안부 제도다. 일본군은 그들의 군대가 가는 곳곳에 일본인 창녀만이 아니라 조센삐, 만삐라고 부르는 조선이나 만주 출신 여성들을 노예처럼 가두어놓고 공공연한 만행을 저지르고 있었다. 그리고 이 여성들을 조직에 흡수한 국방부인회는, 이들에게 밤낮없이 병사들을 받는 몸으로 시간이 나면 병사들의 빨래를 하거나 부상병을 치료하는 일까지 맡게 했다. 일본의 여성단체는 국내에서는 혼자 남은 여성들에게 부덕과 정조를 지킬 것을 내세우면서 한편으로는 전선에 나가 있는 군인들의 황음(荒淫)을 돕는 모순 가득 찬 일을 하고 있었다. 장렬한 전사, 옥쇄라는 한껏 미화된 죽음 뒤에는 난징대학살에서와 같이 수많은 여성을 강간하고 젖가슴을 자르고 배를 칼로 찔러대는 잔혹행위가 가려져 있었던 것이다.

중일전쟁을 치르면서 여자들의 생활에는 어렵고 긴 겨울이 계속되어왔다고 아끼꼬는 생각했다. 매달 치러야 하는 생리 문제만 해도 그랬다. 빨면 더 뻣뻣해지는가 하면 세번만 쓰고 나면 닳아서 해지는 그런 천으로 생리를 해결해야 했다. 그것조차 총후의 여자, 일본의 여성이 가야 할 길로 알았다.

아끼꼬는 다시 상 위에 몸을 구부리고 가계부를 들여다보았다. 지난 정월에 설상에 차렸던 물건들을 생각하면 한숨이 안 나올 수가 없었다. 나가사끼라면 당연히 설상에 올라야 하는 성게알이나 소금 친 새우, 삶은 문어는 이제 눈을 씻고도 찾아볼 수 없었다. 겨우 무와 소금에 절인 광어를 올렸을 뿐이다.

그녀의 눈길이 가계부의 한곳에 가 꽂혔다. 눈에 그렁그렁 눈물이 고여왔다. 거기에는 이렇게 쓰여 있었다. '소개 기념 100엔 저금.' 아이들을 시골로 보내놓은 채 이곳 나가사끼에서 두 부부가 폭격이라도 맞는다면, 어쩌면 두번 다시 만날 수 없을지도 모르는 아이들이었다. 고아가 될지도 모르는 남매를 위해 아끼꼬가 큰맘 먹고 든 저금이 100엔이었다.

무엇을 더 어떻게 절약하고 어떻게 살아가라는 것인지, 그녀는 눈물 머금은 얼굴을 들었다. 요즈음은 대용품을 알리는 소식으로 하루하루가 가득 차 있다. 풀을 뜯어 밥에 섞어 먹고, 감귤 껍질로는 비누를 대신하라고 했다. 끓는 물에 데친 민들레 이파리에 생선 뼈를 빻아 함께 싸서 먹으면 칼슘을 보충할 수 있다는 얘기도 나왔다. 달걀 껍데기를 잘게 부숴 튀김을 할 때 섞어 먹거나 빵을 찔 때 섞으면 모자라는 칼슘을 보충할 수 있다고도 했다.

이제 어찌 되려는가. '나아가자! 일억이 불덩어리가 되어 가자!', 그런 표어가 거리에 넘친다. 전쟁에 지면 일본남자들은 전부 불알을 잘라낸 다음 노예로 만들고, 여자들은 공창 같은 데 수용해서 매음을 시킨다는 것은 다만 소문이 아니었다. 지난번 동네 주민회의에서는 사람들을 둘러앉혀놓고 그런 '공지사항'을 줄줄이 읽어내려갔다. 만약 천황폐하께서 우리 모두 함께 죽읍시다 한다면 그걸 마다할 사람이 누구이겠는가. 다 함께 따라 죽어야 하는 것, 그것이 일억총옥쇄다.

가계부를 덮고 아끼꼬는 불단 앞으로 가 무릎을 꿇고 앉았다. 조그마한 동종을 한번 울리고 나서 두 손을 모으고 눈을 감았다. 어제 딸아이에게서 편지가 왔다. 딸애는 동그라미가 두개를 그려 보냈다. 잘 지내고 있어요. 걱정하지 마세요. 그 동그라미를 떠올리는 아끼꼬의 어깨가 심하게 떨리고 있었다. 저는 천황폐하를 따라 죽겠습니다. 그러나 우리 아이들은 어찌합니까. 우리가 진 죄로 세상을 살아보지도 못한 그애들까지 죽어야 합니까.

"그자, 하루미쩐지 뭔지 하는 오야까따, 글마도 우찌 잡아다가 굴속에 처박아 터뜨리삐릴 수 없나?"

"너 지금 그걸 말이라고 하니?"

조승도가 이팔의 말을 막았다. 터널 공사장에는 육손이가 운영하는 기숙사 이외에도 조선인으로 하루미찌라는 하청업자가 있었다. 일주가 거들었다.

"어디 손볼 놈이 한둘이냐. 협화회 수첩 담당하는 놈, 난 그놈이 제일 마음에 안 들어."

하시마를 나와 사세보탄광을 헤매면서 당했던 일을 생각하며 일주는 협화회라면 이를 갈았다.

"시라야마, 못된 걸로 치자면야 그 감독놈이지."

"그러고 보면 현장감독 카네시로 이사무, 언젠가는 그놈이야말로 손을 봐야 해."

"발파계의 노무라는 어떻구."

승도가 어이가 없다는 얼굴을 했다.

"물 본 기러기요, 꽃 본 나비로구나. 왜 아주 살생부를 만들어라. 지금 우리가 짚신 신고 발바닥 긁고 있을 때가 아니야."

조승도의 말에 그들은 서로를 바라보며 고개를 끄덕였다.

"화약이 확보된 마당에 오래 끌어선 안 돼. 화약 분실을 알게 되면 일은 물 건너가는 거야."

일주가 주먹을 움켜쥐어 앞으로 내밀었다.

"이렇게 하자. 화약을 아는 승도와 양호가 안으로 들어가고, 달수는 따라가서 두 사람이 폭약을 설치할 동안 망을 본다. 우리 넷은 입구를 지키고 두명은 숲에서 만약을 대비한다. 터뜨리는 날짜는, 죽창이랑 곡괭이는 물론 준비할 수 있는 건 다 땅굴 뒷산에 숨겨야 하니까 그때까지 며칠만 기다리자."

긴 한숨을 토해내면서 이팔이 말했다.

"내가 요새 메칠은 사람 사는 거 같구마. 나라가 절딴이 나서 이 지경이다마는 그래도 우리 백성은 눈 부릅뜨고 살아 있어야지 무슨 희망이 있어도 있지 않겠나 했더이, 찾아보이까 길이 있구마."

1942년 말에 완공된 오오하시공장에는 다이아몬드 모양이 삼각형으로 그려진 미쯔비시 마크 밑에 병기(兵器)라고 새긴 시멘트 표지석이 서 있었다. 그 오오하시공장의 설비가 새로 완공된 지하터널로 운반되어온 것이 1945년 7월 초였다. 저것을 폭파할 수는 없을까. 우석은 매일 그 생각을 하면서 완공된 터널 쪽을 살펴왔다.

일정한 간격을 두고 알전등이 하나씩 매달린 터널 안은 해군의 관할로, 전함에 실릴 작은 어뢰를 만들고 있다고 했다. 완공된 터널에서는 밤낮 두 조로 나뉘어 2교대로 작업을 했다. 선반으로 어뢰 부품을 깎는 작업이었다. 쇠를 깎는 선반이 두 줄로 늘어서고, 공원들은 서로 마주 보며 일을 하고 있었다. 그 기계공작부에는 단 한 사람도 조선인이 없었다. 이들 미쯔비시 나가사끼병기제작소의 공원들은 전부가 일본인이었다.

저곳을 까부숴야 하는데. 마지막까지 우석은 그런 생각을 버리지 못했다. 그러나 삼엄한 경비도 경비려니와 2교대의 작업시간 때문에 터널 안이 빌 때가 없었다. 더군다나 자신들과 손잡고 일을 도모할 조선인이 공장 안에 한 사람도 없다는 것 때문에, 아쉽지만 공장 파괴는 접어야 했다. 결국 우선 목표로 정해진 곳이 자신들이 일하는 공사장 땅굴이었는데, 우석은 터널 안 공장을 차례차례 파괴할 계획을 버리지 않고 있었다.

일찍이 일본으로 건너와 폭약 담당 기술자로 여러 공사장을 전전했던 조승도를 통해 우석은 많은 것을 알게 되었다.

"홋까이도오에 있을 때 거기서 피눈물 나는 걸 많이도 봤다. 조선사람은 사람도 아니더라."

대홍수를 만나 그곳 탄광에서 조선 광부 100여명이 몰살을 당한 일은 세상에 잘 알려지지도 않았다고 했다. 홍수로 산사태가 나자 일본인 감시원이 조선 광부들이 도망치는 걸 막으려고 그들이 있던 쪽방의 문을 잠그고 내빼는 바람에 그런 참사가 일어났다는 것이다. 문어발같이 닥지닥지 달라붙은 그 쪽방들을 타꼬베야, 문어방이라고 부른다고 했다.

가스폭발로 109명이 사망한 참사가 일어난 곳은 미쯔비시 소유의 비바이탄광이었는데, 그때 죽은 조선 광부가 81명이나 된다고도 했다. 사할린으로 끌려갔다가 거기서 다시 일본으로 끌려온 징용공도 있었다. 사할린에서 아예 탄광을 폐쇄하면서 광부들 가운데 조선인만을 모아 큐우슈우 일대의 탄광으로 이동시켰다는 것이었다.

"그 카라후또가 얼마나 추웠던지, 선심 쓰듯이 따듯한 데로 보내주는 거라고 생색을 내더래."

최고사령부인 대본영(大本營)이 일본 정부 주요 기관을 지하로 들여놓을 땅굴 공사를 시작한 것은 지난해 11월부터라고 했다.

"친구가 거기서 일을 해서 내가 잘 알아. 어마어마하다더라."

그 말을 들었을 때 우석은 확신할 수 있었다. 그렇구나. 일본이 패전으로 들어서고 있구나. 전황은 심상치 않은 정도가 아니다. 선택의 여지가 없는 막바지에 와 있는 거야.

우석의 마음을 휘어잡아 떨리게 한 것은 후루까와탄광에서 있었다는 조선인 광부들의 저항이었다. 밀린 임금을 내라. 최저임금을 보장하라. 그것이 후루까와탄광 조선인 광부들의 주장이었다. 갱도 입구에 주저앉으며 파업을 시작한 광부들은 갱 안으로 들어가 농성을 이어갔다. 회사에서는 밀린 임금의 시급한 해결을 약속하며 상여금이라면서 일인당 50전씩을 지급했다. 그러나 거기에 현혹될 광부들이 아니었다.

'한 사람도 입갱하지 말자.' '회사를 두렵게 여기지 말고 다 나오시오.'

광부조직쟁의단 본부가 광업소 여기저기에 한글 격문을 써 붙였다. 탄광 측이 보안요원이라는 진압부대를 동원해 갱 안으로 진입하자, 결국 광부들은 밖으로 나와 신사 안에 집결했다.

"그런데 말이다, 웃어야 할지 울어야 할지 기가 막힌 사연이 있어. 광부들이 갱 밖으로 나온 건 보안요원들 때문이 아니라는 거야. 그들이 밖으로 나온 진짜 이유는 똥오줌냄새를 참을 수가 없어서였대. 생각해봐. 농성 중에 그 많은 사람들이 어디다 일을 보겠어. 그냥 갱 안에 내갈긴 똥오줌 때문에 냄새가 진동했던 거지."

진압경찰이 출동해 신사를 에워싸고, 특별고등경찰은 신성한 신사에서 불경한 짓을 하는 것은 용서할 수 없다면서 퇴거를 명령했다. 신사로 진입하려고 칼을 휘두르는 경찰과 광부들이 처음 충돌했다. 각 함바의 두령들이 상애회라는 광부조직을 동원, 한밤에 신사에서 자고 있던 광부들을 습격하면서 충돌은 격화되었다. 밖에 있던 쟁의단 간부들이 신사에 갇힌 광부들에게 등사물을 전하려다 경찰과 난투극이 벌어지고, 광부들의 결사대가 쌀을 가지고 들어가는 과정에서 경찰과 충돌하며 중상자가 속출했다. 그러나 거기까지였다고 했다.

"우석이 너 수평사(水平社)라고 들어봤어? 일본에도 조선의 백정처럼 차별받는 사람들이 있어. 그걸 부라꾸민이라고 하는데 그 부라꾸민 차별철폐운동을 벌인 단체가 수평사야. 그 단체 사람들도 조선 광부를 돕겠다고 나섰지."

"일본사람들과 이념으로 뭉쳤다는 이야기잖아!"

쟁의 초기에는 일본노동연맹과 부라꾸민 해방운동을 벌여온 인권단체 수평사의 도움이 있었지만, 이건 조선인의 폭동이라는 시각이 퍼지면서 3주 만에 쟁의는 끝날 수밖에 없었다고 했다. 그러나 우석은 승도의 이야기에서 어떤 길을 보는 것 같았다. 그것은 뜻을 같이하는 사람과 사람, 단체와 단체가 하나로 뭉치는 연대였다. 힘을 모으는 것. 나뭇가지도 하나씩은 부러지지만 묶어서 한아름이 되면 불에 탈지언정 부러지지는 않는다.

하나같이 어두운 소식들이었지만 우석은 승도가 전해주는 이야기 속에서 한 줄기 빛처럼 다가오는 무엇을 느꼈다. 언젠가 때가되면 세상에 나가 자신이 하고자 했던 일이 거기 보이는 것 같았다. 그는 생각했다. 나에게는 꿈꾸는 내일이 있다. 농민과 노동자들을 깨우쳐야 한다. 그들과 함께 어깨동무를 하고 나아가야 한다.

길게 숨을 들이마시는 가슴속으로 일어서는 것들이 있었다. 투쟁의 방법에 넓이와 깊이를 더하기 위해 나 자신을 더 단련해야 하리라. 절치부심은 그럴 때 쓰는 말이다. 사상적 기반이 없는 행동은 주춧돌 없는 집이다. 내 삶의 목표는 저 멀지 않은 곳에서 시퍼렇게 부릅뜬 눈으로 나를 기다리고 있지 않은가.

그 밤이 왔다. 폭약을 가지고 승도와 양호가 터널 속으로 들어가고 10여분이 지나고 있었다. 이팔이 초조한 듯이 터널 쪽을 두리번거렸다.

"와 이리 늦노? 머가 잘못된 거 아이가?"

일주가 말했다.

"나올 때 다 됐다."

몸을 숨겨 터널 입구로 다가서는 일곱명은 모두 수건으로 얼굴을 가리고 있었다. 먼저 그들은 완공된 터널 입구를 지키던 두명의 일본 경비원을 붙잡아서 뒤편 어둠 속으로 끌고 가 묶어놓았다. 힘좋은 달수가 몽둥이를 들고 그들을 지켰다.

"생각보다 늦는데. 안으로 들어가볼까?"

우석의 말에 일주가 속삭였다.

"들어간다고 도움이 안 돼. 우린 여기나 잘 지켜야지."

조승도가 다이너마이트를 설치하고 나오기를 기다리며 목이 타들어가던 그 시간, 터널 뒤에서는 묶어놓은 줄을 푼 경비원 야나기가 다리에 차고 있던 칼을 꺼내 달수를 찌르는 것을 그들은 알지 못했다.

손에 땀이 배어나며 무거운 침묵이 흐르던 그때였다. 캄캄하던 터널 속에 불이 확 켜졌다. 그와 동시에 터널 밖에 걸어놓은 알전등에도 여기저기 불이 들어왔다. 우석은 물론이고 일주와 만열 그리고 이팔은 그 자리에 털썩 주저앉을 듯이 놀랐다. 불빛이 환한 터널 입구에는 언제 왔는지 경비원과 노무지도원들이 늘어서 있었다. 실패로구나. 무언가 큰 기둥 같은 것이 우석의 가슴속에서 소리를 내며 넘어갔다.

그때, 발소리도 어지럽게 승도와 양호가 뛰어나왔다. 입구 쪽 불빛 속으로 달려나온 승도가 우뚝 섰다. 그가 팔을 들어올리며 소리쳤다.

"난 폭약 전문가다! 가까이 오면 다 죽인다!"

그의 손에는 폭약 한 줌이 들려 있었다. 폭약을 든 승도와 양호 앞 환한 불빛 속에 경비원들이 늘어서고, 곡괭이와 죽창을 든 우석 일행이 그들과 맞섰다. 양호가 허리춤에 다이너마이트를 쑤셔박는 사이, 폭약을 줄로 칭칭 몸에 감으면서 승도가 소리쳤다.

"다들 엎드려라! 뒤로 물러서서 엎드려!"

양쪽이 주춤거리는 사이, 입구를 막아선 경비원들을 뚫고 앞으로 나선 건 누구도 아닌 길남이었다. 아니, 저 새끼. 우석이 뛰어나가 승도의 옆에 붙어섰다. 우석은 아직도 수건으로 얼굴을 가린 채였다.

길남이 두 손을 허리에 얹고서 소리쳤다.

"다 끝났어. 몇놈인지 모르겠지만 손 털고 나와!"

"끝난 건 우리가 아니고 너희들이야. 빨리 길을 터라!"

잠시 침묵이 흐르는 사이 길남이 승도와 양호, 우석이 서 있는 쪽으로 한 걸음 다가섰다.

"여긴 조선사람이 하는 공사장이다."

"공장은 왜놈 거다!"

"우린 같은 핏줄이다. 이게 조선사람끼리 할 짓이냐!"

우석이 한 걸음 나섰다.

"우리가! 쪽발이한테 공장 들여놓으라고 땅굴 파줄 순 없다!"

"그건 네가 잘못 생각하는 거다. 그러지 말고 너희들 다 나와."

"너희들이 비켜라. 막지 마라."

"우린 같은 동포다. 다 같이 살자."

"같이 사는 길은 너희들이 물러나는 거다. 우린 여기서 죽는다는 각오다."

길남이 목소리를 낮췄다.

"수건으로 얼굴을 가린다고 모를 줄 아냐. 너 최우석인 거 다 안다."

"그래서? 뭐가 어떻다는 거냐!"

우석이 얼굴을 가리고 있던 수건을 확 풀어내려 허리 뒤에 꽂았다. 길남의 목소리가 더 낮아졌다.

"이러지 마라. 나도 널 만만하게 보지는 않아. 그러니 얘기로 하자!"

마지막 말에 힘을 주며 길남이 버럭 소리를 질렀다. 다이너마이트를 든 승도가 한 걸음 앞으로 나섰다.

"너희들 이쪽으로 오기만 해! 오면 그냥 터뜨려버린다. 이게 안 보여! 다 죽는다!"

승도가 다이너마이트를 든 손을 휘둘렀다. 길남이 지지 않고 소리쳤다.

"여기서 더 오래 끌면 경찰이 온다. 이건 해군 소속의 군사시설이다. 여기서 사고가 났다 하면 군대도 나온다!"

그때였다. 어둠 속을 날아온 돌덩이들이 툭툭 경비원들 속으로 떨어졌다. 펑펑 돌이 날아오는 소리가 이어지는가 하자, 터널 쪽으로 달려오는 무리들이 있었다. 돌은 그들이 던지고 있었다. 수십명의 징용공들이 들이닥쳤다.

그들이 내지르는 소리가 살벌하게 산기슭을 울렸다.

"다 죽여라! 왜놈은 한놈도 남기지 말고 잡아라."

"감독놈 놓치지 마라! 카네시로 그 새끼부터 쥑여라!"

"시라야마, 그놈 어딨냐?"

혼비백산한 감독과 경비원들이 양쪽으로 갈라섰다. 징용공들이 터널 입구를 완전히 막아섰다. 어둠 속에서 다시 떼 지어 앞으로 나온 경비원들이 징용공들을 둘러쌌다.

숨 막히는 순간들이 지나갔다. 이따금 징용공들 속에서 경비원 쪽으로 돌멩이가 날아가 픽픽 떨어지는 소리가 들려왔다. 야간작업을 할 때 켜던 환한 전깃불 아래서 징용공들이 익은 보리밭이 바람에 쓸리듯 흔들리기 시작했다. 어깨동무를 한 그들 속에서 노래가 흘러나왔다.

조선왕 말년에 왜난리 나서
이천만 동포들 살길이 없네.
아리아리랑 쓰리쓰리랑 아라리요

아리랑 고개로 넘어를 간다

노래는 산허리에 가득한 어둠 속으로 구슬프게 퍼져갔다.

　　일어나 싸우자 총칼을 메고
　　일제놈 쳐부숴 조국을 찾자
　　아리아리랑 쓰리쓰리랑 아라리요
　　아리랑 고개로 넘어를 간다

　이것이 희망이다. 어깨와 어깨를 부딪치며 손에 손을 움켜잡고 우리가 일어설 때, 이것이 희망이다. 우석은 생각했다. 이렇게 어깨 동무를 하고 힘을 모아서 우리는 간다. 수레바퀴처럼 굴러간다. 젊은 조선의 아들들, 푸른 수레바퀴가 되어 우리는 간다.

　그때였다. 노랫소리를 뚫고 터널 안쪽에서 다이너마이트가 터지는 소리가 들렸다. 이어서 한번, 또 한번, 다이너마이트 터지는 소리가 굴속을 울리며 퍼져나왔다. 그 순간 터널 안팎의 불이 나갔다. 캄캄한 어둠 속에서 모두들 이리저리 뛰기 시작했다.
　화약을 몸에 감은 승도가 우석의 가슴을 치면서 소리쳤다.
　"나 간다. 뒷일을 부탁한다."
　승도가 어둠 속으로 튀어나갔다. 더 지체할 것 없다고 생각한 우석도 몸을 돌렸다. 승도가 산 쪽으로 뛰고 있었다. 그를 따라가려던 그때, 우석은 누군가의 발길에 차이면서 땅바닥에 나뒹굴었다. 다시 일어서려는 그의 허리에 뒤엉키면서 쓰러진 우석의 다리를 깨문 사람은 길남이었다.

밤이 깊어갔다. 길남의 방에서 엉망으로 술에 취한 두 사람은 서로를 마주 보며 벽에 기대 앉아 있었다.

길남이 몸을 비틀거리며 일어나더니 우석을 향해 무릎을 꿇고 앉았다.

"우석아."

우석이 몽롱한 눈으로 그를 쳐다보았다.

"좀 도와다오."

길남이 울부짖듯 말했다.

"도와줘. 난 너만 잡으면 될 줄 알았다. 너만 잡고 있으면 인부들 다 잡는 걸로 알았어. 우석아, 도와줘."

"집어치워, 인마."

취기 어린 목소리로 우석이 말했다.

"다 끝났어. 끝났는데 뭘 도와줘?"

길남이 자세를 고쳐 앉았다. 그는 앞뒤로 몸을 건들거리며 술을 따라 한모금 들이켰다. 우석이 말했다.

"아침이면 경찰이 오겠지."

"그런 거 없어, 인마."

몸을 앞뒤로 흔들며 길남이 말했다. 우석이 소리 내어 웃었다.

"경비놈들이 다 알아버렸는데 경찰이 안 올 수가 없지. 네 손으로 날 경찰에 넘겨라. 우리 사이에 차라리 그게 좋지 않니. 아니지, 이게 해군 관할이라고 그랬지? 그럼 헌병이 오겠구나. 잡아가라고 그래. 나 절대 도망 안 간다."

앞으로 다가앉으며 우석이 손바닥으로 술상을 내리쳤다.

"너 잘 들어. 조선놈이 조선 팔아 처먹고, 조선놈이 조선 배반하고, 조선놈이 조선 올라타고 앉아 괴롭히며 저만 잘살면 되고. 이러는 게 아냐!"

우석은 등을 꼿꼿이 하며 팔을 벌려 술상 모서리를 움켜잡았다. 길남은 술 취한 몸을 앞뒤로 흔들기만 할 뿐 말이 없었다.

"봐라. 네 눈에도 보일 거다, 총독부 밑에서 뭐 까고 있는 놈들. 난 친일파라는 것들이 왜놈보다 더 미울 때가 있어."

"잘났다, 너. 그런 놈이 독립군 나가지 왜 여기 와 엎어졌니."

"대가리 친일파 밑에서 그걸 따라서 춤추는 너 같은 잔챙이들, 불쌍하다 인마."

"실컷 떠들어라."

"젊으나 젊은 놈이 인마, 그렇게 살지 마라! 하루를 살다 죽어도 그렇게 살면 못쓰는 거야."

"허이구, 한세상 다 산 분 같으십니다."

"그러지 마라. 그래서 몇대나 잘살까? 선산에 정승 판서 이름은 못 새겨도, 총독부 촉탁이라도 해처먹으면 가문의 영광이더냐. 나라야 있든 없든 동네에 송덕비 서면 원도 한도 없겠지. 불쌍한 인생들… 야 인마, 술 더 처먹을 거야 그만둘 거야?"

"예, 선생님. 오늘 좋은 말씀 많이 듣습니다. 평생 공부가 되겠습니다. 제가 술 한잔 올리지요. 에라, 이 미친놈아."

"넌 인마 사람 되기는 글렀어. 왜 이 나라에 크고 넓은 사람이 없는 줄 아니? 너 같은 애들이 고자질하고 등 뒤에서 칼 꽂아서 그래. 그게 벌써 몇십년이다. 너 같은 아이가 이제 나서봐야 인마, 대쪽

같던 사람들 그동안 다 죽어서 더 죽일 사람도 없어. 불쌍타 우리
길남이!"

우석이 술상 위로 폭 꼬꾸라지며 고개를 처박았다.

39

1916년, 타이쇼오5년. 3월. 14세 이상 16세 미만 소년과 부녀자의 갱내 작업을 시험, 양호한 결과를 얻음. 일본국 최초의 콘크리트 아파트(30호동) 건설.

1919년, 타이쇼오8년. 7월 6일. 조선인 광부와 일본인 광부 간에 집단난투사태 발생. 11월 5일. 자연발생적 농성 발생(결과. 해고 13명). 15일. 오후 9시 40분 낙반사고 발생. 생매장 광부 우메다 시즈까(梅田静. 23세. 히로시마 출신).

1925년, 타이쇼오14년. 태풍으로 하시마 남부 피해 극심. 갱내에서의 캡라이트 사용 개시.

1932년, 쇼오와7년. 지금까지의 말이 끄는 갱내 석탄 운반을 컨베이어벨트로 교체.

1933년, 쇼오와8년. 여성의 갱내 노동 금지.

1934년, 쇼오와9년. 하시마 심상고등소학교 신교사 낙성(목조 2층).

1939년, 쇼오와14년. 조선인 노동자 갱내부(坑內夫)로 집단이주 개시.

뒤적거리던 공책을 덮었다. 겉장에는 자신의 붓글씨로 '조선인 광부 유입사'라고 적혀 있었다. 이것만은 집으로 가져가자고 마음먹으며 이시까와는 그 여러권의 공책을 가방에 넣었다. 그동안 노무관리를 맡아 자신이 해온 일들을 기록한 것이었다.

이시까와는 회사를 그만두며 짐을 정리하러 나온 길이었다. 꼬박꼬박 적어두었던 이 공책들을 뭐에 쓰겠다고 챙겨가는 건가. 그는 쓸쓸하게 자신에게 물었다. 이것도 내력인가. 어머니는 해마다 제비가 날아와 집을 짓기 시작하면 일기를 쓰곤 했다. 이름하여 '제비일기'였다. 올해는 언제 제비가 와서 언제 새끼를 쳤으며 몇마리를 길러서 언제 날아갔다. 그걸 무려 16년이나 쓴 사람이 어머니였다. 그 공책을 들여다보며 웃곤 했는데, 그 어머니에 그 아들이지.

마지막 항목, 1939년을 그는 생각했다. 그래 맞다. 멀지도 않은 쇼오와14년이었다. 그해부터 조선인 노동자들의 집단이주가 본격적으로 그리고 왕성하게 이루어졌다.

이시까와가 광업소에 들어와 노무관리를 맡기 시작한 것도 조선인 광부들을 집중적으로 받아들이던 무렵이었다. 그때 조선인 광부를 고용하게 된 이유를 후꾸오까현 직업소개소에서 펴낸『관내 재주조선인 노동사정』이라는 보고서는 이렇게 밝히고 있다.

1. 내지의 독신 광부보다 센진 광부가 유순하고 갱내 가동률, 능률 면에서 우수함.

1. 센진 광부는 독신자가 많아 주택 공급 등이 필요치 않으므로 내지인에 비해 간단하고 경제적임.

1. 센진은 체력이 왕성하고 더워나 추위에 관계없이 작업에 있어 집착력이 극히 강하고 치열하며, 특히 노천탄광에서의 작업에 능해 여러 능력 면에서 양호함.

1. 내지인에 비해 임금이 저렴함.

미쯔비시광업의 조직표도 크게 바뀌어 총무부 노무계였던 것이 승격되어 초대 노무부장을 상무가 겸직토록 하고, 부내 업무도 노무계, 복지계, 서무계로 나뉘었다. 회사조직의 근대화와 함께 노무 관리의 중요성이 커진 것이다. 이때 작성된 『노무계 외근근무자 필휴』라는 책자에는 '노무계 종사자는 순후한 인심과 견실한 회사 풍토를 작흥(作興)하는 본원으로 노무자에게 친절하고 교양 있게 대하며 산 같은 의표가 되어야 한다'고 적혀 있었다.

그랬다. 어쩌면 탄광을 끌고 가는 기둥은 노무계원들이었는지도 모른다. 잘 굴러가게 기름을 칠하는 역할. 이시까와는 담배를 꺼내 피워 물었다. 그러나 다 빛 좋은 개살구였다. 이상은 드높았지만 현실은 땅바닥도 못 되는 캄캄한 지하갱도, 그것이었다.

버려도 좋을 서류들을 끈으로 묶고 있을 때였다. 사무실로 들어선 명국이 물었다.

"오늘도 짐 싸러 나오셨습니까?"

"짐은 벌써 다 쌌지. 뭘 빠뜨린 게 있어서 잠깐 나왔던 길이네."

이시까와가 짐 속에서 공책 몇권을 들어 보였다. '탄가루에 묻히며, 파도에 젖으며' 겉장에 그렇게 쓴 공책도 있었다.

"내 일기야. 회사 일지이기도 하고."

"그런 걸 매일 적으셨습니까? 대단하십니다."

"자네 얘기도 여기 있을지 몰라."

둘은 씁쓸하게 웃었다.

이시까와가 두툼한 가방을 추슬러 허리에 끼면서 말했다.

"같이 좀 걷지 않겠나. 섬이나 한 바퀴 돌아보려구."

"하시마에 작별인사를 하는 겁니까?"

두 사람은 시적시적 방파제로 올라섰다.

20여년 정들었던 곳을 떠난다 생각하니, 재주 없어 말단직원으로 이 나이가 되었지만 광부들과 섞여 지낸 세월에 후회는 없다. 베푼 만큼 돌아온다. 그것이 광부들과 보낸 세월이 가르친 것이었다.

하시마에서는 1922년에 나야 제도가 폐지된다. 그 무렵 큐우슈우 일원에서 '나야', 홋까이도오에서 '함바'라고 부르던 광부들의 집을 합숙사나 사택으로 고쳐 부르는 작업을 한 사람이 이시까와였다. 가족과 함께 들어오는 광부들에게는 특별수당도 지급했다. 아이들이 학교를 가게 되면 거칠기 짝이 없는 광부들도 달라진다는 주장을 한 것도 이시까와였다. 좁은 섬 안에 일찍이 학교를 세운 것도 그 때문이었다.

노무계로 전전한 자신의 20여년을 마음속으로 뒤적이면서 이시까와는 솟아오른 아파트들을 올려다보았다. 하시마의 역사는 인공과 자연의 싸움, 그 투쟁의 역사라고 이시까와는 기억했다. 지금은 아파트가 저렇게 높지만, 한때는 태풍이 몰아쳐서 저 자리에 서 있던 목조 나야 30여동이 붕괴했다. 그때 230명을 한꺼번에 해고해야 하는 일도 있었지. 수용할 숙사가 없었으니.

그의 눈길이 극장 뒤로 돌아갔다. 내가 제일 싫었던 건 저놈의 유곽까지 직할로 개업하는 거였어. 회사가 몸 파는 여성을 고용해 매춘사업을 시작했고, 1939년에는 건강검진 결과 일년 내내 한번도 성병에 걸리지 않았다고 우리가 표창까지 받지 않았던가. 그때 받은 표창장에는 사꾸라 무늬를 둘러씌우고 '국민체위 향상은 화류병 박멸로부터'라고 적혀 있었다.

문득 스쳐지나가듯 이시까와는 금화를 떠올렸다. 하나꼬, 잘 견디며 살아낼 것 같은 애였는데. 눈길이 바다에 가 멎었다. 약 먹고 죽은 애, 물에 빠져 죽은 애. 유곽이 회사 직영이다보니 그런 여자들의 일까지 처리하러 다녀야 했던 시절도 있었다. 그러다가 이시까와가 전담하게 된 게 조선인 광부의 집중관리였다. 나중에는 징용자들까지 맡게 되면서 그는 스스로가 많이 지쳐버렸다고 기억했다.

조선인 노무자들은 계약위반 해결, 처우 개선, 폭력적 노무관리와 민족차별 반대로 여기저기서 팥죽 끓듯이 들고일어남으로써 1939년에서 44년까지 일본 전역에서 약 2,500건의 저항사건을 일으켰다. 시위, 노동 거부 등 노동쟁의에 참가한 인원이 연 15만명에 달했다. 그때마다 경찰이 출동하고 때로는 군대를 동원해야 했다. 재해와 함께 이 와중에서 죽어간 노동자가 6만여명으로 추산되었다.

생각하면 조선 징용공들에게 그런 험악한 대우를 하면서 차별했다는 것은 매일 느끼지 않을 수 없는 괴로움이었다. 이전에도 그렇게 해왔으니 우리도 그렇게 한다는, 관행이라고 했다. 그러나 폭력이, 착취가, 편견이, 관행일 수 있는가. 그건 죄악이었다. 이시까와는 스스로를 비웃었다. 일본은 길을 잘못 든 거다. 이건 아니었다. 그들은 차별받아야 할 아무 까닭이 없었다. 그리고 우리에게 그들을 학대할 무슨 권리가 있었단 말인가. 다만 국가와 군부가 그렇게 몰아가는 전시상황에서 나 또한 시키는 대로 거기 따랐다. 아니다, 나 또한 앞장을 서지 않았던가.

옆에서 걷고 있던 명국이 물었다.

"다음 계획은, 어떠세요?"

"없어. 좀 쉴 생각이네."

이시까와는 마음속으로 중얼거렸다. 뭔가 나 자신을 견딜 수가 없어서, 대륙을 좀 헤매볼 생각을 했지만⋯ 신형 폭탄 한방으로 히로시마가 전파되었다니 그럴 시국도 아닌 것 같고.

"저도 여기 오래 있을 것 같지는 않습니다."

"왜?"

"하는 일이 저한테 맞지도 않고, 고향으로 돌아가야지요. 저도 낙엽귀근(落葉歸根)이라는 말은 압니다."

이시까와가 손을 내밀었다. 언제 우리 저녁이라도 하세. 그런 말을 하려다가 참으며 이시까와는 잡고 있던 명국의 손을 한번 더 흔들었다.

돌아서서 방파제를 내려가는 이시까와를 바라보다가 명국이 몸을 돌렸다. 방파제에 나와 앉은 징용공들이 보였다. 명국이 목발을 떨걱거리며 그들에게 다가갔다.

벌써 며칠이 지났다. 타까시마를 겨냥한 미군의 폭탄이 연일 떨어지면서 물기둥이 솟구쳐오르며 나까노시마에 있던 변전소가 파괴되었고, 하시마는 캄캄한 어둠 속에 묻혀버렸다. 채탄작업 일체가 중단되었고 밤이면 석유 등잔 외에는 불을 켤 수 없는 어둠이 찾아들었다. 갱으로 내려갈 일이 없어진 광부들은 해가 뜨면 방파제 여기저기에 나와 앉아 바다를 내다보며 하루를 보냈다.

징용공들과 함께 방파제에 나와 있던 명국이 옆에 앉아 땅바닥을 긁적거리고 있는 청년에게 물었다.

"자넨 어쩌다 여길 왔어?"

"형님 대신 나왔습니다. 장손에다 장가간 지 반년도 안 된 형님한테 징용 딱지가 나왔으니 제가 나설 수밖에요."

"그게 아니라, 자네는 카라후또로 끌려갔었다면서? 그럼 거기서나 있을 일이지 여기까진 또 왜 온 건가?"

마땅찮은 눈으로 명국의 목발을 흘깃거리면서 청년이 말했다.

"말씀을 그렇게 하시면 안 되지요. 누군 오고 싶어 오나요."

옆에서 듣고 있던 학철이 껄껄거리며 웃었다.

"우수 광부랍니다. 일 잘한다고 뽑혀서 왔답니다."

"그건 또 무슨 소리냐?"

"추운 데서 고생했다고, 일 잘했으니까 특별히 따뜻한 데로 보내준다면서 여기로 보냈답니다."

사할린에서 온 청년이 손을 머리 위로 올리면서 말했다.

"이렇게, 겨울이면 사람 키가 넘게 눈이 쌓이는데 그놈이 4월이나 돼야 녹을까. 토로탄광이라는 데 있었는데, 춥긴 참 드럽게 춥데요."

100명 가까운 사람들이 사할린에서 다시 이곳으로 끌려온 게 지난해였다. 우수한 광부라고 뽑혀서 왔다는 것은 명국으로서도 처음 듣는 이야기였다. 가지가지 별짓 다 하면서 사람들을 속여 이곳까지 끌어다 처박았다는 얘기로군. 따뜻한 데로 보내준다고 했다는 말에 어이없어하며 명국이 물었다.

"그래, 여기가 따뜻해서 지내기가 낫긴 한가?"

"뭐, 틀린 말은 아니지요. 사할린에서야 겨우내 불알이 얼어서 달그락달그락했는데 여기 오니 마냥 추욱 늘어져 있으니, 따뜻하긴 따뜻한가보네요."

청년의 말에 다들 키들거리며 웃는데, 갈매기 하나가 뒤뚱거리며 걸어오더니 바로 청년의 발 앞에서 엉덩이를 내밀며 똥을 갈기고는 날아올랐다.

"고약장수는 헌데 난 놈만 찾고, 관장수는 사람 죽기만 기다린다더니."

장규가 방파제 쪽을 바라보면서 중얼거렸다.

"뭘 그렇게 혼자 시부렁거리누?"

"세상 돌아가는 꼴이라니. 살다보면 시어미 죽는 날도 있다던데, 죽을 둥 살 둥 탄이나 캐다가 이젠 또 폭탄 떨어지는 소리에 놀라며 새우잠 자는 신세가 될 줄이야. 그나저나 밤에 불이 안 들어오니 사람이 갑갑증이 나서 살겠냐 말이여. 내 팔자는 어쩌자구 죽을 골로만 찾아댕기는 거여."

"하는 소리라구. 시골 앉은뱅이 서울 공론 하고 있는 꼴일세. 나 죽었네 하며 엎드려 있으면 무슨 끝이 나도 나겠지."

"너 지금 무슨 소리를 하구 자빠졌냐?"

옆에 있던 학철이 낮은 목소리로 말했다.

"한 사람이 놓은 다리는 열이 건너지만 열 사람이 놓은 다리는 하나도 못 건넌다고 했어. 누군가가 나서서 뭘 해도 해야지. 폭탄이나 때려라 하고 엎어져 있을 일이 아니다."

"그러니 어쩌겠냐? 지금 와서 무슨 수가 보이는 것도 아니잖니."

"소경이 물에 빠져도 제 눈먼 탓이나 하고 있어야 한다 그거냐? 힘없는 백성은 오뉴월 타작마당에 보리알처럼 죽어도 싸다 그거냐구."

"길이 아니라서 안 가는 게 아니다. 난 길이 없어서 못 간다."

학철이 천천히 고개를 들었다.

"그래서, 개 못된 것이 들에 가 짖는다? 내 하는 꼴이 그짝이다? 아니잖아. 들고일어나서 섬을 뛰쳐나가든가 해야지, 이건 아니잖아!"

뒤쪽에 서서 듣고만 있던 사내가 투박하게 내뱉었다.

"말 잘하는 놈 변호사 되고 말 못하는 놈 똥짐 지는 세상이다마는, 그건 말로 될 일이 아니다. 무슨 생각이 있으면 학철이 자네가 나서보지그래."

명국은 멀리 떨어져 앉아 있는 만중을 손으로 불러 가까이 오게 했다.

"학철이가 뭔가 독한 맘을 먹나 본데, 자네가 옆에서 좀 살펴봐."

만중이 느릿느릿 말했다.

"나가 뭘슬 안다요. 해 뜨면 아침인갑다, 갈매기 울면 그런갑다 허제. 인자 나는 바보가 다 돼부렀응께, 그작저작 살라요."

그때였다. 또 공습인가. 비행기소리가 들려왔지만 어느 쪽인지 방향을 분간할 수가 없었다. 아파트 건너편 하늘인 것도 같았으나 치솟은 건물에 가려 보이지가 않았다. 징용공들이 일어서며 우왕좌

왕하는 사이 뒤에 서 있던 명국이 나가사끼 쪽을 손으로 가리켰다.

"저게 뭐냐?"

징용공들은 멀리 나가사끼 쪽 하늘을 뒤덮으며 거대한 버섯 모양의 구름이 솟아오르는 것을 바라보며 서 있었다.

1,961명이라고 했어. 그게 마지막으로 발표된 숫자였어. 왜 느닷없이 그 숫자가 떠오르는지 모르겠다고 생각하며 나까다는 우울하게 그날 아침을 맞았다. 만주사변 이래 15년을 끌어온 전쟁의 나날들이다. 새삼스러울 것도 없지만, 올해는 참 시작부터 참혹했다. 그는 1월 13일 토오까이도오 지방을 뒤흔든 지진으로 다 부서져버린 고향집을 생각했다. 다행히 가족들 목숨은 구했지만 그 지진으로 죽은 사람의 숫자가 1,961명이라는 것이었다. 전쟁에 지칠 대로 지쳐 있던 고향 사람들에게 그것은 목을 조이는 것 같은 재앙이었다.

한달여가 지났는데도 지진 때 다친 허리를 쓰지 못하고 누워 지내는 어머니를 토오꾜오의 병원에 입원시키기 위해 올라갔던 게 2월 하순이었다. 올라간 길에 토오꾜오 본사에 들렀다가 쿠단시따의 외삼촌 집을 나서던 나까다는 잊고 지내던 기억을 떠올려야 했다.

9년 전 그 무렵, 2월 26일이었다. 40년 만에 처음이라는 폭설이 내렸던 그날, 토오꾜오의 외삼촌 집에서 대학을 다니던 나까다는 고향에서 올라오는 길이었다. 눈 덮인 거리를 걸어 도착한 외삼촌 집에서 그는 두 대신을 비롯한 많은 정부 요인들이 살해되었다는 뉴스를 들었다.

당시 군부는 황도파와 통제파로 갈려 군벌투쟁이 격렬했다. 2·26사건은 히로히또 천황의 친정과 부패한 정치현실의 혁신을 내세우고 황도파 청년장교 20명이 1,400여명의 병사를 이끌고 일으킨 반란이었다. 관저에서 급습당한 오까다 수상은 하녀의 방 벽장에 숨어 화를 면했다고 했다. 신문기자였던 외삼촌은 그때 아사히 신문사도 습격을 당했다고 전했다.

그 사건으로 군부가 숙청되고, 토오조오 히데끼가 신체제 군벌을 장악하며 등장했다. 육군대장이었던 그는 육군대신, 내무대신, 수상을 하나씩 겸임해가면서 전쟁 수행의 주체가 되어갔다. 그날 나까다가 외삼촌 집을 찾아가며 바라본 쿠단시따의 군인회관 옥상에는 '병사여, 원대 복귀하라'라는 애드벌룬이 떠 있었다.

우울한 생각을 털어버리려는 듯, 출근을 한 나까다는 설계부 사무실로 들어가기 위해 계단을 오르다가 하늘을 쳐다보았다. 8월로 들어서며 매일 견디기 힘든 더위가 계속되고 있었다. 오늘도 덥겠구나. 그래도 벽돌건물이어서 실내는 시원한 편이라 다행이다 생각하며 사무실로 들어선 그는 다른 날과 다름없이 신문을 펼쳐 들었다.

신형 폭탄, 원자폭탄으로 판명. 피해 극심. 제목에 눈길을 보내면서 그는 처음에는 그것이 히로시마에 떨어진 폭탄을 의미하는 것임을 알지 못했다. 다만, 오늘은 어딘가 달랐다. 매일같이 보던 '소이탄 공격'이 '신형 폭탄'이라고 바뀌어 있었다. 신형이라는 애매한 표현이 무언가 불길하게 느껴졌다. 그뿐만이 아니었다. 늘 어디가 어떻게 공격당했지만 별문제 없다던 신문 제목이 '피해 극심'이라고 바뀌어 있었다.

그렇게 시작한 하루였다. 예정된 일처럼 공습경보가 울렸다. 경보조차 귀찮은 마음을 다잡으며 나까다는 지하대피소로 내려갔다.

그리고 11시, 그는 사무실로 돌아와 있었다. 공습경보로 들락날락하느라 일이 손에 잡히지 않는지 옆자리의 카또오가 말을 걸어왔다.

"히로시마에 다녀온 사람을 만났는데, 충격이었나 봐. 그 사람 말이, 난다 코레!(뭐야 이거), 난다 코레! 그 말밖에 나오지 않더래. 아무것도 남아 있는 게 없다는군. 땅 위로 올라온 건물이 없대. 도시가 전파된 거야."

나까다가 힘없이 대답했다.

"그렇게 심각한가."

카또오가 종이에 담배를 말면서 말했다.

"원자폭탄이라는 게 뭐야, 도대체."

담배를 문 그가 성냥을 켜다가 불이 잘 붙지 않는지 성냥통을 책상 위에 소리 나게 내려놓으며 말했다.

"원자가 충돌한다는 둥 분열한다는 둥, 나는 통 무슨 소린지 모르겠던데."

"핵분열을 통해서 에너지를 만든다는 거 같더군."

카또오가 사무실 안을 둘러보면서 장난스레 말했다.

"누구 물리학 전공한 사람 없어?"

그때였다. 어떤 빛도 소리도 없었다. 나까다는 비행기소리조차 듣지 못했다. 유리창이 산산조각 나며 사무실 안으로 쏟아져들어왔다. 공장이 부서져내렸다. 천장이 쏟아지고 사무실 바닥이 기울면서 그는 책상과 함께 벽에 가 부딪히며 나가떨어졌다. 그는 폭탄이 바로 공장 위에 떨어졌다고 생각했다. 그리고 정신을 잃었다.

의식을 회복했을 때는 옆구리의 상처에서 조금씩 피가 흐르고 있었다. 위에서부터 건물이 폭삭 무너져내린 것을 알 수 있었다. 신고 있던 게따짝도 어디로 갔는지 찾을 길이 없이 그는 맨발이었다.

유리 파편으로 심하게 부상을 입은 사람들이 피를 흘리며 소리치고, 칸막이 나무와 천장이 부서져내려 나뒹굴고, 벽이며 바닥에는 사방으로 피가 튀어 있었다.

그의 몸은 두개의 커다란 나무판자가 V자 형태로 누르고 있어서 마치 젓가락에 낀 고기 한 점 같았다.

밖에서는 크레인에서 떨어진 운전공이 애벌레처럼 몸을 둥글게 웅크리고 꿈틀거리며 기어가면서 살려달라고 소리치고 있었다.

무언가 말을 하려고 했지만, 병아리가 물을 먹듯 입만 벌름거렸지 나까다의 입에서는 아무 소리도 새어나오지 않았다. 그리고 흐려지던 눈앞이 천천히, 아주 느리게 어두워지며 아무것도 보이지 않게 되었다.

"눈이 보이지 않아. 아무것도… 보이지가 않아."

마지막 말을 중얼거리고 나서 그는 숨을 거두었다. 입을 벌린 채였다.

"왓토 이즈 유아라 네무?"

무슨 소리를 하는 거야. 태복은 멍하니 옆을 바라보았다. 함께 형무소를 나와 병기공장에서 철판조각 옮기는 일을 하던 기호가 옆에 있는 미군 포로에게 말을 걸고 있었다. 형무소의 수감자들과 뒤섞여서 노역에 내몰린 미군 포로들이었다. What is your name? 그런 말이었지만 미군 포로인들 그 이상한 발음을 알아들을 리 없다.

기호가 손짓 발짓을 하며 다시 한번 물었다.

"네무. 이름이 뭐냐구? 유아라 네무?"

"로버트. 로버트 카펜터."

"카펜터? 아 카루펜터. 이 친구 조상이 목수였나 보군. 오케이, 오케이데스(OKです)."

기호가 두 팔을 벌리며 어깨를 으쓱거렸다.

"그런데 너는 어쩌다가 잡혀와서 여기서 이 꼴이냐. 웨아루 아 유 코므 프롬(Where are you come from)?"

멍하니 자신을 바라보는 미군 포로를 향해 기호가 먼 데서 왔냐면서 하늘을 찔렀다가 땅을 찔렀다가 제 이마를 쳤다가, 너는 왜 내 말도 못 알아듣느냐고 팔을 흔들어댔다. 철판을 들어올리던 태복이 쿡쿡 웃었다. 미친놈. 양놈은 가만히 있는데 조선놈이 더 지랄이네.

"웨아루 아 유 코므 프롬 몰라? 니 나라가 어디냐구. 내숀?"

미군 포로가 대답했다

"USA."

"유에스에이. 미국서 왔다 그거구먼. 유에스에이는 무슨 얼어죽을 유에스에이. 아메리카라고 그래 인마."

"아 유 아 빠이로또(Are you a pilot)? 유 도라이브 삐투엔티나인(You drive B29)?"

기호가 손을 번쩍 들더니 위에서 무엇인가를 떨어뜨리는 시늉을 했다. 로버트라는 포로는 대답도 하기 싫다는 듯 고개를 돌렸다.

"짜아식, 사람이 묻는데 대답을 안 해. 땀은 삘삘 흘리면서 주접은 혼자 떠네. 너 그렇게 열심히 할 거 없어. 짜아식이 뭘 몰라. 그러니까 너 인마, 포로나 되는 거야."

태복이 주변을 둘러보았다. 조장 하야시는 배 밑으로 내려갔는

지 보이지 않았다. 태복이 기호의 다리를 걷어찼다. 기호가 눈을 홉
뜨며 태복을 올려다보았다.

"같잖은 놈. 너 어서 미국말 배웠냐?"

"이 아저씨 보자 보자 하니까 좀 심하네."

"주막집 갱아지새끼도 아니고, 왜 그라고 촐싹거려? 참말로 눈
꼴시러 죽겠구마. 밸도 없는 놈. 미국놈들 시상 되믄 또 뭔 잇속이
나 있을까 싶어서, 그래서 벌써 미국말 배우냐?"

"왜 나만 보면 눈에 쌍심지세요?"

"너 절도로 들어온 새끼 아니여?"

태복의 거친 말투에 기호는 기가 죽는다.

"아이구. 혼자 잘나셨어요."

"이거시 죽어도 쩍이구마. 기왕에 가막소까지 들어왔으믄, 좋은
짓 하다 나가거라잉."

그 무렵 형정보국대라는 것이 조직되면서, 태복은 공장으로 방
공호로 노역에 끌려다녔다. 다른 날과 다를 것이 없었다. 우라까미
형무지소를 나와 미쯔비시 오오하시공장으로 간 태복은 반성품실
(半成品室)에 배치되었다. 그곳은 기계공장에서 오는 부품을 수령
하여 마감과정을 거쳐 공장으로 보낼 때까지 일정기간 보관하는
창고 같은 곳이었다.

형무소 안에 있으니 차라리 밖에라도 나오면 살 것 같기는 했다.
그러나 아침저녁 형무소를 나와 병기공장을 오가는 그것이 태복은
죽을 맛이었다. 그들은 자전거를 탄 간수가 인솔하는 구령에 맞춰
둘씩 손이 묶인 채 뛰어서 공장을 오갔다. 지나가던 사람들은 발걸
음을 멈추고 마치 무슨 짐승을 바라보듯 그들을 지켜보았다. 어떤

때는 그들을 향해 돌을 던지는 사람도 있었다.

공장 정문을 들어서면 낮은 건물의 근로과가 있고 그 앞에 전기실 건물이 솟아 있었다. 이어지면서 강판공장, 주조공장이 늘어섰다. 며칠에 한번씩 사역을 나가는 공장이 바뀌기도 했지만 태복이 속한 형정보국대는 며칠째 오오하시공장으로 나오고 있었다.

그날 오오하시공장에는 나가사끼 시립상업학교 2학년 학생들이 근로동원학도로 나와 있었다. 학생들과 함께 반성품실의 부품들을 공장 옆 사범학교 교실로 옮기는 것이 그날의 일이었다.

무거운 쇳덩어리를 두차례 져나르고 나서 죄수들은 공장 앞 공터에 일렬로 앉아 잠시 쉬고 있었다. 공장 지붕 위를 날아가며 까악까악 까마귀가 울어댔다. 멍하니 까마귀를 바라보는데, 공장 지붕 위에서 떼 지어 날아오른 까마귀가 내지른 똥이 태복의 발 앞에 떨어졌다. 조선놈은 똥이나 먹으라는 소리냐. 뭉싯거리며 똥을 피해 앉은 태복은 어이가 없어 웃었다. 군함도에서 갈매기 똥을 머리에 뒤집어쓰고 웃던 때가 생각났다.

"시상에 당하지 말아야 할 것이 그거여. 갈매기 똥 맞는 거 말이여. 이거야 어디 가서 분풀이를 할 데가 있나 하소연을 할 데가 있나."

그때 모두 키득거리며 웃었지. 생각하자니 떠오르는 얼굴들이 있다. 명국의 얼굴이 잠깐 스치고 지나갔다. 삼식이는 끝내 맞아 죽었다고 했다.

모두들 공장 나뭇가지에서 울어대는 매미소리를 듣고 있다. 이러다가 공습경보라도 울리는 날이면 오늘은 점심을 굶는다.

"하이고 내 팔자, 거적문에 돌쩌귀 달게 생겼다."

옆으로 가버리는 포로의 뒷모습을 보며 입맛을 다시던 기호가 중얼거렸다. 만약에 미군기가 형무소를 때리면 그때 아저씬 도망을 칠 거요, 말 거요. 어제는 태복에게 와서 그런 소리를 했던 기호다.

넌 어쩔 건데? 태복이 되묻자 기호는 고개를 절레절레 흔들었다.

"가막소에 엎드려 있다고 무슨 수가 있는 것도 아니고, 그렇다고 도망을 친들 갈 데가 있나. 궁하면 통한다지만 이거야 원. 짚신에 국화꽃 그리기네."

땅바닥을 내려다보던 태복이 이놈들 보소, 하고 혼잣말을 했다.

"개미가 떼로 줄을 서믄 비가 온다던디."

태복의 앞을 개미가 줄을 지어 뜨거운 햇볕 속을 기어가고 있었다. 우리 고향에서는 개가 날풀을 뜯어도 비가 온다고 했는디. 반가워서 허는 소리제. 비가 쏟아지믄 여그를 안 나와도 될 거 아닌가. 태복이 햇살이 쨍한 하늘을 올려다보았다. 서울 사람이 비만 오믄 풍년 든 줄 안다 하드만, 비는커녕 쩜쩌 죽게 생겼구마.

태복이 깊은 생각이라도 있는 듯 느릿느릿 말했다.

"이놈의 전쟁이 언능 끝나고, 내가 출소를 해야 하는디."

"나간다고 뭐 쨍하고 해 뜰 일 있어요?"

"나도 나가서 아들이랑 오야붕 한번 해볼라구 그려. 우리 아들이 나가사끼 톤네루 공사장에서 하이까를 한다구."

"자식 자랑은 팔불출이랍디다."

말해놓고 나서 기호가 킬킬거리며 웃었다.

"뭣한디 웃냐?"

"아저씨 말하는 거 중에 주머닛돈이 쌈짓돈이지, 그거 하나는 공자 왈 맹자 왈입디다. 오늘 아침에는 또 무슨 말을 하려나, 내가 기다렸지요."

"기다려야?"

"장씨 아저씨 가만히 보니까, 꼭 아침에 일을 나오면 한마디씩 하더라구요. 방공호 파라면, 내가 보기에는 여그 두나 학교 교실에 갔다두나 똑같구마. 기왕에 갖다놓을 거믄 첨부터 거그다 갖다놓제 뭣한디 여그다 갖다놔서 두번 일을 시켜. 주머닛돈이 쌈짓돈이제. 철판 져 나르라면, 이놈의 거, 언젠가는 도로 묻을 건디 뭣한다고 파. 그럴 땐 아저씨도 꽤 그럴듯해 보이더라구요."

그 말에 태복이 으쓱해져서 한마디 한다.

"이래 뵈도 내가 살인미수로 들어온 사람이여. 너 같은 절도하고는 질이 다르당께."

다시 일이 시작되었다. 포로와 죄수가 함께였기 때문에 경비원들도 간수와 헌병이 뒤섞여 있었다. 부품을 나르는 동안 공습경보가 울렸다.

싸이렌소리는 요란했고 헌병이 대피하라고 소리쳤지만, 방공호로 기어들어가는 것도 지겨운 포로들은 어슬렁거리며 대피소로 향했다. 날카롭던 옆 공장의 기계 소음이 멎고 주변이 갑자기 조용해졌다. 한낮의 햇볕이 내리쬐는 공장 위에 하늘은 짙푸르게 펼쳐져 있었다.

방공호에 들어갔다 나온 태복이 다른 죄수들에 섞여 걷고 있을 때였다. 옆을 둘러보았지만 기호는 어느 대피소로 들어갔는지 눈에 띄지 않았다. 멀리 방공호를 나온 학생들이 공장 그늘로 들어서는 것이 보였다. 대열이 흐트러지면서 옆에는 미군 포로가 걷고 있었다.

더위 때문에 윗옷을 입은 사람보다 벗은 사람이 더 많았다. 그런데도 어쩐지 옆의 미군 포로는 반바지에 긴 코트를 입고 있었다. 머리에는 모자를 쓰고 게다가 적십자사 마크가 붙은 긴 장화를 신었다. 이 더위 속에 이 자식은 무슨 찜쪄 죽을 일이 있나. 너 그 옷차림이 그거시 뭐시냐. 저러고 껴입고도 땀 한 방울 안 흘리네.

일본여자 둘이 소곤거리며 지나갔다.

"경보는 왜 울린 거예요?"

"그렇지? 난 비행기소리도 못 들었어요."

그때 누군가가 낙하산이다, 하고 소리쳤다. 태복은 고개를 들어 하늘을 쳐다보았다. 아무것도 보이는 것은 없이 비행기소리만 들렸다. 뜨거운 태양, 더위, 흘러내리는 땀… 순간 눈앞에서 샛노란 빛이 번쩍하는 것을 느꼈다. 그리고 폭음이 들렸다. 잘못 들은 것일까. 또 방공호로 들어가야 하나. 그런 생각을 하며 몇걸음 더 걸어 갔을 때, 그의 몸이 하늘로 날아올랐다.

건물 벽으로 튕겨나가며 정신을 잃은 태복이 눈을 떠 처음 본 것은 연기 속에 어렴풋이 바라보이는 사람들이었다. 날아간 지붕 아래 몇사람이 웅크리고 있었다. 그러나 그가 본 것은 웅크린 사람들이 아니었다. 바람에 날려온 시체가 거기 뒤엉켜 있었다. 연기가 앞을 뒤덮기 시작했다. 입고 있던 긴 코트는 어디로 날아갔는지 벌거숭이 몸에 피를 흘리며 좀 전의 미군 포로가 잠든 듯 부서진 기둥에 깔려 있었다. 온몸에 나뭇조각과 쇳조각 같은 것이 박힌 채 피를 흘리는 그의 몸 위로 불이 붙고 있었다.

등 뒤가 타들어간 태복은 한쪽 어깨와 목, 뒷머리에 피가 검붉게 엉겨 있었다. 태복이 비틀비틀 일어서는가 하자 푹 앞으로 고꾸라졌다. 다리를 떨며 꿈틀거리던 그의 몸이 움직이지 않게 되었다. 휘몰리는 연기 속에서 그의 몸은 쏟아져내리는 재에 덮여갔다.

폭심지에서 1.5킬로미터, 오오하시공장은 서 있는 것이라고는 아무것도 없는 폐허로 변해 있었다.

어쩐 일인지 지상은 그렇게 기억했다. 경계경보도 없이 공습경보가 울렸다고.

그날 아침부터 백기가 붉은 경계경보 깃발로 바뀌어 내걸리면서 싸이렌이 울리기는 했지만 기숙사를 나와 작업장인 선대로 향할 때는 다른 날과 아무것도 다른 것이 없었다. 아침의 경계경보는 이내 해제되고 공장 곳곳에는 흰 깃발이 내걸렸다.

선대로 나가 작업지시를 받으니, 그에게는 다른 여섯명과 함께 식량영단 배급소로 가라는 명령이 떨어졌다. 오늘도 또 뭔가 식품을 나르는 일을 해야 하나 보다 생각하며 그는 식량영단이 들어 있는 지하대피소로 갔다. 그들이 안으로 들어서자 몸뻬 차림의 두 여자직원이 무언가 킬킬거리고 있다가 뒤를 돌아보며 말했다.

"토끼다상, 징용사들이 왔습니다."

기다리고 있었던 듯 뒤쪽에 앉아 있던 헌병이 걸어나왔다. 그는 옆구리에 권총을 차고 있었다. 웬 권총. 오늘은 뭔가 특별한 일이 있으려나. 지상이 의아해하는데, 그가 말했다.

"너희들 다 응징사들인가?"

"네!"

"잠시 후에 토라꾸가 도착할 것이다. 거기서 물건을 내리도록 한다. 파손의 우려가 있는 귀중품이니까 각별히 조심하도록. 일동 차렷!"

낡은 옷차림, 지치고 힘없는 얼굴로 엉거주춤 서 있는 다섯명을 보며 헌병이 와락 소리를 질렀다.

"제대로 서라, 제대로! 조선인은 서는 것도 못 하나!"

먹은 힘은 전부 목소리로만 나오나. 왜 또 아침부터 이런 게 걸리나 싶다.

모두들 몸을 조금씩 바로 했다.

"너희들은 일단 밖에 나가서 대기한다, 알겠나? 일렬로, 앞으로 갓!"

일렬로 서서 앞으로 갈 것도 없는 대피소 안이었다. 앞서거니 뒤서거니 계단을 올라가면 되는 것이었지만 그들은 줄을 서서 밖으로 나왔다. 쭈그리고 앉으려는 명수에게 지상이 말했다.

"서 있지그래. 또 무슨 봉변이나 당하지 말고."

"보는 사람도 없는데 뭘."

중얼거리고 나서 명수는 그 이야기를 하고 싶어 좀이 쑤신다는 듯이 말했다.

"그 신가따(新型) 폭탄인가 하는 거 말인데, 히로시마는 집이고 사람이고 다 부서져서 아무것도 없대."

"집은 그렇다 치고, 사람이야 죽으면 죽었지 부서졌겠냐."

"말 좀 새겨들으면 어느 하늘에서 날벼락 친다던."

"그러니까 처음부터 말을 똑바로 해. 사람은 죽고 건물은 부서졌다더라."

"누가 널 보고 국어교련 가르친다 안 할까. 넌 왜 내 얘기라면 호박에 말뚝 박기로 대드니. 싫느니 죽지. 어쩌다 내가 너 같은 인간이랑 같은 반이 돼가지고."

기숙사는 물론이려니와 작업장에서도 이미 분위기는 이상하게 돌아가고 있었다. 며칠 전 히로시마에 떨어졌다는 신형 폭탄은 이제 비밀이 아니었다. 어젯밤 기숙사에서는 이참에 도망을 쳐야 한다는 이야기까지 돌았다.

그때였다. 공습경보가 울렸다. 그것은 마치 이제부터 오늘 하루를 시작합니다, 하듯이 울려퍼졌다. 일곱명은 어슬렁거리며 방공호로 들어갔다. 멀뚱멀뚱 눈알을 굴리며 앉아 있던 그들은 해제 싸이렌과 함께 밖으로 나왔다.

다시 식량영단 앞에 서 있었지만 온다던 트럭은 공습경보에 걸려 늦어지는지 여전히 오지 않았다.

"왜가리 같은 그놈한테 좀 내려가봐야 하지 않을까? 지하의 헌병 말이야"

명수가 말했다.

"내버려둬. 아쉬운 놈이 우물 파기지. 저 아쉬우면 올라오겠지."

"뻗정다리를 해가지고 멀뚱하니 언제까지 서 있자는 거야."

지상이 말했다.

"내가 내려가보지. 해제 싸이렌이 울렸는데도 차는 안 오고, 좀 이상하긴 해."

그때 느닷없이 공습경보가 울려댔다. 악을 쓰듯 건물 사이사이를 헤집으며 울어대는 싸이렌소리를 들으며 지상은 몸을 돌려 식량영단 대피소로 들어가기 위해 지하계단 앞에 섰다. 그때였다. 등 뒤에서 무언가 아주 환한 빛이 번쩍하는 것을 지상은 느꼈다. 그와 함께 하늘이 무너지는 듯한 소리가 그의 고막을 찢었다. 그러고는 아무 소리도 듣지 못했다. 그의 몸이 하늘로 날아올랐다.

눈을 떴을 때는 주위가 불바다가 되어 있었다. 타오르는 불꽃은 한낮의 태양 아래서 황금색이었다. 주위에는 사람의 그림자도 찾을 수 없었다. 번쩍이는 빛이 있었는가 하자 주변은 타오르는 불꽃으로 변했고, 뒤덮인 검은 연기 속에 모든 것이 미친 듯이 흔들렸다. 연기 속으로 불빛이 넘실거리고 어딘가에서 땅이 울리는 듯한 소리가 들려왔다.

불꽃 때문에 주위가 너무 뜨거웠다. 지상은 토할 것 같았다. 그리고 다시 정신을 잃었다.

얼마나 시간이 흘렀을까. 그는 자신이 죽었다고 생각했다. 나는 지금 죽은 거야. 자신이 죽었다는 것만이, 오직 그것만이 의식 속에 선명했다. 내가 죽었구나. 죽는 건 아프지도 않구나. 그렇게 생각하자 그 생각은 이상스런 설득력을 가지고 달콤하게까지 느껴졌다. 그렇게 누워 있었다.

그러고 또 얼마의 시간이 지나 그가 처음으로 느낀 것은 무언가가 자신의 팔을 무겁게 누르고 있다는 것이었다. 고개를 돌리니 어디서 날아왔는지 기둥 하나가 자신의 팔 위에 얹혀 있었다.

죽지는 않았구나.

지상이 꿈틀거리며 기둥 밑에서 팔을 빼냈다.

난 죽지 않았어.

그는 일어서려고 했다. 그러나 허리에도 다리에도 힘을 줄 수가 없었다. 그때야 그는 자신이 벽에 끼여 있는 것을 알았다. 지상의 얼굴에서 피가 흘러내렸다. 윗옷은 찢겨 날아갔는지 한쪽 팔에만 소매가 걸려 있었다. 눈앞에는 서 있는 건물이라곤 하나도 보이지 않았다. 망치로 두들겨댄 듯 부서져버린 공장 곳곳에서 불길이 치솟고 있었다.

눈을 껌벅거리며 주변을 둘러보았다. 어디서 날아왔는지 모를 커다란 기둥이 토치카를 찌그러뜨리고 넘어져 있었다. 그 기둥이 넘어지면서 생긴 삼각형 틈 속에 자신이 끼여 있다는 것을 안 것은 또 얼마가 지나서였다. 꿈틀거리며 지상이 그 틈에서 겨우 기어나와 보니, 여기저기 사람들이 널려 있었다. 피가 흐르는 그의 손 바로 앞에는 엎어진 채 죽은 사람이 있었다. 그의 등짝에는 뭉텅 잘린 사람의 다리 하나가 군화를 신은 채 떨어져 있었다. 함께 있던 징용공들은 그림자도 찾아볼 수 없었다. 우리가 일곱이었는데. 그렇게 중얼거리며 지상이 비틀비틀 일어섰다.

미쓰비시병기 스미요시 터널 공사장에는 그날도 쇄암기소리가 요란했다. 땅굴에서는 발파작업을 하는 폭음이 울려왔다. 다섯개의 터널이 공사 중이었다.

우석과 스미요시 터널의 육손이네 하청업체 인부들은 7호 터널에서 작업을 시작했다. 6호에서 8호 터널까지 공사장 세곳에 800명의 조선인 인부들이 투입되어 있었다. 아침부터 울려댄 경계경보로 그날따라 늦게 일이 시작되었다.

조선인 노동자들은 일단 터널 공사장에서 파낸 흙과 돌을 밖으로 져나른 후, 거기서부터 국립철도 나가사끼 본선이 지나가는 곳까지는 선로가 깔린 운반차를 손으로 밀며 흙과 돌을 실어날랐다. 우석은 며칠 전부터 터널 밖에서 일을 하고 있었다. 길남에게 깨물린 다리를 절룩거리면서 그는 터널 앞에 쌓여 있는 돌을 껴안듯 들어올려 운반차에 실었다. 아침인데도 벌써부터 땀이 비 오듯 쏟아졌다.

옷통을 벗어부치며 옆사람이 중얼거렸다.

"아따, 저놈의 매미새끼. 저건 뭘 처먹고 기운이 나서 저렇게 울어대는 거야."

그는 땀을 닦으며 흙더미 옆 나무에서 울어대는 매미에 짜증을 냈다.

"매미가 자네보고 뭐래? 꼭 호랑이가 고슴도치 앞에 놓고 하품하듯 하고 있네."

"저 우라질 것이 울어대니까 덥기만 더 덥잖어."

"이봐, 난 매미가 아니라 자네 성깔 부리는 통에 더 덥네."

땅굴 안에서 등짐을 지고 나오던 이팔이 돌을 다 실은 우석을 불렀다. 우석이 뒤를 돌아보았다.

"우석이 출세했구마. 구루마를 다 운전하고."

"이래 봬도 내가 암석 운반공이다."

"하이고, 그래라. 비단 속곳 입었다꼬 치마 들추고 자랑하라모."

흙을 붓고 나서 어정어정 걸어온 이팔이 허리 뒤에 차고 있던 수건을 우석에게 내밀었다.

"이거 땀 닦고, 니 해라."

우석이 피식 웃었다. 그는 이팔에게서 수건을 받아 얼굴을 닦으며 물었다.

"이건 또 어디서 났어?"

"천하가 내 거 아이가. 아침에 빨래하러 갔다가 왜놈들 거 슬쩍 해왔다."

"하는 짓거리 하고는. 나잇값을 해라. 너도 환갑 전에 철들기는 다 글렀다."

"가심이 벌렁벌렁하는 거를 친구라꼬 생각해서 하나 더 훔쳤더마 고맙단 소리는 몬 하고."

둘이 소리 내어 웃었다. 가까이 다가서며 이팔이 속삭였다.

"감독놈들이 통 안 비네. 우짠 일이고?"

세상 분위기도 그렇고, 그날 우리 기세가 좀 등등했던가. 어쩌면 육손이가 무슨 결심을 했는지도 모른다고 우석은 생각했다. 징용공들이 예전처럼 고분고분할 리도 없는 이런 판에 서로 부딪쳤다가 무슨 일이 벌어질지 모르니, 당분간 감독들을 현장에서 뺐을 수도 있다.

터널 공사장을 폭파하려 했던 그날 밤의 일은 표면적으로 빠르게 봉합이 되었다. 무엇보다도 조승도가 어둠 속에서 설치한 폭약 가운데 겨우 두 개가 터지면서 결과적으로 피해가 경미했다는 것도 빠른 수습에 도움이 되었다. 피해도 적은데다 공기 단축을 서슬 퍼렇게 독려하던 해군 측에 문제가 알려지는 것을 막기 위해서도 일단 덮고 보자는 것이 육손이의 생각이었다. 길남이도 일을 키우지 말자고 육손이에게 적극적으로 나섰다. 그날 도망친 징용공이 별로 없다는 것도 육손이로서는 다행이었다.

그래도 뭔가 심상치 않은 일이 일어났다는 첩보를 입수한 군의 정보요원이 찾아왔을 때 육손이는 화를 내면서 말했다.

"조선놈들끼리 쌈이 붙지 않았겠습니까. 함경도놈들이랑 평안도놈들이 티격태격하다가 날 잡아서 붙은 거지요. 툭하면 있는 일 아닙니까."

"함경도와 평안도가 뭡니까?"

"그게 뭐랄까. 오오사까 사람이랑 토오꾜오 사람이 쌈 붙었다, 그쯤 생각하소."

공사현장의 경비를 강화하라는 지시 정도로 일이 무마되었을 때 육손이는 이를 갈았다. 내남없이 이 조선놈의 새끼들, 이것들을 그냥 다리몽둥이를 분질러놓아야 하는데, 하고.

이팔이 수건으로 땀을 닦으며 말했다.

"육손이 오야붕이 생각이 깊기는 깊은 사람인갑다. 뒷말이 일절 없는 거를 보모."

둘은 잠시 말을 잊고 그날 밤의 일들을 생각했다. 이팔이 조금 가라앉은 목소리로 말했다.

"조승도는 어데로 갔이까."

"똑똑한 사람이니까 어디로 튀어도 잘 튀었겠지. 그렇게 믿자."

우석이 짧게 한숨을 쉬었다. 승도는 그날 밤 이후 어디론가 자취를 감추고 소식이 없었다.

"염소가 나이 묵는다꼬 수염 나는 거는 아이다만, 니는 우찌 된 사램이 그리 맴을 쉽게도 잘 접노. 조승도 그 양반이 뭔 일을 당하지나 않았나, 육손이 오야붕이 찾지도 않는 걸 보모 그것도 이상하고. 그 양반 생각만 하모 어짓밤에도 눈물이 술렁술렁 쏟아져서 내는 한숨도 못 잤다."

"한숨도 못 자기는. 네가 코는 제일 크게 골더라."

"그거 내 자는 거 아이다. 내는 코 골민서도 옆에서 하는 소리 다 듣는다. 참말이다."

운반차에 있던 같은 반원이 우석을 불렀다.

"거기, 얘기는 그만 나누고 자, 또 한번 내려갑시다."

손을 흔들어 보이며 우석이 운반차 쪽으로 걸어갔다. 걸어가다가 우석이 뒤를 돌아보며 말했다.

"이팔아."

"와 부르노."

"우리가 뭔가 또 할 일이 있을 거다. 대차이재(大車以載)라더라. 큰 수레가 짐을 실어도 많이 싣고, 큰 나무가 큰 집을 짓는다."

"그거는 내를 두고 하는 소리네. 엄장이 그래도 내만은 해야 안 되겠나."

이팔이 큰 키를 곧추세우며 가슴을 두드렸다.

"우석아, 우리 쪼매 쉬엄쉬엄 살자. 날굿 쫌 고만하고 조용히 살자 카는 소리다."

"팔자타령은 됐다가 무덤 앞에서 하라더라."

"세상만사가 다 지 맘 길들일 탓 아이가. 저녁에 보자."

우석이 고맙다는 뜻으로 그에게서 받은 수건을 번쩍 들어올렸다. 우석을 향해 이팔이 소리쳤다.

"내는 니를 타향서 만난 고향 친구로 안다."

운반차 한쪽을 잡고 우석이 선로에 붙어섰다. 천천히 레일을 따라 운반차를 밀며 우석은 발밑을 보고 걸었다. 그때였다. 눈앞이 한순간 하얗게 변하는가 했다. 번쩍하는 불빛 같기도 했다. 그리고 귀를 찢는 굉음을 듣는 순간, 우석의 몸이 튕겨올랐다가 나무 밑으로 나가떨어졌다.

우석이 정신을 차렸을 때 제일 먼저 눈에 띈 것은 자신과 함께 날아와 우그러져 있는 운반차였다. 그는 그 쇳덩어리와 함께 나무 밑에 쑤셔박혀 있었다. 함께 운반차를 밀고 오던 사람들은 어디로 날아갔는지 보이지도 않았다.

우석은 비틀거리며 일어섰다. 귀가 멍할 뿐 아무 소리도 들리지 않았다. 그가 허청허청 발걸음을 옮겼다. 등허리는 열선으로 옷과 살갗이 들어붙으며 일시에 타들어가 검붉게 끓는 듯한 피부에서 한여름 햇살을 받은 벌건 핏물이 흘러내리고 있었다.

어쩐 일인지 우석은 산이나 터널 쪽으로 올라가는 대신 나가사끼 시내 쪽으로 후들거리는 걸음을 옮기고 있었다. 걸쳤던 옷은 다 찢겨나가고 이상스레 한쪽 다리와 허리춤만 남은 바지가 걸려 있었다. 종아리 쪽에서는 아직도 연기가 피어오르고 있었다. 불을 끄려고 팔을 들었을 때, 그때야 우석은 알았다. 옷소매와 함께 타 붙어 핏물이 흐르고 있는 팔은 마치 검붉은 몽둥이 같았다.

열차 선로가 내려다보이는 흙더미 부근에서 감독을 하던 일본인은 휘어지며 튕겨날아온 레일에 깔린 채 피를 흘리며 쓰러져 있었다. 비틀거리며 걸어간 우석이 그를 내려다보았다. 그는 눈을 부릅뜬 채 죽어 있었다.

짙은 안개 속을 헤매듯, 눈앞을 뒤덮는 자욱한 가루들 속으로 여기저기서 사람들이 그림자처럼 흐느적거리는 것을 우석은 보았다. 그들은 하나같이 두 팔을 벌려 들어올리고 있었다.

공장 건물 부근에 있던 나무들은 전부 쓰러졌고 푸른 잎도 불이 붙어 타들어가고 있었다. 지상은 자신이 일하던 공장 쪽을 바라보았다. 지붕과 벽은 다 날아가고 연기 속으로 뼈대만 남은 기둥이 어른거렸다. 멍하니 서 있던 그때였다.

"사람 살려! 사람 살려!"

느닷없이 들려오는 조선말에 놀라며 지상은 소리 나는 쪽으로 몸을 돌렸다.

"사람 살려라!"

소리치면서 연기 속에서 비틀거리며 세 사람이 걸어나왔다. 무엇을 어떻게 다친 것인지 알아볼 수도 없었다. 그들은 사람이 아니었다. 다만 검은 숯덩이였다. 세명의 조선인은 와아와아 괴성을 질러대면서 날뛰기도 하고 빙글빙글 돌기도 하고 이리저리 비틀거렸다. 그러다가 하나씩 땅바닥에 쓰러졌고, 그렇게 죽어갔다.

연기 속을 걸어나가자, 팔다리가 이상하게 꺾인 채 길가에 쓰러져 죽은 어머니의 젖을 물고 있는 아이가 있었다. 옆에서는 유리 파편이 무수히 등에 꽂힌 한 어머니가 얼굴에 화상을 입은 아들을 끌고 어디로 가는지 헤매고 있었다. 아 무언가. 이건 뭐지. 하늘을 쳐다보던 지상의 무릎이 꺾이며 풀썩 그 자리에 주저앉았다.

공장 건물이 불타면서 연기가 길을 뒤덮기 시작했다. 어디로 가고 있는지조차 모른 채 다시 지상은 걸었다. 여기저기 부서져나간 건물더미에 깔린 사람들이 살려달라고 소리치고 있었다. 그러나 피투성이가 된 사람들은 묵묵히 걸어갈 뿐이다. 무슨 주술에 걸린 사람처럼 피투성이가 된 사람들이 한 방향으로 행렬을 지어 가고 있었다. 두 팔을 든 채.

"물, 물."

지나가던 사람이 중얼거렸다.

"물, 물."

다음 사람이 또 똑같이 중얼거렸다.

사람들은 강으로 향하고 있었다. 뿌옇게 내려앉던 먼지 같은 것이 개면서 불타는 공장의 연기가 몰려들었다. 여기저기 무너진 공장의 철골에 깔린 채 죽은 사람들이 보였다.

지상이 멍하니 그 모습을 바라보며 서 있을 때였다.

"이야아아아아…"

뒤에서 이상한 소리를 내면서 한 일본 여공이 다가왔다. 머리칼이 하늘로 뻗치듯 솟은 채 너덜너덜 찢어진 옷을 흩날리며 다가온 그녀가 이야아아아아 하는 신음도 비명도 아닌 낮은 소리를 내면서 몸을 피하려는 지상을 껴안았다. 목을 감은 손에 더욱 힘을 주면서 그녀는 내내 이야아아아아 고양이 울음 같은 소리를 내질렀다.

도대체 무슨 일이 일어난 거야. 졸린 목을 풀기 위해 그녀의 손을 잡아당기며 지상은 그녀의 얼굴을 보았다. 자신의 목을 조르며 매달린 여자는 멀리 불길을 바라보고 있었다. 겨우 여자를 떼어놓자, 그녀는 같은 소리를 내면서 허청허청 앞으로 걸어나갔다.

발길을 돌렸다. 옷이 전부 찢어진 채 검붉은 살이 피로 뒤덮인 사람이 다가왔다. 아이를 업고 어디론가 미친 듯이 달려가는 여자가 지상을 지나쳐갔다. 멍하니 지상은 그 뒷모습을 바라보았다. 그녀의 등에 업힌 아이는 머리통이 없었다.

얼굴을 알아볼 수 없이 피를 흘리는 사람이 팔을 휘저으며 다가오면 왼쪽 길로 피해 달아나고, 팔다리가 피투성이가 된 채 절룩거리며 지나가는 사람이 있으면 오른쪽 골목으로 피하며, 지상은 어디로든 가야 한다는 생각에 발길 닿는 대로 걸었다. 어깨가 욱신욱신 쑤셔왔다. 날아올랐던 몸이 벽에 부딪쳤다 떨어지며 어깨를 다친 것 같았다. 골목 저편, 휘몰리는 연기 속에서 시커먼 덩어리 하나가 걸어나왔다. 온몸이 타들어가 숯덩어리같이 변한 사람이 천천히, 아주 천천히 지상을 향해 똑바로 다가왔다. 앞을 보지 못하는 그가 걸음을 내딛고 있었을 뿐인데도, 그 자리에 주저앉을 듯 놀란 지상이 뒤돌아서 큰길 쪽으로 뛰기 시작했다. 강이 있는 우라까미 쪽으로 나가는 길이었다.

"공습경보라면 이젠 진절머리가 나요."

케이꼬가 하늘을 쳐다보았다. 그건 나도 그래. 말을 못 할 뿐이지. 아끼꼬는 마음속으로 중얼거렸다. 둘은 여학생들이 일하고 있는 병기공장으로 가는 길이었다. 케이꼬가 백지소집을 받고 아끼꼬가 일하는 병기공장에 배속된 건 한달 전쯤이었다. 백지소집이란 직장이 없이 집에서 지내던 사람에게 오는 소집명령이다.

근로정신대 여학생들의 작업지도를 위해 공장으로 가는 길이었다. 아끼꼬는 어젯밤에도 몇번이나 방공호를 들락거려야 했다. 공포로 밤을 지새운 다음이어선가, 온몸이 두들겨맞은 듯 무거웠다.

케이꼬가 말했다.

"삐라를 보면 그냥 신고를 해야 하는데, 여학생들이 자꾸 그걸 읽은 이야기를 해요. 이 이상 당하지 말고 항복하라. 그런 삐라를 가지고 오질 않나."

"오죽 많이 뿌려대야지요."

여학생들이 일하는 공장은 땅 밑 깊숙이 있어서 일단 일을 시작하면 밖에서 무슨 일이 일어나는지 알 수 없었다. 어제는 여학생들 전원에게 머리띠를 매도록 했다. 군부의 요청으로 회사에서 준비한 것이었다. 머리띠에는 神風(카미까제)이라고 쓰였고 두 글자 사이에 빨갛게 일장기가 그려져 있었다. 회사에서는 여학생들에게 그 머리띠를 동여매게 하면서, 대의를 위해 살라는 훈시가 있었다.

하늘이 몹시 푸르렀다. 거리의 가로수에서 매미가 울고 있었다. 아끼꼬는 손으로 햇빛을 가리며 걸었다.

"그 반에도 조선에서 온 근로정신대 여학생들이 많나요?"

"그럼요. 얼마 전에도 조선에서 소녀들이 많이 왔어요."

아끼꼬가 물었다.

"새로 조선에서 온 소녀들은 어때요?"

"다들 일을 참 열심히 해요. 말이 없는 게."

"말이 없는 게 아니라 일본말을 모르는 거 아닌가요?"

"그럴까요."

케이꼬가 웃었다. 아끼꼬도 따라 웃었다.

조선에서 온 여학생들은 기숙사에 들어 있었다. 거의 모든 여학생들이 가지고 온 짐이 없었다. 기숙사를 돌다가 아끼꼬는 한 여학생에게 무심코 말했다.

"열심히들 해야 해요. 우리가 전쟁에 지면 여러분은 다시는 이 기숙사에 돌아오지 못해요."

그때 한 여학생이 또렷또렷한 목소리로 말했다.

"두번 다시 이 기숙사로는 돌아오고 싶지 않습니다. 하루빨리 나가사끼를 벗어나서 고향으로 가고 싶습니다."

그 목소리의 당돌함 때문에 아무 대답도 하지 못했던 일을 떠올리는데, 케이꼬가 말했다.

"남편이 그러는데, 소련이 일본에 선전포고를 했대요."

"그 얘기는 나도 남편한테서 들었어요."

케이꼬의 남편은 나가사끼신문사의 기자였다. 아끼꼬가 나뭇잎에 내리쪼이는 햇볕을 바라보았다.

"우리 집 그이는 회사일이 힘든가봐요. 요즈음은 매일 우울해해요."

"다 마찬가지, 우리 집도 그래요."

케이꼬의 남편은 지난밤에 있었던 공습경보 때문인지 밤중에 신문사로 가서는 아침까지 돌아오지 않았다. 다리를 건너고 있을 때였다. 갑자기 비행기소리가 선명하게 들렸다. 좀 전에 경보가 해제되었는데. 이미 B29가 하늘로 날아오는 것을 보면서도 두 사람은 익숙해진 터라 태연히 걸었다.

비행기는 햇빛을 받아 은빛 날개를 반짝이고 있었다. 그것을 쳐다보면서 아끼꼬가 말했다.

"멋있네요, 폭탄을 실은 커다란 천사."

그녀의 말에 케이꼬가 웃었다.

"와아, 나까다상은 시인 같아요. 이런 때 그런 말을 할 수 있다니."

구름 한 점 없는 하늘을 은빛 날개의 비행기가 아득히 먼 폭음을 내면서 천천히 동쪽에서 서쪽으로 날고 있었다.

그때였다.

"앗, 낙하산이다! 낙하산이 떨어진다!"

케이꼬가 소리치며 손으로 하늘을 가리켰다. 그녀는 원폭 투하에 앞서 떨어뜨린 계측기를 매단 낙하산을 보았던 것이다. 아끼꼬도 케이꼬가 가리키는 쪽을 쳐다보았다. 그쪽 하늘이 눈부시게 빛났다. 빛이 번쩍하는가 싶었다. 그리고 무엇인가가 자신의 몸을 들어올리는가 하자, 이미 자신은 땅바닥에 나뒹굴고 있었다. 아무것도 느끼지 못한 채 그녀는 땅바닥을 뒹굴며 의식을 잃었다.

얼마나 시간이 지났는지 모른다. 엎어진 몸을 일으키며 정신을 차렸을 때 아끼꼬는 자신이 무너진 집더미 아래 깔린 것을 겨우 알 수 있었다. 내 몸이 집더미 속으로 날아왔든가 아니면 집이 날아와 덮쳤든가, 두가지 가운데 하나겠지. 그녀는 몽롱한 의식 속에서 그런 생각을 했다.

얼굴을 가린 나뭇조각들을 헤집고 바라보니, 집이란 집은 다 무너져서 산산조각 나고 여기저기 불이 타오르고 있다. 그녀는 팔을 들어 몸을 덮쳐누르고 있는 나무들을 하나하나 걷어내고 일어나려고 했다. 그러나 일어설 수가 없었다. 다리가 부러졌나 보다. 그런 생각을 하며 그녀는 멍하니 여기저기 불타고 있는 거리를 바라보았다. 먼저 눈에 들어온 것은 하늘을 바라보듯 누워서 팔을 벌리고 죽은 사람이었다.

옷이 갈기갈기 찢어진 사람들이, 몸이 불타서 피가 흘러내리는 사람들이 흔들리는 그림자처럼 걸어가고 있었다. 머리카락은 어디로 갔는지 옷과 몸이 타 엉겨붙어서 남자인지 여자인지조차 알 수 없는 사람들도 있었다. 얼굴의 형태를 알아볼 수 없이 피가 뒤엉킨 사람들이 맨발로 지나가고 있었다. 그들은 하나같이 팔을 벌린 채 걸어갔다. 몸의 살갗이 다 타버려 팔을 몸에 붙이면 살점이 서로 들어붙으니까 무의식적으로 그렇게 팔을 들고 걷는 것 같았다.

겨우 윗몸을 일으키고 앉아 있는데, 옷이 다 찢어진 부인 하나가 자신의 손을 밟듯이 걸어갔다. 손에 젖은 게 느껴져서 물기를 털어내며 보니 여자는 걸어가면서 오줌을 누고 있었다. 미처 오줌이 나오는 것도 모르는 것 같았다.

어떻게든 이곳을 빠져나가야 한다. 어떻게든 걸어나가야 한다. 먼지와 연기가 자욱한 속으로 여기저기서 사람들의 소리가 들려왔다.

"물, 물…"

신음도 비명도 아닌 목소리가 물을 찾고 있었다.

남편은 어떻게 됐을까. 도시 전체가 이 모양이 되었는데 조선소라고 안전할 리가 없다. 아. 죽어서는 안 된다. 아이들, 내 아이들이 있지 않나.

어떻게 걸었는지 모른다. 옷을 찢어 피가 흐르는 발을 싸매고 부서진 집더미에서 겨우 기어나온 아끼꼬는 막대기 하나를 찾아 지팡이 삼아 한쪽 다리로 걸었다. 절룩거리며 비틀거리며, 앉았다 일어서기를 반복하며, 그녀는 겨우 기차 선로까지 나왔다.

거기에는 죽은 시체가 여기저기 널려 있었다. 눈과 코와 입이 구별이 안 되게 타거나 뭉개진 얼굴들도 보였다. 무너진 건물 속에서는 여전히 사람의 목소리가 새어나왔다.

"도와줘!"

"누구 없소?"

바로 앞의 집 한 귀퉁이에서 불길이 치솟기 시작했다. 불길 옆에는 몸이 타들어가는 여인이 엎어져 있었다. 이제는 한쪽 발로 걸을 수도 없었다. 아끼꼬는 주저앉았다가 기다가 다시 막대기를 잡고 절룩거리면서, 그렇게 사람들의 뒤를 따라 우라까미강 쪽으로 나아갔다.

강변은 물을 먹기 위해 강물에 겨우 얼굴을 처박고 죽은 사람, 살려달라고 손을 내흔드는 사람들로 들어설 틈도 없이 뒤덮여 있었다. 강 옆으로 배 한척이 끌어올려져 있었다. 배 가까이 갔을 때 아끼꼬는 놀라서 그 자리에 털썩 주저앉았다. 거기에는 거의 벌거벗은, 심한 화상으로 까맣게 된 사람들이 시체로 널브러져 있었다. 죽은 사람들은 배를 강으로 밀어내려다가 한순간에 타 죽은 듯, 뱃전을 잡거나 배를 강으로 밀어넣으려는 자세를 하고 있었다.

강물에 떠 있는 시체들을 아끼꼬는 멍하니 바라보았다. 목이 타는 것 같았다. 겨우 강물로 기어간 그녀는 손으로 떠올릴 것도 없이 강물에 얼굴을 처박고 물을 들이켰다. 그리고 나서 물로 기어들어간 그녀는 강물 속에서 목만 밖으로 내놓고 엉거주춤 앉았다. 강언덕 위에는 많은 사람들이 누워 있었고, 구토를 하다가 몸을 꿈틀거리다가 조용히 죽어갔다. 꿈틀거리던 사람들이 몸짓을 멈추면 그것이 죽은 것이었다.

비틀거리며 걸어와 강물을 마신 사람들은 이내 욕지기를 하면서 토해냈다. 내내 헛구역질을 하는 사람도 있었다. 그러다가 몸에 아무 상처도 보이지 않는 사람이 갑자기 쓰러지며 죽었다.

도시가 화염에 싸이면서 생긴 엄청난 대류현상 때문인지 회오리바람이 휩쓸고 지나갔다. 커다란 나무가 쓰러지고 철판과 문짝들이 솟구쳤다가 떨어져 나뒹굴었다. 회오리바람에 쓸린 부인 한 사람이 강 언덕에서 밑으로 나가떨어졌다가 얼굴에서 피를 흘리며 기어올라왔다.

아끼꼬는 숙였던 고개를 들었다. 저 사람은, 저 사람은. 누군가가 그녀 쪽으로 걸어오고 있었다.

"아끼꼬상!"

아끼꼬는 입을 벌렸지만 아무 소리도 새어나오지 않았다. 지상이 소리쳐 부르며 강물 속으로 들어섰다.

"어딜 다쳤습니까?"

아끼꼬가 손으로 다리 쪽을 가리켰다. 그리고 겨우 말했다.

"다리."

"다리를 다쳤습니까? 걸을 수가 없습니까?"

아끼꼬가 물이 흘러내리는 머리를 끄덕였다. 지상이 말했다.

"어쨌든, 여기서 나가야 합니다. 저를 붙잡고 나오시지요."

도대체 무슨 일이 일어난 거야. 무슨 일이 일어난 거지. 운반차를 밀고 나와 돌과 흙을 버리자면 나가사끼 시내가 한눈에 내려다보였다. 왼편에는 오래된 건물이라는 천주당이 서 있어 이따금 거기서 울리는 종소리를 들었다. 멀리 항구에 뜬 배가 아슴푸레 바라보이던 곳, 나가사끼역을 빠져나온 기차가 달려가곤 하던 그 모습은 어디에도 없었다.

빗자루를 들어 쓸어낸 듯, 서 있는 건물은 아무것도 없었다. 다만 그 폐허 위를 자욱한 먼지와 연기가 아득하게 뒤덮고 있었다.

우석은 손에 잡기 좋은 몽둥이 하나를 찾아 들었다. 대상을 알 수 없는 공포가 그를 휩쌌다. 몽둥이를 들고 어디로 가는지 스스로도 모른 채 그는 성큼성큼 걸어내려갔다. 다리 한쪽은 맨살인 채 한쪽만 남은 바짓자락을 너덜거리며.

한 사내가 다가왔다. 우석이 몽둥이를 움켜쥐었다. 그는 피투성이 얼굴에 한쪽 눈이 타 붙어 찌부러져 있었다. 큰길로 나왔다. 조각조각 무너져버린 집들 가운데 쓰러질 듯 기울어진 지붕에는 기와란 기와는 다 뒤집어지거나 솟구쳐서 겨우 붙어 있는 것이 마치 생선 비늘을 긁어놓은 것 같았다.

우라까미 쪽으로 조금 나가보았다. 건물도 가옥도 남김없이 부서져버린 거리를 바라보자니, 무엇이 한순간에 이렇게 만들었는지 어떻게도 믿을 수가 없었다. 까맣게 탄 전차가 골격만 남아 서 있는 것이 보였다. 선로는 엿가락처럼 휘어 솟아올랐다. 전신주가 위에서부터 불이 붙어 타내려오고 있었다. 아, 일본은 졌구나. 우석은 처음으로 그런 생각이 가슴을 치고 가는 것을 느꼈다.

발밑에서 손발이 잘려나간 사체가 나뒹굴고, 몸통이 없는 팔에서 손목이 너덜거리고, 떨어져나온 다리 몇개가 여기저기 널려 있었다. 사람 모양을 한 시체는 새까맣게 타서 몸 전체가 오그라들었다.

무언가가 일어났다. 엄청난 뭔가. 강가로 나오면서도 우석은 계속 중얼거리고 있었다. 이건 뭔가. 헤아릴 수 없이 널브러진 시체들 사이를 헤치고 우석은 이곳저곳을 걸었다.

거리에는 그늘을 찾아 몸을 숨길 곳이 없었다. 지친 몸을 몽둥이에 기댄 채 햇빛 속에 앉아 있던 우석이 몸을 일으켰다. 아무래도 산 쪽으로 올라가야 할 것 같았다. 우석은 허청허청 걸었다. 비탈길에 올라서니 꽤 커다란 연못이 나왔다. 멍하니 연못을 바라보았다. 물 위에 고기가 죽어서 부옇게 떠 있었다. 저게 익었을 텐데. 그는 생각했다. 저것을 건져 먹을까 말까.

그는 고개를 저으며 다시 경사진 길을 오르기 시작했다. 갑자기 어디선가 조선말이 쏟아지듯 들려왔다. 여자들의 목소리였다.

"공장으로 갔던 애들은 다 죽었대."

"본공장이 폭삭 무너졌다잖아."

우석은 그때 자신이 일하던 공사장과는 언덕을 사이에 둔 반대쪽 산길을 오르고 있었다. 조선여자들의 근로정신대 숙사가 세동 서 있는 곳이었다. 숙사 건물은 부서졌고, 폭풍으로 내던져져서 부상당한 여자들이 정신이 아득한 얼굴로 나와 있었다. 밤일을 하고 돌아와 숙사에서 잠을 자던 공원들인가보았다. 그들이 입고 있는 몸뻬 바지는 다 해져 있었다. 여기저기 얼굴이 피투성이가 된 여자들이 그늘을 찾아 넝마처럼 모여 있었다.

쟤들이 바로 근로정신대로 온 애들인가보구나. 얼이 빠진 채 우석은 몽둥이를 짚고 서서 멍하니 그들을 바라보았다. 이것들아, 그냥 도망을 쳐. 너희들이라도 살아야 할 거 아니냐.

40

 1945년 8월 9일 나가사끼는 한여름의 뜨거운 햇살 속에서 아침을 맞았다. 매미가 울어대기 시작한 이른 아침부터 나가사끼 시내에는 몇차례 공습경보와 경계경보가 있었다.

 시간이 되면 울려대는 종소리처럼 매일 몇차례씩 공습경보가 발령되고 해제되던 그 무렵에는 경보가 안 울리면 오히려 이상하게 생각될 정도였다. 방공호에 몸을 숨겼던 이들은 경보 해제와 함께 한여름의 소나기가 지나간 하늘을 올려다보듯 아무 일도 없었던 것처럼 다시 일자리로 돌아갔다.

 이날 아침도 다른 날과 다름없이 거리에는 배급 물품을 받으려는 행렬이 이어졌고, 병원에서는 환자들의 진료가 시작되었다. 하루 일을 시작하며 사람들은 원폭을 맞은 히로시마 이야기를 수군거렸다. 일본인들은 히로시마를 공포 속에 몰아넣으며 시가지를 괴멸시킨 그 폭탄이 무엇인지 알 수가 없었다. 이 재앙에 가까운 폭탄을 맞고 일본인들은 '히로시마에 신가따 폭탄이 떨어졌다'고 했다. 이름조차 모르는 '신형 폭탄'을 맞았지만 전쟁을 향한 그들의 광기는 변한 것이 없었다.

'리틀보이'(Little Boy, 꼬마)라는 애칭을 가진 원자폭탄을 히로시마에 떨어뜨린 사람은 B29 에놀라게이의 기장 폴 티페츠였다. 그는 히로시마 상공에 치솟는 거대한 버섯구름을 보고 부조종사 로버트 루이스가 중얼거린 말이 내내 마음에 남았다.

"하느님 맙소사, 우리가 지금 뭘 한 거야(Oh my god, what have we done)."

인류 역사상 최초로 원자폭탄을 히로시마에 투하하고 돌아온 관측기 그레이트아티스트의 기장 찰스 스위니는 사흘 뒤에 있을 코꾸라시에 대한 제2의 원폭 투하작전을 지휘할 것을 통보받는다. 8월 9일 두번째 원자폭탄 투하를 결정한 제20항공군사령부의 '야전명령 제17호'였다.

공격 제1목표는 코꾸라 조병창 및 시가지, 예비로 선정된 제2 목표는 나가사끼 시가지 나까지마강이었다. 시가지를 흐르는 폭이 좁은 이 강에는 둥근 아치 두개가 물에 비쳐 안경처럼 보이는 안경다리를 포함하여 수많은 다리가 놓여 있었다. 정확한 투하 조준점은 강 하류의 토끼와 다리에서 니기와이 다리까지였다.

8월 9일 코꾸라를 공격할 B29가 편대를 이루어 티니언 기지를 이륙했다. 아널드 대장이 지휘하는 미국 전략공군사령부의 티니언 기지는 일본군이 패퇴한 마리아나 제도의 하나로 면적 90평방킬로미터의 작은 섬에 자리하고 있었다.

　관측기 그레이트아티스트에는 히로시마에 원폭을 투하하면서 사용했던 관측용 기자재가 실려 있었다. 이것을 다른 폭격기로 옮기는 번거로움을 피하기 위해 기장 스위니는 폭탄 투하기를 복스카로 대체한다. 결국 원래대로라면 그레이트아티스트에 원폭을 탑재하고 비행해야 할 기장 스위니가 복스카에 원폭을 탑재했고, 그레이트아티스트는 관측기로서 합류했다.

　나가사끼 원폭 투하의 혼란은 여기서부터 시작되었다. 작전에 투입된 기체에는 통상 항공기의 머리 부분에 그려넣는 그림과 애칭이 그려져 있지 않았다. 유일하게 원폭 투하작전을 취재했던『뉴욕타임스』의 윌리엄 로런스 기자는 이 바꿔치기를 알지 못한 채 자신의 기사에서 "원폭 투하기는 스위니가 탑승한 그레이트아티스트였다"고 써버렸다.●

　작전에 투입된 출격편대는 모두 6대로 이루어졌다. 원자폭탄 '팻맨'(Fat Man, 뚱보)을 탑재한 복스카, 관측기를 탑재한 그레이트아티스트, 사진촬영기 빅스팅크, 그리고 예비기로 이오지마에서 대기할 풀하우스와 함께 2대의 기상정찰기가 투입되었다. 나가사끼 상공의 기상정찰을 맡은 래긴드래곤과 함께 코꾸라 상공의 기상정찰을 맡은 비행기는 사흘 전 히로시마에 원폭을 떨어뜨린 에놀라게이였다.

　원자폭탄은 목표지점을 육안으로 확인하고 투하하도록 엄격하

● 원폭 투하기에 대한 중대한 오류에도 불구하고 로런스 기자는 이 기사로 1946년 퓰리처상을 수상한다.

게 규정하고 있었기 때문에 시계(視界) 정보가 무엇보다 중요했다. 그럼에도 불구하고 나가사끼 투하작전에서는 히로시마 때보다 기상관측기 1대를 축소시켰다.

이날의 작전은 기상관측기가 먼저 목표도시 코꾸라의 기상상태를 확인한 후 호위기가 없는 상태에서 3대의 B29가 코꾸라 하늘로 진입하기로 되어 있었다. 히로시마에 원폭을 투하했던 에놀라게이가 앞서 코꾸라의 기상조건을 알려왔다. 구름이 있지만 곧 쾌청해질 것이라는 보고였다.

이상 조짐은 여기서도 나타난다. 오전 7시 45분 원폭 탑재기 복스카가 예정대로 야꾸시마 상공의 합류지점에 도착했을 때 계측기 그레이트아티스트는 합류했으나 어쩐 일인지 사진촬영기 빅스팅크는 나타나지 않았다. 또한 2대의 비행기가 9시 44분 코꾸라의 목표지점에 진입했을 때, 폭격 담당 커밋 비한이 육안으로는 목표지점 확인이 불가능하다고 알려왔다. 구름이 아니라 연기 때문이었다.

이때 시계를 가로막은 것은 코꾸라에서 7킬로미터 떨어진 야하따제철소의 종업원들이 콜타르를 태워서 만든 연기였다. 폭격기가 북상하고 있다는 보고를 접한 종업원들은 히로시마에 떨어진 신형 폭탄을 경계한 나머지 이 일대 상공을 연기로 뒤덮이게 했던 것이다.

원자폭탄을 실은 복스카는 폭격 사정거리를 확보하기 위해 3회 목표지점 진입을 시도했으나 모두 실패, 이 과정에서 45분을 소모하게 된다. 잔류연료에도 여유가 없었다. 게다가 복스카는 연료 계통의 이상을 발견, 대체연료로 교체한다. 코꾸라 상공을 선회하는 사이 시작된 일본군의 고사포 공격이 격화되고 기상조건도 점차 악화되고 있었다.

결국 오전 10시 30분경 복스카는 코꾸라를 이탈, 제2 투하지점인 나가사끼로 향한다.

복스카가 나가사끼로 항진하던 중 또다른 돌발사건이 일어난다. 항법사 제임스 펠트가 관측기 그레이트아티스트의 비행지점을 묻기 위해 인터폰 버튼을 누른다는 것이 무선송신 버튼을 누르는 착오를 일으킨 것이다. 이 혼란 속에서 복스카와 그레이트아티스트는 니어 미스(near miss)를 일으키며 공중충돌을 겨우 모면하는 위기상황이 벌어진다. 니어 미스란 미국 연방항공국이 규정한 반경 150미터, 고도차 60미터 이내로 두 항공기가 접근하는 위급한 상황을 말한다.

복스카가 나가사끼 상공에 진입한 오전 10시 50분경, 기상관측기 래긴 드래곤으로부터 나가사끼 상공의 기상조건은 양호하나 서서히 구름의 양이 증가하고 있다는 연락이 들어온다. 이날의 작전명령에는 목표지점을 육안으로 확인 후 폭탄을 투하하며, 이것이 불가능할 경우에는 신고 간 원자폭탄을 태평양에 버리도록 되어 있었다.

같은 시각, 일본군 제16방면 군사령부는 라디오 방송을 통해 미군 비행기가 나가사끼 하늘에 침입했음을 알렸다.

연료결핍 상태로 나가사끼 상공에 진입한 복스카가 단 한번의 선회비행을 했을 때 고도는 6천 미터 상공이었다. 구름 때문에 육안 확인이 불가능해지자 병기 담당으로 동승했던 프레더릭 애시워스가 레이더 폭격을 해버리자고 기장 스위니를 재촉했다. 그가 명령위반임에도 불구하고 레이더 폭격을 하려는 순간이었다. 예정된 투하지점 북쪽에서 구름이 열리면서 나가사끼 시내가 내려다보였다. 폭격 담당 커밋 비한이 소리쳤다.

"톨리 호(Tally ho, 목표 발견)!"

제2 목표지 나가사끼를 향해 고도 9천 미터에서 코드네임 Mk-3 핵폭탄 '팻맨'이 투하되었다. '팻맨'은 포물선을 그리며 떨어져, 1분 후인 오전 11시 2분 목표지점인 나가사끼 중심부로부터 약 3킬로미터나 떨어진 마쯔야마 171번지 테니스코트 위, 고도 503미터±10미터에서 작렬했다.

투하 직후, 복스카는 충격파를 피하기 위해 북동 방향을 향해 155도로 급강하했다. 그사이 뒤쪽에서 선회하던 관측기로부터 라디오존데(radiosonde) 3개가 낙하산에 매달려 투하되었다. 폭발의 압력, 기온을 체크하기 위한 장비였다.

나가사끼 상공에서 솟아오른 연기는 1만 5천 미터 높이까지 퍼지면서 거대한 버섯구름을 이루었다.

나가사끼 상공을 선회하며 피해상황의 보고를 마쳤으나 복스카는 티니언 기지로 돌아갈 수 없었다. 원폭 투하 후 일어난 기내 고장과 연료 부족 때문이었다. 나가사끼 상공을 벗어났을 때 남아 있는 연료는 1천 리터 정도였다.

연료가 오끼나와까지의 비행거리 정도 남아 있는 것을 확인한 복스카는 티니언 기지로 돌아가는 것을 포기하고 긴급착륙을 시도했다. 오후 2시, 엔진 회전율을 떨어뜨려 연료를 절약하면서 기장 스위니가 복스카를 오끼나와의 요미딴 비행장에 착륙시켰을 때, 남아 있는 연료는 겨우 26리터였다.

복스카와 그레이트아티스트가 연료 보급과 정비를 마치고 티니언 기지로 귀환한 시간은 23시 6분이었다.

41

나가사끼현 방공본부는 시내 신사 밑 산기슭 지하방공호에 설치되어 있었다. 이 신사 입구에 서 있던 거대한 청동 토리이도 금속회수조치에 따라 철거된 게 2년 전이었다. 이날도 공습대책을 논의하면서 현지사는 방공본부에서 회의를 열고 있었다.

방공본부의 기록에 의하면 이날 나가사끼에는 오전 7시 48분 첫 경계경보가 발령되었다. 이 경보는 7시 50분 공습경보로 바뀌었고, 8시 30분 해제되었다. 그러므로 원폭 투하 미군기가 나가사끼 상공에 진입했을 때는 위험도가 한 단계 낮은 경계경보가 내려져 있는 상태였다. 원자폭탄이 이미 떨어진 뒤인 11시 9분에야 다시 공습경보가 울렸고, 이 경보는 12시 5분 해제되었다.

원폭 투하 후 나가사끼현 지사는 관계기관에 방공정보 제1보를 발신했다. '11시 2분경 낙하산이 달린 신형 폭탄 2개가 투하되었다. 폭탄은 히로시마 폭탄의 소형으로 인정되며, 부상자는 상당히 있으나 피해 정도는 극히 경미하다'는 내용이었다. 이 오류투성이의 부실한 보고가 수정, 보충되어 사실과 근접한 실상을 알리는 데는 제11보까지 이어져야 했다.

피폭과 동시에 공식적인 구호활동과 대책은 극도의 혼란으로 빠져들어갔다. 원폭 투하 후 3시간이 지나서야 가까운 나까요역에 억류되어 있던 하행열차를 불길이 타오르고 있는 시내로 접근시켜 부상자를 이송했다. 그리고 밤이 늦어서야 열차 3량이 부상자들을 오오무라와 이사하야의 병원으로 실어날랐다. 이들은 그나마 스스로 걷고 뛸 수 있는 경상자들이었다. 나가사끼현 경찰이 주위 경찰서에 구호대 파견을 요청한 것도 이 무렵이었다.

여러가지 장애와 혼란을 겪으며 나가사끼에 원폭이 투하되기는 했지만 미군의 준비는 구체적이고 치밀했다. '호박폭탄'(pumpkin bomb) 투하 연습이 그것을 보여준다.

1945년 7월 20일 이후 미군은 나가사끼에 투하된 원자폭탄 '팻맨'과 모양과 크기는 같지만 통상적인 폭약으로 만들어진 호박폭탄을 만들어서 반복 훈련했다. 치밀하게 짜인 원자폭탄 투하 예행연습이었다. 티니언 기지를 출발해 원자폭탄 투하 예정 도시로 비행한 이들은 육안으로 투하상황에 대한 탐색과 관찰을 마친 후 주변에 있는 다른 도시에 이 폭탄을 떨어뜨렸다. 예행연습은 모두 49회에 걸쳐 30개 도시에서 이루어졌다.

이와는 달리 일본의 대비책은 거의 원시적이었다. 1945년 8월 11일의 『아사히신문』 특보는 육해군과 방공총본부의 전문가가 동원된 조사를 기초로 '신형 폭탄에 대한 주의사항'이 발표된다. 이 내용은 당시 일본 국민이 얼마나 무방비로 전쟁에 내몰려 방치되어 있었던가를 보여준다.

그 첫번째 주의사항은 '폭탄과 함께 낙하산이 떨어지므로 목격 시 확실하게 대피할 것'이었다.

철근콘크리트 건물이 안전도가 높으므로 유효하게 이용할 것. 창문 유리가 파괴될 경우 부상에 주의하여 벽, 기둥, 창밑 등을 대피소로 활용할 것. 파괴된 건물에서 화재가 발생하므로 초기 방화에 주의할 것. 부상은 폭풍에 의한 것과 화상이 대부분이므로 소량의 기름이나 소금물 습포를 준비할 것. 흰옷은 화상을 막는 데 유효하나 소형 폭격기의 경우 목표물이 되기 쉬우므로 주의할 것. 여기에다 평행으로 뚫고 들어간 방공호가 좀 더 견고하며, 대피 후 방공호 입구는 될 수 있는 한 틀어막을 것이 추가되어 있다.

일본이 그 정체를 몰라 '신형 폭탄'이라고 불렀던 폭탄, 나가사끼에 투하된 원자폭탄 '팻맨'은 길이 3.5미터에 직경 1.5미터의 둥근 모양으로 무게가 4.5톤이었다. 이 '팻맨'이 플루토늄 239(239Pu) 폭탄이다. 미국은 4억 달러의 개발비를 이 폭탄 제조에 쏟아부었다.

원자폭탄은 원자핵에 중성자를 충돌시키는 연쇄적 핵분열을 통해 발생하는 에너지의 파괴력을 활용하는 것이다. 원폭 에너지의 50퍼센트는 충격파를 만들며 폭풍으로 변한다. 2.5킬로미터 안에 있는 모든 목조건물이 산산조각 나고 2층 벽돌건물이 무너지며 불이 붙었다. 철골 건축물은 지붕이 날아가버리고 철교의 상판은 뒤틀렸다. 폭심지에서 15킬로미터 밖의 건물 유리창까지 부서져내렸다.

원폭이 폭발하면서 일어나는 에너지의 35퍼센트 안팎은 불덩어리로 변해 열선을 방출한다. 폭발점에서 반경 15미터까지 섭씨 30만도나 되는 불덩어리를 만들어낸다. 이 가공할 만큼 강렬한 열선과 불덩어리로 인해 나가사끼의 땅 표면온도는 섭씨 3천도에서 4천도까지 상승했다. 폭심지에서 약 4킬로미터 범위 안에 있는 사람까지 열상을 입히는 온도였다. 그리고 이 핵분열에서 나오는 에너지의 15퍼센트가 깊고 긴 후유증을 남기는 방사능 에너지이다.

폭탄의 위력은 히로시마보다 나가사끼에 투하된 것이 더 컸으나 피해규모는 오히려 나가사끼가 적었다. 그 까닭은 기상조건과 지형에 있었다.

나가사끼에 떨어진 '팻맨'의 위력은 TNT 화약으로 환산하면 22킬로톤에 달하는 규모였다. 이는 히로시마에 투하된 우라늄 235(235U) 원자폭탄 '리틀보이'의 1.5배에 해당한다. 만약 이 폭탄이 예정대로 평탄한 토지가 드넓게 퍼져 있는 코꾸라에 투하되었다면 그 사상자는 히로시마를 뛰어넘어 막대했을 것으로 추정된다.

그러나 항구도시 나가사끼는 급경사의 산으로 둘러싸여 평지가 적다. 도시는 바다를 향해 흘러내린 이 경사면에 수많은 계단과 오르막길을 만들며 세워졌다. 또한 나가사끼는 이날 쾌청했다. 이 기상조건과 콘피라산을 등지고 있는 지형이 폭발의 위력을 차단하면서 바다 쪽으로 퍼져나가게 하는 역할을 했다. 방사능 또한 대기 속으로 빠르게 산화될 수 있었다.

나가사끼의 역사를 고스란히 간직하고 있는 옛 시가지는 도시의 남쪽이었다. 일찍이 개항을 하면서 그곳에는 외국과의 교역을 통해 외래 문물이 자리 잡았다. 공자묘를 비롯하여 붉고 요란한 중국 인거리가 들어섰고, 오페라 「나비부인」의 무대가 된 글로버 저택을 비롯해 네덜란드의 풍취가 서린 유럽의 문화가 뒤섞였다. 이 구시가지만은 피해를 최소화하며 살아남았다.

투하지점이 나까지마강을 따라 펼쳐진 시가지가 아니라 우라까미 계곡이 됨으로써 피해의 양상도 달라졌다. 그때 우라까미성당에서는 성모승천대축일을 준비하며 고해성사를 받기 위해 주임사제 니시따 신부가 성당으로 들어서는 길이었고, 타마야 신부는 이미 고해소에 안에 앉아 있었다. 한순간, 폭풍으로 성당이 무너져내리면서 성당 안에 있던 두 신부와 고해성사를 기다리던 수십명의 신자가 즉사했다. 성당이 불타오르기 시작했다.

교구에서 운영하던 성프란체스꼬 병원은 수도사 식당으로 쓰이던 1층의 20평 남짓한 방이 겨우 콘크리트 천장과 외벽이 무너지지 않은 채 남았다. 이 방이 임시성당이 되어 예수의 몸과 피에 비유하며 축성된 빵과 포도주가 안치되었다.

나가사끼형무소 우라까미지소는 폭심지에서 겨우 200미터밖에 떨어지지 않은 언덕 위에 있었다. 모든 것이 무너지고 날아가버린 자리에는 사형장으로 사용되던 후미진 방의 벽체만이 조금 남았을 뿐이다. 공장으로 사역을 나갔던 죄수 가운데 몇명이 목숨을 구했을 뿐, 형무소에 남아 있던 죄수와 간수는 물론 그의 가족들까지 134명이 한순간에 목숨을 잃었다. 그때 수용되어 있던 조선인과 중국인은 미결수를 합쳐 45명이었다.

폭심지 500미터 반경의 모든 민가는 형체를 알아볼 수 없이 박살이 났다. 콘크리트 포장도로는 곳곳에 균열이 생기며 찢겨나갔고,

직경이 60센티미터가 넘는 학교 교정의 나무들이 뿌리째 뽑혀 넘어졌다.

폭심지로부터 1킬로미터 반경 안의 모든 집은 겨우 거기에 집이 있었다는 것을 알 정도로 터만 남고 형태조차 알아볼 수 없게 산산이 부서졌다. 이 부근의 농작물은 땅 위에 드러나 있던 잎과 그루가 다 타버렸다.

폭심지 1킬로미터 안팎의 화강암은 돌 속의 석영이 열에 의해 팽창하면서 돌 표면에 기포들이 생겨났다. 거의 모든 동물이 사람과 같은 영향을 받았다. 물고기는 거의 죽었지만 깊은 연못의 잉어들은 열과 폭풍에 견디면서 살아남았다. 도마뱀과 개구리도 살아 있었다.

2킬로미터까지의 하늘에서 새들이 죽어서 떨어졌다. 신사의 토리이가 넘어가고, 학교 교사의 창이란 창은 다 깨졌음은 물론 창틀이 전부 휘어버렸다. 이 부근의 민가는 벽과 기와가 남아 있는 것이 드물었다.

산림의 피해는 드넓었다. 반경 10킬로미터까지의 산림이 타들어가며 산불이 일어났다. 구부러진 나무들은 그대로 고사했으며, 많은 나무들이 겨울을 맞은 듯이 잎을 떨어뜨렸다. 나무들 가운데 재생력이 약한 소나무와 삼나무가 제일 큰 피해를 보이면서 고사했다. 열이나 폭풍의 피해를 입지 않은 나무들도 반점이 생기면서 이상스레 구부러지는 기형으로 변해갔다.

원폭에 의한 폭풍으로 모래먼지와 갈가리 찢긴 종잇조각, 그리고 석탄가루가 나가사끼의 하늘로 날아올랐다. 시노하이(死の灰),

죽음의 재였다. 남서풍을 받아 산을 넘은 이 재는 니시야마를 시작으로 동북부 여러곳에 쏟아졌다. 시내가 불타고 나서 얼마 지나지 않아 쿠로이아메(黑い雨), 검은 비가 내렸다. 굵은 빗방울은 석탄가루처럼 검었다. 이 죽음의 재와 검은 빗방울에는 강도 높은 방사능 물질이 뒤섞여 있었다.

즉사를 면한 피폭자들은 다들 목이 말랐다. 그들은 물을 찾아 기어갔지만 강물 위에는 기름 같은 것이 떠 있었다. 그들은 그 기름을 걷어낼 생각도 없이 물을 들이켰다. 그리고 하나하나 죽어갔다. 전멸 전소된 건물 1만 3천채가 뒤엉키고 203만평의 땅을 소실지로 만들어버리면서, 한순간에 나가사키는 산산조각이 나며 불바다가 되었다.

일본에 상륙하며 펼쳐질 본토결전의 막대한 피해를 막고 태평양전쟁을 빠르게 종식시키려 했다는 것이 원폭 투하에 대한 미국 정부의 공식 입장이다. 그러나 제2차 세계대전 이후의 패권을 노리던 미국이 원폭을 실전에서 사용함으로써 국력을 과시하려는 전략이었다는 분석도 있다. 소련이 일본에 선전포고를 하기 전부터 그 정보를 파악, 분석하고 있던 미국으로서는 무엇보다도 일본을 완벽하게 무릎 꿇림으로써 새로운 위협으로 등장하던 소련을 간접적으로 제어하고 아시아의 주도권에서 소련을 배제하기 위해 강력한 힘을 보여줄 필요가 있었다는 것이다.

또한 방사능이 인체에 미치는 장해를 실험하기 위해 투하했다는 설도 존재한다.

『매카서 회고록』은 두번째 원자폭탄의 목표지점은 대형 병기창이 있던 코꾸라시로 예정되어 있었다고 전한다. 그러나 트루먼 대통령은 정부 각료회의와 군사령관들과의 검토 및 처칠 영국 수상과의 의견 조율을 거쳐, 처음부터 원폭 투하지점은 히로시마와 나가사끼로 결정되어 있었다고 술회하고 있다.

이 얘기를 뒷받침하는 것은 원폭 투하 전날인 8월 8일 나가사끼 일대에 미군의 B29 폭격기에 의해 주민들의 즉각 대피를 권고하는 내용의 전단지가 뿌려졌다는 점이다. 엽서 크기의 이 전단지는 원폭 투하를 예고하면서 시민들에게 대피할 것을 알리고 있다.

전단지는 분명히 있었다. 그러나 일본 측은 이 전단지가 원폭 투하가 끝난 이후인 그날 밤에 뿌려졌다고 주장한다. 미국과 일본의 주장이 서로 다르다.

미국의 원자폭탄 개발에 핵심적인 역할을 하며 '맨해튼계획'을 이끌었던 과학자 로버트 오펜하이머는 핵무기의 가공할 파괴력에 괴로워하면서 죄책감에 시달렸다. 오펜하이머는 트루먼 대통령과 만난 자리에서 이러한 괴로움을 숨김없이 드러냈다.

"각하, 제 손에서 피가 흐르는 것 같습니다."

오펜하이머는 훗날 원폭 투하 결정을 아픔 속에서 회상했다.

"나는 그때 우리들이 좀 더 심사숙고했어야 한다고 믿는다. 그러나 그 당시에는, 핵폭탄을 사용하여 효과적으로 경고할 수만 있다면 많은 인명피해를 줄일 수 있을지도 모른다고 생각했다. 그 결정은 그렇게 내려졌다."

끝내 피폭지가 되어야 했던 나가사끼의 운명과 관련해서는 수많은 논의점이 발견된다. 그 가운데는 전쟁이란 무엇인가 하는, 비극의 원점을 보다 깊이 성찰하게 하는 몇가지가 있다.

그 하나가 미국의 원폭 투하지 선정과정이다. 가장 유력한 원폭 투하지로 논의되었던 쿄오또와 나가사끼의 경우는 상반되는 과정을 거친다. 여러차례 선정과 제외를 번복한 끝에 결국 쿄오또는 제외되었지만 후보지로 오르내렸던 나가사끼의 하늘에는 끝내 원폭이 투하된다.

1945년 4월 27일 미국의 제1차 원폭 투하목표 선정위원회는 수도 토오꾜오를 비롯하여 나고야, 요꼬하마에 나가사끼까지 8개 도시를 선정하고 17개 도시를 연구대상으로 포함시킨다. 그러나 5월 10일 로스앨러모스의 오펜하이머 박사 집무실에서 열린 2차 위원회는 2발의 원자폭탄 투하지점을 4개 도시로 압축한다. AA급 목표도시가 쿄오또와 히로시마, A급 목표가 요꼬하마와 코꾸라였다. 이때의 기준은 세가지였다. 직경 3마일을 넘는 대도시일 것, 폭풍에 의한 효과적인 파괴가 가능할 것, 그리고 오는 8월까지 공습에 의한 폭격이 없는 도시로 한정한다는 것이었다.

5월 28일, 위원회는 목표지점을 공업지역에 한정하면서 도시 중심에 투하하여 단 한발로 파괴를 극대화한다는 선정기준을 다시 마련한다. 이에 따라 쿄오또, 히로시마, 니이가따를 선정하면서 요꼬하마와 코꾸라가 제외된다. 이때부터 목표로 선정된 도시에는 폭격을 금지하라는 명령이 내려진다. 원폭 투하가 가져올 피해효과를 정확히 파악하기 위해서였다.

쿄오또는 선정과정에서 내내 제1후보지로 유력하게 떠오른다. 여기에 끝까지 제동을 건 사람은 당시 육군장관이던 헨리 스팀슨이었다. 세번이나 쿄오또를 방문한 적이 있는 그는 오랜 역사와 전통을 가진 도시로서 수많은 문화재가 있는 쿄오또를 잘 알고 있었다. 여기에 그의 마음을 더 움직인 것은 신혼여행지로서 그가 만났던 쿄오또에 대한 감상적인 추억이었다. 그렇게 해서 6월 14일 쿄오또는 목표도시에서 제외되면서 공습금지 명령까지 내려진다.

더 큰 죽음의 세례가 약속된 도시에는 공습을 하지 않는다는 바로 이 결정이 일본인들에게 '어느 도시에는 공습이 없다'는 유언비어를 만들어낸다. 이 때문에 원폭 투하지로 선정된 도시에서는 시골로 소개되었던 아이들이 집으로 돌아오는 일이 생겨났고, 공습을 피해 다른 도시에서 이사를 오는 일까지 벌어졌다.

'콘피라산에 계시는 흰 뱀 산신령님이 공습을 막아주기 때문에 나가사끼는 안전하다'는 소문이 있을 정도로 나가사끼에는 공습이 없었다. 원폭 투하지로 선정되어서였다. 공습은 거기에서 제외되었을 때 일어났다. 나가사끼의 콘피라산에는 백사(白蛇)도 산신령도 없었다. 그것마저도 미군의 전술에 따라 계획되고 계산된 군사작전의 결과였을 뿐이다.

나가사끼가 원폭을 비켜갈 수 있었던 정황은 수없이 발견된다. 그러나 비극은 집요하게 나가사끼에 따라붙으면서 결국 피폭지가 되었다. 원폭 탑재기 복스카의 여러 정황도 정상이 아니었으며, 특히 시내 중심가를 목표로 했던 것과는 달리 3킬로미터나 떨어진 산기슭 우라까미성당 인근에 폭탄이 떨어졌다는 것도 불운을 중첩시킨다.

이날 단 한발의 원자폭탄에 의해 24만명으로 추산되던 나가사끼 인구 가운데 7만 4천명이 그해 연말까지 목숨을 잃었다. 일본은 그들의 죽음을 사몰(死没)이라고 표현한다. 시신조차 찾을 길 없이, 수많은 사람들이 무너져내린 시가지의 폐허 속에 매몰되거나 한순간에 타버려 가루가 되어 흩어졌기 때문이다. 이 비극적인 수치 안에 2만여명의 조선인 피폭자가 포함된다. 사망 1만명에 부상자 구조활동을 위해 투입되어 2차 방사능 피해를 입은 1만명의 징용공들을 합친 숫자이다.•

나가사끼에서 원폭으로 죽어가야 했던 징용공들은 우연과 필연이 교차되는 속에서 죽음을 맞았던 것이다. 그때 거기 있었다는 우연과 미쯔비시의 수많은 군수공장이 포진한 나가사끼에 끌려온 징용공이라는 필연이 교직하면서 만들어낸 나가사끼 조선인 피폭자의 죽음은 그토록 허무하고 무구하다.

• 오까 마사하루(岡政治)『원폭과 조선인』1~6집(나가사끼 조선인의 인권을 지키는 모임長崎在日朝鮮人の人權を守る會 1984~94).

42

아끼꼬는 일어설 수도 없었다. 지상이 물에 젖은 아끼꼬를 둘러 업고 걷기 시작했다. 아끼꼬의 부러진 다리가 그의 팔 밑에서 덜렁 거렸다. 지상은 다 무너져내리고 산산조각 난 채 여기저기 불타오 르고 있는 거리를 걸어갔다.

거리를 뒤덮고 있는 것은 무너지고 부서진 건물의 잔해와 연기 에 휩싸인 불길만이 아니었다. 넘어진 전봇대와 함께 전화선이며 전깃줄까지 길 위에 뒤엉켜 있었다.

"살려주세요. 살려줘요!"

무너진 건물 속 여기저기, 보이지 않는 어딘가에서 살려달라는 소리가 새어나오고 있었다. 지상이 고개를 돌리며 물었다.

"아끼꼬상, 제 말이 들립니까?"

"네."

"길이 없어져서 보이지가 않네요. 병원이 어느 쪽에 있는지 아시겠어요?"

"산으로 가요. 무서워요. 산으로 가요."

산으로, 산으로. 마치 염불을 외우듯 아끼꼬가 중얼거렸다. 길에는 이미 끌어낸 시체가 여기저기 쌓여 있었다. 불길이 가라앉지 않고 계속 타오르고 있는 건물 옆을 지날 때였다. 등 뒤에서 아끼꼬가 말했다.

"위험해요. 위험해요."

"뭐가요?"

"저게 가스회사예요. 위험해요."

"저쪽으로 돌아서 가야겠군요."

덜컥덜컥 지상은 옆길로 뛰었다. 머리카락이 다 타 없어진 사람이 걸어왔다. 얼굴이나 손의 살점이 떨어져나가 피를 흘리는 사람도 있었다. 피부가 온통 타버린 사람들은 걸어가면서 여기서 저기서 토하고 또 토했다.

옷이 다 벗겨진 사람이 뛰어갔다. 다 찢어진 천조각 몇개를 너풀거리며 걸어가는 사람도 있었다. 벌거벗은 사람의 몸에는 화상을 입으면서 타들어간 피부가 여러가지 무늬를 새겨놓았다. 옷 모양이 새겨진 사람, 속옷 끈이 그 모양 그대로 몸에 타 붙은 사람도 있었다. 흰색은 폭탄이 내뿜는 열을 반사하지만 검은색은 흡수함으로써 피부를 더 상하게 하면서 생겨난 무늬들이었다. 거기서 피가 흘러내렸다. 그 모습이 너무 무섭고 끔찍해서 지상은 그때마다 고개를 숙이며 길옆으로 비켜섰다.

무너진 건물에서 문짝을 걷어내던 사람이 거기 거꾸로 박힌 사람의 다리를 끌어올리고 있었다. 그가 잡아당기자 몸통은 어디로 가버렸는지 다리 하나가 덜렁 뽑혀나왔다.

다들 어디론가 가고 있었지만 울부짖는 소리를 듣고 구하러 달려가는 사람은 없었다. 부상을 입은 사람들도 비명소리를 들으면 슬슬 피해 갔다.

산으로 올라가는 것보다 우선 방공호를 찾아가면 어떨까 하는 생각이 들었다. 잠시 아끼꼬를 내려놓고 지상은 자신의 몸을 살펴보았다. 여기저기 까지고 찔려서 피딱지가 앉아 있었지만 크게 다친 곳은 없는 것 같았다.

옆에서는 아끼꼬가 계속 염불을 외듯이 중얼거렸다.

"고맙습니다. 미안합니다. 고맙습니다. 미안합니다."

옷을 찢어 여전히 피가 멎지 않는 아끼꼬의 발목을 싸매고 방공호를 찾아가보았으나 죽은 사람, 다친 사람으로 방공호 안은 들어갈 수조차 없이 가득 차 있었다.

다시 거리로 나섰다. 쓰러진 사람 하나가 햇빛 속에서 신음도 비명도 아닌 소리로 물을 찾고 있었다. 둘러보니 마침 옆에 학교 운동장이 있었다. 운동장 가의 부서진 건물 그늘에 아끼꼬를 내려놓은 지상은 길가에 쓰러진 사람에게로 갔고, 그의 어깨를 부축해 아끼꼬의 옆쪽으로 옮겨주었다.

"물, 물…"

그가 중얼거리는 소리를 들으며 지상은 다시 아끼꼬를 업고 걸었다. 산으로 가는 빠른 길이 어느 쪽인지를 아끼꼬에게 물었지만, 그녀는 똑바로 가자는 말만 되풀이했다. 자신도 목이 말라서 지상은 물을 찾아 주위를 두리번거리며 걸었다. 겨우 우물을 찾은 지상은 아끼꼬를 내려놓고, 쓰레기가 들어 있는 두레박을 비우고 물을 길어서 마셨다. 아끼꼬도 몹시 목이 말랐던 듯 오래 물통을 잡고 물을 마셨다.

지상은 아끼꼬가 마시고 난 두레박에 물을 담아 들고 오던 길을 되돌아 학교 운동장으로 갔다. 그늘에 앉혀 놓았던 사람은 옆으로 쓰러져 있었다. 그를 일으켜 앉히고 지상은 물을 먹였다.

"고맙습니다. 고맙습니다."

그가 연신 고개를 숙이며 고맙다는 말을 했다.

운동장을 나온 지상은 아끼꼬를 업고 오오하시공장 앞을 지나 미하라 거리를 거쳐 산으로 향했다. 들것에 사람을 옮기던 사람들이 피를 흘리며 쓰러져 있는 사람을 파여나간 구덩이 속으로 밀어 넣는 게 보였다. 살아 있어도 전연 움직일 수 없는 사람들을 그렇게 버리는 것 같았다.

산 밑으로 채소를 심은 텃밭이 있었다. 폭탄의 열기로 누렇게 타들어간 토마토와 오이 같은 것들이 보였다. 지상은 아끼꼬를 내려놓고 밭으로 들어가 그것들을 땄다. 아끼꼬가 앉아 있는 곳으로 돌아온 지상은 다시 그녀를 업고 나서, 자신의 등과 아끼꼬의 가슴 사이에 텃밭에서 따온 것들을 집어넣었다.

"드세요. 뭐라도 먹어야 합니다."

"고맙습니다."

등 뒤에서 아끼꼬가 조그맣게 말했다.

"남편은 어떻게 됐을까요."

"제가 조선소에 있었는데, 거기는 그래도 덜한 편입니다. 무사하실 겁니다."

"제발 그래야 할 텐데요."

"제일 크게 당한 게 병기공장 같습니다. 거긴 완전히 박살이 났어요."

"제가 바로 병기공장으로 가던 길이었어요."

아끼꼬가 훌쩍훌쩍 울기 시작했다.

산으로 올라간 지상은 그늘을 찾아 아끼꼬를 눕혔다. 이미 많은 사람들이 산으로 올라와 있었다. 시가지를 내려다보았다. 어떻게 저다지도 심하게 부서질 수 있는가. 눈앞에 펼쳐진 모습을 믿을 수가 없었다. 시가지 어디에도 서 있는 건물이 없었다. 그 위로 여기저기에서 연기가 뭉게뭉게 피어올랐다. 가깝게 내려다보이는 천주당도 무너져버리고 겨우 종탑이 비스듬히 서 있었다. 그 부서진 천주당 앞에 검게 그은 잿빛의 마리아상이 넘어져 있는 것이 조그맣게 바라보였다.

그렇게 앉아 있을 때였다. 갑자기 모여 있던 사람들 속에서 한 여자가 소리쳤다.

"저거 조선놈이에요, 조선놈!"

소리친 것은 아끼꼬의 옆집 부인이었다.

"내가 이 두 눈으로 똑똑히 봤어. 아끼꼬네 집에 드나드는 걸 봤어. 저거 조선놈예요."

사람들이 여기저기서 소리쳤다.

"데떼이께(없어져)!"

"코로스조(죽여버려)!"

돌팔매가 날아왔다. 지상이 땅바닥에 얼굴을 박으며 몸을 웅크렸다. 날아온 돌이 옆구리를 때렸다. 지상이 벌떡 일어섰다. 불이

흐르는 눈빛으로 주변을 둘러보자, 돌팔매가 멎었다. 한 사내가 일
어서며 소리쳤다.

"더러운 조선놈. 내가 죽여버릴 거다."

지상이 서너 걸음 그에게 다가섰다. 지상은 아무 말도 하지 않았
다. 그의 눈을 바라보기만 했다. 그 순간, 지상은 내가 이자를 죽일
지도 모른다는 생각이 들었다. 일본아, 저 꼴을 보아라. 네 나라가
저 꼴이 났는데도 너희들은 여전히 조선놈이나 죽이겠다는 거냐.
깨닫는 게 그렇게도 없는 거냐.

무엇을 보았을까. 눈 밑에 경련이 일면서 얼굴을 일그러뜨린 사
내가 비칠비칠 물러섰다. 지상이 아끼꼬에게로 돌아와 그녀를 잠깐
내려다보았다. 그리고 돌아섰다. 지상이 한 걸음 내디뎠을 때였다.

"카네다상."

아끼꼬가 지상을 불렀다.

"저도 데리고 가주세요, 네. 저를 여기 두지 마세요."

몸을 돌린 지상은 아끼꼬를 내려다보며 떨리는 입술을 힘주어
깨물었다. 흘러내린 머리카락이 땀에 젖어 엉망으로 들어붙은 얼
굴로 아끼꼬가 그를 올려다보았다.

"저를, 데리고, 가주세요."

아끼꼬의 목소리가 점점 잦아들었다.

아끼꼬를 업고 그늘을 찾아 좀 더 올라간 지상은 방공호 입구에
서 저녁을 맞았다. 빛에 노출되면서 노랗게 변했던 지상의 피부가
붉게 부풀어올랐다. 그 살이 곪으면서 냄새가 나기 시작했다.

그날 밤, 어둠 속으로 몇번인가 미군 폭격기가 날아왔다. 일본
군 진지에서 고사포를 쏘아댔지만 적중하는 것은 없었다. 캄캄한

어둠 속에 앉아서 지상은 고사포가 쏘아올리는 불빛을 바라보았다. 빛을 뿜으며 솟아오르는 하늘의 불꽃을 바라보면서 지상은 저게 아름다울 수도 있겠다고, 마치 이곳이 방공호가 있는 산기슭이 아닌 먼 어느 곳이며 저 불꽃을 바라보는 사람도 자신이 아닌 다른 사람인 것처럼 생각했다.

죽음처럼 널브러진 사람들이 꿈틀거리는 소리와 그들이 내뱉는 신음소리라고 할 것도 없는 인기척이 어둠 속에서 이따금 들려왔다. 저들은 왜 여기 와 누워 있어야 할까. 부서져내리고 불타버린 집. 마음을 다해 길러낸 나무들도 꽃밭도, 아끼며 손질했을 살림살이도 다 잃어버린 사람들. 이제 어디서부터 저들은 또 내일 하루를 살아야 하나.

저들만이 아니다. 불타고 무너지지 않았을 뿐, 나도 이미 그 모든 것을 잃고 살았다. 그래, 그렇게 살았다.

결코 이것만은 잃어버릴 수 없다고, 포기할 수 없다면서 품고 살아온 뜻도 거기 있었다. 절치부심 이루어내려던 이상이나 꿈도 거기 있었으리라. 그것을 뒷받침하던 기개나 열정도 있었다. 의무나 책임감도 거기 있었고, 그것이 만들어내던 기쁨도 있었을 것이다. 그 모든 것이 다 날아가버렸다. 사람과 사람이 얽혀서 만들어내는 사회라는 얼개도 다 어디론가 날아가버렸다.

날아가버린 것은 집도, 즐겨 입던 옷가지도 아닐 것이다. 어두워오는 저녁, 그릇을 달그락거리며 차려내던 저녁상도 아닐 것이다. 제 몫을 다하면서 살아가던 일터도 아닐 것이다. 마지막까지 우리가 지켜내려 했던 가족, 식구라고 부르던 그 가족이 무너져내렸고 그걸 잃어버린 거야. 가족이 있기에 내가 있다면서 그렇게 이뤄가던 삶에는 무엇이 있었나. 아 그렇다. 사랑이 있었다. 사랑이 있기에 기쁨이나 행복이라고 말해지던 그 모든 것이 거기서 시작되지 않았던가. 그게 박살이 나면서 불타고 사라졌어.

지상은 까맣게 잊고 있었다는 듯이 아끼꼬를 돌아보았다. 잠이 들었는지 아끼꼬는 미동도 없었다. 저녁 무렵 아끼꼬 옆에 눕혀져 있던 아기가 무언가를 토해내더니 숨을 거두었던 생각이 퍼뜩 들었다.

그녀를 바라보면서 지상은 아끼꼬가 죽었을지도 모른다는 생각이 들었지만, 그녀에게 다가가는 대신 무릎 사이로 몸을 숙이며 고개를 꺾었다. 나까다는 어떻게 되었을까. 혼자서는 걷지도 못하는 저 여자를 어떻게든 나까다에게 데려다주어야 한다면서 업고 다녔다. 지상은 스스로에게 물었다. 왜 그래야 할까.

하시마를 빠져나온 나를 살려준 사람이라서가 아니다. 일본에 와서 처음이자 마지막으로 집밥을 먹게 해준 사람이어서도 아니다. 사람답게 만났기 때문이다. 미움도 사랑도 아니다. 다만 사람과 사람으로 만났기 때문이다. 사람다움, 그게 바로 우리가 살아가야 하는 가치가 아닌가.

나를, 저 일본사람들을, 아니 우리 모두를 이렇게 내몰리게 한 것은 무엇일까. 전쟁, 일본이라는 나라, 그리고 저편에 B29를 번득이며 폭탄을 쏟아붓는 미국이 있다. 그러나 그것들은 우리들 사람이 만든 것이 아닌가. 우리가 만든 것이 우리를 죽이고 불태우고 절멸시키고 있다. 대가리가 꼬리를 물어뜯으며 짓씹어 제가 제 몸을 죽이는 꼬락서니다. 이 혼돈을 어떻게도 나는 이해할 수가 없는 거다.

우리를 여기까지 내몬 것은 무엇이었나. 하물며 제 동포이거늘 천황폐하의 은혜에 보답하라면서 시국강연이랍시고 떼 지어 돌아다니며 청년들을 전선으로 내몬 자들, 징용으로 묶어 보낸 자들, 그 말을 하던 입과 그 글을 쓰던 손을 나는 잊지 못하리라. 친일. 그건 누구를 위해서도 아니다. 오직 제 한 몸, 제 일신의 영달을 위해 민족을 팔고, 이웃을 팔고, 저 자신마저 팔아가며 일본을 위해서 바쳤다. 그래서 얻어마신 단물이 얼마나 많은 동포들의 삶을 부수고 일그러뜨리고 더럽혔는지를 그들은 모른다. 못난 너희들은 그렇게 기어다녀라. 엎어져 신음해라. 나는 너희들을 밟고 저 고깃국과 이밥과 비단이불 속으로 간다. 그러면서 그들은 오늘도 단잠을 자며 살고 있는 거지. 그것밖에 무엇이 있었겠는가, 그자들에게. 그리고 아, 거기에는 내 아버지도 있었다.

인간의 가치나 존엄은 마지막까지 자신이 지키지 않으면 안 된다. 그리고 그것은 우석이가 말했듯이 분노해야 할 때 분노함으로써만 지켜지는 거다.

나는 어린 시절에 만났던 나까무라 선생의 흰 블라우스와 조용했던 모습을 일본으로 이해하지 않았나. 그후에도 마찬가지다. 식민지 청년으로 형이 드나들며 들려주던 일본 이야기를, 그가 사오던 축음기판이나 번역된 서양 책들을 나는 일본이라고 이해했다. 물론 그것도 일본이었을 것이다. 그러나, 상록회 모임과 선배들을 통해 민족이 무언가를 생각했다고는 해도 나는 거기서 벗어나질 못했어. '몬테크리스토 백작'을 일본어로 '몽떼 쿠리스또 하꾸(モンテ·クリスト伯)'로 읽던 나. 흰 블라우스나 축음기판을 일본으로 알며 일본에 대한 내 생각의 뿌리는 끝내 춘천을 떠날 때까지 그렇게 머물러 있었던 거야.

한쪽 눈이 멀었던 거다. 그건 물 위에 떠올라 있는 눈에 보이는 얼음덩어리였어. 물 위에 떠 있는 것보다 더 큰 엄청난 덩어리가 물속에 잠겨 있다는 걸 몰랐던 거지. 물 위에 떠 있어서 내가 보았던 얼음이 흰 블라우스나 축음기판이었다면 물속에 잠겨 보이지 않는 일본이 군함도였고, 하시마 그 탄광이었고, 미쯔비시라는 조선소에서의 나날이었던 거야. 그리고 이 미친 전쟁, 저 광기와 악의 거대한 덩어리까지.

사람들이 나를 보며 이를 갈던 친일파 아들새끼, 그게 나였다. 떠올라 있는 얼음만을 보았지 물속에 잠긴 거대한 얼음덩어리를 보지 못하던, 바로 나였어.

더 무엇이 올까. 아직 더 남아 있는 것이 뭔가. 무엇이 올지 지상은 몸이 부들거리게 두려웠다. 죽음인가. 수없이 길거리에 내던져졌던 죽음, 곁에 있던 죽음, 나도 한발짝 그쪽으로 건너서면 그것이 죽음이었다.

그러나 마음 한편으로는 이제 무엇이 더 온다 해도 아무렇지도 않을 것 같았다. 아무렇지도 않게 아 너로구나, 너였구나 하고 그 마지막을 기다렸다는 듯 만날 것 같았다. 살아도 산 것 같지 않은 이 생과 사의 구분, 그게 뭐란 말인가 싶었다. 무엇이 산 거며 무엇이 죽었다는 것인가. 산 것 같지 않게 산 일본에서의 나날이었다. 이제 죽는다면 그 산 것 같지 않던 나날의 끝일 뿐이다.

나는 지금 아무것도 가진 게 없다. 구해야 할 것도, 건지러 달려가야 할 아무것도 없지 않은가. 나에게도 무언가 소중한 것이 있었으리라고 지상은 생각했다. 어머님. 서형아. 아들아. 지상은 그들을 하나하나 소리 없이 불러보았다. 그 모든 것을 두고 나는 여기 와 있다.

산다는 것, 사랑하는 것들과 곁에 있는 것, 정겨운 것들과 기쁨도 단란함도 함께하는 것, 햇살이 비껴드는 방과 맨드라미가 자라는 뜨락이 있고 강아지 한 마리가 있는 것, 산다는 건 그런 게 아니었던가.

그것이 사는 것이었다. 나는 아직 그것을 잃어버리지 않았다. 고향이 있고 남아 있는 가족이 있다. 산다는 것의 의미도, 믿음도, 가치도 다 잃어버렸지만 그래도 남아 있는 그 마지막 그루터기, 그 사랑. 그것이 남아 있기에 삶을, 다시 시작해야 한다. 이제 나는 그 소중함을 안다. 결국 사람이라는 것을, 그 사이의 사랑이라는 것을.

사람과 사랑이다. 이제 안다. 마지막까지 기대고 부둥켜안아야 하는 것은 사람이며, 사람 사이의 사랑이다.

지상이 무릎 사이에서 고개를 들어 어둠 속에 솟아 있는 콘피라산을 돌아보았다. 저기 무슨 산신령이 산다고 했던가. 문득 그 이야기가 떠올랐다. 조선소 기숙사에 떠도는 콘피라산에 있다는 흰 뱀 산신령 이야기를 지상은 광재를 통해 들었다. 산신령이 나가사끼로 날아드는 미군 비행기를 막아주고 있다나. 황당하기 짝이 없는 이야기라고 지상은 웃어넘겼지만 그때 그의 마음속에는 차라리 그러기라도 했으면 좋겠다는 생각이 없었던 것도 아니다. 전쟁이라는 이 거대한 톱니바퀴에 짓이겨지고 있는 민초들의 간절한 소망이 거기 얹혀 있는 건 아닌가, 그때 지상은 그렇게 생각했었다. 우매한 소망, 우리는 겨우 그런 것에라도 마음을 기대며 살아야 하는 건가.

문득 지상은 조선소의 동료들은 어떻게 되었을까 생각했다. 조선소가 그 꼴이 났으니 기숙사라고 남아 있을 리 없다. 이나사산의 방공호로나 찾아가봐야 하지 않을까.

지상이 어느 한곳 욱신거리지 않는 데가 없는 몸을 아끼꼬 쪽으로 기울였다. 그녀가 죽었을지도 모른다고 생각했던 자신을 부끄러워하면서 지상은 뭉싯뭉싯 아끼꼬 쪽으로 다가앉았다.

"아끼꼬상."

대답 없이 숨소리가 느껴지고, 갸르릉거리는 소리가 신음처럼 들려왔다. 나지막이 지상이 중얼거렸다.

"내일은 집에 가봅시다. 조선소 쪽에도 나가보고요. 나까다상을 찾아야지요."

조선소도 그녀의 집도 다 날아갔다면, 어디서도 나까다를 찾을 수 없다면, 어딘가 병원으로라도 그녀를 옮겨주는 것까지는 내가 해야겠지. 방공호로 동료들을 찾아가기 전에 그것만이라도 해야겠지.

폭심지에서 3킬로미터 떨어진 성요셉병원의 간호부 후유꼬는 원폭이 떨어지는 순간 강렬한 빛과 소리를 느꼈다. 그러나 그녀는 그것을 뢴트겐실의 변압기가 스파크를 좀 크게 일으킨 것으로 생각했다. 때맞춰 전기가 나갔고, 병원 시설이 낡아서 전에도 종종 그런 일이 있었기 때문이다. 사태의 심각성을 안 것은 부상자들이 몰려들면서부터였다.

맨발에 옷이 찢겨나가 벌거숭이가 된 채 미친 듯이 울며 병원으로 달려들어온 남자가 첫번째 환자였다. 그를 뒤따르듯 또 한 사람이 뛰어들었다. 그리고 피투성이의 사람들이 줄을 이었다. 옷이 다 타버려서 사람들은 거의 벌거숭이였다.

등에 유리쪼가리가 꽂혀 피를 흘리는 여자가 얼굴에 화상을 입어 일그러진 아들을 끌고 병원으로 들어섰다. 그때 병원 담이 무너져내렸다. 환자들이 내지르는 소리로 병원은 갑자기 지옥처럼 변했다. 흉흉한 모습의 사람들이 마치 파도처럼 병원 건물로 밀어져 들어왔다. 제 발로 걸어온 환자들 대부분은 화상이었다. 거의 의식이 없는 상태에서 그들은 소리쳤다.

"물, 물, 물 좀 주세요!"

"살려주세요!"

병원 사람인 듯싶으면 그들은 아무나 붙들고 애원했다. 화상이라 위험할 수도 있다면서 병원에서는 일단 환자들이 물을 마시는 걸 금지했다. 도대체 누가 물을 주지 못하도록 금지한 거지. 모든 환자가 저렇게 물을 달라고 소리치는데. 죽어가는 저 사람들에게 해줄 수 있는 것이 있다면 무엇이라도 해야 하는 것이 아닐까. 후유꼬는 그런 생각을 하면서 정신없이 뛰어다녔다. 그녀는 간호부로서 자긍심 가득한 흰 모자를 쓴 지 이제 일년 반이 되었다.

의사들이 환자들에게 물을 먹여도 좋다는 결정을 내리자, 후유꼬는 복도를 뛰어다니며 소리쳤다.

"물을 드세요! 환자에게 물을 먹여도 좋습니다!"

그때 누군가가 그녀를 불렀다.

"후유꼬."

몸을 돌려보니 아버지였다. 아버지는 이마에서 피를 흘리고 있었다. 무어라 말을 해야 하는데 후유꼬는 말이 나오지 않았다.

"엄마도 스미오랑 와 있어. 많이 다쳤습니다. 병원 마당에 있거든. 빨리 좀 구해주십시오."

아버지는 정신이 나간 사람처럼 딸아이에게 존댓말을 썼다가 반말을 썼다가, 횡설수설했다. 시내가 완전히 파괴되고 불바다라고 했다. 후유꼬는 어머니를 찾아 병원 마당으로 내달렸다.

"누나!"

외마디소리에 달려가보니 막내였다. 그 옆에 어머니는 부상자들과 뒤엉켜 누워 있었다. 화상으로 얼굴이 부어올랐고 옷은 타서 거의 벌거벗은 것과 다를 게 없었다. 동생이 부르지 않았다면 거기 몰려 있는 사람들 속에서 엄마를 알아보지 못했을 것 같았다. 동생도 불에 타 몸이 검게 그을렸고 윗옷은 아예 벗은 채였다. 우선 어머니와 동생을 병원 방공호로 데리고 가 눕혔다. 밖이라는 게 그들을 더욱 두려움에 떨게 하는 것 같아서였다. 엄마는 몸을 부들부들 떨고 있었다. 병원으로 달려올라가 약을 가지고 내려온 후유꼬는 어머니의 얼굴에 기름을 바르고 붕대로 감기 시작했다.

시간이 흐르면서 환자들은 복도와 실험실까지 차고도 넘쳤다. 계단과 마당에 그리고 정문 앞까지도 순서를 기다리며 늘어앉은 환자들로 병원은 발을 옮겨놓기도 어려워졌다. 부상이 덜한 사람이 많이 다친 사람을 부축하고 있었고, 사람들은 여기저기서 우웩우웩 토했다.

병원 가까운 곳에서 소방도로 청소에 동원되었던 여학생들이 비틀거리면서 떼를 지어 기어들어왔다. 복도에도 방공호에도, 병원의 나무 그늘과 잔디밭 옆 담장 그늘… 어디에도 부상자들이 나뒹굴었다. 후유꼬는 그들에게 다가가 이름과 주소를 묻고 환자들의 몸에 이름표를 하나씩 달아주었다. 부상자들은 터질 듯이 부풀어오른 얼굴에 피부가 탄데다 피와 땀으로 얼룩져 있어서, 얼굴만으로는 남자인지 여자인지조차 알아볼 수 없는 사람이 많았다.

환자들뿐 그들을 데려온 보호자가 거의 없었기 때문에 본인에게 이름과 주소를 들을 수밖에 없었다.

"주소는요? 주소."

"아까오쪼오…"

후유꼬의 턱에서 땀이 방울져 떨어졌다.

"그럼, 니시(西) 우라까미네요?"

"……"

"아주머니!"

여자는 죽어 있었다. 이름과 주소를 말하다가 죽은 여자를 옆으로 밀어놓으며 후유꼬가 뒷사람에게 몸을 돌렸다.

"아저씨는요, 이름이 뭐예요?"

그러나 남자는 후유꼬 뒤에 선 여자를 올려다보고 있었다. 그가 말했다.

"당신은 무사하구면."

다쳐서 병원에 왔다가 여기서 아내를 만났나 보았다. 남자는 멍하니 아내를 바라보면서 똑같은 소리를 했다.

"당신, 무사해."

자신을 표현할 아무런 감정도 남아 있지 않은 것 같았다. 젖가슴이 다 드러나게 옷이 찢긴 채 피를 흘리며 아내가 그를 내려다보았다. 무사하다니, 이 사람이 지금 무슨 말을 하는 건가. 그러나 아내도 입을 벌린 채 남편의 얼굴을 바라볼 뿐이었다. 후유꼬가 소리쳤다.

"두분은 함께 저쪽으로 가세요!"

남자가 또 말했다.

"당신은 무사하군."

준비할 수 있는 약은 황산아연과 징크유에 화상에 바르는 기름약이 전부였다. 처음에는 정상적으로 조제해서 징크유를 사용했으나, 들이닥치는 환자들 때문에 그럴 형편이 아니었다. 병원에 비치된 의약품이라고 할 수 있는 것들이 바로 동이 났다. 올리브유, 콩기름, 동백기름, 당유 등 모든 것을 약품 창고에서 꺼내왔다. 여러 개의 양동이에 그것들을 부어놓고 손바닥으로 환자에게 발라댈 수밖에 없었다. 남은 것은 머큐로크롬과 붕대뿐이었다.

약을 바르고 붕대를 감은 환자가 늘어나면서 병원 안은 괴이한 모습으로 변해갔다. 하얗게 징크유를 바른 환자는 눈사람 같았고, 빨간 머큐로크롬을 온몸에 바른 사람은 마치 그림책 속의 도깨비 같았다. 하얗고 빨간 사람들이 뒤섞여 병원 안이 들끓었다. 화상이 심한 환자에게만 식염수를 뿌려주면서, 붕대뭉치와 머큐로크롬병을 들고 후유꼬는 악취가 풍기는 복도를 무의식적으로 오갔다.

밤이 깊어서였다. 긴 복도를 지나 아래층으로 내려가는 계단 앞에 섰을 때, 문득 후유꼬는 해군 특공대원으로 비행기를 타고 출격했다는 코오이찌를 떠올렸다. 코오이찌. 잊으려고 했던 이름, 잊어야 한다고 다짐하고 또 다짐했던 이름이었다. 아끼꼬 언니는 네가 쓴 유서를 읽으라고 보여주었어. 쓰러질 듯 벽을 짚으며 그녀는 물었다. 너는 어떻게 죽어갔니, 코오이찌 너는.

다음 날이었다.

오후 들어서면서 8월의 폭염 속에서 시체 썩는 냄새가 머리를 어지럽게 했다. 병원 안의 시체는 일단 밖으로 치운 후 소개해간 집을 부순 병원 옆 빈터에서 화장을 하기로 결정되었다.

경방단이 사체 치우는 일을 맡고 있었지만 인원이 워낙 적어서 후유꼬를 비롯한 간호부들도 동원되었다. 경찰관이 죽은 자의 성명, 인상착의, 나이, 복장 같은 것을 종이에 적고 나면 시체는 하나씩 밖으로 내보내졌다. 시체를 식별하는 데는 후유꼬가 달아준 이름표가 도움이 되었다.

반라의 시신들은 얼굴과 몸의 화상으로 인해 가깝게 알던 사람도 알아보기가 힘들 정도였다. 후유꼬가 땀을 비 오듯 흘려가면서 환자들에게 이름표를 붙였다고는 해도, 명찰이 떨어져나간 채 죽은 환자도 있었고 더러는 이름표를 붙이기도 전에 죽은 환자도 있었다. 이런 사람은 주머니나 속옷을 뒤져 신원을 확인할 만한 것을 찾아서 연령과 성별, 옷차림 등을 적었다.

주택을 해체하면서 나온 목재들이 병원 옆의 임시 사체소각장으로 옮겨졌다. 나무를 쌓고 나서 시체를 얹고 다시 나무를 얹은 후 석유를 뿌렸다. 연기가 치솟았다. 시체를 태우는 냄새가 병원 안으로 퍼져들어왔다.

가족의 안부를 물으러 찾아오는 사람들이 늘어갔다. 시체를 붙잡고 우는 사람, 무참하게 죽은 모습에 실신하는 어머니, 늦게 도착하여 이미 타고 있는 시체가 가족임을 알고 꺼내달라고 통곡하는 사람… 사별의 통곡이 끊이지 않고, 절망이 병원을 뒤덮었다.

병원 2층에서 후유꼬의 부축을 받으며 한 여자가 내려왔다. 그녀의 가슴에는 어린아이가 안겨 있었다. 병원 현관 앞에 누군가가 버린 방한복이 피투성이로 내던져져 있었다. 여자는 그것을 주워 아이를 싼 다음 병원 밖으로 나갔다. 임시 사체소각장으로 간 여자는 그곳을 지키는 군인과 경찰들을 둘러보았다. 군인들 가운데 장교가 보이자 여자는 그에게 다가가 아이를 태워달라고 내밀었다. 그녀는 울지도 않았다.

"저쪽으로 가서 주소와 이름을 말하십시오."

장교가 말했다. 옆에 있던 경찰에게서 종이를 받아 여자는 아이의 이름과 주소를 적었다. 장교가 부하를 불렀다.

"태우도록! 어린아이다."

군인들은 무심하게 드럼통에서 기름을 퍼 피 묻은 방한복에 싸인 아이의 몸에 뿌렸다. 두명이 아이의 손과 발을 잡고 넘실거리는 불길 속으로 던져올렸다. 불길의 높이가 사람 키의 세 배는 되었다. 초점 없는 눈으로 그녀는 불길에 휩싸인 아이를 바라보며 서 있었다. 아이의 머리에 제일 먼저 불이 붙었다. 얼마 후 그녀는 허청허청 걸어서 저녁 어스름 속으로 사라졌다.

밤이 왔다. 전기가 들어오지 않아 병원은 캄캄했다. 드문드문 촛불이 겨우 켜졌다. 의사들은 회중전등과 석유등을 밝히고 진료를 계속했다.

어두컴컴한 복도를 걸어가서 후유꼬는 의사 아사노에게 말했다.

"아드님이, 용태가 이상합니다."

아사노의 아들은 온몸이 불에 타서 실려왔다. 두 팔을 늘어뜨린 채 쓰러질 듯 지쳐 있던 아사노가 아들이 누워 있는 방으로 뛰어갔다.

병원 부장이 옆에 와 서며 강심제를 놓았다고 말했으나, 아들은 아무리 불러도 움직임이 없었다. 후유꼬가 맥박을 짚어보았다. 이미 죽은 후였다. 나란히 누운 아내의 통곡을 들으며 아사노는 잠시 깨어진 유리창 밖의 어둠을 내다보았다. 그는 아들을 안고 병실을 나가, 캄캄한 어둠 속에서 타오르고 있는 불길에 아이를 맡겼다. 따라 나온 간호부들이 울음을 터뜨렸다. 치솟는 불길을 바라보고 서 있던 아사노가 옆에서 울고 있는 후유꼬의 어깨에 이마를 박으며 끝내 울음을 터뜨렸다.

진료는 밤이 깊어서 끝났다. 모든 직원이 휴게실에 모여 걸레처럼 후줄근해진 몸을 눕혔다. 공복이었지만 누구도 식욕을 느끼지 못했다.

후유꼬는 촛불을 들고 병원을 돌았다. 여기저기에서 환자들의 신음소리가 들려왔다.

"물, 물."

어둠 속에서 기름이 흘러가듯 무겁게 시간은 흐르고 있었다.

다음 날 아침, 병원 2층에서 눈을 뜬 후유꼬는 밖을 내다보았다. 어제 군인들을 시켜 아이의 시체를 불 속으로 던져넣은 여자가 나와 있었다. 불탄 자리를 서성거리던 여자가 잿더미 속에서 뼈 몇 점을 줍는 모습을 후유꼬는 아침 햇살 속으로 내려다보았다. 이른 아침 종종걸음으로 집을 나와 두부를 사가지고 돌아가는 주부를 바라보듯 그렇게 후유꼬는 아이를 잃은 여자를 내려다보았다.

43

나가사끼역 앞은 남아 있는 것이 없었다. 잎이 타버리며 벌거벗은 나무들, 수도 없이 나자빠진 찌그러진 자전거들, 오래 거기 그렇게 있었던 것처럼 불에 그슬린 전차와 앙상한 자동차의 뼈대들. 여전히 시체는 길가 여기저기에 널브러져 있었다. 모든 것이 부서진 거리의 폐허 여기저기를 가스와 연기가 휘몰려 다녔다. 역 앞에서는 한 소녀가 땀을 흘리며 서서 끊임없이 키미가요를 부르고 있었다.

역 건너편 산비탈, 무너진 2층 사진관 아래에 깔려 있던 두 사람이 꿈틀거리며 몸을 일으켰다. 러키사진관 주인인 아오모리와 그 아들이었다. 집에는 불이 붙고 있었다. 부서진 문짝 틈새로 몸을 일으킨 아들이 아버지를 불렀다.

"아버지."

"그래, 나 여기 있다, 사부로오야."

"우리가 나라를 위해 목숨을 바치기로 맹세하지 않았습니까."

가슴을 누르고 있는 기둥을 밀어내려고 버둥거리는 아오모리는 얼굴이 피투성이였다.

"나라를 위해, 아버지, 천황폐하 만세를 부르지 않겠습니까."

그러고 나서 아들이 소리쳤다.

"텐노오헤이까 반자이, 반자이(천황폐하 만세, 만세)!"

아들이 부서진 가구들을 헤집으며 몸을 일으켰다.

"아버지도 불러요. 텐노오헤이까 반자이."

그 순간 아오모리도 따라서 만세를 불렀다. 그러나 그의 목에서는 아무 소리도 새어나오지 않았다. 팔을 들어올려 흔들었을 뿐이다. 겨우 부서진 집더미 속에서 빠져나온 아들은 사람들을 불러와 기둥에 깔린 아버지를 꺼냈다. 길가로 나온 사진관 주인 아오모리는 널브러지듯 땅바닥에 주저앉았다. 그 앞에서 아들은 또 만세를 불러댔다.

"텐노오헤이까 반자이. 텐노오헤이까 반자이."

기둥을 들어올렸던 남자가 머리의 수건을 벗어 땀을 닦으며 물었다.

"저기 당신 아들, 정신이 어떻게 된 겁니까?"

"아니요, 쟤가 날 구했어요. 나도 만세를 부르고 나니까 마음이 착 가라앉더군요. 천황폐하가 우리를 구해주셨어요."

아오모리가 중얼거렸다.

"일본인으로 태어난 게 이렇게 행운일 줄이야. 천황폐하를 위해 죽겠다고 생각하는 순간, 그렇게 마음이 편해질 수가 없더군요. 텐노오헤이까 반자이!"

　오까노는 그날 밤이 늦어서 나가사끼의 하숙집으로 돌아왔다. 얼굴이 파랗게 질려 있었다.

　오까노는 헌병대 군조(중사)였다. 그가 차고 다니던 쇼오와도(昭和刀)는 조악한 칼이었다. 그것으로 무엇을 베면 칼이 휘기 때문에 오까노는 이따금 땅에 칼끝을 대고 장홧발로 눌러 칼을 펴곤 했다.

　안색이 좋지 않은데다 하는 짓이 어딘가 불안해 보여서 집주인 마쯔다는 물었다.

　"무슨 일이 있었습니까?"

　그가 웅얼웅얼 말했다.

　"오늘 밤 잠은 다 잤다. 오늘 조선놈 둘의 목을 자르러 갔었다. 그런데 칼이 먹혀들어야지. 그냥 두들겨패고 목을 자르지는 못했지."

　어둠 속에서 마쯔다는 생각했다. 저 칼로야 사람을 벨 수 없으니까 어쩌면 목을 졸라 죽였을지도 모른다. 마쯔다는 모기가 앵앵거리는 귓가를 후려치면서 혼자 중얼거렸다. 그런데 저 사람이 왜 조센진들 목을 자르러 다닌 거지.

　전날 불타는 거리를 돌아다니다 아침이 되어서야 지칠 대로 지쳐서 사령부로 돌아온 오까노에게 피해상황에 대한 보고서를 작성하라는 명령이 떨어졌다. 대충 적어놓고 자러 가려던 오까노는 다시 시가지의 불발탄을 처리하고 약탈자들의 망동을 막기 위해 거리로 나가라는 명령을 받았다. 그리고 오후 늦게야 부대로 돌아왔을 때, 그는 후꾸오까 군사령부에서 있었다는 포로들에 대한 참살 소식을 들었다.

히로시마에 원폭이 떨어진 이틀 후 큐우슈우 북단의 후꾸오까 군사령부 포로수용소에 갇혀 있던 미군 포로 가운데 B29 탑승원을 전원 참살했다고 했다. 참살이란 칼로 목을 베어 죽이는 것이다. 공습과 피폭에 대한 보복이었다. 종전이 가까워오고 있음을 알고 있던 항공사령부의 참모들은 포로 처형 사실을 은폐하기로 결정하고 서류 소각에 들어갔다. B29에 탑승했던 포로 전원은 공습에 의해 포로수용소 안에서 폭사했다고 은폐될 것이라고 했다.

오까노가 알아본 결과, 항공사령부에서는 각 부서에서 힘 좋은 검도 유단자들이 뽑혀 나왔고 그중에는 자신의 동창으로 대학 검도부에서 활약했던 하시모또도 있었다지 않은가. 이 참살에서는 특공대를 싣고 갈 비행기에 불을 지른 죄로 수감 중이던 조선 출신 학도병의 처형도 함께 이루어졌다고 했다. 오까노의 광기에 불을 지핀 것은 바로 그 소식이었다. 맞다, 조선놈들이다. 그놈들은 칸또 오대지진 때도 우물에 독을 탔던 놈들이다. 내 칼이 어떤가 시험해볼 기회다.

"마쯔다, 알겠나. 나는 꼭 보여줄 거다. 이 칼이 드나 안 드나."

"하, 그러십니까."

"칼을 뽑았으면 베어야 한다. 그런가, 아닌가?"

"그, 그거야… 그런데 오까노상, 당신 칼이 그게 칼입니까. 좋은 걸 하나 장만하셔야지. 비젠의 명검 하나쯤 차고 다닐 때도 되지 않았어요?"

오까야마현에 있는 비젠은 예로부터 좋은 칼이 만들어지는 곳이었다. 광석 생산이 많고 도자기로도 유명한 비젠의 칼은 명검으로 이름나 있었다.

당시 황군이라고 불리던 일본의 군대는 신분과 빈부에 따른 차별이 분명하던 일본 사회와는 달리 출신성분을 문제 삼지 않는 일군만민(一軍萬民)의 조직이었다. 군대에 가서 성실히 근무하면 그가 빈농 출신의 셋째아들이라도 안정된 생활을 할 수 있었고, 최소한 하급장교까지 출세가 가능했다. 그런 의미에서 황군은 전통사회가 무너진 일본의 민중에게 입신출세의 길로서 독특한 인기를 누리고 있었다. 제대로 된 대중조직을 갖지 못했던 일본 우익은 바로 이런 점을 전쟁으로 치닫는 동력으로 활용했고, 병사들에게는 인명 경시 풍조가 만연했다.

　갑자기 오까노가 소리쳤다.

　"그런가, 안 그런가?"

　"무, 무슨 말이신지…"

　"대답을 분명히 해라. 칼을 뽑으면 베어야 한다. 예스까 노까?"

　"하, 하이. 그거야 예스입니다."

　이 무렵 일본에서는 '예스까 노까'라는 말이 유행어가 되어 있었다. 필리핀에 상륙한 일본군 장군이 영국군의 항복을 확인하느라 소리친 것이 '예스까 노까?'라는 경박하기 그지없는 말이었다. 이 얘기가 전해지면서 일반인들도 친구와 이야기를 나누면서 상대방의 의사를 물을 때 예스까 노까, 하고 농담을 하던 때였다.

　오까노의 서슬에 놀라 예스입니다를 되뇌던 마쯔다가 더듬거리며 물었다.

　"지금 이렇게 늦었는데 뭘 베러 나가시려구요? 내일 하시지 그러세요."

　"아니다. 오늘 나는 칼을 뽑았다!"

저 사람이 아무래도 제정신이 아니다. 비틀거리듯 집을 나서는 오까노를 마쯔다는 입을 벌린 채 바라보았다.

경미한 부상으로 병원을 거쳐 집으로 돌아온 사람들은 살아남았다는 것이 기뻤고, 그래도 집이 불타거나 부서지지 않은 데 또 한번 감사했다. 그러나 그것도 잠시였다. 안으로 들어가보니 쓸 만한 가재도구나 돈이 될 만한 것들은 모두 도둑이 쓸어간 뒤였다.

폐허가 된 역 앞 광장에는 사람을 찾는 나무판이 줄지어 늘어서고 종이들이 아우성치듯 나붙었다.

'우리는 모두 무사해요. 사찌꼬.'

'누나, 어디 있어요? 키요시가 찾고 있어요.'

'타께시, 우리는 모두 무사하다. 꼭 연락해다오. 타찌바나.'

또 하루가 지나고 있었다. 무슨 일이 있었냐는 듯 8월의 태양은 잿더미가 된 나가사끼 위에 저녁놀을 뜨겁게 드리우면서 스러져갔다.

그날 우석과 헤어져 터널 안으로 들어와 있던 이팔은 등을 후려치는 것 같은 폭풍에 떠밀려 땅굴 벽에 부딪히며 나가떨어졌다. 밖에 있던 인부들은 더워서 모두들 웃통을 벗고 있었다. 그들은 등이 전부 타버렸다. 작업복 따위는 다 찢어지고, 양쪽 입구로부터 폭풍이 휘몰아치며 들어와 터널 안에 있던 사람들은 고막이 터져버렸다.

부상자들이 꾸역꾸역 터널 안으로 들어와 누웠다. 공사 중이던 땅굴은 어느새 방공호와 대피소로 변했다.

이팔은 사람들을 끌고 언덕 너머 밭으로 가 땅 밑에서 익어버린 감자를 캐왔다. 익은 호박도 가져왔다. 그것을 먹으면서 조선인끼리 땅굴 속에 모여 앉았다.

이팔이 넋을 놓은 듯 중얼거렸다.

"함바 아주머이가 살리달라꼬 난리더라. 꺼내주면서 보이까, 어깨가 완전히 뿌사졌는지 팔이 그냥 건들건들하더라이까."

"밖에 있던 사람들, 그 운반공들은 다 어디로 날아간 거야?"

"죽었겠지…"

우석이 돌아오지 않고 있었다. 우석이는 아매 어딘가로 날아가 떨어졌을 낀데, 이 친구를 도대체 어데 가서 찾노. 우석을 생각하는 이팔의 마음이 또 어두워진다. 이럴 때 그놈아가 있었시모 얼매나 도움이 됐겠노.

다음 날, 이팔이 부상이 심하지 않은 사람들을 모아 조를 짜면서 말했다.

"조선사람들을 모다보자. 다친 사람들은 굴로 데리오고, 시체도 거다서 치워야 할 거 아이가."

부서진 집에서 날라온 나뭇더미 위에 조선인들의 시체가 쌓여갔다. 한낮이 지나자 이쯤에서 끝을 내자는 생각에 이팔은 시체더미에 불을 붙였다. 폭염 속에서 땀이 흐르는 얼굴로 징용공들은 타오르는 시체더미 옆으로 모여들었다.

누구도 입을 여는 사람이 없었다. 땀에 섞여서 흘러내리는 눈물을 번들거리며 그들은 새빨갛게 충혈된 눈으로 불길을 바라보고 있었다. 누구도 눈길을 떼지 않은 채, 불길 속에서 까맣게 타들어가는 시신들을 바라보았다.

객사라 해도 이런 객사가 있을까. 상여도 없이 가는구나. 회다짐도 없이 묻히는구나. 이팔은 흘러내리는 눈물을 닦을 생각도 없이 부서진 숙사에서 주워온 종이를 둘러선 징용공들에게 나눠주었다.

"곡도 없이 치는 장사 아이가. 아무리 글타 캐도 소지(燒紙)는 올리야 안 되겠나. 이름이라도 쓰모 좋겠지마 누가 눈지 알아야 말이제."

조선인들은 저마다 말없이 종이를 둥글게 말아 들었다. 그리고 시체가 타들어가는 불길에 다가가 종이에 불을 붙였다. 종이가 다 탈 때까지 들고 있던 그들은 눈물이 흘러내리는 얼굴로 그 재를 하늘을 향해 후후 불었다. 재는 더러는 떨어져내리고 더러는 빙글빙글 돌면서 하늘로 날아올랐다. 그들은 그렇게 동포들의 혼을 떠나보냈다.

징용공들은 기숙사 부근의 부서진 창고를 들어내고 먹을 것을 구할 수 있었다. 보리와 콩이 남아 있었다. 음식을 마련해 우선 부상자들에게 돌리고 나서 징용공들과 함께 더 위쪽 산으로 올라간 이팔은 나뭇조각들을 날라 임시거처를 만들었다. 비가 오면 피할 수 있게 지붕을 만들고, 그늘 속으로 부상자를 옮겼다.

이때부터 어디서 날아왔는지 그 산기슭까지 파리떼가 몰려들었다. 더러는 전차 종점 부근의 빈집을 찾아가 밤을 보내기도 했지만, 다음 날 집주인에게 쫓겨났다면서 징용공들이 올라왔기 때문에 산속의 임시거처는 더욱 좁아졌다.

"죽은 사람만 억울하지."

"갈 곳도 없고 있을 곳도 없고, 낙동강 오리알이 따로 없네. 우리가 그 신세여."

"그나저나 이제 조선으로 돌아가야 하는 거 아냐?"

"아직 일본이 안 망했어. 가다가 잡히면 어떡하게."

"잡히는 건 잡히는 거고, 난 일단 가볼 거야."

"어디루? 동서남북이나 알어?"

아무도 그 말에는 대답이 없었다. 집으로 간다는 게 실감이 나지 않는 얼굴들이었다. 조선으로 돌아가야 하노 우짜노. 저 사람 말맨키로 일본은 안즉 안 망했나. 간다모 어데로 가고 안 간다모 어데 있어야 하노… 이팔은 아무 생각도 떠오르는 것이 없었다.

인부들 식량을 배급받기 위해 갔던 지하실에서 원자폭탄을 맞은 길남은 가까스로 아버지를 찾아 형무소 언덕을 올라왔다. 그러나 폭심지 옆의 형무소 터에는 아무것도 남아 있는 것이 없었다. 검붉은 벽돌이 부서져 흩어져 있을 뿐 사람은 그림자도 보이지 않았다.

"아버지…"

길남이 울음을 터뜨렸다. 너덜너덜 찢어진 옷이 그의 각반 찬 다리에서 땀과 피에 젖어 엉겨붙었다.

형무소가 자취도 없으니, 그럼 아버지는 돌아가셨다는 얘기다. 넋을 놓고 앉아 있던 길남은 문득 아버지가 조선소에 늘 사역을 나간다고 했던 말을 떠올렸다. 그렇다면, 그렇다면 살아 계실 수도 있다. 길남이 다리에 피를 흘리며 조선소 쪽으로 걷기 시작했다.

가다가 보니 부서진 집 위에 어디서 날아왔는지 익은 호박이 있는 것을 보았다. 넝쿨은 다 말라버린 채였다. 길남은 부서진 집 위로 기어올라가 줄기를 걷어내고 호박을 땄다. 그것을 껴안고 먹으면서 걸었다.

폐허가 된 거리에서 아기를 팔에 안고 왔다 갔다 하는 여인이 있었다. 들여다보니 아기는 이미 죽어 눈가와 콧구멍에 파리가 들어붙어 있었다.

"이런 제기랄."

길남이 헛구역질을 해댔다. 하루 종일 그렇게 죽은 아기를 안고 다니는 모양이었다.

그날 밤 길남은 방공호에 앉아 있었다. 밤이 늦어서였다. 갑자기 서너 사람 건너편에 앉아 있던 사람이 소리를 질렀다.

"저놈, 조선놈이다!"

그의 손이 길남을 가리키고 있었다.

"뭐야, 누가?"

"저기 저 끝에 앉은 놈. 터널 파는 데 있던 조선놈이다."

벌떡 일어선 사내 둘이 몽둥이를 든 채 다가왔다. 길남이 소리쳤다.

"아닙니다! 틀렸습니다! 아닙니다. 나 조선사람 아닙니다."

"이 새끼야, 너 말투가 벌써 달라. 조선놈 말투라고."

"살려주십시오. 살려주세요."

길남이 두 손을 모아 비벼대며 그들을 쳐다보았다.

"맞아 죽기 싫으면 나가!"

"살려주세요!"

"나가라니까, 이 새끼!"

"제발 살려주세요!"

무릎을 꿇고 소리치면서 길남은 방공호 속의 사람들을 둘러보았다. 그때 길남은 자신이 다니던 술집, 민가를 개조해서 몰래 술을 팔던 술집 주인 쿠라모또가 머리카락이 홀랑 타버린 채 앉아 있는 것을 보았다. 궁즉통이라더니, 살길은 있구나. 길남이 굽실거리며 말했다.

"쿠라모또상, 안녕하세요. 저 요시오입니다. 후꾸다 요시오."

쿠라모또가 고개를 들었다. 그는 한쪽 눈이 불에 타 찌그러진 채 얼굴 반쪽에 붕대를 감고 있었다.

"납니다 나. 스미요시 터널 공사장에 있던 후꾸다 요시오입니다."

그러나 쿠라모또는 아무 말이 없었다.

"이 사람 알아요?"

몽둥이의 사내가 쿠라모또에게 물었다. 그는 목을 움직이지 못하는지 뻣뻣하게 고개를 든 채 손을 내저었다. 사내가 몽둥이로 길남의 어깨를 후려쳤다. 길남이 비명을 지르며 나뒹굴었다.

"이 조선놈 새끼가 거짓말까지 해. 때려죽이기 전에 나가! 빨리 안 나가면 죽인다!"

길남이 외마디소리를 질렀다.

"쿠라모또! 너 내가 벌어준 돈이 얼만데."

다리를 끌며 기어서 방공호 밖으로 나오면서 길남이 분해서 울먹였다.

"개새끼. 개애새끼이! 이 개새끼들아!"

다리를 절룩이며 걸어가던 길남은 어둑어둑한 골목길에서 무언가에 발이 걸려 넘어질 듯 비틀거렸다. 땅바닥에 누워 있던 사람의 목소리가 들렸다.

"조심하쇼. 그건 내 팔이오."

내가 왜 그 생각을 못했지. 방공호를 빠져나와 어둠 속을 걷던 길남은 퍼뜩 정신을 차리며 절룩거리던 걸음을 멈추었다. 육손이의 궤짝, 내가 어떻게 그것을 잊고 있었지.

육손이가 그 궤짝에 돈을 모아두지 않은 것만은 분명했다. 그 대신 육손이는 돈이 모이는 대로 금붙이로 바꿔놓았다는 것을 길남은 알고 있었다. 그걸 어디다 뒀겠는가. 일본 부인의 집에 둘 리가 없으니 자기 방 벽장 안의 그 궤짝에 차곡차곡 모았을 것이다. 주먹만 하게 매달린 독일제 열쇠를 자랑하던 그 궤짝. 조선으로 돌아가기만 해봐라. 그때 난 아마 한나절은 내 땅만 밟고 다닐걸. 으허허허. 그가 그런 말을 한 건 지난 생일날 아침 술이 거나해서였다. 한나절을 밟고 다녀도 좋을 땅이 들어 있을 그 궤짝을 내가 잊고 있었다니.

길남이 육손이의 함바 자리를 찾아갔을 때, 그곳에는 아무것도 남아 있지 않았다. 밥집과 숙사는 말 그대로 폭삭 주저앉았고 그나마 폭풍에 날려 건물의 형체조차 알아볼 수가 없었다. 여기서 사람들이 자고 먹으며 지지고 볶았더란 말인가. 믿을 수 없는 모습에 정신이 나간 길남이 육손이의 일본 부인이 살던 시안바시 쪽 언덕으로 찾아갔지만 이미 불바다를 겪고 난 잿더미 위에서는 연기만 솟아오르고 있었다.

그렇다. 육손이의 궤짝을 찾아야 한다. 지금이 얼마나 좋은가. 한낮에 어물거리다가 만약 그 궤짝을 찾는 걸 누가 보기라도 하면 닥치는 대로 물건을 집어가는 도둑놈이 널린 마당에 무슨 일을 당할지 모른다. 밤에 몰래 그걸 찾아서 어디 숨겨놓기라도 해야 한다. 꿩 먹고 알 먹는다는 것이 이런 거다. 만약 육손이가 살아 있어서 다시 만난다면 그 귀한 걸 찾아놓은 나는 육손이에게 평생의 은인,

육손이의 나라를 세우는 개국공신이다. 만약 육손이가 영영 나타나지 않는다면? 그 생각을 이어갈 수도 없이 길남은 웃음부터 나왔다. 말하면 입 아프다. 나야 뭐 금덩어리를 차고 앉는 거지. 고생한 보람이라는 게 그런 거지.

길남은 몽둥이를 지팡이 삼아 산길을 올랐다. 냇물을 건너고 대숲을 지나 절룩거리며 숙사 자리에 가 섰다. 온몸이 땀투성이였다. 길남이 부서진 집터의 목재더미를 치우기 시작했을 때였다. 어둠 속에서 누군가가 저벅거리며 다가왔다.

"호라, 조센진. 내가 올 줄 알았지."

놀란 길남이 뒷걸음을 치며 풀썩 주저앉았다.

"뭐, 뭐냐! 넌 누구냐?"

"여기 오면 있을 줄 알고 기다렸다, 조센진."

"난 조센진이 아니다. 후꾸다 요시오다. 여기 터널 공사장 책임자다."

어둠 속에서 다가오던 사내가 갑자기 소리쳤다.

"예스까, 노까!"

"뭐? 뭐가 예스까 노까야?"

"코노야로오(이 새끼)!"

길게 소리친 사내가 성큼 길남의 턱밑에 칼끝을 들이대며 다시 목소리를 높였다.

"예스까, 노까!"

오까노의 칼이 어둠 속에서 빗금을 그으며 내려와 길남의 어깨를 치고 지나갔다.

어떻게 거기까지 기어올라왔는지 모른 채 길남이 눈을 뜬 것은 아침이었다. 구호대가 주먹밥을 가지고 올라오는 소리에 눈이 뜨였다. 칼을 맞은 어깨에서 흘러나온 피가 그의 웃통에 온통 엉겨붙어 있었다. 엿판처럼 주먹밥을 담은 보퉁이를 어깨에 걸고 지나가던 일본인 둘이 자신을 보고 중얼거리는 소리가 들렸다.

"어, 아직 살아 있는데."

길남이 간절하게 말했다.

"물, 물."

"뭐라고?"

"미즈. 오미즈(물, 물). 타스께떼꾸레(도와줘)."

들릴 듯 말 듯 새어나오는 말을 듣고 있던 일본인이 무슨 큰 발견이라도 한 듯이 말했다.

"이거 조센진인데."

일본인이 그의 몸을 발끝으로 건드렸다. 그가 길남을 내려다보며 중얼거렸다.

"조센진 맞아. 이놈 이거 조선놈이야."

물, 물 좀 줘. 아니 물이 아니라 오미즈 좀 주세요. 오미즈 쿠다사이. 가슴속에서 소리치고 있었지만 길남은 그것이 입으로 새어나오지 않는다는 걸 알았다. 눈을 뜰 수도 없었다.

"조센진 이거 얼마 못 가겠는데."

"조선놈이면 줄 거 없어. 일본사람 먹을 것도 모자라는 판인데."

"어유 끔찍해. 이 파리 좀 봐!"

한 사내가 진절머리를 치는 소리가 들렸다. 발소리가 멀어져갔다. 아무것도 보이지 않았다. 가물가물해지는 의식 속에서 길남은 사라져가던 발소리가 다시 다가오는 것을 들었다. 저벅저벅하는 발소리가 길남의 옆에서 멎었다.

"부처님에게 공양한다고 생각하지."

길남의 머리맡에 주먹밥 하나를 놓고 발소리는 사라졌다. 아 밥이다. 길남은 주먹밥을 잡으려고 손을 뻗었다. 그러나 그는 손가락 하나도 움직일 수가 없었다. 아무리 손을 뻗으려 해도 팔은 자신의 몸에 깔려 있을 뿐이었다. 엎드린 채 주먹밥을 바라보던 그는 주먹밥을 바라본 채 눈을 뜨고 죽었다.

44

　사내 하나가 우석에게 달려들듯이 뛰어왔다. 우석이 몽둥이를 번쩍 치켜들었다. 사내는 미친 사람처럼 소리치고 있었다.

　"신형 폭탄이다, 우와아아아! 신형 폭탄! 우와아. 신형 폭탄이야. 신형 폭탄!"

　소리치면서 비껴가는 사내의 뒷모습을 우석은 멍하니 바라보았다. 우석은 그때까지도 신형 폭탄이든 뭐든, 폭탄이 떨어졌다고는 생각지 못했다. 도시 전체에서 무엇이 폭발한 것이지 하늘에서 폭탄이 떨어졌다고는 생각할 수가 없었다.

　우석은 산으로 올라와 덤불 속에 몸을 웅크렸다. 화상을 입은 많은 사람들이 덤불 안으로 기어들어와 있었다. 쏘는 듯한 저녁 햇살과 더위가 그들을 내리덮고 있었다. 어디서 날아왔는지 산기슭에 파리떼가 몰려들었다. 수많은 파리들이 소리를 내며 무서울 정도로 날아다녔다. 파리들은 움직이는 것조차 불가능한 부상자들의 몸에 새까맣게 들어붙어서 윙윙거리며 온몸에 번진 화농에서 피와 고름을 빨아댔다. 파리들이 상처 위에 들어붙었기 때문에 손을 움직일 수 있는 사람들조차 파리를 때려잡을 수가 없었다.

이상스레 노랗게 변하면서 부풀어올랐던 우석의 등에서 붉은 살점이 드러나더니 저녁 무렵이 되자 곪아서 냄새가 나기 시작했다. 옆에 웅크리고 있던 여자가 말했다.

"저, 부탁을 하나 해도 될까요?"

"뭡니까?"

"내 팔을 좀 묶어주시겠어요?"

옷 앞자락이 다 찢긴 여자는 한쪽 팔목이 떨어져나가고 없었다. 누가 묶어주었는지 피투성이 천이 뭉툭하게 그녀의 팔 끝에 매여 있었다. 여자가 이것을 찢어 묶어달라면서 자신의 남은 옷자락을 들어 보였다.

고개를 끄덕이고 나서 우석은 자신의 너덜거리는 바짓자락을 찢었다. 피투성이 팔뚝 위를 힘껏 묶어주자, 여자는 고맙다는 말도 없이 옆으로 쓰러졌다. 구호대가 물을 가지고 올라왔다.

우석이 물을 얻어먹고 돌아와 앉았을 때였다. 우석의 뒤쪽 덤불 속에서 사람의 목소리가 들렸다.

"물 좀 주시겠습니까?"

내 뒤에도 사람이 있었나. 놀라며 우석이 덤불 뒤로 다가갔다. 이제까지 아무 소리도 듣지 못했는데, 거기에는 열명도 넘어 보이는 사람들이 웅기중기 눕거나 쓰러져 있었다. 우석이 흠칫 몸을 움츠렸다. 그들은 한결같이 무시무시한 모습을 하고 있었다. 누워 있는 사람들 가운데는 얼굴이 완전히 타버리고 눈구멍만 움푹한 사람도 있었다. 그들의 녹아 없어져버린 눈에서는 진물이 흘러내렸다. 폭탄이 터질 때 얼굴을 하늘로 향해 빛을 쏘인 사람들인가보았다.

물을 가져왔지만 얼굴이 타버린 사람들은 입이 퉁퉁 부어서 주전자 주둥이로는 물을 먹을 수가 없었다. 우석은 대롱같이 생긴 풀을 꺾어서 매듭을 자르고 빨대를 만들었다.

"앞이 안 보여."

빨대를 집으려고 손을 내저으면서 한 사내가 웅얼거렸다. 우석이 그에게 빨대를 쥐여주었다. 등이 온통 벗겨진 사람이 말없이 손가락으로 우석의 어깨와 목을 가리켰다. 우석이 고개를 끄덕였다. 그가 손으로 말하고 있었다. 너도 목이랑 어깨에 화상을 입었잖아.

우석이 담담하게 말했다.

"알고 있습니다."

그러나 그는 자신이 어디를 얼마나 다쳤는지를 모르고 있었다. 옷이 들어붙은 채 등짝이 타버린 몸을 절룩거리면서 몸을 들뜨게 하는 신열에 시달리며, 언덕으로 올라가다가 주저앉았다가는 다시 시내로 내려가는 걸 반복하고 있다는 것조차 모르고 있었다. 어쩌든 함바나 공사장으로는 결코 돌아가지 말아야 한다고 신음처럼 중얼거리면서.

서너 사람쯤 건너에 화상을 입고 누워 있던 소녀가 심하게 떨기 시작했다. 그녀가 턱을 떨면서 말했다.

"추워요. 추워요."

몸을 움직일 수 있는 남자 하나가 옆사람에게서 모포를 빌려 감쌌지만 소녀는 몸을 더 덜덜거리며 같은 말을 되풀이했다.

"너무 추워요. 추워요. 너무 추워요."

잠시 후 소녀가 떠는 것을 멈췄다. 잠이 든 것처럼 그녀는 그대로 죽었다. 구호대로 올라온 여인이 돌아다니며 부상자들에게 찻잎을 나눠주고 있었다.

"목이 마르시면 이걸 조금씩 씹어보세요. 갈증이 좀 가실 거예요."

밤이 왔다. 주변이 한결 조용해졌다. 내려간 밤기온이 부상자들을 조금은 견디기 쉽게 하는 것 같았다. 옆사람들의 신음소리가 많이 가라앉았다. 우석은 쭈그리고 앉아서, 신음소리가 들리지 않는 건 다 죽었기 때문인지도 모른다고 생각했다.

미군 폭격기가 한밤의 하늘에 날아들었다. 낙하산이 달린 조명탄이 떨어졌다. 아마도 사진을 찍기 위한 것이 아닐까. 무엇을 기록하려는 걸 거다. 우석은 그런 생각을 했다. 이때 산 밑 시내 쪽에서 콰앙콰앙 하는 폭발음이 들려왔다. 우석은 아마도 미군이 공포심을 주기 위해 무언가를 떨어뜨리고 있는지도 모르겠다고 생각했다. 이미 무너질 것도 부서질 것도 남아 있지 않았기 때문이다. 저들이 그걸 모를 리가 없지 않은가.

그러나 그 소리는 나가사끼역 근처 하치장에 쌓아두었던 드럼통이 연이어 폭발하면서 내는 소리였다. 밤새 그 소리는 어둠과 공포에 떠는 도시에 두려움을 더하며 콰앙콰앙 퍼져나갔다.

곳곳에 시체가 쌓여 있었지만 야간화장은 불빛이 미군기에 발각된다는 이유로 금지되었다. 그러나 그런 조치들이 지켜질 리 없었다. 저녁 무렵부터 한밤중까지 시내 전역에서 흰 연기와 불길이 치솟으며 화장이 계속되었다. 시체 타는 냄새가 어둠과 함께 퍼져나가 온 시가지를 뒤덮은 채 나가사끼의 밤이 지나가고 있었다.

우석의 손이 천천히 바지춤을 움켜잡았다. 한쪽 다리는 어디론가 날아간 채 한쪽만이 남아 너덜거리는 바지였다. 허리춤 안쪽을 가만히 더듬던 그의 손이 떨리며 멎었다. 있구나. 네가 있었구나, 금화야. 그의 손이 바지허리 안쪽에 꿰매 넣은 금화의 작은 뼈를 움켜쥐었다.

땀과 먼지와 피로 엉망이 된 우석의 얼굴에서 눈물이 말갛게 볼 위로 흘러내렸다. 나는, 아무 의무도 다하지 못했구나.

그러나 나는 여기에 와서, 분노해야 할 때 분노하는 법을 배웠다. 그럼 됐다. 이제부터는 그렇게 살아갈 거다. 그렇게 싸워나갈 거다. 감겨오는 눈을 뜨려고 애쓰면서 그는 어디선가 메아리처럼 들려오는 함성을 들었다. 수없이 많은 동료들과 어깨동무를 하고 그는 앞으로 앞으로 나아가고 있었다. 그의 이마에 두른 머리띠에서 태극무늬가 선명하게 빛났다. 자유 대한 독립 만세. 그는 그렇게 소리치며 번쩍 눈을 떴다.

정신 차리자. 이렇게 죽을 수는 없다. 그는 스스로에게 소리쳤다. 우석아, 눈을 감으면 안 된다, 우석아.

어둠 속으로 또 비행기소리가 들려왔다. 야간조명탄이 둥글게 원을 그리면서 떨어지고 있었다.

밤이 깊어갔다.

어디가 어떻게 된 것일까. 우석은 점점 더 몸을 움직일 수가 없었다. 목에서부터 어깨로 난 화상에서는 진물이 흘러내렸다. 몸을 어떻게 움직여도 허리를 쓸 수가 없었다. 정신을 잃고 나가떨어지며 허리를 다쳤나 보다. 먼 꿈결처럼 그런 생각을 하면서 우석은 산 밑을 내려다보았다.

시체를 태우는 불빛이 마치 반딧불이 불빛처럼 여기저기 바라보였다. 그것뿐 어디에도 불빛은 없이 폐허의 도시는 캄캄했다. 하늘에는 별이 드문드문 떠 있었다. 바람이 불어와 진물이 흐르는 귀밑을 스치고 지나갔다. 어둠이 좋을 때도 있구나. 모든 고통을 다 덮어버렸어. 저 어둠 속 어디에 인간의 참담함이 있단 말인가.

항구는 어디쯤일까. 그 너머에 망망한 바다가 펼쳐져 있으리라. 해초는 너울거리고 물고기들은 아우성치듯 떼를 지어 바닷속을 오가겠지. 나는 언제 그렇게 자유스러워보나.

여기에 끌려와서, 그렇게 내던져져서야 겨우 비로소 내가 해야 할 일이 무엇인지 어렴풋이 보였는데… 여기서 내 삶은 끝이 나는가.

할 일도 많았거늘. 돌아보면 고비마다 할 일도 많았거늘. 슬픈 일이야 언제 어디서라도 만났던 거. 살아서 아름다운 일도 많았다. 살아서 가슴 떨리게 기쁜 일도 많았다. 절절히 기다렸던 일은 또 얼마인가. 그럼 됐다. 아 그럼 된 것일까.

새벽이었다. 목을 가눌 수도 없었다. 극심한 고통이 등줄기를 훑고 지나갔다. 살이 곪아 터지더니 이젠 고통이 뼛속으로 들어가는가 싶었다. 아, 어머니. 아아아, 어머니이, 이를 악무는 우석의 입에서 신음소리가 터져나왔다.

뒤쪽 덤불 속에서 누군가가 소리쳤다.

"저놈, 조선놈이다!"

소름이 좌악 끼쳤다. 저 자식은 어제 내가 물을 갖다준 그자 아닌가. 그래, 나는 조선놈이다. 어디에 그런 힘이 남아 있었던가. 우석은 구르듯 넝쿨 밑을 빠져나와 숲 밖으로 기어나갔다.

아침이었다. 기절하듯 쓰러져 있던 우석은 두런거리는 말소리에 잠이 깼다. 해가 떠 있었다. 구호대에서 나온 사람들이 주먹밥을 나눠주는 소리가 가물가물 들려왔다. 구호대원이 큰 소리로 말하고 있었다.

"오늘은 병원 구호반이 이쪽으로 올라옵니다."

주먹밥을 돌리던 사내가 말했다.

"구조대 군인들도 나오니까, 참고 기다리세요. 곧 병원에 가게 될 겁니다."

모로 누워 있던 우석의 옆에 와서 주먹밥을 나눠주던 사내가 조그맣게 내뱉었다.

"이거, 조선인이잖아!"

어머니이. 어머니이. 턱을 떨며 우석의 입에서 새어나오는 신음 소리를 그가 들었던 것이다. 우석은 내내 눈을 감고 있었다. 주먹밥을 든 사내들끼리 묻고 있었다.

"이 사람도 줄까요?"

"뭔데?"

"조선인입니다."

한 사내가 버럭 소리를 질렀다.

"조선놈 몫은 없다. 주먹밥이 다 떨어져간다. 일본사람 먹을 것도 없는데 조선놈한테 바치겠다는 거냐!"

병원으로 가야 한다고 생각했다. 그러나 우석은 시내로 내려와 거리를 헤매다가 쓰러졌다. 거리에서는 들것을 든 사람들이 아직 널려 있는 부상자를 찾아 나르고 있었다.

각반을 찬 사람들이 그에게 다가왔다. 우석을 내려다보던 일본인들이 중얼거렸다.

"어이 이상한데. 이리 좀 와봐."

사람들이 다가와 우석을 둘러쌌다.

"이게 지금 뭐라는 소리야?"

"아이고, 아이고, 그러는데."

"조선놈이군."

"이게 조선말이야? 난 뭘 중얼거리나 했지."

"지금 아이고 아이고, 그러지 않았어?"

"맞아. 이 새끼 조선놈이야."

"더러운 새끼."

"여긴 어떻게 왔지? 조선놈이 왜 나가사끼까지 와서 죽어."

"이것들은 다 쓸어서 일찌감치 죽였어야 하는데. 이것들이 무슨 일만 나면 우물에 독을 풀고 그런다구."

"그런데 이 조선놈은 어떻게 된 게 앞은 멀쩡한데 뒤가 다 탔지? 모가지부터 등판이 전부 탔어."

들것을 든 사람들은 발소리를 저벅거리며 사라져갔다.

저녁부터 비가 내렸다. 우석은 비 내리는 땅 위에 그대로 쭈그리고 앉아 있었다. 빗속으로 갈기갈기 찢어진 옷을 입은 여인이 걸어왔다. 그녀가 비를 맞고 있는 우석을 내려다보았다. 여자가 말했다.

"방공호는 저쪽이야."

우석은 죽은 듯이 앉아 있었다. 어떻게도 움직일 수가 없었다.

"방공호는 저쪽이야."

똑같은 말을 중얼거리고 나서, 여자는 쩔뚝거리면서 빗속으로 사라졌다.

얼마 후 쩔뚝거리던 여자와 함께 나타난 남자가 문짝 하나를 가져와 벽에 비스듬히 기대어놓고 우석을 끌어다 그 안으로 옮겨주었다. 얼마를 그렇게 앉아 있을 때였다. 무언가 중얼거리는 소리가 들리더니, 유령 같은 여자 둘이 문짝 밑으로 들어와 비를 피했다.

다음 날은 비가 개면서 다시 무더운 날씨가 계속되었다. 찌그러진 문짝 틈에 쭈그리고 앉은 세 사람에게서 살 썩는 냄새가 풍기기 시작했다. 한 여자는 가슴을 천으로 칭칭 감고 있었고 한 여자는 얼굴이 몹시 상했다. 파리가 떼 지어 날아와 들어붙었다. 그러나 그들은 누구도 그 파리들을 쫓을 힘이 없었다.

다음 날 아침이 되었을 때 젖가슴을 동여맨 여자는 쓰러져 죽어 있었고, 다른 여자는 어디론가 가고 없었다.

엉금엉금 기어 밖으로 나온 우석은 막대기를 주워 몸을 기대며 기다시피, 더위를 피해 바로 옆에 있는 다리 밑으로 내려갔다. 다리 밑에 가 기둥에 기대 앉은 우석은 몸을 이리 뒤치고 저리 뒤치면서 입고 있던 바지를 끌어내렸다. 바지를 벗어 든 그는 허리춤 안쪽에 바느질해놓았던 실을 온 힘을 다해 이로 끊어냈다. 아주 깊이 내 몸에 간직하리라 생각하면서 꿰매 넣었던 금화의 뼈가 거기에서 나왔다. 고향으로 갈 때까지 잃어버리지 않으리라 이를 악물면서 몸에 지니고 다녔던 새끼손가락만 한 뼈였다.

가물가물하는 의식 속에서 우석은 사흘을 더 다리 밑에 있었다. 그리고 그날 아침이 왔을 때, 그는 자신에게서 무엇인가 아주 엄청난 것이 빠져나가는 것을 느꼈다. 눈을 감고 있는 의식의 저편 깊은 곳은 고요했다.

그랬다. 조선이라는 이름으로 살았다. 내가 태어나고, 이 살과 뼈를 길러준 곳, 내 조국. 조선의 이름으로 태어나 그 산하에서 자랐다. 그래서 고통받았고, 차별받았고, 배고프고 헐벗어야 했다. 오직 조선이라는 것, 그 조국의 아들로 태어났다는 것 때문에. 나라를 잃어버린 땅에서 태어났다는 그것 때문에.

그리고 이제 조선의 아들이기에 죽어가는구나. 조선인이라는 그 것 하나로 죽을 때에도 차별받고 경멸당하면서… 버림받는구나.

언젠가 오려나. 조국에도 봄이 오려나. 그날 춤추고 싶구나. 노래하고 싶구나. 조국의 산하여. 그날 널 껴안고 내가 미쳐간들 어떠랴.

그의 손이 마지막 힘을 다해 무언가를 움켜쥐었다. 금화의 뼈였다. 만대가 지나도 풀지 못할 한을 품고 나는 간다. 후손들아, 우리를 기억해다오. 나라 잃은 우리들이 겪어야 했던 이 저주받을 고통을.

다리 아래를 흐르는 물소리를 들으며 그는 죽었다.

눈을 감고 단정하게 입술을 닫은, 아무 고통도 없는 얼굴이었다.

이슬이 내리면서 아침이 왔다.

지상은 몸을 살펴보았다. 어제의 상처들은 더 곪았고, 까맣게 탔던 피부에는 물집이 잡혀 있었다.

구호대로 나선 사람들이 나눠주는 주먹밥을 먹고 나서 지상은 아끼꼬를 업고 산을 내려왔다. 병원으로 가자는 말에 아끼꼬는 말 없이 고개를 끄덕였다. 걷다가 내려놓고 또 업고 걷기를 계속하면서 지상이 성요셉병원에 도착했을 때는 한낮이 되어 있었다. 땀을 흘리며 병원으로 들어서다가 지상은 문득 그렇게 악을 쓰며 울어대던 매미소리가 들리지 않는다는 생각을 했다. 매미도 다 타 죽은 모양이구나.

머큐로크롬병과 붕대뭉치를 들고 가던 간호부 후유꼬가 그들을 맞았다. 병원 복도를 메운 역한 냄새에 지상은 토할 것만 같았다. 병원 침대에 아끼꼬를 눕게 하고 후유꼬는 지상의 상처에 우선 식염수를 뿌려주었다.

의사 아사노가 아끼꼬의 다리에 손을 대는 순간 그녀는 기절해 버렸다. 잠시 후 정신을 차린 아끼꼬는 지상이 의사와 나누는 이야기를 들었다.

"괴저(壞疽)가 생겼는데, 이렇게 되면 영양 공급과 혈액순환이 두절되기 때문에 여기가 썩어 문드러집니다."

"그렇다고 꼭 다리를… 자르지 않고는 방법이 없습니까?"

"자르지 않으면 죽습니다."

아사노가 잠시 말을 끊었다. 옆에서 얼굴을 두 손으로 가린 채 울고 있는 후유꼬를 힐끗 보고 나서 아사노가 말을 이었다.

"지금 여기는 수술할 장비도 그렇고 약도 없는데… 안타깝습니다. 절단은 빨리 할수록 좋은데."

중얼거리고 난 아사노가 결단을 내리듯 말했다.

"의과대학 병원도 폭격을 맞았다고는 하지만, 그래도 거기가 좀 나을 겁니다. 그쪽으로 보내봅시다. 마침 밖에 차가 와 있어요."

"그래주시면 고맙겠습니다."

지상의 말을 들으며 아끼꼬는 다시 기절했다. 그녀가 정신을 차렸을 땐 들것에 누워 흔들리고 있었다. 차에 실리는 것을 느끼며 아끼꼬가 눈길을 돌려 지상을 찾았다.

지상의 얼굴이 자신의 얼굴 위로 다가왔다. 이 사람에게 무언가

말을 해야 한다. 고맙다고, 미안하다고, 건강하라고, 무언가 말을
해야 한다. 그러나 아끼꼬의 입에서는 아무 말도 새어나오지 않았
다. 오물오물 그녀의 입술이 움직였다.

"아끼꼬상, 잠깐만요."

지상이 아끼꼬의 얼굴로 손을 뻗었다. 그가 아끼꼬의 볼에 엉겨
붙은 머리카락을 집어냈다.

어딘가 아끼꼬의 머리칼이 이상했다. 그녀가 누워 있는 들것의
머리 주변에도 머리카락이 수북이 빠져 있었다. 그녀의 이마 위도
마찬가지였다.

지상이 말했다.

"머리카락이…"

아끼꼬가 손을 들어 자신의 머리칼을 쥐고 잡아당기자, 뭉텅뭉
텅 한움큼씩 머리카락이 뽑혀나왔다. 아사노도 놀라면서 아끼꼬의
손에 집힌 한움큼의 머리카락을 내려다보았다. 그가 중얼거렸다.

"이게 무슨 현상일까요…"

눈물을 보이지 않으려고 아끼꼬가 머리칼이 가득한 손으로 얼굴
을 가렸다. 그녀의 머리 한쪽은 허옇게 대머리가 되어 있었다. 아니
다. 아니다. 항거할 수 없는, 자신을 짓눌러오는 무언가 거대한 것
을 향해 고개를 젓는 지상의 눈앞이 흐려왔다.

잠시 후 지상이 말했다.

"그럼, 안녕히 가십시오. 나가사끼의대 병원으로 가니까 이제 안
심하세요. 나까다상을 만나게 되면 제가 전하겠습니다. 아끼꼬상
이 의대병원에 있다고."

아끼꼬의 눈앞에서 천천히 지상의 얼굴이 사라졌다. 트럭이 병

원을 빠져나갔다.

다시 병원으로 들어서던 지상은 2층으로 오르는 어두컴컴한 복도를 올려다보다가 흠칫 놀랐다. 무언가 유령 같은 것이 거기 서있지 않은가. 소름이 좌악 끼쳤다. 눈을 껌벅이며 올려다보니, 그것은 전신에 화상을 입은 여자였다. 여자는 온몸에 피부 어느 곳 하나 남김없이 흰 약을 바르고 조각품처럼 서 있었다.

그때 복도 한쪽에서 아이고 아이고 하는 울음소리가 들렸다. 동포들이 여기에도 있었나. 지상은 울음소리를 따라 달려갔다. 울음소리는 복도 왼쪽 방에서 나는 소리였다. 젊은 청년들이었다.

"어떻게 된 겁니까?"

지상의 말에 좀 덜 다친 듯한 청년이 반가움으로 벌떡 일어서며 말했다.

"우리는 병기창 인부들인데, 우라까미에서 토목공사를 하다가 당했습니다."

"그런데 왜 이러고 있어요?"

"말이 통해야지요. 접수를 안 받아줍니다."

접수를 못 하니 치료도 못 받고 이렇게 내던져져 있다는 것이었다. 지상이 뛰어가 후유꼬를 붙들고 사정을 말했다. 그는 겨우 후유꼬가 건네주는 접수장에 그들의 이름을 물어서 적고 가슴에는 이름표를 하나씩 달아주었다. 전부 열일곱명이었다.

치료를 기다리며 상처가 덜한 사람이 말했다.

"8월 5일날은 우리가 들고일어났지요. 전부 일을 안 나갔습니다."

"병기창도 그랬습니까? 조선소는 1일날 그랬는데. 조선사람들이 전부 파업을 했었지요. 우리도 기숙사에서 한 사람도 나가지 않았습니다."

말을 하는 청년의 팔을 옆에 누워 있던 사람이 잡아당겼다.

"갑룡이 쟤 왜 저러는 거야?"

갑룡이라고 불린 사람을 바라보았다. 침대에 걸터앉은 그가 이 상스레 어깨춤을 추고 있었다. 이 사람은 또 왜 이러는 거야. 지상이 일어서서 그에게로 다가가려 할 때였다. 갑자기 그가 벌떡 일어서며 춤을 추기 시작했다.

"이 사람 이거 미치는 거 아냐."

누군가가 소리쳤다. 갑룡이 노래를 부르는가 하더니 이번에는 큰 소리로 화를 내며 욕을 해댔다. 얼굴 한쪽이 타 일그러지고 옆구리에 심하게 화상을 입은 그가 춤추듯 팔을 흔들며 쌍욕을 마구 지껄여댔다. 그러곤 갑자기 욕을 멈추더니 껄껄거리며 웃어댔다. 잠시 후 마치 빈 자루가 주저앉듯 털퍼덕 바닥으로 떨어진 그가 숨을 거두었다.

터덜터덜 걸어서 지상은 병원을 나왔다. 그가 하늘을 보며 내뱉었다. 너무 싫다. 너무 싫어. 아아아. 차라리 나도 미치고 싶구나. 옆에 누군가가, 우석이라도 있으면 좋겠다고 생각했다. 우석인 아직 하시마에 있을까. 그래, 그애는 거기 있었으면 좋겠다. 그래. 넌 거기 있어서 살았어. 하늘이 널 아껴서 그날 밤 거기 남게 한 거야.

45

　며칠 전 다녀온 친정집 마당에는 어느새 풀이 자라고 있었다. 마당을 오가는 사람이 없으니 그랬다. 아버지가 지나다닌 발자국으로 다져진 길 아닌 길에는 질경이가 자라고 옆에는 강아지풀까지 수북했다. 사람은 없어봐야 안다더니 한동이 없는 게 이렇게 티가 나는구나 싶었다.

　눈이 내리는 내내 사랑채 앞에서부터 대문까지 한번 쓸고 나갔다가 다시 돌아와 그동안 내린 눈을 또 쓸곤 하던 한동이 아니었나.

　"한동아, 눈 그친 다음에 치워. 무슨 눈을 내리는 족족 쓸고 있담."

　"지 맘이지유."

　"아니, 넌 그게 고집이니 심통이니."

　"지두 몰라유, 누님."

　그 한동이는 어디에 가 있는지. 겨울이 와도 이제 마당에는 비질

할 사람도 없이 눈이 쌓이겠구나.

타구찌 순사와 그 일이 있던 다음 날 한동은 소양강을 건너 마을
을 떠났다.

그날, 배 위에서 서형의 돌아가는 뒷모습을 내내 지켜보던 한동
은 뭔가 낌새가 이상하다는 느낌에 배를 돌리게 했고, 급한 마음에
물로 뛰어내려 강가를 달려왔다고 했다. 다리를 작신작신 밟아놨
으니 제놈이 지금쯤 일어서지도 못할 거예유. 다리만이겠어유. 그
놈 인중을 들입다 받았으니, 제 대가리가 든 건 없어도 단단하기는
차돌이니께 아마 코뼈도 온전하지는 않을 걸유. 그런 말을 하며 한
동은 태연했다. 그러나 무슨 패악을 부려도 부리지 그냥 가만히 있
을 타구찌가 아니라고 생각한 서형은 한동이 마을을 떠나도록 서
둘렀다.

한동을 떠나보내던 그 밤, 전평리로 찾아온 한동을 데리고 나와
서형은 캄캄하게 어두워오는 강물을 바라보며 서 있었다. 타구찌
라는 놈이 역에 사람을 풀어놨을지도 모를 일이었다. 춘천역 다
음은 산성역이었고 그다음이 신남이었다. 아예 좀 멀리 나가서 신
남역에서 기차를 타도록 이르면서 바라보니 소양강에는 반쯤 이
지러진 달이 떠 물결을 비추고 있었다. 한동이 혼잣말처럼 중얼거
렸다.

"기왕에 갈려면 태형이 형님 찾아서 중국으로 가야 허는데… 찾
아가면 뭘 허겠어요. 사람이 쓸모가 있어야 허는데 낫 놓고 기역
자도 모르는 미물이 아는 거라군 지게 목발 두드리는 거 밖에 없으
니. 그래서, 누님이 걱정헐까봐 허는 얘긴데유, 전에 속초는 가봐서

알걸랑유. 미시령 넘어가 새우젓 장사라두 헐까 그런 생각이 퍼뜩 드네유."

"객지 떠돌더라도 남자가 잠자리는 늘 반듯하게 하고. 세 끼 꼭 챙겨 먹어. 젊어서 몸 상해 놓으면 평생 간다더라. 그나저나 이게 뭐니. 이렇게 헤어지다니."

"누님."

불러놓고도 잠시 한동은 말이 없었다.

"훈장어르신께서 나가란다구 제가 나갔을라구유. 다 누님이 있으니 나갔지유. 돌아온 것두 그래유. 나갔으면 거기서 살지 왜 돌아왔겠어유. 다 누님이 있어서지유. 저는 여한이 없어유. 저는 됐어유."

"되긴 뭐가 돼."

"제가 됐다면 된 거지유. 저는 됐으니깐, 누님 오래오래 건강하세유. 명조 잘 키우시구… 저 가유."

한동이 몸을 돌렸다. 돌아서서 뛰어가려는 한동을 서형이 불렀다.

"한동아! 네 마음을 내가 알아. 다 알아. 내가 없어도 네가 우리 집에 있었겠니."

"누님."

서형이 손을 뻗어 한동의 손을 잡아주었다. 한동이 서형의 가슴에 얼굴을 묻었다. 흐느끼는가. 흔들리는 그의 어깨를 토닥거리며 서형이 말했다.

"한동아. 어디든 자리를 잡거든 소식 줘야 한다. 알았지?"

몸을 돌린 한동이 덜컥덜컥 발소리를 울리며 어둠 속으로 달려갔다. 물새가 끼룩거리며 하늘 어딘가를 날고 있었다.

그날을 떠올리며 가만히 한숨을 내쉰 서형은 명조를 업고 집을 나섰다. 당간지주 옆을 돌아서 소양강으로 나아갔다. 강가에는 푸른빛을 띠며 여리게 안개가 깔리고 있었다. 눈을 들어 봉의산 쪽을 바라보았다. 긴 장마가 끝나서인가. 색에 색을 더한 듯 산은 짙푸르렀다. 강변을 감싸고 돌던 안개가 드넓게 퍼지는 강둑 위로 누군가 소를 끌고 걸어가고 있었다. 지게를 지고 가는 사람이 저녁 안개 속으로 아스라하게 보인다. 딸랑거리며 워낭소리가 들렸다.

안개는 서형의 가슴으로 들어와 서글픔처럼 깔리고, 그 서글픔 사이를 지상에게 전하는 말들이 떠다녔다.

돌잔치는 하지 않았습니다. 당신이 안 계시는 돌잔치, 어른들이 아니라 아이가 원하지 않으리라 믿었기 때문입니다. 어머님이 물으시더군요.

"섭섭하니?"

"어머님, 잔치는 하지 말자고 제가 부탁드린 건데요."

"그래, 네 생각이 옳다. 애비가 어디 가서 죽었는지 살았는지를 모르는 판에 우리가 잔치를 한다면 그게 제정신이냐. 사람이 할 짓이 아니다."

이래저래 어이없는 소리를 하다가 눈총을 받기는 또 형님이었지요.

"우리 그거 하자. 고배상(高排床)이라구 있잖아. 큰 상에다 음식을 높이 고이고 복(福) 자, 수(壽) 자 그런 거 써넣고."

"형님, 그건 회갑 음식이지요."

"그런가. 그래도 평생 한번 있는 일인데 하지그래. 하면 좋을 텐데."

아이 돌잔치는 안 하고 넘어갔지만 돌떡으로 붉은 팥고물을 묻힌 찰수수경단을 만들어 이웃에 돌렸답니다. 그래도 돌떡을 받은 집에서는 그 대접에 흰 무명실타래를 얹어서 주더군요. 이 어려운 때에 실타래라니. 오래 살라고 기원해주는 그 마음이 고마워서 돌아오는 샛길에서는 눈물을 찍어낼 수밖에 없었답니다.

장마 끝의 강바람이 서늘하게 서형의 치마폭을 날리며 불어왔다. 내일부터는 또 무더위가 이어지리라.

믿어야 한다고 합니다. 어머님은 당신이 돌아오실 걸 제가 믿어야, 그래야 돌아온다고 합니다. 그러나 저는 기다린답니다. 기다리지 않아도 눈은 내리고 기다리지 않아도 비는 옵니다. 그러나 사람은 기다려야 합니다. 간절해야 합니다. 당신이 오실 때는 제가 기다리는 때라고. 여보, 제가 여기 이렇게 기다리고 있답니다. 돌아오세요.

당간지주를 멀리 뒤로하고 서서 서형은 저물어가는 강물을 바라보았다. 저녁 햇살이 사라진 강물 위에서 은빛 잔물결이 눈부시게 부서지고 있었다.

어느 첫새벽 꿈속에서처럼 옥색 두루마기 휘날리며 저 둑길을 걸어오시지 않아도 좋답니다. 먼 길, 지치고 남루해서 오셔도 좋습니다. 헤어져 지낸 어젤랑은 다 내려놓고, 노을 져 반짝이는 소양강 잔물결처럼 고요히 제 품에 안기시면 됩니다.

한 팔에 당신 아들을, 한 팔에 저를 품고 신산했던 세월일랑 풀어버리시면 됩니다. 우리가 살았던 것들, 그 세월… 그건 지나가버리는 것이니까요. 다만 우리 잊지 않기로 합시다. 뼈에 새기며 산 그 고통의 세월들, 그걸 기억하고 아이들에게 이야기로 전하면서 다시는 되풀이하지 않게 합시다.

"어부바. 명조야 어부바."

서형이 명조에게 등을 돌리며 앉았다. 아이가 싫다는 듯 고개를 돌리더니 뒤뚱뒤뚱 걷기 시작했다. 넘어질 듯 넘어질 듯 그런데 넘어지지는 않고 잘도 간다.

"넘어진다. 살살 가라니까."

뒤뚱거리던 아이가 폴싹 넘어진다. 서형이 소리 없이 웃었다. 그런 거야, 이 녀석아. 무릎이 깨지면서 일어서면서 그렇게 크는 거야. 서형이 다가가 아이의 손을 잡고 걷기 시작했다.

아이가 이렇게 컸네요. 헤어져 산 우리들 사이를 지나간 세월도 어느새 두해가 되다니. 생각해보면 언제인가 싶게 참 짧습니다. 그러나 힘들게 겪어내던 그 하루하루는 얼마나 길었던가요. 잊지 말아야겠지요, 그 하루의 궁핍과 고통이 가르친 교훈을. 그래서 이 아이에게 전해야겠지요.

오세요. 당신이 오실 때는 제가 기다리는 때입니다. 제가 기다리기에 당신은 오셔야 합니다.

원자폭탄을 맞은 조선인, 그들은 모국어로 울었고, 모국어로 신음했다.

아파서 하는 신음을 일본어로는 '이따이(痛い)'라고 한다. 일본인들은 이따이! 이따이! 하며 고통스러워했다. 그러나 조선인들은 아이고… 아이고… 하며 신음했고, 어머니… 어머니… 부르며 울부짖었다. 그렇게 소리치며 한 사람씩 죽어갔다.

어머니의 '어' 발음이 되지 않는 일본인들은 어머니를 '오모니'

라고 들었고, 조선놈들은 죽으면서 '오모니, 오모니' 한다고 기억
했다.

그 어떤 압제나 고통, 질곡의 세월도 극심한 고통 속에서 새어나
오는 '아이고'나 간절한 마음을 다해서 부르는 '어머니', 이 모국어
를 빼앗아가지는 못했다. 그리고 일본인 구호대는 아이고 어머니,
아이고 어머니 하고 울부짖는 조선인들을 결코 병원으로 옮겨주지
않았다. 조선말을 하는 그들에게는 물도, 먹을 것도 주지 않았다.
방공호에서조차 그들은 내쫓겼다.

다친 몸으로 일본인들의 차별과 멸시 속에 버려진 조선인들은
거리에서, 부서진 건물더미 밑에서, 누군가의 집 처마 아래서, 다리
밑에서, 강가에서 죽어갔다.

마지막까지 시체의 잔해가 그대로 남아 있던 것도 조선인들이었
다. 형체를 알아보기 어렵게 다친 사람들을 들것에 싣고 병원으로
가다가도 '아이고!' '어머니!' '물 좀 주세요, 물!' 하는 조선말 신
음소리를 들으면 그들을 거리에 내버렸다.

8월의 찌는 듯한 태양 아래서 그렇게 버려진 채 썩어가는 조선
인들의 시신에 새까맣게 까마귀들이 모여들었다. 까마귀들은 죽은
조선인의 얼굴에 앉아 눈알을 찍어댔다. 떼 지어 날아든 까마귀들
의 부리 아래서 조선인들의 시체는 살이 뜯기고 눈알이 파여나갔
다. 조선인들은 주검에서까지 차별받았다.

까마귀들이 새까맣게 모여 날고 있는 곳에는 조선인들의 사체가
썩어가고 있었다.

지상은 폐허의 거리를 걸어서 아끼꼬의 집으로 갔다. 가는 길에

지상은 쓰러져 죽은 어머니의 젖을 물고 있는 아이를 보았다. 잠시 아이를 내려다보며 서 있다가 지상은 그냥 걸었다.

아끼꼬의 집은 반쯤 무너져 있었다. 지상은 찌그러진 대문 기둥에 붙어 너풀거리는 종이를 보았다. 에가미 노인이 왔다 갔나 보다. 눈에 익은 필체가 딸과 사위의 안부를 묻고 있었다. 종이 옆에는 끈으로 몽당연필이 묶여 있었다. 여기에 써놓아달라고 노인이 그렇게 한 것 같았다.

에가미상… 그렇게 중얼거려가면서 지상은 그 종이에 '아끼꼬. 나가사끼의대 병원에 있음'이라고 써넣었다. 그리고 자신의 이름을 쓸까 말까 망설였다.

아무것도 더 적지 않은 채 돌아선 지상은 기차 선로까지 걸어나왔다. 거기에도 죽은 시체가 무더기로 쌓여 있었다. 눈 코 입이 구별이 안 되는 처참한 모습이었다. 구조반은 부상자를 옮기는 대신 공터에 사체들을 모았다. 부서진 건물의 목재를 쌓고 불을 지른 후 시체들을 그 위로 던져올리기 위해서였다.

거리에서는 사람들의 시체가 썩기 시작해 그 냄새 때문에 쓰러질 것 같았다. 시체를 소각하는 사람들은 냄새를 견디지 못하고 고구마로 만든 도수 높은 소주를 마셔가면서 일했다. 삼태기같이 생긴 것에 담아 나르던 시체들도 이제는 양동이나 커다란 통 같은 것으로 나르지 않으면 안 되었다. 사체에서 살이 떨어져나오고 피부가 훌러덩 벗겨지곤 했기 때문이다.

그날 밤이 깊어 이나사산의 회사 방공호로 찾아가던 길에 지상은 거리의 방공호로 들어갔다. 그러나 얼굴이 타 붙고 몸이 화상투성이인 사람들이 풍기는 심한 냄새로 도저히 앉아 있을 수가 없었다. 거리로 나온 지상은 물을 먹으려고 어둠 속을 더듬거리며 우물을 찾아갔다. 우물 옆에는 더러운 천이 더미로 널려 있었다. 자세히 보니 천이 아니라 그게 전부 시체들이었다. 얼굴도 몸도 제대로 알아볼 수 없는 시체들이 어떻게 여기까지 왔는지, 그것을 이상스럽게 생각하지 않을 정도로 지상은 이미 시체에 익숙해져 있었다.

지붕이 다 날아간 채 앙상한 철제 기둥만 남은 나가사끼조선소가 내려다보이는 이나사산 속 방공호 앞에 조선 청년들이 모여들었다.

"왜놈들이 뒈지는 건데, 우리가 뭐하러 나서서 그짓을 해야 하냐!"

"아이고, 난 모르겠다. 오지랖 넓은 사람들이나 나가봐라."

"망하라고 떡 해놓고 고사를 지내도 모자랄 판에 왜놈 구해주러 내려가? 지나가던 개가 웃겠다."

제일 완강하게 반대를 하며 목소리를 높인 건 형갑이었다. 그는 딴딴한 몸집에 키가 작았다. 내내 조선소 판금부에서 일을 했다던 선호가 더 크게 말을 받았다.

"말을 그렇게밖에 못 하니?"

"나설 사람만 나서라면서도, 너는 지금 왜 충동질을 하고 다니냐 그거지."

화가 나면 각져 보이는 턱을 유난히 더 심하게 움찔거리는 선호가 버럭 소리를 질렀다.

"너 같은 놈은 빠지라구."

형갑의 앞가슴을 쳐 뒤로 밀어낸 선호가 지상을 돌아보았다. 무언가 자네가 말을 할 차례 아니냐고 그의 눈이 말하고 있었다. 원수네 집이라도 불이 나면 물동이 들고 달려가는 게 우리 조선사람이다. 나가사끼가 저 꼴이 됐다. 불바다에서 사람들이 죽어가고 있다. 군대는 아직 들어오지도 못하고 있고 철도도 다 끊겼다고 한다. 우리라도 내려가서 십시일반 도와야 하는 게 아닌가. 앞으로 나선 지상이 둘러선 사람들을 보며 말했다.

"그렇습니다. 이건 우리가 자발적으로 나서는 거니까, 함께 갈 분만 모이면 됩니다."

뒤로 물러서는 사람이 있는가 하면 지상의 앞으로 나서는 사람들로 무리가 갈라졌다.

"다시 한번 말씀드리지만,"

선호가 팔을 흔들며 소리쳤다.

"자, 생각 있는 사람은 앞으로 나오세요."

스무명 남짓한 사람들이 구조대에 나서겠다고 모여들었다. 지상은 그들과 함께 준비를 서둘렀다.

"내가 각반은 구해올 테니까 다들 그걸 찹시다. 거치적거리는 게 많습니다."

"네명에 한 조로 들것이 필요합니다. 아예 여기서 그걸 만들어 가지고 내려갑시다."

삽과 곡괭이뿐만이 아니었다. 방공호 여기저기를 뒤져 대나무에 밧줄까지 모으고 나자 문제가 된 것이 물과 밥이었다.

"밥은 먹어야 할 거 아닌가. 물은 또 어떡하구?"

"병기제작소 쪽에 갔던 사람 말을 들어보니까 주먹밥이나 물은 거기서 얻을 수 있답니다."

산속 방공호를 나와 웅기중기 서 있는 사람들 사이를 걸어서 지상은 스무명 남짓한 사람들과 함께 줄지어 산을 내려갔다.

조선소 자재2부장의 시신은 늦게야 발견되었다. 방호단 완장을 찬 직원들은 천장이 다 날아간 사무실 바닥에서 그의 시신을 찾아냈다. 직원들과 함께 그의 시신을 들것에 담아 화장장으로 가져간 사람은 계장 히라따였다. 그러나 이미 화장장은 만원이었다. 먼저와 쌓여 있는 시체들 때문에 며칠을 기다려야 할 정도였다. 시간을 끌면 끌수록 시신이 부패할 것을 우려해 히라따는 근로부의 과장과 함께 태울 장소를 찾아 시내 이곳저곳을 돌아다녔다. 겨우 해군병원 소장의 주선으로 순서를 바꿔 부장의 시신을 태울 수 있게 되었는데, 그곳 직원의 태도가 이상했다.

"난 오늘 몸이 안 좋아서 도저히 못 하겠으니 여러분이 직접 태우도록 하십시오."

"우리가?"

"네, 어떻게 하는지 방법은 가르쳐드리지요."

말을 채 마치기도 전에 그는 밖으로 뛰어나가 토해댔다. 히라따는 머리를 설레설레 흔들었다. 직원들과 지키고 앉아 몇번씩 고로(高爐)의 문을 열어 타들어가는 시신을 확인해가면서 히라따가 오후를 보내고 있을 때였다.

화장장 옆에서는 넘치는 시신을 처리하기 위해 공터에 야외소각장을 만들고 있었다. 터를 닦으랴 주변의 나무들을 모아오랴 아직 목숨이 붙어 있는 사람들을 들것에 담아 병원으로 옮기랴, 그들은 폭염 속에서 쉴 새 없이 움직였다.

히라따는 넋을 놓고 앉아 밖에서 일하는 사람들을 바라보았다. 그가 고로 앞에 서서 땀을 닦고 있는 직원을 불렀다.

"자네, 저 소리 들리나?"

"뭐 말씀입니까?"

직원이 화장장 밖을 돌아보았다.

"저 밖에서 일하는 사람들… 저 사람들 조선사람 아냐? 지금 조선말을 하고 있는 거지?"

"네, 맞습니다. 징용 나온 조선사람들입니다. 제가 좀 전에 물을 얻으러 갔다가 물어보니까 이나사산 방공호에서 내려온 조선소 사람들이랍니다. 자기네들끼리 구조반을 만들었다네요, 자발적으로."

조선에서 온 응징사였나. 그랬구나. 조선서 온 응징사들이었어. 히라따가 천천히 고개를 끄덕였다.

"나무는 그쯤이면 되겠어. 너무 높게 쌓지 말자구."

지상의 말을 선호가 받았다.

"맞다. 높으면 시체 던져올리기만 힘들어."

땀이 눈가를 파고들며 아려왔다. 지상은 고개를 숙이며 눈을 감았다. 생선을 골라낸다고 이럴까. 이건 사람이다. 사람을 놓고 이짓을 하고 있다.

먼저 부서진 건물 속에서 다친 사람과 죽은 사람을 가려낸다. 그들을 나눠놓고 나서 다친 사람 가운데서도 다리를 다쳐 걷지 못하는 사람과 전신이 화상인 사람을 가려서 따로 옮겨놓는다. 사체도 둘로 나눠서 옮긴다. 형체를 알아볼 수 없는 사람은 그들끼리 모아놓고, 옷이든 뭐든 연고자가 확인할 수 있을 만한 게 있는 시신은 또 그들끼리 모아놓는다. 집이 헐린 공터에 시신을 옮기고 나면 옆에서는 나무를 날라다 우물 정(井) 자로 쌓기 시작한다. 그 나뭇더미 위에 시신을 올리고 태우는 것이다.

불붙일 나무를 쌓던 선호가 고개를 돌렸다.

"가마솥에 삶은 개가 멍멍 짖는다고 이럴까. 살아서 이런 꼴을 볼 줄 누가 알았겠냐. 내가 이짓하다가 온 줄 알면 고향에서 날 사람으로 보겠냐."

시체를 나르는 사람들은 수건으로 입과 코를 싸매고 있었다. 주전자를 들고 오던 어린 징용공이 투덜거렸다.

"물 좀 얻으러 갔더니, 자기들 마실 것도 모자란다고 눈깔에 쌍심지를 세우네요."

"그래서?"

"너 죽을래! 하면서 들이댔더니 얼른 내놓더군요."

"놀던 계집이 엉덩잇짓은 남는다더니 차암, 일본놈들 하는 짓이라곤. 생각이 좁쌀이다."

"그만들 해. 살찐 놈 옆에 오래 있다간 따라서 붓는다더라."

더러 들려오는 조선말을, 알아들을 수 없는 그 말을 들으며 히라따는 내내 그들을 바라보았다. 그가 또 같은 말을 중얼거렸다. 조선에서 온 응징사였다니. 그랬구나. 조선서 온 응징사들이었어.

부장의 유골 항아리를 안고 돌아온 히라따는 회사에 제출하는 보고서를 쓴 후 그 밑에 자신의 소감을 이렇게 적었다. "직원 일동이 목격한 바에 따르면, 조선소에서 자발적으로 구호대의 주체가 되어 나선 젊은 조선 응징사 제군의 활동은 눈부신 것이었다."

그는 스바라시이(素晴らしい)라는 표현을 썼다. 훌륭하다는 뜻이었다.

그날 저녁부터 비가 내리기 시작했다. 밤이 되며 빗발은 점점 굵어져 폭우로 변했다. 낟알을 뿌리듯 쏟아지는 굵은 빗발에 하나둘 임시 화장터의 불길이 꺼져갔다.

앞이 안 보이게 두들겨대는 빗발이 나가사끼의 폐허를 뒤덮었다. 경사 심한 나가사끼의 골목골목을 빗물이 흘러넘쳤다. 빗발은 도시 남쪽에 자리해 원폭을 비켜 살아남은, 항구를 내려다보는 전망이 가장 좋은 글로버 저택의 지붕을 쏟아붓듯이 뒤덮었다. 일본에서 가장 오래된 아치형 돌다리인 안경다리의 교각을 때리며 물은 넘실거렸다. 유곽과 유흥가가 자리 잡았던 시안바시 언덕길을 휩쓸며 물은 둑이 터진 듯 쏟아져내렸다. 산으로 오르는 길목에 검게 그슬려 넘어진 지장보살 석상에 누군가가 묶어놓았던 붉은 천도 빗물에 쓸려내려갔다. 네덜란드 언덕길의 돌계단은 급류가 쏟아져내려가는 물길이 되었다.

우라까미성당 뜰에 세워져 있던 마리아상은 팔이 잘려나간 채 넘어져서 뿌옇게 땅을 훑고 지나가는 흙탕물에 파묻혔다. 나가사끼 골목길의 수로를 채우고 넘친 빗물은 거센 물살을 이루면서 강으로 흘러들었다.

물이 차오르면서, 다리 밑에 누워 있던 우석의 시신은 물살에 쓸리며 두어번 빙그르 돌더니 물길 한가운데로 떠내려갔다. 부딪치고 뒹굴며 거친 물살에 싸여서 그의 몸은 오오하시강으로 흘러들었다. 길거리 곳곳에서 버려진 채 썩어가던 조선인들의 시신도 물이 불면서 강으로 떠내려갔다. 우석의 시신은 하구에서 다른 조선인들의 사체와 섞여 바다로 흘러갔다.

새벽이 되어서야 비는 그쳤다. 시체를 태우던 자리에는 불 꺼진 나무토막들이 둥글게 봉우리를 만들며 솟아 있었다. 북쪽 하늘을 바라보며 지상이 일어섰다. 그래, 고향으로 돌아가자. 그가 중얼거렸다.

고향으로 간다. 내 상처투성이 나가사끼여, 잘 있거라. 지상은 폐허의 거리를 바라보았다.

여기서 흘러간 날들이여. 나가사끼는 나에게 조국이 무엇인가를 가르쳤다. 잊지 않으리라. 나가사끼는 나에게, 나라가 없는 것이 무엇인가를 가르쳤다. 나가사끼에서의 날들이 없었다면 나는 그걸 이처럼 뼈저리게 느끼지 못하고 살았을 거다. 이제 돌아가서, 젊은 아이들을 가르치자. 내 나라 글, 내 나라 말, 내 나라 풍습과 역사를 가르쳐서 우리에게도 잃어버린 나라가 있음을, 아니 되찾아야 할 조국이 있음을 알려야 한다. 그리고 무엇보다 우리가 겪은 고난을 가르치고 기억하게 할 거다. 어제를 잊은 자에게 무슨 내일이 있겠는가. 어제의 고난과 상처를 잊지 않고 담금질할 때만이 내일을 위한 창과 방패가 된다. 어제를 기억하는 자에게만이 내일은 희망이다.

비 그친 나가사끼의 아침 햇살을 받으며, 아픈 다리를 절름거리며 지상은 폐허의 거리를 걸었다. 모든 아침은 살아 있는 우리들의 새날이다. 새로운 하루의 시작이다. 물이 질퍽거리는 거리를 지나자니, 거기쯤이 자신의 집터였는지 아이를 업은 소녀 하나가 빗물이 흥건한 빈터를 내려다보고 서 있었다.

무너지면서 날아와 쌓인 벽돌과 나무 사이에 무언가 푸르스름한 것이 끼어 있는 게 보였다. 지상이 다가가 나무를 들어냈다. 거기,

빗물에 젖은 땅을 뚫고 부서진 집더미 속을 헤치며 풀이 올라오고 있었다. 잎 가장자리에 물결 모양의 톱니가 있는 명아주였다. 이걸 고향에서는 는장이라고 불렀다. 놀라 몸을 돌린 지상이 주변을 둘러보았다. 비 갠 아침 햇살 속으로 여기저기서 잡초들이 잿더미를 뚫고 올라오고 있었다. 누렇게 말라버렸던 풀, 땅 밑의 감자마저도 다 익어 있지 않았나. 연못에는 죽은 고기들이 허옇게 떠올라 있지 않았던가. 그가 미친 듯이 뒤엉켜 있는 나무와 벽돌들을 들어내기 시작했다. 젖은 땅 위에는 보랏빛이 가득했다. 목이 메며, 지상은 무리 지어 핀 조그만 제비꽃을 내려다보았다. 그것들이 솟아오르면서 잎과 잎을 비벼대는 소리가 들리는 것만 같았다.

대지가 움트고 다시 살아 숨쉬기 시작하는가. 아니었다. 그것은 원자탄의 방사능이 일으킨 대지의 이변이었다. 원폭은 식물들의 생태계마저 바꿔놓았던 것이다.

가슴을 펴며 지상은 하늘을 올려다보았다. 서형아, 나는 돌아간다. 내 아내, 내 아이… 나를 기다리는 그들이 있는 곳 어딘들 고향이 아니고 누군들 이웃이 아니랴.

"조선사람이요? 같이 가입시다."

햇살을 등지고 걸어오는 사람들이 있었다. 이팔이 앞서고 뒤따라오는 사람들이 네댓명이었다. 같이 가자니. 함께 가자니. 이 말을 들어본 지 얼마인가.

"아 시방 길 떠나는 사람, 조선사람밖에 더 있십니까. 나가사끼로 들어오는 길목에서 조선사람들이 자경단을 만들어갖고 죽창을 들고 지킨다 카데예. 거기 가모 동포들이 마이 있을 낍니더. 함께 모이가 항구까지 가야지예."

"조선사람들이 벌써 움직였습니까. 자경단, 그런 것도 만들고?"

"우리가 누군교? 했다 카모 쇠뿔도 단김에 빼는 조선사람 아입니까. 고향으로 돌아가는 조선사람이 많은데 혹시 왜놈들이 해칠지도 모르이, 모다서 함께 가자는 거라예. 그래도 믿을 건 동포밖에 더 있십니까."

지상이 반가운 마음으로 말했다.

"그래도 형씨는 보따리가 다 있군요."

"아, 이거요? 같은 톤네루에서 일을 하던 친구가 안 나타나는 거라예. 박살이 난 함바에 가보이까 내 짐은 어데로 날아가뿌리고 그친구 보따리만 날 좀 보이소, 하며 쳐다보데예. 먼 조홧속인지."

이팔이 우석의 옷가지와 공책이 든 보따리를 추스르며 말했다.

"그 친구가 일기를 다 적었데예. 어디선가 만나지 않겠십니까. 좋은 시절 오모 그때 함께 읽어보며 옛말해야지예. 좋은 친구였는데. 우리한테 희망이었다 아입니까."

지상의 발밑에서 물기에 젖은 제비꽃이 고개를 숙이고 있었다. 솟아오르는 아침 햇살을 등지고 지상은 그들과 함께 걸었다. 사요나라, 나가사끼. 풀과 꽃이 피어나고 있는 폐허, 나가사끼를 뒤로하고 지상은 고향을 향해 발을 내디뎠다.

작가의 말

2015년 8월, 일본의 나가사끼 원폭 사몰자(死没者)는 16만 8,767명이 되어 있었습니다. 나가사끼 폭심지 평화공원에 새겨진 공식적인 숫자입니다. 이 숫자는 해를 거듭하며 늘어날 것이고 언젠가 그 숫자가 멈출 때 나가사끼 피폭자의 비극도 역사와 망각 속으로 침잠을 시작할 것입니다.

이 소설은 일제강점기에 징용으로 끌려가 가혹한 강제노동에 처해졌다가 끝내 피폭자로 목숨을 잃어야 했던 조선인들의 삶을 그리고 있습니다. 나가사끼 조선인 징용공 피폭자를 결코 역사와 망각 속으로 흘려보낼 수 없다는 기저 위에 나는 그분들을 만나 강제노역에 처해졌던 해저탄광 현장을 함께 걸으며, '여기서 살았다' '저기서 울었다' '이 해안 절벽에서 자살을 결심했었다'는 증언을 토대로 역사를 복원하고 문학으로 기억한다는 작가적 의무 속에서 27년을 보냈습니다.

이 소설의 출발은 토오꾜오의 한 고서점에서 『원폭과 조선인(原

爆と朝鮮人』)이라는 작은 책 하나를 만난 1989년으로 거슬러올라갑니다. 강제징용과 피폭이 뒤얽힌 이 역사를 모르고 있었다는 자책과 함께 취재를 시작한 나는 1990년 여름 나가사끼를 거쳐 히로시마로 올라가며 다양한 원폭 피해자를 만나기 시작했습니다. 그후 『원폭과 조선인』을 펴낸 오까 마사하루(岡政治) 목사와 '나가사끼 조선인의 인권을 지키는 모임(長崎朝鮮人の人權を守る會)'의 멤버들, 특히 피해생존자인 서정우 씨와 함께 군함도로 들어가 현장을 샅샅이 뒤지는 취재여정이 이어졌습니다.

1986년 우연한 경로로 발견되어 세상에 알려진 군함도 사망자의 상세한 자료 「사망진단서(死亡診斷書)」 「화장인허증하부신청서(火葬認許証下附申請書)」의 복사본을 전해준 분도 오까 목사였습니다. 이 자료에는 1925~45년까지 20년간 군함도에서 사망, 화장 처리된 조선인의 본적에서부터 연령과 병명, 사망원인까지가 상세하게 기록되어 있습니다. 소설 속 여주인공 금화의 모티프가 되어준 것도 하시마에 '기업위안부'로 끌려왔다가 자살한 자료 속의 젊은 여인이었습니다.

작품으로서의 첫 시도는 1993년 1월부터 『중앙일보』에 연재된 「해는 뜨고 해는 지고」라는 장편소설이었습니다. 3년간의 연재가 참담한 실패로 끝난 후, 나는 재직하던 대학을 휴직하고 이 실패작의 첫 장면만을 남기고 다 버린 채 새로 쓰는 작업에 들어갔습니다. 그 결과물로 200자 원고지 5,300매의 『까마귀』 전5권을 완성, 출판한 것이 2003년이었습니다.

그후 작품의 부실을 스스로 통감하고 제목을 '군함도'로 바꾸면서 3분의 1 가량이 축약된 분량으로 개작, 당시 번역이 진행 중이던 일본어판과 동시출간을 계획한 것이 2007년이었습니다. 2009년 12월 일본어판 『군함도(軍艦島)』가 출간되었으나, 나의 개인적인 사정이 겹치면서 한일 동시출간이 무산, 한국어판 출간은 미뤄지게 됩니다. 이러한 저간의 사정 속에서 한국어판 『군함도』는 오늘에 이르게 되었습니다.

전략폭격(strategic bombing)의 정점을 찍은 원폭 투하는 그 제조에서부터 투하까지 관점을 달리하는 여러 문제점이 뒤엉킨 채 오늘에 이르고 있습니다. 전쟁과 무관한 여성과 어린이를 포함한 민간인까지 무차별 살해했어야 하느냐는 도덕적 논란, 방사능 후유증에 대한 검증이 있었느냐는 의문만이 아닙니다. 나가사끼의 피폭은 일본의 침략전쟁에 대한 희생양이었다는 주장까지 이어집니다.

이 모든 논란에 조선인 징용공 문제까지 뒤엉킨 채 은폐의 바다에 떠 있던 폐허의 섬 군함도가 2015년 유네스코 세계유산에 '하시마탄광의 유구(遺構)'라는 이름으로 '메이지 산업혁명유산'의 하나로 등재되기에 이릅니다.

인류의 역사에는 영광의 역사만이 아니라 부끄러운 역사도 있습니다. '인류의 비극도 직시해야 평화를 위한 역사의 교훈을 얻는다'는 선정정신에 따라 치욕의 역사도 유네스코 세계유산으로 등재되어 인류의 반성과 교훈의 재료가 되어왔습니다. 아프리카 노예무역의 중심지였던 세네갈의 고레섬, 넬슨 만델라 등 수많은 흑인 정치범을 가뒀던 남아공 로벤섬도 그렇습니다. 이곳들은 그 치부를 감추려 하지 않았습니다. 그러나 군함도는 달랐습니다.

일본은 군함도에서 강제징용 조선인에 대한 '가혹한 강제노동이 있었음'을 밝혀야 합니다. 그들이 말하는 메이지 시대 일본의 산업을 떠받친 '하시마탄광의 영광'에는 조선인 강제징용자들의 눈물과 분노와 희생이 있었습니다. 이 같은 사실을 명기하고 하시마의 조선인 희생자들을 추모하는 것은 가톨릭 기도문의 구절처럼 '마땅하고 옳은 일'(dignum et iustum est)임에도 왜 일본은 눈을 돌리는가, 일본의 양식에 묻지 않을 수 없습니다.

이 소설은 수면 위로 보이는 '얼음덩어리'일 뿐입니다. 이 소설이 독자 여러분에게 저 어두운 바닷속 그 수면 아래 잠겨 있는 죄악과 진실의 거대한 얼음덩어리를 마주하는 '순간'이 되어준다면 『군함도』의 작가로서 저는 제 몫을 다하는 것이라 믿습니다.

고향으로 돌아온 한국인 피폭자들이 살아야 했던 비참한 실상과 세월이 흐르면서 점차 대두하고 있는 피폭 2세, 3세의 문제까지, 수면 아래 도사린 얼음덩어리에는 단순하지 않은 수많은 문제점들이 난마처럼 도사리고 있습니다. 그 배경에 국제질서와 강대국의 논리가 존재하는 것도 사실입니다.

바로 이 때문에 어떤 주도적인 의사결정도 박탈당한 채 조선인 징용자들과 피폭자들은 야만의 시대를 살아야 했습니다. 이들은 광복 70년이 지난 오늘까지 모래 위로 내동댕이쳐진 물고기처럼 입을 벌름거리며 여전히 버려져 있습니다.

젊은 독자들이 이 '과거의 진실'에 눈뜨고 그것을 기억하면서 '내일의 삶과 역사'를 향한 첫 발걸음을 내디뎌주신다면, 그래서 이 소설을 읽은 후에 이전의 삶으로는 결코 돌아갈 수 없는 각성과 성찰을 시작하신다면, 이 작품으로서는 더할 수 없는 영광이 될 것입니다.

창작과 개작이 거듭되는 오랜 세월 동안 도움과 격려를 주신 수많은 분들에게 갚을 길 없는 은혜를 입었습니다. 생각하면 다 가슴 저린 기쁨이었습니다. 가장 가까이에서 지켜봐야 했던 가족에게는 죄를 짓는 세월이었습니다. 마지막 작업에 전폭적인 도움을 주신 창비 관계자분들의 도움도 잊을 수 없습니다.

'역사 복원'을 위한 제 작업에는 아직 가야 할 길이 남아 있습니다. 기록과 진실의 주춧돌 위에 상상력으로 세우는 서사적 건축으로, 후세의 기억을 위하여, 다시는 되풀이하지 말아야 할 역사를 위하여, 그리고 용서할 수 없는 것들의 적확한 자리매김을 위하여, 과거사를 그리는 이 작업은 이어질 것입니다.

이 작품을 잃어버린 조국 조선의 아들딸로 태어나, 조국의 이름으로 살다 조국의 이름으로 죽어갔으나 그 주검마저 조국의 이름으로 경멸과 차별 속에 버려져야 했던 조선인 나가사끼 피폭자의 영혼에 바칩니다.

2016년 봄
한수산